A. Lee Martinez

Diner des Grauens · Die Kompanie der Oger

PIPER

Zu diesem Buch

Zwei Bestseller in einem Band – Im »Diner des Grauens«, einem schäbigen Imbiss irgendwo in der Wüste, stranden die texanischen Kumpels Earl und Duke in ihrem uralten Pickup. Eigentlich wollen sie nur einen Happen essen. Doch Loretta, die fette Imbiss-Besitzerin, bietet ihnen hundert Dollar, wenn sie sich ihres Zombie-Problems annehmen. Und weil Earl ein Werwolf und Duke ein Vampir ist und beide knapp bei Kasse sind, schlagen sie ein. Doch die Zombie-Kühe und singenden Yucca-Palmen, mit denen sie es zu tun bekommen, sind nur die Spitze des Eisbergs … In »Die Kompanie der Oger« lehrt die durchtriebenste und faulste Militäreinheit der Welt den neuen Kommandanten Ned das Fürchten. Und nach zahlreichen Abenteuern mit selbstmordgefährdeten Kobolden, liebreizenden Amazonen und intriganten Ogern steht fest: wäre Ned nicht untot, wäre er längst tot …

A. Lee Martinez wurde mit seinen Romanen »Diner des Grauens«, »Die Kompanie der Oger« und »Monsterkontrolle« zum neuen Star der humorvollen Fantasy. Er lebt in Dallas, Texas, wo er schreibt, jongliert, Videospiele spielt und Zeitreisen unternimmt. Vielleicht ist er ein Geheimzauberer (das wäre allerdings geheim), und es könnte sein, dass er Gartenarbeit mag. Sicher ist jedoch, dass er Lebensläufe nicht ausstehen kann. Und eigentlich hat er auch keinen Spaß an Gartenarbeit. Alles andere an dieser Biografie ist aber absolut korrekt. Weiteres zum Autor: www.aleemartinez.com

A. Lee Martinez

DINER DES GRAUENS

DIE KOMPANIE DER OGER

Zwei Romane in einem Band

Aus dem Amerikanischen
von Karen Gerwig

Piper München Zürich

Von A. Lee Martinez liegen bei Piper vor:
Diner des Grauen
Die Kompanie der Oger
Eine Hexe mit Geschmack
Der automatische Detektiv
Monsterkontrolle

Ungekürzte Taschenbuchausgabe
Dezember 2010

Titel der amerikanischen Originalausgaben:
»Gil's All Fright Diner«, Tor Books, New York 2005,
»In the Companie of Ogres«, Tor Books, New York 2006

Umschlagkonzeption: semper smile, München
Umschlaggestaltung: Guter Punkt, München | www.guter-punkt.de
Umschlagabbildung: Sam Nielson | artsammich.blogspot.com
Satz: Satz für Satz, Barbara Reischmann, Leutkirch
Druck und Bindung: CPI – Clausen & Bosse, Leck
Printed in Germany ISBN 978-3-492-26775-5

Dieses Buch ist den folgenden Personen gewidmet, in der Reihenfolge ihrer Wichtigkeit:

Mir, weil ich es geschrieben habe.

Meiner Mom, ohne die ich das höchstwahrscheinlich nicht getan hätte.

Den Männern und Frauen aus dem DFW Writer's Workshop. Ihr Rat hat diesen Roman verbessert, auch wenn ich später bestreiten werde, jemals so etwas gesagt zu haben, und diesen Teil der Widmung als Druckfehler bezeichnen werde.

Und Don »dem Drachen« Wilson.

EINS

Irgendwo im Nirgendwo, an einer verlassenen Straße, träumte das Diner von den hungrigen Toten. Und von zwei Männern.

Naja, es waren nicht Männer im eigentlichen Sinn.

Earl wurde unsanft in seinem Sitz durchgeschüttelt, als der Pick-up über ein Schlagloch rumpelte. Sein Bier glitt ihm aus der Hand und landete auf seinem Schoß. Er knurrte ein paar Flüche, als er die Bierdose nicht schnell genug zu fassen bekam, um eine gelbe Pfütze in seiner Leistengegend zu verhindern.

»Zur Hölle, Duke, musst du jedes verdammte Loch in der Straße mitnehmen?«

Duke zuckte die Achseln und murmelte eine Entschuldigung.

»Schon gut, versuch einfach, darauf zu achten.«

Earl griff in die Sammlung leerer Bierdosen. »Also

wenn dies hier das letzte Bier war, trete ich dir in den Arsch.« Wie Arthur Excalibur zog er eine volle Bierdose hervor. »Du hast Glück.« Er knackte sie und stürzte die Hälfte des Inhalts hinunter.

Duke knurrte.

»Wie sieht's mit Benzin aus?«, fragte Earl.

»Wir haben genug.«

»Wie viel?«

»Genug.«

»Verdammt, kannst du nicht mal eine Frage einfach beantworten?«

Duke ließ sich einen Moment Zeit, um sich aus dem Fenster zu beugen und auszuspucken. »Wir haben genug, Earl.«

Der verrostete graue Kleintransporter holperte die staubige Straße entlang, die eigentlich mehr eine Schlaglochpiste war. Die abgenutzten Stoßdämpfer konnten gegen die steinige, von Löchern übersäte Fahrbahn nichts ausrichten, und mit jedem Ruck ratterte der Motor, als wollte er aus der Haube springen. Das Radio funktionierte nicht; das hatten sie auf Kosten einer Hank-Williams-Jr.-Kassette feststellen müssen. Schwarzer Bandsalat hing aus dem Rachen des Apparats, das unvermeidliche Ergebnis eines erfolglosen Rettungsversuchs. Die Insassen schwiegen, nur das Klappern von sechsundsiebzig leeren Bierdosen störte das Schweigen. Sechsundsiebzig war die genaue Anzahl der Biere, die auf den Vordersitz passten, bevor der Platzmangel eine Verlegung auf die Ladefläche notwendig machte.

Das Fahrzeug war ein unpassendes Fortbewegungsmittel für den *Earl of Vampires* und den *Duke of Werewolves.* Aber für einen Vampir, der zufällig Earl hieß, und einen Werwolf, der sich Duke nannte, war es vollkommen in Ordnung. Um ehrlich zu sein, sie hatten schon ganz andere Sachen mitgemacht, wenn es nötig war.

»Du weißt schon, dass es noch dreißig Meilen bis zur nächsten Tankstelle sind, oder?« Earl warf einen Blick auf die Benzinanzeige. Sie zitterte im roten Bereich. »Hättest beim letzten Stopp tanken sollen. Ich habs dir doch gesagt!«

Die nächsten Minuten verbrachte er damit, finstere Blicke in Dukes Richtung zu schicken.

Der Vampir war ein sehniger Kerl, blass, wie man es von einem Vampir erwartet, mit einem Überbiss, einer großen Nase und spärlichen Haaren, erfolglos quer über den Kopf gekämmt. Der Werwolf war groß und haarig, sogar in seiner momentanen menschlichen Gestalt. Sein riesiger Bauch passte mit Mühe gerade noch hinter das Lenkrad. Eine grüne Baseballkappe versuchte seine dicke, dunkelbraune Mähne im Zaum zu halten – vergeblich. Er hatte es nie geschafft, sich einen Bart wachsen zu lassen, aber ein ständiger Bartschatten bedeckte sein Gesicht.

Earl trug einen abgetragenen Overall, der mindestens so alt war wie er. (Was, der Ordnung halber gesagt, viel älter war, als er aussah, aber trotzdem nicht so furchtbar alt für einen Vampir.) Duke trug Jeans, eine Lederjacke und ein T-Shirt mit der Aufschrift »NO FAT CHICKS«.

»Bei nächster Gelegenheit sollten wir uns auch neue Reifen besorgen, Duke.«

»Die Reifen sind in Ordnung.«

»Der eine platzt bald.«

»Tut er nicht.«

»Was verstehst du schon von Reifen, Blödmann?«

»Ich weiß, dass er nicht platzt.«

»Super, aber wenn er's doch tut, wechselst du ihn.«

»Okay.«

Duke machte sich nicht die Mühe, darauf hinzuweisen, dass der Wagen bereits auf Reserve fuhr.

Wieder legte sich eintöniges Klappern über das Führerhaus. Die folgende halbe Stunde lang. Der funktionierende Scheinwerfer des Pick-ups zerschnitt die Dunkelheit einer wolkenverhangenen Nacht, in der nur eine schmale Mondsichel hing. Ab und zu erschien ein einsamer Briefkasten oder ein Tierkadaver auf der ansonsten wenig bemerkenswerten Straße. Schließlich tauchte schimmerndes Neonlicht zögernd aus der Dunkelheit auf. Es war ein drei Meter hohes Schild neben einem Betonbunker. Die Aufschrift lautete: *Gil's all night diner*.

Duke bog ab. »Ich habe Hunger«, erklärte er, bevor Earl anfangen konnte, ihm auf die Nerven zu gehen.

Earl tat es trotzdem. »Du hättest auch vorhin was essen können. Ich habe dir doch gesagt, du sollst dir was besorgen.«

»Vorhin hatte ich keinen Hunger.« Duke zog seine Mütze tiefer, bis sie seine Augen fast bedeckte, und hievte seinen massigen Körper vom Fahrersitz. Die Federung des Pick-ups stöhnte, als sich der Wagen zehn Zentimeter hob.

»Du hättest dir ein Sandwich kaufen können. Das ist dein Problem. Du denkst nie voraus. Du lebst immer im Jetzt. Du hast einen reaktiven Verstand.«

Duke verfluchte den Tag, an dem Earl eine dieser eselsohrigen Ausgaben von *Dianetik* in die Finger bekommen hatte.

Der Werwolf zögerte und schnüffelte.

»Was ist denn jetzt?«, fragte Earl.

»Nichts.« Er neigte den Kopf. »Dachte für 'ne Minute, ich würde was riechen.«

»Was? Was hast du gerochen?«

»Zombies.«

»Jeeesus, Duke, hier ist in hundert Meilen Umgebung überhaupt nichts. Wo in aller Welt sollten hier Zombies herkommen?«

»Von da drüben.«

Duke deutete mit dem Daumen über seine Schulter, als er das Diner betrat. Wie aufs Stichwort legte sich der Staub, den der Pick-up aufgewirbelt hatte und enthüllte einen kleinen Friedhof.

»Oh.«

Duke ging hinein.

Ein großer, schwarzer Rabe saß auf dem Neonschild des Diners. Der Vogel legte den Kopf schräg und fixierte Earl mit einem grausamen schwarzen Auge.

»Was starrst du mich so an?« Er warf einen Stein nach dem Raben, verfehlte ihn aber. Dem Vogel schien das egal zu sein. Er blieb sitzen, ohne eine Feder zu rühren. Seufzend machte sich Earl auf den Weg hinein.

Dukes abgelatschte Wanderstiefel quietschten mit jedem Schritt auf dem abgetretenen Linoleumboden des Diners. Earls Flip-flops schlappten gedämpft. Das Diner war erstaunlich groß, wenn man seine einsame Lage bedachte. Es gab genug Sitzecken, Tische und Barhocker für eine halbe Kompanie. Aber der Raum war verlassen. Die Neonröhren summten widerwärtig. Zwei billige Drucke mit Wüstenlandschaften hingen neben den Toiletten. Ein Farn schmückte eine Säule. Ein gesprungener Keramiktopf stand in einer Ecke. Es waren klägliche, aber vergebliche Versuche, dem Raum Atmosphäre zu geben. Er blieb so leer, dass er in seiner Leere fast schon vulgär wirkte.

Das auffälligste Detail war ein braunroter Fleck am Fuß der Säule, der an seiner breitesten Stelle einen Durchmesser von etwa dreißig Zentimetern aufwies. Ein normaler Mensch hätte nicht weiter darüber nachgedacht und ihn für einen Rostfleck oder Schimmel gehalten. Aber sowohl Earl als auch Duke besaßen empfindliche Nasen. Er roch nach Blut. Der Fleck sah alt aus, aber der Geruch, wenn auch schwach, war frisch.

Eine Stimme drang aus dem Hintergrund. »Bin gleich für euch da.«

Sie setzten sich an die Theke. Der Geruch nach Fett ließ es in Dukes Magen rumoren.

Earl fuhr mit seiner Psychoanalyse fort. »Also, ich habe Ziele und mein Geist richtet sich in aufgeklärter

Art und Weise auf diese Ziele. Ich habe den *Clear-Status* erreicht. Während du nur jedem Impuls nachgibst, der in dein blödes Hirn gerät.«

»Zumindest habe ich einen Schatten.«

Der Vampir warf einen Blick auf den Boden. Sein Schatten war tatsächlich schon wieder fort. Das tat er ziemlich oft. Manchmal verschwand er für Stunden oder sogar Tage. Earl hasste das. Er wusste, ganz egal, wohin er ging, sein Schatten hatte mehr Spaß als er selbst. Und wenn der Schatten war, wo er hingehörte, hatte er die Neigung, sich gegen Earls Willen zu bewegen, ihn zu verspotten und einfach lästig zu sein. Von allen Problemen, mit denen sich Untote herumschlagen mussten (zu viele, um sie alle aufzuzählen), war der Schatten wahrscheinlich das trivialste, dafür aber auch das nervtötendste.

Wohl wissend, wie sehr es Earl auf die Nerven ging, verzog Duke das Gesicht, um ein Lächeln anzudeuten.

Earl zermarterte sich das Hirn auf der Suche nach einem cleveren Gegenschlag. »Leck mich.«

Die Küchentür schwang auf und eine große, plumpe Frau schlurfte heraus. Sie trug ein T-Shirt und eine abgeschnittene Jeans, die ihren wackelnden Hintern nur knapp zusammenhielt. In rollenden Wellen breitete sich Cellulite bei jedem Schritt aus. Eine schmutzige Schürze spannte sich über ihren gewaltigen Brüsten. Das Haar, ein wirres, wasserstoffblondes Durcheinander, hing über die linke Hälfte ihres Gesichts und über die Schultern. Sie lächelte und entblößte Zähne in der Größe und Farbe von Maiskörnern. Ein fleckiges Namensschild steckte an ihrem Kragen, mit der Aufschrift »Loretta« in hellgrünen Buchstaben neben einem strahlenden Gesicht.

»Morgen, Jungs. Was kann ich euch bringen?«

Duke fischte tief in seinen Taschen und ließ eine Hand voll zerknüllter Scheine und dreiundachtzig Cent auf die Theke fallen. »Was bekomme ich dafür?«

Die Kellnerin schob das Geld mit dem hinteren Ende ihres Stifts herum. »Gegrilltes Käsesandwich, ein paar Pommes, 'ne Portion Chili und 'ne Cola.«

Er nickte.

»Nichts für mich, danke«, fügte Earl hinzu. »Ich habe schon gegessen.«

Loretta verschwand in der Küche. Duke, der mehr als einmal die frischen Eingeweide eines Mannes auf dem Boden verteilt gesehen hatte, wandte sich von dem unangenehmen Anblick ihrer wabernden Rückseite ab. Earl war zu beschäftigt mit der Suche nach seinem Schatten, um es zu bemerken.

Der Kopf der Kellnerin erschien in dem rechteckigen Fenster, das einen Blick in die Küche erlaubte. »Wo wollt ihr hin?«

»Eigentlich nirgendwohin«, antwortete Earl. »Wir fahren nur so rum.«

»Spricht nichts dagegen. Verdammt, manchmal wünschte ich, ich könnte alles aufgeben und einfach da hingehen, wo der liebe Gott es für richtig hält.« Sie klatschte etwas auf den Grill und ein brutzelndes Geräusch füllte den Raum. »Ihr Jungs habt nichts Komisches auf dem Weg hierher gesehen, oder?«

Earl schnaubte. »Wie, komisch?«

»Ihr würdet es wissen, wenn ihr es gesehen hättet. Und wo kommt ihr her?«

»Aus der Gegend.«

Sie grinste. »Entschuldigt, ich komme immer ins Quatschen, wenn nichts los ist. Wollte mich nicht in eure Angelegenheiten mischen.«

Zehn Minuten später stellte sie vor Duke einen Teller ab. Aus dem Käse tropfte eine fettige Pfütze und die Fritten waren matschig und braun. Aber das Chili schien kochend heiß zu sein. Er tauchte seinen Löffel in die dicke, braune Mischung und probierte.

»Und? Wie ist es?«, fragte Earl.

»Gut. Bisschen viel Knoblauch.«

Duke beugte sich zu ihm hinüber und blies seinem Reisegefährten eine ordentliche Dosis Atem ins Gesicht. Earl wich zurück, fiel von seinem Hocker und landete auf dem Boden. Seine Nasenflügel blähten sich und sein Gesicht verzerrte sich zu einer finsteren Grimasse.

»Du Arschloch!«

Duke lachte.

Loretta lächelte. Ihr Lächeln verschwand jedoch, als ihr Blick auf die Glastür des Diners fiel. »Ach, verdammt. Nicht heute Abend!«

Earl warf einen Blick auf die Vorderfront. Neun schwankende Leichen in verschiedenen Stadien der Verwesung pressten sich gegen die Scheibe. Ihre gelben Augen (derer, die Augen hatten) starrten hungrig hinein. Violette Zungen fuhren über sich auflösende Lippen.

»Hab doch gesagt, dass ich Zombies gerochen habe«, sagte Duke, ohne von seinem Essen aufzuschauen.

Die lebenden Toten bahnten sich einen Weg durch die splitternden Glastüren. Der vorderste Leichnam, in einem blauen Paisleyanzug, stapfte auf steifen Beinen vorwärts.

»Keine Sorge, Jungs. Ich mach das schon.«

Loretta zog eine doppelläufige Schrotflinte hinter der Theke hervor, zielte und drückte ab. Der Kopf des blau gekleideten Zombies explodierte in einem Schauer aus Erde, Knochen und Maden. Der Leichnam machte noch einen Schritt, bevor er vornüberfiel. Der nächste Zombie erlitt dasselbe Schicksal.

Loretta entfernte die leeren Patronenhülsen und kramte unter der Theke herum. »Verdammt. Ich hab keine Munition mehr. Wartet. Hinten ist noch was.« In einem Tempo, das ihren Umfang Lügen strafte, stürmte sie in die Küche.

Die sieben restlichen Zombies schlurften vorwärts und legten langsam die fünf Meter zwischen der Tür und den Kunden zurück.

»Machst du das, Duke?«

»Ich esse gerade.«

»Willst du behaupten, ich hätte Angst?«

Duke seufzte. Für einen erleuchteten Vampir konnte Earl verdammt empfindlich sein.

»Hab ich nie gesagt.«

»Du hast es angedeutet.«

»Verdammt, Earl. Wenn ich was zu sagen habe,

sage ich es einfach. Ich deute 'n Scheiß an.« Der Werwolf verschlang ein Drittel seines Sandwichs mit einem Bissen. »Immerhin hast du doch diesen aufgeklärten Geist. Ich habe nicht gedacht, dass du Angst hast.«

»Ich werd dir zeigen, wer hier Angst hat.«

Der Vampir krempelte seine Ärmel hoch und ging hinüber zu einem der Zombies. Er holte zu einem ungeschickten rechten Haken aus. Sein Ziel machte keine Anstalten, ihm auszuweichen. Mit einem trockenen Knacken flog der Kieferknochen des Zombies durch den Raum. Die Bestie stolperte rückwärts.

»Ich hab vor gar nichts Angst!«

Earl landete bei einem zweiten Gegner einen Schlag. Dessen Kopf drehte sich auf den Rücken.

»Ich bin unsterblich, du Blödmann!«, rief Earl seinem Gefährten zu. »Glaubst du, ein Haufen wurmzerfressener Arschlöcher kann mir irgendwas anhaben?«

Er bot all seine übernatürliche Kraft auf und stieß seine Faust in den Brustkorb eines Zombies. Zerbrechliche Rippen und vertrocknete Organe gaben nach und sein Unterarm stieß durch den Leichnam. Er zog, aber sein Arm steckte fest.

»Gottverdammt!«

Der aufgespießte Zombie packte ihn an der Kehle. Vampire müssen zwar nicht atmen, aber selbst für einen Untoten kann ein gequetschter Kehlkopf unangenehm sein. Earl trat seinem Angreifer gegen dessen dünnes Bein. Es brach unterhalb des Knies ab. Der Zombie hüpfte einbeinig und verstärkte den Griff, während seine Brüder und Schwestern ihr Opfer einkreisten.

»Äh, Duke«, krächzte Earl, »ich könnte hier ein bisschen Hilfe gebrauchen.«

Die Leichen fielen in einem wirren Knäuel über ihn her.

»Scheiße.«

Duke stopfte sich eine Hand voll matschige Pommes in den Mund und zog seine Jacke aus, gefolgt von seinem T-Shirt. Er war gerade dabei, seine Stiefel aufzumachen, als Loretta zurückkam. »Wo ist Ihr Freund?«

Er nickte in Richtung des Haufens ächzender Toter. Sie schoss auf zwei der oberen Leichname und lud hastig nach. »Tut mir wirklich Leid für Ihren Freund hier. Wie wär's mit einem Gratisstück Apfelkuchen? Ich kümmere mich nur vorher noch um diese gottlosen Scheußlichkeiten.«

Duke zog seine Jeans aus und stand vollkommen nackt da. Der Werwolf fand es zeitsparend, sich gar nicht erst mit Unterwäsche aufzuhalten. Er warf seine Kleider in einem Haufen auf die Theke.

»In Ordnung. Ich bin so weit.«

Der Bär von einem Mann verwandelte sich in einen Wolf von einem Mann. Seine beeindruckende Gestalt von knapp zwei Metern dehnte sich zu einer haarigen, affenähnlichen Gestalt aus. Kraftvolle Muskeln wölbten sich unter kohlschwarzem Fell. Furchtbare Klauen sprossen aus seinen Fingerspitzen. Große, gelbe Zähne wuchsen aus seinem Zahnfleisch. Duke ließ sich auf alle viere fallen.

»Ach du Scheiße«, stieß Loretta atemlos hervor.

Der durchschnittliche Zombie ist keine Kampfmaschine. Seine kämpferischen Fähigkeiten entspringen einer zielstrebigen Entschlossenheit und einer gewissen, wandelnden Leichnamen eigenen Tendenz, an einer einmal angefangenen Sache festzuhalten. Der durchschnittliche Werwolf dagegen ist eine unübertroffene Tötungsmaschine mit bösartigen Zähnen und Klauen, gepaart mit übernatürlicher Anmut, Kraft und vollendeten Raubtierinstinkten. Und Duke war nicht bloß der durchschnittliche Werwolf. Er schnitt eine Schneise durch die Leichen und knipste beiläufig ihre Köpfe ab. Innerhalb von vier Sekunden lagen die fünf restlichen Leichname in zuckenden Haufen auf dem Boden verteilt.

»Verdammt, Duke«, knurrte Earl. »Ich glaube, eins von diesen Dingern hat mich gebissen.«

Duke lachte trocken. »Zombies haben keinen Magen für untotes Fleisch. Das weißt du doch.« Er ging zur Theke zurück und setzte sich. Der Metallhocker bog sich unter seinem vollen lykanthropen Gewicht.

»Also, wie war das mit dem Kuchen?«

Loretta legte den Hahn der Schrotflinte um. »Ihr Jungs habt doch keine faulen Tricks vor, oder?«

»Das kommt auf den Kuchen an.«

»Wir haben seit Ewigkeiten niemanden getötet, Ma'am«, versicherte Earl.

»Und was war mit diesem Lastwagenfahrer letzten Dienstag?«, fragte Duke.

»Ach, der zählt doch nicht. Er wollte es nicht anders.

Schauen Sie, Miss, unter all diesen Haaren ist Duke nur ein niedlicher kleiner Welpe, und ich habe schon gegessen. Also nehmen Sie das Ding runter. Wir werden Ihnen nichts tun, und wenn Sie nicht gerade Silberschrot da drin haben, wird es sowieso keinem von uns was anhaben können.«

Loretta erkannte, dass er Recht hatte, und legte ihre Schrotflinte auf die Theke. »Naja, ihr scheint mir ganz nett zu sein und habt mir außerdem Munition gespart. Ich schätze, dafür ist ein Gratisstück Kuchen nicht zu viel verlangt.«

Sie ging zu der sich drehenden Kuchenauslage, die bis auf einen halben Apfelkuchen leer war.

»Passiert hier so was öfter?«, fragte Earl.

Sie seufzte. »Alle paar Wochen. Normalerweise sind es nur drei oder vier dieser Bastarde. Ich muss euch vermutlich nicht sagen, dass das mein Geschäft schon ziemlich geschädigt hat.«

»Haben Sie mal versucht, was dagegen zu tun?«

»Ich hatte nach dem zweiten Mal 'nen Priester da, um den Friedhof zu segnen und zu exorzieren. Hat wohl nicht funktioniert. Danach dachte ich, ich könnte es aussitzen. Das ist das Komische an der Sache. Es werden nicht mehr als hundert Gräber auf diesem Friedhof sein, aber ich habe schon mehr als hundertfünfzig von denen gekillt. Mit diesen hier hunderteinundachtzig. Ich will verdammt sein, wenn ich weiß, wo die alle herkommen. Da wurde schon seit Jahren keiner mehr begraben.«

»Klingt nach einem Problem«, bemerkte Earl.

Sie nickte und stellte einen Teller vor Duke ab.

Der Werwolf griff mit seiner riesenhaften Hand nach einer Gabel und nahm einen Bissen.

»Und?«

Sie starrte seinen Wolfskopf an und suchte nach irgendwelchen Anzeichen eines Lächelns auf seiner Schnauze.

»Er schmeckt ihm.« Earl deutete auf den munter wedelnden Schwanz des Werwolfs.

»Freut mich zu hören. Ich habe ihn selbst gebacken.« Sie klatschte in ihre fleischigen Hände. »Sagt mal, sucht ihr Jungs vielleicht Arbeit?«

»Wir könnten uns um dieses Zombieproblem kümmern«, stimmte Earl zu.

»Eigentlich meinte ich eher, dass ich jemanden gebrauchen könnte, der mir hilft, eine neue Gasleitung für den Ofen zu verlegen. Aber wenn ihr euch um diese verdammten Leichen kümmert, leg ich noch mal hundert und ein bisschen Benzin drauf.«

Der Werwolf und der Vampir tauschten nachdenkliche Blicke.

Duke schob ihr seinen leeren Teller zu. »Legen Sie noch ein Stück Kuchen drauf und wir sind im Geschäft.«

ZWEI

Ihr Name (oder der Name, den ihre Adoptiveltern ihr gegeben hatten) war Tammy, aber ihre Anhänger nannten sie *Mistress Lilith*, Königin der Nacht. Im Augenblick hatte sie nur einen Jünger, und der war eher daran interessiert, einen Weg in ihr Höschen zu suchen, als den Pfad für die alten Götter zu öffnen. Chad Roberts fehlte es an wahrer Hingabe, aber in einem Kaff wie Rockwood – mit fünf Quadratmeilen Stadt, verteilt auf dreißig – ein Heer von Gläubigen zu versammeln war keine leichte Aufgabe. Sie hätte sich Chad nicht unbedingt ausgesucht, wenn sie die Wahl gehabt hätte, doch als muskelbepackter Lakai konnte er ganz nützlich sein.

Tammy und ihre Ein-Personen-Anhängerschaft kauerten an ihrem zeremoniellen Feuer in den ausgebrannten Überresten von *Make Out Barn*. Er summte die Erkennungsmelodie von *Bonanza*, während er mit dem Finger Muster in den Schmutz zeichnete. Das Licht der Flammen flackerte auf ihrem rituellen Dolch.

»Äh … Tammy …«

Sie warf ihm einen strengen Blick zu.

»*Mistress Lilith*«, korrigierte er sich schnell, »ich glaube nicht, dass sie kommen.«

Seufzend schnappte Tammy die zerfledderte, gekürzte Ausgabe des *Necronomicon* von ihrem Kleiderstapel. Sie blätterte in den Seiten zum Ritual von »Thanatos' auferstandene Kinder«. In dem Buch stand jedoch nichts, was ihr hätte weiterhelfen können. Sie hatte die Zeremonie schon ein Dutzend Mal ausgeführt. Sogar Chad, der nicht gerade helle war und absolut nichts von schwarzer Magie verstand, kannte den Zauberspruch auswendig. Nein, es war kein formaler Fehler. Es musste an den Zombies liegen. Es waren einfach nicht genug.

»Verdammte fette alte Schlampe.«

Jeder normale Mensch würde vor den auferstandenen Toten fliehen. Warum tat sie es nicht? Etwas Neues musste her. Etwas Mächtigeres.

Sie ignorierte Chads starren Blick auf ihre Brüste und blätterte in dem Buch. Tammy war an diese Blicke gewöhnt. Nicht nur von ihrem Anhänger, sondern von all den Jungs in Rockwood (von allen neun, die in ihrem Alter waren). Sie war sehr viel hübscher als die anderen Mädchen. Außer Denise Calhoun, dieser fetten Kuh mit ihren Körbchengröße-C-Titten. Aber Denise war weiß, während Tammy adoptiert und das einzige japanische Mädchen in der Stadt war, mit einem exotischen Vorteil gegenüber Denise, deren Eltern sie Make-up tragen ließen. Obwohl sie damit aussah wie eine Schlampe. »Was machen wir jetzt, *Mistress Lilith*?«, fragte Chad, rückte näher und strich über ihr langes, seidiges Haar.

Sie schob ihn weg. »Ich denke nach, du Idiot.«

Chad ließ sich nicht so schnell entmutigen. Er ließ seine überentwickelten Brustmuskeln in einer Art Primaten-Paarungsritual spielen.

Sie las weiter.

»Tun wir's nun oder nicht?«

»Warum gehst du nicht in die Ecke und machst es dir selbst?«

Mit hängenden Schultern stand er da. »Ach, komm schon, Tammy. Big Jimmy braucht Liebe.«

»*Mistress Lilith*«, antwortete sie.

»Äh, 'tschuldigung.« Sein Ton wurde weinerlich. »Komm schon, *Mistress Lilith*. Bitte!«

»Ach, schon gut.« Sie legte das Buch mit einem Seufzen beiseite. Diesen Dummkopf konnte man unmöglich ignorieren, wenn er geil war – und er war immer geil.

Chad grinste und zog ein Kondom aus seiner ordentlich gefalteten Hose. Neunzehn stöhnende, schwitzende Sekunden später stieg Tammy von Big Jimmy (den ganzen siebeneinhalb Zentimetern). Chad schlief sofort tief und fest ein und sie kehrte zurück zu ihren Forschungen.

Es gab viel zu tun. Bald würden die Planeten im Einklang sein. Das Tor würde sich öffnen und die Welt mit wunderschöner Dunkelheit überfluten. Ihre Herren würden ihren rechtmäßigen Thron besteigen und sie würde an ihrer Seite regieren, während sich Denise Calhoun in ewiger Höllenqual heiser schrie.

Wenn sie nur irgendwie in dieses Diner gelangen könnte.

DREI

Loretta zog an der Kette, und eine staubige Vierzig-Watt-Glühbirne tat ihr Bestes, um den Lagerraum des Diners zu beleuchten.

»Es ist nichts Großartiges, Jungs, aber es ist das Beste in der Stadt. Ein Stück die Straße hinauf gibt es noch ein Motel …«

»Das ist schon in Ordnung.«

Earl trat mit einem Ende eines Schrankkoffers in den Händen ein. Duke, der das andere Ende trug, folgte. Der Werwolf ließ seine Seite fallen, und der Koffer schlug mit einem leichten Knall auf den Boden, wobei er eine Staubwolke aufwirbelte.

»Verdammt, Duke. Wie oft muss ich dir noch sagen, dass du damit vorsichtig sein sollst?«

Loretta schwang ihre fleischigen Arme herum, um die Vorzüge des Lagerraums zu unterstreichen. »Hier ist ein Spülbecken und ein Feldbett gibt's auch. Und da drüben auf dem Regal unter den Corned-Beef-Dosen liegen ein paar Decken und ein Kissen. Das Waschbecken kann ziemlichen Lärm machen, und das Wasser trinkt ihr einfach nicht, wenn es dunkelbraun ist. Hellbraun ist okay.«

Sie hielt inne und ordnete die Regale.

»Es gibt nur eine Regel: Hier drin wird nicht gegessen. Es ist schon so schwer genug, die Nager hier rauszuhalten, auch ohne Krümel überall. Und mit den ganzen Zombies und allem hab ich es ohnehin schwer genug, meine Lizenz nicht zu verlieren.«

»Kein Problem.« Earl warf den Deckel des Schrankkoffers auf und stieg hinein. »Kannst du mir das Kissen rüberreichen, Duke?«

»Was stimmt nicht mit dem, das du da drin hast?«

»Es ist platt.«

»Und was soll ich da tun?«

»Gib mir einfach das Kissen, du Arsch. Es ist schon schlimm genug, dass ich in dieser verdammten Kiste schlafen muss, da kann ich dein Gerede nicht auch noch gebrauchen.«

Duke schleuderte das fleckige Kissen in den Koffer. »Da, nimm es schon.«

»Danke, Haarknäuel.«

»Bitte schön, Bela.«

»Eines möchte ich noch klarstellen«, sagte Loretta, »ich weiß nicht, was ihr Jungs in eurer Freizeit für heidnische Dinge treibt. Das ist eure Sache. Aber unter diesem Dach dulde ich keine Unanständigkeiten.

Das heißt, es wird nicht herumgehurt, nicht getrunken und auch nicht geraucht, und wenn ihr irgendwelche speziellen Bedürfnisse habt, von denen ihr denkt, dass ich sie besser nicht kennen sollte ...« Sie fixierte den Vampir. »... kümmert euch anderswo darum. Haben wir uns verstanden?«

»Jep.« Earl schloss sein Bett.

Der Morgen graute in Rockwood. Duke war von Natur aus nachtaktiv. Loretta, als Besitzerin/Betreiberin von *Gil's All Night Diner*, schlief ebenfalls tagsüber. Aber die ehemaligen Zombies (jetzt nur noch verwesende Leichen) würden sich gewiss nicht von selbst wegräumen. Duke lud die Körper auf Lorettas Pick-up, während sie die Glasscherben zusammenkehrte.

»Wie kommt es«, fragte sie, »dass kein einziger Zombie herausfinden kann, wie eine Tür funktioniert? Selbst der dümmste Idiot kann doch drücken.«

Duke warf den letzten Leichnam auf die Ladefläche, als ein braunes Polizeiauto auf dem ungepflasterten Parkplatz des Diners hielt. Ein großer, hagerer Mann trat in die unerbittliche Morgensonne.

»Morgen, Sheriff.«

Er tippte an seinen Stetson. »Loretta. Ich dachte, ich hätte Bussarde gesehen. Hattest wohl wieder einen Zwischenfall letzte Nacht?«

»Jep. Sheriff, das ist Duke. Er bleibt eine Weile und hilft mir mit der neuen Gasleitung. Duke, das ist Sheriff Marshall Kopp. Er ist in diesem Bezirk das Gesetz.«

Kopp lachte leise. »Sie macht mehr daraus, als es ist. Wir haben hier im Bezirk gute Leute. Der ganze Ärger kommt von den Durchreisenden. Hab Ihren Nachnamen nicht mitgekriegt, Partner.«

Duke wischte sich die verschwitzte Stirn mit dem Handrücken ab. »Smith.«

Kopp lächelte skeptisch. Er war fünf Zentimeter größer als Duke, aber seine schlanke Gestalt wurde vom Schatten des kräftigeren Mannes verschluckt. Er nahm seine Sonnenbrille ab und blickte Duke direkt in die Augen. »Nun ja, Mr. Smith, Sie sehen mir wie ein anständiger, gesetzestreuer Bursche aus. Ich denke nicht, dass wir Probleme bekommen werden.«

»Nein, Sir.«

»Schön zu hören.« Er beugte sich hinunter und schob ein Zombiebein weg. »Puh! Die Dinger verwesen bei dieser Hitze ganz schön schnell.«

»Da sagst du was«, stimmte Loretta zu. »Das wirst du doch nicht melden, Marshall?«

Er zuckte die Achseln. »Wüsste nicht, warum. Solange du hier aufräumst, bevor die Bussarde hungrig werden.«

Zwei riesenhafte Vögel saßen auf dem Schild des Diners. Einige andere kreisten darüber und krächzten ungeduldig.

»Ich bringe sie gerade rüber zu Red.«

»Tu das. Ich nehme nicht an, dass ich dich wegen was Kaltem zu trinken bemühen darf?«

»Bedien dich.«

Sheriff Kopp nahm sich eine Limo, stieg in sein

Auto und verschwand auf der langen, staubigen Straße. Duke und Loretta kletterten in den Truck und starteten in die andere Richtung. Duke verbrachte die Fahrt damit, still die Gegend zu betrachten. Es gab nicht viel zu sehen. Nur die weite Ebene der Wüste, unterbrochen von Kakteen, Steppenläufern, Flecken braunen Grases und gelegentlichen Gebäuden. Rockwood war ohne Plan gewachsen, und das konnte man sehen.

Es gab Wohnwagen und Lehmkonstruktionen, baufällige Hütten und dreistöckige Herrenhäuser. Manche hatten weiße Lattenzäune und gepflasterte Auffahrten. Andere waren mit Draht umzäunt, mit Kühen und Hühnern im Vorgarten. Die einzige Gemeinsamkeit war viel leeres Gelände dazwischen. Die Bürger von Rockwood schätzten ihren persönlichen Freiraum.

Schließlich hielten sie neben einem Holzgebäude. Ein Schild über der Tür verkündete »Reds Tierpräparationen und Leichenhalle«.

Zwei Pitbulls zogen an ihren Ketten und meldeten bellend die Ankunft des Trucks. Ein faltiger, alter, schwarzer Mann tauchte aus der Hütte auf.

»Hab wieder eine Ladung für dich, Red.«

Er warf einen Blick auf den Leichenhaufen. »O Mann, das sind diesmal eine ganze Menge.«

»Neun Stück«, bestätigte sie.

»Ich hole die Schubkarre. Kümmern Sie sich nicht um die Mädels, mein Freund. Die bellen nur. Solange Sie aus ihrer Reichweite bleiben.«

Die Hände in den Taschen, stand Duke nur Zentimeter von ihren schnappenden Kiefern entfernt.

Sie brauchten drei Fuhren mit der quietschenden Schubkarre, um die verwesenden Leichenteile vom Truck ins Krematorium zu transportieren, das sich auf der Rückseite des Gebäudes befand. Als sie fertig waren, zählte Loretta eine Hand voll Scheine ab.

»Der übliche Satz?«

»Vierzig Dollar pro Kopf.«

»Die verdammten Dinger kosten mich ein Vermögen.«

»Ich gebe dir schon Mengenrabatt«, bemerkte Red.

»Ich weiß, und ich weiß es auch zu schätzen. Aber jedes Mal, wenn das passiert, endet es damit, dass ich ein paar Hunderter für die Entsorgung und die Glasreparaturen hinblättere. Und das Geschäft boomt im Diner nicht gerade. Manchmal frage ich mich, ob der liebe Gott mich auf die Probe stellt.«

»Das würde das eine oder andere erklären«, stimmte Red zu.

Duke kauerte neben den geifernden Hunden und streckte die Hand aus.

»Das würde ich nicht tun«, warnte Red. »Es sei denn, Sie wollen einen Finger verlieren.«

Die Hunde zögerten, schnüffelten an seiner Hand und begannen, die Handfläche zu lecken. Er kratzte ihre Schnauzen und tätschelte ihre Hälse.

»Verdammt, das ist das Verrückteste, was ich je gesehen habe. Diese Bestien hassen doch jeden. Sogar mich. Ich muss ihnen die Scheiße aus dem Leib prügeln, wenn ich sie füttere.«

Die Hunde wanden sich auf dem Boden, während Duke ihre Bäuche kraulte. »Mit Tieren kann ich gut.«

VIER

Duke trat gegen Earls Koffer.

Der Deckel öffnete sich einen Spalt. »Schon dunkel?«

»Jau.«

Der Deckel knallte wieder zu.

»Beweg deinen Arsch, Earl!«

Earls gedämpfte Stimme ächzte: »Nur noch zehn Minuten!«

Duke versuchte den Koffer zu öffnen, aber der Deckel war von innen verriegelt. Er schlug gegen die Seitenwand. Sie klapperte bei jedem Schlag.

»Verdammt! Nur noch zehn Minuten!«

»Zehn Minuten, ja klar«, grummelte Duke und hob den schweren Koffer in die Luft. Selbst in seiner momentanen menschlichen Gestalt war er doppelt so stark wie die meisten Männer seiner Größe, und es gab deren nicht viele. Er drehte den Koffer um und schüttelte ihn.

»Schon gut, du Vollidiot!«

Kichernd schüttelte Duke den Koffer noch ein paar weitere Male, bevor er ihn wieder absetzte. Der Deckel flog auf und der benommene Vampir tauchte auf.

»Mein Gott, Duke, was hat dich denn gebissen?«

»Während du geschlafen hast, musste ich den ganzen Nachmittag graben.« Er klopfte einen Teil des Schmutzes von seiner Hose.

»Ist doch nicht meine Schuld, dass ich ein Hautproblem habe.«

Duke verzog das Gesicht, als er ihm ein volles Steingutgefäß reichte. Der Vampir hielt sich die rote Flüssigkeit unter die große Nase.

»Was ist das?«

»Frühstück. Ich habe Loretta ein paar Hamburger auspressen lassen.«

»Duke, du weißt, dass ich das kalte Zeug nicht trinken kann. Stellt fiese Sachen mit meiner Verdauung an.«

»Wie du willst. Hab ungefähr eine Meile westlich von hier 'ne Viehherde gesehen.«

»'ne Viehherde?«

»Das hier ist eine Kleinstadt, Earl. Wäre vermutlich besser, wenn du aufpasst, was du isst.« Er drehte den Wasserhahn auf, der gleich rasselte und ächzte. Er hielt die Hände unter das braune Wasser und rieb sie kurz aneinander.

»Ich kann was zwischen die Zähne bekommen, ohne den geringsten Ärger zu verursachen.«

»Und was war das in Tulsa?«

»Dass du mir das immer wieder aufs Brot schmieren musst! Ich habs dir doch gesagt! Das war ein Unfall!«

»Halt dich einfach an die Kühe und Esel«, seufzte Duke. »Hab auch 'ne Lama-Ranch gesehen. Die hatten ein paar Emus. Könntest du mal ausprobieren, wenn dir nach was Exotischem ist.«

»Na toll. Kannst du wenigstens mitkommen? Dieses Tierding machen, das du immer machst?«

Duke schüttelte seine Hände trocken. »Sag mir nicht, dass du Angst vor ein paar Kühen hast.«

»Ich hab vor gar nichts Angst, du Arsch. Es ist nur einfacher so.«

Der Werwolf legte sich auf das Feldbett und schloss die Augen. »Nach dem Frühstück solltest du diesen Friedhof mal checken.«

»Friedhof? Allein?«

»Ich kümmere mich um die Gasleitung. Du übernimmst die Zombies.«

»Aber ...«

Duke rollte sich auf die Seite und drehte Earl den Rücken zu. »Verdammt, ich bin müde. Außerdem weißt du ganz genau, dass du für solche Sachen mehr Talent hast.«

»Aber ... aber ...«

»Gott, Earl, manchmal benimmst du dich wirklich wie ein Mädchen.«

Der Vampir richtete sich auf und warf ihm einen finsteren Blick zu. »Ich hab vor gar nichts Angst!«

»Ja, ja.«

»Fick dich, Duke.«

»Leck mich, Earl.«

Earl stürmte aus dem Diner und wurde nur für einen Moment langsamer, um sein Frühstück neben den Küchenherd zu stellen. »Danke, ich suche mir selbst was.«

Loretta warf ihm einen missbilligenden Blick zu, antwortete aber nicht. Sie beugte sich über einen hartnäckigen Fettfleck auf der Theke und schrubbte weiter.

Der Vampir fand sein Essen dösend eine halbe Meile westlich des Diners. Er lehnte sich an den Palisadenzaun und beobachtete die schlummernde Kuh. Earl hasste Rinderblut. Das Einzige, was er noch mehr hasste, war kaltes Rinderblut. Er konnte sich zwar von dem Zeug ernähren, aber das hieß nicht, dass er das auch wollte. Doch so ungern er es auch zugab: Duke hatte Recht. Das hier war sicherer.

Earl musste seine Mahlzeit nicht töten, wenn er aß, aber manchmal passierten eben Unfälle. In einem Truckstop außerhalb von Tulsa war er während des Abendessens erwischt und von einem Haufen religiöser Spinner fast einen Kopf kürzer gemacht worden. Duke hatte damals seinen Arsch gerettet und seither keinen Tag verstreichen lassen, ohne ihn daran zu erinnern.

Earl hatte schon oft Rinder gejagt und die meisten Haustierrassen probiert. Emus schmeckten nicht übel, aber sie waren sehr schreckhaft und traten aus wie die Verrückten. Ziege war gut, aber eine Stunde später war man schon wieder hungrig. Schwein war ganz nett, aber Earl kroch nicht gern im Schlamm herum. Pferde hatten einen fürchterlichen Nachgeschmack, und Esel waren bis zu einem gewissen Alter einfach grauenhaft. Lama hatte er nie probiert. Hatte es nie geschafft, durch all die Wolle an eine Vene zu gelangen.

Er sprang über den Zaun und schlich sich vorsichtig an die Kuh heran. Die Biester waren meist einfach zu erwischen. Er unterdrückte ein Schaudern, als er sich daran erinnerte, wie er einmal einen Stier für eine Färse gehalten und sich auf seinen Hörnern wiedergefunden hatte, was für den Rest der Nacht ein unangenehmes Loch in seinen Eingeweiden hinterlassen und ein brandneues T-Shirt ruiniert hatte. Nun vergewisserte er sich gründlich, dass ein Euter vorhanden war, bevor er in die Halsader der Kuh biss. Er trank sich satt (so viel er ertragen konnte). Die Kuh schlief die ganze Zeit über.

Auf dem Rückweg zum Friedhof ließ er sich Zeit. Friedhöfe waren ihm nicht geheuer. Das war immer so gewesen. Jedes Mal, wenn er als Sterblicher an einem vorbeigekommen war, hatte er spüren können, wie ihn die Augen der Toten anstarrten. Er hatte sich dann selbst gesagt, dass es so etwas wie Geister nicht gab, auch keine Schwarzen Männer oder Monster. Sie alle waren nur Produkte seiner Einbildung. Dann jedoch war Earl gestorben und als einer der Untoten aus dem Grab auferstanden. Monster in die Welt der Kinderfantasien zu verbannen ist viel schwieriger, wenn du selbst zu einem geworden bist. Er entdeckte, dass die meisten Schrecken, die in der Nacht lauerten, gar keine echten Schrecken waren. Die meisten waren ganz gewöhnliche Burschen und versuchten ihr Leben zu leben, wie alle anderen auch. Solange man sie in Ruhe ließ, waren sie vollkommen harmlos, abgesehen von einem gelegentlichen Biss in den Hals. Die Menschen waren die wahren Schrecken, regten sich ständig auf und wollten irgendwas töten.

Aber Friedhöfe fand er immer noch gruselig, weil er Gespenster gruselig fand. Und die Erfahrung lehrte, dass jeder Friedhof mindestens ein Gespenst beherbergte. Die meisten Leute konnten sie nicht sehen, außer als vorbeihuschenden Schatten in einer unheimlichen Nacht, wenn das Mondlicht gerade richtig fiel. Earl – als Vampir – hatte nicht so viel Glück. Er befand sich auf dem schmalen Grat zwischen Tod und Leben, mit einem Fuß auf jeder Seite, ohne wirklich zu einer von ihnen zu gehören.

Ein hüfthoher Holzzaun umschloss den knapp zwei Hektar großen Friedhof. Der Zaun stand an manchen Stellen gerade noch aufrecht, an anderen war er bereits zusammengefallen. Ein hoher, schmiedeeiserner Torbogen markierte den Eingang. Der linke Torflügel hing an einem einzigen rostigen Scharnier. Der rechte Flügel schwang quietschend hin und her. Die Gräber waren durch selbst gemachte hölzerne Grabsteine markiert, ein paar wenige durch bescheidene echte Grabsteine. Einige hohe Kakteen standen wie reglose Wächter da. Der Wind erhob sich gerade lange genug, um eine Staubwolke aufzuwirbeln und einen Steppenläufer über Earls Weg zu treiben.

»Ich hab vor gar nichts Angst.«

Er durchquerte das Tor.

Sofort wurde ihm klar, dass hier etwas nicht stimmte. Löcher klafften auf dem ganzen Gelände, wo sich Zombies den Weg aus ihren Ruhestätten freigegraben hatten. Earl zählte sechzig, bis er die Lust verlor. Es sah so aus, als hätte nicht ein einziger Leichnam den Anstand besessen, in seinem Grab zu bleiben. Bis auf einen.

Im hinteren Teil des Friedhofs befand sich ein Grab, auf dem nur ein eingesunkenes Holzkreuz stand. Der Friedhofswächter saß daneben. Earl konnte den Geist deutlich erkennen. Er war eine Sie, und sie sah so wirklich und plastisch aus wie jede andere Person aus Fleisch und Blut. Es gab wenig Geisterhaftes an ihr, aber Earl wusste es besser. Er erkannte Gespenster. Immer. Da war etwas an dieser bleichen, weichen Konsistenz ektoplasmischer Haut und der milchigen Farbe geisterhafter Augen. Das Gespenst trug abgeschnittene Jeans, ein Flanellhemd und Turnschuhe. Ihr langes, braunes Haar, zu einem Pferdeschwanz gebunden, wehte in der Brise. Mit ihren Grübchen in den Wangen, den vollen blauen Lippen und einem trainierten, athletischen Körperbau war sie hübsch. Doch selbst ein hübscher Geist war immer noch ein Geist und jagte Earl einen Schauer über den Rücken.

Er räusperte sich. »Entschuldigen Sie, Miss.«

Sie sah zu ihm auf, dann über ihre Schulter, dann zurück zu ihm. »Sprechen Sie mit mir?«

»Ich sehe hier sonst niemanden.«

»Sie können mich sehen?«

Er nickte.

»Wirklich?«

»Ja.«

Sie stand auf und wedelte mit ihren Händen vor seinem Gesicht herum. »Wirklich?«

Er hielt ihre Arme fest. »Wirklich.«

Der Geist schnappte nach Luft und zog die Arme zurück. »Sie haben mich berührt!«

Wenn es etwas gab, das er noch weniger mochte als Geister, dann war es ein Geist, der nicht wusste, wie die Dinge liefen.

Sie streckte ihre Hand aus und stieß ihm versuchsweise mit dem Finger gegen die Brust. Als ihre Hand nicht durch ihn hindurchdrang, lächelte sie. »Es kommt mir vor wie eine Ewigkeit, seit ich das letzte Mal jemanden berührt habe. Fast habe ich vergessen, wie das ist. Sind Sie auch tot?«

»Untot«, korrigierte er.

»Wie, ein Vampir? Sind Sie ein Vampir?« Sie betrachtete den dünnen, schlacksigen Mann von oben bis unten. »Sie?«

»Wir haben vor einer ganzen Weile aufgehört, schwarze Umhänge zu tragen. Ich heiße Earl.«

»Ich bin Cathy.« Sie streckte ihre Hand aus, die er geflissentlich übersah. Er berührte Geister nicht gerne, wenn es sich vermeiden ließ.

»Wessen Grab ist das?«, fragte Earl.

»Meins.«

»Dann waren Sie also die letzte Person, die hier begraben wurde.«

»Ja. Woher wissen Sie das?«

»Die letzte Person, die auf einem Friedhof begraben wird, bleibt normalerweise zurück, um den Friedhof zu bewachen.«

Cathy schlug sich mit einer Faust in die Handfläche. »Das ist es also! Mann, was für eine Erleichterung! Ich dachte, ich sei hier, weil jemand noch irgendeine offene Rechnung mit mir hätte.«

»Hat Ihnen der letzte Wächter nichts gesagt?«

»Nein. Er sagte nur ›Adios, Arschloch‹ und verschwand.«

Kopfschüttelnd beugte sich Earl zu Cathys Grabstein hinunter, um die Inschrift zu lesen. Es stand kein Name darauf, nur die Worte »Ruhe in Frieden« waren in das Holz geschnitzt.

»Ich war auf der Durchreise, als ich von einem Auto überfahren wurde. Ich hatte keine Papiere bei mir und keine Familie, die nach mir gesucht hätte, also begruben sie mich einfach hier. Sie dachten wohl, sie würden mir einen Gefallen tun. Hm, wie lange muss ich jetzt hier bleiben?«

»Bis der nächste da hingepflanzt wird.«

»Aber sie begraben hier niemanden mehr. Heißt das, ich stecke für immer fest?«

»Möglich. Kanns nicht mit Sicherheit sagen.«

Sie zog eine Grimasse. »Großartig.«

»Ja. Tut mir Leid, dass ich derjenige bin, der es Ihnen sagen muss.« Er tätschelte in dem halbherzigen Versuch, sie zu trösten, ihre Schulter. »Haben Sie in letzter Zeit irgendetwas Seltsames gesehen?«

»Sie meinen, abgesehen von den Zombies? Ja, ich habe schon was Komisches bemerkt. Sehen Sie das Loch da drüben? Da kam gestern ein Leichnam herausgekrochen, aber da ist gar kein Grab.« Sie zeigte auf einige weitere Stellen, an denen Zombies erschienen waren, ohne vorher begraben worden zu sein.

Earl dachte nach. Ruhelose Leichname konnten aus den verschiedensten Gründen aus ihren Gräbern steigen. Vielleicht ein alter indianischer Fluch oder eine mit einem Voodoozauber belegte Erdschicht oder unzählige andere Gründe. Aber Zombies wuchsen doch nicht wie Unkraut. Es musste einen Körper geben, aus dem ein Zombie entstand. Das waren die Regeln.

Es sei denn, jemand benutzte schwarze Magie. Aber nicht nur die alltägliche Böser-Blick-schwarze-Magie. Etwas sehr viel Unheilvolleres, sehr viel Mächtigeres und sehr viel Gefährlicheres.

Das würde nicht so leicht in den Griff zu bekommen sein, wie er gedacht hatte.

Cathy folgte ihm zurück zum Friedhofstor. »Gehen Sie schon?«

Er wollte ihr in die Augen schauen, konnte es aber nicht. »Ich hab da noch ein paar Dinge, um die ich mich kümmern muss.«

»Oh. Okay. Sehen wir uns morgen wieder?«

»Ich weiß nicht. Vielleicht.«

Sie lächelte. »Ich werde aufpassen, ob ich irgendwas Ungewöhnliches bemerke. Sie sollten morgen wiederkommen.«

»Mal sehen«, antwortete er.

Er trabte zielstrebig zurück zum Diner und schaute ein letztes Mal über die Schulter zurück.

Der Geist winkte ihm von der anderen Straßenseite zu.

Earl winkte zurück und ging hinein.

FÜNF

Gegen neun Uhr empfing das Diner die ersten Gäste der Nacht. Vier Teenager in einem Volkswagen Beetle. Sie bestellten die Suppe und den Salat des Hauses. Während Loretta ihren Salat vorbereitete, besprach Earl das Zombie-Problem mit ihr.

»So wie ich das sehe, ist das Problem nicht nur der Friedhof, wie ich zuerst dachte. Sehen Sie, Zombies sind im Allgemeinen nicht sehr helle. Sie ziehen einfach so durch die Gegend, wenn sie niemanden haben, der ihnen sagt, was sie tun sollen. Bis jetzt war ja alles, was diese Zombies gemacht haben, hierher zu kommen und Sie zu schikanieren. Oder gab es auch mal Angriffe auf irgendwelche andere Läden?«

»Naja, meiner ist eben am nächsten dran«, argumentierte sie.

»Das hab ich auch erst gedacht. Einfach eine Ortsfrage. Aber hundertachtzig Zombies, die ausgerechnet diesen Laden hier aussuchen, nur weil er am nächsten liegt, ergeben keinen Sinn, wenn man mal drüber nachdenkt. Das sind einfach zu viele, als dass nicht ein paar davon in irgendeine andere Richtung marschieren würden. Es sei denn, sie werden gelenkt.«

Loretta streute Croutons auf den welken Salat. »Dann macht das jemand mit Absicht?«

»Vielleicht. Nur weil sie vom Diner angezogen werden, muss es natürlich nicht unbedingt sein, dass ihnen jemand sagt, sie sollen herkommen. Es heißt nur, dass irgendeine Kraft dahintersteckt. Es kann auch sein, dass es nicht einmal ein Mensch ist.«

Sie balancierte das Tablett auf einer breiten, fetten Handfläche. »Was könnte es sonst sein?«

»Möglich wär vieles. Eine körperlose böswillige Kraft wie ein zorniger Geist oder ein erdgebundener Dämon. Auch könnte der Ort ein Zombie-Magnet sein.«

Missmutig verließ sie die Küche, um ihre Kunden zu bedienen. Ebenso missmutig kam sie zurück.

»Und was kann ich da machen? Soll ich den Priester kommen lassen, damit er das Diner exorziert?«

»Schaden kanns nicht, aber ich glaube kaum, dass das was ändern würde. Was auch immer es ist, womit Sie es hier zu tun haben, es ist um einiges hartnäckiger als das, was ich sonst zu sehen kriege, mit all diesen Zombies aus dem Nichts und allem. Ist vor dem Ärger mit den Leichen schon mal was Seltsames passiert?«

»In Rockwood passieren viele seltsame Dinge«, antwortete sie. »Da müssen Sie sich schon genauer ausdrücken. Was meinen Sie mit seltsam?«

»Keine Ahnung. Irgendwas mit dem Diner oder dem Friedhof, das Ihnen komisch vorkam.«

Sie verschränkte ihre schwabbeligen Arme über der Brust. »Gil Wilson, der letzte Besitzer, ist vor fünf Jahren einfach so verschwunden. Der Sheriff hat das Ganze untersucht und nichts Ungewöhnliches gefunden. Alle dachten, den alten Gil hätt's gepackt und er sei einfach weggegangen. Er war ein ziemlich komischer Kerl. Hat nie richtig ins Bild gepasst.

Das Diner stand dann jedenfalls drei Jahre lang leer. Danach hat mir der Marshall erlaubt, es herzurichten. Genau genommen ist es immer noch Gils Laden, aber keiner glaubt, dass er zurückkommt. Denken Sie, sein Verschwinden hat irgendwas mit dem Ganzen hier zu tun?«

»Ich würds nicht ganz ausschließen.«

»Und dann ist da dieser Fleck auf dem Boden, der nicht mehr rausgeht.«

»Blut«, sagte Earl.

»Verdammt, ich habs gewusst. Man kann nicht so viel Blut wegputzen wie ich, ohne dass man lernt, es zu erkennen. Jedes Mal, wenn ich es loswerde, kommt es sofort wieder. Ich weiß nicht, ob es mit dem Ganzen zusammenhängt. Trotzdem ist es verdammt lästig.« Sie kratzte ihr Kinn. »Sonst fällt mir gerade nichts ein. Wenn Sie meinen, es könnte helfen, frage ich auch mal rum.«

»Kann nicht schaden.«

Loretta ging wieder zu ihren Kunden hinüber. Die Tür des Lagerraums öffnete sich und Duke erschien mit zerknitterter Kleidung und verfilzten Haaren. Er gähnte und kratzte sich den Bauch in der weitläufigen Region zwischen Bauchnabel und Schritt.

»'n Abend Duke.«

Duke grunzte. Das war das Äußerste an Konversation, deren er so früh nach dem Aufstehen fähig war. Grimassen schneidend, die Augen halb geöffnet, fummelte er geräuschvoll in der Küche herum und klatschte eine schiefe Ansammlung von Brot, Speck, Schweizer Käse, Mayonnaise und Salat aufeinander. Dann stopfte er das Ganze ungeschickt zwischen seine Kiefer und biss einen Mund voll ab.

»Hast du dir den Friedhof angeschaut?«, fragte er, während er sich Krümel vom Kinn wischte.

Earl nickte.

Duke öffnete eine Cola und nahm einen großen Schluck. Er schnalzte mit den Lippen und nahm noch einen Bissen.

»Und?«

»Ich hab das im Griff, Duke.«

»Mit dem Wächter geredet?«

Earl warf Duke einen verärgerten Blick zu. »Sicher hab ich mit dem Wächter geredet.«

»Und?«

»Ich kümmere mich schon darum, du Idiot.«

Die Küchentür schwang auf. Loretta kam herein, mit zwei Teenagern im Schlepptau. Der Junge wirkte groß, athletisch, mit strohblondem Haar. Das Mädchen war eine zierliche Asiatin in Shorts mit einem blauen Trägershirt.

Loretta stellte sie kurz vor. »Jungs, das sind Chad und Tammy. Und das sind die Jungs. Sie helfen mir eine Weile mit dem Diner.«

Earl nickte in Richtung der Teenager.

Duke stopfte den Rest seines Sandwichs in die rechte Backe. Kauend nahm er noch einen Schluck von seiner Cola, bevor er Earl die halb leere Flasche reichte.

»Ich geh wieder ins Bett.«

»War nett, Sie kennen zu lernen«, bemerkte Tammy, als er zurück in den Lagerraum schlurfte.

Duke murmelte eine Antwort, während er ging.

Loretta ließ zwei Hamburgerbratlinge auf den Grill fallen. »Das Übliche, Kinder?«

»Ja, Ma'am«, antwortete Chad.

Tammy lehnte sich an die Theke. Sie streckte die Arme über den Kopf. Ihr Top rutschte nach oben und entblößte die untere Kante ihres Büstenhalters.

Earl blickte taktvoll an die Decke.

»Wie lange wollen Sie hier bleiben, Sir?« Sie warf ihm ein herausforderndes Grinsen zu. »Wenn man fragen darf?«

»Paar Tage.«

Sie warf ihr langes, schwarzes Haar mit den Händen zurück. Mehrere Strähnen fielen über ihre Schulter. Leicht seufzend sog sie Luft ein, unhörbar für sterbliche Ohren.

Earls Herz schlug hart in seiner Brust. Oder hätte es

getan, wenn es noch geschlagen hätte. Er spürte die Verbindung. Vampire hatten einen übernatürlichen Sinn für die körperlichen Begierden der Menschheit. Sie fühlte sich von ihm angezogen. Oder, genauer gesagt: von dem Vampir in ihm. Nicht jeder spürte es. Aber wenn Leute es taten, konnten sie nicht anders, als sich zu ihm hingezogen zu fühlen. Kerle wollten seine besten Freunde sein. Frauen wollten mit ihm ins Bett. Nicht dass sie wirklich wussten, warum. Die Anziehung war fast immer unterbewusst.

Tammy beugte sich zu ihm und ließ ihn ein gutes Stück ihres Dekolletés sehen. Langsam fuhr sie mit den Händen ihre festen, herrlich proportionierten Schenkel auf und ab.

Earl war für seinen weiten Overall plötzlich sehr dankbar.

»Ich werde in drei Monaten achtzehn«, verriet Tammy ohne Vorwarnung.

Die Bemerkung hing unbehaglich neben dem Geruch von verbranntem Fett in der Luft. Chad stellte sich hinter Tammy und schlang die Arme um ihre Taille. Keines der Kinder wandte den Blick von Earl ab.

Der Vampir lächelte höflich und nickte.

Auf der Liste aller Probleme, die Untote hatten, war das Minderjährigen-Syndrom eines der nervtötendsten. Aus irgendwelchen unerklärlichen Gründen waren Mädchen im Teenageralter am anfälligsten für seine untote Natur. Sie waren auch am wenigsten in der Lage, ihre Hormonflut unter Kontrolle zu halten. Die Bürde der Selbstkontrolle lastete voll und ganz auf seinen Schultern. Meistens war das linkische Flirten der Teenager ganz einfach zu handhaben. Pickel und Zahnspangen schadeten auch nicht.

Tammy legte einen Finger auf ihre roten Lippen und lächelte.

Das hier war eine Ausnahme.

Loretta kam ihm zu Hilfe. »Warum wartet ihr Kinder nicht draußen? Es dauert nicht mehr lange.«

»Klar, Miss Vernon«, antwortete Chad, erpicht darauf, seine Freundin aus Earls Gegenwart zu entfernen.

Gegen seinen Willen konnte Earl nicht anders, als Tammys perfekt gerundeten bald-achtzehn-Jahre-alten-Hintern zu betrachten. Eine wohlgeformte Wade war das Letzte, was verschwand. Loretta räusperte sich auf eine Weise, die zu gleichen Teilen missbilligend und drohend wirkte. Earl entschied, dass jetzt ein guter Momen war, sich in den Lagerrraum zurückzuziehen.

Chad schlang seine Arme eng um Tammy. Seine prüfende Zunge fand ihr Ohr.

»Lass das, Blödmann.« Sie bohrte ihm den Ellbogen in die Seite und er ließ von ihr ab. »Geh auf die andere Seite.«

»Aber Baby …«

Sie funkelte ihn an. Er gab auf und setzte sich ihr gegenüber.

»Ich versteh das nicht. Warum willst du so einen

dürren alten Typen, wenn du das hier haben kannst?« Er spannte seinen übertrainierten Bizeps an.

»Er ist ein Vampir«, seufzte sie.

Fasziniert vom Anblick des eigenen beeindruckenden Körperbaus hörte Chad nur mit halbem Ohr zu. »Wer? Der fette Typ?«

»Nein, der dürre Typ«, korrigierte sie. »Der fette Typ ist ein Werwolf.«

»Woher weißt du das?«

Sie erwog, ihm zu erklären, wie sie als kleines Mädchen entdeckt hatte, dass sie das zweite Gesicht besaß, die Fähigkeit, die übernatürliche Welt zu sehen. Die Welt, deren Existenz die meisten Leute ihr Leben lang abstritten. Die Leute bemerkten Earls fehlenden Schatten nicht – oder Dukes vernarbte Handflächen. Dabei waren das für jemanden, der wusste, worauf er achten musste, offensichtliche Zeichen.

»Hey, Baby«, fragte er, »ist mein rechter Arm dünner als mein linker?«

»Ich weiß nicht.«

»Ich glaube, er ist es.« Er betrachtete abwechselnd beide Arme. »Verdammmt! Ich bin gleich zurück, Babe. Ich muss zur Toilette und nachschauen, ob es stimmt.«

Er stand auf und ging, wobei er mit den Armen schlug wie ein muskelbepackter Truthahn. Eines Tages, tröstete sich Tammy selbst, würde sie eine bessere Anhängerschaft finden. Bis dahin musste er genügen. Obwohl sie sich schon sehr darauf freute, Chad ihren Göttern zu opfern, wenn die Zeit endlich gekommen war. Die Vorstellung, ihn an einen Altar gefesselt und um Gnade winselnd zu sehen, amüsierte sie ein paar befriedigende Minuten lang.

Grinsend wie ein Idiot kam er zurück. »Falscher Alarm, Babe.«

Sie schielte auf seine Arme. »Bist du sicher?«

Ein Stirnrunzeln ersetzte sein Grinsen und er stolzierte noch einmal in Richtung Toilette davon.

Tammy gluckste.

Ihre Gedanken kehrten zu dem Vampir und dem Werwolf zurück. Ihr Auftauchen war mehr als reiner Zufall. Hatte das Diner sie angezogen? Und wenn es so war, kannten sie sein Geheimnis? Und wenn sie es kannten, waren sie dann hier, um Tammys Vorhaben zu vereitlen? Sie hatte zu hart daran gearbeitet, um jetzt ein paar Außenseitern zu erlauben, sie aufzuhalten. Sie würde, wenn es nötig war, all die dunklen Mächte, die ihr zur Verfügung standen, losschicken, um mit diesen Eindringlingen fertig zu werden. Ein sterbliches Opfer war schon gut. Aber ein übernatürliches wog bei den alten Göttern oft mehr. Und zwei Opfer waren umso besser. Wenn es darauf hinauslief, würde sie Chad trotzdem opfern. Die alten Götter waren über jede Seele froh, die sie sich schnappen konnten. Sogar über eine Seele, die so hohl und vollkommen wertlos schien wie seine.

Abgesehen davon: Was für einen Sinn hatte es, ein glorreiches neues Zeitalter herbeizuführen, wenn man nicht auch ein bisschen Spaß dabei haben konnte?

SECHS

Der Morgen graute und Earl zog sich in seinen Schrankkoffer zurück, während Duke widerstrebend aufstand, um einen neuen Tag voller Arbeit zu beginnen. Earl schüttelte sein Kissen auf, während Duke sich streckte und versuchte, die Knoten in seinen Schultern zu lösen. Da sie Männer waren, drehte sich ihr kurzes Gespräch um ein unvermeidliches Thema: Tammy.

»Sie wollte mich«, bemerkte Earl. »Das arme Mädchen konnte sich kaum zurückhalten.«

»Das Vampirding?«, fragte Duke.

Earl blickte finster. »Du meinst also, eine scharfe junge Frau könnte mich nicht attraktiv finden, wenn ich nicht untot wäre? Immer musst du mich fertig machen! Ich sage dir was: Als ich noch gelebt habe, wurde ich ständig flachgelegt.«

»Cousinen zählen nicht, Earl.«

Der Vampir schleuderte sein Kissen in den Koffer. »Du kannst mich mal.«

Duke kicherte. »Mann, du kannst manchmal echt eine empfindliche Memme sein. Ich hab dich doch nur ein bisschen verarscht, Earl.«

»Ja, toll, deine Sprüche sind aber nicht lustig. Jedes Mal, wenn du solche Witze machst, bestätigst du negative Klischees. Das ist ein Zeichen für einen reaktiven Verstand, weißt du? Leute wie du sind der Grund dafür, dass Vorurteile immer noch ein Problem sind.«

»Verschon mich, Earl.«

»Nein, wirklich!« Earl kletterte in seinen Koffer, setzte sich aber nicht. »Du denkst vielleicht, das sei alles harmlos, nur ein kleiner Scherz. Aber Leute wie du sind das Grundgerüst der Intoleranz. Ohne dich könnten diese gefährlichen Fanatiker gar nicht existieren.«

Duke schloss die Augen und kniff sich in den Nasenrücken. Diese Rede hatte er schon viele Male gehört. Es war das Risiko, das mit einem »erleuchteten« Reisegefährten einherging.

»Okay. Tut mir Leid.«

»Ich habe früher auch solche Witze gemacht. Habe selbst gedacht, die wären harmlos. Aber dann hab ich gelernt, dass sie Produkte eines reaktiven Verstandes sind.«

»In Ordnung, Earl. Ich habs jetzt verstanden. Keine Witze mehr. Ich werde einfach die ganze verdammte Zeit über ein langweiliger, salbadernder Arsch sein.«

»Du kapierst es einfach nicht, oder?«, seufzte Earl.

»Offenbar nicht.«

Der Vampir saß in seinem Koffer und lenkte die Konversation zurück auf ihr ursprüngliches Thema. »Sie hatte einen wirklich geilen Arsch.«

»Ist mir nicht aufgefallen.«

»Du musst schon blind sein, wenn du den nicht bemerkt hast.«

Duke lächelte dünn. »Ja. Kann sein.«

»Nette Titten hatte sie auch.«

»Perfekte Beine.«

»Und diese Lippen.«

»Einen guten Hals«, fügte Duke hinzu.

»Was soll das denn heißen?«

»Nichts. Habe nur gedacht, sie hat einen guten Hals.«

»Also, jetzt fängst du schon wieder an. Nur weil ich ein Vampir bin, denkst du, ich müsste so ein Halsfetischist sein. Mir ist ein ordentliches Paar Hupen jederzeit lieber als ein toller Hals. Solche Stereotypen erwarte ich von Sterblichen, aber du solltest es wirklich besser wissen, Duke. Du hast zu viele Filme gesehen. Ich meine, ich esse gern und ich bumse gern. Nur weil ich bin, was ich bin, heißt das aber nicht, dass ich beides gleichzeitig mag.« Er verzog das Gesicht zu einer angeekelten Grimasse. »Schon beim Gedanken daran wird mir schlecht. Wahrscheinlich würde ich einen Krampf kriegen oder so was.«

Duke stampfte hinüber zu dem Koffer, drückte Earls Kopf nach unten und schlug den Deckel zu.

»Geh schlafen, Earl.«

Duke trank schnell einen Kaffee, um wach zu werden und dann an die Arbeit zu gehen, bevor die aufgehende Sonne die Wüste zum Glühen brachte. Außerdem wollte er die Mittagsstunden vermeiden. Werwölfe sind um die Mittagszeit herum am schwächsten, sogar fast menschlich. Doch selbst fast menschlich war Duke ein gewaltiger Berg an Kraft und Ausdauer. Nur lag wenig Sinn darin, sich den Job schwerer zu machen als nötig.

Er schlürfte seinen Kaffee, während er seine bisher geleistete Arbeit betrachtete. Der Graben erstreckte sich von der Rückseite der Küche aus acht Meter weit. Bis zum Propantank waren es noch sechs Meter. Er hätte den kompletten Graben an einem Tag ausheben können, allerdings hatte er es nicht eilig. Earl würde noch eine Weile brauchen, um das Zombie-Problem zu lösen. Er hatte jede Menge Zeit. Duke stellte die Tasse weg und griff sich eine rostige Schaufel.

Ein paar Stunden später erschien Loretta, erfrischt von ihrem Vormittagsschläfchen. Die Haare hatte sie zu einem schlampigen Knoten zusammengesteckt. Sie trug Jeans, die kaum in der Lage waren, die voluminöse Masse ihrer Hüften, Schenkel und des Hinterns zu halten. Ein Flanellhemd, an der Taille zusammengebunden, entblößte ihren wackelnden Bauch. Die obersten drei Knöpfe waren geöffnet und erlaubten einen Blick auf ein deutliches Stück ihrer riesigen Brüste. Sie trug einen Krug Limonade in einer Hand, zwei Gläser in der anderen und ein seltsam suggestives Lächeln auf den Lippen, die dick mit hellrotem Lippenstift überzogen waren.

Duke legte seine Schaufel weg, wischte sich den Schweiß von der hemdlosen Brust und stellte sich zu ihr in den Schatten des Diners.

»Sie leisten gute Arbeit, Duke.« Sie goss ein Glas Limonade ein und reichte es ihm.

»Danke.« Er nahm einen tiefen Schluck. Er machte sich nicht viel aus Limonade, war aber durstig genug, um sich nicht weiter daran zu stören. »Bin fast so weit, dass ich das Rohr verlegen kann.«

Sie nickte vielsagend. Ihr schlaffes Haar löste sich rechts noch ein wenig.

Er trank sein Glas leer und zerbiss das Eis.

Loretta fischte einen Eiswürfel aus ihrem Glas. »Heißer als der Hades heute, finden Sie nicht?« Sie strich mit dem Eiswürfel über ihr Doppelkinn. Wassertropfen rannen an ihrem dicken Hals herab.

»Habs schon heißer erlebt.«

»Darauf würde ich wetten«, antwortete sie und klimperte mit den blau getuschten Wimpern.

Duke wusste, wohin das führen sollte. Aber es war eine Richtung, die ihn nicht wirklich interessierte.

»Meine Mama hat immer gesagt, dass Tage wie dieser zum Sündigen gemacht sind.« Sie strich mit dem fast geschmolzenen Eiswürfel quer über ihre Brust. Er rutschte ihr aus den Fingern und verschwand in der Schlucht zwischen den gewaltigen Brüsten. »Verdammt.« Sie schickte ihre Hand auf die Suche. Während sie auf der Jagd nach dem verlorenen Eiswürfel zappelte und sich schüttelte, kam ihre linke Brust dem Hemdrand gefährlich nahe und war kurz davor herauszufallen. Als es fast schon so weit war, rutschte der Eiswürfel ihren Bauch entlang und landete im Dreck, wo er augenblicklich schmolz. Sie warf Duke ein verlegenes Grinsen zu, bevor sie sich umdrehte, um ihre Brüste wieder zurechtzurücken. Sie löste ihre Haare und schüttelte sie. Ihr Doppelkinn und die Falten an ihrem Hals klatschten geräuschvoll zusammen. Ihr wirres, blondes Haar verteilte sich um ihr Gesicht, als wäre eine Strohpyramide auf ihrem Kopf befestigt.

»Es ist schon eine Weile her, seit es der liebe Gott für richtig gehalten hat, mich hier mit männlicher Hilfe zu segnen.«

Er vermied es, ihr in die Augen zu sehen, und konzentrierte seinen Blick stattdessen auf die Vertiefung ihres Bauchnabels in den Ringen um ihre Körpermitte. Ihm wurde klar, dass das einen falschen Eindruck erwecken konnte. Also wandte er sich stattdessen dem frisch ausgehobenen Graben zu.

»Sie scheinen ganz gut zurechtzukommen.«

»Ich komme über die Runden.« Sie stützte die Hände auf die Hüften und kam näher. »Aber es gibt Jobs, die nur ein Mann erledigen kann.«

Ihre Blicke begegneten sich. Er mochte vielleicht ein Werwolf sein, aber sie war das Raubtier. Loretta war keine attraktive Frau, doch auch nicht vollkommen abstoßend. Unter diesen vielen fleischigen Schichten schien sich eine durchaus nette Frau zu verbergen, und ab und zu, wenn er betrunken genug und geil genug gewesen war, hatte er schon wesentlich schlechtere Angebote angenommen. Aber heute war er stocknüchtern und nur ein bisschen geil.

Es war ungerecht. Earl bekam all die Granaten – und er hatte Glück, wenn ihm ein Zweihundertpfünder blieb.

Sie legte ihm eine Hand auf die Schulter.

»Sie sind hier ganz schön ins Schwitzen geraten, was? Ein Mann sollte bei dieser Hitze nicht draußen sein. Ich würde mich schrecklich fühlen, falls Ihnen was passiert. Warum kommen Sie nicht für eine Weile rein?«

Unter dem Vorwand, sich noch ein Glas Limonade einzuschenken, schob er sich so rücksichtsvoll wie möglich aus ihrer Reichweite. »Danke, aber ich will den Graben unbedingt noch fertig machen.«

»Sind Sie sicher?«

»Ja. Wenn ich heute damit fertig werde, kann ich das ganze Rohrverlegen morgen machen. Dann haben Sie deswegen keinen Geschäftsausfall.«

Sie seufzte. »In Ordnung, das ist Ihre Sache, aber wenn Sie Ihre Meinung ändern, wenn es zu heiß für Sie wird, ich bin drin.« Loretta steckte ihre Haare wieder zusammen und kehrte ins Diner zurück.

Duke maß ihr bebendes Hinterteil mit Blicken. Ein Sixpack oder zwei, und das Angebot konnte anfangen, ganz gut auszusehen. Er nahm sich vor, dem Bier für eine Weile abzuschwören.

Eine halbe Stunde später öffnete sich die Hintertür des Diners wieder. Diesmal kamen Red von »Reds

Tierpräparationen und Leichenhalle« und ein dünner, älterer Typ heraus.

»Hallo Duke.« Red streckte die Hand aus. »Weiß nicht, ob Sie sich noch an mich erinnern ...«

Duke nahm Reds welke Hand und erwiderte seinen Händedruck fest, aber nicht zu fest. »Sicher.«

»Das hier ist Walter Hastings.«

Walter tippte an seine Baseballmütze. »Nett, Ihre Bekanntschaft zu machen.«

»Walter hat ein bisschen Ärger mit seinen Kühen – und ich habe ihm erzählt, was Sie mit meinen Hunden gemacht haben. Dass sie jetzt so lieb und nett sind.«

»Ich kann sie Ihnen auch wieder bissig machen.«

»Nein, das ist schon in Ordnung. Ich mag sie so lieber. Aber wie schon gesagt, Walter hat Ärger mit seinen Kühen, und ich habe ihm erzählt, dass Sie gut mit Hunden umgehen können. Und er fragt sich, ob Sie vielleicht auch so ein Händchen für Kühe haben?«

»Haben Sie's schon mit 'nem Tierarzt versucht?«

»Walter hier traut Tierärzten nicht. Er meint, sie seien Teil der ... äh ... was sagst du immer, Walt?«

»Aufgeblähten und übertriebenen medizinischen Geschäftemacherei.«

»Ich kann sie mir ja mal anschauen.« Duke warf einen prüfenden Blick in Richtung der sengenden Sonne, die genau über ihnen hing. »Wollte sowieso gerade eine Pause machen.«

»Ich wäre Ihnen sehr dankbar. Ich werde Sie natürlich bezahlen. Sagen wir ... einen Zwanziger?«

Duke rammte seine Schaufel in die Erde. »Gehen wir.«

Statt sich in die Kabine des Pick-ups zu quetschen, setzte er sich mit Walters Hund Betty auf die Ladefläche. Der Köter war eine Mischung aus zwei Dutzend Rassen mit deutlichen Spuren von Collie, Doberman und – seiner Größe nach zu urteilen – Bernhardiner. Sie legte den Kopf auf seinen Schoß und Duke kraulte sie hinter den Ohren.

»Ich hab dir doch gesagt, er kann mit Tieren umgehen«, sagte Red.

Der Wagen rumpelte die Straße entlang und bog nach ein paar Meilen ab. Er fuhr quer über Walts Land auf eine kleine Herde von sechs dürren Kühen zu. Sie waren hauptsächlich Haut und Knochen, ihre Rippen zeichneten sich unter der hängenden Haut ab und ihre leeren Euter hingen schlaff herunter. Eine Kuh hob den Kopf von dem trockenen Strauch, auf dem sie herumkaute, um den sich nähernden Wagen zu beobachten, und graste dann weiter.

»Und was genau ist das Problem?«, fragte Duke, während er von der Ladefläche sprang, um sich umzusehen.

»Naja, sie sind nicht krank und sie fressen auch nicht weniger, soweit ich das beurteilen kann. Sie magern nur ab und geben keine Milch mehr.

»Sonst noch was?«

»Sie machen irgendwie einen dummen Eindruck.« Walter zeigte auf ein großes Jerseyrind. »Melinda hier war mal richtig klug. Für eine Kuh. Jetzt hat sie diesen ... ich weiß auch nicht ... leeren Blick. Als würde sie mich nicht mal erkennen.«

Duke umrundete Melinda zweimal. Er fuhr mit der Hand an ihrem unebenen Rückgrat entlang, untersuchte ihre Zunge und Zähne und tätschelte dann den dünnen Hals der Kuh. Melinda schnaubte trocken und rührte sich.

»Ich glaube, ich weiß, wo Ihr Problem liegt.«

»Nichts Ernstes, hoffe ich.«

Duke zog sein Taschenmesser heraus. »Fürchte doch. Sie haben hier sechs tote Kühe.« Er stieß die Klinge tief in Melindas Flanke zwischen die Rippen. Die Kuh schien das nicht zu stören. Er zog das Messer heraus und steckte seinen Finger in die Wunde. »Jep. Kein Blut, sehen Sie? Sie ist vollkommen ausgedörrt.«

Walter und Red traten näher, um besser sehen zu können.

»Heilige Scheiße«, bemerkte Red.

Walter nahm seine Mütze ab und kratzte sich den Kopf mit dem wirren, grauen Haar. »Lieber Gott, so was hab ich noch nie gesehen. Von was reden wir hier? Sind diese Kühe Zombies oder so was?«

Duke nickte. »Jep.«

»Ach du Schreck. Ich wusste, dass Loretta Probleme hat, aber ich hätte nicht gedacht, dass Kühe zu Zombies werden können. Wie kann so was passieren?«

»Kann ich auch nicht sagen, aber die müssen alle eingeschläfert werden. Jetzt fressen sie noch Gras, aber bald werden sie Appetit auf Fleisch bekommen.«

»Aber sie sind tot. Wie bringt man sie um?«

»Kugel in den Kopf sollte genügen, wie bei allen Zombies.«

»Die ganze Herde?«

»Tut mir Leid.«

Walter tätschelte Melinda zwischen den Augen. »Ich werde dich vermissen, altes Mädchen. Ich hab eine Achtundreißiger im Handschuhfach.«

»Die dürfte ausreichen.«

»Äh ... wie lange haben wir noch, bevor sie hungrig werden?«, fragte Red.

»Nicht lange, wette ich«, antwortete Duke.

»Wie wärs mit jetzt gleich?«

Die anderen Männer sahen, dass die Herde sie unbemerkt eingekreist hatte. Die Kuhglocken hätten sie warnen sollen, doch denen hatte niemand Beachtung geschenkt.

»Verdammt.« Duke grunzte. Dass das ausgerechnet jetzt passieren musste.

Bei Tageslicht steckte er in seiner menschlichen Gestalt fest. Ein beinahe menschlicher Werwolf und zwei unbewaffnete alte Knacker hatten keine Chance gegen sechs lebendig-tote Jerseyrinder.

Melinda hob den Kopf und ließ ein langes, gespenstisches Heulen hören. Der Rest der Herde schloss sich ihr in einem markerschütternden Stöhnen an, das aus den schwefeligen Tiefen der Hölle selbst aufzusteigen schien.

»Muuuuuuuuuuuh.«

Mit übernatürlichem Hunger in den Augen, die schlaffen Lippen schmatzend, kam die Herde bedrohlich näher. Das Scheppern der Kuhglocken untermalte ihr ansonsten lautloses Vorrücken.

Der Pick-up war nur ein paar Meter entfernt, aber die Herde stand zwischen den Männern und dem Truck. Duke hob einen großen Stein mit einem spitzen Ende auf. Das konnte ein angemessenes Hilfsmittel sein, um den Schädel einer Kuh zu zerschmettern. Seine beste Wahl – im Augenblick.

Die Kühe leckten sich die Lippen und Nüstern mit violetten, porösen Zungen.

Er hob den Stein über seinen Kopf und zielte auf ein braunweißes Jerseyrind, schwang den Stein mit all seiner Muskelkraft und seinem ganzen Gewicht. Er traf mit einem ohrenbetäubenden Krachen, der Stein riss Fell und Haut mit und entblößte den zerbrochenen Schädel darunter. Die Kuh taumelte plump zur Seite. Grunzend schlug Duke noch einmal zu. Die Kuh brüllte auf und verstummte, als ihre Hirnschale nachgab. Duke konnte die Gehirnmasse darunter sehen. Seine ganze – momentan magere – übernatürliche Kraft zusammennehmend, schlug er ein drittes Mal zu. Knochen splitterten unter Stein und der Schlag zermalmte das Gehirn des Zombies. Die Kuh fiel zu einem zuckenden Haufen zusammen – und nahm Dukes Steinbrocken, fest in ihrem Schädel verankert, mit sich.

Aber er brauchte ihn auch nicht mehr. Jetzt gab es eine Lücke in der Formation der Herde. Der Pick-up (und sein Handschuhfach) waren ganz nah.

Melinda griff von rechts an. Ihr tückischer Kopfstoß

gegen seine Hüfte warf ihn auf den Hintern. Seine Sicht trübte sich, er konnte die wirbelnden Hufe, die auf sein Gesicht zielten, kaum erkennen. Ungeschickt warf er sich herum und vermied es dadurch, den Schädel eingeschlagen zu bekommen.

Walter rannte los. Zwei schnappenden Zombies entkam er, doch ein dritter erwischte ihn. Er fiel über den Kuhkadaver. Das Rind biss ein Stück aus seinem Bein. Walters Gesicht verzog sich, als er ein unterdrücktes Stöhnen von sich gab.

Zombies zwickten Red in die Arme. Sie zerrissen seine Ärmel, doch es floss kein Blut.

Melindas geifernde Kiefer hingen über Dukes Gesicht. Er holte zu einem Schlag auf ihre Nase aus. Und landete in ihrem Maul. Sie biss ihm den Daumen und die mittleren Finger ab. Blut tropfte von ihren hängenden Lippen, während sie beiläufig kaute.

Es tat höllisch weh, aber die Finger würden ja nachwachsen. Falls er diese Tortur überlebte. Werwölfe konnten nur unter ganz bestimmten Umständen getötet werden: durch Silber, Feuer, Enthauptung, manche Arten von Magie und einige Arten von übernatürlichen Wesen. Lebendig gefressen werden konnte auch auf der Liste stehen. Er hatte sich nie die Mühe gemacht, es auszuprobieren.

Melinda schluckte mit einem zufriedenen Schlürfen.

Betty sprang von der Ladefläche des Pick-ups. Furchtlos warf sich der Hund auf die Kuh und versenkte seine Zähne in Melindas weicher Flanke. Ein menschlicher Zombie hätte den Hund ignoriert, aber die – erst seit Kurzem – toten Kühe trugen noch einen Rest ihres Rinderinstinkts in sich. Melinda trat nach Betty. Betty spuckte Haut- und Muskelfetzen aus. Sie entblößte ihre Zähne, mit Schaum vor dem Maul und wild bellend. Die verwirrten Rinder wichen zurück.

Duke und Red halfen Walter auf die Beine. Duke klemmte sich Walts drahtige Gestalt praktisch unter einen Arm und sie rannten zum Truck. Walt und Red kletterten ins Führerhaus. Duke sprang auf die Ladefläche. Walter rammte den Schlüssel ins Zündschloss. Red öffnete das Handschuhfach und fand den Revolver und eine Schachtel Munition. Die Kugeln verteilten sich auf dem Boden und über den Sitz. Er griff sich eine Hand voll davon und stopfte sie in den Zylinder.

Der erstaunliche Appetit der Kühe überwand ihre Furcht. Betty knabberte an Melindas Knöcheln. Ein beiläufiger Tritt traf sie am Maul und streckte sie der Länge nach hin.

Walt startete den Wagen und trat das Gaspedal durch. Der Pick-up zog an und wirbelte eine Staubwolke auf.

Duke pfiff. Betty sprang unsicher auf die Beine und stürmte hinter dem Truck her. Walt verlangsamte ihn gerade genug, dass sie auf die Ladefläche springen konnte.

Die Zombies nahmen die Jagd auf, fielen aber schnell zurück. Walter sah ihnen zu, wie sie im Rückspiegel zu immer kleineren Punkten wurden, bevor er anhielt.

»Was zum Teufel tust du da?«, fragte Red.

Walter nahm die Achtundreißiger und stieg aus. Er hinkte zum Heck und setzte sich, während die Herde näher kam. Er gab Duke sein Taschentuch.

»Tut mir Leid wegen Ihren Fingern, Junge.«

Duke wickelte das Tuch um seine blutige Hand. Ein roter Fleck breitete sich auf dem weißen Stoff aus. »Ist nicht so schlimm, wie es aussieht.«

Muhend kamen die ausgehungerten Zombies auf Schussweite heran.

»Sie waren wirklich nette Mädels.«

»Ich würde es für Sie tun, aber ich bin Linkshänder.«

Walt hob seinen Revolver mit ruhigen Händen. »Schon in Ordnung. Ich sollte es tun. Das bin ich ihnen schuldig.«

Er gab einen gut gezielten Schuss ab. Zwischen den Augen eines Rindes schlug die Kugel eine blutleere Wunde. Es brach zusammen. Mit zielstrebiger Entschlossenheit trottete die restliche Herde weiter. Mit finsterem Blick schoss Walt die restlichen Rinder nieder. Fünf Kühe mit fünf Schüssen. Der letzte Zombie brach nur sechs Schritte vor seinem Ziel zusammen. Betty sprang von der Ladefläche und beschnüffelte die sich im Schmutz windenden Körper vorsichtig.

»Ist das normal?«

»Ziemlich. Wie geht es Ihrem Bein?«

Walter zuckte die Achseln. »Hatte schon Schlimmeres. Ich werd mich doch nicht in einen Zombie verwandeln, oder?«

»Normalerweise nicht, aber wenn Sie sichergehen wollen, sollten Sie in den nächsten Tagen viel Salz essen. Das müsste Sie einigermaßen durchputzen.«

»Meint ihr nicht, wir sollten euch Jungs wieder zusammenflicken lassen?«, rief Red aus der Fahrerkabine.

Walter zog einen abgenutzten Zwanzigdollarschein aus seiner Brieftasche und legte noch einmal zwanzig für Dukes verlorene Finger drauf. Er kletterte auf den Fahrersitz.

»Betty, beweg deinen Arsch!«

Der Hund knurrte eine tote Kuh an, schnupperte an einer weiteren und rannte zurück zum Wagen.

SIEBEN

Die Wunden eines Werwolfes heilen – allerdings abhängig von dem Zeitpunkt, zu dem sie entstanden sind. Einmal war Dukes Brust durch einen Schuss aus einer Schrotflinte aus nächster Nähe zerfetzt worden, doch es war bei Vollmond und nach Einbruch der Dunkelheit passiert. Er hatte sich also nur den Staub abgeklopft und mit dem Abend weitergemacht wie zuvor. Aber seine Finger waren um die Mittagszeit im Neumondzyklus abgebissen worden, und so ließen sie sich Zeit mit dem Nachwachsen.

Er wackelte mit den anderthalb Fingergelenken, die sich bisher regeneriert hatten. Der Verlust zwang ihn dazu, sein Abendessen mit der falschen Hand zu essen, was zwar nicht übermäßig schwer war, aber immerhin lästig.

Gähnend tauchte Earl aus der Küche auf.

»Wurde auch Zeit, dass du deinen Arsch hochkriegst«, sagte Duke zwischen zwei Bissen Chili.

Der Vampir tastete in den tiefen Taschen seines Overalls herum und kramte einen Kamm hervor. Er setzte sich auf einen Hocker neben Duke und zog die Zinken durch sein dünnes Haar. Er kämmte es in eine Richtung. Dann in die andere. Das Ergebnis war eine quer über den Kopf gekämmte Strähne, die seinen offensichtlich kahlen Schädel zierte. Duke ließ ihn machen. Es war vielleicht ein lächerlicher Versuch, aber immerhin konnte sich Earl nicht im Spiegel sehen und merken, wie blöd er aussah. Earl gähnte noch einmal ausgiebig.

»Deine Zähne sind ausgefahren«, informierte ihn Duke.

Der Vampir fuhr mit der Zunge daran entlang und spürte die Unebenheiten der Reißzähne.

»Scheiße.«

Er wandte sich ab und murrte über diese Untoter-Blutsauger-Version der unpraktischen Morgenlatte. Letztere bekamen Vampire zwar auch, allerdings normalerweise nicht zeitgleich.

»Komm schon. Komm schon. So, das wars.« Mit eingezogenen Reißzähnen drehte er sich wieder um. »Danke. Willst du mir erzählen, was mit deinen Fingern passiert ist?«

»Zombie-Kuh.«

»Longhorn?«

»Jersey.«

Earl schüttelte sich. »Das muss unangenehm sein.

Ich meine, ein großer, böser Werwolf wie du bekommt von Klara, der Milchkuh, einen in den Arsch getreten.«

»Lustig.«

»Oder war es Klarabella?«

Duke ließ einen Fingerknöchel nach dem anderen knacken. Earl wusste, dass dies ein Zeichen gefährlicher Gereiztheit war, konnte sich aber nicht zurückhalten.

Er schnippte mit den Fingern. »Ich habs, ich habs, es war Berta, hab ich Recht?«

Dukes Arm bewegte sich unmerklich. Earl fühlte den Stich eines Löffels in seiner Seite, bevor er ihn tatsächlich sah.

»Verdammt, Duke. Das ist mein Lieblings-T-Shirt, du humorloses Arschloch.«

Er packte die fünf Zentimeter Griff, die noch herausschauten, und zog mit wenig Erfolg daran. Unterstützt durch seine untote Kraft versuchte er es erneut. Das Esswerkzeug steckte fest und er wollte nicht noch mehr von seiner übernatürlichen Muskelkraft einsetzen, weil er fürchtete, dadurch das Loch in seinem T-Shirt versehentlich noch zu vergrößern.

Etwas Vampirblut, mattrot und dick wie Sirup, tropfte aus der Wunde. Earl nahm eine Serviette und wischte es weg.

Allmählich begann seine Seite zu kribbeln.

»Also – in dem Chili war doch hoffentlich kein Knoblauch, oder?«

»Nur ein bisschen«, antwortete Duke.

Das Kribbeln ging in ein leichtes, brennendes Stechen über.

Earl hielt sich die Seite und tanzte panisch im Kreis herum. »Zieh ihn raus! Zieh ihn raus! Zieh ihn raus!« Der Vampir hüpfte von einem Bein aufs andere und schnitt Grimassen.

Duke schnappte Earl an der Schulter und warf ihn gegen die Theke. »Hör auf zu zappeln!«

»Pass auf! Das ist mein Lieblings-T-Shirt!«

Der Werwolf zog den Löffel mit einer Drehung des Handgelenks heraus. Der Overall zerriss hörbar. Duke warf das Besteck auf den Tresen.

»Ich hatte ihn abgeleckt, du Memme.«

Earl steckte einen Finger durch den Riss in seinen Kleidern. »Das wär nicht nötig gewesen. Ich hab dieses T-Shirt geliebt. Es lässt meine Schultern breiter aussehen.«

»Du kannst ja nächstes Mal die Klappe halten.«

»Du musst aber zugeben, dass die Geschichte ziemlich lustig ist.«

»Ich hätte tot sein können. Vielleicht.«

»Das ist ja das Lustige daran.«

Duke nahm den Löffel und schlug damit gegen seine Schüssel.

»Ist ja schon gut. Verdammt, du verlierst ein paar Finger, und deinen Sinn für Humor gleich mit. Nicht dass du je besonders viel davon gehabt hättest.«

Sie setzten sich wieder an die Theke.

»Soso, Kühe. Wie viele?«

»Sechs.«

Earl pfiff. »Das klingt nicht gut.«

»Und ich glaube nicht, dass sie tot waren, als sie sich verwandelten. Sie waren zu frisch. Was immer in sie gefahren ist, es wirkte, als sie noch gelebt haben.«

»Glaubst du, das ist ansteckend?«

»Wir haben die Kadaver zur Sicherheit verbrannt, aber Loretta hat ihre Zombies ja auch eingeäschert. Das scheint das Ganze nicht zu stoppen.«

»Verdammte Scheiße.«

Beide Männer wussten, was zu erwarten war, wenn sich diese Sache weiterhin unkontrolliert ausbreitete. Vor allem, wenn sie sich nicht auf bereits tote Dinge beschränkte. Earl, der weder lebendig noch tot war, und Duke, der übernatürliche regenerative Kräfte besaß, waren gegen Zombifizierung immun. Die normalen Einwohner von Rockwood aber nicht.

»Vielleicht sollten wir einfach weiterfahren«, schlug Earl vor, »bevor das alles hier ... unerfreulich wird.«

»Jep. Sollten wir wohl.«

Beide wussten, dass sie das nicht tun würden. Welche bösen Mächte hier auch immer am Werk waren, nur sie hatten die Chance, sie aufzuhalten. Wenn sie jetzt jedoch gingen, waren die braven Bürger von Rockwood mit Sicherheit verloren. Wenn sie nicht zu einer Stadt voller schwankender Zombies wurden, waren sie zumindest zu Munitionsmangel und einem dramatischen Immobilien-Wertverlust verurteilt. Duke und Earl brachten es einfach nicht fertig.

Außerdem: Ihr Benzintank war fast leer und sie waren vollkommen pleite.

»Ich denke, es wird Zeit, Hector anzurufen.«

Duke nickte. »Kann nicht schaden.«

Earl bat darum, Lorettas Telefon benutzen zu dürfen. Sie war einverstanden, nachdem er ihr erklärt hatte, dass das helfen konnte, ihr Problem zu lösen. Der Vampir setzte sich mit einem Notizblock neben das Telefon.

»Wen ruft er an?«

»Nur diesen Typen, den wir in El Paso kennen«, antwortete Duke. »Ein Hexenmeister.«

»Gelehrter der Metaphysik«, korrigierte ihn Earl.

»Was auch immer. Er weiß alles über dieses ganze Zeug hier.«

»Tatsächlich? Warum habt ihr ihn dann nicht schon früher angerufen?«

»Uns war nicht klar, wie ernst die Lage ist.«

»Machen Sie sich keine Sorgen. Ich bin sicher, wenn ich es Hec erkläre, wird er ... – Hey Hec. Ich bins, Earl. Wir haben hier ein großes Problem mit wandelnden Leichen und hatten gehofft, du könntest uns aushelfen.«

Während Earl sein ausführliches Telefongespräch abwickelte, wischte Loretta flüchtig den Boden. Und weil er nichts Besseres zu tun hatte, half ihr Duke dabei. Sie arbeiteten in einem unbehaglichen Schweigen, das nur von dem Geräusch brauner Mopps, die auf Fliesen trafen, und Earls Hälfte des Telefongesprächs unterbrochen wurde. Schließlich, so sehr Duke auch versuchte, es zu vermeiden, endete es doch damit, dass sie ihre Mopps gleichzeitig auswrangen.

Loretta blickte ihn unsicher an. »Ich möchte nicht, dass Sie sich wegen heute Morgen unwohl fühlen. Wenn es jemandem peinlich sein sollte, dann mir.« Sie kicherte. »Ich habe Sie ein bisschen zu heftig angemacht. Wirklich, ich war schlimmer als eine Zwei-Dollar-Hure.«

»So schlimm war es auch wieder nicht«, antwortete Duke.

»Doch, das war es. Die Sache ist nämlich die: Ich habe zwar Bedürfnisse, aber das gibt mir noch lange nicht das Recht, sie Ihnen aufzuzwingen. Ich verstehe, wenn ein gut aussehender junger Kerl wie Sie nichts zu tun haben will mit einer Frau von meinen ... Ausmaßen.«

Duke knurrte unbehaglich. »Das ist es nicht.«

»Na, na, ich bin eine erwachsene Frau. Sie müssen sich keine Sorgen um meine Gefühle machen.«

Er tauchte seinen Mopp in den Eimer. Sie hatte natürlich Recht. Halbwegs. Aber es war mehr als das.

»Schauen Sie. Das ist nicht der Grund. Sie sind eine gute Frau, Loretta. Und ich bin, na ja, ich bin, was ich bin.«

Sie beugte sich näher zu ihm und flüsterte: »Sie meinen, Sie ... können nicht?«

Duke prallte zurück. »Natürlich kann ich. Verdammt gut sogar. Es ist nur mein ... Zustand.«

»Macht es Sie gefährlich, wenn Sie ...?«

»Ja. Naja, wenn ich zu erregt bin ... kann das Ganze ... riskant werden.«

Das war eine glatte Lüge. Er verwandelte sich nicht

gegen seinen Willen. Seine Ungeheuer-Gestalt war ganz Wut und Furie, zum Belauern und Töten gemacht. Sie hatte absolut nichts mit körperlichen Beziehungen zu tun, aber Loretta zu belügen schien ihm der einfachste Weg, aus dieser unbequemen Situation herauszukommen.

»Ist schon in Ordnung, Duke. Ich verstehe. Das ist nicht schlimm.« Sie starrte finster auf den ewigen roten Fleck. Er ging immer ganz einfach weg, aber es dauerte keine fünf Minuten, bis er wieder da war.

»Danke, Hector«, sagte Earl. »Ich werde das mal untersuchen und ruf dich dann zurück.« Er legte auf.

»Und?«, fragte Loretta.

»Er hatte ein paar Einfälle dazu, aber ich muss noch ein paar Sachen checken, bevor wir sicher sein können.« Er klemmte sich den Notizblock unter den Arm und steuerte auf die Tür zu. »Ich bin gleich wieder da. Ach, und Duke: Hec sagte, lebendig gefressen zu werden hätte dich definitiv umgebracht.«

»Danke fürs Fragen.«

»Kein Problem.«

Earl dachte kurz daran, sich einen schnellen Snack zu gönnen, bevor er zum Friedhof ging, aber ein Vampir konnte schon eine Weile ohne Essen auskommen. Und er war nicht hungrig genug für Kuhblut.

Cathy, der Geist, wartete auf dem Friedhof, was er aber auch gar nicht anders erwartet hatte. Der Friedhofswächter konnte sonst nirgendwo hingehen und hatte auch nichts anderes zu tun, als zu warten. Sie saß auf ihrem Grab und wirkte gelangweilt. Ein

Lächeln breitete sich auf ihrem Gesicht aus, als sie ihn bemerkte. Sie sprang auf die Füße und winkte lebhaft.

»Hey! Sie sind zurückgekommen!«

Earl nickte, während er seine Notizen durchblätterte.

»Ich war nicht sicher, ob Sie wiederkommen würden.«

»Muss nur ein paar Sachen unter die Lupe nehmen.«

Sie sah ihm über die Schulter. »Cool! Was suchen Sie? Vielleicht kann ich dabei helfen!«

»Danke, aber ich komm schon zurecht.«

Hector hatte vorgeschlagen, die östlichsten Bäume zu untersuchen. Es waren zwar nur Kakteen, doch Earl nahm an, sie würden auch so durchgehen. Er kniete sich hin und grub.

»Gehts immer noch um die Zombies?«, fragte Cathy.

»Ja.«

»Was hoffen Sie zu finden?«

»Mojobeutel.«

»Was ist das?«

»Ziemlich schwer zu erklären.«

»Oh.«

Ein paar wertvolle Sekunden lang hörte sie auf, ihm auf die Nerven zu gehen. Natürlich war ihre bloße Anwesenheit schon verunsichernd genug.

Der Geist kniete sich neben ihn. »Kann ich Sie was fragen?«

Earl seufzte. »Klar.«

»Wie ist es, ein Vampir zu sein?«

Er zuckte die Achseln. »Eigentlich nicht viel anders, als ein Mensch zu sein.«

»Oh.«

Sie klang enttäuscht. Die Reaktion war typisch. Die meisten Leute erwarteten mehr, aber die Wahrheit war, dass sich seine Existenz, mit Ausnahme von ein paar Änderungen im Lebensstil, nicht sehr verändert hatte, seit er in die Reihen der Untoten getreten war.

»Sind Sie wirklich unsterblich?«

»Ich altere nicht.«

»Und die Sache mit den Spiegeln? Das stimmt doch nicht, oder?«

»Es stimmt.«

»Wow. Also können Sie ihr Spiegelbild nicht sehen?«

»Ich kann meine Kleider sehen. Ich kann nur mich selbst nicht sehen. Es ist ungefähr wie beim unsichtbaren Mann, außer dass es nur im Spiegel vorkommt.«

Sie grinste. »Cool. Ähm, kann ich Sie noch etwas fragen?«

Er hörte auf zu graben. »Ja, Knoblauch macht mir was aus. Ja, Sonnenlicht kann mich töten. Nein, Kreuze und Weihwasser stören überhaupt nicht. Zumindest mich nicht. Doch, ich kann fließendes Wasser überqueren. Nein, ein Pfahl im Herzen tötet mich nicht, aber er hält mich davon ab, mich fortzubewegen. Ja, Köpfen und Rösten kann mich töten. Ja, ich schlafe tagsüber. Ja, ich trinke Blut. Doch, ich kann hereinkommen, ohne eingeladen zu sein. Und ja, ich kann Leute hypnotisieren, wenn auch nicht besonders gut. Ist das alles?«

»Äh ... ja, ich glaube schon. Tut mir Leid. Gehe ich Ihnen auf die Nerven?«

Das tat sie auf jeden Fall, aber so sehr er ihr auch sagen wollte, sie solle weggehen, er brachte es nicht über sich. Er hatte keine Ahnung, wie lang sie schon hier war, wie viele Jahre sie dazu verdammt war, über dieses verlassene Stück Dreck zu wachen mit nichts als Toten als Gesellschaft. Und jetzt nicht einmal mehr das. So oder so würde er Rockwood bald verlassen und Cathy war wieder für ein langes Stück der Ewigkeit allein.

»Entschuldigung. Ich bin nur schlecht gelaunt, weil ich vorhin abgestochen wurde.« Die Wunde hatte sich schon wieder geschlossen, aber dank des Knoblauchs am Löffel war da noch immer ein Stechen in seiner Seite. »Machen Sie weiter. Fragen Sie mich alles, was Sie wollen.«

»Also, Kreuze machen Ihnen wirklich nichts aus?«

»Mir persönlich nicht. Ich habe andere getroffen, denen sie schon was ausmachten. Aber ich bin Atheist.« Er untersuchte das Loch, das er gegraben hatte. »Schätze, es ist nicht da.«

»Warum glauben Sie, es sei da?«

»Es muss der östlichste Kaktus sein.«

»Das ist nicht der östlichste Kaktus. Es ist der da drüben.«

Earl blinzelte in die Richtung, in die sie deutete. Er hätte schwören können, dass das hier Osten war, aber andererseits war sein Orientierungssinn schon immer unzuverlässig gewesen.

»Danke.«

Ungefähr dreißig Zentimeter tief neben dem echten östlichsten Kaktus vergraben fand er, wonach er gesucht hatte. Es war eine billige Tasche, gefüllt mit seltsamen und exotischen Objekten. Der Beutel war ein Fetisch der schwarzen Magie, der Kanal, durch den dunkle Mächte in den Friedhof kamen. Jetzt, da er ausgegraben war, würden aus diesem speziellen Friedhof keine Zombies mehr kommen.

»Oh, das«, sagte Cathy.

»Sie wussten davon?«

»Klar. Ich habe den Kerl gesehen, der es vergraben hat.«

»Wie sah er aus?«

»Ich erinnere mich nicht genau. Damals saß ich an meinem Grab und hatte keine Lust, aufzustehen und genauer hinzuschauen. Ich glaube, es war ein Kind. Vielleicht sechzehn, siebzehn Jahre alt.«

»Wie lang ist das her?«

»Eine Weile. Ich weiß nicht genau. Ich habe irgendwie mein Zeitgefühl verloren.«

Das war verständlich. Geister sind zeitlose Wesen.

»Bis später.«

»Sie gehen? Jetzt schon?«

»Ich hab gefunden, was ich suchte.« Er ließ den Inhalt des Beutels klappern.

»Können Sie nicht noch ein kleines bisschen länger bleiben?«

»Ich muss wirklich gehen. Ich habe noch ein paar Sachen zu erledigen.«

»Oh. Na gut. Kann ich Sie um einen letzten Gefallen bitten, bevor Sie gehen? Darf ich Sie berühren? Ich habe schon seit Jahren niemanden mehr berührt. Nur ein Händedruck.«

Er streckte seine Hand aus.

Vorsichtig, fast ehrfürchtig, legte sie ihre Hand in seine und drückte sanft. Ihre ektoplasmische Haut fühlte sich kühl an. Earl fand es nicht so abstoßend wie sonst. Er ließ den Moment etwas länger dauern, als er gewollt hätte, bevor er sich wieder befreite.

»Wissen Sie, es ist so lange her, seit ich das getan habe, dass ich ganz vergessen hatte, wie es sich anfühlt.«

»Also, wie gesagt, ich hab noch was zu erledigen.«

»Werde ich Sie wiedersehen?«

»Ja. Wie wärs mit morgen Abend?« Seine Antwort überraschte ihn.

Mit großen Augen strahlte sie ihn an. »Wirklich?«

Er grinste zurück. »Ja, klar.«

»Das ist toll!« Sie sprang auf ihn zu und schlang ihre Arme fest um ihn.

Earl stieß sie nicht weg. Noch überkam ihn der Drang danach.

Sie ließ ihn los. Ihre Wangen erbleichten in einem geisterhaften Erröten. »Dann sehe ich Sie also morgen.«

Er konnte ihr nicht in die Augen schauen. Stattdessen blickte er auf seine scharrenden Füße.

»Ja. Morgen.«

Earl wusste nicht, warum er dieses Versprechen abgegeben hatte. Und was noch unerklärlicher war: Er wusste nicht, warum er vorhatte, es zu halten.

ACHT

Die Hupe plärrte.

Tammy schnappte sich ihren Rucksack, sprang von der Couch und steuerte auf die Tür zu. »Das ist mein Fahrer.«

»Einen Moment noch, junge Dame«, krächzte ihr Vater. »Es ist acht Uhr. Wo willst du um diese Zeit noch hin?«

»Chad und ich lernen zusammen.«

Ihre Mutter sprach, ohne vom Strickzeug aufzublicken. »Viel Spaß, Liebes.«

»Jetzt warte mal einen Augenblick. Warum könnt ihr nicht hier lernen? Stimmt irgendetwas nicht mit diesem Haus? Schämst du dich für deine Eltern?«

»Nein, Paps.«

»Achte auf deinen Tonfall, Mädchen!«

»Entschuldige, Paps.«

Ein Geräusch lenkte ihn vorübergehend ab. Er schrie den Fernseher an.

»Ach Sam, lass das Kind doch gehen.«

Er lehnte sich in seinem abgeschabten, quietschenden Lehnstuhl zurück. »Hast du dein Mathebuch dabei?«

»Ja«, seufzte Tammy.

Er schnaubte.

Sie zog das Buch aus dem Rucksack, damit er es sehen konnte.

Draußen hupte es noch einmal.

»Um halb zwölf bist du zu Hause.«

»Ja, Paps.«

»Tammy, ich meine es ernst.«

Eisige Kälte kroch in ihre Stimme. »Ja, Sir.«

»Viel Spaß, Liebes«, sagte ihre Mutter zwischen dem unaufhörlichen Stricknadelklappern.

Auf dem Weg nach draußen achtete Tammy darauf, die Tür zu knallen, da sie wusste, wie sehr es ihren Vater ärgerte. Es war nicht wegen Sam. Er war gar kein so großer Idiot. Besser als die Väter von vielen ihrer Freunde. Aber sie war *Mistress Lilith*, Königin der Nacht, und es war schon schwer genug, die alten Götter wieder auferstehen zu lassen, auch ohne sich mit Ausgehverboten, Grundsatzdiskussionen und Mathehausaufgaben herumschlagen zu müssen. Sie verstand nicht, was daran so wichtig sein sollte. Eine Vier reichte für die Versetzung. Vielleicht nutzte sie in Geometrie ihr »volles Potenzial«, wie er es so gern nannte, nicht aus, aber in der neuen Zeit würde Geometrie nicht viel bedeuten. Denise Calhoun hatte einen glatten Einserdurchschnitt. Er würde sie aber nicht vor der ganz besonderen Hölle retten, die Tammy für schweinegesichtige Schlampen bereithielt, die glaubten, sie seien noch so schlau, nur weil sie alles über Ebenen und Punkte und parallele Linien und anderes vollkommen bescheuertes Zeug wussten, das niemand im wirklichen Leben je brauchte.

Tammy stoppte an der Bordsteinkante und starrte den Gremlin, der sie schnell verschwinden lassen sollte, finster an. Sie riss die Autotür auf.

»Blöder Vollidiot!«

Chad lächelte dümmlich. »Stimmt was nicht, Babe?«

»Ich dachte, du wolltest den Pick-up deiner Eltern ausleihen?«

»Oh, ja schon, aber das konnte ich nicht hinbiegen. Aber ich hab meinem Bruder zehn Kröten gegeben und er hat mir dafür seins geliehen.« Sein Lächeln wurde breiter und verwandelte sich von dumm in vollkommen idiotisch. Er brachte den Motor auf Touren. Er dröhnte und knallte und stieß eine große Wolke aus, die nach brennendem Öl roch. »Es ist eine Schräghecklimousine.«

Sie plumpste auf den Beifahrersitz und knallte die Tür zu. Chad kämpfte eine Weile mit dem Schaltknüppel und brachte es dann knirschend fertig, den ersten Gang einzulegen.

Tammy lümmelte sich in ihren Sitz, stemmte die Füße gegen das Armaturenbrett und zog ihr Geometriebuch und die Stablampe heraus. Sie lernte unterwegs. Es gab viel zu tun heute Abend – und bis halb zwölf alles zu schaffen würde schwierig werden.

Chad legte seine Hand auf ihr Knie. »Also, was ist heute Abend der Plan, Baby?«

Sie schlug ihm mit der Stablampe auf die Finger. »Lass das! Ich versuche zu lernen!«

»Ich hab doch nur gefragt!«

»Fahr einfach!«

Er murmelte vor sich hin. »Manchmal kannst du echt eine Zicke sein.«

»Was?«

»Nichts«, antwortete er schnell, während er an seinen schmerzenden Fingern saugte. »Nichts, *Mistress Lilith.*«

Tammy sagte nichts, aber heute Abend würde sie Chad nicht ranlassen. Sie wusste es. Er wusste es.

Er schaltete das Radio an. »Ach, Scheiße!«

Fünfundvierzig Minuten später hielt der Gremlin vor dem Tor von McAllister Fields, dem größten ehemaligen Friedhof im Bezirk. Chad würgte den Motor ab, ließ aber die Scheinwerfer an. Er und Tammy gingen zum Tor, das mit einem schweren Vorhängeschloss an einer dicken Kette verschlossen war.

»Hast du den Bolzenschneider mitgebracht, wie ich dir gesagt habe?«, fragte sie.

»Äh ... nein, aber ich habe das hier.« Er hielt eine Brechstange hoch.

»Gott, du kannst so ein Vollidiot sein!«

»Nein. Das wird funktionieren. Schau!« Er stellte sich in Schlagposition. »Geh besser zur Seite, Babe.«

Er schlug kraftvoll gegen das Schloss. Metall schepperte auf Metall. Das Vorhängeschloss schwang an seiner Kette hin und her und hatte nur einen winzigen Kratzer an der Aufprallstelle.

Tammy zog ihr gekürztes *Necronomicon* aus ihrem Rucksack und blätterte gereizt die Seiten durch.

Chad eröffnete ein unbarmherziges Trommelfeuer gegen das störrische Vorhängeschloss. Schlag auf Schlag ging darauf nieder, das Schloss aber – verbeult und zerkratzt – hielt. Er keuchte und wischte sich den Schweiß vom Gesicht.

»Ich glaube ... ich habs fast ... es wird gleich ... jeden Moment ... Babe.«

Sie stieß ihn zur Seite. Die Arme gegen die Einfriedung ausgestreckt, intonierte sie die Beschwörung des Offenen Tors. Fünf Minuten lang. Als die letzte Silbe verklang, öffnete sich das Schloss mit einem Klicken.

»Ich muss es schon gelockert haben. Und was suchen wir hier, Babe?«

»Leichen.«

Er erbleichte. »Aber ... aber ... Ich dachte, wir bräuchten keine Leichen, um Zombies zu machen!«

»Brauchen wir auch nicht. Wir machen keine Zombies mehr. Wir brauchen nur ein paar«, beschwichtigte sie ihn. »Vier oder fünf.«

Chad erstarrte. Nur seine Oberlippe zuckte.

»Komm schon, Blödmann. Wir haben nicht die ganze Nacht Zeit.«

Er schüttelte sehr langsam den Kopf. »Auf keinen Fall. Auf keinen Fall. Ich fasse keine toten Typen an.«

»Doch, das wirst du.« Sie stemmte die Hände in die Seiten und tippte mit dem Fuß ungeduldig auf den Boden.

»Nein, werde ich nicht, und du kannst mich nicht zwingen!«

»Sei nicht so ein Feigling!«

»Auf keinen Fall!«

Tammy war auf eine solche Reaktion vorbereitet. Er hatte sich einmal fast in die Hose gemacht, als sie die Fingerknochen eines gehängten Mannes sammeln mussten. Seine jugendliche Angst vor den Toten war ein weiteres gewichtiges Hindernis zwischen ihr und dem Schicksal.

»Na gut.«

Sie stellte ihren Rucksack ab und holte eine Cola heraus. Sie öffnete sie und ließ ihre Finger am Flaschenhals auf und ab gleiten.

»Wenn du nicht willst, musst du nicht.«

Sie führte die Flasche fast bis an den Mund und befeuchtete die Lippen mit der Zunge.

Chads hormonell überbelastete Knie wurden weich.

Tammy legte ihre Lippen um den Flaschenhals und nahm einen tiefen, tiefen Schluck. Ein Tropfen lief ihr am Kinn entlang. Sie setzte die Flasche langsam ab und wischte den Tropfen mit einem vollkommen befriedigten Lächeln weg.

»Okay. Vier tote Typen, aber ich fasse nicht einen mehr an.«

Sie befeuchtete ihre Fingerspitze mit den Tröpfchen am Rand der Flasche und lutschte sie ab. »Fünf.«

»Okay, aber nur fünf.«

Tammy lächelte. Jungs waren so leicht zu kriegen.

Sie hatte McAllister Fields aus einem ganz einfachen Grund ausgesucht. Es war der nächstgelegene Friedhof, der oberirdische Grabkammern hatte. Es war so viel einfacher, Leichname zu sammeln, wenn man sie nicht erst ausgraben musste. Sie hatte sogar noch mehr Glück, denn die erste Grabkammer war nicht einmal verschlossen. Chad benutzte seine Brechstange, um den Sarg darin aufzubrechen. Er prallte von dem Gestank nach verwesendem Fleisch zurück und verzog sich in eine Ecke, um sich zu übergeben.

Tammy warf einen Blick auf die Leiche. »Die ist gut.«

Chad wischte sich die Lippen ab und beugte sich über den offenen Sarg. »Wofür brauchen wir die denn überhaupt?«

»Hör auf, dumme Fragen zu stellen und bring sie zum Auto.«

Zimperliches Taktgefühl kämpfte gegen die rasenden Fäuste wogender Hormone. Er lud sich den Leichnam auf die Schulter und würgte, als er eine dichte Staubwolke einatmete, die nach muffiger Baumwolle roch und ihn an seine Großmutter erinnerte. Der kleine Finger der Leiche brach mit einem trockenen Knacken ab.

»Sei vorsichtig, du Idiot!«, fuhr ihn Tammy an.

Alles lief reibungslos. Chads Abscheu verblasste zu bloßem Unbehagen, bis sie den fünften Leichnam in den Kofferraum des Gremlin geladen hatten. Es war knapp. Ärgerlich und fluchend zwängte er die Ladung hinein und schlug die Heckklappe zu, wobei er versehentlich ein heraushängendes Bein genau unter dem Knie abhackte.

»Scheiße!«

»Jetzt komm schon«, fauchte Tammy vom Beifahrersitz aus. Über den Rückspiegel warf sie ihm einen wütenden Blick zu.

Er bückte sich, so dass sie ihn nicht mehr sehen konnte, und betrachtete das halbe Bein im Dreck.

»Probleme?«

»Nein. Nein, alles cool.«

Er schleuderte das Bein in die Dunkelheit der Nacht. Wenn sie ihn danach fragte, würde er einfach sagen, es hätte schon gefehlt. Das war eine armselige Lüge und zum Scheitern verurteilt. Aber seine Lust flüsterte ihm die bange Hoffnung ein, dass sie ihm glauben könnte. Er würde heute zwar nicht zum Schuss kommen, aber eine halbe Stunde Fummeln war immer noch eine ermutigende Möglichkeit.

Das Knirschen von Reifen auf der staubigen Straße kündigte die Ankunft eines braunen Polizeiautos an. Chad erstarrte im Lichtkegel seiner Scheinwerfer. Sheriff Kopp stieg aus. Mit einer Taschenlampe leuchtete er in Chads ratlose Augen.

»Chad Roberts, bist du das?«

Chad nickte steif. Das wars. Sie waren aufgeflogen.

Er hatte immer gewusst, dass das irgendwann passieren würde. Man konnte nicht lange auf Friedhöfen herumrennen und die Mächte der Finsternis beschwören, ohne Aufmerksamkeit zu erregen, selbst in einem Ort wie Rockwood nicht. Der Kult war vorbei. Sein Vater würde ihm den Arsch versohlen. Seine Mutter würde auf ihre übliche still tadelnde Art die Stirn runzeln. Er würde wahrscheinlich von der Schule fliegen und sogar wegen Entweihung der Toten ins Gefängnis gehen. Chad war nicht sicher, ob das ein Verbrechen war, aber es kam ihm so vor, als sollte es eines sein.

Naja, grübelte er, zumindest hatte ich ein bisschen Action. Und obwohl Tammy meistens eine echte eins a Oberzicke sein konnte, war sie trotzdem ein richtig guter Feger. Er bereute nichts.

Sheriff Kopp stiefelte herüber und öffnete die Tür des Gremlins. »In Ordnung, junge Dame, steig aus.«

Tammy tat, wie ihr befohlen wurde. Der große, hagere Mann ragte hoch über der kleinen Siebzehnjährigen auf.

»Willst du mir sagen, was ihr Kinder hier draußen tut?«

Sie legte den Kopf ganz zurück, um ihm ins Gesicht zu sehen, und blinzelte direkt in das blendende Licht seiner Taschenlampe.

»Gar nichts, Sir.«

»Gar nichts, Sir«, echote Chad. Seine Stimme klang rau.

Sheriff Kopp bewegte sich zu Chad hinüber, der

schnell einen Schritt von dem Gremlin zurückwich. Kopp konnte man nichts vormachen.

»Bleib, wo du bist, Junge!«

»Ja, Sir.«

Chads Herz hämmerte laut. Sein Magen geriet in Aufruhr. Seine Blase fühlte sich plötzlich quälend voll an.

Hinter Kopp murmelte Tammy mit geschlossenen Augen unhörbar vor sich hin.

Der Sheriff ließ den Strahl seiner Taschenlampe über das Innere des Gremlins schweifen. Beim Anblick der fünf im Kofferraum gestapelten Leichen runzelte er leicht die Stirn.

»Sieht aus, als hättet ihr Kinder hier ein bisschen was zu erklären.«

Die Feststellung wirkte in ihrer Untertreibung geradezu mächtig. Zu mächtig für Chad.

»Sie hat mich gezwungen! Ich wollte das nicht tun! Ich wollte das nicht!« Tränen stiegen ihm in die Augen. »Sie ist eine Hexe! Sie hat diese komischen Kräfte! Sie hat mich hypnotisiert! Ja, das hat sie getan!«

Sheriff Kopp schaute an Tammys anmutiger Gestalt auf und ab. »Ja, sicher hat sie das. Okay, auf den Rücksitz des Streifenwagens. Ich will keinerlei Ärger von euch beiden.« Er führte sie freundlich, aber bestimmt zu seinem Wagen.

Tammy wirbelte herum und hielt ihre Hände vor Kopps Gesicht. »Shurma'laka'rala'kama, Herr der Träume, Meister der Seelen, ich rufe dich an!«

Sheriff Kopp schauderte und hielt an.

»Hier geht überhaupt nichts vor sich«, sagte Tammy, »alles ist in Ordnung. Nichts erfordert Erklärungen. Eigentlich ist nichts von alledem je passiert. Jetzt steig in dein Auto und fahr weg.«

Sheriff Kopps Gesichtsausdruck wurde bis auf eine unbestimmte Dumpfheit hinter seinen Augen ganz normal. Er kletterte in seinen Streifenwagen. »Ihr Kinder schafft euch jetzt besser nach Hause. Ist schon spät.« Er startete den Wagen und fuhr ohne ein weiteres Wort davon.

»Wow! Das war unglaublich! Ich wusste nicht, dass du so was kannst!«

Tammy schlug Chad direkt in den Solarplexus.

»Du Arschloch!«

»Was war das?«, fragte er zwischen zwei Hustenanfällen. »Irgend so ein Ding mit Gedankenkontrolle. Wie in *Star Wars*, stimmts?«

Sie lächelte höhnisch. »Lass uns von hier verschwinden.«

»Du bist doch nicht sauer auf mich wegen dieser ganzen ›Sie hat mich gezwungen‹-Sache, oder, Babe?«, fragte er, während sie zurückfuhren. »Ich habe ihn nur für dich abgelenkt. Damit du deinen Jedi-Gedankentrick mit ihm machen konntest.« Er grinste. »Mann, das war scheißcool!«

Sie starrte mit brennender Aufmerksamkeit in ihr Geometriebuch.

»Kannst du mir zeigen, wie das geht?«

Keine Antwort. Zehn Minuten verstrichen.

»Warum benutzt du diesen Hokuspokus nicht einfach bei Loretta, damit wir in das Diner kommen?«

»Er funktioniert nicht bei jedem. Und wenn, dann nur für kurze Zeit«, antwortete sie durch zusammengebissene Zähne.

Chad nickte die nächsten paar Minuten vor sich hin.

»Ach, komm, *Mistress Lilith*. Ich habe doch nur versucht, ihn abzulenken. Wirklich.«

Mit einem scharfen Knall schlug sie ihr Buch zu. Chad gab sich geschlagen. Kein Fummeln heute Abend. Vor allem, wenn sie das mit dem fehlenden Bein herausfand.

Na gut, dachte er, als er wieder einmal aus der bodenlosen Quelle pochender Teenagerlust schöpfte, dann vielleicht morgen.

NEUN

Earl schüttete den Inhalt des Mojobeutels über die Theke. Er sah die sonderbare Sammlung von Objekten durch, die so banal wie exotisch wirkte.

Loretta pickte einen leeren Pfefferstreuer heraus. »Der gehört mir.«

»Das muss die Verbindung zum Diner sein. Damit die Zombies wissen, dass sie diesen Ort angreifen müssen.«

»Und was ist mit dem Rest von dem Zeug?«

»Vor allem magische Zutaten. Die linke Kralle eines Hahns. Eine schwarze Schwanzfeder desselben Huhns. Ein paar Pilze, von einem Leichnam abgepflückt.«

»Und das?« Sie hob ein Stück Papier mit unleserlicher Schrift hoch.

»Eine Beschwörung«, antwortete Duke. »Sieht aus

wie Glok'rooshah, Prinz der Schatten. Oder vielleicht Fuyirbahga, Er, Der Das Fleisch Verdirbt.«

Earl und Loretta warfen ihm misstrauische Blicke zu.

»Als wir letztes Mal in El Paso waren, habe ich Hectors Bibliothek studiert.« Er nahm das Papier und las das Gekritzel. »Erhebe dich, Fuyirbahga. Aus dem Inneren der Erde, ich lade dich ein, sickere in diesen Ort des Todes ein und führe das verweste Fleisch, um die Ungläubigen zu eliminieren.«

Earl riss ihm den Zettel wieder aus der Hand. »Das erfindest du nur!«

»Da steht es drauf.«

»Blödsinn!«

»Lies doch selbst!«

Der Vampir starrte auf die Schrift. »E-ber-he-be-be-be di-bich. A-baus de-bem I-bin-ne-be-re-ben de-ber E-ber-de-be.« Er knurrte wütend. »Was ist das? Griechisch? Sanskrit?«

»Geheimsprache«, antwortete Loretta.

»Jau«, bestätigte Duke. »Die geheime Sprache der alten Götter.«

Earl kicherte. »Das ist bescheuert.«

»Nein. Das ist schlau. Denk mal drüber nach. Jeder kennt sie. Keiner macht sich Gedanken drüber. Aber sie ist da und wartet nur auf jemanden, der weiß, wie man sie benutzt.«

»Trotzdem bescheuert.«

»Vielleicht. Aber es funktioniert.«

»Das wars also?«, fragte Loretta. »Jetzt, wo das Ding

ausgegraben ist, werden keine Zombies mehr auftauchen?«

»Das hat Hec gesagt.«

»Was ist mit den Kühen?«

»Hec nimmt an, dass sie aus Versehen mit ein wenig herumfliegender schwarzer Magie infiziert wurden. Passiert manchmal bei besonders mächtigem Hoodoo.«

Loretta seufzte erleichtert. »Das ist gut. Vielen Dank, Jungs, für eure ...«

»Warten Sie einen Moment. Es muss nicht unbedingt vorbei sein.«

»Aber ich dachte, mit dem Ding hier sind wir die Zombies losgeworden.«

»Sind wir schon, aber wer auch immer es auf dem Friedhof vergraben hat, ist immer noch da draußen. Und aus irgendeinem Grund hat er es auf Ihr Diner abgesehen. Oder auf etwas hier drin. Vielleicht sogar auf Sie selbst. Jetzt, da die Zombies weg sind, könnten sie ... könnten sie, wohlgemerkt ... etwas anderes versuchen.«

»Verdammt«, knurrte Loretta.

»Haben Sie irgendeine Ahnung, wer daran interessiert sein könnte, Sie aus dem Geschäft zu drängen?«

»Ich wüsste nicht, wer.«

»Das macht die Sache schwieriger. Bis wir denjenigen finden, der dafür verantwortlich ist, könnte es auch weiterhin passieren.«

Loretta rang einen Moment lang mit ihrem wirren,

gelben Haar. »Praktiziert jemand in dieser Stadt Voodoo?«

»Voodoo ist eine Religion«, unterbrach Duke.

Sie band die strähnige, gebleichte Masse zusammen. »Ja?«

»Voodoo ist eine echte Religion. Leute, die es praktizieren, machen so was genauso wenig wie Baptisten oder Katholiken.«

»Richtig«, stimmte Earl zu. »Wir sprechen hier nicht von Voodoo oder Wicca oder sogar Satanismus. Die sind alle ziemlich harmlos. Nein, womit wir es zu tun haben, ist jemand, der echte schwarze Magie praktiziert, ein wahrer Jünger der alten Götter. Und ein verdammt mächtiger noch dazu.«

»Alte Götter?«, fragte Loretta.

»Lange Geschichte. Sagen wir einfach, sie lassen Beelzebub wie eine kahle, zahnlose Ratte mit einem Bein aussehen. Und belassen wir es dabei.«

»Meinst du, es ist mehr als einer?«, fragte Duke.

»Normalerweise schon.«

»Warte mal einen Augenblick. Es gibt da also eine oder mehrere Personen, die die Mächte der Hölle anrufen, nur um mich aus dem Geschäft zu drängen?«

Sie nickten.

»Reden wir über 'nen Kult oder so was?«

Sie nickten wieder.

»In Rockwood? Aber wir haben nicht mal ein Kino!«

»So funktioniert das normalerweise. Leute, die was zu tun haben, verpflichten sich im Allgemeinen nicht bei den Lakaien der Finsternis. Eher sind es die Leute mit viel Zeit zum Totschlagen, vor denen man sich hüten muss.«

»Untätige Hände«, stimmte Duke zu.

»Also habt ihr so was schon mal gesehen?«

»Ständig«, antwortete Earl, »vor allem in abgeschiedenen, ruhigen, kleinen Orten wie hier.« Er beugte sich zu ihr hinüber. »Wenn Sie je nach Mexiko kommen, nehmen Sie auf keinen Fall Anhalter mit. Die Chancen stehen besser als fünfzig-fünfzig, dass Sie auf einen Altar geschnallt enden.«

»Das haben Sie sich ausgedacht!«

»Ist mir zweimal passiert. Ich schwörs bei Gott.«

Sie schnaubte ungläubig und kehrte zum ursprünglichen Thema zurück. »Glaubt ihr, Gils Verschwinden hängt mit dem Ganzen zusammen?«

»Hab so ein Gefühl.«

»Aber er war ein so harmloser, alter Kerl. Warum sollte ihm jemand was tun wollen?«

»Warum sollte Ihnen jemand was tun wollen?«, hielt Earl dagegen. »Leute tun sich gegenseitig scheußliche Sachen an. Und haben meistens keinen guten Grund dafür.«

Sie nickte. »Okay. Und wie sollen wir diese Sekte finden?«

»Sie kennen die Stadt besser als wir. Haben Sie irgendwelche möglichen Kandidaten?«

Sie ging hinter der Theke auf und ab und rieb sich nachdenklich das wabbelnde Kinn. »Naja, da ist der alte Curtis Mayfair. War schon immer ein komischer Kauz. Lebt allein in einer alten Baracke. Kommt nicht oft in die Stadt. Redet dauernd mit seinem Hund über Astrophysik oder so was.«

»Dann ist er es nicht«, sagte Earl. »Wissen Sie, diese Sekten sind schlau. Sie verhalten sich nicht so eigenartig. Eher fügen sie sich ein, benehmen sich wie Normalos, bis auf gelegentliche Orgien oder Menschenopfer. Sehr wahrscheinlich haben Sie schon mit demjenigen geredet, der das alles tut – und wussten es nur nicht.«

»Also könnte es jeder sein außer dem alten Curtis.«

»Wir können auch ihn nicht ganz ausschließen. Sehen Sie, manchmal benimmt sich ein besonders schlauer Praktizierender absichtlich verrückt, weil niemand glaubt, dass solch ein Spinner ein echter Kultanhänger sein könnte. Diese Typen sind ganz schön gerissen.«

»Praktizierende Kultanhänger sind schwer zu erkennen, weil sie nicht wie Duke oder ich sind. Bei uns gibt es Anzeichen, wenn man weiß, wonach man suchen muss. Aber wir reden hier von einfachen Leuten. Vollkommen normalen Menschen, die mit der Finsternis umgehen. Es ist schwer, sie festzunageln, außer wenn man das Glück hat, sie auf frischer Tat zu ertappen. Wir müssen die Augen offen halten. Jetzt, da wir wissen, wonach wir suchen, ist es nur eine Frage der Zeit.«

Mit einem höhnischen Schnauben trommelte Loretta mit den Fingern auf der Theke herum.

»Sieht man es positiv«, sagte Earl tröstend, »könnte es sein, dass die Zombies alles sind, was sie haben.«

»Glauben Sie?«

»Nein, vermutlich nicht«, antwortete er ehrlich.

Sie schlug sich fleischig klatschend mit der Faust in die Handfläche.

»Verdammt …«

ZEHN

Am nächsten Morgen rief Loretta als Erstes »Gonzales' Reparaturarbeiten« an. Wanda Gonzales, eine Mexikanerin mittleren Alters mit einer Haut wie Leder, kam kurz vor Mittag an und machte sich ruhig daran, die zerschmetterten Glastüren zu ersetzen.

Kurz danach schaute Sheriff Kopp herein. Er nickte Wanda zu. Wanda, eine Glasscheibe unter dem Arm, nickte zurück.

»Sheriff«, grüßte Duke.

»Morgen, Mr. Smith«, gab Kopp zurück und nahm seinen staubigen Hut ab. »Loretta da?«

»Hinten.«

Kopp setzte sich ein paar Hocker von Duke entfernt an die Theke. Der Sheriff studierte einige Minuten lang die Krempe seines Stetson und pfiff dabei eine träge Melodie, die Duke nicht erkannte.

»Habe gehört, Sie hatten gestern ein bisschen Ärger.«

»Nichts, womit ich nicht fertig geworden wäre.«

»Der alte Walt Hastings sagte, Sie hätten ein paar Finger eingebüßt.«

»Nö.« Duke hielt seine linke Hand hoch und wackelte mit den frisch nachgewachsenen Fingern. »Sah schlimmer aus, als es war.«

»Ich bin sicher, Walter wird sich freuen, das zu hören.«

Eine lange Stille senkte sich über das Diner, nur unterbrochen durch das Geklirr von Wandas Arbeit.

»Walt sagte, Sie hätten einer Kuh mit einem Felsbrocken den Schädel eingeschlagen. Beeindruckend, muss ich sagen. Verdammt beeindruckend.«

»Es war ein großer Felsbrocken.«

»Trotzdem, ich kenne nicht viele Männer, die das hinbekommen hätten. Mal mit Vieh gearbeitet, Mr. Smith?«

»Nö.«

»Mein Vater hatte ein paar Kühe. Als ich ein Kind war, hab ich sie immer gemolken. Ich hatte so eine spezielle Stange: eine große, schwere, aus Blei. Die Art Stange, mit der man einem Mann einfach so den Schädel einschlagen könnte.« Er schnippte mit den Fingern. »Wir haben sie benutzt, um die Kühe in einer Reihe zu halten. Hat den Viechern nie viel ausgemacht.«

»Tatsächlich?«

»Ja. Deshalb nehme ich an, ein Mann müsste schon besonders stark sein, wenn er den harten Schädel einer Kuh einschlagen kann. Sogar mit einem großen Felsbrocken.«

»Musste dreimal zuschlagen.«

»Trotzdem, wirklich beeindruckend.«

Duke nahm einen tiefen Schluck Cola.

Der Sheriff pfiff noch eine Strophe.

Duke war schon öfters Leuten wie Marshall Kopp begegnet. Ruhige, nachdenkliche Männer, die mehr wussten, als sie geradeheraus sagen würden. Duke beschloss, nicht länger herumzumachen.

»Ich bin ein Werwolf.«

Kopp trat hinüber zum Kühlschrank und nahm sich eine Limo. »Hab mir schon so was gedacht.«

»Woher wussten Sie's?«

»Oh, ich habe genug Erfahrung mit solchen Sachen. Vor ungefähr sieben Jahren hatte ich einen Ausbruch von Vampir-Truthähnen. Vor vier Jahren war die Tochter von Charlie Vaughn besessen. Und die Vogelscheuche von den Stillmanns hat angefangen, nachts herumzulaufen und die Kinder zu Tode zu erschrecken. Die Sache ist die: Rockwood hat eine ungewöhnliche Geschichte, und hier Sheriff zu sein bedeutet, mit solchen Problemen fertig zu werden.« Kopp legte den Kopf schief und schaute Duke mit einem sorgfältig kalkulierten Blick an, der beiläufig aussehen sollte, aber alles andere als das war. »Sie werden nicht zum Problem, oder, Mr. Smith?«

»Nein, Sir.«

»Schön zu hören. Und Sie können mich ›Marshall‹ nennen. Das machen alle.«

Lorettas ausladende, wackelnde Gestalt tauchte aus der Küche des Diners auf. Sie nickten sich höflich zu.

»Was kann ich für dich tun, Marshall?«

»Tut mir Leid, dir das zuzumuten, Loretta, aber ich muss dich bitten, den Laden zuzumachen.«

»Wozu?«

»Komm schon«, seufzte der Sheriff. »Du weißt, dass es mein Job ist, mich um die Leute in diesem Bezirk zu kümmern. Ich war bereit, die Zombies zu übersehen, solange sie nur dich belästigt haben, aber jetzt, wo auch noch Walts Kühe angesteckt wurden ...«

»Das war nicht meine Schuld!«

»Klar. Aber dieser ganze Ärger mit den wandelnden Leichen hat mit diesem Diner angefangen, und ich muss annehmen, dass es irgendwie damit zusammenhängt.«

»Das ist nicht fair, Marshall, und das weißt du.«

»Fair oder nicht, ich kann hier keine Toten herumschwanken und meine Bürger belästigen lassen.«

»Aber ich habe mich um die Zombies gekümmert.« Loretta griff unter die Theke und legte den staubigen Mojobeutel vor den Sheriff hin. »Das hier hat sie gemacht.«

Kopp schaute sich den Inhalt an. »Ach, verdammt. Noch so eine Sekte.«

»Fürchte ja«, bestätigte Duke.

»Noch eine Sekte?«, fragte Loretta.

»Ja. Scheint so, als tauche alle paar Jahre mal eine neue auf. Muss die Hitze sein.«

»Sie brauchen ein Kino«, bemerkte Duke.

»Ich hab versucht, ein öffentliches Schwimmbad zu bekommen.«

»Das würde helfen.«

Wanda war mit den Türen fertig und Loretta zahlte die Rechnung in bar.

»Soll ich gleich wieder eine Garnitur bestellen?«, fragte Wanda.

»Danke, aber ich werde keine mehr brauchen.«

Die Handwerkerin zog an ihrem Zigarettenstummel. »Ich glaube, ich werd trotzdem welche bestellen. Nur zur Sicherheit.«

Sie packte ihre Werkzeuge ein. Loretta kehrte zum ursprünglichen Gesprächsthema zurück. »Jedenfalls haben die Jungs gesagt, jetzt, wo das hier ausgegraben ist, wird sich alles beruhigen.«

»Ich denke, ich kann dir noch eine Chance geben«, sagte Sheriff Kopp, »aber das wars dann. Wenn irgendwas Seltsames passiert, werde ich den Laden schließen müssen. Ist nichts Persönliches, Loretta.«

»Ich weiß, Marshall. Du machst nur deinen Job.« Sie hielt ein großes Rechteck aus Pappe mit großen schwarzen Buchstaben darauf hoch.

»JETZT 100% ZOMBIE-FREI. FRAGEN SIE NACH DEM KAFFEEBECHER OHNE BODEN: NUR 25¢.«

»Was meint ihr?«

»Nett«, antwortete Kopp.

»Das wird reichen, bis ich genug zusammengekratzt habe, um die Reklamewand an der Interstate zu mieten.«

Der Sheriff klemmte sich den Beutel unter den Arm.

»Ich nehme das mal als Beweisstück mit, wenn es dir recht ist.« Er tippte an seinen Hut. »Ich muss los. Jemand hat in McAllister Fields ein paar Leichen geklaut. Hängt vielleicht auch mit der Geschichte hier zusammen. Hoffe ich zumindest. Ich hasse den Gedanken, wir hätten hier womöglich sowohl Grabräuber als auch eine Sekte rumrennen.«

Er legte fünfundsiebzig Cent für die Limo auf die Theke.

»Ich habe Ihren Freund noch gar nicht kennen gelernt, Mr. Smith.«

»Er schläft tagsüber.«

Der Sheriff lächelte schief. »Dann muss ich einfach heute Abend mal vorbeischauen. Bis dann, Loretta, Mr. Smith.«

Kopp stolzierte wichtigtuerisch zur Tür hinaus.

Das nächste Geschäft für Restaurantbedarf war gute zwei Stunden entfernt. Loretta überredete Duke, mitzukommen und ihr Gesellschaft zu leisten. Er stimmte widerstrebend zu, besorgt, es könnte sich wieder ein peinliches Schweigen über die Fahrerkabine legen. Seine Bedenken wurden jedoch schnell beiseite gewischt. Ob sie ihm nun seine Werwolf-Ausrede abnahm oder nicht, Loretta schien die Zurückweisung jedenfalls gut aufzunehmen.

Der Truck glitt die Interstate entlang. Kurze Gespräche wechselten sich mit langen Schweigeperioden ab.

Nicht die unangenehme Art von Schweigen, sondern die absolute Stille zweier Menschen, die nicht das Gefühl hatten, jede Sekunde mit Lärm füllen zu müssen. Ab und zu warf Loretta einen höflichen Kommentar über das Wetter ein und Duke nickte oder schüttelte den Kopf, je nachdem, was die Situation erforderte.

Nachdem sie jede mögliche Variante von »Warm genug für Sie?« ausgereizt hatte, konnte Loretta nicht anders, als ihrer Neugier nachzugeben.

»Macht es Ihnen was aus, wenn ich Ihnen eine persönliche Frage stelle? Es geht um Ihren Zustand.«

»Nö.«

»Wie sind Sie so geworden?«

Er zog den Schirm seiner Baseballmütze tiefer in die Augen. »Hab einen Werwolf getötet. So wird man einer. ›Wer die Bestie tötet, erbt ihr Herz.‹ Zumindest ist das die hübscheste Art, auf die ich es bisher gehört habe.«

»Sie haben einen Werwolf getötet?«

»Ich habe ihn mit einem Sattelschlepper überfahren. Es war dunkel und ich habe mich nicht genug auf die Straße konzentriert. Er schoss mir genau vor den Wagen und diese Neunachser kriegt man ja nicht so schnell zum Stehen. Hat dem armen Kerl den Kopf platt wie einen Pfannkuchen gequetscht. Es war keine Enthauptung im eigentlichen Sinn, aber nah genug dran, denke ich. Jedenfalls bin ich aus dem Truck geklettert. Da hatte er sich dann schon wieder in einen nackten Menschen verwandelt.«

»Was haben Sie gemacht?«

»Bin zurück in meinen Truck gestiegen und hab gemacht, dass ich wegkomme.«

»Sie haben nicht auf Hilfe gewartet?«

»Glaube nicht, dass es Ärzte gibt, die einen zermatschten Schädel wieder hinkriegen. Und ich hatte eben erst meinen Führerschein bekommen. Wollte mir nicht das Leben versauen, weil ich einen nackten Typen platt gefahren hatte, der mitten in der Nacht im Wald rumrannte.«

Loretta runzelte die Stirn. »Kommt mir nicht richtig vor.«

»Es war auch nicht richtig, aber das habe ich eben gemacht. Weiß heute noch nicht, wie er hieß oder wie er aussah, aber er war eindeutig ein Werwolf.«

»Also haben Sie gewusst, dass Sie auch einer werden würden?«

»Nicht vor dem nächsten Vollmond. Das Zeug über den Mond, der Werwölfe beeinflusst, ist allerdings nur halb richtig. Ich werde mit dem Vollmond stärker, aber ich muss mich nicht verwandeln, wenn ich nicht will. Damals war ich aber noch ein halbes Kind und wusste nicht mal, dass ich geworden war, was ich war. Ich gerate in diese Kneipenschlägerei wegen dieser Meinungsverschiedenheit beim Billard. Dieser Biker zerschlägt diesen Billardqueue auf meinem Kopf und ich verliere die Kontrolle. Ich verwandle mich genau da vor allen Leuten. Hat allen eine Heidenangst eingejagt, inklusive mir.« Er kicherte. »War auch gut so. Ich war so panisch, dass ich wegrannte, statt jeden Einzelnen in dem Laden umzubringen.

Danach war ich ein paar Monate lang unterwegs, hab mich bei jedem Vollmond verwandelt und gedacht, ich dürfte nicht in die Nähe von Leuten gehen, weil es damit enden könnte, dass ich ihnen die Herzen rausreiße. Werwölfe können nicht anders. Es baute sich immer mehr und mehr auf, bis ich schließlich diesen Typen allein im Wald fand und anfiel.«

In stiller Missbilligung schüttelte sie den Kopf.

»Ich nehme ihn also auseinander, beuge mich über seinen zerfetzten Körper und nage an seinen Eingeweiden. Die scheiße schmecken. Also beiße ich ein großes Stück von seinen Innereien ab und würge es hinunter, weil ich denke, dass das jetzt von mir erwartet wird. Und ich habe dieses Bild vor Augen, wie mein Leben sein wird. Faulige Innereien essen, durch die Wälder schleichen, faulige Innereien auskotzen, mich auf einem einsamen Stück der Interstate unter einen Neunachser werfen.«

»Inzwischen scheint es Ihnen aber ganz gut zu gehen«, stellte Loretta fest.

»Dazu komme ich gerade. Ich höre auf, an dem Kerl rumzukauen, weil ich würgen muss, und als ich mich umdrehe, ist er gerade dabei, seine Innereien wieder reinzustopfen. Er starrt mich finster an und sagt mir, ich soll ihm helfen, seine Bauchspeicheldrüse zu finden.«

Duke lächelte breit, oder jedenfalls so breit, wie er es immer tat, was breit genug war, um es zu bemerken, ohne eine große Sache daraus zu machen.

»Es war Earl.«

»Da haben Sie sich kennen gelernt?«

»Ja. Er half mir, all das falsche Zeug wieder zu verlernen, was mir Horrorfilme beigebracht hatten. Hat mir wahrscheinlich das Leben gerettet.«

Stille legte sich über den Pick-up und hielt etwas mehr als neunzehn Minuten an.

»Sind Sie deshalb immer mit ihm unterwegs?«, fragte Loretta. »Weil er Ihnen das Leben gerettet hat?«

»Sozusagen. Ich weiß, dass Earl nicht immer einfach ist. Eigentlich kann er einem sogar meistens ziemlich auf den Sack gehen. Aber wenn man genug Zeit mit ihm verbracht und gelernt hat, seine Persönlichkeit zu ignorieren, ist er ein ganz brauchbarer Kerl.«

»Wenn Sie das sagen.«

»Außerdem ist es in dieser Welt nicht leicht, ein Monster zu sein. Es hilft, wenn man jemanden hat, der einen versteht, jemanden, der einem behilflich sein kann, wenn es kompliziert wird.«

»Schon oft passiert?«

»Öfter, als es sollte. Wenn man in dieses übernatürliche Zeug übergeht, gibt es kein Zurück. Hector hat dazu eine Theorie. Nennt es das Gesetz der ›Anziehung Anormaler Phänomene‹. Er hats mir mal erklärt. Ich hab nicht ganz genau zugehört, aber es läuft darauf hinaus, dass übernatürliche Scheiße noch mehr übernatürliche Scheiße anzieht. Nehme an, das muss stimmen. Seit ich diesen Typen überfahren habe, stolpere ich pausenlos über Sekten und Monster und gefallene Götter.«

»Also passiert so was häufig.«

Er räusperte sich und spuckte eine Portion Schleim aus dem Fenster.

»Verdammt richtig. Die ganze Zeit.«

Und ein weiteres langes Schweigen legte sich über den Pick-up.

ELF

Tammy vertrieb sich die Zeit im Lesesaal damit, sich mit der komplexen und scheinbar undurchdringlichen Wissenschaft des Geheimnisvollen zu beschäftigen. Selbst für jemanden mit ihrem beachtlichen okkulten Talent war es eine schwierige Aufgabe. Es war eine Routinearbeit, die sie nicht besonders interessierte, doch der Lohn, den sie ihr schließlich einbringen würde, hielt sie bei der Stange. Der Schlüssel zur Befreiung der alten Götter erforderte genau das richtige Ritual genau zur richtigen Zeit an genau dem richtigen Ort, ausgeführt von genau der richtigen Person. Es war nicht leicht, die wichtigen Bewegungen der Himmelskörper zu entschlüsseln, wenn die einzige verfügbare Quelle die dreibändige Astrologie-Sammlung ihrer Mutter war. Und die Aufzeichnungen des historischen Atlantis wirkten in ihrer Langatmigkeit ermüdend. Und Mrs. Richards machte die Sache auch nicht gerade einfacher.

Die faltige, alte Lehrerin räusperte sich.

»Darf ich fragen, was du da tust?«

Tammy schloss ihr Notizbuch. »Gar nichts.«

»Darf ich das bitte sehen?«

Seufzend reichte ihr Tammy ihr heiliges Notizbuch. Mrs. Richards überflog die Seiten. Sie hatte keine Ahnung von der Wichtigkeit dessen, was sie da betrachtete. Für so eine unerleuchtete Närrin waren die Geheimnisse des Universums wenig mehr als das Gekritzel einer dummen Teenagerin. Hilfreich war außerdem, dass Tammy die Angewohnheit hatte, auf alle »i«s und »j«s kleine Herzen und Smileys zu malen. Die Herzen waren solche, die allen aus der Brust gerissen wurden, die dumm genug waren, ihr im Weg zu stehen. Die Smileys machten einfach die Notizen hübscher.

»Was habe ich dir darüber gesagt?«

»Tut mir Leid, Ma'am.«

»Ich sagte dir, dass ich dir das wegnehmen würde, wenn ich es noch einmal sehe.«

»Tut mir Leid. Ich stecks weg.«

»Das ist das letzte Mal.« Die alte Hexe schaute Tammy an ihrer Nase entlang an. »Jetzt ist Hausaufgabenzeit. Ich will ein paar Hausaufgaben sehen. Habe ich mich klar ausgedrückt, junges Fräulein?«

Tammy musste sich zusammenreißen, um nicht wütend auszusehen, und schaffte eine nicht ganz versteckte Grimasse. »Ja, Mrs. Richards.«

»Sehr gut.«

Mrs. Richards kehrte an ihr Pult im vorderen Teil des Raumes zurück.

»Ve-ber-pi-biss di-bich, a-bal-te-be Ve-bet-te-bel«, maulte Tammy.

Die Schiefertafel zitterte und ein einzelner langer Riss spaltete sie in der Mitte.

Der Raum füllte sich mit dem Gemurmel der Schüler. Mrs. Richards brachte sie mit einem harten Blick zum Schweigen und erklärte den Vorfall mit einem Absinken des Fundaments.

Chad, der drei Reihen von Tammy entfernt saß, schickte in ihre Richtung einen Zettel auf den Weg.

»Machen wir heute Abend was?«, stand darauf.

Sie schickte ihre Antwort zurück. »Ja. Und bring das gute Tafelsilber von Deiner Mutter mit.«

Er las es und zog eine Grimasse.

Tammy griff unter das Pult und holte ihr Englischbuch hervor. Sie gab vor zu lesen, während sie über das näher kommende Schicksal der Welt im Allgemeinen und Mrs. Richards im Besonderen nachgrübelte.

ZWÖLF

Rockwood hatte kein Kino, keinen McDonald's und kein Einkaufszentrum. Aber es hatte zwei Kirchen, eine heruntergekommene Bar und keinesfalls zuletzt *Wacky Willie's Deluxe Goofy Golf*, eine öde Landschaft aus verwelkten Farnen und Plastikflamingos, deren Farbe abblätterte. Wacky Willie hatte das »Deluxe« hinzugefügt, nachdem er die Windmühle am dreizehnten Loch von einer unbeugsamen Fledermausfamilie befreit hatte, und zwar nach einem großen und furchtbaren Kampf, der Willie für immer als der »Fürchterliche Fledermauskrieg von Rockwood County« in Erinnerung bleiben würde, allen anderen aber als »Damals, als Willie Tollwutspritzen bekommen musste«. Nachts gingen die Lichter an und sämtliche Maikäfer und Moskitos (und einmal auch ein Heuschreckenschwarm) aus einem Umkreis von hundert Meilen kamen in Scharen, um vor ihrem Halogenaltar zu beten – was den unvermeidlichen, unglücklichen, haarsträubenden Zwischenfall zur Folge hatte. Insektenfriedhöfe bedeckten den Boden um die Lampen. *Wacky Willie's Deluxe Goofy Golf* war schäbig und überteuert, aber die einzige Beschäftigung im Umkreis von fünfzig Meilen (abgesehen von Kirchenveranstaltungen, Trinkgelagen und Rattenschießen auf dem Schrottplatz). Deshalb war der Minigolfplatz zu einem florierenden Freizeitmittelpunkt von Rockwood geworden. Und jede Art von Mittelpunkt musste in Rockwood zwangsläufig eine reichhaltige und ungewöhnliche Geschichte haben.

Da war der Geist von Herbert Smythe. Als das eines lebenslangen Anhängers von *Wacky Willie's Goofy Golf* hatte Herberts Herz am achtzehnten Loch aufgegeben, während er dabei war, das finale Hole-in-One eines perfekten Turniers zu schlagen. Die allgemeine Legende besagte, dass Herbert seitdem in ruhigen Nächten, wenn die Wüste still war und niemand zusah, erschien und eine oder zwei Runden spielte.

Und außerdem gab es den Tag, an dem Joey Hill seinen Ball im Maul des Sperrholzalligators von Loch sechzehn verlor und ihm beinahe der Arm abgebissen wurde, als das Reptil eine unmögliche Minute lang scheinbar lebendig wurde. Loch sechzehn verschluckte immer noch jeden Abend ein paar Bälle – und diese Snacks, die nie wieder gesehen wurden, durfte es behalten.

Dann kam der Monat, in dem sich der violette Menschenfresser von Loch vier spontan selbst entzündet und einen vollen Monat lang gebrannt hatte, bevor er genauso unvermittelt wieder ausging. Er überstand das Feuer relativ unbeschadet, bis auf die über seinen drei Augen eingebrannten Worte »Tut Buße«.

Diese Zwischenfälle waren nur ein kleiner Teil der unerklärlichen Vorkommnisse bei Wacky Willie. Willie hatte Broschüren für die Touristen drucken lassen. Er hatte sogar eine davon verkauft, was bei dem stolzen Preis von fünf Dollar an sich schon ein ziemlich unerklärliches Vorkommnis war.

Angesichts seiner Geschichte war es zu erwarten, dass es Earl und Duke zu Wacky Willie verschlagen würde. Das hatte wenig – wenn überhaupt – mit dem Gesetz der ›Anziehung Anormaler Phänomene‹, aber alles mit dem Gesetz ›Erdrückender Langeweile‹ zu tun.

Der Pick-up hielt auf dem Schotterparkplatz.

»Das ist doch Schwachsinn«, grunzte Earl.

Duke stieg aus und ging zu der schrägen Holzhütte hinüber, wo Kunden Bälle und Schläger mieten konnten.

Earl streckte den Kopf aus dem Fenster und schrie: »Warum können wie nicht einfach ein Bier trinken gehen?«

Der Werwolf ging weiter.

»Allmächtiger Gott.« Grummelnd kletterte der Vampir aus dem Truck und rannte ihm nach. »Die haben eine Bar, Duke!«

»Ich versuche, nicht zu trinken, Earl.«

»Ach, komm schon, ein Bier macht doch nichts aus.

Und selbst wenn, dann schläfst du eben mit Loretta. Du könntest wahrscheinlich sowieso mal wieder einen guten Fick gebrauchen.«

Sie kamen an dem baufälligen Tickethäuschen an. Wacky Willie selbst saß in der wackligen, ungestrichenen Kiste. Seine Haare und der Bart waren lang und wirr. Ein dicker Schnurrbart versteckte seinen Mund. Seine Haut, oder zumindest das bisschen davon, das man in seinem zugewachsenen Gesicht sehen konnte, war pockennarbig und schälte sich. Sein Schnurrbart tanzte, als er beim Anblick der zwei neuen Kunden mit den Lippen schmatzte.

»Zwei, bitte«, bat Duke.

»Zwölf Dollar.«

»Zwölf Dollar?«, murrte Earl.

Willie nickte. Seine Augen bewegten sich noch einen Moment länger auf und ab als sein Kopf. »Gibt auch Mengenrabatt. Fünfzig Kröten im Voraus für zehn Spiele.«

»Wir brauchen nur zwei.«

Methodisch legte Willie zwei Schläger, zwei farbige Minigolfbälle und eine Punkteliste vor sie hin.

»Haben sie 'nen Stift?«, fragte Earl.

Willie zuckte die Achseln.

»Und wie sollen wir den Spielstand aufschreiben?«

Willie zuckte wieder die Achseln, diesmal weniger enthusiastisch.

Earl murmelte etwas, das wie »überteuerter Scheißladen« klang.

»Wollt ihr Jungs eine Broschüre? Kostet nur fünf

Dollar.« Irgendwo, ganz tief in Willies Augen, leuchtete ein Funken Leben.

»Ich gebe Ihnen einen Vierteldollar«, schacherte Duke.

»Zwei Dollar«, gab Willie zurück.

»Fünfzig Cent.«

»Abgemacht.« Er reichte eine Broschüre heraus und sackte das Geld ein.

Duke gab die Broschüre an Earl weiter, während sie zum ersten Loch hinübergingen. An diesem Abend war einiges los. Drei Familien waren bereits auf dem Platz. Der Werwolf legte seinen gelben Ball auf die Markierung, während sich Earl auf eine wacklige Bank setzte und die Broschüre durchblätterte.

»Hier steht, dass neunzehn Leute vom Blitz getroffen wurden, während sie Loch sieben gespielt haben.«

»Ist das wahr?«

Duke schlug seinen Ball. Er sprang über den zerrissenen, unebenen Filz, zwischen den Beinen der Mumie hindurch und um eine scharfe Kurve direkt ins Loch.

»Glückstreffer«, bemerkte Earl, als er seinen eigenen Ball bereitlegte.

Er versetzte dem Ball einen Schlag mit dem Putter. Die grüne Kugel schoss in die Luft, prallte am Knie der Mumie ab und landete in einem Topffarn.

Duke kicherte.

»Das zählt nicht. Ich hab mich nur aufgewärmt.«

Earl legte den Ball wieder auf die Markierung und gab ihm einen leichten Schubs. Er rollte ein paar Zentimeter, bevor er wieder umdrehte und zu Earls Füßen zur Ruhe kam.

»Nochmal.«

»Entschuldigen Sie bitte.«

Der Geist von Herbert Smythe, den Earl hartnäckig übersehen hatte, trat vor.

»Wenn Sie dieses Loch schaffen wollen, geben Sie dem Ball einen leichten Stoß und lassen Sie ihn genau hier abprallen. Selbst wenn Sie es nicht schaffen, ist das eine gute Ausgangslage, und Sie schaffen es leicht mit zwei Schlägen.«

»Du solltest auf den Mann hören«, stimmte Duke zu.

Obwohl sie sie nicht berühren können, können Werwölfe Geister doch wahrnehmen. Duke spürte einen kühlen Hauch in der Luft und erkannte einen fremdartigen, dunstigen Umriss dort, wo Herbert stand. Die Stimme des Geistes war ein sanftes Wispern im Wind.

Bei Earls nächstem Schlag verfing sich der Ball in einem abstehenden Fetzen Filz.

»Das kann ganz schön knifflig sein«, tröstete Herbert. »Macht euch Jungs doch nichts aus, wenn ich überhole, oder?«

Duke und Earl gaben ihm ihre Erlaubnis und Herbert lochte effizient ein Hole-in-One ein. »Ist alles nur Physik und Geometrie. Hatte natürlich auch viel Übung.« Er balancierte seinen ektoplasmischen Ball auf der Spitze seines Phantomschlägers. »Wünsche noch einen schönen Abend.«

Beim vierten Loch war es offensichtlich, dass die Punktetabelle vollkommen unnötig war. Duke eroberte jedes Green mit einem einzigen Schlag seines rostigen Schlägers, während Earl es immer noch nicht geschafft hatte, wenigstens einmal einzulochen, bevor ihn die 6-Schläge-Regelung zwang, zum nächsten Feld weiterzugehen. Seine Laune verschlechterte sich sogar noch, als er protestierte, Minigolf sei nicht einmal ein richtiger Sport, und er würde es, wenn es in der Stadt wenigstens eine Bowlingbahn gäbe, Duke schon zeigen. Duke nickte, als wolle er ihm zustimmen, aber er hatte Earl schon bowlen sehen.

Earl blätterte in der Broschüre herum, während Duke an Loch fünf abschlug.

»Hey! Hey, Jungs!«

Tammy und Chad standen am Ticketschalter. Sie hob sich auf die Zehenspitzen und schwenkte beide Arme über dem Kopf, während Chad bei Wacky Willie zwölf Dollar blechte.

»Scheiße«, knurrte Earl zwischen zusammengebissenen Zähnen. »Das hat mir gerade noch gefehlt.«

Tammy ließ ihren Freund stehen und kam wie ein kleines Mädchen auf sie zugehüpft. Sie trug einen Faltenrock, eine weiße Baumwollbluse und einfache schwarze Schuhe mit Kniestrümpfen. Auf dem Zenit jedes Hüpfers hob sich der Rock und enthüllte ein paar Zentimeter ihrer straffen Schenkel. Weder Earl noch Duke konnten sich daran erinnern, was Chad trug.

»Hi.« Ihr Lächeln strahlte heller als die Platzbeleuchtung.

Earl sah gerade lange genug von seiner Broschüre auf, um ihr zuzunicken. Duke räusperte sich und spuckte in einen Tontopf. »Hey.«

Sie setzte sich neben Earl. »Kennst du mich noch?«

»Äh ... ja. Tanya, richtig?«

»Tammy, Dummerchen.« Sie knuffte ihn leicht gegen die Schulter.

Earl rückte etwas von ihr ab.

»Na, was macht ihr Jungs hier?«

»Minigolf spielen.«

Sie beugte sich vornüber, um ihre Strümpfe zu ordnen. Earl ertappte sich dabei, seinen Blick nicht von ihren Fingern lösen zu können, die an diesem kleinen Gummiband herumfummelten.

»Wer gewinnt?«

Dukes Ball schepperte ins Loch und verkündete ein weiteres Hole-in-One.

»Wir zählen nicht«, antwortete Earl mit finsterem Blick.

»Cool.«

Chad erschien und reichte ihr einen Schläger und einen Ball.

»Ich habe blau für dich geholt, Babe. Wie du es magst.«

»Ja. Danke. Hey, ich hab eine Idee. Wie wärs, wenn wir mit euch spielen?«

»Wir sind sozusagen mitten drin – im Spiel«, sagte Earl.

»Na und? Ich dachte, ihr zählt nicht.«

Er blickte ihr in die Augen und versuchte, ihre Meinung mit ein bisschen Hypnose zu ändern. »Ihr wollt nicht mit uns spielen.«

»Klar wollen wir!«

Earl stellte seinen Willen scharf wie ein Messer. »Nein, wollt ihr nicht.«

»Ach, komm schon! Das wird lustig! Ich versprechs!«

Der Vampir gab nach. Seine Hypnosekräfte waren nie verlässlich. Er benutzte sie auch nicht oft genug, und jedes Mal, wenn er es versuchte, bekam er davon Kopfschmerzen.

Tammy ließ die ganze Furcht einflößende Macht ihrer Grübchen und klimpernden Wimpern auf ihn niedergehen. Gegen solche Kräfte war er hilflos.

»Ja. Klar.«

Sie hüpfte wieder auf und ab und wackelte an genau den richtigen Stellen. »Toll!«

»Ähmm, kann ich dich mal kurz sprechen, Baby?« fragte Chad.

Ihr Lächeln verwandelte sich augenblicklich in einen finsteren Blick, der genauso schnell wieder zu einem Lächeln wurde. »Okay.«

Die Teenager entfernten sich und fingen einen geflüsterten Streit an.

»Na toll!«, ächzte Earl.

»Hör auf zu jammern!«

»Du hast gut reden!«

»Ja. Es muss schrecklich sein, wenn einem ein heißes, siebzehnjähriges Mädchen auf die Pelle rückt. Mann, bin ich froh, dass ich nicht du bin!«

»Es ist gar nicht so toll, wie es sich anhört.«

»Oh, sicher nicht. Sind nicht nymphomanische Teenagerinnen in der Tat ein Teil von Dantes sechstem Kreis der Hölle?«

Duke kicherte.

»Halt dein blödes Maul!«

Earl erwartete nicht, dass ihn der Werwolf verstand. Theoretisch könnte man meinen, eine überwältigende sexuelle Ausstrahlung zu haben sei ein Vorteil. In Wirklichkeit war es aber auch nur Schikane. Er hatte das auf die harte Tour gelernt. Nicht lange nachdem er untot geworden war, hatte er dieses Talent entdeckt. Die wenigsten Leute waren sensibel genug, es zu spüren, aber wenn es jemand doch tat, vor allem weibliche Jemande, schien es ganz einfach. Er musste nur jemanden nehmen, der seine Augen nicht von ihm abwenden konnte und wusste: Er musste rein gar nichts tun, um zum Schuss zu kommen, außer sich mit seinem Namen vorzustellen. Manchmal nicht einmal das. Es war toll. Ungefähr einen Monat lang.

Dann schimmerten die Nachteile durch. Er konnte nie sicher wissen, ob eine Frau wirklich an ihm interessiert war oder aber an dem Vampir in ihm. Was kein großer Unterschied war, bis auf die Tatsache, dass nicht alle Frauen, die sich von ihm angezogen fühlten, so angenehm fürs Auge waren wie Tammy. Und es wimmelte nur so von eifersüchtigen Freunden und Ehemännern. Earl war erschossen, erstochen, neun Meilen über eine holprige Straße geschleift worden. Und ein besonders wütender Ehemann hatte sogar eine Kettensäge mit erstaunlichem Geschick eingesetzt. Nichts davon hatte Earl ernsthaft verletzt, aber nur wenige Puppen waren es wert, von einer 9-PS-Profikettensäge zerteilt zu werden.

Tammy hätte eine davon sein können.

Sie beendete ihren Streit mit Chad, indem sie ihn schlicht ignorierte. Und schlenderte davon, obwohl er protestierend gestikulierte. Chad sah ihr unglücklich nach, doch es war klar, dass er in dieser Sache kein Stimmrecht hatte.

»Wer ist dran?«, fragte sie.

»Ladies first«, sagte Earl.

»Das ist ja so lieb! Danke!«

Sie beugte sich über die Markierung und schwenkte ihren Hintern vor ihm. Oder vielleicht auch nur ganz allgemein in seine Richtung, versuchte er sich selbst zu überzeugen.

Unter Aufbietung jener Willenskraft, die nur jemand aufbringen konnte, der durch den Tod gegangen war, wandte Earl den Blick ab.

Ein unangenehmes Knurren entrang sich Chads Kehle.

Die nächsten vierzehn Löcher dehnten eine halbe Stunde auf die Länge von zwanzig Jahren aus. Earl las seine Broschüre, starrte in die Lampen und studierte seinen Golfball, bis er jede Vertiefung auswendig kannte. Er schaute in die Gegend und überall dahin, wo Tammy nicht war, in dem vergeblichen Versuch, sie zu entmutigen. Irgendwie schaffte sie es trotzdem immer, in sein Sichtfeld zu geraten. Es war unheimlich, wie sie überall da zu sein schien, wohin er schaute. Sie glitt anmutig hin und her, hierhin und dorthin, beugte sich über dies und kniete neben jenem und zog ihre Strümpfe zurecht und glättete mit schrecklichen Auswirkungen ihren Rock. Zugegebenermaßen brachte Earl nicht all seine Kraft auf, um ihr zu widerstehen, aber das Mädchen kannte seinen Körper und wusste, wie es ihn einzusetzen hatte. Er ertappte sich mehr als einmal beim Starren.

Duke ebenfalls. Das schiefe Grinsen des Werwolfs schien festgewachsen zu sein.

Chad machte einen sinnlosen Versuch, an der Seite seiner Freundin zu bleiben, doch er wurde ständig ausmanövriert und war immer einen Schritt hinterher.

Der letzte Ball schepperte ins letzte Loch – einen meterhohen Vulkan.

»Das war lustig«, sagte Tammy. »Wir würden gern noch mal spielen, aber Chad und ich haben noch was zu tun.«

Earl stieß einen Seufzer der Erleichterung aus.

Sie streckte die Hand nach vorn und berührte ihn zum zweiten Mal an diesem Abend. Es war nur flüchtig. Nur eine leichte Hand in seinem Rücken. Doch genug, um einen Schauer an seinem Rückgrat hinunter in seine unteren Regionen zu schicken.

»Wir sehen uns«, sagte sie.

»Genau«, stimmte Chad durch zusammengebissene Zähne hindurch zu.

Das Teenagerpärchen gab Wacky Willie die Ausrüstung zurück. Earl und Duke waren gerade dabei, dasselbe zu tun, als der Geist von Herbert Smythe an ihrer Seite erschien.

»Entschuldigen Sie bitte, aber ich konnte nicht umhin zu bemerken, dass Sie da ein perfektes Spiel gespielt haben, mein Freund.«

Duke rollte den Golfball in seiner Handfläche herum. »War nicht so schwer.«

»Es ist sowieso alles nur Glückssache«, fügte Earl hinzu.

Herbert ignorierte ihn. »Wie auch immer. Wie Sie sicher schon vermutet haben, bin ich dazu verdammt, auf diesem Platz zu spielen, bis ich ein perfektes Spiel schaffe. Ich beherrsche alle Löcher, bis auf Nummer neun, und ich hatte gehofft ...«

»Sicher.«

»Wirklich? Danke, ich weiß das ehrlich zu schätzen.«

»Kein Problem.«

Tammy beobachtete den Werwolf, der dem Geist Golftipps gab, während der Vampir so tat, als läse er seine Werbebroschüre. Gleichzeitig ließ er ständig seinen Blick an ihrer Gestalt auf- und abwandern.

Tammy war immer davon ausgegangen, dass Vampire schwerer zu verführen waren als normale Männer. Bestimmt würde es ein paar Grade schwieriger sein als bei Jungs im Teenageralter. Er war ja keiner. Earl leistete etwas falschen Widerstand, aber das war alles. Er gehörte ihr, wann immer sie wollte.

Sie war furchtbar enttäuscht.

Trotzdem war sie gleichzeitig fasziniert, nicht von dem Vampir, sondern von dem Werwolf. Duke widerstand ihren Flirtangriffen besser als jeder andere zuvor. Sie ertappte ihn dabei, wie er sie mehrmals aus dem Augenwinkel anschaute, aber nur, wenn sie genau hinsah, und auch nur, argwöhnte sie, weil es ihm ziemlich egal war, wenn sie es bemerkte.

Sie wollte ihn. Er war fett und grob, mit schwieligen Händen und fettigen Haaren. Aber sie wollte ihn. Sie hatte noch nie zuvor jemanden gewollt. Sie ließ Chad ab und zu ran, um ihn ruhig zu halten, aber das war ein Mittel zum Zweck. Sie hatte Roger Simpkins einmal bis zum dritten Schritt gehen lassen, aber das war auch nur, weil er Denise Calhouns Freund war. Sie hatte Earl interessant gefunden, bis sie gemerkt hatte, dass die Tatsache, dass er ein unsterblicher Jäger der Nacht war, ihn nicht weniger zu einem Hampelmann machte. Sie war mal kurz in Boris Karloff verknallt gewesen, bis sie herausgefunden hatte, dass er im wahren Leben eine Schwuchtel war. Niemals zuvor jedoch hatte sie gefühlt, was sie für den Werwolf in der Lederjacke fühlte.

Aber am Ende der Nacht würde er entweder tot oder verjagt sein. Für den Bruchteil einer Sekunde dachte sie daran, ihre Pläne zu ändern. Doch keine noch so große Menge schamloser Teenagerlust konnte sie von ihrer heiligen Mission abbringen. Was furchtbar schade war, weil sie sich ernsthaft mit dem Gedanken trug, ihre Unschuld an ihn zu verlieren. Chad zählte wohl kaum. Er war mehr eine lästige Pflicht als eine sexuelle Begegnung. Und eine kurze Pflicht noch dazu.

»Gehen wir, Babe?«, fragte Chad.

Sie nickte.

Sie stiegen auf Chads Motorrad und verließen den Parkplatz.

DREIZEHN

Früher war *Make Out Barn* ein bevorzugter Zufluchtsort für Teenager gewesen. Das leer stehende Gebäude war Schauplatz regelmäßiger Treffen mit heftigem Gefummel und linkischem Herumgetatsche gewesen. Es hatte sogar einen oder zwei Fälle von echtem Sex im Gebäude gegeben, wenn auch lange nicht so viele, wie es einen die Prahlereien im Umkleideraum glauben machen wollten. Das Gebäude war ein Ort für bestimmte Leute, vor allem für solche mit überschwappenden Hormonen und akneinduzierter Angst, vorzugsweise in Zweiergruppen. Ein Ort, an dem sie aus der endlosen Hölle fliehen konnten, als die die Teenager ihr Leben wahrzunehmen pflegen, bis sie erwachsen werden und feststellen, dass die wirkliche Hölle im Allgemeinen um das mittlere Alter herum zuschlägt, wenn man entdeckt, dass das Leben entweder viel zu kurz oder viel zu lang ist.

Tammy hatte dem ein Ende gemacht.

Jede Priesterin brauchte einen Tempel, einen Ort, wo sie ihre verbotenen Künste in Ruhe und Frieden ausüben konnte. Das erste Mal, als ihre Mutter hereingeplatzt war, als sie die Geister beschworen hatte, hatte das erwiesen. Zu diesem Zweck hatte Tammy *Make Out Barn* in Besitz genommen. Es war nicht schwer gewesen. Es hatte nur ein wenig sorgfältig kontrollierter Brandstiftung bedurft und eines einfachen Ritus der Schaurigen Aura. Ihr Tempel war seitdem in Ruhe gelassen worden und eignete sich deshalb für ihre Bedürfnisse. Sie konnte ihre Vorsehung studieren, die Toten aufwecken und Leichen liegen lassen, um schwarze Magie aufzusaugen, ohne sich Gedanken um Kinder machen zu müssen, die nach den Freuden des Austauschs verschiedenster Körperflüssigkeiten suchten. Oder um Erwachsene, die ebendiese Freuden unterbinden wollten.

Sie ließ den Lichtstrahl ihrer Taschenlampe über die Leichen wandern. Das Ritual verlangte, dass sie in flachen Gräbern begraben wurden, deshalb lagen sie in zentimetertiefen Löchern im Boden, von Kopf bis Fuß mit einer dünnen Erdschicht bedeckt. Das Zeichen Derer Die Den Erdrückenden Schatten Innewohnen war in ihre Stirn eingeritzt. Die erste Stufe des Zaubers war bereits in Kraft getreten. Das stinkende Fleisch der Leichname war blassgrün und ihre Zähne zu Reihen von rasiermesserscharfen Reißzähnen geworden. Dicke, schwarze Krallen waren aus ihren Fingerspitzen gewachsen. Sie waren immer noch tot, würden sich aber bald erheben, um ihr zu dienen.

Fröhlich grinsend holte sie die okkulten Siebensachen aus ihrem Rucksack.

Chad beleuchtete ein totes Gesicht. »Äh … Tammy?«

Sie achtete nicht auf ihn. Tammy existierte innerhalb der Tempelmauern gar nicht.

»*Mistress Lilith.*«

»Ja?«

Er schlich in einem weiten Kreis um die toten Leute herum. »Was machen wir mit denen da?«

»Wir?« Sie kicherte über das Pronomen. Als wäre Chad ein ebenbürtiger Partner innerhalb ihres Vorhabens. »Wir wecken die Toten auf.«

»Oh. Okay. Wie Zombies, oder?«

»So ähnlich.«

Das Ritual besaß auch gewisse Elemente der Zombieproduktion, aber dies hier war eine viel gefährlichere Sorte von wandelnden Toten. Schon der Zauberspruch selbst barg für diejenigen, die ihn aussprachen, ein gewisses Risiko. Es war die schwierigste Leistung in schwarzer Magie, die sie je versucht hatte. Und falls etwas schief ging, würde jemand zerrissen werden, wenn ihre Lakaien erst auferstanden. Chad hatte sich freiwillig für diese Aufgabe zur Verfügung gestellt, wenn es nötig werden sollte. Obwohl er es im Augenblick noch nicht wusste.

Er griff nach der schwarzen Kerze, die sie aufgestellt hatte. Sie schlug seine Hand weg.

»Fass nichts an!«

»Okay.« Er warf einen nervösen Blick auf den nächsten toten Kerl. »Und müssen wir uns wieder ausziehen?«

»Nein.«

»Oh. Bist du sicher?«

»Ja.«

»Oh. Okay.«

»Na gut«, seufzte sie.

Er lächelte dümmlich und streifte in Sekundenschnelle seine Kleidung ab.

»Du bist dran, *Mistress Lilith*.«

Chad grinste anzüglich, während sie sich auszog. Es war zwar nicht notwendig, erleichterte aber einiges. Chad würde so ziemlich alles tun, solange sie beide nackt waren, während sie es taten.

»Du hast diesen alten Knacker doch nicht wirklich gemocht? Oder, Babe?«, fragte er, während er posierte und die Muskeln spielen ließ.

»Nein. Natürlich nicht«, antwortete sie.

Tammy ordnete ihre Zutaten. Es war nicht viel dabei. Sie musste nur die Schatten rufen, damit sie von den Körpern Besitz ergriffen, wozu eine schnelle Beschwörung gehörte. Sie ließ Chad das gute Tafelsilber seiner Mutter und die Campingzeltpfosten ihres Vaters auslegen. Sie zündete die schwarze Kerze an und begann. Chad wusste genug. Er setzte sich still in eine Ecke, während sie arbeitete.

»Ich beschwöre dich, aus der endlosen Nacht, aus dem eisigen Herzen der ewigen Ruhe, aus den Schatten, die nicht verbannt werden können, ich beschwöre dich!«

Sie legte ihren Finger auf die Buchseite, um die Stelle zu markieren, und schnappte ihr Taschenmesser. Nach weiteren fünf Minuten ständiger Beschwörungen piekte sie sich in den Zeigefinger.

»Di-bi i-bin de-ber Du-bun-ke-bel-hei-beit gei-beis-te-bern. E-ber-he-bebt eu-beuch. E-ber-he-bebt eu-beuch. E-ber-he-bebt eu-beuch!«

Sie schnippte einen Tropfen Blut auf die schwarze Kerze. Die Flamme flackerte und spie eine sonderbar dicke Wolke aus. Schreckliche und unergründliche Formen und Dinge bewegten sich in dem düsteren Rauch. Sie flüsterten und schnatterten, nur zu begierig darauf, in der Welt des Fleisches eine Form zu bekommen.

»E-ber-he-bebt eu-beuch!«, rief Tammy. »E-ber-he-bebt eu-beuch u-bund ge-be-ho-borcht mei-bei-ne-bem Wi-bill-e-ben. E-ber-he-bebt eu-beuch! E-ber-he-bebt eu-beuch!« Sie breitete die Arme aus. Ihre Taschenlampe warf Furcht erregendes Licht über ihr Gesicht. Zugleich huschte ein dunkler Schleier über ihre Augen.

Chad wäre in kaltschweißigem Grauen erstarrt, wenn er es bemerkt hätte. Doch er war zu sehr damit beschäftigt, auf ihre wohlgeformten Brüste zu starren, die auf- und abhüpften, während Tammy ihre Beschwörungen ausführte.

Der Rauch zog nach unten in die Münder und Augen der Leichname. Ein frostiger Wind wehte. Das entsetzliche Geschnatter ebbte ab und Stille legte sich über Tammys Tempel.

Zehn Minuten später war immer noch alles still.

Chad riskierte es, die Stimme zu erheben. »*Mistress Lilith*, war das alles?«

Sie blätterte in ihrem *Necronomicon*, um herauszufinden, an welcher Stelle es schief gelaufen war.

Er wagte sich aus seiner Ecke hervor und stellte sich neben sie. »Sie stehen nicht auf.«

»Das hab ich gemerkt.«

»Was ist schief gelaufen?«

»Halt die Klappe, Blödmann, und lass mich nachdenken!«

Er schlang einen Arm um ihre Taille. »Ich weiß nicht, wie es den toten Typen geht, aber ich glaube, Big Jimmy fängt an aufzustehen.«

Sie war gerade dabei zu überlegen, in welches von Chads Körperteilen sie ihre Fingernägel graben sollte, als die Kerze flackerte. Fünf krächzende Stöhnlaute erhoben sich. Tammy schnappte sich ihre Taschenlampe und richtete sie auf die Leichname.

Ihre Lakaien setzten sich auf und erhoben sich langsam und schwerfällig auf die Füße. Die vier wandelnden Toten mit zwei funktionierenden Beinen standen gekrümmt und zum Sprung bereit. Der fünfte, einbeinige Leichnam hüpfte im Versuch, das Gleichgewicht zu halten, ungeschickt herum. Fünf wachsame, milchige Augenpaare starrten ihre neue Herrin an, in Erwartung ihres ersten Befehls und, vielleicht, ihrer ersten Mahlzeit.

Chad drängte sich enger an Tammy, entweder aus Entsetzen oder, was recht wahrscheinlich war, um die Gelegenheit zu nutzen, sie anzufassen. So oder so, sie stampfte ihm auf den Fuß, um ihn fern zu halten.

Sie deutete auf die Tür. »Geht los«, wisperte sie. »Geht los und stillt euren gottlosen Hunger am Fleisch meiner Feinde.«

Die Leichen schlurften (oder hopsten), um ihre Waffen in Form von Messern, Salatbesteck und Zeltstangen zu holen. Sie schwankten einer nach dem anderen aus der Scheune. Das letzte tote Ding zögerte lang genug, um seiner Herrin einen boshaften Blick zuzuwerfen. Und dann waren sie weg.

Tammy hob die Hände über den Kopf und kicherte das unheilvolle Kichern eines Schulmädchens, das mit den Legionen der Dunkelheit verkehrte und einen Heidenspaß dabei hatte.

VIERZEHN

Sobald Duke den Wagen auf dem Parkplatz des Diners anhielt, sprang Earl heraus, schnappte sich den ramponierten Kassettenrecorder von der Ladefläche und ging die Straße hinunter.

»Wo gehst du hin?«

»Ich besorg mir was zu essen«, antwortete Earl.

»Irgendein besonderer Grund, warum du den Kassettenrecorder mitnimmst?«

»Ist ein weiter Weg.«

»Denk dran, der Sheriff will dich sprechen.«

»Ich bin irgendwann wieder da.«

Earl trat aus dem Licht der Leuchtreklame des Diners und wurde von der Nacht verschluckt. Er ging etwa eine halbe Meile die Straße entlang, bevor er umdrehte. Er fühlte sich den Schikanen, denen Duke ihn aussetzen würde, wenn der Werwolf herausfand, dass er einen Geist besuchte, nicht gewachsen. Er würde nicht viel sagen. Nicht mit Worten. Aber Duke konnte mehr mit einem Blick ausdrücken als jeder andere, den er kannte. Earl hatte Glas fressende, stahlharte, betrunkene Kerle vor Entsetzen zitternd zurückweichen sehen, wenn Duke auch nur eine Augenbraue hob. Earl konnte es nicht nachvollziehen. Er wusste nur, dass er den hochgezogenen Augenbrauen und dem wissenden Lächeln, das Duke ihm zuwerfen würde, wenn der Werwolf etwas von seiner Friedhofsverabredung erfuhr, nicht gewachsen war.

»Es ist keine Verabredung«, erinnerte er sich selbst verbal. »Es ist einfach ein …« Er suchte nach einem weniger unangenehmen Wort: »… nur ein Termin.«

Er runzelte die Stirn. Das war einen Tick zu formell.

»Geselliges Beisammensein?«, versuchte er. Aber das klang auch nicht gut. Nicht, wenn es nur zwei Leute waren, die beisammen saßen.

»Sitzung?«

Er wusste nicht, was es war, aber es war definitiv keine Verabredung. Cathy war einsam und er war einfach nur nett. Das war alles.

»Rendezvous«, versuchte er, aber das Wort war so französisch, dass es sofort romantische Schlüsse zuließ.

»Es ist nur eine Sache«, entschied er schnell. »Eine nette Sache. Das ist alles.«

Er schlich geduckt zum Friedhof hinauf, damit niemand ihn vom Diner aus entdecken konnte, obwohl er ziemlich sicher war, dass keiner so genau hinschauen würde. Nur zur Sicherheit sprang er an der dunklen Seite des Friedhofs über den zerbrochenen Zaun.

»Sie sind gekommen«, sagte Cathy.

Sie lächelte, und obwohl Earls Körper nicht genau wie ein sterblicher Körper reagierte, spürte er trotzdem ein seltsames Flattern im Magen.

»Ich hatte es versprochen. Ich hab das hier mitgebracht.« Er hielt den verbeulten Kasten hoch. »Ich dachte, Sie würden vielleicht ein bisschen Musik hören wollen. Weil – ich meine – es ist wahrscheinlich schon eine Weile her, seit Sie das letzte Mal die Gelegenheit dazu hatten.« Er kramte ein paar Kassetten aus seinen Taschen hervor. »Ich habe Elvis und Randy Travis, B. B. King, Buddy Holly …«

»Buddy Holly. Das wär ganz toll.«

»Sie sind tatsächlich schon eine Weile hier.« Er legte die Kassette ein.

»So lang auch wieder nicht. Ich mag Buddy Holly einfach.«

Buddy schmetterte gerade ein Lied, das so sehr vom Knattern des Geräts übertönt wurde, dass es kaum noch erkennbar war. Earl fummelte an den Knöpfen herum, um das Problem zu beheben, doch das Rauschen blieb. Er gab auf und setzte sich neben Cathy auf ihr Grab.

»Wie war Ihr Tag?«, fragte er.

»Wie immer, wie immer. Ich habe ein paar Vögel gesehen. Ich glaube, es waren Enten. Und ein Käfer ist vorbeigefahren. Hab schon lang keinen mehr gesehen.«

»Man hat wieder angefangen, sie zu produzieren. Heißen jetzt Beetle.«

»Cool.«

»Der Motor ist neuerdings vorn.«

Sie runzelte die Stirn. »Das ist blöd. Dann ist es gar kein richtiger Käfer mehr, oder?«

»Nö«, stimmte er zu.

Sie hörten eine Weile der Musik zu. Sie sang den Text lautlos mit.

»Wie war Ihr Tag?«, fragte sie.

»Okay. Ich hab geschlafen.«

»Oh. Stimmt ja. Hab ich vergessen. Müssen Sie tagsüber schlafen oder können Sie herumlaufen, wenn Sie wollen?«

»Ich bin ziemlich tot, wenn die Sonne aufgegangen ist.«

»Träumen Sie?«

»Vampire träumen nicht.«

»Nie?«

»Naja, wir schlafen nicht richtig. Wir schalten eher ab.«

»Schade.«

Cathy nickte im Takt der Musik. Earl dachte daran, ihr den Arm um die Schulter zu legen, aber es erschien ihm nicht richtig. Er wollte es zwar, dachte er, aber es war vielleicht noch ein bisschen zu früh. Und was, wenn sie seinen Arm gar nicht um ihre Schulter haben wollte? Nur weil er sie berühren konnte, hieß das ja nicht unbedingt, dass sie es auch wollte.

Dafür, dass es nur eine nette Sache war, fühlte es sich fast schon wie eine Verabredung an. Es war lange her, dass er eine gehabt hatte, und er war noch nie sehr gut darin gewesen.

Cathy streckte die Hand aus und nahm seine Hand in ihre. Er war froh, dass sich Untote keine Sorgen über schweißige Hände machen mussten.

Sie lächelte wieder. Er lächelte zurück.

»Also, dieser Friedhofswächter-Job«, sagte sie, »wie funktioniert das? Ich meine, ich kann nichts tun. Wie soll ich dann auf irgendwas aufpassen?«

»Ich bin nicht ganz sicher. Haben Sie schon versucht, irgendwas zu tun?«

»Was zum Beispiel?«

»Keine Ahnung, aber nur weil Sie körperlos sind, heißt das keineswegs, dass Sie nichts tun können. Ich kannte einen Geist in Alabama, der Nebel und Kettenrasselgeräusche machen konnte. Und ein anderer in South Dakota ließ Glas zersplittern und konnte kleinere Dinge bewegen.«

»Wie haben die das hingekriegt?«

»Sie haben es einfach gemacht. Ich weiß nicht viel über Geisterkräfte, aber ich glaube nicht, dass es besonders kompliziert ist. Es ist bloß Übung nötig, denke ich.«

Cathy ließ sich rückwärts auf ihr Grab sinken.

»Die Sache, dass Vampire ihre Gestalt verändern können, das stimmt doch nicht, oder?«

»Doch, es stimmt.«

Sie stützte sich auf die Ellbogen. »Nie im Leben!«

»Klar.«

Der Geist grinste mit argwöhnischem Charme. »Sie veräppeln mich. Es kann nicht gehen, dass jemand ... auch kein Vampir ... sich in eine Fledermaus oder in einen Wolf verwandeln kann.«

»Und Nebel«, fügte Earl hinzu.

»Genau. Das ist einfach unmöglich.«

»Wie Geister und Vampire?«

»Okay, Schlaukopf. Zeigen Sie's mir.«

In ihrer Stimme lag ein neckender Zweifel. Wenn es von jemand anderem gekommen wäre, hätte es ihn geärgert. Weil es von ihr kam, konnte er nur übermütig grinsen.

Er verbeugte sich. »Als ersten Trick möchte ich eine kleine Gestaltwandlung vorführen, die ich den ›Wolf‹ nenne.«

Sie streckte die Arme aus und klatschte leicht und aristokratisch in die Hände.

Wie die meisten seiner Vampirtalente hatte Earl auch die Gestaltwandlung nie ganz in den Griff bekommen. Er hatte aber eigentlich auch nie Grund dazu, und bei den wenigen Gelegenheiten, als er es getan hatte, war er hinterher immer steif und verspannt gewesen. Cathy hatte schon Recht. Die Gestalt zu verändern war eine der schwierigeren Leistungen, die Vampire versuchen konnten. Sie beinhaltete viele verschobene Knochen, verdrehte Muskeln und umgeschichtete Organe. Ganz zu schweigen von der Verlagerung der Extrakilos, die einen Wolf von einem Menschen trennen. Sie schmolzen weg, aber all dieses nicht existierende Gewicht schien einem als Wolf auf der Blase liegen zu bleiben. Oder vielleicht war es auch nur der hündische Instinkt, der das Bedürfnis weckte, auf alles zu pissen.

Earl beugte sich vornüber und ballte die Hände zu festen Fäusten. Er grunzte und schüttelte sich vor Anstrengung, dann entspannte er sich mit einem befremdlichen, die Eingeweide erschütternden Grollen. Und nichts passierte.

»Alles in Ordnung mit Ihnen?«, fragte Cathy.

Earl stützte sich auf einen hölzernen Grabstein. »Ja. Nur einen Moment. Der Anfang ist der schwierigste Part.«

Er richtete sich kerzengerade auf, versuchte, etwas Würde wiederzugewinnen. Und versuchte es noch einmal. Er brauchte eine ganze Minute, um seinen Willen zusammenzunehmen und durch seinen Körper strömen zu lassen. Zunächst fühlte es sich wie die Mutter allen Stuhlgangs an. Das glucksende, warme Gefühl begann in seinem Darm und breitete sich von dort aus. Wenn es einmal angefangen hatte, musste er es nur überstehen.

Seine Verwandlung war viel weicher als Dukes. Während die Bestie in Duke buchstäblich in einer grauenhaften, Übelkeit hervorrufenden Metamorphose aus ihm hervorbrach, wirkte Earls Verwandlung eher wie ein fließender Moment voller Anmut. Außerdem verwandelte sich seine Kleidung, anders als bei Duke, mit ihm und verschwand dahin, wohin auch immer sein zusätzliches Gewicht ging. Der Mann verschmolz zum Wolf. Nicht zu diesem halb affenartigen Monster, zu dem Duke wurde, sondern zu einem bescheidenen, ungezähmten Hund. Als Wolf sah Earl eher wie ein knochiger Mischling aus, als wie ein wildes Raubtier.

Cathys Augen leuchteten vor Entzücken. »Das ist fantastisch!«

Earls Lippen öffneten sich und er entblößte in einem hündischen, stolzen Grinsen lange, gelbe Zähne. Er brauchte einen Augenblick, um seine Vierbeinerform zu ordnen und das Bedürfnis zu verdrängen, auf all die Grabsteine in der Umgebung zu pinkeln.

Sie streckte die Hand aus und kraulte seine Schnauze. Dann kratzte sie ihn unterm Kinn. Er war versucht, sich auf den Rücken zu rollen und sie seinen Bauch kraulen zu lassen, überlegte es sich aber schnell wieder anders. Nackte Hunde hatten es schwerer als vollständig bekleidete Menschen, gewisse biologische Reaktionen zu verbergen. Er ließ sie ein paar Minuten lang seine Ohren kraulen, bevor er zum nächsten Kunststück überging.

Nachdem er den Bogen wieder heraushatte, fiel die Verwandlung vom Wolf in eine Fledermaus überraschend leicht. Er drehte ein paar schnelle Runden über dem Friedhof, während sie staunend zusah. Ein Gefühl großer Befriedigung überkam ihn, als er sah, wie sie sich amüsierte. Es änderte nichts an ihrer Situation, zumindest aber lenkte es sie ab.

Er entschied, ein wenig optimistisch, zu versuchen, sich in Nebel zu verwandeln. Das hatte er vorher erst viermal getan. Beim letzten Mal war er nur einen Moment unkonzentriert gewesen und hatte seine Beine an einen plötzlichen Windstoß verloren. Aber für ein weiteres von Cathys Lächeln war er auch bereit, ein oder zwei Gliedmaßen einzubüßen.

Es stellte sich als leichter heraus als seine bisherigen Verwandlungen. Eine Wolke von sich kräuselndem Nebel – so trieb er in der Brise, während er darauf konzentriert blieb, all seine schwebenden Moleküle beieinander zu halten. Cathy ließ ihre ektoplasmischen Finger durch seinen Körper gleiten. Ein Prickeln lief durch seine substanzlosen Nerven. Hätte er jetzt Knie besessen, sie hätten bei dieser intimen Berührung gezittert. Stattdessen vollführte seine neblige Gestalt einen erregt wirbelnden Looping. Er hoffte, dass sie es nicht bemerkt hatte.

Die Rückverwandlung in einen Mann erwies sich dagegen als schwerer, als er es in Erinnerung hatte. Es war viel Zeit und Willensstärke nötig, um all seine umherstreifenden Teile zu versammeln und sie dazu zu bringen, wieder seine phyische Gestalt anzunehmen. Er war nicht ganz sicher, hatte aber das Gefühl, dass es einige seiner inneren Organe nicht zurück geschafft hatten. Er verspürte eine unbestimmte Leere, wo seine Leber und seine Milz hätten sein sollen.

Dann verbeugte er sich zu einer weiteren Runde Applaus.

»Das ist beeindruckend«, stellte sie fest.

Earl hätte ja die Achseln gezuckt, doch seine schmerzenden Schultern waren dazu nicht in der Lage. Ein weiser Vampir dehnte sich immer, bevor er Formen annahm. Das sagte einem schon der gesunde Menschenverstand.

Ein brauner Streifenwagen hielt vor dem Diner. Ein großer, schlanker Mann, von dem Earl annahm, dass es der Sheriff war, stieg aus und ging hinein.

Buddy nahm eine rauschende Darbietung von »Peggy Sue« in Angriff, die klang, als würde sie direkt von den äußeren Regionen der Galaxie ausgestrahlt. Cathy sprang auf und nahm Earls Hände.

»Das ist mein Lieblingslied. Wollen Sie tanzen?«

»Ich bin kein guter Tänzer.«

»Das macht nichts. Ich auch nicht.«

»Ich weiß nur, wie Walzer geht.«

»Wirklich? Ich auch.«

Earl warf einen Blick auf den Streifenwagen. Der Sheriff konnte noch fünf Minuten warten.

Sie kam näher und führte seine Hände auf ihren Rücken. Sie begann den Tanz und überließ ihm sanft die Führung. Anfangs war er zu beschäftigt damit, im Kopf mitzuzählen und offenen Gräbern auszuweichen, um es zu genießen. Und obwohl sich Ektoplasma vorher immer kühl angefühlt hatte, verschaffte ihm irgendetwas an Cathy ein unangenehm warmes Gefühl. Doch nach und nach, ohne dass er es merkte, zog sie ihn näher an sich und legte ihren Kopf auf seine Schulter. Sich gegenseitig in den Armen haltend, drehten sie sich langsam über den Friedhof. Sie tanzten auch dann noch weiter, als Buddy vollends von statischen Geräuschen verschluckt wurde.

Sie roch nach blühenden Rosen und frisch umgegrabener Erde. Rochen so alle ektoplasmischen Wesen, fragte er sich, oder nur sie? Noch nie war er einem Geist so lange so nah gewesen.

»Weißt du, Earl, du hattest Recht.«

»Ja? Womit?«

»Du bist kein guter Tänzer.«

»Ich bin der einzig verfügbare«, antwortete er grinsend.

»Auch wieder wahr.«

Er hielt sie auf Armeslänge von sich ab und sie drehte sich einmal. Dann fiel sie zurück in seine Arme.

»Earl, wie alt bist du?«

»Kommenden Mai siebenundneunzig.«

»Sieht man dir gar nicht an.«

»Naja, ich versuche, nicht in die Sonne zu gehen. Das schützt vor Falten.«

Sie lachte. Das Lachen flatterte über den Friedhof und hinüber in die Welt der Lebenden. Ein Sterblicher, der vorbeikam, hätte angehalten und sich gefragt, woher es kam. Er hätte einen Mann gesehen, der mit einer nicht vorhandenen Partnerin tanzte, und beschlossen, sich besser um seine eigenen Angelegenheiten zu kümmern.

Earl und Cathy hörten auf zu tanzen und sahen sich in die Augen. Strähnen ihres geisterhaften Haares wehten in der leichten Brise über ihr Gesicht. Er strich sie weg und liebkoste ihre Wange. Ihre blauen Lippen öffneten sich beinahe unmerklich. Sie kamen sich näher.

Earls Herz schlug in seiner Brust. Einmal. Zum ersten Mal in neunundsechzig untoten Jahren.

Und dann stieg hinter ihm ein Schatten auf und jagte einen Holzpflock durch sein Herz. Seine Augen wurden glasig und er fiel zu Boden.

»Earl!«

Der Schatten kroch vorwärts. Cathy konnte in der Dunkelheit besser sehen als die Lebenden bei Tageslicht. Aber diese Kreatur konnte sie nicht richtig erkennen, sie glich einem Aal aus schwarzem Rauch, der durch die Nacht glitschte. Der Schatten kroch vorwärts. Im einen Moment schien das Ding fast menschliche Gestalt zu besitzen, im nächsten war es eine sich windende Ansammlung von Ranken. Aber meistens war es ein Klumpen sich verändernder Schatten, die sich weigerten, von geisterhaften Augen klar wahrgenommen zu werden.

Es beachtete sie nicht und beugte sich bedrohlich und gestaltlos über Earl.

»Geh weg von ihm!«, schrie Cathy.

Der Schatten ignorierte sie und ließ geschwärzte Gliedmaßen über den Vampir gleiten.

»Ich sagte, geh weg von ihm!«

Sie schlug ohne nachzudenken zu. Sehr zu ihrer Überraschung trafen ihre ephemeren Fäuste auf einen Wulst aus Dunkelheit, der ein Kopf hätte sein können. Das Ding quietschte und wich zurück. Cathy bewegte sich zwischen Earl und dem Schatten.

Der nahm eine beinahe menschliche Gestalt an. Zwei blutrote Augen flackerten.

Cathy begegnete seinem Blick mit einer Furchtlosigkeit, die davon herrührte, dass sie tot war – und auch von dem Wissen, dass es nur wenig mehr gab, was man ihr noch antun konnte. Das hoffte sie zumindest.

»Verschwinde!«

Da lag etwas in den Augen des Dings. Es war keine Angst. Vielleicht der Respekt vor einer anderen Schattenkreatur. Vielleicht Achtung vor ihrer Entschlossenheit. Was auch immer es sein mochte, der Schatten entschied, dass der Vampir nicht wichtig genug war, um sich ihr entgegenzustellen. Er glitt davon. Cathy bemerkte plötzlich, dass er nicht allein war. Vier weitere Formen schlichen über den Friedhof. Die fünf kaum wahrnehmbaren Nebelbänke rollten die Straße entlang in Richtung Diner. Eine trat neben das Neonschild des Diners und gerann unter dem grellen Licht zu einer festen Form.

Es war ein Mann (oder etwas, das einmal ein Mann gewesen war) mit grüner Haut und zerlumpter Kleidung. Es hob den Kopf ins Licht und zischte. Die Raben auf dem Schild krächzten laut und flogen davon. Das Leuchtschild erlosch und die Kreatur wurde wieder zu einem Schatten, der in der Dunkelheit verschwamm.

Cathy wandte sich zu Earl um. Er atmete nicht, bewegte sich nicht. Er lag nur da, mit einem Holzpfahl in der Brust, und starrte mit leerem Blick nach oben. Sie wusste nicht, ob er tot war, aber er hatte ihr gesagt, dass ein Pflock durch das Herz nicht tödlich war.

Oder dass er tödlich war? Sie konnte sich nicht erinnern.

»Verdammt, Earl! Sei nicht tot! Bitte, sei nicht tot!«

Sie drehte ihn auf den Bauch und packte den Pfahl. Er steckte in dem Vampir, deshalb konnte sie ihn anfassen. Sie zog. Er steckte fest. Sie hielt Earl mit einem Fuß auf dem Boden und drehte und zerrte. Die Stange bewegte sich. Nicht viel. Kaum einen Zentimeter.

»Komm schon«, knurrte sie, während sie ihren Griff verstärkte und mit aller Kraft zog.

Und die Ghoule quollen weiter in Richtung Diner.

FÜNFZEHN

In *Gil's All Night Diner* saßen Duke und Marshall Kopp an der Theke und tranken Kaffee, während Loretta die Salz- und Pfefferstreuer auffüllte.

»'rausgefunden, wohin diese Leichen verschwunden sind?«, fragte Duke zwischen zwei Schlucken.

»Hab ein Bein und ein paar Reifenspuren gefunden«, antwortete Sheriff Kopp. »Hab das Bein und ein paar Fotos von den Spuren rauf nach White Water zur Analyse geschickt. Fingerabdrücke. Haarfasern. Solche Sachen. Führt wahrscheinlich zu nichts, ist aber den Versuch wert.« Er nahm einen Schluck aus seiner Tasse. »Was ist mit Ihnen? Irgendwelche Fortschritte in Ihrer Sache?«

»Wir arbeiten dran.«

»Naja, ich wäre dankbar, wenn Sie mich über alles, was Sie herausfinden, auf dem Laufenden hielten.« Er sah auf die Uhr. »Ihr Freund scheint ein bisschen spät dran zu sein. Er würde doch nicht versuchen, mir aus dem Weg zu gehen, oder?«

»Der kommt schon noch.«

»Ich schätze, da muss ich mich auf Sie verlassen, weil er Ihr Freund ist und Sie ihn besser kennen als ich.«

Loretta schenkte dem Sheriff nach. »Du wirst keinen Ärger mit den Jungs haben, Marshall. Das sind anständige Typen.«

»Ich habe keinen Grund, daran zu zweifeln. Trotzdem wäre es nett, ihn mal zu treffen. Der Freundlichkeit halber.«

Duke neigte den Kopf und lauschte. Ein leises Zischen – mehrere leise Zischlaute – drangen in sein übernatürlich feines Gehör. Er atmete tief durch seine sensiblen Nasenlöcher ein. Da lag etwas in der Luft. Sogar für seine Sinne fast zu undeutlich. Es stank nach Verwesung, schwärzester Magie und Dämonen. Es war der unmissverständliche Geruch von Ghoulen.

Sämtliche Lichter im Diner flackerten.

»Verdammt«, fluchte Loretta.

Für einen Warnruf blieb keine Zeit. Duke warf seine Lederjacke ab, als die Lichter ausgingen und Dunkelheit über das Diner fiel. Düstere Gestalten, eben noch außerhalb seiner Wahrnehmung, stürzten nun durch die Eingangstüren. Glasscherben verteilten sich mit ohrenbetäubendem Klirren über das Linoleum. Duke verwandelte sich und zerfetzte dabei seine Kleidung. Zur Bestie zu werden dauerte nur Sekunden. Doch er war gerade mitten in diesem Verwandlungsprozess, als sich die Schatten auf ihn stürzten.

Sheriff Kopp und Loretta kämpften immer noch mit der Dunkelheit. Der Sternenhimmel warf schwaches Licht durch die Fenster. Gerade genug, dass man den massigen Werwolf, der mit den Schatten rang, erkennen konnte.

Sie quollen und krochen über ihn. Er versuchte, einen davon zu greifen. Er glitt wie ein Brocken wässriger Gelatine mit drei Schichten Schmieröl durch seine Finger. Das Ding krabbelte seinen Rücken hinauf und stieß Duke grob ein Messer zwischen die Rippen. Der Werwolf heulte auf, als ihn das Silber berührte. Der Ghoul drehte die Klinge und drückte sie tiefer hinein. Duke schrie gellend. Er wirbelte zuckend vor Schmerz in dem dunklen Raum herum. Der Ghoul glitt von ihm weg. Der Werwolf sank auf die Knie.

Die Ghoule glitschten durch das Diner, unter die Tische, über die Sitzecken und den Fliesenboden. Sheriff Kopp zog seinen Revolver und mühte sich ab, einen Schuss auf diese zischenden, glitschigen Dinger abzugeben. Eines davon stand kaum einen Meter von ihm entfernt. Er schaffte es trotzdem nicht, seinen Blick deutlich darauf zu richten. Wesentliche Punkte konnte er nicht erkennen. Was im einen Moment aussah wie ein Kopf, wurde im nächsten zu einem Arm, dann war es ein unförmiger Fuß oder möglicherweise ein Schwanz.

»Mach Licht!«, keuchte Duke zwischen zwei pfeifenden Atemzügen.

Loretta rannte in die Küche.

In der Dunkelheit waren Ghoule nicht vollkommen körperlich. Sie blieben in einem halb-materiellen Zustand, gerade substanzlos genug, dass sie gehörig nerven konnten, aber doch fest genug, um zu kratzen, zu beißen und zu stechen. Duke konnte die lebenden Schatten kaum um sich kreisen sehen und sich noch viel weniger gegen sie wehren.

Er zog das Silberbesteck aus seiner Seite und quiekte wie ein verletzter Welpe. Er warf das Messer weg. Ein ghoulischer Klumpen schnappte die Klinge.

Sie umzingelten den Werwolf, vollkommen desinteressiert an den menschlichen Insassen des Diners. Er stürzte sich auf den nächstbesten Ghoul. Seine bösartigen Krallen zerfetzten Kleidung, als der Schatten unter ihm hinwegglitt und ihm eine Gabel in den Oberschenkel stieß. Ein weiterer Ghoul glitt an seine Seite und rammte ein Messer in seine Schulter. Duke schnappte nach ihm und schmeckte das verweste Fleisch auf seiner Zunge. Aber nach dem Bruchteil einer Sekunde, die es dauerte, seine Kiefer zu schließen, schlossen sie sich um nichts als Luft. Das nächste Wesen aus verschwimmender Dunkelheit sauste vorbei und schlitzte Dukes Unterarm auf. Es war ein oberflächlicher Schnitt. Eigentlich kaum ein Kratzer. Doch es brannte wie ein Papierschnitt, der mit fünf Kilo Salz und 20 Litern Zitronensaft übergossen wird. Genauso wie die anderen Wunden. Es war das Silber, das sein Blut kochen ließ und seine Muskeln vergiftete.

Die Ghoule kicherten trocken. Sie spielten mit ihm. Er war nicht daran gewöhnt, bei einem Kampf derart einstecken zu müssen. Eigentlich sollte er das Raubtier sein, nicht die Beute.

Die Schatten schossen um ihn herum und brachten ihm jedes Mal, wenn sie an ihm vorbeikamen, oberflächliche Schnitte bei. Knurrend tat er sein Bestes, sie abzuwehren, doch sie entkamen seinen Krallen spielend. Jeder Schnitt machte ihn langsamer und schwächer. Blut gerann in seinem schwarzen Fell und tropfte auf den Boden. Die meisten Wunden waren Fleischwunden. Tausend glühende Fleischwunden.

Die Küchentür schwang auf und Loretta erschien, eine blendende Taschenlampe in der einen Hand schwenkend, eine Schrotflinte in der anderen. Sie richtete den Lichtstrahl auf Duke. Die Ghoule wurden sofort zu realen, materiellen Geschöpfen. »Gütiger Gott!«

Die Ghoule erstarrten in der plötzlichen Helligkeit. Aufheulend bedeckten sie ihre Augen.

Sheriff Kopp schoss. Der Kopf eines Ghouls zuckte, und das Wesen fiel hin, allerdings nur, um sich wieder aufzuraffen. Kopp feuerte noch zweimal in die Brust des Ghouls. Der taumelte rückwärts, blieb aber auf den Füßen. Die grünhäutige Kreatur beugte sich zum Sprung bereit nach vorn und warf ihm einen verärgerten Blick zu. Nicht wütend oder zornig. Einfach genervt, und vielleicht sogar amüsiert, nach dem Grinsen auf seinen krummen Lippen zu urteilen.

Die Ghoule krochen auf die dunklen Ecken des Diners zu, aber einer war nicht schnell genug. Duke erwischte ihn am Bein und zerrte ihn zurück. Er zischte und spuckte und wand sich, als er ihn am Boden festnagelte. Genussvoll zog er den Kopf des Ghouls zurück. Der dünne Hals brach. Verfaultes Fleisch trennte sich. Duke riss den Kopf ab. Der Kopf durchbohrte ihn mit Blicken, während er ihn wegwarf. Der enthauptete Körper wand sich weiterhin. Duke riss innerhalb von Sekunden die Gliedmaßen des Scheusals ab, eines nach dem anderen. Er brach zusätzlich das Rückgrat des Rumpfes. Die Einzelteile des Ghouls bewegten sich noch immer. Sein Kopf zischte wütend. Aber ein Ghoul in Einzelteilen war relativ harmlos, wenn man nicht dumm genug war, einen Zeh in seinen fauchenden Mund zu stecken.

Loretta schwenkte das Licht ihrer Taschenlampe über das Diner. Ghoule wichen vor dem Licht zurück. Eine Kreatur drängte sich in eine Ecke. Sie blinzelte, beschattete ihre Augen und stieß ein tiefes, bestialisches Fauchen aus. Die Taschenlampe wurde schwächer.

Duke stürzte sich auf den Ghoul. Er packte ihn am Kragen seines angeschimmelten Anzugs und hob eine der Krallenhände. Das Licht ging aus. Der flüssige Ghoul sickerte ihm durch die Finger. Duke hieb nach dem Schatten. Er quiekte. Ein Stück Schwärze schoss im Bogen durch die Luft, platschte auf den Boden und wurde zu einem zuckenden Arm. Duke schlug noch einmal zu, doch der Ghoul glitt davon.

Loretta fummelte an der erloschenen Taschenlampe

herum, aber sie war in Ordnung. Nichts, was sie hätte reparieren können. Ein Ghoul erschien neben ihr. Sie schlug mit der Taschenlampe und dem Gewehrlauf auf den Schatten ein. Irgendwie verfehlte sie ihn. Der Ghoul glitt unter sie und hob sie in die Luft. Er zitterte unter ihrem enormen Gewicht und warf sie über die Theke. Loretta krachte mit einem ungeheuren Rums auf die Fliesen.

Kopp drehte sich und feuerte aus nächster Nähe. Die Kreatur versuchte nicht, aus dem Weg zu gehen. Sie schwebte einfach, wo sie war. Aber er verfehlte sie. Der Ghoul fixierte ihn mit Augen, die nur aus winzigen roten und gelben Punkten bestanden. Dann bewegte er sich fort und ignorierte den Sterblichen, um sich wieder dem Werwolf zuzuwenden.

Duke ging in eine gekrümmte Kampfposition über, als vier Schatten von allen Seiten näher rückten. Mit allen konnte er es nicht aufnehmen. Nicht, solange sie Silber und die Dunkelheit auf ihrer Seite hatten. Vielleicht mit einem oder – wenn er großes Glück hatte – mit zweien, bevor sie beschlossen, mit den Spielchen aufzuhören und eine Gabel in sein Herz zu rammen.

Die Ghoule nahmen gerade genug Gestalt an, dass er das Grinsen auf ihren eingefallenen Gesichtern sehen konnte.

Duke hatte immer gewusst, dass es einmal so enden würde. Nicht genau so, aber ein gewaltsamer Tod schien das unausweichliche Ende des Fluchs der Lykanthropie zu sein. Werwölfe starben nicht an Altersschwäche.

Die Scheinwerfer von Sheriff Kopps Polizeiwagen leuchteten auf. Blendend weißes Licht strahlte durch die Fenster.

Duke entblößte seine Zähne zu einem geifernden Lächeln.

Er stürzte sich auf einen Ghoul und versenkte seine Reißzähne in dessen Hals. Fleisch und Knochen rissen ab. Der Kopf des Ghouls fiel nach hinten, nur noch gehalten von zerfetzter Haut. Er packte die Beine der Kreatur. Mit wildem Gebrüll zog er daran und spaltete den Ghoul bis zum Unterleib. Der Ghoul knurrte und wand sich in dem vergeblichen Versuch, mit seinem zerfleischten Körper stehen zu bleiben.

Ein weiteres totes Ding mit nur einem Bein taumelte auf Duke zu. Er stieß seine unhandliche Last zur Seite und zog die Klauen durch seine Brust.

Die Ghoule zischten den Ruf der Dunkelheit, um dieses neu hinzugekommene Licht auszulöschen. Bevor ihre Kräfte wirken konnten, gingen die Scheinwerfer von selbst aus. Nur für eine Sekunde. Dann wieder an. Und das plötzliche Licht stürzte die Ghoule in Verwirrung.

Während Duke den einbeinigen Ghoul in Stücke riss, richteten die anderen beiden wandelnden Leichen ihre Aufmerksamkeit auf eine leichtere Beute. Sie liefen in der langsamen Gangart in Licht gebadeter Ghoule auf Sheriff Kopp zu.

Kopp stopfte die sechste Kugel in seinen Revolver und knallte den Zylinder zu. Er feuerte zweimal in den Kopf des Ghouls. Der schwankte, fiel aber nicht. Nicht, dass Kopp das erwartet hätte. Er hoffte nur, ihn so lange zu beschäftigen, bis Duke sein momentanes Projekt ganz zerreißen konnte. Er leerte das Magazin auf den nächsten Ghoul. Der zuckte und wand sich, rückte aber stetig vor.

Die beiden letzten Ghoule leckten sich die höhnisch grinsenden Lippen mit schwarzen Zungen. Kopp senkte seinen Revolver. Die Waffe schien ihnen gegenüber nutzlos zu sein. Und der riesige Werwolf, der sich von hinten an sie heranschlich, hatte offenbar alles im Griff. Ein tiefes Grollen kam aus Dukes Kehle und die wandelnden Leichen drehten sich herum, um sich ihm entgegenzustellen.

Der nächste Augenblick bot ein verschwommenes Gewirr aus werwölfischer Grausamkeit und kreischenden Ghoulen. Selbst verwundet, wie er war, war Duke einem Paar Ghoule mehr als gewachsen. Auch Ghoulen, die mit Silberbesteck bewaffnet waren. Als Sheriff von Rockwood County hatte Marshall Kopp viele schreckliche Dinge gesehen und sich nicht einmal abgewandt. Jetzt aber, als die Ghoule von Dukes glänzenden Krallen grausam zerfetzt wurden, tat er es doch. Nicht aus Angst oder Ekel, sondern um sich vor all den herumfliegenden Stücken zu schützen. Er drehte sich erst wieder um, als das ganze Geschrei schließlich verstummt war. Duke stand in einer Sammlung von sich windenden Körperteilen.

Die Lichter des Diners gingen plötzlich wieder an und offenbarten die Gliedmaßen und Rümpfe, die überall im Raum verstreut herumlagen. Die Beine zuckten. Die Krallenhände trommelten mit den Fingern auf den Boden. Die Köpfe rollten in engen Kreisen herum – auf der Suche nach einem unvorsichtig platzierten Knöchel, in den sie ihre Zähne schlagen konnten.

Kopp steckte seinen Revolver zurück ins Halfter und sah nach Loretta.

Sie setzte sich auf. »Mir gehts gut, Marshall. Da ist schon mehr als ein kleiner Sturz nötig, um mich zu verletzen.« Sie mühte sich ab, um ihr Gewicht wieder auf die Beine zu bekommen. »Was zum Teufel sind das für Dinger? Das sind doch keine Zombies!«

»Ghoule«, antwortete Duke. »Halb Zombie, halb lebender Schatten.«

»Wie bringt man sie um?«

»Naja, man kann sie verbrennen, aber das stinkt tagelang. Oder man kann auf die Sonne warten und sie schmelzen lassen. Das hinterlässt natürlich eine höllische Schweinerei.«

Loretta runzelte die Stirn. »Nicht in meinem Diner, auf keinen Fall.« Sie ging in den Nebenraum, um ihren Besen zu holen.

Earl kam durch die zersplitterte Vordertür herein. »Alles okay hier drin? Jesus, siehst du scheiße aus, Duke.«

Der Werwolf stellte einen umgefallenen Stuhl auf und setzte sich. Er war eine einzige große Wunde, aber es war nicht so schlimm, wie es aussah. Die Schnitte fingen schon an, sich zu schließen. Es würde ein paar Tage dauern, bis sie völlig verheilt waren. Und weil sie ihm mit Silber zugefügt worden waren, würden vermutlich ein paar Narben zurückbleiben, um ihn an diese Nacht zu erinnern.

»Gute Idee mit den Schweinwerfern, Earl.«

»Danke.«

»Bei dir alles in Ordnung?«

Der Vampir schaute auf das Loch in seiner Brust hinunter. »Oh, das? Das ist nichts. Nur ein Kratzer.«

Loretta erschien wieder. Brummelnd fegte sie die zerstückelten Ghoule und die Glasscherben zur Tür hinaus.

SECHZEHN

Tammy gab ihren Ghoulen zwei Stunden, um den Auftrag auszuführen. Das war mehr als genug Zeit, schätzte sie. Dann stiegen sie und Chad auf sein Motorrad und fuhren los, um sich den Schaden anzusehen, den ihre Lakaien angerichtet hatten. Sie konnte es kaum erwarten, das Gemetzel zu sehen.

Als sich aber das Motorrad dem Diner näherte, wusste Tammy, dass etwas furchtbar schief gelaufen war. Die Lichter brannten und ein Haufen von Körperteilen war unter dem grellen Neonlicht aufgeschichtet worden. Zuerst nahm sie an, es seien die Stücke derer, die es gewagt hatten, sich ihr entgegenzustellen, von ihren Lakaien als ein Opfer für ihre Herrin aufgestapelt. Dann bemerkte sie ihre grüne Farbe – und als Chad auf dem Parkplatz anhielt, kam Lorettas kolossale Gestalt mit einem Mülleimer aus Aluminium aus dem Diner gestiefelt. Sie kippte den Inhalt des Eimers auf den Haufen und fügte der Mischung eine weitere Ladung sich krümmender Gliedmaßen, fauchender Köpfe und sich windender Rümpfe hinzu. Loretta griff in den Eimer und zog eine Hand voll Innereien heraus. Sie warf sie achtlos zu den anderen Einzelteilen.

»'n Abend, Kinder.«

Tammy starrte sie mit offenem Mund an.

Loretta wischte sich die fettigen Finger an ihrer Schürze ab und ging wieder hinein.

Tammy umrundete den Haufen. Die Ghoule wandten den Blick ab und knirschten verlegen mit den Zähnen. So hätte es nicht kommen dürfen. Fünf Ghoule, anständig bewaffnet, waren einem Vampir, einem Werwolf und einer fetten Kellnerin mehr als gewachsen. Aber ihre Lakaien lagen vor ihr, als wogendes Denkmal einer weiteren Niederlage.

»Was jetzt?«, fragte Chad.

Vor Wut kochend schnappte sie sich einen Kopf und stopfte ihn in ihren Rucksack. Er wollte nicht so recht hineinpassen, deshalb hielt sie den Rucksack einfach nur zu, weil sie den Reißverschluss nicht zubekam.

»Fahr mich nach Hause.«

Die Nacht war noch jung und Chad war immer noch geil. Aber er kannte sie gut genug, um nicht mit ihr zu diskutieren, wenn sie so war wie jetzt. Sie war schon immer ein verrücktes Huhn gewesen, das sein Verrücktes-Huhn-Zeug machte. Aber wenn dieser Ton in ihrer Stimme lag und die Dunkelheit in ihre Augen stieg, wurde sie sogar für ihn zu seltsam, als dass er es ignorieren konnte. In solchen Momenten konnte er die bösartige Macht ihrer Seele, kälter als ein Eiszapfen in der Gurgel, spüren. Er raste zu ihrem Haus, nur zu froh, sie loszuwerden.

»Also ... äh ... wir sehen uns morgen«, sagte er.

Sie sprang vom Motorrad und rannte ins Haus.

»Oder so ähnlich«, seufzte er.

Tammy stürmte in ihr Zimmer. Ihr Dad war in einen John-Wayne-Film vertieft, ihre Mutter mit Stricken beschäftigt. Sie strickte ständig Dinge, die niemals jemand trug. Schals, Handschuhe, Pullover und andere Winterklamotten, die in einer höllischen Wüste wie Rockwood keinerlei Zweck erfüllten.

Tammy schloss die Tür und drehte sehr leise den Schlüssel. Wenn ihr Vater hörte, dass sie abschloss, würde er angerannt kommen und sie beschuldigen, Dope zu rauchen oder etwas ähnlich Dummes getan zu haben. Dann holte sie den Ghoulkopf aus dem Rucksack und legte ihn auf ihre Kommode.

Der Kopf fauchte. Er streckte die Zunge heraus und ließ das zerknitterte Ding um seinen lippenlosen Mund kreisen.

»Halt den Mund!«, knurrte sie.

Der Ghoul schielte sie wütend an und öffnete seinen Mund, als wolle er heulen. Sie stopfte eine Socke in die klaffende Öffnung. Der Kopf antwortete mit seinem schönsten sockengedämpften Schrei.

»Mmmppfff! Mmmppfff!«

Tammy beugte sich so nah heran, dass ihre Nase

beinahe das offene Loch berührte, das dort anstatt der Nase des Ghouls klaffte. »Hör sofort auf damit!«

Der Kopf des Ghoul senkte sich und rollte fast auf den Boden. Mit einer Grimasse spuckte er die Socke aus. Die Sprache der Ghoule war die Sprache des Abgrunds. Ein Dialekt aus Fauchen, Knurren, Grollen und anderen unerfreulichen Geräuschen. Tammy verstand sie, wie es nur eine echte Herrin der Dunkelheit konnte. Genauso wie sie in der Lage war, verschiedene Gesichtsausdrücke der Ghoule zu deuten, die alle subtile Variationen von Starren und finsteren Blicken waren.

»Tut mir furchtbar Leid, Herrin«, entschuldigte sich der Kopf, »aber ich habe einen Ruf zu verlieren. Es kommt nicht oft vor, dass man mich Form annehmen lässt. Und ich würde es gern genießen, solange ich kann.«

Tammy saß auf der Bettkante. »Was ist passiert?«

»Das Ganze ist ziemlich schief gegangen, aber es war nicht unsere Schuld.«

»Wessen Schuld war es denn dann?«

»Wenn du mich so fragst, wage ich zu sagen, dass es deine war, Herrin.«

Tammy griff nach einem Stift und steckte ihn dem Ghoul ins Auge.

»Wie furchtbar kindisch«, murrte dieser.

»Was ist schief gelaufen?«

»Die Hüterin des Friedhofs. Sie rettete den Vampir, der den Werwolf rettete, der die Sterblichen rettete. Wir waren nicht auf einen Geist vorbereitet. Gegen die können wir sowieso nichts ausrichten. Es war also wirklich nicht unsere Schuld, oder? Man kann nicht Ghoule auf Geister hetzen und erwarten, dass man gewinnt, oder?«

»Halts Maul.«

»Ich habe nur auf deine Frage geantwortet, Herrin. Kein Grund, jetzt schnippisch zu werden, nur weil du es vermasselt hast.«

Tammy rieb ihre Hände aneinander. »Schei-beis-sebe, fi-bik-ke-ben, ve-ber-da-bammt!«

Der Kopf ging in Flammen auf.

»Also wirklich, Herrin. Wie kindisch!«

Der Ghoul fackelte hoch wie Pyropapier. Zurück blieb nur ein kleines Häufchen Asche, das sie in den Papierkorb fegte.

Die nächste halbe Stunde verbrachte sie damit, über Kopfhörer Musik zu hören und ihre Lage zu sondieren. Alles schien schief zu gehen. Sie stellte ihr großes Schicksal in Frage. Sie war ein Teenager und neigte zu Momenten der Angst und des Selbsthasses. Wenn solche Momente sie überfielen, gab es nur eins, was sie tun konnte. Sie musste mit den Geistern reden. Sie hatte ein einfaches Kommunikationsmittel ganz unten in ihrem Schrank, irgendwo zwischen ihrem Dame- und dem Pachisi-Spiel. Dort fischte sie herum und zog ihr *Ouija*-Brett heraus.

Sie hatte es gekauft, als sie mit ihren okkulten Nebenbeschäftigungen angefangen hatte und hatte schnell gemerkt, wie absolut nutzlos es war. Nicht, dass es unter den richtigen Umständen keine Geister herbeirufen konnte. Vor allem bei Partys, denn die Toten freuten sich immer über eine Einladung zu einer ordentlichen Party. Es gab so wenige gute Partys auf der anderen Seite. Aber die Art von Geistern, die durch das Brett geleitet wurden, war ihre Zeit kaum wert. Tammy warf es beiseite und grub tiefer, bis sie auf das Objekt ihrer Begierde stieß: ihren *Magic Eightball*.

Als ein Mittel zur Kommunikation mit Geistern waren die meisten *Magic Eightballs* nicht viel besser oder schlechter als *Ouija*-Bretter. Dieser hier jedoch war anders. Er war mit dem blauen Blut von Goorkamushalavtoteca, der Königin der Ungeborenen Schrecken, gefüllt. Und statt jedes Mal einen Geist anrufen zu müssen, was immer eine unzuverlässige Methode war, hatte Tammy bereits eine Seele dauerhaft in der Kugel gebunden.

Sie setzte sich mit gekreuzten Beinen auf ihr Bett, reinigte ihre Gedanken und schüttelte den Geist wach. Dann erklärte sie ihrem *Eightball* die Lage, fragte ihn, was sie tun sollte, und schüttelte ihn noch einmal kräftig. Sie spähte durch sein winziges Fenster und wartete darauf, dass das dreieckige Dingsbums mit seiner Antwort auftauchte.

ANTWORT UNKLAR, sagte der Ball.

Tammy rüttelte die Kugel noch einmal. Eigensinnig hielt sie an ihrer Meinung fest.

ANTWORT UNKLAR.

Sie gab ihr einen harten Klaps. Das Dingsbums tauchte in die düsteren Tiefen hinab und erschien mit einer neuen Nachricht.

VERPISS DICH.

Sie rollte den Ball in kleinen Kreisen auf ihrem Bett. Der Geist darin war zwar als Quelle von Ratschlägen unbezahlbar, konnte aber manchmal unkooperativ sein. Eigentlich sogar meistens. Sie konnte es ihm nicht wirklich übel nehmen. Es musste echt beschissen sein, den ganzen Tag in der hintersten Ecke eines dunklen Schranks zu verbringen. Doch es war seine eigene Schuld, schließlich hatte er sie pausenlos genervt, als er sich noch frei hatte bewegen können.

»Jetzt benimm dich doch nicht wie ein Baby! Du würdest nicht in dieser Scheiße stecken, wenn du dir deine Chance nicht von vornherein versaut hättest. Du wärst jetzt ein lebender Gott und würdest mich nicht brauchen.«

Das blaue Blut blubberte und wurde schwarz. HALTS MAUL!

»Na gut. Wenn du mir nicht helfen willst, kann ich dich nicht zwingen. Ich werde den Weg nie öffnen, aber damit kann ich umgehen. Ich werde einfach meinen Abschluss machen, nach Kalifornien gehen und Schauspielerin werden. Jeder kann das.«

Das traf allerdings zu. Da ihr gekürztes *Necronomicon* die neueste Ausgabe war, enthielt es zwei Dutzend Rituale zu diesem speziellen Thema. Alles von einer dreistündigen Beschwörung, die ihr eine *Sitcom* zur besten Sendezeit garantieren würde, bis hin zu einer ausgeklügelten Menschenopfer-Zeremonie, die dem engagierten Ausführenden einen Vertrag über drei Kinofilme mit jedem beliebigen großen Studio an Land zog.

»Es ist nicht meine erste Wahl«, gestand Tammy dem Geist. »Aber es wird sicher auch gut. Während du die nächsten fünfhundert Jahre in einer kleinen, schwarzen Kugel in einer Blechdose auf dem Grund von Old Lady Riddlers Brunnen verbringen wirst.«

Sie drehte die Kugel, um ihre Antwort zu lesen.

ALLE ZEICHEN DEUTEN AUF NEIN. Das Dingsbums tauchte ab und erschien wieder, um hinzuzufügen: UND JETZT VERPISS DICH.

Tammy gab es auf, mit dem Geist zu diskutieren. Das funktionierte normalerweise sowieso nicht. Der Geist im Inneren war von einzigartiger Sturheit und Entschlossenheit besessen. Er war nicht wegen einer schrecklichen Tragödie oder wegen ungelöster Angelegenheiten ein Gespenst. Er weigerte sich einfach, ins Jenseits überzugehen, weil er es nicht wollte. Wenige Leute besaßen die Willenskraft, den Sog des endgültigen Todes zu bekämpfen. Aber so starrköpfig er auch war, niemand stellte sich zwischen Tammy und ihr Schicksal.

Folter kam nicht in Frage. Geister konnte man nur schwer effektiv quälen. Also verfiel sie auf ihr letztes Mittel: Bestechung.

»In Ordnung. Ich schlage dir ein Geschäft vor. In zehn Minuten kommt *Bonanza*.«

Die Kugel zitterte. Die Cartwrights waren die größte Schwäche des Geistes. Er hatte ihr einmal erklärt, dass die Ponderosa-Ranch das perfekte Arbeitsmodell der Hierarchie der alten Götter war. Als sie mehr über diese geheime Welt lernte, verstand sie, was er meinte.

Als sie die Ähnlichkeiten zwischen Lorne Greene und Tougiauareuadksdel – Der Dessen Name Nicht Gesprochen Werden Kann – sah und Little Joe als Ahzuulrah – Verkörperung Der Wütenden Impulse – erkannte, passte alles zusammen. Fast war es, als hätten die alten Götter selbst unmerklich durch den Schleier gegriffen und zur Produktion der Serie beigetragen. Der Geist glaubte daran. Außerdem glaubte er, dass die unsichtbaren Wächter des Lichts darauf geantwortet hatten, indem sie die Produktion von *Herzbube mit zwei Damen* anregten. Und dass die alten Götter den Gegenschlag in Form der Wiederholungen von *Typisch Lucy* geführt hatten. So ging es hin und her. Der ewige Kampf zwischen Licht und Dunkelheit wurde an vielen Fronten ausgetragen. Syndikatsbildung bei den Fernsehsendern war nur eine davon.

NEUER VERSUCH, sagte die Kugel.

Nur ungern bot sie mehr an. Sie wollte den Geist nicht verwöhnen. Aber sie brauchte wirklich seine Hilfe.

»Okay. Du kannst außerdem *3 Engel für Charlie* und *Ein Duke kommt selten allein* schauen. Aber danach gehts sofort wieder zurück in den Schrank.«

Ein Paar heller, blauer Augen erschien im Fenster des *Eightballs*.

WIEDERHOLE DEINE FRAGE. ALLES WIRD SICH KLÄREN.

SIEBZEHN

Gil's All Night Diner hatte viele Auseinandersetzungen gesehen. Epische Kämpfe zwischen den Lebenden und den Toten, Kakerlaken und Kammerjägern, Asbestisolierung und dem Gesundheitsamt. Diese Zusammenstöße, oft Orgien mutwilliger Gewalt, verblassten im Vergleich zu diesem jüngsten Krieg der Willenskräfte.

Loretta und Sheriff Kopp starrten sich an. Er stand hoch aufgerichtet und steif vor ihr, die Hände am Gürtel. Sie verschränkte die dicken Arme über ihrer ausladenden Brust. Das war kein einfaches Unterfangen, doch es half, um ihrer unerschütterlichen Entschlossenheit Ausdruck zu verleihen. Sollte es zu Handgreiflichkeiten kommen, hatte Kopp einen schweren Stand. Sie war mindestens hundert Pfund schwerer als er. Trotzdem behauptete sich Kopp mit dem Mut eines Mannes, der gesehen hatte, wie Schafe plötzlich explodiert waren, und sich das Ergebnis später stückchenweise wieder hatte abwaschen müssen.

»Tut mir Leid, Loretta. Ich muss den Laden schließen.«

Ihre Augen verengten sich zu schmalen Schlitzen zwischen ihren Pausbacken und den zusammengezogenen Augenbrauen.

»Ich will keine Diskussion mehr«, fuhr er fort. »Ich hab dir letztes Mal gesagt: Wenn es noch einmal Ärger gibt, muss ich es tun.«

»Also«, knurrte sie durch missbilligend zusammengekniffene Lippen. »Du kannst doch diesen kleinen Zwischenfall nicht mitzählen! Keiner wurde verletzt!«

»Wäre aber möglich gewesen. Ich will gar nicht dran denken, was hätte passieren können, wenn diese beiden Jungs heute Abend nicht hier gewesen wären.«

»Scheiße, Marshall, ich hätte das trotzdem hinbekommen!«

»Und wenn du's nicht geschafft hättest?«

»Ich hätte es geschafft!«

»Verdammte Scheiße, irgendwas stimmt in diesem Laden nicht, hier ist was Böses am Werk! Ich fange an zu glauben, dass der alte Gil nicht einfach nur abgehauen ist! Dass die Sache mit dem Diner womöglich was mit seinem Verschwinden zu tun hat!«

»Vorsicht, Marshall, nichts gegen den alten Gil! Er war so ein mickriger Kerl! Der könnte genauso gut von Kojoten weggeschleppt worden sein, wie du sehr genau weißt! Ich kann übrigens selbst auf mich aufpassen!«

»Und wenn du's nicht kannst?«

»Ich kann!«

»Aber wenn du's nicht kannst?«

»Ich kann!«

Er schüttelte den Kopf. »In Ordnung, Loretta. Wenn du dich selbst in Gefahr bringen willst, ist das deine Sache. Aber was wäre, wenn heute Abend Gäste dagewesen wären? Sie haben ein Recht auf ein Essen, ohne riskieren zu müssen, dass ihnen das Gesicht abgebissen wird!«

»Ach komm, nicht das schon wieder!« Sie schnaubte. »Hör zu, der Kerl hätte seine Nase nicht verloren, wenn er schlau genug gewesen wäre, die Zombies mir zu überlassen!«

»Wie dem auch sei, ich hab keine Wahl.« Kopp legte ihr eine Hand auf die Schulter. »Wenn du darauf bestehst, diesen Laden geöffnet zu lassen, muss ich dich verhaften. Ich *will* das bestimmt nicht tun, aber du weißt, dass ich es tun werde.«

Sie zuckte zusammen. »Ist ja schon gut!«

»Okay. Mach dir keine Sorgen. Es wird nicht dauerhaft sein. Nur, bis wir herausfinden, wer für das Ganze verantwortlich ist. Weißt du, wo du in der Zwischenzeit bleiben kannst?«

»O nein, Marshall. Du kannst mich vielleicht aus dem Geschäft werfen, aber du kannst mich nicht zwingen zu gehen. Niemand vertreibt mich von hier!«

»Es ist gefährlich«, sagte er.

»Ich gehe nicht!«

»Es ist genau genommen nicht mal dein Eigentum!«

»Vielleicht nicht vor dem Gesetz, aber ich habe es mir verdient. Und niemand, nicht Zombies oder Ghoule oder sogar der Teufel selbst bringt mich hier raus!«

Sie ordnete den kleinen Turm wirrer, blonder Haare auf ihrem Kopf und stapfte in die Küche. Kopp wusste, dass die Diskussion vorbei war. Wenn sich Loretta etwas in den Kopf gesetzt hatte, konnte nichts in der Welt ihre Meinung ändern. Sein einziger Ausweg war, sie ins Gefängnis zu stecken. Das wollte er jedoch nicht tun. Im Lauf seiner Karriere hatte das Gefängnis nur eine Hand voll Gefangener gesehen, größtenteils ruhestörende Betrunkene und rauflustige Durchreisende. Und natürlich Velma Gladstone, die alle vier Monate, wenn der Gladstone-Fluch zuschlug – und sie zu einem blutrünstigen Spinnen-Ratten-Piranha-Ding wurde, das versuchte, die Haustiere der Familie zu verschlingen und Eier in ihren Besitzern einzunisten – darum bat, weggesperrt zu werden. Während ihrer Anfälle konnte Velma einen ganz schönen Krawall veranstalten, aber irgendetwas sagte Kopp, dass das im Vergleich zu dem Koller, den Loretta hinter Gitter bekommen würde, gar nichts war.

Seufzend ging er hinaus. Duke und Earl lehnten an ihrem Pick-up, tranken Cola und warfen Steine auf den Ghoul-Haufen. Der Gestank des Todes hatte eine wild gemischte Schar Raben, Geier und Eulen angezogen.

Sie drängten sich auf dem Dach und dem Neonschild des Diners, schienen von dem Angebot an grünem, zappelndem Fleisch aber bisher abgeschreckt.

Duke hatte sein letztes Outfit zerstört und ein paar Ersatzklamotten aus Earls Koffer angezogen. Die Jeans waren ganz dünn geschabt und an den Knien klafften Löcher. Sein gebatiktes T-Shirt (Größe XXL) war immer noch um ein X zu klein. Der Baumwollstoff spannte sich über seinem Bauch und sah sehr nach einem Damm aus – kurz vor dem Brechen. Seine Lieblings-Wanderstiefel, jetzt nur noch Lederfetzen, hatte er durch zwei ungleiche, gefälschte Markenturnschuhe ersetzt. Earl hatte sich noch nicht umgezogen, trotz des langen Risses in Shirt und Overall, wo der Pfahl so grob hindurchgestoßen worden war. Die Wunde schloss sich nur langsam, und jeder, der genauer hinsah, konnte ein paar Zentimeter unterhalb des Muskelgewebes sehen.

Sheriff Kopp stellte sich neben sie an den Kotflügel des Pick-ups. »Höllische Sauerei, was, Jungs? Seid ihr sicher, dass diese Dinger nicht mehr gefährlich sind?«

»Jep«, antwortete Earl.

»Und bei Sonnenaufgang schmelzen sie?«

»Machen sie immer«, antwortete Duke.

Der Sheriff nickte, mehr für sich selbst als für jemand anderen. Eine schrille, weibliche Stimme quäkte aus dem Funkgerät in seinem Streifenwagen. Er latschte hinüber und griff durch das Fenster nach dem Gerät.

»Was ist los, Wendy?«

Das Funkgerät antwortete mit einem Durcheinander aus knatternden Geräuschen, die weder Earl noch Duke verstanden.

»Kapiert. Bin schon unterwegs.« Kopp steckte das Funkgerät zurück in den Wagen. »Sieht aus, als wär das eine von diesen Nächten. Die Wilkins-Ranch hat mal wieder ein Chupacabra-Problem.«

»Klingt eher nach einem Fall fürs Tierheim«, sagte Earl.

»Gleichzeitig bin ich auch der örtliche Hundefänger. Kommt mit der Dienstmarke.« Kopp stieg in seinen Streifenwagen. »Ich schätze, dann ist hier ja alles in Ordnung. War nett, Sie endlich kennen gelernt zu haben, Earl. Wie war noch mal Ihr Nachname?«

»Renfield«, sagte Earl.

Kopp grinste verschlagen. »Habt ihr vor, länger hier zu bleiben, Jungs?«

»Eigentlich …«, begann Earl.

»Wir sind mindestens noch die nächsten paar Tage da«, unterbrach ihn Duke.

»Ich wüsste es sehr zu schätzen, wenn Sie ein Auge auf Loretta haben könnten. Will nicht, dass ihr was passiert, nur weil sie zu stur ist und sich nicht darum schert, was gut für sie wäre.« Er tippte an seinen Stetson. »Schönen Abend noch.« Dann startete er den Motor und fuhr davon.

»Möchtest du mir vielleicht sagen, warum zum Teufel wir nicht von hier abhauen, Duke?«

Der Werwolf schleuderte einen Stein, der einen grünen Schädel genau zwischen die Augen traf. Der Kopf kippelte auf seinem unsicheren Platz auf der Spitze des Haufens.

Earl las ebenfalls einen Stein auf und zielte. Er schleuderte ihn so kräftig wie möglich, sich seines halb mädchenhaften Wurfstils schmerzlich bewusst. Das Wurfgeschoss flog im hohen Bogen nach rechts und verfehlte sein Ziel um mindestens einen Meter.

»Nicht dass ich deinem Urteilsvermögen misstraue oder so was. Kommt mir nur so vor, als wäre es schlauer, Land zu gewinnen, solange es noch was zu gewinnen gibt.«

»Spürst du es nicht, Earl?«

»Was spüren?«

»*Es*.«

»Was, *es*?«

»Verdammt, Earl! Du bist untot! Du solltest für solche Sachen sensibel sein!«

Der Vampir betrachtete den fingerbreit Cola, der in seiner Flasche übrig war. »Von was zum Teufel redest du?«

»Dieser Ort. Genau hier, genau jetzt ist er der wichtigste Ort auf der Erde.«

»Sagt wer?«

»Sagt jeder Instinkt, den ich habe. Es ist, als würde mir jemand ins Ohr flüstern und mir etwas sagen. Wie das Schicksal oder die Vorsehung oder so was. Und sie sagt mir, dass ich hier bleiben soll. Dass jetzt zu gehen so ungefähr das Schlimmste wäre, was man tun könnte.«

Earl feixte. »Verschon mich damit!«

»Du würdest es auch hören«, knurrte der Werwolf. »Wenn du mal zuhörtest.«

»Ja klar, ich hab auch eine kleine Stimme in meinem Kopf, Duke. Und die sagt mir, dass wir draufgehen, wenn wir weiter hier herumhängen. Ich bin schon mal gestorben. Es war eine ziemlich beschissene Erfahrung – und das war erst die Hälfte. Glaub nicht, dass die andere Hälfte angenehmer wird!«

Duke schleuderte seinen Stein. Er traf den Ghoulschädel und kippte ihn von der Spitze des Haufens. Der Kopf fletschte die Zähne, so gut es ohne Kiefer eben ging.

»Ich bleibe, Earl. Willst du gehen?« Er hielt die Autoschlüssel hoch und klirrte damit, bevor er sie auf die Motorhaube warf. »Ich geh 'ne Runde schlafen. Wenn du morgen früh noch da bist, weck mich. Ich will sehen, wie die Ghoule schmelzen.« Dann schlenderte er zurück ins Diner.

Earl dachte über das Angebot nach. Er konnte seinen Schiffskoffer auf die Ladefläche werfen und starten. Er wusste nicht, wie weit er mit dem leeren Tank und den zehn Dollar in seiner Brieftasche kommen würde, aber es wäre weiter weg von hier. Vielleicht nicht so weit, wie er gewollt hätte, aber es wäre immerhin ein Anfang. Daraus könnte er dann etwas machen. Aber natürlich war es komplizierter.

Earl verließ sich darauf, dass Duke ihn tagsüber im Auge behielt. Von Sonnenaufgang bis Sonnenuntergang war ein Vampir verwundbar. Earl hatte Jahrzehnte mit dieser Tatsache gelebt, jeden Morgen, wenn er sich zum Schlafen legte, tat er es in dem Wissen, dass er genauso gut nicht wieder aufwachen könnte. Die Erfahrung lehrte, dass dies nur Paranoia war. In seinem ganzen untoten Leben hatte er nie einen echten Vampirjäger gesehen. Soviel er wusste, existierten gar keine. Es gab Gerüchte in der Vampirgesellschaft, dass es sehr wohl welche gäbe, und wann immer sich zwei Blutsauger trafen, hatte einer davon eine Gruselgeschichte zu erzählen. Es ging stets um den Freund eines Freundes eines Freundes eines Typen, der einen Freund von ihnen kannte, der mit abgehacktem Kopf aufwachte. Die Jäger waren der Schwarze Mann der Untoten, das wusste Earl genau. Trotzdem behielt er seinen Kopf gern auf dem Hals, und es war ihm recht, dass er Duke hinter sich wusste. Nur für den Fall.

Außerdem gab es da noch das Flüstern. Earl hatte es auch gehört, selbst wenn er es ganz und gar nicht gern zugegeben hätte. Wahrscheinlich sogar lauter und deutlicher als Duke. Das Diner rief ihn. Oder irgendetwas in seinem Inneren. Es war ein dunkles, glitschiges Ding, das in seinen Ohren herumkroch und jeden Tag stärker wurde. Es war abstoßend, aber wenn er jetzt wegrannte, würde etwas Furchtbares passieren.

Und dann war da noch Cathy. Der Gedanke, sie zurückzulassen, störte ihn mehr als alles andere. Sein Dilemma wäre um einiges leichter, wenn er sie einfach bitten könnte, mit ihm zu kommen. Das war mal wieder typisch für ihn, dass er Gefühle für einen Geist entwickelte, der an ein Stück Land gekettet bleiben musste, das einen Hektar groß war.

Er fand noch einen guten Stein und warf ihn mit aller Kraft. Und ließ zu spät los. Der Stein prallte von der Kiesfläche des Parkplatzes ab und hüpfte bis wenige Zentimeter vor den Ghoulhaufen. Die grünen Leichen kicherten trocken.

»Gottverdammt«, murrte er.

Er stopfte die Schlüssel in seine Tasche und machte sich auf den Weg zum Friedhof.

ACHTZEHN

Als sich die ersten Sonnenstrahlen über die Wüste verstreuten, beendeten die Ghoule ihr unaufhörliches, heiseres Gequassel und wurden still. Bei dem vergeblichen Versuch, in Deckung zu gehen, hüpften Beine in die Luft. Abgetrennte Arme wanden sich, um ihre blinzelnden, gelben Augen zu bedecken. Sie kreischten in der Ghoulsprache.

»Scheiße, ich hasse diesen Part!«

»Nun, kein Grund, sich zu beschweren«, antwortete ein anderer Ghoul.

»Richtig, richtig«, stimmte ein Kopf irgendwo aus der Mitte des Haufens zu.

»Mooof glu tlak«, unterstrich ein kieferloser Kopf.

»Wir sehen uns auf der anderen Seite, Leute.«

»Irgendwelche Pläne?«, fragte der Kopf auf dem Gipfel des Haufens.

»Oh, nichts Besonderes«, antwortete der versteckte Kopf. »Nur ein bisschen im düsteren Äther herumschweben. Warten, dass ich wieder gerufen werde. Meine Leistung von dieser Runde nachbearbeiten.«

»Ich fand dein Zähnefletschen einfach großartig.«

Der Ghoul wäre rot geworden, wäre sein totes Fleisch dazu fähig gewesen. »Vielleicht, aber ich fand dein Umherhuschen ziemlich unheimlich. Und ich wünschte, ich besäße dein Talent fürs Fauchen.«

»Das ist nett, aber mal ehrlich, jeder kann fauchen. Dein Kreischen, als der Werwolf dich zerrissen hat, war allerdings genial.«

»Gluf fof wukal.«

»Du schmeichelst mir!«

»Ich habe von einer Sekte in Paris gehört, mit einigen freien Stellen. Was haltet ihr davon, wenn wir hinschweben und uns das mal anschauen?«

»Ich weiß auch nicht. Kann nicht behaupten, dass ich mir viel aus den Franzosen mache.«

»Na, na, wir Körperlosen können es uns nicht leisten, wählerisch zu sein.«

»Gluf fug gok ruffil.«

»Hervorragendes Argument, Kollegen.«

»Oh, da kommt sie.«

Und dann kroch die Sonne über den Horizont und das Schmelzen begann. Grünes Fleisch verflüssigte sich. Augen quollen aus ihren Höhlen. Schäumende Blasen siedeten und zerplatzten spritzend mit lautem Knallen. Die Ghoule kreischten ihre Todesschreie. Nicht, dass für Wesen, die bereits tot waren, irgendetwas daran besonders schmerzhaft gewesen wäre. Aber sie waren entschlossen, ihre letzten verbleibenden Momente in solider Form mit einem ordentlichen Schreiwettbewerb auszukosten. Ihr schmieriges Fleisch glitt von ihren Knochen und sammelte sich in einer dicken, grünen Pampe unter Überresten von Skeletten. Die Knochen wurden schwarz und barsten. Die blanken Schädel gaben ein letztes Ächzen von sich, bevor sie zu grauem Staub zerfielen. Der Knochenstaub und die fleischige Schmiere vermischten sich zu einem widerlichen Sirup, der nach fauligen Äpfeln und frischem Kuhdung roch.

Loretta hielt sich die Nase zu. »Verdammt, ist das ein Gestank! Ihr sagtet, sie würden stinken, wenn man sie *verbrennt*!«

»Sie stinken auch, wenn man sie schmelzen lässt. Nur nicht so sehr.«

Loretta ging hinein und kam mit einer Rolle grünem Schlauch unter dem Arm wieder. Sie schraubte ihn an den Wasserhahn, der sich an der Seitenwand des Diners befand.

»Ich weiß es zu schätzen, dass ihr Jungs hier bleibt, aber ihr müsst das nicht meinetwegen tun. Ich kann selbst auf mich aufpassen.«

»Es ist nicht wegen dir. Wer auch immer diese Dinger hierher geschickt hat, er hat sie geschickt, um mich und Earl zu töten. Dich auch, aber vor allem uns. Das macht das Ganze zu einer persönlichen Angelegenheit.«

Loretta drehte den Hahn auf. Er ächzte, gurgelte

und erwachte mit schleifendem Gerassel zum Leben. Sie bespritzte den Schleim. Er weigerte sich, sich aufzulösen oder wenigstens auseinander zu fließen. Sie schaffte es aber wenigstens, ihn vom Parkplatz in das hohe, gelbe Gras zu schieben, wo er einigermaßen versteckt blieb. Eine Spur brackigen, grünlich grauen Abflusses blieb zurück.

»Wenn wir das Problem lösen wollen«, sagte Duke, »wird es Zeit, dass wir aufhören, darauf zu warten, dass etwas passiert.«

»Was soll ich tun?«, fragte Loretta.

»Du könntest dich in der Stadt umhören. Du musst alles über dieses Grundstück herausfinden. Wie lange das Diner schon steht. Was es war, bevor es ein Diner wurde. Alles, was an seiner Vorgeschichte merkwürdig ist.«

»In Leeburn gibt es eine Geschichtshalle. Und Biff Montoya hat eine Sammlung aller Ausgaben des *Rockwood Examiners*. Hat das Geschäft vor drei Jahren aufgegeben, aber vielleicht weiß er was.«

»Gut. Und frag auch bei den Leuten herum. Jeden, der irgendwas Wichtiges wissen könnte. Ich untersuche so lange diesen Laden hier – von oben bis unten.«

»Und suchst was?«

»Weiß ich noch nicht. Irgendwas Ungewöhnliches.«

»Das hab ich schon gemacht, als ich ihn wieder eröffnet habe. Aber nichts gefunden.«

»Vielleicht hast du nicht gewusst, nach was du suchen musst.«

»Naja, ich hab auch vor allem nach Ratten gesucht«,

gab sie zu. »Habe nicht daran gedacht, nach dem Teufel zu fahnden. Obwohl, wenn ich darüber nachdenke, da gab es einen verschimmelten Laib Brot, der tatsächlich aussah, als wäre er bei Gott in Ungnade gefallen.« Sie schauderte beim Gedanken daran.

Duke legte sich noch ein paar Stunden schlafen, bevor er seine Untersuchung begann. Bis dahin war Loretta schon zu ihrer Recherche aufgebrochen und er blieb in dem Betonbunker allein. Es sei denn man zählte Earl, der sich in seinem Koffer zusammengerollt hatte, mit. Duke tat es nicht. Der Vampir war während des Tages sehr viel toter als untot. Entschieden umgänglicher, wenn es nach Duke ging, aber ungefähr so nützlich wie ein Sack mit hundertachtunddreißig Pfund Mehl.

Duke begann in der Küche. Er grub sich gerade durch die Schränke, als sein Gehör das Quietschen von Turnschuhen auf Fliesen aufschnappte.

Jemand rief aus dem vorderen Raum. »Hallo? Jemand da?«

Er erkannte die Stimme und ging zu dem rechteckigen Fenster, durch das man in den Restaurantbereich schauen konnte. Tammy stand an der Theke. Sie lächelte, als sie ihn sah.

»Earl ist nicht da«, sagte er.

»Oh. Naja, seinetwegen bin ich auch nicht hier.«

»Loretta ist auch nicht da.«

»Oh. Dann bist du also ganz allein?«

»Ja, und ich bin gerade ziemlich beschäftigt.«

»Okay. Sag nichts. Ich verstehe.«

»Danke.«

Duke machte sich wieder daran, den Inhalt der Küche durchzuforsten. Er hörte Tammy nicht gehen, nahm aber an, dass das an dem Klappern der Töpfe und Pfannen lag. Doch er wurde schnell eines Besseren belehrt. Die knackige Teenagerin stieß die Schwingtüren der Küche auf.

»Was machst du da?«

»Nur ein bisschen aufräumen«, antwortete er.

»Brauchst du Hilfe?«

»Danke, aber es geht schon.«

»Sei nicht blöd. Das macht mir nichts aus.«

»Na gut. Kannst du diesen Schrank für mich ausleeren?«

»Klar.« Sie fing an, die Lebensmittel in Dosen auf die Theke umzuschichten. »Was ist denn gestern Abend passiert?«

»Ghoule.«

»Echt? Wow. Hast du darum diesen Schnitt da?«

Duke befühlte den empfindlichen rosafarbenen Strich an seinem Hals. »Ja.«

»Wurde jemand verletzt?«

»Nö.«

Und die Fragerunde ging weiter. Tammy stellte sich als eine effiziente Helferin heraus, doch sie ließ einen endlosen Strom an Fragen und Bemerkungen über verschiedene Themen auf ihn niedergehen: von Bands über Filme bis zu Jungs und Lieblingsgerichten. Duke, der nicht der Typ für Small Talk war, antwortete mit kurzen Jas und Neins, oder wann immer es möglich war mit Nicken oder Kopfschütteln. Bis sie mit der Küche fertig waren, wusste er mehr über Tammy, als er jemals hatte wissen wollen.

»Musst du heute nicht zur Schule?«, fragte er schließlich, mit der Geduld am Ende.

»Ich schwänze.« Sie legte die Finger auf die Lippen. »Du verrätst mich doch nicht, oder?«

Duke konnte sich ein halbes Lächeln nicht verkneifen. Sie hatte etwas an sich, das es schwierig machte, ihr böse zu sein. Selbst wenn sie es schaffte, etwas Verärgerung hervorzurufen, klimperte sie mit den Wimpern, lächelte oder lachte, und jedes Gramm Ärger löste sich auf.

»Willst du mir helfen, die Vordertüren zuzunageln?«

»Klar.«

Sie hielt die Bretter fest, während er die Nägel einschlug. Als sie fertig waren, legten sie eine Pause ein, setzten sich an einen Tisch und tranken Limo.

»Weißt du, du hast tolle Hände.« Sie griff über den Tisch und schnappte sich eine seiner Hände. Ihre zierlichen Finger zeichneten die tiefen Rillen in seiner Handfläche nach. »Deine Haut ist so rau, wie Leder. Und diese Narbe hier macht dich richtig interessant.«

Sie deutete auf eine feine Narbe direkt unterhalb des Ballens. Ein Pentagramm, Zeichen des Tiers. Es war je nach Mondphase stärker oder schwächer zu sehen, verblasste aber nie vollständig.

»Woher hast du die?«, fragte sie.

»Lange Geschichte.«

»Ach, komm schon. Du kannst es mir sagen.«

»Hab einen Werwolf überfahren.«

»Ja, klar.«

»Ich schwörs bei Gott.«

Er machte sich nie die Mühe, die Wahrheit über die Narbe zu verschweigen. Nicht, dass viele Leute danach fragten. Aber von denen, die es taten, glaubte ihm sowieso keiner. Sich eine Geschichte auszudenken, selbst ansatzweise, schien ihm eine Verschwendung von Zeit und Mühe zu sein.

Sie grinste. »Selbst ein Mann, der reinen Herzens ist und seine Gebete spricht ...«

»Ich hasse diesen Film«, sagte Duke.

»Was ist mit *American Werewolf in London*? Den musst du doch mögen.«

»Ist ganz okay.«

Sie beugte sich näher zu ihm hin. Der Ausschnitt ihres T-Shirts öffnete sich und enthüllte einen verlockenden Ausblick auf ihr Dekolleté. »Und welchen Film magst du?«

»*Frankenstein Junior.*«

Er entzog seine Hand ihrer sanften Berührung. Es war nicht leicht, aber ein Werwolf zu sein hatte ihn die Tugenden der Selbstkontrolle gelehrt.

»Duke, findest du mich hübsch?«

Er machte sich nicht die Mühe zu lügen. Sie kannte die Antwort.

»Ja, schon.«

Sie wickelte eine Strähne ihres schwarzen Haares um ihren Finger. »Willst du rummachen?«

Die Frage überraschte ihn nicht. Sie strahlte einen

Paarungsduft aus, den er aus einer Entfernung von einer Meile riechen konnte.

»Nein, danke. Ich mache mich besser wieder an die Arbeit.«

Er stand auf und ging zurück in den Lagerraum.

Tammy war zu überrascht, um ihm zu folgen. Niemand hatte sie je zurückgewiesen. Nicht, dass sie viele gefragt hatte. Nur Chad und Denise Calhouns Freund und ihren Physiklehrer. Der Lehrer hatte ihr zunächst widerstanden, war ihr dann aber schnell erlegen. Sie hatte immer gewusst, hatte es auch immer vorausgesetzt, dass sie jeden haben konnte, den sie wollte. Doch der Werwolf verschmähte sie. Allein der Gedanke war unvorstellbar. Und dennoch, die Zurückweisung war kein vollkommen unangenehmes Gefühl. Es erregte sie, dass Duke zu verführen eine Herausforderung werden würde.

Sie liebte Herausforderungen.

NEUNZEHN

Earl erwachte mit einem unbezwingbaren Verlangen nach Kaffee.

Die Physiologie der Untoten war so beschaffen, dass Koffein – wie die meisten anderen körperfremden Substanzen – keinerlei Wirkung auf sie hatte. Er konnte ohne schädliche Wirkung literweise Arsen trinken oder sich den ganzen Tag lang Zyankalitabletten einwerfen. Er war von Klapperschlangen gebissen worden und hatte als Mutprobe Rohrreiniger geschluckt, ohne dass ihm auch nur übel geworden wäre. Knoblauchsuppe dagegen verursachte bei ihm sofort juckende, eitrige Wunden, doch abgesehen von dieser Ausnahme gab es kein Gift oder Lebensmittel auf dieser Erde, das ihm spürbar etwas anhaben konnte. Das war ihm anfangs vorteilhaft erschienen, aber wie die meisten Geschenke des ewigen Lebens hatte auch dieses einen hohen Preis.

Er konnte sich nicht mehr betrinken. Er trank weiterhin, aber es war nur eine bleibende Angewohnheit aus den Tagen, in denen er noch am Leben gewesen war. So sehr er seinen Kummer in einer Nacht voll alkoholgetränkter Ausschweifungen auch ertränken wollte, es war einfach nicht möglich. Diese einfachen Freuden waren den Untoten traurigerweise versagt. Das bedeutete jedoch nicht, dass er es nicht ab und zu versuchte. Immer noch hatte er die Hoffnung, dass es irgendwo da draußen eine Biersorte gab, mit der es klappen könnte. Seine heilige Suche danach war bisher nicht von Erfolg gekrönt gewesen, aber er weigerte sich aufzugeben. Selbst wenn es tausend Jahre dauern sollte, er würde sie finden.

Zuvor aber brauchte er heute Abend dringend einen starken, schwarzen Kaffee. Das Verlangen war rein psychologischer Natur. Trotzdem war sein Durst nach einer Tasse heißem Kaffee kein Stück weniger unbezwingbar als seine vampirische Gier nach Blut. Sogar noch stärker.

Was es nur umso verunsichernder machte, als er sich in die Küche schleppte und sie vollkommen durchwühlt vorfand. Dosen und Schachteln standen in ordentlichen Ansammlungen überall auf der Theke, Töpfe und Pfannen waren auf dem Boden verstreut. Irgendwo inmitten des Durcheinanders befanden sich die diversen Zutaten einer Tasse Kaffee. Seine Laune verschlechterte sich, je länger es dauerte, sie alle zu finden.

Er schlurfte aus der Küche. Loretta saß unter Zeitungen vergraben an einem Tisch.

»'n Abend, Earl.«

Der Vampir grunzte etwas und ging zur Kaffeemaschine. Er ließ sie ihre heilige Tätigkeit beginnen und schielte dann, solange es dauerte, auf ihre blinkenden Lichter. Als sie schließlich genug für eine kleine Tasse ausgespuckt hatte, goss er den Kaffee hastig in einen schmutzigen Becher, den er irgendwo auf dem Weg von seinem Koffer zur Kaffeemaschine gefunden hatte. Er stürzte das kochend heiße Elixir hinunter. Es verbrannte seine Zunge und Kehle bis tief in den Magen. Verbrennungen dritten Grades heilten in Sekunden. Und selbst wenn nicht, diesen Schmerz war es wert.

»Loretta«, sagte er mit verschmorter Zunge. »Wo ist Duke?«

»Elmyra Werner hat Probleme mit ihren Hühnern. Sie hat Duke gefragt, ob er sie sich mal anschauen kann.«

Earl goss sich noch eine Tasse ein. »Welche Art Probleme?«

»Sie sind nicht tot oder so was. Sagte, sie hätte das überprüft, nachdem sie von der Sache mit Walts Kühen gehört hatte.«

Der Vampir schlenderte hinüber zu ihrem Tisch und setzte sich. Er hob eine vergilbte Zeitung auf. »Wofür ist das hier alles?«

»Nachforschungen. Über das Diner.«

»Irgendwas Interessantes?«

»Schwer zu sagen.«

Der Placeboeffekt des Koffeins hatte noch nicht voll

eingesetzt, Earl nahm sich aber trotzdem mit mildem Interesse eine Zeitung. Er las sie genau durch. Das dauerte nicht lange. Sie bestand nur aus vier Seiten und das meiste davon waren Leitartikel, Wetterberichte und ein Silbenrätsel. Danach schnappte sich Earl eine weitere Zeitung. Wieder nichts. Erst beim Durchblättern der dritten Zeitung fand er Lorettas Problem.

Rockwood hatte eine bunte und reiche Geschichte, was übernatürliche Vorkommnisse betraf. Jede Ausgabe des *Rockwood Examiner* enthielt etwas in dieser Richtung. Alles von Strömen von Blut und verstümmelten Kühen bis hin zu eher unkonventionellen Phänomenen – wie an dem Tag, an dem alle Katzen in der Stadt ihre Schwänze verloren hatten. Oder die Nacht, die drei Wochen dauerte. Leichname verschwanden mit schöner Regelmäßigkeit aus ihren Gräbern. Mysteriöse Todesfälle gehörten zur guten Ordnung. Und nach der Anzahl der Berichte zu urteilen, musste es in jedem dritten Haus spuken. Der Mond tat ebenfalls alle paar Monate etwas Merkwürdiges: entweder er war außerhalb seiner Phase voll oder er veränderte seine Farbe, und einmal war er für eine ganze Woche vollkommen verschwunden. Uneingeschränkt von den Gesetzen der Normalität griff das Übernatürliche in Rockwood County um sich. Das machte es schwierig, ein bestimmtes Muster festzustellen.

Earl las eine redaktionelle Debatte über die Bürgerrechte der ruhelosen Toten – und ob ihnen die Köpfe wegzupusten eine Verletzung ebendieser theoretischen

Rechte darstellte. Jede Seite brachte interessante Argumente vor. Die Meinung der Rechtebefürworter war die, dass tote Menschen immer noch Menschen und deshalb laut Verfassung mit gewissen Grundrechten ausgestattet waren. Das Gegenargument zielte darauf ab, dass jeder, ob lebend oder tot, die meisten seiner Rechte einbüßt, wenn er anfängt, an fremden Gliedmaßen zu nagen.

Earl legte die Zeitung beiseite und ging sich seinen dritten Kaffee holen. »Hast du einen Stadtplan?«

»Ich glaube, ja. Irgendwo. Soll ich ihn holen?«

Er nickte, während er seine Tasse bis zum Rand füllte.

Loretta fand ihre Karte, eine einfache Ausgabe von einem örtlichen Kartenhersteller, die schon seit ein paar Jahren nicht mehr aktuell war. Sie breitete das zerknitterte Papier auf dem Tisch aus und strich die Falten glatt.

»Reicht das?«

Er nippte an seinem dampfenden Becher. »Sollte es. Hast du ein paar Reißnägel?«

»Wofür?«

»Damit wir die Karte markieren können.«

»Können wir nicht einfach einen Filzstift benutzen?«

Er zuckte die Achseln. »Spricht nichts dagegen. Es ist deine Karte.«

Sie nahm einen Stift aus der Tasche und tippte damit auf den Tisch. »Was hast du vor?«

»Wir gehen diese Zeitungen durch und kennzeichnen jeden Ort, über den berichtet wird, Jahr für Jahr. Vielleicht zeigt sich dann irgendeine Art von Muster, das wir im Augenblick nur nicht sehen.«

»Keine schlechte Idee.«

»Habe ich mal in einem Film gesehen. Da rennt dieser Serienmörder herum und der Polizeikommissar hängt diese riesige Karte an die Wand und steckt Reißzwecken an die Stellen, wo die Morde passiert sind und vermutet, dass der Mörder ein Sternzeichen darstellt. Steinbock oder Krebs oder so was. Als er das herausfindet, kann er den Mörder aufspüren und davon abhalten, sein nächstes Opfer zu töten, das zufällig die Freundin des Cops ist. Der Cop erschießt den Mörder gerade noch rechtzeitig, aber natürlich ist er nicht sofort tot. Er steht auf, als keiner hinsieht, obwohl er sechs Kugeln abgekriegt hat, und die Freundin muss dann noch ein paar Mal auf ihn schießen.«

»Ich glaube, den habe ich auch gesehen.«

»*Blood Hunt* oder *Dark Blood* oder *Blood Stalker*«, versuchte Earl sich zu erinnern. »Irgendwas mit Blut. Egal, im Film hat das jedenfalls funktioniert. Hier vielleicht auch.«

»Einen Versuch ist es wert«, stimmte Loretta zu.

Earl begann mit der neuesten Ausgabe des *Examiners* und arbeitete sich rückwärts durch. Er las die einschlägigen Artikel vor, während Loretta die Karte kennzeichnete. Sie kritzelte die Jahreszahl in kleine Kreise. Fünfundvierzig Minuten später war in der Tat deutlich ein Muster erkennbar. Sie waren gerade dabei, es zu entschlüsseln, als Duke auftauchte.

»Wie gings den Hühnern?«, fragte Earl.

»Sie brauchten nur besseres Futter.« Duke zog sich einen Stuhl heran und nahm sich eine Zeitung.

Earl deutete auf die Karte. »Schau mal. Die Phänomene nehmen von Jahr zu Jahr gleichmäßig zu. Nicht viel. Nur ein kleiner Anstieg jedes Jahr.«

»Ja, und?«

»Und wenn du weit genug zurückgehst, wirst du sehen, dass vor ungefähr achtzehn Jahren ein gewaltiger Sprung stattfand. Vorher sind zwar auch Zwischenfälle passiert, aber nicht annähernd so viele. Und auch keine so großen Sachen. Geht von Poltergeistern über Kornkreise bis zu Zombieausbrüchen und massiven Nagerwanderungen.« Er schnippte mit den Fingern. »Einfach so.«

Loretta verzog das Gesicht. »Du hast Recht. Seltsam. Ich habe mein ganzes Leben hier verbracht und es nie bemerkt.«

Duke meldete sich hinter seiner Zeitung. »Natürlich nicht. Es ist, wie wenn man Wasser beim Erhitzen zuschaut. Man merkt es eigentlich nicht, bis es kocht. Und was auch immer diesen Anstieg verursacht hat, hat vermutlich dafür gesorgt, dass es vollkommen normal erscheint.«

»Es hat irgendwas mit meinem Kopf angestellt?«

»Es hat mit allen Köpfen was angestellt.«

»Glaub nicht, dass ich das gut finde.« Sie knurrte. »Nein, ich mag das ganz und gar nicht! Fühlt sich an, als wäre ich, na ja, ich weiß nicht, als wäre ich vergewaltigt worden!«

»Es ist nur dein Verstand«, sagte Earl. »Nicht, als hätte dir jemand die Augen ausgestochen oder dir die Finger gebrochen.«

»Naja.«

»Jedenfalls«, fuhr Earl fort, »da muss etwas sein, das vor achtzehn Jahren passiert ist, und das hat das Ganze ausgelöst.«

»Und wie finden wir raus, was es war?«

»Indem wir nochmal die Zeitungen durchgehen, schätze ich.«

»Glaub nicht, dass das nötig sein wird.« Duke hielt eine Ausgabe des *Examiners* hoch, die er gerade gelesen hatte. »Es geschah vor achtzehn Jahren, am fünfzehnten März.« Er tippte mit dem Finger auf eine Geschichte in der Ecke des Feuilletonteils.

GIL WILSON ERÖFFNET ALL-NIGHT DINER. Unter der Überschrift war ein körniges Schwarzweißfoto von Wilson abgebildet. Ein kleiner, unscheinbarer Mann. So farblos und langweilig wie sein Restaurant.

Loretta riss ihm die Zeitung aus der Hand. »Ach du Scheiße! Wieso bist du so sicher, dass das nicht nur ein Zufall ist?«

Earl kennzeichnete die Karte an der Stelle, wo sich das Diner befand. Das große, scharze X lag genau in der Mitte eines Kreises übernatürlicher Vorkommnisse in einem Umkreis von fünfzig Meilen in alle Richtungen.

»Vielleicht ist es nur Zufall?«, sagte Loretta.

»Hector hat eine Theorie über Zufälle«, antwortete Duke. »Einer hat nicht viel zu bedeuten. Zwei bedeuten, dass dir das Universum etwas sagen will. Könnte sein, dass wir uns hier an einem zweiten St. Louis Arch befinden.«

»Vielleicht«, stimmte Earl zu.

»Der Rundbogen ist nicht nur einfach eine Sehenswürdigkeit«, erklärte Duke Loretta. »Er ist ein transdimensionales Portal. Sollte es zumindest sein. Ein paar Dämonen hatten geplant, damit ein Tor zur Hölle zu öffnen.«

»Nicht zur Hölle«, korrigierte ihn Earl. »Zum Fegefeuer.«

»Ist doch dasselbe. Hat sowieso nicht funktioniert.«

»Und Big Ben ist nicht nur eine große Uhr. In Wirklichkeit ist es die Stoppuhr der Unendlichkeit. Ein paar Mystiker haben sie zusammengebastelt, damit die Welt nicht endet. Da ist ein Zahnrad drin, das die Welt im wahrsten Sinn des Wortes am Laufen hält.«

»Vergiss die Großen Pyramiden nicht«, erinnerte ihn Duke.

»Was ist damit?« Loretta konnte sich nicht verkneifen, das zu fragen.

Earl beugte sich vor. »Es hat sich herausgestellt, dass sie in Wirklichkeit Landerampen für historische Astronauten waren.«

Ihr linkes Auge weitete sich vor Staunen, während sich das rechte argwöhnisch verengte. »Du machst Witze!«

Der Vampir konnte sich das Lachen nicht länger verkneifen. »Du hast Recht. Ich habe gelogen. Die Pyramiden sind einfach nur riesige ägyptische Grabsteine. Aber der Rest stimmt wirklich.« Er hob eine Hand. »Blutsaugerehrenwort.«

»Die Sache ist die«, sagte Duke, »nur weil dieser Ort hier wie ein Diner aussieht, muss es nicht *nur* ein Diner sein. Die Chinesen glauben, dass Orte die Macht der Erde kanalisieren können.«

»Fung schi«, sagte Earl.

»Fong si«, korrigierte ihn Duke.

»Fing schu.«

»Fung soy.«

»Wie auch immer man es nennen will: Wenn Gil Wilson wusste, wie man das Diner richtig bauen musste, könnte es den Übernatürlichkeitsfaktor verstärken, den dieser spezielle Ort ausstrahlt.«

»Jetzt, da ich darüber nachdenke«, grübelte Loretta, »kommt es mir ziemlich komisch vor, dass überhaupt jemand ein Diner dieser Größe so weit vom Highway entfernt gebaut hat. Du glaubst also, Gil wollte, dass das hier passiert?«

»Er führte etwas im Schilde. Der Anstieg übernatürlicher Phänomene könnte auch nur ein Nebeneffekt gewesen sein. Ich denke, das Beste, was wir jetzt tun können, ist, von oben bis unten Polaroids von dem ganzen Laden zu machen und sie Hector zu schicken. Könnte sein, dass er etwas entdeckt, das wir übersehen haben.«

»Und ihr glaubt, das hilft uns dabei, herauszufinden, warum mich hier jemand um jeden Preis raushaben will?«

»Keine Garantie, aber ein Anfang ist es.«

Loretta ging, um ihre Kamera zu suchen.

Earl goss sich die vierte Tasse Kaffee des Abends ein. Er würde hibbelig werden, aber zumindest musste er sich keine Sorgen darüber machen, dass er den ganzen Tag nicht schlafen konnte.

ZWANZIG

Earl machte sich unter dem Vorwand, sich etwas zu essen zu besorgen, aus dem Staub. Aber er war nicht hungrig. Nicht hungrig genug, um in den Hals einer Kuh zu beißen. Er wollte telefonieren. Das Telefon im Diner zu benutzen war zu gefährlich. Er wollte nicht, dass Duke mithörte. Und wenn man vom Gehör des Werwolfs ausging, waren eine Meile oder zwei gerade der richtige Sicherheitsabstand.

Earl fand neben einer verfallenen, längst vergessenen Tankstelle eine Telefonzelle. Natürlich gab es auch hier zwei Gespenster: einen pummeligen Typen in einem ektoplasmischen Overall, der mit ektoplasmischem Öl verschmiert war. Und einen Schottischen Terrier. Earl nahm an, dass in Rockwood genauso viele Geister lebten wie Menschen. Vielleicht sogar mehr. Der Geist vom Dienst döste auf einer Bank neben den kaputten Zapfsäulen, während der Terrier zu dem Vampir hinübertrottete.

Normalerweise hätte er den Köter einfach ignoriert, aber seine Gefühle gegenüber ruhelosen Geistern hatten sich in den letzten Tagen verändert. Er streichelte den Terrier ein paar Minuten lang, bevor er seinen Anruf machte. Er musste per R-Gespräch anrufen, aber er wusste, dass das Hector nichts ausmachen würde.

»Hec, ja, ich bins. Ja, wir haben immer noch Probleme mit dem Diner. Aber ich muss dich was anderes fragen.«

Der Geisterhund schnüffelte etwas zu energisch an seinen Knöcheln. Earl stupste ihn weg, aber das Viech war nicht so leicht zu entmutigen.

»Gibt es einen Weg, wie man einen Friedhofswächter befreien kann?«

Während ihm Hector die Details der Geisterbefreiung erklärte und Earl sich Notizen machte, hob der Terrier sein Bein und legte los. Earl schüttelte und trat, der Hund blieb jedoch bei seinem Geschäft und hielt mit einer übernatürlichen Hartnäckigkeit daran fest, über die Hunde aus Fleisch und Blut nicht verfügten. Earl entschied schließlich, dass es einfacher war, ihn seine Tätigkeit beenden zu lassen. Er dankte Hector für seine Hilfe und steuerte auf den Friedhof zu. Der Hund folgte ihm.

Unterwegs entdeckte Earl eine Kuh und beschloss, sich doch noch eine schnelle Mahlzeit zu genehmigen. Wer wusste, wann er sonst etwas bekommen würde. Er war gerade dabei, über den Zaun zu klettern, als der Terrier vorschoss und Earls Abendessen anbellte. Der Hund schnappte und grub seine immateriellen Zähne in einen Hinterlauf des Rinds. Die Kuh, als Kreatur mit einem einfachen Gemüt und unfähig, die Existenz von Geistern logisch zu verneinen, wachte auf und trottete davon. Der Terrier kehrte zu Earl zurück. Seine Augen leuchteten vor hündischem Stolz.

Earl sprang vom Zaun. »Ja, gut gemacht, Junge.«

Der Schwanz des Hundes wackelte so schnell, dass er zu ektoplasmischem Nebel verschwamm.

Zurück auf dem Friedhof konnte es Earl kaum abwarten, Cathy die guten Neuigkeiten zu erzählen. Sie lächelte breit, als er ankam, und breitete die Arme aus.

»Napoleon!«

Der Terrier sprang in ihre Arme und leckte ihr Gesicht.

Ihre Stimme stieg um eine quiekende Oktave, ihre Lippen verzogen sich zu einem absurden Gesichtsausdruck. »Wie geht es meinem Liebling? Wie geht es meinem Liebling? War er brav?«

»Er war großartig«, antwortete Earl.

Sie machte lächerliche Kussgeräusche und der Köter leckte ihr noch einmal das Gesicht ab, um sicherzustellen, dass auch wirklich jeder Zentimeter davon mit Sabber bedeckt war. Sie setzte ihn wieder auf den Boden. Napoleon trollte sich, um die vielen offenen Gräber zu erforschen.

»Ist er nicht süß?«

»Ein echter Schatz.« Earl versuchte, möglichst überzeugend zu klingen.

»Er ist meine einzige Gesellschaft, seit ich begraben wurde. Kommt ab und zu vorbei, um Hallo zu sagen.«

»Klasse. Napoleon, hm?«

»Den Namen hab ich ihm gegeben. Seinen richtigen Namen kenne ich nicht. Findest du ihn gut?«

Er lehnte sich an einen losen Grabstein, der unter seinem Gewicht verrutschte. »Nicht schlechter als jeden anderen Namen.«

Sie setzte sich neben ihn. Den Grabstein ließ das unbeeindruckt. »Hat gestern Abend noch alles geklappt?«

»Keiner wurde getötet.« Er hielt seinen Notizblock hoch und wechselte schnell das Thema. »Ich glaube, ich kann dich von diesem Friedhof befreien.«

»Wirklich?«

»Vielleicht«, sagte er. »Es ist, wie ein Freund von mir meint, ziemlich einfache Magie. Aber ich muss vorher noch ein paar Zutaten auftreiben. Wenn es funktioniert, kannst du den Friedhof verlassen, wann immer du willst.«

»Cool. Glaub ich.«

»Was ist los?«

»Naja, ich werde immer noch tot sein, oder?«

Er nickte.

»Und an welchen Ort sollte ich gehen, der anders wäre als das hier? Ich meine, ein Tapetenwechsel wäre zwar nett und ich weiß deine Mühe zu schätzen. Aber was würde ich dann tun? Wohin würde ich gehen?«

Earl holte tief Luft.

»Du könntest mit mir kommen.« In seiner Stimme lag ein Zittern, von dem er hoffte, dass sie es nicht bemerkte. »Ich meine, wenn du willst.«

»Ehrlich?«

»Warum nicht?«

»Und Napoleon? Kann er auch mitkommen?«

Der Geisterterrier hob den Kopf und jaulte.

Earl fand den Gedanken an nächtliches geisterhaftes Knöchelkneifen nicht gerade berauschend. Aber er konnte Cathy nichts abschlagen. Wenn sie ihn gebeten hätte, zu bleiben und den Sonnenaufgang anzuschauen, hätte er bereitwillig zugestimmt.

»Na gut.«

Sie warf ihre Arme um ihn. Earl entzog sich ihr unwillkürlich. Die Gewichtsverlagerung entwurzelte den Grabstein und sie fielen zu Boden. Er landete auf dem Rücken, während Cathy halb auf ihm lag. Das Gewicht von Geistern war praktisch nichtig, doch sie lastete auf ihm wie ein Zweitonnenpanzerschrank. Er fühlte sich etwas atemlos, was nicht unbedingt Sinn ergab, wenn man bedachte, dass Untote nicht atmen mussten. Sie lachten. Sie fing an und er stimmte ein. Er legte eine Hand auf ihre Schulter, um ihr beim Aufstehen zu helfen, zog sie stattdessen aber enger zu sich heran.

Dann küssten sie sich. Ein warmer, langer Kuss, der ewig dauerte und doch nicht lange genug. Er hatte nie zuvor einen Geist geküsst. Es war nicht viel anders, als eine lebende Person zu küssen, bis auf einen leichten Geschmack, der auf seinen Lippen zurückblieb. Ein

Geschmack nach Rosen und Morgentau und, seltsamerweise, nach Dr. Pepper Cola.

Sie lächelte. »Wow.«

Über sein schiefes, dämliches Grinsen war er sich vollkommen im Klaren. Es war ihm egal.

»Das war ... schön«, sagte Cathy.

»Ja.« Sein Grinsen wurde dämlicher und noch schiefer. Sein Mund fiel fast aus seinem Gesicht. »Schön.«

Napoleon bellte.

Dann war das unmissverständliche, nasse Knacken einer sich öffnenden Bierdose zu hören. Earl schaute über Cathys Schulter. Duke stand nur ein paar Schritte entfernt.

»Earl«, grüßte der Werwolf. »Willst du mich deiner Freundin vorstellen?«

»Mist«, knurrte der Vampir.

Cathy sprang auf die Füße. Sie strahlte enthusiastisch und streckte eine Hand aus. Als Geist lernte sie so selten neue Leute kennen.

»Hallo! Ich bin Cathy!«

Er ging nicht auf ihre ausgestreckte Hand ein.

»Er kann dich nicht berühren.« Earl setzte sich auf. »Er ist ein Werwolf. Kein Vampir.«

»Ein Wolfsmensch! Ehrlich?«

»Werwolf«, korrigierte Duke. »Ein Wolfsmensch ist ein Idiot mit einem Gesichtshaarproblem, der in Transsylvanien herumrennt und Zigeuner überfällt.«

»Oh. Entschuldigung.« Sie fuhr sich, verlegen grinsend, mit den Fingern durchs Haar.

»Schon okay.«

Duke knackte eine Dose *Old Milwaukee* aus dem Sixpack unter seinem Arm und warf sie durch Cathys körperlose Gestalt. Earls ungeschickter Griff verfehlte sie. Sie traf sein Knie und rollte in den Dreck.

»Ich dachte, du hättest mit dem Trinken aufgehört.«

Duke schüttete das Bier hinunter und zerquetschte die Dose. »Sind nur ein, zwei Bier.« Er warf die Büchse weg und öffnete eine weitere.

Earl wischte den Schmutz von seinem eigenen Bier ab. »Cathy, das ist Duke. Er ist ein Freund von mir.«

»Dann sind Sie wirklich ein Werwolf?«

»Jep.«

»Und ihr Jungs seid wirklich Freunde?«

»So ungefähr«, antwortete Earl zögernd.

»Das ist cool. Ich habe immer gedacht, Werwölfe und Vampire würden sich nicht verstehen.« Sie kicherte. »Naja, eigentlich habe ich bisher nicht einmal geglaubt, dass Vampire und Werwölfe wirklich existieren. Selbst nachdem ich tot war, habe ich nicht groß darüber nachgedacht. Aber ich glaubte, nur weil Geister existieren, muss das nicht unbedingt beweisen, dass andere ... äh ... Dinge auch existieren.«

Sie grinste.

»Tut mir Leid. Ich rede dummes Zeug, oder? Ich bin nur nicht daran gewöhnt, so viel Gesellschaft zu haben. Was ich sagen wollte, war, dass ich einfach immer angenommen hatte, Vampire und Werwölfe kämen nicht miteinander aus. Ich weiß auch nicht, warum, aber ich hatte immer diesen Eindruck.«

»Ein weit verbreitetes Missverständnis«, sagte Earl.

Dukes Wesensverwandtschaft mit Tieren dehnte sich sogar auf verstorbene, unkörperliche Hunde aus. Napoleon eroberte den Platz an der Seite des Werwolfs. Der Terrier starrte eifrig zu ihm hinauf. Da Streicheln nicht möglich war, war er einfach nur glücklich darüber, Duke nahe zu sein.

Der Werwolf beugte ein Knie und schlenkerte seine Finger über Napoleon. Der Terrier schnappte spielerisch danach.

Cathy glitt hinüber und hakte sich bei Earl unter. Zum ersten Mal fühlte er sich bei ihr unwohl. Eigentlich war ihm in ihrer Gegenwart immer eigentümlich zumute, aber nun erstmals auf negative Weise. Es war nicht ihre Schuld. Es lag an Duke.

Der Werwolf sah ihn einfach weiter mit diesem nervtötenden Ich-weiß-mehr-als-du-Blick an, den Earl so gut kannte. Duke redete nicht viel, aber Earl wusste, was er dachte. Meistens. Ab und zu schnitt Duke eine Grimasse, die sich jedem Interpretationsversuch entzog. In solchen rätselhaften Momenten wusste Earl, dass Duke irgendein ultimatives Geheimnis des Universums verstanden hatte, das er nicht gewillt war, mit irgendjemandem zu teilen.

Eben so einen Blick sah Earl auch jetzt, und es war umso ärgerlicher, dass Duke ihn nicht einmal direkt anschaute. Spielte nur mit dem Geisterhund und tat so, als würde er etwas ganz anderes denken.

»Duke, kann ich dich mal einen Moment sprechen?«

Der Vampir versuchte, höflich zu lächeln, und brachte stattdessen nur einen finsteren Blick zustande. »Unter vier Augen.«

»Kein Problem.«

»Würdest du uns für einen Augenblick entschuldigen?« Er drückte Cathys Hand und ließ sie dann widerstrebend los. »Ich bin gleich zurück.«

»Es war nett, Sie kennen zu lernen, Duke.«

Duke nickte ihr zu. »Bis dann.«

Earl führte ihn durch das Friedhofstor auf die Schotterstraße. Er setzte für Cathy ein falsches Lächeln auf, übers ganze Gesicht.

»Woher wusstest du, wo du mich finden würdest?«, fragte Earl.

»War nicht schwer. Das Diner liegt doch gerade mal da drüben über die Straße. Und gestern Abend hast du nach Ektoplasma gestunken, als du reinkamst.«

»Verdammt!« Earl hatte vergessen, dass Dukes feine Nase sensibel genug war, sogar Geistergewebe riechen zu können.

»Gottverdammt, du Arsch! Wie lange hast du da schon gestanden?«

»Lang genug. Und du magst dieses Mädchen?«

»Ja. Ja, ich mag sie. Schon gut, ich mag sie. Ist das okay für dich?«

Dukes Antwort war ein leichtes, kaum wahrnehmbares, süffisantes Grinsen.

Earls Lächeln ging noch mehr in die Breite, während seine Erbitterung wuchs. »Und weißt du was? Sie mag mich auch. Genauso ist es. *Mich.* Hast du damit ein Problem?«

»Nö.«

Ein paar Sekunden lang standen sie sich schweigend gegenüber. Schließlich hielt Earl es nicht mehr aus.

»Du Arschloch! Warum musst du mir das antun, sag schon!«

»Ich mach doch gar nichts!«

Earl warf die Hände in die Luft. »Nein, natürlich nicht!«

»Vorsicht, Earl. Deine Freundin beobachtet uns.«

Cathy stand an der Ecke des Friedhofs. Sie lächelte und winkte dem Vampir zu. Earl lächelte zurück.

»Ich weiß, was du denkst, Duke. Du denkst, ich mache mir was vor. Denkst, dass ein Mädchen wie sie zu gut für mich ist. Dass sie nichts mit mir zu tun haben wollte, wenn sie kein Geist wäre und ich kein Blutsauger.«

»Denke ich das?«

»Ja. Und weißt du was, du fetter Hurensohn? Du hast Recht. Und weißt du was noch? Es ist mir egal. Sie mag mich. Ich mag sie. Und sie kommt mit uns. Hast du ein Problem damit?«

Earl starrte Duke mit einem intensiven Blick aufs Kinn. Er hätte ihm in die Augen geschaut, aber aufzusehen hätte bedeutet, den Größenvorteil des Werwolfs zuzugeben. Natürlich war Größe nur einer seiner Vorteile. Wenn er Lust hatte, konnte er Earls rechten Arm leicht ausreißen und ihn dem Vampir in die Kehle stopfen. Earl hoffte, er würde es nicht tun. Nicht, während Cathy zusah.

»Earl, du Vollidiot.«

Duke schlug Earl auf die Schulter. Earl schwankte und fiel fast vornüber. Der Werwolf formte ein echtes, ehrliches, breites Lächeln. Earl hatte ihn das noch nie tun sehen. Er wusste nicht einmal, dass es möglich war. Er hatte immer angenommen, Duke besäße nicht die nötigen Muskeln für diese Art Gesichtsausdruck.

Duke gluckste, winkte Cathy kurz zu und steuerte auf das Diner zu. Napoleon trottete ihm nach. Kurz bevor er eintrat, drehte er sich mit seinem üblichen, undurchsichtigen Grinsen um.

Er hatte wieder eines dieser gottverdammten Geheimnisse herausgefunden.

Und einen Augenblick lang glaubte Earl, er könne dieses Geheimnis ebenfalls enträtseln. Aber statt noch mehr Zeit mit Nachdenken zu verbringen, ging er missmutig zurück zum Friedhof.

EINUNDZWANZIG

Tammys Eltern erlaubten Chad, regelmäßig zum Lernen vorbeizukommen. Trotz ihrer wenig herausragenden Noten war es ein plausibler Vorwand: Chads Noten waren noch schlechter. Ihre Eltern ließen sie sogar unbeaufsichtigt in ihrem Zimmer, solange die Tür einen Spalt offen stand.

In Tammys Zimmer wurde sehr wenig gelernt. Es hing davon ab, für wie lehrreich man es hielt, dass Chad Tammys Hausaufgaben klaute. Er saß an ihrem Schreibtisch und schrieb eifrig ihre Geschichtsaufzeichnungen ab, während Tammy den neuesten Katalog von Crazy Ctharls Schwer Zu Findendem Magischem Warenhaus durchblätterte. Der Katalog war für die moderne Hohepriesterin ein Muss. Im finsteren Mittelalter war es nicht sehr schwer gewesen, frische Alraunwurzeln oder die Milz einer Jungfrau zu bekommen. Aber wer hatte im Zwanzigsten Jahrhundert schon die Zeit, unter einem Galgenbaum herumzugraben oder herauszufinden, wie eine Milz aussah. Crazy Ctharls Katalog war ein Lebensretter. Er bot verlässliche Lieferung, obwohl er den Postweg nicht benutzte. Irgendwie fand alles, was der Kunde bestellt hatte, den Weg zu ihm. Normalerweise in dezentes braunes Papier verpackt. Einmal hatte Tammy eine Tüte von Hitlers Asche bestellt und sie bereits unter ihrem Kopfkissen gefunden, bevor sie die Bestellung abgeschickt hatte.

Das Beste daran war, dass die Preise vernünftig waren. Sie hatte ein enges Budget, und Hecates glitzernde Schuppen für nur drei Dollar pro Pfund zu bekommen, erleichterte einiges. Das Deckblatt prahlte mit »Preisen so niedrig, dass Sie den allgemeinen Traum vom gesunden Menschenverstand in Frage stellen werden«. Darunter erklärte eine andere Zeile: »Die Dunkelheit rückt näher und Ctharl sagt: Alles muss raus, bevor die Fürsten der Verdammnis die Welt verschlucken!« Crazy Ctharl behauptete ständig, dass die Welt endete. Dieses eine Mal hatte er sogar Recht.

Tammy überflog die Seiten. Es gab so viele Dinge, die sie haben wollte. Den Reißzahn eines Schattens, Kerzen aus dem Wachs von Vorgo und eine breite Auswahl an Opferdolchen. Von diesen Gegenständen ließ sie sich aber nicht ablenken. Sie blieb eisern bei dem, was sie brauchte. Immer noch war sie knapp bei Kasse. Sie strich die Artikel an, für die sie das Geld mit etwas Mühe zusammenkratzen konnte, aber es fehlten nach wie vor ein paar Dollar.

»Wie viel Geld hast du, Chad?«

Chad hörte auf zu schreiben. »Was?«

»Geld«, seufzte sie. »Wie viel hast du?«

Er suchte in seinen Taschen und zog ein bisschen Kleingeld heraus.

»Nicht *dabei*, Dummkopf. Ich meine, wie viel hast du gespart?«

»Meine Großmutter hat mir hundert Dollar zum Geburtstag geschenkt, aber ich spare sie für eine Reise.«

»Ich werde sie brauchen.«

»Aber ich spare für eine Reise«, jammerte er in der Hoffnung, dass sie ihn missverstanden hatte.

Normalerweise hätte sie ihre weibliche List eingesetzt, um ihn zu überzeugen. Aber jetzt war sie nicht in Stimmung. Sie runzelte die Stirn und starrte zu ihm hinüber.

Chad machte sich wieder ans Abschreiben und konnte dabei ihren eisigen Blick im Rücken spüren. »Ich dachte, äh, vielleicht könnten wir nach dem Schulabschluss, du weißt schon, irgendwo hinfahren.« Er sah über die Schulter. Nicht zu ihr, aber ungefähr in ihre Richtung. »Zusammen.«

Tammy lächelte. Es war kein gutes Lächeln. Andererseits war auch ihr gutes Lächeln nicht wirklich gut, wenn man die dunklen Gedanken dahinter bedachte.

»Irgendwo hinfahren?«, fragte sie.

»Äh … ja.«

»Nach dem Abschluss.«

»Äh … ja.«

»Zusammen.«

Er biss sich auf die Lippen und klopfte mit seinem Stift auf den Tisch. »Ich dachte, wir könnten vielleicht nach Vegas fahren. Ich wollte schon immer mal nach Vegas.«

Sie lächelte breiter. »Hört sich gut an.«

»Ja. Wir könnten auf den Sunset Strip gehen. Vielleicht eine dieser großen Shows anschauen. Ich meine, ich weiß, wir werden bis dahin nicht viel Geld bekommen, aber wir könnten trotzdem Spaß haben.«

Ihr Gesicht wurde ausdruckslos. Der Stift in Chads Hand zerbrach.

»Mann, du bist so ein Vollidiot«, murmelte sie.

»Aber ich dachte …«

»Du hast nicht gedacht, Chad. Du denkst nie.«

Er schlug sich mit der Faust in die Handfläche. »Gottverdammt, Tammy! Hör auf, mir zu sagen, ich sei dumm! Immer sagst du mir, ich sei dumm!«

»Weil du dumm bist.«

»Du bist so eine Zicke!« Er zerknüllte seine abgeschriebenen Hausaufgaben, stopfte sie in die Tasche und steuerte auf die Tür zu.

Sie schloss sich vor ihm mit einem Knall.

»Setz dich, Chad.«

»Leck mich!«

Er griff nach der Klinke und bekam einen Schlag ab, der seinen Unterarm betäubte und ihn vollends zurückwarf.

»Ich sagte, setz dich hin!«

Chad gehorchte. Er massierte sein schmerzendes Handgelenk.

Ihr Vater rief aus dem Wohnzimmer herauf.

Sie deutete auf die Tür und diese öffnete sich weit genug, um den elterlichen Regeln zu entsprechen. »Entschuldige, Paps!«

Chad blies auf seine gefühllosen Fingerspitzen, in der Hoffnung, sie wieder zum Leben zu erwecken.

»Sei nicht so eine Memme«, grummelte sie.

Er beugte sich vornüber und presste sich seine taube Hand an die Brust. Er starrte zu Boden, unfähig, ihr in die Augen zu sehen. Chad verstand so gut wie nichts von der schwarzen Magie, an der sie sich versuchten. Sie sagte ihm einfach, was er tun sollte – und er tat es. Es hatte mit nacktem Singen angefangen, was ihm sehr gut gefallen hatte, obwohl es auch bedeutete, lange Folgen zungenbrecherischer Silben auswendig zu lernen. Und es wurde immer seltsamer und unheimlicher. Was ihn nicht zu sehr störte, solange er und Tammy Zeit zusammen verbringen konnten. Auch wenn Sex viel damit zu tun hatte, so war das nicht der einzige Grund. Er mochte sie. Oder zumindest hatte er das einmal.

Er tat es noch, musste er sich eingestehen. Auch wenn sie ihm jeden Tag mehr Angst machte, weil die Dunkelheit in ihrer Seele mit ihren übernatürlichen Kräften wuchs. Sie konnte das gut, diese Dunkelheit unter einer Schulmädchenfassade verbergen. Aber entweder war die Dunkelheit dabei, sie zu überwältigen, oder er verstand es einfach nur besser, sie zu erkennen. Was es auch war, er wusste nicht, wie lange er so tun konnte, als würde er sie nicht sehen.

Und dann kam noch dieses ganze Ende-der-Welt-Dilemma hinzu. Er war kein großer Fan der Welt – und die Stelle, dass man ein lebender Gott wurde, klang ziemlich cool. Aber er hatte seine Zweifel.

»Was ist, wenn es nicht funktioniert?«

»Es wird funktionieren.«

»Aber du hast gesagt, dass dieser rituelle Kram, den wir machen werden, diese bösen Dämonen auf die Erde holen wird.«

»Alte Götter«, korrigierte sie ihn. »Nicht Dämonen.«

»Egal. Diese alten Götter kommen also auf die Erde und werden so dankbar sein, dass sie uns all diese Macht geben werden, nur weil wir sie befreit haben.«

»Das ist richtig.« Sie setzte ein höhnisches, herablassendes Grinsen auf.

»Aber du hast gesagt, sie werden auch die Welt zerstören.«

Sie rieb sich die Augen. Sie hatte es satt, ihm das ständig zu erklären. »Sie werden sie neu schaffen, die Verdorbenheit der Menschheit zunichte machen und sie nach ihrem Bild formen.«

Chad bemühte sich, einen Unterschied zu finden. »Kein Vegas mehr?«

»Kein Vegas mehr.«

»Und diese alten Götter-Typen, die sind böse, stimmts?«

»Gut und böse sind menschliche Zwänge. Die alten Götter stehen jenseits von Moral.«

»Äh ... genau. Also, ich glaube, was ich versuche zu fragen, ist: Wenn diese Gott-Typen so mächtig und ohne Zwänge sind, wie sollen wir dann wissen, dass sie ihren Teil des Geschäfts auch einlösen werden?«

»Das werden sie.«

»Aber warum bist du da so sicher?«

Ihre Stimme verfiel in heiseres Flüstern. »Weil ich es weiß.«

Chad fühlte sich kaum beruhigt.

Tammy spürte seine Zweifel. Und sie hatte wenig Geduld mit Ungläubigen. Ihre gekürzte Ausgabe des *Necronomicon* enthielt ein kurzes Kapitel über Sektenerhaltung. Es zeigte eine einfache und effektive Methode auf, wie man mit skeptischen Anhängern umging.

»Es ist unvermeidlich, dass jede Sekte gelegentlich von Jüngern anfechtbaren Glaubens belagert wird. Diese verlorenen Kinder sollten behutsam in die unerschütterliche Loyalität zurückgeführt werden. Wenn das nicht funktioniert, zeigt die Erfahrung, dass ein loyaler Anhänger einem toten Anhänger vorzuziehen ist, ein toter Anhänger aber einem skeptischen. Ein fauler Apfel verdirbt den ganzen Korb. Eine verlorene Seele bei einem Opferritual zu benutzen, besonders bei einem, das den ganzen Kult miteinbezieht, kann nicht nur den letzten Tropfen Nutzen aus einem ausrangierten Mitglied quetschen, sondern auch dazu dienen, Einheit in deiner glücklichen Familie zu bewirken – und verhindern, dass weitere Skeptiker auftreten.«

Das war ein guter Rat, aber sie konnte es sich nicht leisten, Chad zu opfern. Noch nicht. Er war ihr einziger Anhänger. Und obwohl sie es ungern zugegeben hätte, mochte sie ihn inzwischen irgendwie. Es war manchmal ganz nützlich, ihn um sich zu haben, also sparte sie sich seinen Tod für einen besonderen Anlass auf.

Sie hatte nur eine Möglichkeit, schluckte ihre Abscheu hinunter und setzte das sanfte Lächeln auf, das in solchen Augenblicken Wunder wirkte.

»Komm her, Baby.«

Sie klopfte neben sich aufs Bett. Er zögerte. Sie schlug ihre Beine übereinander und löste sie wieder, um ihm auf die Sprünge zu helfen. Als das nicht funktionierte, fuhr sie mit den Fingern an der Innenseite ihres Schenkels entlang. Das klappte. Er setzte sich neben sie und sie nahm seine malträtierte Hand.

»Es tut mir Leid, Baby. Habe ich dir wehgetan?«

»Schon in Ordnung.«

»Das hätte ich nicht tun sollen.« Behutsam küsste sie seine Fingerspitzen, eine nach der anderen. »Verzeihst du mir?«

Er streckte die Unterlippe vor und stieß mit dem Absatz gegen das Bett. »Ich weiß nicht. Vielleicht.« Er weigerte sich immer noch, sie anzusehen.

Sie beugte sich näher zu seinem Ohr und brachte den sinnlichen Tonfall, den sie in stundenlanger praktischer Anwendung perfektioniert hatte, zur Anwendung. »Komm schon, Chad. Sei nicht sauer.«

Sein Kopf drehte sich ihr langsam zu, bis ihre Gesichter nur noch Zentimeter voneinander entfernt waren. Sie zog sich ein kleines bisschen zurück. »Überlass die Sorgen um die Details mir. Das ist mein Job.«

Sie konnte jeden einzelnen Tropfen Speichel in seinem Mund verdunsten hören. »Und was ist mein Job?«, fragte er trocken.

»Dein Job ist, dafür zu sorgen, dass ich glücklich bin.«

Er holte tief Luft und öffnete den Mund, um etwas zu erwidern. Tammy legte einen Finger auf seine geöffneten Lippen.

»Kannst du das, Chad? Kannst du dafür sorgen, dass ich glücklich bin? Denn wenn ich glücklich bin, dann wirst du auch glücklich sein.« Sie unterdrückte ein Würgen. »Sehr, sehr glücklich.«

Wenn sie es schaffte, ihn zu küssen, würde er wieder ihr gehören. Aber ihr Vater hatte strenge Regeln, was die Dinge betraf, die in ihrem Zimmer erlaubt waren. Fummeln stand nicht auf dieser Liste und sie ging keine unnötigen Risiken ein.

Chads hormonüberschwemmter Verstand kämpfte darum, einen einzigen zusammenhängenden Gedanken zu formen. Tammy ließ ihm die Zeit, die er brauchte, um diesen einen zustande zu bringen. Schließlich sah er ihr doch in die Augen und von dort aus streifte sein Blick über ihre Lippen, die Brust, dann über alle anderen Körperteile auf dem Weg nach unten zu ihren Zehen.

»Okay, aber ich mag es nicht, wenn du mich dumm nennst.«

»Natürlich. Das hätte ich nicht tun sollen. Es wird nicht wieder geschehen.«

Chad grinste dümmlich und bestätigte ihr damit, dass er wieder ganz ihr gehörte.

Ihre Zimmertür öffnete sich und ihr Vater streckte seinen Kopf gerade lang genug in den Raum, um ihr zu sagen, dass es halb zehn war. Keine Jungs nach neun Uhr dreißig. Das war eine weitere der sinnlosen Regeln ihres Vaters. Sie konnte mitten in der Nacht mit Chad herumhängen, solange es nur nicht in ihrem Zimmer geschah. Es machte nichts, dass das der einzige Ort auf der Welt war, wo sie niemals eines der Dinge tun würden, gegen die ihr Vater etwas hatte. Und es war egal, dass sie und Chad außerhalb des Hauses schon tausendmal herumgevögelt hatten. Elterliche Regeln hatten wenig mit Logik zu tun. Es waren nur Vorschriften, die sie selbst hatten durchleiden müssen, als sie Kinder waren, und die sie deshalb auch ihrem eigenen Nachwuchs auferlegen mussten. Das Leben war eben ein endloser Kreislauf. A führte zu B führte zu C bis hin zu Z, das in einer Schleife zurück zu A führte. Die Welt war eine schlechte Fernsehserie, die in endlosen Wiederholungen feststeckte und dringend abgesetzt gehörte. Was ein Grund war, weshalb Tammy sich so darauf freute, sie zu beenden.

Chad sammelte seine Bücher und Hausaufgaben zusammen. Sie brachte ihn zu seinem Motorrad.

»Hey, wie kommt es eigentlich, dass du nie was von deinem Magiezeug bei deinen Eltern anwendest?«, fragte er, während er aufstieg.

Sie hätte ihn fast wieder dumm genannt, biss sich aber auf die Lippen.

»Weil dieses Magiezeug nicht so einfach ist, wie ich es aussehen lasse.«

»Ja, aber ich wette, du könntest diesen Gedankenkontrolle-Kram bei ihnen ganz einfach anwenden. Nur, um sie loszuwerden.« Er wedelte mit seinen Fingern vor ihr herum und machte ein ernstes Gesicht.

Seine Unwissenheit war auf eine lächerliche Art fast süß. Einen Moment lang vergaß sie, wie sehr er ihr auf die Nerven ging.

Er startete den Motor. »Und, willst du morgen irgendwas machen?«

In Chads Lexikon hieß »Irgendwas« ungefähr eine Stunde irgendwo herumzuhängen und dann einen Ort zum Ficken zu finden. Er war sowieso fällig für einen Versöhnungs-Fick.

»Wie wärs mit heute Abend?«

»Was ist mit deinem Vater?«

»Das ist ihm egal.« Sie kicherte. »Hauptsache, wir sind nicht in meinem Zimmer.« Sie hüpfte hinter ihm auf das Motorrad und schlang ihre Arme tief unten um seinen Bauch, legte ihr Kinn auf seine Schulter und hauchte ihm ins Ohr.

»Können wir die Apokalypse nicht bis nach dem Schulabschluss verschieben?«

»Chad!«

»Okay, okay.« Er brachte den Motor auf Touren. »Ich hab ja nur gefragt.«

ZWEIUNDZWANZIG

Rockwood General Supply war eine Kombination aus Lebensmittelgeschäft, Futtermittelhandlung und Gebrauchtwagenhändler. Wie auch große Teile der restlichen Architektur in der Stadt, erhob das Gebäude keinerlei Anspruch auf Dekoration. Sein Name war mit einer Schablone in schwarzen Buchstaben an jede der weißen Wände gepinselt worden. Der Vorrat an Gebrauchtwagen bestand aus drei ramponierten Pick-ups in verschiedenen Stadien des Verfalls und einem auf Betonklötzen aufgebockten Volvo, der, glaubte man einem unter die Scheibenwischer geklemmten Pappschild, nichtsdestotrotz »traumhaft lief«. Abgesehen von schrottreifen Autos war der Laden gut sortiert. Duke bekam die meisten Dinge auf Earls Liste. Nicht, dass viel schwer zu findendes Zeug draufgestanden hätte. Das meiste war ziemlich unspektakulär.

Die Magie lag im Banalen. Hector hatte ihm einmal erzählt, dass ein Typ mit drei Metern Klebeband, einem PEZ-Spender, einem CD-Player und einem Paar übergroßer Clownsschuhe für den Untergang des Römischen Reichs verantwortlich gewesen war. Duke hatte eigentlich nie verstanden, wie das funktioniert haben sollte, denn immerhin war das Römische Reich schon lange, bevor irgendeiner dieser Gegenstände erhältlich gewesen war, untergegangen. Aber Magie hielt sich niemals mit solchen Paradoxen auf. Angeblich gab es in jedem durchschnittlichen Badezimmer die nötigen Utensilien, um die Toten auferstehen zu lassen oder einen bösen Geist zu exorzieren. Natürlich brauchte man einen gewissen Grad an Talent, um so etwas anzustellen. Was der Grund dafür war, dass es sich die meisten Magie Praktizierenden leichter machten, indem sie mit Blut geschriebenes bizarres Gekritzel dazugaben, mit exotischen Requisiten herumwedelten und übertrieben dramatische Gesänge intonierten. Um mit Hector zu sprechen: Die unsichtbaren Mächte hatten im Allgemeinen immer etwas für eine gute Show übrig.

Duke streifte zweimal durch die Gänge. Er hatte immer noch nicht alle Artikel gefunden, als er zur Kasse ging.

»'n Abend, Junge«, sagte die kleine alte Frau. »Alles gefunden?«

Er ging seine Liste durch. »Ich brauche Kerzen.«

»Da hinten haben wir welche.«

»Die sind weiß. Ich brauche blaue.«

»Ich glaub nicht, dass wir so etwas haben.« Sie drehte sich zum hinteren Teil des Gebäudes um und rief: »Hey Bill! Bill! Also Bill, du fauler Hurensohn!«

Die Tür mit der Aufschrift »Privat« öffnete sich einen Spalt weit. Niemand kam heraus, aber eine Stimme war zu hören.

»Was?«

»Haben wir Kerzen?«

»Gang sechs!«

»Die sind weiß! Dieser Typ hier will blaue!«

»Blaue? Für was?«

Die Dame an der Kasse schüttelte den Kopf. »Geht uns nichts an! Schau einfach nach, ob wir welche haben!«

»Wir haben keine!«, brüllte Bills Stimme auf der Stelle zurück.

»Hast du nachgesehen?«

»Ich hab doch gesagt, wir haben keine, Mary!«

»Hast du nachgesehen?«

»Heiliger Bimbam, Mary! Ich weiß, was wir hier hinten haben!«

»Jetzt schau gefälligst nach, du nutzloser ...«

»Schon gut, schon gut! Ich seh nach!«

»Und ich rate dir, auch wirklich nachzuschauen!«, knurrte Mary. »Ich werds merken, wenn du's nicht tust!«

Die Tür knallte zu.

Mary fing an, Dukes Einkauf einzutippen. »Tut mir Leid, Junge.«

»Schon in Ordnung.«

Die Kasse war antik. Sie schepperte und klingelte bei jedem Tastentruck.

»Hey, Duke!«

Tammy kam durch die Vordertür des Ladens gehüpft, gefolgt von einer Frau, die ihre Mutter sein musste. Das Mädchen hopste an seine Seite.

»Hey«, nuschelte er zurück.

»Was machst du so?«

»Einkaufen.«

»Cool.«

Bills Tür öffnete sich. »Gibt keine blauen Kerzen hier hinten!«

»Sicher?«, fragte Mary.

»Ja!«

Sie wandte sich achselzuckend zu Duke um. »Tut mir Leid, Junge.«

»Das macht nichts. Kein Problem.« Er fuhr mit dem Finger seine Liste entlang zum nächsten Posten. Sie hatten es vermutlich nicht, aber in einer Stadt wie Rockwood konnte man nie wissen, wenn man nicht fragte.

»Haben Sie gepulverte Rabenaugen?«

»Könnte sein. Muss mal nachschauen. Hey Bill! Bill, du nichtsnutziger Bastard!«

Die Tür öffnete sich wieder einen Spalt weit und Bill und Mary verbrachten eine Minute damit, sich gegenseitig anzuschreien, bis er sich bereit erklärte nachzuschauen. Während sie das taten, ging Duke die Gänge entlang, um ein paar weiße Kerzen und eine Dose blaue Sprühfarbe zu holen. Tammy lief ihm hinterher.

»Und was machst du mit dem ganzen Zeug?«, fragte sie.

»Ist für ein magisches Ritual.«

»Echt? Wie ein Liebeszauber oder so was?«

»Weiß nicht.«

Tammys Mutter rief nach ihr, sehr zu Dukes Erleichterung. Er hatte sich immer über Earl lustig gemacht, wenn er sich über die Aufmerksamkeiten knackiger, junger Mädchen beschwert hatte. Jetzt verstand er endlich Earls Zwangslage. Der menschliche Teil von Dukes Seele wollte Tammy nicht ausnutzen. Die rasende Bestie, die direkt unter der Oberfläche lauerte, kannte keine solchen Vorbehalte. Sie betrachtete Tammy als eine potentielle und nur zu willige Sexualpartnerin. Das Tier ließ pornographische Bilder in seinem Bewusstsein aufblitzen. Er drängte sie zurück.

»Reicht das, Junge?«

»Häh?«

Mary schüttelte eine Plastiktüte mit ein paar Gramm Rabenaugen. »Reicht das? Mehr haben wir nicht.«

»Äh. Ja. Wird schon gehen.«

»Sonst noch was?«

»Haben Sie Tollkirsche?«

Bill, der jetzt neben Mary stand, war ein kleiner, untersetzter Mann, der aussah, als hätte man seine Haut mindestens vierhundert Jahre unter der Wüstensonne gegerbt. »Glaub nicht, dass wir das haben.«

Mary stieß ihm einen Ellbogen in die Rippen. »Warum gehst du nicht einfach und schaust nach?«

»Weil ich ziemlich sicher bin, dass wir keine haben.«

»Na gut, und warum schaust du dann nicht zur Sicherheit?«

Er warf ihr einen eisigen Blick zu. Sie schoss einen noch eisigeren zurück. Bill schrumpfte zusammen und schlurfte grummelnd zurück ins Hinterzimmer.

Während Duke und Mary auf seine Rückkehr warteten, machten sich Tammy und ihre Mutter an ihre Einkäufe. Duke versuchte, nicht hinzusehen, wenn sich Tammy hinunterbeugte, um Rohrreiniger aus dem Regal zu holen oder sich auf den Zehenspitzen stehend streckte, um an die Dosen auf den ganz hohen Regalen zu gelangen. Doch er konnte nicht anders. Die Bestie wurde stärker, wenn der Mond zunahm. Er bezweifelte, dass er Tammy am Ende des Monats noch widerstehen konnte. Hoffentlich war sie bis dahin von ihm gelangweilt. Oder die Sache mit dem Diner war beendet und er konnte Rockwood und die Versuchung hinter sich lassen.

Wenn nicht ...

Nun, wenn nicht, dann war es nur eine Frage der Zeit.

Tammy erwischte ihn dabei, wie er sie anstarrte. Sie lächelte auf eine Art, die gleichzeitig voller mädchenhafter Unschuld und verführerischer Reize war. Mary erwischte ihn auch und schüttelte höchst missbilligend den Kopf. Bill war zu sehr damit beschäftigt, selbst zu starren, um jemand anderen dabei zu erwischen.

Er wandte den Blick gerade lange genug von Tammys Jeans ab, um eine Papiertüte auf die Ladentheke zu werfen. »Tollkirsche. Noch was, das du brauchst, Junge?«

»Nein. Das ist alles.«

Duke grub tief in seinen beinahe leeren Taschen und bezahlte. Earls Freundin zu befreien fraß ihre beschränkten Reserven auf. Duke hoffte, dass sie es wenigstens wert war. Cathy würde unweigerlich herausfinden, was Earl für ein Arschloch war. Wenn sie die positiven Eigenschaften hinter seiner Lawine von Charakterfehlern sehen konnte, hatten sie vielleicht eine Chance. Wenn sie es nicht tat – und Duke glaubte nicht, dass sie es täte – würde sie abhauen. Earl würde es nur schwer verkraften. Der arme Kerl war total in das Mädchen verknallt. Wenn das Ganze den Bach runterging, würde er in den nächsten Monaten unerträglich sein. Darauf freute sich Duke nicht sonderlich.

Auf dem Parkplatz hielt Marshall Kopps Streifenwagen neben ihm. Der Sheriff kurbelte die Scheibe herunter und streckte den Kopf heraus. »Morgen, Duke!«

»Sheriff.«

»Wie läufts im Diner?«

»Wird schlimmer.«

»Das hab ich befürchtet. In letzter Zeit hatte ich auch ziemlich viel zu tun. Drüben im Wohnwagenpark hats geile Kröten geregnet und gestern Nacht hab ich Curtis Mayfield gefunden, rannte völlig mit grünem Matsch bedeckt herum und schwafelte was von Entführungen durch Aliens. Und der kreischende Yucca im *Lover's Grove* hat aufgehört zu schreien und angefangen zu lachen. Das ist nie ein gutes Zeichen. Irgendwas braut sich zusammen. Irgendwas Übles.« Der Kopf des Sheriffs tauchte für einen Moment in den Streifenwagen zurück, um einen Schluck Limo zu nehmen.

»Ich habe alle Sekten-Krisenherde überprüft: *Sander's Mill*, das alte Robertson-Haus, *Canin Field*. Alle Orte, die einsam und verlassen genug sind, dass sich ein Haufen Leute dort treffen und schwarze Magie ausüben könnte.«

»Irgendwas gefunden?«

»Bis jetzt nicht. Ich nehme an, die wissen, dass wir sie suchen, und halten sich bedeckt. Aber es ist nur eine Frage der Zeit, bis sie einen Fehler machen. Und du weißt ja, was man sagt: Es ist immer da, wo man am wenigsten sucht.«

»Jep.« Duke warf seine Tüte mit den magischen Zutaten in die Fahrerkabine seines Pick-up und kletterte hinterher.

»Bis dann, Duke!«

Der Streifenwagen fuhr los.

Duke ließ den Motor an. Er warf einen Blick zurück zum Laden. Tammy winkte von der Tür aus und warf ihm eine Kusshand zu. Er fing ihren Duft auf, den ein Windhauch herübertrug. Sie roch gut. Jung, willig und fruchtbar. Perfekt zum Paaren. Jeder Muskel in seinem Körper straffte sich. Das Lenkrad bog sich unter seinem Griff. Ein Abdruck seiner großen Hände blieb in dem Lederimitat zurück.

»Verdammt!«

Er bot die letzten Reserven seiner schwindenden Selbstkontrolle auf und floh mit gemächlichen vierzig Meilen pro Stunde vom Parkplatz des *Rockwood General Supply and Auto Sales*.

DREIUNDZWANZIG

Die Realität ist wie ein Obstkuchen. Hübsch anzusehen, aber unter der Oberfläche lauern allerhand scheußliche Dinge. Alte Dinge, älter als die Zeit selbst, versteckt unter dem erdrückenden interdimensionalen Gewicht dessen, was Sterbliche mit ihrem beschränkten Verstand Existenz nennen würden. Es sind die dunklen Dinge: vergessene Schatten dessen, was einmal war, aber nicht mehr ist, unheilvolle Träume davon, was gewesen sein könnte, aber nie sein sollte. Und außerdem verdrehte Trugbilder von Wesen, die nie wirklich lebten, aber trotzdem nicht sterben können. Die schrecklichsten dieser Albträume, könnte man solche Werte tatsächlich messen, sind die alten Götter. Weggesperrt im tiefsten, dunkelsten Gewölbe wie das hässliche, rothaarige Stiefkind der Schöpfung, abgeschoben in die hinterste

Ecke des kosmischen Wandschranks, um nicht beachtet zu werden.

Manche Dinge wehren sich jedoch dagegen, unbeachtet zu bleiben.

Um die Metaphern zu vermischen, öffnete sich die Schranktür in *Gil's All Night Diner* nur einen Spalt weit, und eine garstige Walnuss schlüpfte hindurch. Eine garstige, faule Walnuss, die entschlossen war, den Zahn all dessen auszuschlagen, was gut und anständig war.

Im Augenblick war sich Loretta dieser Tatsache glückselig unbewusst. Genauso wie ihr nicht klar war, dass der Geist eines Terriers in der Ecke der Küche saß und ihr beim Säubern des Grills zusah.

Napoleon verstand seinen augenblicklichen Existenzzustand nicht ganz. Er wusste nur, dass ihn die meisten Leute nicht mehr sehen konnten. Er erinnerte sich dunkel daran, einen Präriehasen über eine Straße gejagt zu haben und von einem Pick-up zerquetscht worden zu sein. Er erinnerte sich auch, dass er über dem platten Körper eines Hundes geschwebt hatte, der sehr nach ihm aussah, es aber offensichtlich nicht sein konnte. Dann war da das Licht. Es rief ihn in einem Chor aus spielerischem Bellen und Heulen. Der herrliche Duft von rohem Fleisch und Würstchen zog ihn an. Sein Hundeverstand wusste, dass auf der anderen Seite des Lichts ein Paradies mit unendlichen Bergen von Leckereien mit Lebergeschmack, Dingen, die ständig bepinkelt werden mussten, und langsamen Hasen lag. Allerdings nicht *zu* langsamen. Er trieb in das Licht, doch etwas hielt ihn zurück. Der Präriehase, der ihn zu diesem vorzeitigen Abgang geführt hatte, saß an der Straße. Ein Hase war ein Hase, und Napoleon entschied, dass dieser hier so leicht nicht davonkommen würde. Er stieg zur Erde hinab und das Licht verschwand. Er bemerkte es nicht.

Er erwischte seine Beute, fand aber schnell heraus, dass er ihr mit seinem immateriellen Körper nicht viel anhaben konnte. Trotzdem war es eine gute Jagd gewesen – und das war zumindest etwas.

Loretta kratzte mit einem Bratenheber an einem hartnäckigen, fettigen Klumpen herum. Grunzend verlagerte sie ihr immenses Gewicht von einer Seite zur anderen. Ihr ausladender Hintern bebte, während sie in ihre lästige Pflicht versunken war und einen eingetrockneten braunen Fleck nach dem anderen abschälte.

Napoleon studierte das zitternde Fleisch. Hinterbacken zogen sich rhythmisch zusammen und öffneten sich wieder, wie zwei Sumoringer, die unter einer Zeltplane miteinander rangen. Der Tanz hörte nur kurz auf, wenn sich Loretta den Schweiß von der Stirn wischte und einen tiefen Schluck Limo nahm. Dann ging es weiter.

Napoleon hätte ihr stundenlang zusehen können. Seit er tot war, war er zu so etwas wie einem Menschenbeobachter geworden. Es waren faszinierende Kreaturen, und er hatte noch nicht viel von dem verstanden, was sie taten – außer essen, sich paaren und sich erleichtern. Und selbst die Art, wie sie Letzteres taten, schien sonderbar. Aber die Tatsache, dass er die Menschen nicht verstand, machte sie nur umso interessanter. Natürlich gab es auch noch andere spannende Wesen außer Menschen. Etwa schleimige, grüne Tentakel, die unter Kühlschränken hervorglitten.

Der Hund ging in Alarmstellung und sprang zwischen das Ding unter dem Kühlschrank und Loretta. Er knurrte, als die Tentakel vorwärts glitten. Als das nicht funktionierte, bellte er wütend, da er zeigen wollte, dass er es ernst meinte, und um sie vor der Gefahr zu warnen, die nach ihren Knöcheln griff.

Loretta ignorierte ihn einfach.

Schließlich schnappte er nach dem Ende eines Tentakels. Er erwartete nicht, tatsächlich hineinbeißen zu können, und war angenehm überrascht, als seine Zähne auf Widerstand trafen.

Hunde, selbst Geisterhunde, verstanden sehr wenig davon, wie das Universum in Wahrheit funktionierte. Sogar noch weniger als menschliche Wesen, wenn so etwas möglich war. Napoleon wusste nicht, dass das Ding unter dem Kühlschrank in einem interdimensionalen Zustand existierte und sich gleichzeitig in ungefähr zwei Dutzend Existenzebenen aufhielt. Und dass eine dieser Ebenen zufällig die ektoplasmische Sphäre war und es somit Geistern erlaubte, mit dem Ding zu interagieren. Er wusste nur, dass er danach schnappen konnte, und deshalb biss er fest zu. Er vergrub seine Zähne in das matschige Fleisch. Es schmeckte fürchterlich. Aber es war lange her, seit er überhaupt irgendetwas geschmeckt hatte, also war das besser als nichts.

Das Ding unter dem Kühlschrank quiekte.

Loretta drehte sich um und sah eine Gruppe Tentakel in einem verflochtenen Tanz herumschwingen. Sie peitschten heftig hin und her. Napoleons Kiefer glitten ab und er flog heftig genug gegen eine Wand, dass es einem körperlichen Terrier das Genick gebrochen hätte. Napoleon jedoch segelte einfach weiter, aus der Küche hinaus.

Das Ding unter dem Kühlschrank rumpelte. Der rostige Eisschrank schwankte und fiel beinahe um. Tentakel ergrauten und schimmerten, als würden sie verblassen. Sie erforschten den Boden und tasteten sich an den Arbeitsplatten entlang. Ein Gliedmaß packte einen Mixer und schleuderte ihn fort. Er zerschellte auf dem Boden.

Etwas an dem Ding unter dem Kühlschrank machte Loretta Angst, und das, obwohl sie sonst nie leicht zu erschrecken gewesen war. Regelmäßige Kämpfe mit den wandelnden Toten hatten sie nur sturer gemacht. Das Ding sah widerlich aus, ein glitschiger, schleimiger Haufen übernatürlichen Grauens. Doch das war nicht das Schlimmste. Es war nicht die Form des Geschöpfs, die ihr Angst machte. Es war die beinahe übersinnliche Erkenntnis, dass dieses Ding, was zur Hölle auch immer es sein mochte, vollkommen fremdartig schien. So weit jenseits sterblichen Begreifens, wie etwas nur sein konnte.

Und genauso wie sie das wusste, ohne es zu wissen, wusste sie auch, dass das hier nur ein winziges Stück des Wesens war. Sein ganzer Körper würde die Erde nämlich vollkommen begraben – und es gab nichts, was das Ding unter dem Kühlschrank mehr wollte als dies.

»Nicht in meiner Küche, du heidnischer Dämon!«

Sie schob das Entsetzen von sich, schnappte sich ein Hackbeil und hackte auf eine der sich windenden Ranken ein. Die Klinge schnitt durch grünliches, knochenloses Fleisch. Das Ding kreischte. Das abgetrennte Stück Tentakel fiel auf den Boden und ging in Flammen auf, während eine neue Spitze aus der verletzten Extremität wuchs.

»Verdammt!«

Etwas bewegte sich unter dem Boden. Die Fliesen hoben und senkten sich in fließenden Wellen. Die Schränke öffneten sich alle gleichzeitig. Weitere Tentakel stießen durch die Rückseiten der Geschirrschränke, aus denen, nach Lorettas Vermutung, geschwärzte Tore zur Hölle geworden sein mussten. Das war aber vollkommen falsch. Die Hölle war ein Spielzeuggeschäft verglichen mit der finsteren Leere, aus der dieses Ding stammte. Augen und Zungen und blutende Körperöffnungen bedeckten die Tentakel ohne ein bestimmtes Schema außer Chaos. Blasen wuchsen und zerplatzten, und ein dicker, gelber Saft quoll heraus.

Loretta arbeitete sich zur Küchentür vor, die kaum einen Meter entfernt war. Sie tauchte und schlängelte sich durch die unförmigen Gliedmaßen. Eines kam ihr unangenehm nahe, bis sie es mit einem Hieb ihres Beils zurückschlug. Sie wusste nicht, was sie auf der anderen Seite der Tür zu erwarten hatte. Halb erwartete sie ein riesiges Auge oder einen wirbelnden Strudel von Nichts.

Stattdessen traf sie Duke. Napoleon stand neben ihm, auch wenn sie den Geisterhund nicht sah.

»Was ist los?«, fragte er.

»Es ist in der Küche!«

»Was ist in der Küche?«

Sie rang nach Worten. Nur eine einzige Beschreibung kam ihr in den Sinn. »Irgendein Ding!«

Napoleon hopste vor der Tür herum und bellte bösartig. Zumindest so bösartig, wie ein Terrier bellen konnte.

Duke zog sie behutsam zur Seite und öffnete die Tür.

Da war gar nichts. Nichts als die Küche, ein paar offene Schränke, ein zerbrochener Mixer und ein leicht schiefer Kühlschrank.

»Es war aber hier. Hier drunter. Und da. Im Boden. Überall!«

Duke und Loretta durchsuchten den Raum von oben bis unten. Kein einziges Tentakel oder Höllenportal war zu finden.

»Ich habs gesehen«, sagte sie.

»Ich glaube dir, aber was auch immer es war, es ist jetzt nicht hier.«

»Aber wo könnte es hingekommen sein?«

Duke zuckte die Achseln. Er wusste es auch nicht.

Die Tür zur Vorratskammer öffnete sich langsam und Earl erschien, mit verschlafenem, trägen Blick. Es war mitten am Tag. Er hätte schlafen sollen. Es war schon höllisch viel nötig, um die Untoten vor Sonnenuntergang zu wecken.

»Wir stecken ernsthaft in der Scheiße, Duke.«

Earl brach zusammen und fiel der Länge nach über die Theke. Duke sah nach ihm, aber er schlief schon wieder.

»Ist alles in Ordnung mit ihm?«, fragte Loretta.

Duke warf sich den dünnen Vampir über die Schulter und brachte ihn zurück in seinen Koffer.

»Was hat er gemeint?«

»Wir werden warten müssen, bis er wieder aufwacht, um ihn fragen zu können«, antwortete Duke. »Aber ich kann dir eines sagen. Es werden keine guten Neuigkeiten sein.«

In der Zwischenzeit entdeckte Napoleon in der Küche ein übrig gebliebenes Tentakel hinter dem Kühlschrank. Das geschwollene lila Auge an seiner Spitze und der Hund begannen einen kurzen Wettkampf im Starren. Napoleon knurrte. Das Ding hinter dem Kühlschrank löste sich in einen Schatten auf und verschwand zurück ins kosmische Kellergeschoss.

Mit einem kraftvollen Jaulen trottete der Terrier zurück an Dukes Seite.

VIERUNDZWANZIG

Als die Dämmerung heranrollte, kletterte Earl aus seinem Koffer, schenkte sich eine Tasse Kaffee ein und stürzte sie in zwei Komma vier Sekunden herunter.

»Es ist böse.«

Er goss sich noch eine ein, die er in zwei Komma eins Sekunden in sich hineinschüttete.

»So was in der Art hab ich mir schon gedacht, Earl«, sagte Duke.

Earl beobachtete den wirbelnden Kaffee in der Kanne. »Du kapierst es nicht, Duke. Ich rede nicht von der guten, alten, garstigen Art von böse. Ich rede über das Böse mit einem großen ›B‹. Etwas, das so widerlich und unheimlich ist, dass es nicht einmal Worte gibt, um es zu beschreiben.«

»Sehr, sehr böse«, schlug Duke vor.

Earl knallte seine leere Kaffeetasse auf die Theke.

Sie zersprang in zwei Teile. »Verdammt, du dämlicher Hurensohn! Du hörst mir nicht zu!« Er schnappte sich eine neue, unversehrte Tasse und die Kaffeekanne und setzte sich zu Duke und Loretta an den Tisch. »Sie hats wenigstens gesehen. Sie weiß, wovon ich rede.«

Loretta nickte. »Er hat Recht.«

»Sehr, sehr angepisst, wirklich knallhart böse«, sagte Duke. »Ich hab das kapiert.«

»Nein, hast du nicht«, seufzte Earl. »Du weißt, wie das bei mir ist, Duke. Wenn ich schlafe, schaltet mein Hirn mit meinem Körper zusammen ab, aber ein Teil davon arbeitet trotzdem weiter.« Er wandte sich Loretta zu. »So ähnlich wie ein übernatürlicher Radar. Nur haben die meisten Dinge, sogar die wirklich bösen Dinge, nicht genug Kraft, um empfangen zu werden. Wenn ich doch etwas empfange, wird es immer verdammt ernst.«

»Wie was zum Beispiel?«, fragte sie.

»Naja, da war vor einer Weile dieses Erdbeben in Mexiko. Strahlte genug psychisches Leid ab, dass ich für etwa zehn Sekunden aufgewacht bin. Und dann das Mal, als die Nazis in Polen eingefallen sind. Ich wusste einfach, dass das Ärger bedeutete.« Er führte sein Kaffeeritual noch einmal durch. »Und als sie *Die grüne Hornisse* abgesetzt haben, konnte ich eine halbe Stunde lang nicht wieder einschlafen. Mann, ich habe diese Serie geliebt!«

»Kato war Klasse«, stimmte Duke zu.

»Auf jeden Fall ist dieses Zeug nichts im Vergleich

zu den Schwingungen, die ich heute Abend aufgeschnappt habe, als dieses Ding in der Küche aufgetaucht ist. Wenn du das alles mit jedem übersinnlichen Signalton zusammennimmst, den ich je in meinem Todesschlaf empfangen habe, hättest du immer noch nicht das finstere Böse, das dieses Ding in meinen Kopf gestopft hat.« Es schauderte ihn bei der Erinnerung daran. »Ich hatte Glück, dass mein Verstand das meiste davon abgeblockt hat. Sonst wäre ich jetzt zu übergeschnappt, um hier noch mit euch reden zu können. Vielleicht sogar für immer.«

Duke nickte.

Earl schnaubte. »Pass auf, du Idiot. Die meisten Leute glauben, dass man, um richtig böse zu sein, die Wahl haben muss. Dass man nicht richtig schlecht sein kann, wenn man nicht auch gut sein kann. Sie irren sich. Wirklich böse, wahrhaftig böse, nicht nur dieses »bring-alle-um-die-du-nicht-magst«- oder »schmeiß-'ne-Atombombe-auf-ein-Land-weil-dir-egal-ist-wie-man-seinen-Namen-ausspricht«-böse, kommt davon, dass man rein gar nichts Gutes in sich hatte. *Noch nie.*«

»Menschen sind nicht so gemacht. Jeder trägt etwas Gutes in sich. Oder hatte mal was Gutes in sich. Aber dieses Ding hatte das nie. Es ist absolut und ewig ...« Er rieb sich in dem vergeblichen Versuch, das richtige Wort zu finden, die Schläfen.

»Ich habs kapiert, Earl. Es ist böse. Böser als ich je verstehen werde. Also hör schon auf zu versuchen, es mir beizubringen!«

Earl leerte den Rest der Kanne in seine Tasse. »Was ich wirklich sagen will, ist, dass es nicht allein ist. Da ist noch viel mehr direkt dahinter, und einiges noch Schlimmeres, denke ich.«

»Schlimmer als absolut böse.«

»Ich habs dir doch gesagt, du verstehst das nicht!«

Duke ließ seine Fingerknöchel knacken. »Wenn du meinst.«

»Worauf ich hinauswill, Duke, wenn du mal aufhören würdest, mich ständig zu unterbrechen, ist, dass ich keine weitere Minute in diesem Ort verbringen werde. Ich hau ab. Mit dir oder ohne dich.«

Duke holte tief Luft. Seine Brust blähte sich auf. Ein Stich an der Naht seines Kragens riss auf. Er fixierte Earl mit seiner typischen steinernen Ausdruckslosigkeit. Seine Augen verengten sich um den winzigsten Bruchteil. Seine Stirn legte sich in kaum wahrnehmbare Falten.

»Du läufst also weg?«

Earl drehte sich unter dem Vorwand, die Kaffeekanne zurückzustellen, versteckte aber in Wirklichkeit seine Unfähigkeit, Dukes Blick standzuhalten.

»Ja.«

Duke erhob sich sehr, sehr langsam von seinem Stuhl.

Earl unterdrückte ein nervöses Zucken. Der gewöhnliche Vampir war dem durchschnittlichen Werwolf in einem ernst gemeinten Kampf nicht gerade gewachsen. Die Untoten waren meistens Schatten und Heimlichkeit, dazu bestimmt, die Nacht zu durchstreifen. Werwölfe waren schlicht und einfach zum Töten gemacht. Earl hatte Duke in Little Rock fünf Vampirpunks abschlachten sehen. Sie hatten zunächst zwar ein paar gute Treffer gelandet, aber schließlich hatten sie doch den endgültigen Tod geschmeckt und Duke hatte nur einen Arm verloren.

Leider wäre jeder dieser Punks für sich allein genommen härter im Nehmen gewesen als Earl. Viel härter.

Er glaubte nicht, dass Duke ihn wirklich umbringen würde. Duke überlegte sich zweimal, wen er tötete. Aber er konnte Earl trotzdem ohne große Mühe die Scheiße aus dem untoten Leib prügeln.

Schlüssel klapperten neben ihm auf die Theke.

»Nimm den Pick-up.«

»Hast du mein Zeug bekommen?«, fragte Earl Duke.

»In der Vorratskammer. Neben deinem Koffer.«

»Danke.« Er stopfte die Schlüssel in seine Tasche. »Tut mir Leid, Loretta.«

Sie lächelte sanft. »Ist schon in Ordnung. Ich verstehe. Wenn ich ein Hirn hätte, würde ich selber abhauen.«

Napoleon, der bis dahin mit dem Todeskampf einer Kakerlake beschäftigt gewesen war, spitzte die Ohren und wandte sich zur Tür der Tiefkühlkammer. Er schnüffelte laut von einem Ende der Metalltür zum anderen und wieder zurück. Dann knurrte er.

Duke und Earl beobachteten misstrauisch die Tür, aber es passierte nichts. Napoleons Knurren ging in ein aufgebrachtes Stakkatobellen über. Loretta konnte ihn weder sehen noch hören, aber sie bemerkte die Nervosität in Earls Blick.

»Was? Hast du was gehört?«

Napoleon beugte die Vorderpfoten. Sein Schwanz hing durch. Vorsichtig streckte er den Kopf und die Hälfte seines immateriellen Körpers durch die Tür. Er bellte einmal, zog sich schnell zurück und versteckte sich dann winselnd hinter Duke.

Der machte einen Schritt nach vorn und griff nach der Türklinke.

»Öffne sie nicht«, sagte Earl.

»Ich muss.«

»Nein, musst du nicht. Lass einfach, was auch immer da drin ist, in Frieden.«

»Was?«, fragte Loretta. »Was ist da drin?«

»Etwas Böses, wette ich.«

»Gibt nur einen Weg, das rauszufinden.« Duke drehte den Griff und weicher, weißer Frost glitt durch den Türspalt.

Earl warf seine dünne Gestalt dagegen und knallte sie zu. »Verdammt, Duke! Warum müssen wir das überhaupt tun? Wer hat gesagt, dass wir es herausfinden wollen? Ich will nicht! Und du, Loretta?«

»Gib mir nur eine Sekunde.« Sie holte ihre Schrotflinte und zielte auf die Tür. »In Ordnung, ich bin so weit.«

Earl warf die Arme in die Luft. »O Scheiße! Na gut! Mach das gottverdammte Ding auf. Aber sag nicht, dass ich dich nicht gewarnt habe, wenn dir irgendein schreckliches krakenartiges verdammtes Ding aus einer anderen Dimension den Arsch aufreißt!«

Kopfschüttelnd trat er beiseite.

»Nie hört irgendwer auf mich.«

»Auf Drei«, sagte Duke.

Loretta entsicherte ihre Flinte.

Napoleon bellte halbherzig, obwohl er zurückwich.

»Eins.«

»Er kann es einfach nicht in Ruhe lassen«, murmelte Earl vor sich hin. »Er kann dieses schreckliche Höllenvieh einfach nicht im Kühlhaus lassen.«

»Zwei.«

»O nein! Gott bewahre! Ist ja viel besser, wenn wir uns hier die Augen fressen und die Seelen herausreißen lassen!«

»Drei.«

Duke stieß die Tür weit auf. Der seltsam dichte Nebel ergoss sich in knöcheltiefen Schleiern über den Küchenboden. Das Ding in der Kühlkammer tat einen schwerfälligen Schritt nach vorn. Die menschengroße Gestalt war nicht mehr als schleimige Haut, über Knochen drapiert. Seine Augen quollen an langen Stielen aus den Höhlen und fegten durch den Raum.

Loretta senkte ihr Gewehr um ein paar Zentimeter. »Gil?«

Gil Wilson öffnete den Mund, als wolle er sprechen. Eine gelbe Paste tropfte träge von seinen Lippen.

»Erschieß es!«, schrie Earl.

»Aber es ist Gil! Ich kann doch nicht einfach …«

Gil stöhnte und streckte seine Arme in Richtung Duke aus. Der Werwolf wich zurück. Wenn Earl es nicht besser gewusst hätte, hätte er gedacht, der Werwolf habe Angst. Doch es gab nichts, was Duke erschrecken konnte.

»Es ist nicht Gil! Es ist nur irgendwas in Gils Körper!«

»Aber …«

Gil verdrehte sich buchstäblich in Earls Richtung. Der Körper verrutschte und drehte sich auf eine Art, die bei einem Wesen aus Knochen und Gelenken nicht möglich gewesen wäre. Seine Haut blähte sich auf, als lauerten andere Gebilde unmittelbar unter ihrer Oberfläche darauf, sich loszureißen. Es war widerlich.

»Erschieß das verdammte Ding!«

Sie feuerte beide Läufe ab. Der Körper löste sich auf. Das meiste davon verschwand wie eine zerplatzte Blase. Die Gliedmaßen und der Kopf fielen auf den Boden. Der Nebel wälzte sich zurück in den Tiefkühlraum, angesaugt von einem unsichtbaren Loch in der Rückwand. Die einzelnen Stücke fingen unter gequältem Quieken an zu schmelzen.

Duke, Earl und Loretta sammelten sich vorsichtig um die Tür und beobachteten, wie das, was von Gil übrig war, ins Nichts versickerte.

»Was ist nur mit ihm passiert?«, fragte sie.

Duke kniete sich hin, fasste die Stücke aber nicht an. »Bist du sicher, dass das Gil Wilson war, Loretta?«

Sie nickte. »Ziemlich sicher. Ist aber schwer zu sagen nach diesem Auftritt.« Die Arme und Beine waren weg, der fleischlose Schädel aber war noch da. Sie stupste ihn mit dem Gewehrlauf an. »Das ergibt doch überhaupt keinen Sinn! Ich meine, ich bin schon hundert Mal in diesem Kühlraum gewesen. Er kann sich doch nicht die ganze Zeit hier drin versteckt haben! Also wo in Gottes Namen war er?«

»In der Hölle«, antwortete Earl. »Er war in der Hölle. Zumindest sein Körper. Und irgendwas hat versucht, ihn als Fortbewegungsmittel nach draußen zu benutzen.«

Die Augen platzten wieder aus den Höhlen. Acht spinnenartige Beine schoben sich unter dem Schädel hervor. Er sprang über ihre Köpfe hinweg und krabbelte in Richtung Küchentür.

Napoleon stoppte seine Flucht. Der Geisterhund schnappte, fletschte wütend knurrend die Zähne und hielt den Schädel in Schach. Sie umkreisten einander wachsam. Der Schädel versprühte eine dunkelrote Flüssigkeit aus seiner Nase. Napoleon winselte.

Duke senkte einen riesenhaften Turnschuh auf den widerwärtigen Schädelknochen herab und zermatschte ihn zu einer zähflüssigen Schweinerei. Der Schädel gab mit einem letzten ohrenzerfetzenden Kreischen nach.

Earl untersuchte Napoleon. Ein Stück seiner Schulter war verschwunden, brodelnd und zischend. Ektoplasma war nicht Fleisch und Blut. Es war eine Konstruktion, um die körperlose Seele zu beherbergen. Der Stoff, aus dem Geister bestanden, galt als weitgehend unzerstörbar, aber es gab Wege, einen Geist zu töten. Echte, physische Wege, wenn man die Mittel dazu besaß.

Napoleon lag auf dem Boden. Mehr und mehr Bereiche seines Körpers lösten sich auf.

»Scheiße!« Earl nahm den Hund vorsichtig auf und wiegte ihn in seinen Armen. »Komm schon, Kleiner! Stirb mir jetzt nicht unter den Händen weg!«

Die Säure hatte ein Bein weggeätzt. Sie kroch weiter, aber der Auflösungsprozess verlangsamte sich. Earl betete, er möge stoppen. Er wollte Cathy nicht sagen müssen, dass ihr toter Hund wirklich tot war.

Napoleon beobachtete ihn aus schmerzerfüllten Augen, die er kaum offen halten konnte. Mit einem letzten Fiepen löste sich auch sein Kopf auf. Aber dann hörte die Säure endlich auf, ihn noch weiter zu zerfressen.

»Ja!«

Er drückte das kopflose, dreibeinige Gespenst an seine Brust. Napoleon brauchte jetzt nur Zeit, um sich zu erholen. Hoffentlich würde er seine fehlenden Teile zurückbekommen. Aber selbst wenn nicht, rein technisch gesehen brauchte ein Geist sie gar nicht. Er würde sich an den neuen Zustand gewöhnen müssen, aber zumindest lebte er. Sozusagen.

Loretta sah bloß Earl, der nichts als Luft wiegte. »Geht es ihm gut?«, fragte sie Duke.

Duke nickte. Er machte sich nicht die Mühe, alles zu erklären.

Earl bettete Napoleon zur Schonung in seinen Koffer. Dann schnappte er sich seinen Kram und ging aus der Tür, wobei er nur kurz anhielt, um einen Blick hinunter auf die schleimigen Überreste von Hirn und Knochen zu werfen.

»Geh und hol sie, Earl«, seufzte Duke, während er sich den Matsch mit einem Bratenheber von den Sohlen seines Turnschuhs kratzte. »Je schneller du deine Freundin befreist, desto früher kannst du abhauen.«

Earl wusste nicht, warum er ein schlechtes Gewissen haben sollte, wenn er ging. Duke war ein erwachsener Mann. Wenn er nicht genug Verstand besaß, aus *Gil's All Night Diner* zu fliehen, solange er es noch konnte, war das nicht Earls Schuld. Aber er fühlte sich trotzdem schlecht. Duke war immer für ihn dagewesen. Er hatte jeden Tag ein wenig besser geschlafen, weil er wusste, dass Duke auf ihn aufpasste. Und jetzt, beim ersten Anzeichen von Ärger, verschwand er.

»Duke …« Er kämpfte mit den Worten. »Ich will nur, dass du weißt, dass ich, äh, naja …«

Duke hörte auf, Schmiere von seinen Schuhen zu putzen. Sie starrten sich unter dem ruhigen Platschen von Lorettas Mopp, mit dem sie außerdimensionale Gehirnspinnenschmiere wegwischte, an.

»Verdammt, warum musst du es mir so scheißschwer machen?«

Earl verlagerte seine Tüte von einer Hand in die andere.

»Es tut mir Leid. Das ist alles, was ich sagen wollte.«

Dukes Gesicht blieb so ausdruckslos wie immer.

Earl wandte sich zur Tür. »Du Arschloch.«

»Bis dann, Earl.«

Schon auf halbem Weg aus der Küche hinaus drehte sich der Vampir um. Duke hatte sich wieder an die Rettung seiner Turnschuhe gemacht.

»Bis dann, Duke.«

FÜNFUNDZWANZIG

Der größte Teil von Earls Schuldgefühlen verschwand in dem Augenblick, als er Cathy sah. Sie lächelte, und er vergaß beinahe, dass er Duke im Stich gelassen hatte.

»Hey, wo ist Napoleon?«

»Er ist im Diner. Spielt mit Duke.« Er hatte ein schlechtes Gewissen, weil er sie anlog, doch er wollte sie nicht unnötig beunruhigen. Er hielt die Papiertüte hoch. »Ich glaube, ich bin bereit, den Zauber heute Abend auszuführen.«

»Schon?«

»Naja, eigentlich kann ich ihn erst ungefähr um halb neun beginnen. Aber ich könnte schon mal alles aufbauen.«

»Warum halb neun?«

»Weil dann die metaphysische Atmosphäre am empfänglichsten für Geisterbefreiung ist.«

»Wow. Ich dachte, du wüsstest nicht so viel über Magie.«

Er zuckte die Achseln. »Ich komme zurecht.«

Ehrlich gesagt war seine Erfahrung eher begrenzt. Die »metaphysische Atmosphäre« war Hectors Ausdruck, nicht seiner. Aber er war gewillt, ein breiteres Verständnis vorzutäuschen, wenn er sie damit beeindrucken konnte.

»Und wie funktioniert das?«

Er zog Gegenstände aus der Tüte und erklärte ihren Zweck. »Die blauen Kerzen stellen Wind und Wasser dar, elementare Kräfte, die stets frei sind. Und ich werde diesen Beutel mit Salz benutzen, um den Kreis der ektoplasmischen Gebundenheit zu bilden. Und damit werde ich die Runen um den Kreis malen.« Er schüttelte die Dose mit Sprühfarbe. »Es ist rot, weil das die Farbe der Erde ist, der Kraft, die dich festhält.«

Er grinste voller Stolz.

»Runen. Wie die Runen, für die Odin sein Auge hergegeben hat?«

Um nicht zugeben zu müssen, dass er keine Ahnung hatte, wer zum Teufel das war, nickte er nur.

»Erzähl mir mehr.« Sie deutete auf die Gegenstände, zu denen er noch nicht gekommen war. »Wofür ist das alles?«

Earls Grinsen verblasste. Er konnte sich an nichts von dem, was Hector über den Rest davon gesagt hatte, erinnern. Er überflog seine Notizen. Da stand nur, wie er sie benutzen sollte. Er hatte es sich gespart, Hectors obskure Fachausdrücke mitzuschreiben.

Tapfer machte er weiter.

»Naja, dieses, äh, getrocknete Rabenauge wird dazu benutzt, die, äh, Naturgeister zu rufen. Speziell die großen Vogelväter, damit sie, äh, die Grabteufel verjagen können.«

»Grabteufel?«

»Ja.« Er hustete, um eine peinliche Pause zu überbrücken, während er seine Gedanken zusammenkratzte. »Das sind diese fiesen Dinger, die, äh, das Ganze versauen könnten, wenn wir nicht aufpassen. So was Ähnliches wie Gremlins, die Friedhöfe heimsuchen.«

»Ich habe nie einen gesehen.«

»Könntest du auch gar nicht. Sie sind unsichtbar.«

»Ich auch.«

»Ja, aber sie sind auf eine andere Art unsichtbar. Sie sind überall. Vertrau mir.«

»Wenn du das sagst.«

Er schnappte sich etwas anderes, um sie abzulenken. »Diese Tollkirsche wird Hexenmeisterkraut genannt. Es lässt die Magie einfach leichter wirken, wenn man es verbrennt.«

»Ehrlich? Warum?«

»Das ist ziemlich kompliziert.« Er sah auf die Uhr. »Ich bau mal besser alles auf. Wir müssen ja nicht bis zur letzten Minute warten.«

Er begann mit den Runen, die Hector ihm am Telefon beschrieben hatte. Er hoffte, dass er es richtig machte. Geheimnisvolle Symbole waren nicht genormt wie das Alphabet. Niemand verstand wirklich, wie sie funktionierten. Man wusste nur: Wenn man ein Dreieck in einem Kreis innerhalb eines Vierecks genau auf die richtige Art und Weise zeichnete, konnte man etwas Übernatürliches passieren lassen.

Nachdem er die letzte Rune um Cathys Grab fertig gezeichnet hatte, schimmerten sie alle in sanftem, rotem Licht.

»Das bedeutet, dass sie bereit sind«, erklärte er.

Das Glühen verblasste, aber die Runen fingen an, sich zu bewegen. Nicht auf offensichtliche Weise. Es war mehr, als könne er spüren, wie sie zitterten und verrutschten, wenn man sie nicht ansah. Und wenn er sich wieder umdrehte und sie anschaute, sahen sie wirklich anders aus. Oder vielleicht auch nicht.

Als Nächstes ordnete er die blauen Kerzen zwischen die Runen rund um das Grab an. Er zündete sie an und nuschelte eine kurze Beschwörung, die er in sein Notizbuch gekritzelt hatte. Als die Flamme hellrot brannte, goss er den Salzkreis und murmelte eine zweite, längere Beschwörung. Als der Wind das Salz nicht wegblies, wusste er, dass er es richtig gemacht hatte. Der Aufbau war fertig. Der Kreis konnte nur durch einen Willensakt unterbrochen werden.

Er trat einen Schritt zurück und studierte sein Werk. Ein magischer Zirkel, der eines Merlin würdig gewesen wäre. Oder vielleicht Merlins dilettantischem, mittellosem Halbbruder. Aber das Aussehen war nicht wichtig, solange es funktionierte.

Sie hatten immer noch fünfundvierzig Minuten bis zum Ritual. Cathy und Earl schlugen die Zeit tot, indem sie auf dem Rücken liegend in die Sterne starrten.

Sie deutete nach oben. »Der genau da ist mein Lieblingsstern. Ich weiß nicht, warum. Es ist nicht der hellste oder der größte, aber er hat irgendwas.«

»Er ist hübsch«, stimmte Earl zu.

»Manchmal erfinde ich meine eigenen Konstellationen. Wie da drüben, das ist die Gans. Und genau da drunter ist das Glückliche Gesicht. Und das da drüben ist der Große Wagen.«

»Es gibt schon einen Großen Wagen.«

»Ich habe nicht behauptet, dass ich es besonders gut kann.«

Sie kicherten und rückten näher aneinander. Sie drehte sich auf die Seite und legte eine Hand auf seine Brust. Er streichelte ihr Haar. Die ektoplasmischen Strähnen glitten durch seine Finger, leicht wie Spinnweben. Er erkannte plötzlich, wie sterblich er war.

Vampire betrachteten sich selbst gern als ewig. Aber letztlich wurde auch ihr Leben in Momenten gemessen. Genau wie bei den Lebenden. Natürlich waren da viel mehr Momente, aber Quantität wurde ohnehin allgemein überbewertet. Er hätte die letzten paarundneunzig Jahre seines Lebens eingetauscht, um diesen speziellen Moment nur ein bisschen länger dauern zu lassen. Aber die Zeit wartete auf niemanden, sterblich oder unsterblich. Er versuchte, nicht daran zu denken und es einfach zu genießen, solange es dauerte.

»Earl?«

»Ja?«

»Können Vampire Geister beißen?«

»Klar. Ich habe das selber noch nie gemacht, aber ich hab gehört, es sei ziemlich so wie Wackelpudding runterzusaugen.«

»Was können Vampire und Geister noch machen?«

»Naja, Ektoplasma ist für die Untoten so ziemlich dasselbe wie Fleisch und Blut.«

»Wie sehr dasselbe?«

»Genauso. Bei allem, was wichtig ist.«

»Alles, was wichtig ist?«

»Ja, klar. Warum?«

Sie nahm seine Hand und führte sie an ihre Taille.

Für ihn kam es völlig überraschend. Sie war so hübsch und so wundervoll, er konnte sich nicht vorstellen, warum sie ihre Zeit mit ihm verschwenden sollte. Aber sie hatte natürlich auch keine große Wahl. Romantische Gelegenheiten waren für einen Friedhofswächter allenfalls begrenzt.

Sie glitt auf ihn. Er verlor seine Gedanken in ihren glimmenden Augen. Sie küsste ihn. Er fingerte instinktiv nach ihrem BH, nur um festzustellen, dass sie keinen trug. Und sonst übrigens auch keine Kleidung. Seine Hände wanderten ihren Rücken entlang. Ihre ektoplasmische Haut war so glatt und weich. Er konnte sich nichts Vollkommeneres als den Fleck am unteren Ende ihres Rückens vorstellen, wo seine Finger zum Stillstand kamen.

Er knöpfte seinen Overall auf.

Und stellte sich vor, wie er wohl auf einen zufälligen Beobachter wirken mochte. Ein nackter Mann, der sich krümmte und mit seiner imaginären Geliebten im Dreck herumrollte. Ihre Haare strichen über seinen Hals, als sie seine Brust küsste. Er beschloss, dass es ihm egal war.

Eine zynische, kleine Stimme flüsterte: »Es geht nicht um dich. Sie hätte nach all diesen einsamen Jahren jeden gemocht.« Aber es war eine leise Stimme, leicht genug, sie für den Moment wegzuschieben.

Ein weiterer Augenblick, der nicht annähernd lange genug dauerte.

Nackt lag Earl auf der Erde und sah Cathy beim Atmen zu.

Geister sollten eigentlich nicht atmen, aber sie tat es trotzdem. Sie kuschelte sich enger an ihn und er konnte ganz entfernt ihren Herzschlag spüren. Es war nur eine erstaunliche Simulation, aber er bewunderte, wie viel Menschlichkeit sie immer noch an sich hatte, nach all diesen Jahren Totsein. Er hatte zwar immer sein Bestes getan, Geistern aus dem Weg zu gehen, doch hatte er mehr als genug Gelegenheit gehabt, um festzustellen, wie selten das war.

Sie bemerkte seinen Blick. »Was?«

»Nichts.«

»Was denkst du gerade?«

»Nichts.«

Lächelnd küsste sie ihn. »Das war schön. Danke.«

Er rutschte hin und her, um die spitzen Kiesel unter

seinem Rückgrat in eine weniger unbequeme Position zu bringen, ohne aufstehen zu müssen.

»Nur schön?«

Ein weiterer negativer Aspekt des Vampirdaseins waren die Erwartungen, die von verantwortungslosen Medien geschaffen wurden. Wenn es ums Lieben ging, waren die Erwartungen an die Untoten größer. Erwartungen, denen er nicht annähernd gerecht wurde.

»Sehr schön«, antwortete sie. »Du warst toll.«

Er errötete zum ersten Mal in zwei Jahrzehnten.

»Es ist natürlich schon eine Weile her«, fügte Cathy hinzu. »Ich bin inzwischen ziemlich anspruchslos.«

Sie lachten.

»Wie spät ist es?«

Earl sah auf die Uhr. »Zwanzig Uhr fünfzehn.«

»Dann machen wir uns besser bereit.«

»Ja. Sollten wir.«

Keiner von beiden bewegte sich. Minuten vergingen in zufriedenem Schweigen.

Schließlich, fünf Minuten bevor der Zauber ausgeführt werden sollte, glitt Cathy von ihm und stand auf. Geisterhafte Kleidung materialisierte wieder auf ihrem Körper. Earl musste sich auf die übliche Art anziehen.

»Also, soll ich im Kreis stehen?«, fragte sie.

»Du wirst eigentlich gar nichts tun. Dein Grab ist die Quelle der Bindung. Genau genommen werde ich die Magie darauf anwenden.«

Er schlüpfte in seine Hose. Er hielt sich nicht mit Unterwäsche oder Schuhen auf. Zum Teil, weil er nicht genug Zeit hatte, und auch, weil er vorbereitet sein wollte, wenn Cathy nach dem Ritual Lust hatte, es noch einmal zu machen.

»Okay. Dann gehe ich vielleicht besser aus dem Weg, bis du fertig bist.«

Er nahm sie schnell in die Arme. »Du bist nie im Weg.«

»Weißt du, Earl, bei dir kann ein Mädchen schon fast froh sein, dass sie tot ist.«

»Fast?«

Sie zuckte die Achseln. »Bring mich von diesem Friedhof runter und wir werden sehen.«

»Abgemacht.«

Er kniete sich vor den Runenkreis. Zuerst verbrannte er die Tollkirsche. Dann begann er mit der Beschwörung, einer langen Abfolge von Kauderwelsch, die er phonetisch hatte aufschreiben müssen. Als die Zeit kam, streute er das getrocknete Rabenauge in den Wind und intonierte einen weiteren Abschnitt Gequassel. Und so ging es weiter und weiter, ungefähr zehn Minuten lang. Er beschwor und benutzte etwas aus der Tüte und beschwor noch etwas mehr und benutzte etwas anderes aus der Tüte. Sehr einfach. Sehr überflüssig. Sehr langweilig.

Der größte Teil der Magie, vor allem der rituellen Art von Magie, war eben so. Eigentlich ähnelte es klerikaler Arbeit. Man konnte sie ab und zu mit ein paar Menschenopfern oder vielleicht mit einer Orgie würzen, aber meistens galt: Wenn es Spaß machte, war es eigentlich nicht wirklich notwendig. Die meisten Kultanhänger fügten ihrer Magie überflüssige Elemente hinzu, einfach, um sie etwas aufzupeppen und das Ganze interessanter zu gestalten. Außerdem war es hilfreich, die Trottel zu unterhalten, die zum Bestehen eines Kultes erst beitrugen. Er hatte an nichts davon Interesse. Das hier war einfach nur das Grundgerüst eines Zaubers, und als er sich seiner Vollendung näherte, fingen Earls Gedanken an zu wandern.

Er war nicht sehr romantisch, aber er hatte den Abend schon in allen Einzelheiten geplant. Er würde das Ritual vollenden, Cathy würde sich Hals über Kopf in ihn verlieben und er würde sie vom Friedhof tragen. Wie eine tolle, schneidige Figur aus einer typischen Liebesgeschichte. Es war ihm immer schmalzig und ein bisschen unrealistisch vorgekommen. Niemand lebte glücklich bis an sein Lebensende, selbst Leute nicht, die ewig lebten. Aber er war bereit, so zu tun, als könnten sie das.

Er zeichnete ein Dreieck in einem Kreis in den Schmutz, hob die Arme und stürzte sich in die finale Beschwörung. Diese hier war zumindest auf Englisch.

»O Könige der Erde, Herren des Geisterreichs, ich rufe euch, erhört meine Bitte. Entlasst diese Seele aus eurer liebenden Umarmung, dass sie frei die Erde durchstreifen möge.«

Ein grünes Leuchten stieg von dem Kreis aus Salz auf und die Erde unter ihm rumpelte ziemlich. Er warf Cathy ein kurzes Lächeln zu und hob einen Daumen.

»Die vor ihr waren sind gegangen und müssen nicht länger behütet werden. Ihre Aufgabe ist erfüllt.

Nun bitte ich euch demütig, sie von ihren heiligen Pflichten zu entbinden.«

Er streckte die Hand aus, um den Salzkreis als letzten magischen Akt zu unterbrechen.

»Earl, soll das so sein?«

Cathy verblasste, und er hatte den Zauber noch nicht einmal vollendet. Und sie hatte Recht. Es sollte nicht so sein. Er vergaß das Ritual und rannte zu ihr hinüber. Er versuchte, ihre Hände zu greifen, aber irgendetwas stimmte nicht. Sie ließ sich nicht mehr berühren. Er fasste durch sie hindurch, als bestünde ihr Körper aus dickflüssigem Motoröl.

Sie las die Besorgnis auf seinem Gesicht. »Was ist los? Was passiert mit mir?«

Sie verblasste, glitt ihm durch die Finger. Er wusste nicht, was er tun konnte, um es zu stoppen.

»Geh nicht«, flehte er, sich vollkommen bewusst, dass sie nichts dagegen ausrichten konnte.

Cathy löste sich in eine kaum noch sichtbare Wolke auf und dann in nichts.

»Verdammte Scheiße!«

Er blätterte in seinem Notizblock herum, umrundete den Kreis und fluchte ein paar Minuten lang. Die Notizen las er nicht einmal, sondern überflog sie nur, als könnten sie ihm die Antwort plötzlich enthüllen. Sie taten es nicht.

Ein Windstoß fegte über den Friedhof. Die Kerzen erloschen und das Salz flog davon. Der Staub verschluckte die Runen.

»Verfluchtes Arschloch!«

Er schlug sich mit dem Block an die Schläfe und rang um eine Antwort. Es gab nur eine einzige. Er hatte es versaut. Etwas war schief gegangen. Er hatte sie verloren. Vielleicht sogar getötet.

Earls Herz hämmerte donnernd in seiner Brust. Er war mit seinen Selbstgesprächen zu beschäftigt, um es zu bemerken.

»Verdammt! Keine Panik, Earl. Bleib ruhig. Es ist in Ordnung. Alles ist in Ordnung. Ihr geht's gut. Sie ist nicht tot.« Er zuckte beim bloßen Gedanken daran zusammen und wiederholte den letzen Satz wie eine Beschwörung. »Sie ist nicht tot. Sie ist nicht tot. Sie ist nicht tot.«

Niedergeschlagenheit überwältigte ihn. Er schlug auf einen hölzernen Grabstein ein. Der knickte ab und sprang davon.

»Verflucht, Earl, du dummes Arschloch! Denk nach!« Er hielt inne und zwang sich, sich lange genug zu konzentrieren, um einen zusammenhängenden Gedanken zu fassen. »Hector! Er wird wissen, was zu tun ist. Ja. Er weiß es sicher.«

Er stürmte vom Friedhof und in Richtung Diner, während er sein Mantra wiederholte, um nicht verrückt zu werden. »Sie ist nicht tot. Sie ist nicht tot. Sie ist nicht tot.«

In der Dunkelheit von *Make Out Barn* riefen die alten Götter nach Tammy. Das war nichts Neues. Sie hatten schon immer zu ihr gesprochen. Sogar, bevor sie über ihr Schicksal gestolpert war. Sie hatte nur nicht genug gewusst, um sie zu verstehen. Aber der Weg öffnete sich – und was einst ein quengelndes Flüstern gewesen war, bestand nun aus tausend schnatternden Stimmen. Die alten Götter waren nahe. Ihre Zeit war nah.

Morgen Nacht.

Ihr dimensionales Gefängnis wurde schwächer. Genug, dass sie zu Tammy, ihrer letzten Befreierin, mit einem Vorgeschmack auf die Gottheit, die sie erwartete, durchdringen konnten. Es hatte Nebenwirkungen. Das ständige Dröhnen in ihrem Kopf erschwerte das Denken. Und etwas, eigentlich viele Dinge, glitschten in ihrem Magen herum.

Das *Necronomicon* erwähnte es. Die alten Götter waren uralt und mächtig. Ihre Energien veränderten jedes menschliche Wesen, das sie einlud. Nicht nur körperlich, sondern auch geistig. Kein Sterblicher konnte seinen Verstand bei solch einer Belastung behalten.

Aber wer brauchte schon Zurechnungsfähigkeit, wenn er die ultimative Macht besaß.

Sie hob ihren *Magic Eightball* aus dem kleinen Hügel Friedhofserde und drehte die schwarze Kugel um. Das dreieckige Ding stieg zur Oberfläche auf.

»Earl, wo bin ich?«

Sie warf den *Magic Eightball* in ihren Rucksack und nahm die Sammlung exotischer Zutaten heraus, die man brauchte, um den Staub des Wachen Schlafes zu erzeugen. Sie hatte eine saftige Eilzustellungsgebühr für ihre letzte Katalogbestellung bezahlt und war erfreut, als eine einfache braune Schachtel in ihrem Tempel auf sie wartete. Crazy Ctharl war nicht nur verlässlich, sondern kam auch schnell zu Potte.

Der Staub würde mit den Sterblichen fertig werden, die sich ihr entgegenstellten. Ihn selbst zusammenzumischen sparte Geld, auch wenn es mehr Arbeit bedeutete. Was Duke betraf, so enthielt ihre letzte Lieferung ein Glas Kobolde. Und wenn all diese Hindernisse beseitigt waren, würde Earl tagsüber ganz einfach zu pfählen sein.

Da gab es nur noch ein letztes Problem. Um den Durchgang zu öffnen, musste jemand geopfert werden. Ein Opfer zu bekommen war einfach. Aber die Opferung musste ihren Forschungen nach von jemandem ausgeführt werden, der »nicht wusste, was er tat«. Jemanden dafür zu bezahlen, dass er es tat, zählte auch nicht. Die höheren Mächte ließen sich nicht täuschen. Sie musste jemanden durch einen Trick dazu bringen, es zu tun. Es gab immer einen Haken. Klar, wenn es so einfach wäre, wären die alten Götter auch nicht noch immer weggesperrt.

Chad meldete sich aus der dunklen Ecke zu Wort, in der er kauerte. »*Mistress Lilith?*«

Ihr Kopf fuhr bei dem plötzlichen Geräusch herum, und er hatte Gelegenheit, ihr lange und gründlich in die Augen zu schauen. Sie waren vollkommen schwarz. Kein Schimmern. Keine Iris. Nur tintenschwarze Dunkelheit. Er war sich nicht einmal mehr sicher, dass sie überhaupt noch Augen hatte. Ihre Augenhöhlen konnten genauso gut leer sein.

»Was, Chad?«

»Nichts.«

Sie konnte seine Angst riechen, die ein Beben durch ihren Körper schickte. Sie lächelte und atmete tief, tief ein. Sie krabbelte auf Händen und Knien zu ihm hin.

»Braucht Big Jimmy Liebe?«

Sein Herz schlug schneller, als sie näher kam. Sie konnte jeden Schlag hören, das Pochen gegen seinen Brustkorb fühlen. Der Gedanke daran, dass sie ihn zu Tode ängstigte, machte sie nur hungriger. Sie warf ihn grob auf den Rücken.

Tammy schob die Macht der alten Götter von sich. Es würde nichts bringen, ihn gerade jetzt zu töten. Ihre Augen waren in ihre Höhlen zurückgekehrt, aber er war immer noch veränstigt. Allerdings nicht verängstigt genug, um eine Gelegenheit, sich flachlegen zu lassen, verstreichen zu lassen.

Als sie mit ihm fertig war, wurde ihr klar, wie verrückt sie inzwischen sein musste, um den Sex mit Chad tatsächlich genossen zu haben. Aber dann kamen die Stimmen zurück und sie ging wieder an die Arbeit.

SECHSUNDZWANZIG

In der beengten Unterkunft des *Magic Eightballs* war kein Platz für Cathys ektoplasmischen Körper. Sie war auf eine Seele reduziert, die in düsterer, blauer Dunkelheit trieb. Es war so ähnlich wie zu lange in einer warmen Badewanne zu sitzen, bis das Wasser kalt und die Finger schrumpelig und backpflaumenartig sind. Nicht, dass sie überhaupt Finger hatte, aber da war immer noch ein allgemeines, irgendwie feuchtes Gefühl in ihrem entkörperten Geist.

Sie war nicht allein.

»Wer ist da?«

Obwohl sie nicht mit einer Stimme sprach, nicht einmal ektoplasmische Stimmbänder benutzte, gab es ein Echo. Es dauerte eine lange, lange Zeit und sprang von einem Ende ihres Gefängnisses zum anderen und wieder zurück. Keine Antwort kam, aber sie war sicher, dass da noch jemand war. Sie konnte ihn ganz einfach spüren.

»Ich weiß, dass du da bist!«

Wieder keine Antwort.

Plötzlich fühlte sie sich sehr klaustrophobisch. Sie hatte keine Gestalt. Raum war im Augenblick ein Begriff ohne Bedeutung, aber die andere körperlose Seele drängte sich um sie herum. Sie konnte ihn spüren. Ihre fünf Sinne waren weg, ersetzt durch eine Art Geister-Radar, den sie nur noch nicht ganz richtig eingestellt hatte.

»Ich weiß, dass du da bist!«

Er lachte. Ein trockenes, bitteres Raspeln, das die Dunkelheit ausfüllte und sie schaudern ließ.

»Wer ist da?«

Die rauhe Stimme des Geistes wand sich in ihre immateriellen Eingeweide.

»Du weißt, wer ich bin, Cathy.«

Und das tat sie. Von irgendwo anders als aus ihr selbst kam die Antwort.

»Gil Wilson?«

Der Name sagte ihr gar nichts. Sie hatte ihn nie zuvor gehört.

»Das ist richtig, liebe Cathy.«

»Wo sind wir?«

»Das weißt du ebenfalls.«

Es stimmte. Auf dieselbe Art, wie sie seinen Namen plötzlich gekannt hatte, tauchten neue Informationen in ihr auf. Sie waren in einem *Magic Eightball* gebannt. Etwas musste schief gegangen sein, aber es war nicht

Earls Schuld. Tammy war ihm mit dem Zauberspruch zuvorgekommen.

Sie wusste nicht, wer Tammy war, aber sie wusste, dass sie sie nicht mochte. Tatsächlich hasste sie sie sogar. Verachtete sie dafür, was für eine undankbare, verräterische kleine Schlampe sie war. Alles war sehr verwirrend.

»Unsere Seelen sind vermischt«, sagte Gil. »Ein Nebenprodukt des Banns.«

Stücke von Gil Wilson schwebten durch ihr Bewusstsein. Sie stießen Cathy ab. Sie wollte weg von ihm, doch es gab keinen Ort, an den sie flüchten konnte. Sie schrumpfte in sich zusammen. Er wickelte sich um sie, seine Stimme hallte aus allen Richtungen wider.

»Du kannst nicht dagegen ankämpfen, Cathy. Wenn du dich wehrst, machst du es nur schwerer.«

»Geh weg!«

»Das habe ich vor. Aber zuerst brauche ich deine Hilfe.«

Noch mehr Wissen eröffnete sich ihr.

Sie sah Gil über Büchern sitzen, alte historische Texte studieren, Dinge erforschen, zu deren Kenntnis die Menschheit nie bestimmt war. Jahre über Jahre in abgedunkelten Räumen verbringen, verborgene Geheimnisse entschlüsseln, himmlische Ausrichtungen berechnen und tief in die höhere Physik des interdimensionalen Raums eintauchen, bis er das sagenumwobene Tor der Alten Götter in einer ruhigen, staubigen Stadt namens Rockwood fand.

In Rockwood angekommen, kaufte er das scheinbar

wenig bemerkenswerte Stück Land, unter dem das Tor ruhte, und baute einen Tempel für seine Herren, getarnt als harmloses Imbissrestaurant. Es war aber viel mehr. Cathy sah, wie etwas, das so gewöhnlich aussah, so viel mehr sein konnte. Das Geheimnis war die Architektur, die Winkel, die Platzierung der tragenden Säulen und all die anderen Details, die sich zu etwas vollkommen Übernatürlichem summierten. Selbst die Positionierung der Porzellantoiletten und der Bodenbeleuchtung bedeutete etwas. Sie vestand nicht alles. Doch sie wusste: Das Diner diente dazu, das Tor noch weiter zu schwächen. Das war nichts Gutes.

»Ja, Cathy, du kennst meine Geheimnisse und ich kenne deine. Ich muss zugeben, dass ich mich von dem Tausch einigermaßen betrogen fühle. Ich meine, mal ehrlich, das Schlimmste, was du je getan hast, war nicht zuzugeben, dass du einen Baseball in Mr. Weinbergs Fenster geworfen hast.«

Er kicherte.

»Warte. Ich sehe noch etwas. Ah, du hast mal ein Kätzchen überfahren und ein paar Süßigkeiten geklaut und außerdem, ja, ja, hast du auch manchmal bei Mathearbeiten geschummelt. Schreckliche Sünden, in der Tat. Die Schuldgefühle müssen dich förmlich zerreißen.«

Die furchtbaren Taten, die Gil Wilson auf seiner Suche nach dunkler Macht begangen hatte, schwammen direkt unter ihren eigenen Erinnerungen. Um sie zurückzudrängen, konzentrierte sie sich auf die weniger entsetzlichen Erinnerungen, die in sie eindrangen.

Am stärksten war die Nacht, in der das Schicksal oder die Vorsehung oder vielleicht einfach purer Zufall Gils Chancen auf Göttlichkeit fast zerstört hatte. Es war nach einem einfachen Ritual, dem letzten Konsekrationsritus seines Tempels. Nachdem er ihn mit einem Opfer seines eigenen Blutes geweiht hatte, erhob er sich auf wackeligen Beinen. Angeschlagen von dem Zauber, übersah er eine Ketchupflasche, die auf dem Boden lag.

Sie geriet zwischen seine Füße und er stolperte. Das Messer kam zwischen ihm und den Fliesen zur Ruhe. Es versenkte sich in sein Herz.

Die alten Götter, erzürnt über sein Versagen, rafften genug Macht zusammen, um herauszugreifen und ihn in ihre Hölle zu zerren, wo sie ihn in Ewigkeit peinigen konnten. Sie erwischten jedoch nur seine Hülle. Sein Geist entschlüpfte knapp ihrem Griff. Aber als Geist hatte Gil nicht mehr die Kraft, sich den Weg zu bahnen.

Er hatte die Hoffnung fast schon aufgegeben, als er schließlich über Tammy stolperte. Er spürte das Talent in ihr und bereitete sie darauf vor, zu vollenden, was er angefangen hatte. Wenn sie das Tor öffnete, würden die alten Götter wissen, wer für ihre Erweckung wirklich verantwortlich war, und ihn angemessen belohnen.

Er hatte sie unterrichtet, ihr Geheimnisse beigebracht, die nur er kannte. Sie hatte ihn zum Dank in dieses Gefängnis gesperrt. Wo er wieder einmal fühlen konnte, wie sein Schicksal an ihm vorbeizog. Doch das Schicksal hielt es für angebracht, ihm noch eine Chance zu geben. Indem er Tammy überredet hatte, einen weiteren Geist in die Kugel zu bannen, hatte er sie auch dazu gebracht, ihm seine Fluchtmöglichkeit zu verschaffen.

»Das ist richtig«, stimmte er zu. »Gemeinsam sind wir stark. Stark genug, um aus diesem Gefängnis zu entkommen.«

»Nein.«

Seine Stimme wurde eisig. »Was?«

»Nein!«, wiederholte sie, fester als vorher. »Ich werde dir nicht helfen. Du gehörst hierher. Ich werde dich nicht herauslassen!«

»Würdest du dann mit mir hier bleiben? Für immer?«

Sie wollte nicht. Seine Seele war wie Säure, die anfing, ihren Geist zu zersetzen. Aber sie begriff, dass er viel zu gefährlich war, um auch nur als Geist auf die Welt losgelassen zu werden. Selbst wenn diese Entscheidung sie selbst vollkommen zerstören sollte.

»Wie freundlich«, spuckte Gil wie durch zusammengebissene Zähne aus. »Du besitzt eine edle Seele, Mädchen, aber man weist mich nicht zurück.«

Sie zog sich noch tiefer in sich selbst zurück und rief sich, um ihn zu ignorieren, schöne Erinnerungen ins Gedächtnis. Baseballspiele mit ihrem Vater. Ihr Lieblingslied. Ihr Schulabschluss. Earl.

»Dein untoter Bewunderer. Du magst ihn ziemlich, oder?« Gils Stimme sickerte in ihr Bewusstsein. »Du liebst ihn sogar. Etwas unreif, wenn du meine Meinung hören willst. Du kennst ihn noch nicht mal eine Woche.«

»Halt den Mund!« Sie wünschte, sie hätte Hände, um ihre immateriellen Ohren zuzuhalten. »Lass ihn aus der Sache heraus!«

»Du wirst ihn niemals wiedersehen, wenn du in diesem Ball hier weggesperrt bleibst, Cathy.«

»Das ist mir egal!«

»Nein, das ist es nicht.« Er grub und drängte sich tiefer in ihre Erinnerungen. »Cathy, du kleines Flittchen! Dich dem erstbesten Vampir an den Hals zu werfen, der daherkommt! Ich bin enttäuscht von dir!«

Sie wollte sich nicht erinnern, aber er zwang sie dazu.

»Du wirst seine Berührungen nie wieder spüren. Du wirst nie wieder irgendwas spüren. Nur du und ich zusammen in Ewigkeit. Oder du kannst mir helfen, dich selbst befreien und mit Earl fliehen.«

So einfach war es nicht. Wenn sie ihn hinausließ, bedeutete dies das Ende der Welt. Es würde keinen Ort mehr geben, an den sie und Earl fliehen konnten.

»Aber wenn du mich hier festhältst, wird Tammy die Zeremonie trotzdem vollenden. Du hast die Wahl. Ich kann dich nicht zwingen. So oder so wird die Welt untergehen. Auf meine Art kannst du zumindest noch ein paar wertvolle Stunden mit deinem Geliebten verbringen. Wer weiß? Du könntest ihn sogar noch rechtzeitig warnen, um mich zu stoppen.« Er lachte. »Aussichtslos, aber du kannst es gern versuchen.«

Sie suchte nach anderen Lösungen, aber keine erschien. Das war wohl der einzige Weg. Der einzige Weg, die Welt zu retten. Der einzige Weg, Earl zu retten. Und sie musste sich selbst eingestehen, dass er der wahre Grund dafür war, dass sie es überhaupt in Erwägung zog. Sie war zu lange allein gewesen. Ob es nun selbstsüchtig war oder nicht, sie musste es versuchen.

»Okay, was soll ich tun?«

»Noch nicht. Tammy passt auf. Aber bald.«

In der Dunkelheit ihres Gefängnisses grinste Gil Wilson breit und körperlos.

»Bald.«

SIEBENUNDZWANZIG

Earl verbrachte den Rest der Nacht auf dem leeren Friedhof. Hector hatte ihm keine Antworten auf seine Fragen, was passiert war, geben können. Er hatte Earl versichert, dass er der Sache auf den Grund gehen würde, aber Earl hatte nicht viel Hoffnung. Er saß mit einem Sixpack auf Cathys Grab und tat sich selber Leid. Es waren Zeiten wie diese, in denen er es wirklich vermisste, sich betrinken zu können.

Ungefähr eine halbe Stunde vor Sonnenaufgang kam Duke auf den Friedhof gelatscht.

»Ich würde dir ein Bier anbieten, aber das hier ist mein letztes.« Earl öffnete es knackend. Der warme Alkohol schäumte und lief ihm über die Hände. »Scheiße.«

»Hat Hector dir erzählt, was passiert ist?«, fragte Duke.

»Nö. Sagte nur, sie könnte schließlich doch noch auf die nächste Ebene weitergegangen sein.«

»Hat er gesagt, warum?«

»Sagte, er wüsste es nicht. Hat mir aber auch gesagt, es läge wahrscheinlich nicht daran, dass ich etwas falsch gemacht hätte.«

Earl hielt Duke die Dose hin. Duke winkte ab.

»Nein, danke. Und wie gehts dir jetzt?«

»Mir? Ganz toll. Ich hab gerade meine Freundin umgebracht, das ist alles. Wie solls mir da gehen?«

»Wenn Hector sagt, dass es nicht deine Schuld ist, dann isses das auch nicht.«

»Ach, das ist doch Scheißgelaber. Ich habs versaut, Duke. Sie war das Beste, was mir je begegnet ist und ich habs versaut.«

Earl warf die halb volle Aluminiumdose nach dem Mond. Sie wirbelte herum, verspritzte Bier und hing eine ganze Weile in der Luft, bevor sie schließlich auf die Erde zurückfiel.

»Ich habe totale Scheiße gebaut.«

»So schlimm isses auch nicht«, bot Duke an.

»Klar, natürlich nicht!«

Earl wischte sich einen einsamen Tropfen Feuchtigkeit ab, der es geschafft hatte, sich aus seinen eingetrockneten Tränenkanälen hervorzukämpfen.

»Tut mir Leid, Duke. Ich bin nicht sauer auf dich, aber du verstehst es einfach nicht. Du weißt nicht, wie es ist, ich zu sein. Jeder mag dich. Oder zumindest mögen sie dich nicht *nicht.*«

»Die Leute mögen dich, Earl.«

»Nein, die Leute gewöhnen sich an mich.« Er lachte bitter in sich hinein. »Das ist nicht dasselbe. Aber das macht nichts, ehrlich. Ich bin daran gewöhnt. Nicht mal meine Mom mochte mich. Und mein Dad hat mich für einen wertlosen Haufen Kuhscheiße gehalten. Hat er mir auf seinem Sterbebett gesagt. Hat mich zu sich hergezogen und es mir ins Ohr geflüstert, kurz bevor er krepiert ist.

In meinem ganzen Leben gab es nur vier Lebewesen, die mich mochten. Einmal du, dann diese Schildkröte, die ich als Haustier hatte, als ich sechs war, und meine Großmutter Betta. Und Cathy. Sie war die erste Frau, die mich wirklich mochte.«

»Es wird noch andere geben.«

»Du hörst mir nicht zu! Ich bin siebenundneunzig Jahre alt. Siebenundneunzig! Das ist fast ein ganzes verdammtes Jahrhundert auf dieser Erde. Und alles, was ich vorweisen kann, sind vier Leute! Und einer davon war noch nicht mal ein Mensch!

Ich habe mich manchmal gefragt, warum ewig leben so toll sein soll. Versteh mich nicht falsch. Unsterblich zu sein ist gar nicht so schlecht. Ich war sowieso immer eher ein Nachtmensch und diese Kräfte können ziemlich cool sein. Aber ich meine, all dieser Untoten-Kram klingt auf dem Papier zwar gut, aber so toll wie man denkt, ist es auch wieder nicht.

Ich sehe das so: Sterben ist das Ding, das deinem Leben Sinn gibt, okay? Du willst vielleicht nicht da ankommen, aber ohne hast du nur eine lange, lange Straße ins Nirgendwo. Ich hatte mich daran gewöhnt, diese Straße entlangzuschauen, Duke.« Er blickte zum Horizont, wo die Sonne bald aufgehen würde. »Aber ich glaube nicht, dass ich das noch länger kann.«

»Von was redest du da, Earl?«

»Ich rede davon, dass es vielleicht Zeit ist, damit Schluss zu machen.«

Duke warf dem Vampir einen skeptischen Blick zu.

»Jetzt hör mir mal bis zum Schluss zu, bevor du sagst, ich sei blöd. Jeder muss mal sterben. Wir Untoten versuchen zwar, so zu tun, als müssten wir nicht. Doch nur weil wir keinen natürlichen Tod sterben. Das ist aber nicht genau das Gleiche. Natürlich kann es sein, dass es bis zum Ende der Zeit geht, aber ich würde nicht drauf wetten.

Ich habe jetzt gut hundert Jahre gelebt. Das meiste davon war nicht schlecht. Es gab hier und da ein paar gute Stellen, aber zum größten Teil war es einfach nichts Besonderes. Dann kommen Cathy und diese letzten fünf Tage daher, und mir wird klar, dass es das Warten wert war. Das wars wirklich. Aber jetzt ist es vorbei, und ich glaube nicht, dass da draußen noch irgendwas Besseres auf mich wartet.

Ich sage jetzt nicht, dass ich mich wirklich selbst umbringen will. Aber es wird irgendwann passieren und entweder muss ich es selbst machen oder jemand macht es für mich. Vermutlich auf eine weniger angenehme Art.«

»Auf was willst du raus?«

»Es ist so, Duke, auf die eine oder andere Art werde ich heute Nacht sterben. Und ich bitte dich als meinen besten Freund, mir zu helfen. Ich werde dir einfach den Rücken zudrehen, hier an Cathys Grab, und an sie denken. Und du schleichst dich von hinten an und reißt mir sauber den Kopf ab. Das wird der letzte Gefallen sein, um den ich dich bitte, und wenn du wirklich mein Freund bist, wirst du es für mich tun.«

Er drehte sich um, versuchte, einen klaren Kopf zu bekommen, und spürte die kalte, trockene Erde unter sich. Cathys lächelndes Gesicht erschien vor seinem inneren Auge, und er lächelte zurück. Er wagte zu hoffen, dass er sie auf der anderen Seite finden würde, obwohl er, wenn es ein Leben nach dem Tod gab, bezweifelte, dass sie am selben Ort landen würden.

»Du tust es nicht, oder?«

Duke schüttelte den Kopf.

»Mann, du Arsch! Das ist doch nicht zu viel verlangt!«

»Vielleicht, aber du wirst es schon selbst machen müssen.«

»Na toll. Das werde ich. Ich überlasse es einfach der Sonne.«

»Tu das.« Duke räusperte einen Mund voll Spucke und Schleim hoch und spuckte ihn in den Dreck. »Earl, du weißt, dass es andere geben wird.«

»Nicht so wie sie.«

»Warts ab.«

»Was? Noch mal hundert Jahre? Danke, aber nein danke.«

»Mach, was du willst. Schon mal einen Vampir gesehen, der im Sonnenlicht brät?«

»Nein.«

»Ich aber. Einmal.« Duke schüttelte langsam den Kopf. »Es ist nicht wie im Film. Er ist nicht explodiert oder in Flammen aufgegangen oder irgendwas Schnelles in der Art. Nein, er ist mehr zu Matsch geworden. Als Erstes hat sich seine Haut abgeschält, Schicht für Schicht. Dann sind seine Muskeln einfach irgendwie von den Knochen weggematscht. Und seine Organe haben gequalmt und getropft und es gab eine schwarze Pfütze. Dann haben seine Knochen geknackt und gekracht und sind flüssig geworden. Hat ungefähr fünf Minuten gedauert, bis die arme Sau endlich den Geist aufgegeben hat. Die meiste Zeit davon hat er sich heiser geschrien.«

Earl starrte ihn wütend an. »Du redest es mir nicht aus, Duke!«

»Das versuch ich auch gar nicht. Dachte nur, ich sage dir, worauf du dich einstellen musst.«

»Danke.«

»Gern geschehen. Also, du hast noch ungefähr zehn Minuten bis Sonnenaufgang. Ich würde ja dableiben, aber *einem* Blutsauger beim Bräunen zuzusehen hat mir gereicht.«

»Wenn du mein Freund wärst, würdest du mich umbringen.«

»Tja, vielleicht ist mir morgen danach, aber so lange kannst du ja nicht warten.« Als der Werwolf durch das Friedhofstor ging, rief er, ohne sich umzusehen: »Wir sehen uns, Earl ... oder eher nicht.«

Die ersten Sonnenstrahlen kamen. Der Horizont

färbte sich blassrot. Earl tat es in den Augen weh, hinzusehen. Er versuchte, an Cathy zu denken, um nicht über den Schmerz nachdenken zu müssen, den der Morgen seinem empfindlichen Teint zufügen konnte.

»Verdammt, Duke«, murrte er. »Du solltest mich morgen besser töten, sonst muss ich dir in den Arsch treten, du Hurensohn.« Blinzelnd schirmte er seine Augen ab und rannte zurück zum Diner.

ACHTUNDZWANZIG

Als die Sonne aufging, legte sich Schläfrigkeit über Earl. Seine untote Natur brauchte fünfundvierzig Minuten, um seinen beanspruchten Geist einzuholen. Er schlief ruhelos. Normalerweise lag er in leichenhaftem Schlummer in seinem Koffer, aber heute zuckte und trat er. Der kopflose Napoleon lag gemütlich zusammengerollt auf seiner Brust.

Duke sah während der ersten Stunde ein paar Mal nach ihm und in der nächsten Stunde genauso.

»Du magst ihn wirklich«, bemerkte Loretta.

Er schloss den Koffer und klopfte sanft mit den Knöcheln auf den Deckel. »Man muss auf ihn aufpassen.«

»Schätze, ja. Scheint die Dinge ziemlich schwer zu nehmen. Hat Glück, dass er einen Freund wie dich hat.«

»Kann sein, aber es ist keine einseitige Sache. Er

war für mich da, als es sonst keiner war. Ich werde ihn auf jeden Fall vermissen, wenn er seine Meinung nicht ändert.«

»Übers Wegfahren?«

Duke setzte sich auf den Koffer. Er schnaubte und rang die Hände. »Will, dass ich ihn töte.«

Loretta starrte ihn an. »Wegen eines verschwundenen Geistes?«

»Hauptsächlich. Aber du musst das verstehen, das Leben war nicht so furchtbar leicht für ihn. Untot zu sein hilft da gar nichts.«

»Wir haben alle unsere Probleme, Duke.«

»Allerdings«, stimmte er zu. »Aber er hat ein paar gute Argumente. Ich glaube nicht, dass ich groß die Wahl habe.«

»Der Herrgott sagt, dass es immer eine Wahl gibt.«

»Ich weiß nicht, ob Earl und der Herrgott viel miteinander reden. Wie auch immer, wenn er es heute Abend immer noch will, werde ich es tun müssen.«

»Das kannst du nicht.«

»Ich muss. Ich bin sein bester Freund.«

»Ich werde für ihn beten.«

»Keine Ahnung, ob das hilft, aber ich weiß die Mühe trotzdem zu schätzen.«

Duke verbrachte den Rest des Vormittags damit, die neue Gasleitung fertig zu stellen. Die Arbeit war fast schon erledigt, aber er ließ sich Zeit. Es lenkte seine Gedanken von Zombies, alten Göttern, heimgesuchten Diners und selbstmordgefährdeten Vampiren ab. In diesem Augenblick existierte keines dieser Probleme.

Es gab nur die Baugrube und das Rohr. Duke machte sich nicht viel aus harter Arbeit. Er hatte nichts dagegen. Es war einfach etwas, was man tat, normalerweise für Geld und manchmal auch zur Ablenkung. Und obwohl er diese spezielle Ablenkung so lange in die Länge zog, wie er nur konnte, war sie unweigerlich irgendwann beendet. Er warf die letzte Schaufel Erde dahin zurück, wo sie hingehörte, und glättete sie mit dem rostigen Spaten.

Er erkannte Tammys Geruch einen Moment, bevor sie etwas sagte.

»Gut gemacht.«

»Danke.«

Sie glitt hinter ihn, presste ihren Körper an seinen und schlang ihre Arme um seine umfangreiche Taille, so weit sie konnte.

Er befreite sich aus ihrem Griff.

»Was ist los, Duke?«, schnurrte sie. »Magst du keine Mädchen?«

Er rammte den Spaten in die harte Erde. »Ich mag Frauen.«

»Ach, komm schon.« Sie rutschte näher. »Ich weiß, dass du mich willst.«

Er legte ihr die Hände auf die Schultern, achtete aber darauf, nur minimalen Kontakt mit den Fingerspitzen zu halten. Keine Handflächen. »Tammy, das wird nicht passieren.« Freundlich, aber bestimmt schob er sie von sich.

Sie streckte die Unterlippe vor. »Warum nicht? Du magst mich. Ich mag dich.«

»Weil es so einfach nicht ist.«

»Ist es wohl.«

Sie klimperte mit den Wimpern und fuhr sich mit der Hand über die Taille.

Die Urgewalten, die Dukes Seele teilten, stimmten ihr zu. Sie wollten nichts mehr, als Tammy zu Boden werfen, die Wärme ihrer Haut spüren, den Schweiß auf ihren Brüsten perlen sehen und sie unter der heißen Wüstensonne stöhnen und grunzen und zittern lassen. Zu einer anderen Zeit an einem anderen Ort hätte er nicht gezögert, aber hier standen ein paar tausend Jahre Zivilisation zwischen ihm und diesem Ort. Nicht, dass sich der Werwolf in ihm nicht einen Scheiß darum geschert hätte. Aber der Mann tat es und er war kein Stück weniger stur als die Bestie.

»Egal«, seufzte sie. »Loretta hat mir gesagt, ich soll dir sagen, dass sie dich sprechen will.«

Sie gingen hinein. Er fand Loretta in der Küche am Grill stehend, mit dem Rücken zu ihnen. Er grunzte, um sich bemerkbar zu machen. Sie drehte sich langsam um. Grauer, kalkiger Puder bedeckte ihr ausdrucksloses Gesicht.

Er fuhr zu dem zierlichen Mädchen herum. »Du bist es!«

»Hast lang genug gebraucht, um das herauszufinden.«

Sie warf ein kleines Fläschchen vor seine Füße. Es zersplitterte und entließ tausend koboldhafte Dämonen in die Küche. Das wirbelnde Gewimmel von Grün, Braun und Rot bedeckte ihn in einem summenden, schnatternden Schwarm. Die Kobolde waren nur so groß wie Pferdebremsen, hielten ihn aber in Schach. Unter Aufbietung jedes Gramms an Kraft taumelte er einen Schritt vorwärts.

Im Diner waren die Stimmen der alten Götter überwältigend. Tammys Augen verdunkelten sich zu schwarzen Löchern. Sie griff sich ein Nudelholz von der Theke und ließ es träge kreisen.

Duke arbeitete sich weitere fünfzehn Zentimeter vor. Kobolde schrien und lösten sich in Rauchwölkchen auf.

Sie grinste. Ihr Mund verbreiterte sich weiter, als ihr Gesicht es zuließ. Und ihre Wangen dehnten sich zum Ausgleich. »Du hast es versaut, Duke. Ich hätte dir das Hirn rausgevögelt. Tja, ich schätze, ich kann nicht alles haben. *Noch* nicht jedenfalls.«

Dukes rechter Unterarm befreite sich. Ein paar Kobolde explodierten. Andere wurden quer durch die Küche geschleudert. Duke zermalmte ein paar mit einem weiteren mühevollen Stampfen unter seinen Füßen.

Tammy ließ das Nudelholz los. Anstatt zu fallen, schwebte es in der Luft. Sie kreiste mit ihrem Finger im Uhrzeigersinn. Das Nudelholz drehte sich langsam. Sie wackelte mit einem zweiten Finger und es verschwamm wirbelnd über ihrem Kopf.

»Ich will das eigentlich nicht tun, Duke. Warum bist du also kein guter Junge und hörst auf, dich zu wehren. Sonst muss ich dir wehtun.« Sie klatschte in die Hände. Das Nudelholz schwirrte los und verpasste ihm einen flüchtigen Schlag auf die Stirn. »Ich mag dich. Ich will dich nicht töten müssen.«

Dukes Körper spannte sich. In dem zum Scheitern verurteilten Kampf, ihn zurückzuhalten, tauchten scharenweise Kobolde auf.

»Wie du willst.«

Das Nudelholz flitzte zu schnell durch die Luft, um ihm folgen zu können, und schlug immer und immer wieder auf Dukes Schädel ein. Knochen knirschten unter Holz. Duke widerstand dem Bombardement sehr viel besser als ein einfacher Sterblicher. Es dauerte eine ganze Minute, bis seine Knie einknickten. Und dann noch eine weitere Minute, um ihn zu Boden zu bekommen. Selbst als er sich nicht mehr bewegte und das Blut eine Pfütze um seinen eingeschlagenen Schädel bildete, ließ Tammy das Nudelholz noch ein Dutzend Mal zuschlagen. Nur, um sicherzugehen. Der glänzend rote Schläger rollte in kleinen Kreisen herum.

»Kann ich dein Telefon benutzen?«, fragte Tammy.

Loretta starrte ins Nichts, sich des blutigen Durcheinanders in ihrer Küche anscheinend nicht bewusst. In Wirklichkeit war sie sich dessen sehr wohl bewusst, aber der Staub des Wachen Schlafes sorgte dafür, dass sie nichts unternehmen konnte.

Tammy kniff Loretta in die Wange. »Danke.«

Sie rief Chad an, um ihm zu sagen, dass sie ihn heute Abend brauchen würde. Er kam mit einer lahmen Ausrede daher, von wegen er müsse noch ein Englisch-Referat fertig schreiben. Der Idiot verlor die

Nerven. Sie war zwar nicht überrascht, er war für ihre Pläne aber unverzichtbar. Es gab keine Opferung ohne Opfer. Statt ihm das zu erklären, sagte sie ihm, dass sie sehr unglücklich sein würde, wenn er nicht bis sechs auftauchte und erzählte ihm von all den gemeinen Dingen, die eine Hohepriesterin der alten Götter tun konnte, wenn sie sehr unglücklich war. Das genügte, um ihn zu überzeugen.

Earls Koffer zu finden war nicht schwer. Er lag in einem unruhigen Schlaf. Napoleon hob seinen halben Kopf und knurrte sie an. Er konnte sie nicht davon abhalten, einen Pfahl in das Herz des Vampirs zu treiben. Earls Augenlider öffneten sich flatternd und ein schwaches Keuchen entwich seiner Kehle.

Tammy verbrachte ein paar Minuten mit der Überlegung, ob sie ihn vollends alle machen sollte. Sie entschied, es nicht zu tun, nur für den Fall, dass sich Duke nicht verhielt, wie sie es erwartete. Es war immer nützlich, einen Plan B zu haben.

Sie ging zurück in die Küche und setzte sich neben Dukes Kadaver. Napoleon blieb ihr auf den Fersen und bellte und jaulte ihre Knöchel an. Sie versuchte, ihn zu ignorieren, aber ihre Geduld schwand. Sie warf einen Geisterblitz nach dem Hund, der winselnd davonlief.

»Weißt du, Loretta, ich wollte es nicht auf diese Art tun. Ich wollte mich nicht zu erkennen geben. Es ist ein Risiko, das ich lieber nicht eingegangen wäre. Aber du musstest ja so stur sein. Du konntest nicht einfach abhauen.«

Die alten Götter starrten durch die dicke, rote Pfütze nach oben. Ihre Ungeduld ließ das Blut kochen.

Duke stöhnte. Seine Finger zuckten.

»Stur, stur, stur.«

Eine gusseiserne Bratpfanne leistete dem Nudelholz bei einer neuen Runde Werwolfschädeleinschlagen Gesellschaft.

NEUNUNDZWANZIG

Tammys Mutter ging, wenn sie es vermeiden konnte, nicht ins Zimmer ihrer Tochter. Sie war keine Mutter der schnüffelnden Sorte. Nicht, dass sie ihrer Tochter vertraut hätte. Oft hatte sie den Eindruck, dass Tammy kein nettes Mädchen war. Eher sogar, dass direkt hinter ihren Augen dunklere Dinge lauerten. Aber Tammys Mutter glaubte auch, dass es ihre Pflicht war, diese Ahnungen zu ignorieren. Ihr Job war es, zu nähren und zu umsorgen. Es war die Verantwortung des Vaters, sich mit den unerfreulichen Aufgaben der Teenagerjahre zu beschäftigen. Unaussprechliche weibliche Themen ausgenommen. Aber zweimal die Woche war es ihre Pflicht als gute Mutter, sich in Tammys Zimmer zu wagen und den kleinen Haufen schmutziger Wäsche, der sich neben der Tür stapelte, einzusammeln.

Sorgfältig vermied sie es, irgendetwas anderes anzuschauen, was im Zimmer herumlag. Sie bemerkte den *Magic Eightball* auf der Kommode nicht und sie drehte ihm den Rücken zu, als er anfing, wie ein lebendiges Wesen zu pulsieren. Sie sammelte die schmutzige Kleidung auf, in glücklicher Unwissenheit über die unglaublichen geistigen Kräfte, die nur Zentimeter von ihr entfernt zur Anwendung kamen. Exakt in dem Moment, als sie das Zimmer verließ und die Tür hinter sich schloss, zerplatzte der Ball in zwei Hälften und fiel mit einem gedämpften Schlag auf den Teppich. Die Flüssigkeit lief aus und bildete einen tiefblauen Fleck, der Tammys Mutter in höchstem Maße missfallen würde, wenn sie ihn entdeckte.

Eine ektoplasmische Wolke waberte aus der zerbrochenen Kugel. Vier Augen bildeten sich. Acht in sich verhedderte Gliedmaßen verfestigten sich. Der Nebel teilte sich, als sich die höchst verschiedenen Seelen von Cathy und Gil Wilson gegenseitig abstießen. Es war eine natürliche Abneigung, wie bei Öl und Wasser. Es war auch sehr zehrend, spirituell gesprochen. Cathys Beine trugen sie noch nicht gleich wieder. Sie schwebte, bis sie bemerkte, dass ihre Füße den Boden nicht berührten. Leute aus Fleisch und Blut trotzten der Schwerkraft nicht und Cathy fiel in einem Wiederaufleben sterblicher Erwartung auf ihren Hintern.

Der größte Teil von Gil Wilson hatte sie verlassen, aber da waren noch Stücke zurückgeblieben: Informationsbröckchen über eine geisterhafte Existenz. Ektoplasma war ein Produkt der Seele und reagierte als solches weitgehend so, wie es die Seele erwartete. Das war der Grund, warum Geister tendenziell aussahen, wie sie es taten, als sie noch am Leben waren, und warum ihre immaterielle Form nicht einfach in die Erde sank oder forttrieb. Dieses Wissen machte es kein bisschen leichter, ihre instinktiven Reaktionen zu ändern, aber zumindest wusste sie, warum es passierte.

Die Verwesung in Gil Wilsons Seele manifestierte sich in einer fahlen, verkümmerten Gestalt. Seine Haut schälte sich ab und gab den Blick auf die Muskeln und Knochen darunter frei. Ein ektoplasmisches Duplikat des zeremoniellen Dolchs, der ihn getötet hatte, steckte in seiner Brust. Er grinste und entblößte lange, scharfe Zähne. Er streckte sich, zuerst die Arme, dann die Beine und schließlich seinen Kopf, den er mit einem Knall und einem Knacken um fast dreihundertsechzig Grad drehte.

»Ich warne dich nur einmal, Mädchen. Verarsch mich, und ich werde die nächsten tausend Jahre damit verbringen, dich zu quälen, und zwar auf Arten, die sich Lebende nicht vorstellen können. Deine Seele wird ein zerrüttetes, nutzloses Ding sein, wenn ich damit fertig bin. Haben wir uns verstanden?«

Sie nickte.

»Warum glaube ich dir nicht?«

Sie wich zurück. »Ich werde nichts tun! Ich schwöre es!«

»Bemüh dich nicht zu lügen, Cathy. Ich habe deine Seele gesehen. Du bist zu anständig, viel zu gut. Selbst jetzt weiß ich, was dir durch den Kopf geht. Du denkst an Earl und daran, dass du ihn dort mit Tammy nicht einfach ganz allein lassen kannst. Wenn es dir hilft, dich etwas besser zu fühlen: Ich kann dir versichern, dass er inzwischen schon tot ist.«

Er lächelte höhnisch. »Scheiße. Du bist wirklich viel zu gut, Mensch. Besser, ich schicke dich gleich in den endgültigen Tod, solange ich noch nah dran bin, statt es drauf ankommen zu lassen.«

Geister konnten Geistern normalerweise nichts anhaben. Ektoplasma war unverwüstliche Materie. Aber Gil Wilson war kein gewöhnlicher Geist. Er zog den Dolch aus seiner Brust. Die schwarze Klinge strahlte voller Dunkelheit. Seine Gestalt verzerrte sich, als würde sie in einem Spiegelkabinett reflektiert werden. Gliedmaßen schlängelten sich Cathy entgegen.

Ihre einzige Chance war, um ihr Leben zu rennen. Das Tentakel, das Gils Fuß gewesen war, schlang sich um ihren Knöchel. Sie fiel. Er zog sie zu sich heran, langsam und bedächtig, in ihrer Hilflosigkeit schwelgend.

»Gib auf, Mädchen, und ich machs schnell. Naja, nicht *zu* schnell.«

Cathy grub ihre Finger in den Boden. Es half nichts. Die gestaltlose, ölige Wolke bewegte sich über sie. Er schnitt ihr mit dem Dolch den Rücken hinunter. Es war ein oberflächlicher Schnitt, gerade tief genug, dass ein Teil ihrer Seele heraussickern konnte. Ein winziges Stück von ihr verflog in den Äther. Sie schrie. Es war nicht nur der Schmerz. Eher die furchtbare Erkennntnis, dass ein Teil von ihr für immer fort war.

Gil drehte sie um, um ihr zuzuschauen, wie sie sich im Todeskampf wand. »Es ist lange her, seit ich das letzte Mal die Gelegenheit hatte, das zu tun, Cathy. Ich hatte völlig vergessen, was für ein Spaß es ist.«

Er würde sie nicht einfach töten. Lieber würde er sie dem endgültigen Tod ausliefern, einen Schnipsel ihrer Seele nach dem anderen. Er schlitzte ihr die Wange auf und inhalierte die entweichenden Strähnen.

»Hmmm. Ich frage mich, was das war. Vielleicht eine in Ehren gehaltene Erinnerung an die erste Liebe. Oder dein ekelhaft überentwickeltes Mitgefühl? Vielleicht sogar diese wertvollen Momente, in denen du mit deinem Vater Baseball gespielt hast. Hast nie gelernt, wie man diese angeschnittenen Bälle schlägt, was?«

Ein Fetzen Hoffnung stieg in ihr auf. Er hatte ein Messer, ein Abbild von etwas, das in der Realität bedeutsam genug war, um es in der Geisteswelt zu materialisieren. Sie schloss die Augen und rief sich den Schläger ins Gedächtnis, den sie unzählige Stunden lang im Garten hinter dem Haus geschwungen hatte. Es war Jahre her, seit sie ihn in der Hand gehabt hatte, aber es war etwas, das sie nie vergessen würde. Gil Wilson, der sich in ihrem Leiden suhlte, bemerkte den Geisterschläger nicht, der sich in ihren Händen materialisierte.

Sie schwang ihn mit all der Kraft, die sie vom Boden aus aufbringen konnte. Sein Körper verformte sich unter dem Schlag. Mit einem Knurren rollte er von ihr herunter.

»Na so was, der Teufel soll mich holen, Cathy! Du scheinst ein paar Tricks aus unserer Vermischung aufgeschnappt zu haben! Ich bin beeindruckt!«

Sie stellte sich in Schlagposition. »Geh verdammt noch mal weg von mir!«

»Wie furchtbar Angst einflößend«, gurrte er. »Diese Waffe kann mich aber nicht wirklich verletzten. Es ist die falsche Art von Erinnerung. Und abgesehen davon hast du die Kraft nicht in dir.« Er hob den Dolch und glitt vorwärts.

Sie holte noch einmal aus. Der Schlag traf auf die scheinbar solide Schmiere seines Ektoplasmas. Er wackelte und ließ den Dolch fallen.

»Du gehst mir wirklich langsam auf den Sack!«, polterte er.

Cathy zog ihm den Schläger über. Sein Körper zerbarst zu grauem Schleim. Er kämpfte damit, seine Form wiederzuerlangen. Ein Klumpen mit Augen stieg auf, um sofort wieder niedergehämmert zu werden. Der Schleim schlug Blasen, als Gil versuchte, seine Sinne zurückzugewinnen. Sie schlug erneut zu, hielt ihn aber nur am Boden. Er hatte Recht. Sie konnte ihn nicht töten. Nicht mit ihrem Schläger.

Sie schnappte sich den Dolch, der neben ihr lag. Die Berührung verschaffte ihr einen kalten Schauer. Es war mehr als nur ein Messer. Es war die Verkörperung der gesamten Verdorbenheit von Gil Wilsons Seele.

»Nur zu«, sagte Gil. »Du weißt, du willst es.«

Eine andere Stimme meldete sich in ihr. »Du hast keine Wahl. Du oder er. Tu es.«

Sie zögerte.

»Er sollte tot sein. Du korrigierst nur einen Fehler.«

Sie hatte niemals zuvor jemanden getötet. Selbst wenn er es verdiente, sie war nicht sicher, dass sie das konnte. Aber verdammt, sie musste. Sie verstärkte ihren Griff um den Dolch. Er schnitt in ihre Handfläche, begierig darauf, jemanden zu töten, und wenn es sein eigener Schöpfer war.

Cathy sah ihren Arm an. Das Fleisch wurde bereits grau und schrumpelig. Das Messer zu benutzen, egal wie wichtig das war, würde ihre Seele schwärzen und sie vielleicht auf den Pfad schicken, den Gil Wilson genommen hatte.

Die Klinge kreischte. »Tu es!«

Sie warf sie weg. Der Dolch schepperte einen Meter entfernt auf den Boden.

Eine Faust brach aus der Lache hervor, die Gil Wilson war. Cathy wurde weggeschleudert. Die Schmiere erhob sich in die Luft. Der Dolch sprang in seine Hand. Cathy hielt ihren Schläger hoch, bereit, sich zu verteidigen.

»So gern ich weitermachen würde«, seufzte er, »aber ich muss gehen. Wir werden das ein anderes Mal beenden müssen. Wenn ich ein Gott bin.«

Er drehte sich um und verschwand durch die gegenüberliegende Wand. Zehn Minuten später war Cathy endlich davon überzeugt, dass er gegangen war, und ließ ihre Deckung sinken. Sie saß auf dem Bett und drehte ihren Baseballschläger nervös in der Hand. Sie wollte davonlaufen, aber wenn die alten Götter zurückkamen, würden ihnen auch erdgebundene Geister auf Gedeih und Verderb ausgeliefert sein. Und sie konnte Earl nicht verlassen. Selbst wenn er inzwischen tot war.

Sie betete, dass er lebte. Nicht nur, weil er ihr wichtig war. Ohne etwas Hilfe aus der physischen Welt hatte ein Geist keinerlei Chance, Tammy davon abzuhalten, den Weg zu öffnen.

DREISSIG

Chad hatte keinerlei Zweifel. Er wollte definitiv nicht, dass sich die alten Götter heute erhoben. Die Welt, die er kannte, war zwar nicht ganz nach seinem Geschmack, aber irgendetwas sagte ihm, dass sie verdammt noch mal tausendmal besser war als diese erneuerte, von der Tammy ständig redete. Er wusste, dass niemand sie davon abbringen konnte, und er wollte auf der richtigen Seite stehen, der Seite der neuen Herren der Erde. Und er hatte Angst vor Tammy. Vor ihr graute ihm sogar mehr als vor den unergründlichen und durch und durch unmenschlichen Mächten, denen sie diente. Die Angst brachte ihn dazu, ihr zu gehorchen. Angst in Kombination mit einer Prise abflauender Teenagerlust und ein paar übrig gebliebenen Partikeln erster Liebe.

Aber hauptsächlich war es Angst.

Seine Besorgnis wuchs, als er den Streifenwagen auf dem Parkplatz des Diners sah. Er parkte daneben und ging mit zögernden Schritten hinein.

Tammy und Sheriff Kopp standen in der Mitte des Restaurants. Sie lächelte und hüpfte auf ihn zu.

»Da bist du ja. Ich habe schon fast geglaubt, du kommst nicht mehr.« Sie nahm seine Hände und küsste ihn auf die Wange. Dann führte sie ihn hopsend zurück zu Sheriff Kopp.

Der Sheriff tippte zum Gruß an seine Mütze. Chad ließ ein nervöses Grinsen aufblitzen und schluckte den Kloß in seiner Kehle herunter.

»Der Sheriff war gerade dabei, mir zu erklären, wie er den ganzen Ärger endlich in den Griff bekommen kann. Der, mit dem Loretta sich herumschlagen musste«, zwitscherte Tammy.

»Tatsächlich?«, murmelte Chad. Ihm war unangenehm warm.

»O ja. Erzählen Sie es ihm, Sheriff!«

»Schon in Ordnung«, sagte Kopp. »Ich wollte wirklich nur mit Loretta reden. Ist sie hinten?«

»Ich glaube ja.«

Chads Knie zitterten. Er ließ sich auf einen Stuhl fallen.

Kopp bewegte sich in Richtung Küche. Tammy kramte in ihrem Rucksack herum. »Oh, das ist wirklich interessant, wie er es gemacht hat. Weißt du, er hat sich überlegt, dass eine Art Zauber seine Wahrnehmung beeinflusst hat und dass er den Einfluss möglicherweise unterbrechen könnte, wenn er sich zwingen würde, wirklich darüber nachzudenken. Also hat er den ganzen Nachmittag damit verbracht, immer und immer wieder darüber nachzudenken. Und schließlich ist es ihm eingefallen. *Make Out Barn.*«

Sie streute etwas Pulver aus einem Beutel auf ihre Handfläche.

»Es ergibt alles einen Sinn, wirklich! Denk dran, wie alle immer dort rumgehangen haben, Chad. Dann war da das Feuer, und irgendwie blieben alle einfach weg.« Sie kicherte. »Fast wie durch Magie.«

Kopp betrat die Küche. Die Schwingtüren sausten viermal vor und zurück und er erschien wieder, die Pistole in der Hand.

»Tammy, Chad, ihr seid verhaftet!«

Sie grinste. Er hatte den Zauber der Verwirrung schließlich gebrochen. Es war nur eine Frage der Zeit gewesen. Wenn er einmal ihren Tempel gefunden hatte, würde er sich bald an den Zwischenfall auf dem Friedhof erinnern, den sie in sein Unterbewusstsein gestopft hatte. Das Chaos in der Küche war nur der letzte Tropfen, der das Fass zum Überlaufen brachte.

Chad sprang mit erhobenen Händen auf.

»Jetzt stell dich nicht so an«, sagte Tammy. »Er wird uns nicht erschießen. Wir sind ja nur Kinder.«

Kopp entsicherte seinen Revolver. »Ich sage es euch nicht noch einmal. Ich will euch nicht erschießen.«

Ihr seidiges schwarzes Haar wand sich um ihre Schultern, als sei es lebendig. »Nur zu. Du kannst mich nicht mehr stoppen. Zumindest nicht mit Kugeln. Nicht hier. Nicht jetzt.«

Der Sheriff feuerte. Der Schuss dröhnte in Chads Ohren. Er kniff die Augen ganz fest zu und hielt den Atem an. Er war nicht sicher, ob er wollte, dass Tammy tot war, oder nicht. Er wagte es, ein Auge zu öffnen, und sah die Kugel Zentimeter vor Tammys Gesicht schweben. In der Luft hängend drehte sich das Projektil.

»Zu wenig, zu spät.«

Sie warf ihre Hand voll Staub. Er schoss durch den Raum und traf Sheriff Kopp im Gesicht. Der spuckte und hustete, bevor er in eine entspannte Haltung verfiel. Der Revolver glitt ihm aus den Fingern und fiel auf die Fliesen.

Tammy pflückte die Kugel aus der Luft. Glucksend warf sie sie weg. Unsichtbare Kräfte ließen die Jalousien vor den Fenstern herunter. Die Vordertür schloss sich ganz von selbst ab.

»Komm mit, Chad. Wir haben zu tun.«

Chad folgte ihr in die Küche, wo Duke in einer Blutlache lag. Sein Kopf war verbeult. An einigen Stellen fehlten ganze Haarbüschel und ließen den darunterliegenden Schädel oder vielleicht sogar sein Gehirn sehen. Chad schaute nicht so genau hin, aus Angst, sein Mittagessen wieder loszuwerden.

»Du hast ihn umgebracht!«

»Na und?«, fragte sie.

Er sah an die Decke, um zu vermeiden, in die gruseligen leeren Augen sehen zu müssen. Bis jetzt hatte Tammy niemanden getötet. Sie hatte oft darüber gesprochen, aber das war der erste frisch getötete Typ, den er sah. Sein Magen drehte sich um.

»Er ist sowieso nur vorübergehend tot«, seufzte sie. »Wir brauchen ihn für die finale Opferzeremonie.«

Chad riskierte einen zweiten Blick auf Dukes Körper. Es war schwer zu glauben, dass er nicht ganz und gar erledigt war. Selbst wenn er ein Werwolf war, ein auslaufendes Gehirn musste doch einfach jeden umbringen.

Erst jetzt bemerkte er Loretta. Sie war leicht zu übersehen, stand einfach in der Ecke. Dasselbe kalkige Pulver, das Tammy auf den Sheriff geworfen hatte, bedeckte ihr Gesicht. Wenigstens war sie nicht tot. Jedenfalls noch nicht.

Tammy packte Duke an einem Bein. »Hilf mir, diesen Kerl wegzutragen, Blödmann!«

Der Drang, Reißaus zu nehmen, überkam ihn, doch ihr Blick zwang ihn zu gehorchen. Indem er das andere Bein des Leichnams ergriff, erlaubte er seinem Gehirn abzuschalten. Der Körper schaltete auf Autopilot. Sie sagte ihm, was er tun sollte – und er tat es, ohne darüber nachzudenken. Entweder das oder er konnte in der Ecke hocken und sich in die Hosen machen.

Duke in den vorderen Raum zu schleppen war keine leichte Aufgabe. Er wog eine Tonne. Chad starrte auf die rote Spur, die sie hinterließen. Sie würden es wirklich tun. Der Teil seines Gehirns, der noch arbeitete, fand es seltsam, dass alles so einfach enden konnte. Es schien nicht gerade viel dabei zu sein. Laut Tammy tat das Diner ohnehin den größten Teil der Arbeit. Sie musste alles nur mit ein wenig einfachem

Singen und Schwarze-Magie-Zeug ergänzen und jemanden im richtigen Moment opfern. Das Tor würde weit aufgestoßen werden und die gesamte Menschheit würde von einer Flut von Grauen verschluckt werden.

»Horror«, bemerkte das kleine Stück seiner Seele, das noch funktionierte.

»Äh, *Mistress Lilith,* was ist mit ihm?« Er deutete auf den Sheriff.

»Was ist mit ihm?«

»Gehts ihm gut?«

»Im Moment ja.«

»Er wird einfach hier stehen und uns zuschauen?«

»Ja? Und? Wenn er dich so stört, warum bringst du ihn dann nicht in die Küche? Ich bin beschäftigt. Und bleib doch auch gleich dort, bis ich dich brauche.«

Chad war nur zu bereit, sich zu fügen. Kopp und Loretta und all das Blut verunsicherten ihn zwar, aber nicht halb so sehr, wie Tammy es tat.

Er fragte sich kurz, wo Earl war, und entschied, es lieber nicht wissen zu wollen. Dann setzte er sich und dachte über alles nach, was er aus diesem Geschäft herausgeholt hatte. Irgendwo auf halber Strecke entschied er, dass es das wert gewesen war. Nur zu blöd, dass er nicht noch einen Fick vor dem Ende haben konnte.

EINUNDDREISSIG

Das Diner brauchte nicht viel Hilfe bei seiner heiligen Aufgabe. Es hatte nun schon seit Jahren die übernatürlichen Energien des Tores aufgesaugt. Das ganze widernatürliche Potenzial musste schließlich irgendwo hingehen. Übernatürliche Scheiße zog mehr übernatürliche Scheiße an, und diese Hauptader des Übernatürlichen hatte nicht gerade geringe Auswirkungen auf Rockwood. Unter dem Einfluss des Tores hatte die kleine Stadt eine veritable unsichtbare Seuche von jenseitigen Plagen erlitten. Nicht, dass die Seuche so unsichtbar gewesen wäre. Nur blieb sie durch übernatürlichen Einfluss größtenteils unbemerkt.

Selbst jetzt konnte der Machtanstieg gut mit diesem ländlichen Stück Wüste umgehen. Die Sonne war noch nicht einmal untergegangen, und schon senkte sich die Dunkelheit herab. Es würde eine sternenlose

Nacht werden. Die Bevölkerung von Rockwood würde in ihren Häusern bleiben, von einer unerklärlichen dunklen Vorahnung heimgesucht. Der Werwolf, der normalerweise gute vierundzwanzig Stunden tot bleiben würde, wenn man von der Zeit und der Art und Weise seines Ablebens ausging, erholte sich schon wieder recht gut. Sein eingeschlagener Schädel wuchs von selbst zusammen, so dass er innerhalb von ein paar Stunden wieder auf den Beinen sein würde. Genau rechtzeitig, um die alten Götter mit ihrem Opfer zu versorgen.

In der Zwischenzeit bereitete Tammy vor, was noch an Kleinigkeiten zu tun war. Der ewige Fleck auf dem Boden, Gil Wilsons unseliges letztes Opfer, brodelte und dampfte. Sie stippte ihre Finger in die blutrote Pfütze und benutzte die dunklen Mächte darin, um ihre Runen zu malen. Sie stellte ein paar Kerzen an den Schlüsselpunkten der Macht auf. Sie las die Beschwörungen durch, die sie schon vor langer Zeit auswendig gelernt hatte. Und sie wartete auf die Stunde der Öffnung.

Irgendwann tauchte der Geist von Gil Wilson auf.

»Wie bist du rausgekommen?«, fragte sie.

»Du hast doch nicht ernsthaft geglaubt, dass du mich für immer gefangen halten kannst, oder?«

Das hatte sie zwar gehofft, doch sie war nicht im Geringsten überrascht. Gil Wilson war kein gewöhnliches Gespenst. Im Moment hatte sie aber keine Zeit, sich mit ihm zu befassen.

»Hier fehlt noch eine kleine Linie.« Er deutete auf eine halb fertige Rune.

»Ich weiß«, schnappte sie.

»Und diese Kerze da drüben müsste ein paar Zentimeter weiter links stehen.«

»Das glaube ich nicht.«

»Dies hier ist mein Entwurf, Mädchen. Du bist nur ein Händepaar, das beendet, was ich angefangen habe. Stell die Kerze richtig hin.«

Ihre Hände ballten sich zu Fäusten. Donner grollte in der Ferne. »Sie muss nicht richtig hingestellt werden.«

Gil Wilson missfiel seine Lage. Tammy hatte die verbotenen Künste gut gelernt, aber sie war immer noch eine Anfängerin. Ihr Grad an magischen Kräften verblasste neben denen, die er besessen hatte, als er am Leben gewesen war, aber tot zu sein brachte ihn ins Hintertreffen. Obwohl er Wege kannte, wie man sogar aus der ektoplasmischen Sphäre heraus töten konnte, konnte er es nicht tun. Nicht, wenn seine Vorhaben so kurz vor der Erfüllung standen.

»Na gut. Lass die Kerze. Sie ändert sowieso nicht viel.«

Und das würde sie tatsächlich nicht. Nur ein kleiner Schluckauf in der interdimensionalen Matrix. Dennoch ärgerte ihn schon der Gedanke daran. Jedes Jüngste Gericht, das etwas auf sich hielt, war es wert, dass man es richtig machte. Als sie nicht hinsah, schob er sich hinüber und gab der verirrten Kerze einen geisterhaften Schubs in die richtige Richtung. Tammy streckte ihn dafür mit einem Geisterblitz nieder. Sein Körper fiel zu einer Lache aus geschwärztem Ektoplasma zusammen.

Sie richtete die Kerze in aller Ruhe wieder aus. »Ich weiß, was ich tue. Und jetzt geh und setz dich in eine Ecke, bevor ich dich über dein ganzes geliebtes Diner verspritze.«

Er gab nach und glitschte in eine Sitzecke.

Die Sonne ging unter und erdrückende Schwärze rollte wie schwarzer Nebel heran. Es war fast, als wäre die ganze Schöpfung verschwunden. Als würde man, wenn man aus *Gil's All Night Diner* heraustrat, ins Vergessen fallen. Das einzige Licht stammte vom Mond. Die glühende Sichel warf hartes, blendendes Licht herab, das wie ein Scheinwerfer auf das Diner schien. Im Aufgehen wurde sie heller und voller. Und größer. Als käme sie der Erde näher und näher, herabgesogen durch den bevorstehenden Kollaps des Weltraums. Das Licht fiel durch die Fenster, es bog und krümmte sich auf eine Art, die der Physik trotzte, und beschien abscheuliche Gesichter, die durch den dünner werdenden dimensionalen Schleier schimmerten.

Die Stunden zogen sich hin. Tammy wurde ungeduldig. Die alten Götter wurden ungeduldig. Sie füllten ihre Gedanken mit scheußlichem Knurren und Kreischen. Als aber die Zeit der Beschwörungen, halb acht, schließlich näher kam, wurden sie leiser, damit sie sich konzentrieren konnte.

Sie rief Chad herein, machte noch ein paar letzte Kontrollen und begann.

Sie reichte ihrem Jünger ein großes Messer. »Wenn der Mond voll und der Himmel rot ist, musst du das hier in Dukes Herz stoßen.«

»Ich?« Er hielt das Messer in zwei ungeschickten Händen weit von sich. »Aber ich habe noch nie, ähmm, naja, warum kannst *du* es nicht machen?«

»Weil du es tun musst.«

»Aber ...«

»Aber was?« Sie legte beide Hände an seinen Hals und drückte mit zarten, nie und nimmer starken Fingern zu. »Hast du gedacht, du könntest die Gunst der alten Götter verdienen, ohne Blut zu vergießen?«

»Äh ... naja.«

»Hast du gedacht, du könntest zur Göttlichkeit aufsteigen, ohne dich selbst vorher zu beweisen?« Sie kicherte. »Du dummer Vollidiot. So was wie einen Freifahrtschein gibt es dabei nicht.«

»Aber ...«

Sie zog ihn näher zu sich heran. Ihr Atem roch nach Fäulnis.

»Du wirst ihn töten, Chad. Das ist eine große Verantwortung. Das letzte Opfer. Ich weiß, du wirst mich nicht enttäuschen.«

»Nein, *Mistress Lilith*«, keuchte er.

»Guter Junge.«

Sie ließ ihn los und begann leise murmelnd mit der Beschwörung der Wiedergeborenen Dunkelheit.

Das Messer zitterte in Chads Händen. Sein Blick wanderte von der Klinge zum Mond, und dann zu Dukes Leiche. Etwas Unheimliches sprudelte in seinem

Gehirn auf. Es war der Chor der Hölle – und er lieferte sich ihm aus. Er verschluckte sein Bewusstsein und seine Zweifel und überließ ihn benommener Gleichgültigkeit. Der Mond stieg empor. Schatten glitten über sein Gesicht, während er wuchs.

Tammy sang ihre Beschwörung, immer lauter werdend.

»… und das Opfer soll dargebracht werden von einem, der nicht weiß, was er tut, und das Blut soll die Fesseln der Zeit fortwaschen. Das Tor soll weit aufschwingen und Frush'ee'aghov der Geringere soll der Erste sein. Und er soll sein Auge öffnen und die Welt betrachten. Im Betrachten soll er die verwünschten Wächter des Lichts beseitigen. Und die alten Götter werden auf die Erde treten und der Pesthauch der Menschheit soll hinweggewischt werden.«

Ihre Stimme hallte tief und lang wider. Gestalten wanden sich unter dem Boden wie missgebildete Haie, die direkt unter der Oberfläche schwimmen. Chad hielt das Messer über seinen Kopf und blickte den Mond an.

»Da-bas Ze-beit-a-bal-te-ber de-bes Li-bichts wi-bird he-beu-te-be e-ben-de-ben. Frush'ee'aghov, i-bich bi-bie-te-be di-bir di-bie-se-be Ko-bost-pro-bo-be-be Blu-but, da-bass du-bu di-bie We-belt da-ba-ra-bauf vo-bor-be-be-re-bei-te-ben mö-bö-ge-best, de-bei-ne-be Brü-bü-de-ber zu-bu e-bem-pfa-ban-ge-ben.«

Chads Muskeln spannten sich, um den Todesstoß auszuführen.

Duke zuckte. Sein Kopf war praktisch geheilt, aber

Chad wagte nicht zuzustoßen, bevor das Zeichen gegeben wurde.

Tammy sang weiter. Ihre Herren stimmten ein und füllten das Diner mit tausend unmenschlichen Stimmen. Die Erde selbst grollte unter ihnen.

Ein roter Schleier kroch über das verzerrte Gesicht des Mondes.

Cathy schob sich durch die dunkle Suppe der letzten Nacht. Je näher sie dem Diner kam, auf umso mehr Widerstand traf ihr Ektoplasma. Als wüssten die alten Götter von ihren Absichten und versuchten, sie fern zu halten. Sie kämpfte sich vorwärts, selbst als sie rein gar nichts mehr sehen konnte. Sie nahm an, dass die Richtung stimmen musste, solange das Fortkommen schwerer wurde. Gerade als sie dachte, es würde zu dicht werden, um weiter in Richtung des Diners vorzustoßen, brach sie durch.

Das Diner pulsierte und pochte. Hunderte bestialische Geister wanden sich durch die Betonwände und sammelten sich in einer grauen Wolke aus schreienden, verzerrten Grimassen.

Sie bekämpfte den Drang, kreischend in die Nacht hinauszurennen, und spähte durch das breite Vorderfenster. Ein Messer in der Hand, stand Chad über Dukes Leiche gebeugt. Tammy sang. Gil Wilson schaute zu. Earl war nicht zu sehen.

»Mist!«

Mit Gil in der Nähe brauchte sie Schutz. Ihr Geister-Baseballschläger materialisierte sich wieder in ihren Händen. Sie ging ums Haus und trat durch die hintere Wand. Die Lache mit Dukes Blut rumpelte und fauchte. Loretta und Sheriff Kopp standen an der Seite.

Tammys Beschwörung toste aus dem Vorderraum.

»E-ber-he-be-be-be di-bich! E-ber-he-be-be-be di-bich! E-ber-he-be-be-be di-bich! Frush'ee'aghov, Frush'-ee'aghov, Frush'ee'aghov! E-ber-he-be-be-be di-bich! I-bich ü-bü-be-ber-ge-be-be-be di-bir di-bie We-belt! E-ber-he-be-be-be di-bich!«

Das Diner schlürfte Dukes Blut durch ein winziges interdimensionales Abflussloch im Boden. Eine entstellte Extremität, teils Hand, teils Huf, drängte sich nach oben.

Etwas knurrte hinter Cathy. Dann jaulte es aufgeregt.

»Napoleon!« Der Hund sprang in ihre Arme. Sein halber Kopf fehlte, doch sie hatte dringendere Probleme.

»Wo ist Earl, mein Junge? Wo ist Earl?«

Napoleon schlabberte mit einer halben nassen Zunge über ihr Gesicht.

»Ich bin auch froh, dich zu sehen, Junge, aber wo ist Earl? Ich muss Earl finden!«

Der Geisterterrier wedelte enthusiastisch mit dem Schwanz.

»Macht nichts. Ich werde ihn selbst finden.«

Sie setzte ihn ab. Er umkreiste ihre Beine, als sie in den Vorratsraum ging. Earl lag in einem offenen

Schrankkoffer. Sie stellte ihren Schläger ab und griff nach dem Pfahl in seiner Brust. »Komm schon, Earl! Ich brauche dich! Die Welt braucht dich!«

Ein ektoplasmisches Tentakel wand sich um ihren Hals und zerrte sie fort. »Ich dachte mir doch, dass ich was gehört habe«, bemerkte Gil Wilson. »Cathy, du dummes, dummes Mädchen! Ich schätze, ich werde dich töten müssen.«

Er stieß ihren Schläger weg, als sie danach griff. Sie versuchte, seinen Würgegriff aufzustemmen. Der Druck quetschte ihr schon fast den Kopf ab, als Napoleon in Gil Wilsons Hintern biss. Gil schrie gellend auf. Cathy glitt aus seinem Griff und schnappte ihren Schläger.

Cathy nutzte die Ablenkung, um Earl aufzuwecken. Sie zerrte an dem Pfahl, bis er zur Hälfte hervorkam.

Napoleon heulte, als sich Gil Wilsons Arm verdrehte und ihm den Schwanz abtrennte. Er verlor den Halt und fiel winselnd zu Boden.

»Verdammter Köter!«

Cathy hob ihren Schläger, um ihn abzuwehren, doch sein Arm wand sich in einem seltamen Winkel und schlug sie nieder. Sie taumelte rückwärts. Der Pfahl flog in hohem Bogen durch die Luft und prallte von einer Dose Tomatensuppe ab. Er war zu versessen darauf, sie zu töten, um es zu bemerken.

»Dachtest du wirklich, du könntest verhindern, dass das hier passiert, du Schlampe? Bist du wirklich so dumm? Der Teufel soll mich holen, wenn ich verstehe, was dir durch deinen Kopf ging! Egal! Ich werde es genießen, dich zu töten.« Er grinste. »Und deinen kleinen Hund auch.«

Sein schimmernder Dolch zerschnitt die Luft. Böse Geister schlüpften durch die Lücke und flogen auf und davon.

»Lass verdammt noch mal die Finger von meiner Freundin!«

Earl warf die Pranken um das Gespenst. Er öffnete den Mund weiter als menschenmöglich und versenkte lange, weiße Reißzähne in Gil Wilsons Hals – oder jedenfalls so gut das möglich war, angesichts der momentanen klumpenartigen Gestalt des Geistes.

Der Geist schrie, als Earl seine Seele hinunterschlürfte. Sie verbrannte seine Kehle und versengte seinen Magen, aber er würgte sie hinunter. Es war der einzige Weg für einen Vampir, einen Geist zu töten. Wilson versuchte zu fliehen, aber ein Entkommen war unmöglich, wenn die Zähne erst mal zugebissen hatten. Er konnte toben und um sich schlagen, er konnte nichts dagegen ausrichten, dass sich seine ektoplasmische Gestalt auflöste.

»Dies ist mein Schicksal! Nichts kann mich aufhalten! Gar nichts! Nicht einmal der Tod!«

Earl trank den Rest von Gil Wilson. Er zog eine Grimasse und spuckte aus. »Verdammt, dieser Kerl schmeckt doch wie Scheiße.« Er hob Cathy in einer engen Umarmung hoch und küsste sie. »Du lebst! Äh ... Ich meine, du bist nicht tot! Äh ... Ich meine, du bist hier! Ich dachte, ich hätte dich verloren!« Er küsste sie noch einmal, lang und fest. »Aber wieso?«

»Ich werds dir später erklären. Jetzt müssen wir zuerst Duke abhalten.«

»Von was abhalten?«

»Davon, das Ende der Welt einzuläuten. Er wird das letzte Opfer bringen.«

»Das würde er nie tun!«

»Er weiß nicht, dass er es tun wird. Deshalb musst du ihn aufhalten!«

Earl rülpste und ein Fetzen Geist fiel ihm aus dem Mundwinkel. Das zappelnde Ding zischte mit einer winzigen, winzigen Stimme.

»Ein Gott! Ein Gott!«

Cathy zerquetschte den armseligen ektoplasmischen Fleck unter ihrem Turnschuh. Mit einem Quieken verabschiedete er sich.

Tiefrotes Licht floss unter der Tür des Vorratsraums hindurch.

»Beeil dich! Es ist fast so weit!«

»E-ber-he-be-be-be di-bich! E-ber-he-be-be-be di-bich! E-ber-he-be-be-be di-bich!«

Tammy breitete die Arme aus und blickte an die lebendige Decke, wo windende Tentakel, tropfende Mägen und schattenhafte Wesen aus den äußeren Reichen entlangkrochen.

»Mit diesem Opfer gewähre ich dir Eingang, Frush'ee'aghov! Deine Zeit ist nahe! Schwi-bimm a-bauf deben Flü-büs-se-ben vo-bon Blu-but, da-ba-mi-bit du-bu da-bas Li-bicht ve-ber-ba-ban-ne-ben mö-bö-ge-best. E-ber-he-be-be-be di-bich! E-ber-he-be-be-be di-bich!«

Der scharlachrote Mond warf einen purpurnen Schein durch die Fenster des Diners. Die Luft nahm die Farbe von Blut an.

»Jetzt, Chad! Tu es jetzt!«

Ihr Jünger zögerte nicht. Er trieb das Küchenmesser tief in Dukes Herz. Es wäre ein tödlicher Stoß für den Werwolf gewesen, wäre die Klinge aus Silber gewesen. Aber sie war es nicht, und alles, was sie bewirkte, war, Duke aus seinem todesähnlichen Schlummer zu reißen.

Eine fleischige Hand schnappte Chad an der Kehle. Die Bestie riss sich aus Dukes Körper los. Der hoch aufragende, haarige Wolf heulte. Seine Lippen zogen sich in einem geifernden Knurren zurück. Er hob eine gewaltige, klauenbewehrte Hand.

Earl stieß die Küchentür auf. »Warte, Duke! Tu's nicht!«

Seine Schreie trafen auf taube Ohren. Duke verlor nicht oft die Beherrschung, aber wenn er es tat, war seine Wut schrecklich anzusehen. Nachdem er geschlagen und erstochen worden war, erreichte er Grade des Angepisstseins, von denen er nicht einmal selbst etwas geahnt hatte! Und etwas musste sterben. Chad war einfach das bequemste Ziel.

Krallen blitzten auf, mehr brauchte es nicht. Drei präzise Hiebe rissen Chad auf wie ein Paket. Seine Innereien ergossen sich auf den Boden. Der Fleck verschluckte das Opfer mit einem heulenden Kreischen.

Duke warf den Leichnam zur Seite und drehte sich zu Tammy um. Er sprang. Eine unsichtbare Kraft fing ihn in der Luft ab und warf ihn weg. Er landete neben Earl und Cathy. Der scheppernde Aufprall beruhigte ihn ein wenig.

Aus den Tiefen der Erde frohlockten die alten Götter kreischend.

»Verdammt, Duke!«, murrte Earl. »Du dummes Arschloch. Du hast eben die Welt beendet, du dummer Huren–«

Tammy gackerte. Ihr Körper knickte und verzerrte sich. Ihre Gliedmaßen wurden länger und spinnenartig. Graue Strähnen waren in ihrem lebendigen Haar erschienen. Der Mund wuchs zu dreifacher Größe an. Dutzende deformierter Zähne stießen durch blutendes Zahnfleisch.

Sie schrie in tausend Stimmen, nicht eine davon klang menschlich. »Das Opfer soll dargebracht werden von einem, der nicht weiß, was er tut, und das Blut soll die Fesseln der Zeit wegwaschen. Das Tor soll weit aufschwingen und Frush'ee'aghov der Geringere soll der Erste sein.«

Chads Blut versammelte sich von selbst in einer schwarzen Lache. Es fraß sich in den Boden. Heißer Wind erhob sich. Jeder einzelne gläserne Gegenstand im Diner zersprang zu kristallinem Pulver.

»Und er soll sein Auge öffnen und die Welt betrachten und das Licht beseitigen. Und die alten Götter sollen auf die Erde treten!«

Eine gewaltige Schleimsäule schob sich durch das

Loch. An ihrer Spitze befand sich ein einzelnes geschlossenes Augenlid. Frush'ee'aghov stieg höher und schlug durch das Dach des Diners.

»Gut gemacht, Blödmann«, seufzte Earl.

Und das Auge des Frush'ee'aghov öffnete sich langsam.

ZWEIUNDDREISSIG

Diejenigen, die derartiges verbotenes Wissen studieren, sagen, dass die alten Götter lange vor der Zeit selbst existierten und dass sie noch lange, nachdem die Ewigkeit ins Vergessen zerbröselt ist, existieren werden. Für solch zeitlose Wesen sind tausend Jahre nur ein Wimpernschlag. Frush'ee'aghov der Geringere, Vorbote der alten Götter, war erpicht darauf, das Licht auszulöschen. Doch für ein ewiges Übel vergeht die Zeit langsam, selbst für ein ungeduldiges. Die riesigen Augenlider teilten sich und gaben einen dünnen, gelben Schlitz frei. Trübes Licht ergoss sich über die Welt – wie ein grauer Dunstschleier, der das Universum bedeckte.

Tammys tausend Stimmen gackerten. Sie stand vor Frush'ee'aghov, die Hände erhoben, und sang in einer Sprache, die älter war als die Menschheit.

Earl, Duke und Cathy kauerten hinter der Küchentheke und waren froh, dass sie vorläufig ignoriert wurden.

»Also, Duke«, wisperte Earl. »Du hast dir ja einen tollen Zeitpunkt dafür ausgesucht, die Beherrschung zu verlieren.«

Der Werwolf knurrte.

»Was willst du machen?«, sagte Earl. »Mich töten? Zu spät. Du hast schon jemanden getötet. Und zieh endlich das Messer raus!«

Mit einem Knurren zog Duke die Klinge aus seiner Brust.

Earl konnte nicht sagen, dass er von der Wendung der Ereignisse wirklich überrascht war. Das Leben schien es schon seit er denken konnte darauf anzulegen, ihm sein Glück zu versauen. Und jetzt, wo er Cathy gefunden hatte, musste die Hölle ja hochkochen und die Welt beanspruchen. Eigentlich ergab alles Sinn.

Er drückte ihre Hand.

»Ich liebe dich.«

Die Worte brachen einfach aus ihm heraus. Er hatte sie in hundert Jahren nicht oft gesagt. Aber nichts war so gut geeignet wie das Ende der Welt, um die Dinge ins rechte Licht zu rücken. Er war froh, dass er es gesagt hatte. Noch froher wäre er gewesen, wenn sie zugehört hätte.

Einen nachdenklichen Ausdruck auf dem Gesicht, starrte Cathy Frush'ee'aghov an.

Earl räusperte sich. »Äh, ich wollte nur, dass du das weißt, bevor ...«

Cathy sprach, ohne ihre Augen von der schleimigen Säule zu nehmen. »Wir können es immer noch aufhalten, Earl. Wir können ihn zurückschicken, bevor es zu spät ist.«

»Wie?«

»Wir müssen seine Verbindung mit dieser Ebene durchtrennen. Wir müssen das Portal unterbrechen und Tammy töten.«

»Ich kümmere mich um Tammy«, sagte Duke.

Er schwang sich über die Theke und stürzte sich auf das singende Mädchen. Brutal zuschlagende Klauen rissen sie in Stücke. Sie hörte allerdings nicht auf zu singen. Selbst als ihr der Kopf von den Schultern gerissen wurde, sang sie weiter: den Grabgesang der alten Götter. Der Boden öffnete sich und ein monströses Tentakel wuchs hinter ihm empor. Es schlug den dreihundertfünfzig Kilo schweren Werwolf mit einem beiläufigen Wisch beiseite.

Tammys Stücke erhoben sich und setzten sich selbst wieder zusammen. Sie hörte auf zu singen und schlenderte mit einem schadenfrohen Grinsen zu Duke hinüber. Ihre eigene Stimme, kaum erkennbar, kochte an die Spitze von tausend anderen Stimmen. »Dafür ist es ein bisschen zu spät, du Verlierer.«

Duke kauerte sich hin. Seine Augen röteten sich im Blutrausch. Der Mann war fort. Die Bestie blieb, und wenn sie einmal darauf programmiert war, jemanden zu töten, endete diese Person normalerweise auch im Tod. Tammy mochte die Ausnahme sein, die die Regel bestätigte, aber die Tatsache, dass sie noch immer am Leben war, machte ihn nur noch rasender.

Die mutierenden Energien der alten Götter versetzten Tammys Körper ins Chaos. Ein Paar verdrehter Gliedmaßen spross aus ihrem Rücken. Ihr Hals zog sich einen Meter lang. Schwarze Krallen fuhren aus ihren Fingerspitzen. Ihre Haut tropfte herunter und entblößte graues, geflecktes Fleisch.

Wäre ihm nur ein Gramm Verstand geblieben, hätte sich Duke umgedreht und wäre gerannt. Aber der Wolf wollte Blut.

Genau wie Tammy. Sie ließ sich auf alle sechse fallen und grinste. »Willst du ein Leckerli, kleines Hündchen? Komm her und hol es dir!«

Sie sprangen. Reißzähne und Klauen krachten aufeinander. Fell und Haare flogen. Knurren und Fauchen übertönte das Kreischen der alten Götter. Die beiden Monster drehten sich und wanden sich und prallten wieder und wieder aufeinander. Und obwohl Duke mehr austeilte als einsteckte, heilten Tammys Wunden in Sekunden. Seine eigenen Heilkräfte konnten nicht annähernd Schritt halten. Obwohl Earl es nie für möglich gehalten hätte, wusste er, dass Duke diesen Kampf verlieren würde.

Der Vampir machte Anstalten, Duke zu helfen. Wenn er schon sterben musste, dann konnte er genauso gut kämpfend untergehen.

Cathy hielt ihn jedoch auf. »Nein, Earl. Das bringt nichts. Sie kann nicht sterben, solange das Portal geöffnet ist.«

»Woher weißt du das?«

»Das ist nicht wichtig. Du musst mir vertrauen.«

Earl musste nicht lange überzeugt werden. Er vertraute ihr bereits, und ob sie nun wusste, was sie sagte, oder nicht, er hatte sowieso keine bessere Idee.

»Wie können wir es schließen?«

»Wir müssen die interdimensionale Matrix unterbrechen.«

»Matrix?«

»Das Diner.«

»Scheiße. Wie sollen wir das ganze Gebäude zerstören?«

»Das müssen wir nicht. Wir müssen nur genug Zerstörung verursachen, um die Energien, die das Tor offen halten, zu unterbrechen.« Sie deutete auf die dicke Stützsäule. »Das hier ist der zentrale Energiekanal. Wenn wir ihn vernichten, wird Frush'ee'aghov zurückgeschickt.« Sie konzentrierte sich auf die Überbleibsel von Gil Wilsons düsteren Erinnerungen. »Glaube ich.«

»Glaubst du oder weißt du?«

»Ich weiß. Glaube ich.«

Das Auge Frush'ee'aghovs öffnete sich weiter. Die Luft nahm die Beschaffenheit von dickem Kohlenstaub an. »Verdammt«, seufzte Earl. »Ich hoffe, du hast Recht.«

Er nahm ihre Hand und steuerte auf die Tür zu. Earl konnte in der Dunkelheit keine drei Meter weit sehen. Er umging peitschende Ranken und rauchende Kluften. Kaum einen Meter von der Tür entfernt teilte sich die Dunkelheit und Tammy erschien zwischen ihnen und der Außenwelt.

»Wie unhöflich! Keiner verlässt so früh diese Party!«

Earl schubste Cathy hinter sich und schaltete vollkommen auf Vampir-Kampfmodus um. In Augenblicken wie diesen beneidete er Werwölfe. Alles, was er tun konnte, war, ihr seine Reißzähne zu zeigen und seine Furcht einflößende Untotenstimme auszupacken (die nicht halb so Furcht einflößend war wie Tammys momentane Stimmen) und zu versuchen, einschüchternd auszusehen.

»Geh uns verdammt noch mal aus dem Weg!«

»Zwing mich.«

Tammy schubste ihn zur Seite und schlitzte ihm dabei die Wange auf. Er stolperte an den Straßenrand.

Cathy schwang ihren Schläger. Die Ektoplasmische Sphäre war eine der halbdutzend Dimensionen, die durch das offene Tor in die Realität versetzt wurden. Der Geisterschläger krachte in Tammys Gesicht. Ihr langer Hals sauste wie ein Pendel vor und zurück. Cathy holte zum zweiten Mal aus. Tammy fing den Schlag mit einer Hand ab. Sie schnappte den Geist und ließ ihn über einer Grube baumeln, die sich in der interdimensionalen Leere geöffnet hatte.

Duke, ein Blitz aus schwarzem und rotem Fell, krachte gegen Tammy. Der Werwolf und die Priesterin taumelten in den dicken Nebel der künstlichen Nacht. Cathys Geisterkörper fiel den Erwartungen der Schwerkraft zum Opfer. Sie hing mit abrutschenden Fingern am Rand des Abgrunds.

Unmenschliche Schatten zischten und kreischten unter ihr. Etwas schlang sich um ihren Knöchel.

Earl ergriff ihre Arme und zerrte sie auf festen Boden. Sie konnte die Innenseite seines Mundes durch die Schnitte in seinem Gesicht sehen. »O mein Gott, gehts dir gut?«

»Nur ein Kratzer.«

Das Auge Frush'ee'aghovs begrub die Welt unter schwerem Zwielicht. Die Geräusche von Tammy und Duke, die sich gegenseitig zerfetzten, drangen zu ihm herüber. Aufgrund seiner übernatürlichen Nachtsichtigkeit konnte Earl gerade so erkennen, dass sie ganz in der Nähe sein mussten.

»Komm!« Er grub seine Schlüssel aus der Hosentasche und rannte zur Tür.

Während sich das Schicksal der Realität im Restaurantbereich entschied, war die Küche der Schauplatz eines unbedeutenderen Kampfes. Obwohl sich ein großer Teil der interdimensionalen Aktivität im vorderen Bereich abspielte, erlebte der rückwärtige Abschnitt ganz eigene Unruhen. Loretta und Sheriff Kopp standen inmitten des Wahnsinns, hilflos gebannt durch den Staub des Wachen Schlafes. Verzerrte Monstrositäten, eigentlich geringere Schrecken, krochen als breiige Körper herum. Es waren einfach Fleischklumpen mit knirschenden Zähnen. Alles, was zwischen ihnen und ihrer seit Ewigkeiten ersten Mahlzeit stand, war ein geisterhafter Scottish Terrier mit nur einer Gesichtshälfte und ohne Schwanz.

Napoleon sträubte sein Fell.

All die geringeren Schrecken rollten sich zu einem großen Klumpen Fleisch mit zwei Dutzend geifernden Kiefern zusammen. Napoleon bellte warnend. Das hungrige Ding bewegte sich weiter vorwärts.

Die Menschen beobachteten es, erfroren im Entsetzen. Sie sahen zwar den Geist, als die Kreatur jedoch fast zweimal so groß wurde wie Napoleon, blieb ihnen nicht viel Hoffnung.

Furchtlos warf sich Napoleon auf seinen Gegner. Die Kreatur quiekte. Sie hatte sich noch nicht völlig an diese Realität angepasst, und ein Biss genügte, um sie wie einen hässlichen gelben Ballon zusammenfallen zu lassen.

Napoleon schnaubte, als noch mehr Klumpen, mit Zähnen bewehrt, durch Risse im Boden an die Oberfläche wallten. Der Terrier machte sich zum Kampf bereit.

Earl rammte den Schlüssel ins Zündschloss und startete den Truck. Er schaltete das Fernlicht ein, um über die Motorhaube hinaussehen zu können. Ein bisschen half es.

»Wo fahren wir hin?«, fragte Cathy.

Earl legte den Rückwärtsgang ein und wirbelte eine Wolke von Staub und Kies auf. Knirschend schaltet er in den ersten Gang.

»Wir gehen rein.«

Er legte seinen Gurt an.

»Bist du sicher, dass das funktionieren wird?«

»Ziemlich.«

Er ließ den Motor aufheulen. Rauchende Risse zogen sich über den Parkplatz. Die gewaltigen Tentakel von Frush'ee'aghov schoben sich durch die Erde. Eine sich windende Mauer spross vor *Gil's All Night Diner* aus dem Boden.

Earl trat auf das Gaspedal, solange sich noch eine Lücke bot. Die Räder des Pick-ups drehten sich. Der Truck bewegte sich nicht. Ein Blick in den Rückspiegel zeigte ihm eine graue Ranke, die sich an das Heck des Trucks geklammert hatte.

»Verdammte Scheiße!«

Earl trat das Gaspedal durch. Der Motor röhrte. Der Truck blieb, wo er war.

»Wir schaffen es nicht!«

Cathy sprang aus dem Führerhaus und auf die Ladefläche. Sie ließ ihren Baseballschläger auf die Spitze des Tentakels niedergehen. Frush'ee'aghov bemerkte es nicht einmal. Die Schläge bewirkten gar nichts.

»Verdammt, lass los! Lass los!«

Rostige Scharniere gaben nach. Die Heckklappe bog sich und riss ab. Der Pick-up schoss vorwärts, auf das schrumpfende Loch in dem Hindernis und den gottlosen Tempel dahinter zu.

»Du bist hartnäckig«, sann Tammy. »Nimm das.«

Duke war nur noch ein blutüberströmtes Bündel, kaum in der Lage, sich aufrecht zu halten. Organe quollen aus einem Riss in seiner Seite. Er hielt sie mit einer Hand zusammen und stützte sich mit der anderen ab. Sein Atem ging keuchend und abgehackt. Das rechte Bein zitterte. Ein gezackter Knochen schaute aus seinem linken Oberschenkel hervor.

Tammy schnippte mit einem Finger nach ihm. Ein neuer Schnitt schlitzte seine Schnauze auf. Sie wedelte mit der Hand und fünf Schnitte erschienen in seinem schon gründlich zerfetzten Fleisch.

»Ich bin jetzt jenseits des Todes. Jenseits des armseligen sterblichen Nichts, das ich einmal war, und sehr bald werde ich meinen Platz an der Seite der alten Götter einnehmen.« Sie legte ihre Hand sanft unter seine Schnauze und hob seinen Kopf, um ihm in die Augen zu sehen. »Ich mag dich, Duke. Du warst das Einzige, was ich begehrte und nicht haben konnte, als ich nur ein Kind war. Und auch wenn du mich nicht töten konntest, der Versuch war schon nicht schlecht. Ich respektiere das. Ich respektiere dich.« Eine lange, rote Zunge schoss zwischen ihren Lippen hervor und leckte seine Nase. »Deshalb mache ich dir einen Vorschlag. Schließ dich mir an. Wenn ich neben den neuen Herren der Welt sitze, sollst du an meiner Seite sein. Was sagst du dazu?«

Er spuckte einen Klumpen Schleim, Erbrochenes und Blut aus. »Fick dich.«

»Wie du willst. Ich könnte dich töten, aber es würde

mir nicht im Traum einfallen, dir die Ehre vorzuenthalten, meinem Aufstieg zur Herrlichkeit beizuwohnen.«

Sie warf ihn zu Boden und wandte sich ab. Er konnte nichts tun. Sie streichelte Frush'ee'aghovs schleimige Masse mit liebevollen Fingern. Das Licht würde bald für immer ausgelöscht sein. In ihrer Freude tanzte ein flüchtiger Gedanke am Rande ihres Bewusstseins entlang. Sie fragte sich, was Earl und Cathy geschehen sein konnte. Zweifellos unter Frush'ee'aghovs großartigem Körper zerquetscht oder in die Hölle selbst gefallen.

Ein zerbrochener Scheinwerfer schnitt durch die Dunkelheit. Ein ramponierter Pick-up krachte durch die Vordertür. Er wich einem Turm von Tentakeln aus und kollidierte mit der zentralen Säule. Seine Vorderseite wickelte sich um den zerbrochenen Pfeiler.

Frush'ee'aghov kreischte. Tammy spürte, wie sich das Tor verengte. Verborgene Energien schlüpften davon, der Schaden war jedoch nicht groß genug, um sie aufzuhalten. Sie wusste nicht, woher diese Bastarde es wissen und wie sie fast so weit kommen konnten, die Matrix zu zerschlagen. Aber sie waren gescheitert – und nun würde sie eine lebendige Gottheit werden. Ein langes, raues Kichern stieg in ihr auf.

»Niemand hält mich auf!«

Die Säule zitterte. Der Druck, gleichzeitig die Decke oben und ein interdimensionales Tor offen zu halten, war zu groß. Der Backsteinpfeiler fiel in sich zusammen.

»Nein! Das ist nicht richtig! Das kann nicht sein!«

Die zentrale Säule brach ein und zerquetschte die Fahrerkabine. Was vom Dach übrig war, stürzte zusammen. Die alten Götter brüllten, als ihr Portal zur Erde beinahe zuschwang. Ein Bruchteil ihrer Macht passierte den Spalt, der noch geöffnet war. Tammys Körper schrumpfte zu seiner verletzlichen menschlichen Gestalt zusammen. Plötzlich verankerte nur noch ihr Wille allein Frush'ee'aghov in der Welt. Die Anspannung war ungeheuer, fast unerträglich, aber sie musste sie nur noch ein paar Augenblicke lang überstehen.

Ein wildes Knurren erklang hinter ihr. Sie drehte sich zu dem Werwolf um, der auf sie zuhinkte.

»Bleib, wo du bist, oder erleide meinen Zorn!«

Aber da war kein Zorn mehr zu erleiden. Selbst rudimentäre Magie erforderte Konzentration, und all ihre dunkle Macht richtete sich darauf, das Tor offen zu halten.

Dukes Klauenhand fuhr durch ihre Brust und riss ihr Herz heraus. Das immer noch schlagende Organ wirkte winzig in seiner Hand. Tammy taumelte. Die alten Götter sandten all ihre Energien in sie hinein, doch sie starb. Wenn sie nur noch ein kleines bisschen länger aushalten könnte.

»Hör auf, herumzuspielen, Duke!«, rief Earl.

Duke zerquetschte Tammys Herz in seiner Faust. Es platzte. Die Priesterin der alten Götter zischte ihren letzten Atemzug.

»Oh, Scheiße!«

Frush'ee'aghov sank in die Erde. Um sich schlagend und fuchtelnd kämpfte er gegen den unwiderstehlichen Sog an. Sein beinahe offenes Auge wurde durch das Tor zurückgesaugt. Ein verzweifeltes Tentakel schlang sich um den Pick-up und zog ihn mit sich in die Hölle. Earl und Cathy sprangen von dem Fahrzeug, das dem Untergang geweiht war.

»Verdammt!«

Earl versuchte, das Wrack aus verbogenem Stahl zu retten. Der Pick-up und er waren gemeinsam durch Dick und Dünn gegangen und er würde ihn nicht kampflos im Stich lassen. Die Stoßstange löste sich unter seinen Händen ab. Der Wagen schaukelte, kippte und versank in dem stürmischen Linoleumsee. Er verschwand mit einem herzzerreißenden Knirschen von sich verbiegendem Metall in der Leere. Der dunkle Nebel wirbelte hinab, wie in den Badewannenabfluss der Schöpfung. Die vielen Kluften und Spalten verschlossen sich von selbst so dicht, dass nicht einmal der winzigste Riss zurückblieb. Die alten Götter kreischten einen letzten besiegten Schrei aus ihrem Gefängnis.

Aber es war ein entferntes Klagen, kaum der Beachtung wert.

Das Portal schloss sich mit einem Rülpsen und spuckte einen Auspufftopf aus, der vor Earls Füßen landete.

Cathy schnappte Earl und wirbelte mit ihm durch das scheinbar wieder ganz normale Diner. Es gab ein paar Fehler. Die Fliesen liefen leicht schief. Ein

Tisch steckte auf Grund einer Raumvermischung in einer Wand. Die Toilettentür hatte sich selbst ein paar Meter neben die Stelle verlagert, an der sie sich vorher befunden hatte. Aber das waren alles geringfügige Ausrutscher im Raum-Zeit-Kontinuum, über die man für den Moment ohne weiteres hinwegsehen konnte.

Napoleon trottete vorsichtig in den Restaurantbereich. Cathy kniete sich hin und schloss den Hund in die Arme. »Wir haben es geschafft, mein Junge! Wir haben es tatsächlich geschafft!«

Duke und Earl schauten durch das klaffende Loch in der Decke zum Himmel hinauf. Der Mond und die Sterne waren zurück an ihren Plätzen. Tausende von funkelnden Lichtern strahlten, nach dem ewigen Zwielicht, das die Welt beinahe erdrückt hätte, mit blendend hellem Glanz auf das Diner herunter. In hundert Jahren endloser Nacht hatte Earl nie etwas so Schönes gesehen.

»Dachte für einen Augenblick, wir würden ins Gras beißen.«

Duke nickte.

Earl trat in etwas Nasses und Glitschiges, das aus dem klaffenden Riss in Dukes Seite gefallen war.

»Alles klar?«

Der Werwolf stopfte seine herausfallenden Organe zurück an ihren Platz. Seine hündischen Lippen schoben sich zu einem matten Lächeln zurück. »Ich werds überleben. Wie gehts dir?«

Earl sah lange zu Cathy hinüber. Napoleon leckte

ihr das Gesicht, und sie lachte. Die Schönheit der wiedergeborenen Nacht verblasste neben ihrem musikalischen Kichern.

»Ging mir nie besser.«

DREIUNDDREISSIG

Gegen Ende der Woche kehrte wieder Normalität ein. Die Bürger von Rockwood waren zu sehr an solche Vorkommnisse gewöhnt, um aus einer Kleinigkeit wie einer Beinahe-Apokalypse eine große Sache zu machen. Die Welt war nicht untergegangen. Jeder tat so, als hätte er es gar nicht bemerkt. Das Leben ging weiter.

Es gab Veränderungen, kleine Verschiebungen in Rockwoods Paradigma. Die Sonne schien heller. Das braune Gras nahm einen gesünderen Gelbton an. Ein Blauhäher wurde gesichtet, der mitten in einem Schwarm Raben süßlich auf dem Dinerschild sang. Ein Blutfleck auf einem Linoleumboden wurde endlich ein für alle Mal weggewischt. Und in *McAllister Fields* standen zwei neue geisterhafte Wächter Wache.

Irgendwo im hinteren Teil des Friedhofs lagen zwei junge Liebende Seite an Seite, in einer gemeinsamen Zeremonie zur letzten Ruhe gebettet, auf dass sie das ewige Glück finden mochten, das ihnen durch eine tragische Kojotenattacke verwehrt worden war.

Tammy stand am Friedhofstor. Da war nichts zwischen ihr und der anderen Seite, aber sie konnte einfach nicht über die Schwelle treten. Es fühlte sich nicht so an, als stünde dort eine unsichtbare Wand, aber jedes Mal, wenn sie daran dachte, einen Fuß zu heben und durch das Tor zu treten, blieb der Fuß einfach stehen.

Chad attackierte das Tor. Er startete aus einiger Entfernung, aber je näher er kam, desto schwerer wurden seine Schritte. Kurz bevor er es durchquerte, wurde er zurückgeworfen.

»Also ... ich dachte, diesmal hätte ich es.«

Tammy verdrehte ihre ektoplasmischen Augen. Es gab keinen Weg, die Bedingungen der Wächterschaft zu umgehen. Sie saßen in der Falle, bis jemand starb und begraben wurde. Dann hieß es losmarschiert – was auch immer auf der anderen Seite auf eine gefallene Priesterin der alten Götter wartete. Bis dahin konnte sie nur die Zeit totschlagen. Das Warten an sich machte ihr nichts aus, aber die Gesellschaft ließ doch sehr zu wünschen übrig.

Chad versuchte zum tausendsten Mal, seine Finger durch die Barriere zu stoßen, und scheiterte zum tausendsten Mal. Er kratzte sich am Kopf und dachte lange und gründlich nach.

»Ich glaube, wir sitzen fest.«

»Glaubst du?«

Sie ging zurück zu ihrem Grab. Chad folgte ihr.

»Wir sind also irgendwie tot, oder?«

Sie nickte.

»Scheiße.« Lächelnd legte er einen Arm um ihre Taille. »Ich will nur, dass du weißt, dass ich nicht sauer auf dich bin, weil du zugelassen hast, dass dieser Kerl mich umbrachte.«

»Freut mich zu hören«, antwortete sie durch zusammengebissene Zähne.

Seine Hand glitt hinunter zu ihrem Hintern.

Tammy hatte getötet, die verbotenen Künste angewandt und versucht, die Welt zu ihrem eigenen Vorteil zu opfern. Aber sie fragte sich, was sie getan hatte, um das hier zu verdienen.

»Ach, komm schon, Baby. Wir könnten einfach ein bisschen rummachen. Wir haben ja sonst nichts Wichtiges zu tun.«

Der Tod hatte seine Hormone keineswegs abgeschwächt oder ihn weniger nervtötend gemacht. Wenn Chad, der Geist, auch nur halb so dämlich war wie Chad, der Lebende, schien es einfacher, ihn zu ficken und dann loszuwerden.

»Ist ja schon gut«, seufzte sie.

Er umschlang sie mit kraftvollen, aber nachgiebigen Armen und küsste sie. Der Kuss war fest, leidenschaftlich, ohne überwältigend zu sein. Hitze überschwemmte sie, und sie stieß ihn von sich.

»Was? Hab ich was falsch gemacht, Babe?«

Sie brauchte einen Moment, um sich daran zu gewöhnen. Chad war immer lausig im Bett gewesen, solange er noch gelebt hatte. Er hatte zwar den Enthusiasmus und das Verlangen besessen. Alles außer Talent. Er hatte es immer versucht, aber ungeschickte Hände und eine klägliche Ausdauer waren sein Untergang gewesen. Ektoplasma jedoch war eine Konstruktion der Seele, und irgendwo in Chad, begriff sie jetzt, versteckte sich die Seele eines Liebhabers.

Sie küsste ihn noch einmal. Die geringste Berührung seiner Lippen verschaffte ihr weiche Knie. Sie warf ihn grob zu Boden. Und nahm an, dass es schlechtere Arten gab, die Zeit totzuschlagen.

Er grinste auf eine Art dümmlich, die sie überraschend charmant fand. Dann öffnete er den Mund und sagte etwa Dummes, um den Augenblick zu zerstören.

»Werden wir es tun?«

»Chad.«

»Ja?«

»Halt die Klappe.«

Tief unten in der Erde grollten die alten Götter. Von all den Lebenden und den Toten konnte nur Tammy sie hören.

Und sie ignorierte sie einfach.

VIERUNDDREISSIG

Earl schob mit aller Macht, aber trotz all der übernatürlichen Kraft der Untoten passte ein Schrankkoffer nicht auf den Rücksitz eines gebrauchten Volvos. Er gab sich geschlagen und ließ den Koffer auf den Boden fallen.

»Schätze, wir werden ihn aufs Dach binden müssen.«

»Denke auch.« Duke ging ins Diner, um ein Stück Seil zu leihen.

Earl betrachtete das störrische, kleine Auto. Ein armseliger Ersatz für den zuverlässigen alten Pick-up, den Frush'ee'aghov ihm genommen hatte.

Cathy saß mit überkreuzten Beinen auf der Motorhaube. Er lehnte sich neben sie an die Stoßstange und nahm ihre Hand.

»Glaubst du, es stört ihn, dass ich mitkomme?«, fragte sie.

»Wen? Duke? Naain, er hat nichts dagegen.«

»Und was ist mit Napoleon?«

Der Terrier, mit einem kompletten Kopf und Schwanz nun endlich vollständig, schnüffelte um die Reifen herum. Er hob ein Bein und pinkelte Ektoplasma. Es verfehlte sein Ziel und verdunstete, als es auf den Kies traf. Napoleon machte sich daran, die drei verbleibenden Ziele zu besichtigen.

»Duke mag Tiere.«

»Bist du sicher?«

»O ja.«

Earl war einigermaßen überzeugt davon. Duke hatte noch nichts dazu gesagt. Als Earl erwähnt hatte, dass Cathy nun mit ihnen reisen würde, hatte er nur genickt und die Achseln gezuckt. Es hatte nach der guten Art von Achselzucken ausgesehen.

»Ich weiß, es ist komisch«, sagte sie. »Alles war so kurz vor dem Ende.«

»Besser nicht darüber nachdenken.«

»Glaube auch.«

Er hüpfte auf die Motorhaube und legte einen Arm um sie.

»Cathy, ich weiß, wir kennen uns erst seit ein paar Tagen und alles ... und ich erwarte nicht, dass du dasselbe empfindest.« Er zappelte und wand sich. Er wusste nicht, warum das damals so viel leichter gewesen war, als er gedacht hatte, dass er gleich sterben würde. »Und ich will dir keine Angst machen oder dich dazu zwingen, etwas zu sagen, was du nicht so meinst oder so was, aber ...«

Sie verzierte seine Wange mit einem sanften, kleinen Kuss. »Earl.«

»Ja?«

»Ich habs schon beim ersten Mal gehört.«

Sie beugte sich zu ihm. Ihre Lippen trafen sich und eine lange Minute verging in einer zarten Umarmung.

»Ich liebe dich auch.«

Sie fuhr mit den Fingern durch sein dünnes Haar. Er lächelte schief.

Duke und Loretta erschienen. Earl versuchte, das Lächeln von seinem Gesicht zu wischen, doch es blieb. Es war ihm egal. Er bereitete sich auf den vernichtenden Kommentar vor, den Duke auf ihn abfeuern würde. Aber Duke warf ihm nur einen Blick zu, den Earl, so sehr er es auch versuchte, in keinster Weise böse interpretieren konnte.

»Hab das Seil.«

Sie warfen den Koffer auf das Dach und banden ihn daran. Earl rüttelte an seinem Bett, um sicherzugehen, dass es fest saß.

»So wirds gehen.«

Loretta senkte ihre ausladende Gestalt umständlich auf ein Knie, um Napoleon streicheln zu können. Die interdimensionale Krise hatte bei ihr und Marshall Kopp die Fähigkeit hinterlassen, Geister sehen zu können. Auch wenn sie den Hund, der ihr das Leben gerettet hatte, nicht zu streicheln vermochte, konnte sie doch die Luft tätscheln. Es schien Napoleon zu genügen.

»Müsst ihr Jungs wirklich gehen?«, fragte Loretta.

»Ich hätte nichts gegen ein wenig Hilfe beim Reparieren.«

»Danke für das Angebot«, sagte Earl, »aber wird Zeit, dass wir weiterziehen. Nicht persönlich gemeint. Wir machen das nur schon ziemlich lange so. Hält uns Ärger vom Leib. Normalerweise.«

Loretta erhob sich mit großer Anstrengung. Sie wühlte in ihren engen Shorts und zog einen zerknitterten Fünfzigdollarschein heraus.

»Das ist nicht nötig«, sagte Duke. »Wir haben schon das Auto.«

Sie klatschte ihm den Schein in die Hand. »Nimm es. Ihr Jungs habt die Welt gerettet. Das ist das Wenigste, was ich tun kann.«

»Bist du sicher, dass du das Diner behalten willst?«

»Ich schätze mal, ein Tor zur Hölle sollte jemanden haben, der es im Auge behält. Und es gibt nicht gerade viele Geschäftsmöglichkeiten in Rockwood. Alles ein Teil von Gottes gutem Plan. Hector meint, es sind nur ein paar kleinere Renovierungen nötig, um aus dem Diner ein Schloss statt einen Schlüssel zu machen.«

Earl zweifelte zwar an ihrem Verstand, aber wenn sie über einem interdimensionalen Graben leben wollte, war das ihre Entscheidung. Es beruhigte ihn etwas, zu wissen, dass die gewaltige Kellnerin das Tor bewachen würde.

Er hob den Blick zum Sternenhimmel. »Wir sollten aufbrechen, Duke. Ich will vor Sonnenaufgang noch ein paar Meilen schaffen.«

Loretta schlüpfte in Dukes Arm. Der hob ihre Masse

an, wobei er jedes Gramm Werwolfmuskeln benötigte, das er besaß. Sie tauschten einen kurzen Kuss. Wenn Planeten fummeln könnten, nahm Earl an, dass es ungefähr so aussehen müsste. Duke setzte sie ab.

Loretta ordnete ihr wirres, gelbes Haar. »Ihr Jungs könnt jederzeit vorbeikommen, wenn ihr in der Nähe seid.« Sie warf Duke ein Zwinkern und ein Lächeln zu und ging zurück zum Diner.

Auf Dukes Lippen erschien ein ganz leichtes Grinsen.

»Du geiler Bastard«, grunzte Earl.

Sie lachten gemeinsam in sich hinein.

»Gib mir die Schlüssel. Ich fahre.«

Duke warf sie über das Dach. Earl wollte Duke gerade bitten, sich auf den Rücksitz zu setzen, als er es ohne Aufforderung tat. Er pfiff und Napoleon hüpfte neben ihm auf den Sitz. Der Schwanz des Scottish Terriers wedelte, während Duke die Luft unter Napoleons Schnauze kraulte.

Earl ging um den Wagen herum und öffnete die Tür für Cathy, obwohl Türen für Geister ja wenig Bedeutung hatten. Solange er da war, beugte er sich in Dukes Fenster. »Äh, noch eins, bevor wir losfahren. Ich wollte dir nur danken für, äh ...« Er senkte seine Stimme zu einem Flüstern, damit sie nicht zufällig mithören konnte. »Danke, dass du mich nicht umgebracht hast.«

»Vergiss es.«

Earl kletterte hinter das Steuer und startete den Wagen. Der Volvo sah nicht besonders gut aus, aber der

Motor brummte gleichmäßig, mit dem einen oder anderen Schluckauf. Ein brauner Streifenwagen hielt auf dem Parkplatz, als Earl zurücksetzte. Sheriff Kopp stieg aus seinem Fahrzeug. Er tippte an seinen Stetson.

»Wo wollt ihr hin?«

Zwischen den Passagieren wurden Blicke gewechselt. Schließlich sprach Cathy. »Ich wollte immer mal Las Vegas sehen.«

»Da war ich schon mal. Seht euch auf jeden Fall eine Zaubervorstellung an.«

Die Insassen des Volvos verzogen die Gesichter.

»Ich glaube, für eine Weile haben wir genug Magie gesehen«, antwortete Earl.

»Da hast du wohl Recht. Naja, amüsiert euch trotzdem gut.« Mit den Händen am Gürtel trat er zurück. »Und vergesst nicht, euch anzuschnallen. Sicherheitsgurte retten Leben.«

»Machen wir.«

Earl fuhr auf die Schlaglochpiste entlang des Diners. »Vegas, wir kommen.«

»Äh, Earl«, sagte Cathy, »liegt das nicht in der anderen Richtung?«

»Sie hat Recht«, meinte Duke.

»Sicher?«

Napoleon jaulte.

»Schon gut, schon gut.«

Mit Cathy an seiner Seite gelang es Earl nicht, sein übliches Maß an Verärgerung zu erreichen. Er lächelte nur, wendete den Wagen und steuerte die Straße hinunter. Sie brachte sie aus Rockwood heraus, wohin auch immer das Gesetz der ›Anziehung Anormaler Phänomene‹ sie führen mochte. Mit einem Vampir, einem Werwolf und zwei Geistern im Auto war es nur vernünftig, eine Menge übernatürlicher Vorkommnisse zu erwarten. Lieber später als früher. Aber im Augenblick waren da nur Earl, sein bester Freund, seine Freundin, ein Geisterhund und eine lange Schlaglochpiste auf dem Weg zu einem fernen Horizont – hinein in eine schöne, ruhige und normale Nacht.

ENDE

Eine kurze Liste von Danksagungen und/oder Widmungen:

Für Mom, und zwar für beide.
Für Michele (bitte hier eigenen Witz einsetzen).
Für den *DFW Writer's Workshop,* der wo mir
beigebracht hat, besserere Sachen zu schreiben.
Für mich, weil ich dumm oder dickköpfig genug war,
es bis hierher zu schaffen.
Und für Jim Varney.

EINS

Sein Name war Never Dead Ned, doch das war nur ein Spitzname. Er konnte sterben. Er war dem Tod neunundvierzig Mal begegnet, und neunundvierzig Mal war er aus dem Grab wieder auferstanden. Wenn sich die Leute auch, nachdem sein Ruf sich verbreitet hatte, nicht länger die Mühe machten, ihn zu begraben. Sie warfen seine Leiche einfach in eine Ecke und warteten darauf, dass er wieder auferstand. Und das tat er stets. Aber jeder Tod nahm sich ein Stück von ihm, fügte seinen Gelenken einen weiteren Schmerz hinzu, ließ ihn etwas mehr Schwung verlieren. Und Ned lernte so auf die harte Tour, dass es Schlimmeres gab als zu sterben.

Immer und immer wieder zu sterben. Zum Beispiel.

Ned war nicht sonderlich am Leben interessiert, aber er tat verdammt noch mal sein Möglichstes, um zu vermeiden, ein weiteres Mal ums Leben zu kommen. Nicht, bevor er es schaffte, es richtig zu machen. Nicht, bevor er mit absoluter Sicherheit wusste, dass er tot bleiben würde. Für einen Soldaten bedeutete die Furcht vor dem Tod im Normalfall das Ende der Karriere, aber Ned hatte eine Stelle in der Buchhaltungsabteilung der *Unmenschlichen Legion* gefunden. Es war nichts Großartiges. Nur Münzen zählen. Es wurde zwar schlecht bezahlt, war aber relativ sicher. Nun, so sicher etwas sein konnte, wenn dein Abteilungsleiter den strikten

Grundsatz hatte, jeden zu fressen, dessen Bücher mehr als dreimal im Monat nicht stimmten.

Krieg war das Geschäft der Legion – und die Geschäfte waren gut gelaufen, bis vor vierhundert Jahren, als es die verschiedenartigen Spezies der Welt endlich geschafft hatten, ihre Feindseligkeiten beizulegen. Die Buchhalter der Legion hatten einen Umschwung und eine unumkehrbare Abwärtsspirale der Profite vorhergesagt. Und tatsächlich waren die folgenden drei Jahrzehnte hart gewesen. Doch man hätte wissen müssen, dass sich die Paranoia mit dem Frieden nicht in Luft auflöste. Daher brauchte jedes Königreich, jedes Land, jede noch so kleine Ortschaft mit zwei Krümeln Gold in der Tasche plötzlich eine Armee. Zum Schutz natürlich, und damit die gütigen Armeen ihrer Nachbarn nicht auf dumme Gedanken kamen. Völlig egal, dass fast alle vorher auch ohne eine Armee prima ausgekommen waren. Völlig egal, dass die meisten nicht einmal etwas besaßen, das einen Überfall wert gewesen wäre. Die Legion war nur zu bereit, der Welt ihre Armeen zu verpachten. Krieg war gut fürs Geschäft gewesen. Aber Frieden war noch sehr viel lukrativer.

Greifs hörten nie auf zu wachsen, und Tate, weit über dreihundert Jahre alt, war eine riesige Bestie. Seine beeindruckenden schwarzen Flügel spannten sich über sechs Meter, wenn er sie ausbreitete. Aber er breitete sie im begrenzten Raum seines Büros, einem buchstäblichen Nest aus Hauptbüchern, die bis ganz zu den Anfängen der Legion zurückgingen, nicht oft aus. Damals, als sie nur aus einer Hand voll Orks, ein paar Dutzend Söldnern und zwei Drachen mit einer Vision bestanden hatte. Damals, noch bevor sie die erfolgreichste freischaffende Armee auf drei Kontinenten geworden war.

Tate sprach. Er sah diejenigen, mit denen er sprach, selten an. Das war ein Segen, denn wenn er es doch tat, richteten sich seine kalten, schwarzen Augen mit einem unverwandten, raubtierhaften Starren auf sein Gegenüber. Das führte bei Ned immer dazu, dass er fürchtete, zum Mittagessen zu werden, selbst wenn seine Bücher in Ordnung waren. Er hatte keine Lust, nach einer Reise durch das Verdauungssystem eines Greifs von den Toten zurückzukehren.

Tate sah das Hauptbuch langsam, methodisch durch. Mit seinen langen, schwarzen Klauen blätterte er die dünnen Seiten um. Ihm entging nichts, nicht einmal das kleinste Detail. Vor allem, weil er ständig hungrig war. Sein scharfer Schnabel bog sich, sein Blick war finster. Die großen schwarzen Schwingen schlugen einmal.

»Sehr gut, Ned. Tadellos wie immer.«

»Danke, Sir.« Ned rückte seine Brille zurecht. Er brauchte sie nicht. Eigentlich sah er dadurch schlechter als sonst, aber sie ließ ihn gelehrt wirken, und diesen Eindruck wollte er unbedingt kultivieren.

Tate gab ihm das Buch zurück. Sein Blick schweifte durch den Raum, ohne sich direkt auf Ned zu legen. »Für einen Soldaten geben Sie einen außerordentlichen Buchhalter ab.«

»Danke, Sir.« Bei dem Versuch, noch gelehrter auszusehen, rückte Ned seine Brille ein weiteres Mal zurecht, sein Äußeres trug jedoch die Erinnerungen an neunundvierzig grausige Lebensenden zur Schau. Die Narben, die seine Arme und sein Gesicht überzogen, vor allem die lange, scheußliche auf seiner rechten Wange bis hinunter zu einer roten um die Kehle herum, hinterließen einen weit größeren Eindruck als seine Brille. Und dann war da natürlich noch sein fehlendes Auge, sein Blumenkohlohr und sein böser Arm. All die Male eines Mannes, der schon seit langer Zeit tot sein sollte. Für einen Buchhalter hatte er einen gerade noch annehmbaren Soldaten abgegeben.

Der Greif räusperte sich und Ned betrachtete sich als entlassen. Als er sich umdrehte, sprach Tate jedoch erneut.

»Als Sie mir zugeordnet wurden, nahm ich an, Sie würden noch innerhalb derselben Woche zu meinem Abendessen werden.« Er fuhr sich mit einer schwarzen Zunge über den Schnabel. »Stattdessen sind Sie zu einem der vertrauenswürdigsten Mitglieder meiner Belegschaft geworden.«

»Danke, Sir.«

»Ein Jammer, dass Sie nicht länger unter uns weilen werden.«

Ned starrte sprachlos in diese unbarmherzigen Augen. Tates graue und schwarze Federn sträubten sich und er lächelte spöttisch.

»Ich habe es erst heute erfahren. Sie werden versetzt.«

»Versetzt, Sir?«

Tate nickte sehr langsam. Mit einer Kralle glättete er seine Federn. »Ich habe versucht, ihnen das auszureden, aber es kommt direkt von ganz oben. Oberes oberes oberes Management.« Er durchwühlte sein Nest aus Papierkram und zog eine blaue Schriftrolle hervor.

Ned fluchte tonlos. Blaue Schriftrollen waren unabänderlich, unaufhaltsam. So unvermeidlich wie der Tod, oder, in Neds Fall, sogar unvermeidlicher als der Tod. Tate reichte ihm die blaue Rolle, aber Ned weigerte sich noch, sie zu öffnen und einen Blick auf seine neuen Befehle zu werfen.

Tate neigte den Kopf erst zur einen Seite, dann zur anderen. Sein Löwenschwanz schwang träge hin und her. Er räusperte sich noch einmal und begann erneut zu sprechen, bevor Ned entkommen konnte.

»Es ist eine Beförderung. Sie haben sie verdient.«

Ned ließ seinen Kiefer sanft fallen, wie er es oft tat, wenn er gereizt war. »Danke, Sir.«

»Glückwunsch. Das obere Management muss Ihnen sehr vertrauen.«

»Danke, Sir.«

Er hielt die blaue Schriftrolle fest in seiner rechten Hand, während sein böser linker Arm versuchte, sie herauszuzerren. Bei einem seiner unerfreulicheren Ableben war ihm der linke Arm abgetrennt worden. Der Arm war ohne ihn ins Leben zurückgekehrt, und obwohl ein Arzt ihn wieder angenäht hatte, hatte er immer noch einen eigenen Willen, mit widerwärtigen Tendenzen in angespannten Situationen. Wenn sich ihm die Möglichkeit böte, würde der Arm die Schriftrolle nach Tate werfen, das wusste er. Und das würde dazu führen, dass Ned doch noch gefressen wurde.

Er wandte sich abermals zum Gehen. Tate räusperte sich und Ned stoppte.

»Sir?«

»Sie können gehen. Schicken Sie mir Yip. Sehr schlampige Arbeit in letzter Zeit. Ich schätze, da ist eine disziplinarische Maßnahme fällig.« Grinsend ließ Tate seinen Schnabel zuschnappen. »Und sagen Sie ihm, er soll bei der Essensausgabe vorbeigehen und etwas Brot, Käse, eine Flasche Wein und Salat mitbringen. Etwas Pikantes, aber nicht zu sättigend.«

Ned verließ das Büro und fühlte sich wie ein Verurteilter. Eine blaue Schriftrolle sollte etwas Gutes sein. Es bedeutete, dass das obere Management auf ihn aufmerksam geworden war. Aber das war wie den Göttern in den Himmeln aufzufallen. Zumeist bedeutete es eine einfache Fahrkarte in ein tragisches Schicksal. Bisher war es ihm doch so gut gelungen, nicht allzu außergewöhnlich zu wirken. Bis auf die Tatsache, dass er nicht tot blieb, aber dafür konnte er schließlich nichts.

Seine Buchhalterkollegen vermieden es, ihn anzusehen,

als er durch die Flure ging. Und alle wandten den Blick von der blauen Schriftrolle ab, die seine Hand umklammerte. Gerüchten zufolge waren blaue Schriftrollen verzaubert und machten alle blind, außer dem Leser, für den sie bestimmt waren. Das war allerdings reine Spekulation, weil fast niemand je tatsächlich eine blaue Schriftrolle gesehen hatte. Aber keiner war bereit, das Risiko einzugehen, es darauf ankommen zu lassen.

Ned kehrte in sein Büro zurück, einen kleinen Raum, den er mit zwei anderen teilte: mit Yip, einem *Ratling*, und mit Bog, dem Schleimpilz. Yip zählte einen Stapel Goldmünzen. Von Zeit zu Zeit steckte er eine in seine Tasche. Ned und Bog taten jedes Mal so, als würden sie es nicht bemerken. Keiner von beiden mochte den Ratling, und sie rieten ihm nicht gerade davon ab, etwas zu tun, was schließlich dazu führen konnte, dass er gefressen wurde. Bog war damit beschäftigt, Silberbarren zu wiegen. Yip blickte gerade lange genug von seiner Arbeit auf, um zu grinsen und zu kichern.

»Pech gehabt, Ned.«

»Hast du es schon gelesen?«, fragte Bog.

Ned schüttelte den Kopf.

»Es könnte was Gutes sein«, versuchte es der Schleimpilz.

»Ich wette mit dir, das ist eine Versetzung zur Wyrm-Farm.« Yip ließ zwei Münzen zusammenklirren. »Den ganzen Tag bis zum Hals in Dreck und Mist. Und diese Wyrms stinken. Oh Mann, die stinken vielleicht!«

Ned setzte sich, legte den Kopf auf den Tisch und seine Arme über den Kopf. Der böse Arm zerrte an seinen Haaren.

»Bin ich froh, dass ich nicht du bin«, sagte Yip.

»Tate will dich sehen.« Ned hatte nicht die Energie, sein Auge in Richtung von Yips Gesicht zu drehen, aber er hörte, wie der Ratling trocken schluckte. Schon fühlte sich Ned etwas besser.

Bogs Augen bewegten sich in seinem transparenten Fleisch und flossen hin und her, um Ned aus leicht unterschiedlichen Blickwinkeln zu mustern. »Du solltest es lesen, bevor du anfängst, Panik zu machen.«

»Ich mach keine Panik.«

»Er bläst Trübsal«, sagte Yip.

» Wahrscheinlich ist es nicht so schlimm, wie du es dir vorstellst«, meinte Bog.

»Wahrscheinlich schlimmer.« Ned hielt die blaue Schriftrolle auf seinem Schreibtisch fest, als könnte sie aufspringen und ihn angreifen. »Ich habe nicht sehr viel Vorstellungskraft.«

»Gib sie mir.« Yip sprang von seinem Schreibtisch auf und schnappte nach der Schriftrolle. Ned hielt sie fest und sie begannen ein kurzes Tauziehen darum.

»Jetzt gib mir das verdammte Ding schon!« Der Ratling schnappte nach Neds Hand und er ließ los.

»Du wirst taub«, sagte Bog.

»Blind«, korrigierte Ned.

Mit den Tentakeln schob Bog seine Augen zurecht. »Ich schätze mal, das ergibt mehr Sinn.«

Mit derselben furchtlosen Dummheit, die ihn schon bald zum Abendessen des Greifs werden ließe, entrollte Yip das unheilvolle Dokument. Sowohl Ned als auch Bog senkten die Köpfe (oder, im Fall des Schleimpilzes, die kopfartige Ausbuchtung) in der Erwartung von etwas Schrecklichem. Doch es gab keinen Blitz, keine Sturzflut kreischender Geister, keine alles verschlingende Schwärze, die auf das Büro niederschlug. Nicht einmal ein einziges schnatterndes Teufelchen oder einen Kälteeinbruch.

»Und?«, fragte Bog. »Bist du blind?«

Yip rollte das Dokument wieder zusammen und legte es auf den Tisch zurück. »Tut mir leid, Ned.«

Ned öffnete die Rolle. »Sie haben mir ein Kommando gegeben.«

»Ist doch gar nicht übel«, sagte Bog mit geheucheltem Enthusiasmus.

»Es ist die Oger-Kompanie.«

Stille senkte sich herab, eine Stille, die alles dermaßen ausfüllte, dass sogar die zugigen Korridore aufhörten zu pfeifen. Bog wusste nicht, wohin er blicken sollte, deshalb löste er das Problem, indem er seine Augen herausnahm und sie in eine Schublade steckte.

»Pech gehabt, Ned.« Yip schlenderte mit hochgezogenen Augenbrauen aus dem Büro, auf seinem Weg in den Magen eines Monsters hielt er an der Tür kurz inne. »Bin ich froh, dass ich nicht du bin.«

ZWEI

Gabel, der Ork, knallte seinen Becher auf den Tisch. »Ich sage euch, es ist Rassismus. Das ist es!«

Regina knallte ihren eigenen Becher doppelt so hart auf den Tisch, weil es der Grundsatz der Amazonen war, alles doppelt so gut zu machen wie jedes männliche Wesen. »Die Legion hat nichts gegen Orks. Verdammt, sie wurde auf ihnen aufgebaut!«

Gabel blieb unnachgiebig. »Klar wurde sie das. Wütende, heißblütige, murrende Ork-Idioten. Aber leg ein bisschen Intelligenz an den Tag, bade regelmäßig, vermeide Partizipien mit falschem Bezug, und plötzlich bist du nicht mehr Ork genug.«

»Das ist lächerlich.« Frank, der Oger, knallte ebenfalls mit seinem Becher, weil man das offenbar so tat.

»Ach ja?« Gabel beugte sich vor und flüsterte, damit es keiner seiner Ork-Kollegen im Pub mithören konnte. »Mein ganzes Leben lang musste ich mich damit herumschlagen. Hast du eigentlich eine Ahnung, bei wie vielen Beförderungen ich übergangen wurde? Dabei kann jeder grummelnde, missgebildete, sabbernde Schwachkopf die Karriereleiter hinaufsteigen.«

»Vielleicht liegt es daran, dass du klein bist«, sagte Regina.

»Kobold-klein«, pflichtete Frank ihr bei.

Gabel starrte kläglich in seinen Becher und nahm einen weiteren Schluck. »Trotzdem Rassismus. Ist nicht meine Schuld, dass ich ein bisschen kleiner geboren wurde.«

»Kobold-klein«, behauptete Frank noch einmal.

Gabel verengte die Augen zu Schlitzen. Er hatte sich daran gewöhnt. Orks und Kobolde besaßen trotz ihres Größenunterschiedes eine gewisse Ähnlichkeit. Es war hauptsächlich die Form ihres Schädels, ihre geneigte Stirn, ihr breiter Mund und die Ohren, die weit oben an ihren Köpfen saßen. Gelehrte nahmen an, dass beide Arten einen gemeinsamen Vorfahren hatten. Sowohl Kobolde als auch Orks fanden die Vorstellung bloß absurd. Gabel aber, der sein ganzes Leben mit diesem Handicap zu kämpfen gehabt hatte, zeigte wenig Verständnis dafür.

»Ich bin kein Kobold!«

»Bist du sicher?«, fragte Regina. »Vielleicht haben die Hebammen etwas durcheinandergebracht.«

»Erstens haben Orks keine Hebammen. Und zweitens bin ich kein verdammter Kobold!«

Frank beugte sich zu ihm hinüber und blinzelte. »Es ist nur so, dass du ganz schön viel Ähnlichkeit mit einem Kobold hast.«

»Orks und Kobolde sehen sich ähnlich. Es sind verwandte Arten.«

»Ja, aber alle Orks, die ich je gesehen habe, waren graublau. Während du eher graugrün bist.«

»Und deine Ohren sind sehr groß.« Regina veranschaulichte die Größe mit den Händen.

»Ganz zu schweigen davon, dass du kein einziges Haar am Körper hast«, fügte Frank hinzu.

»Ich rasiere mich.«

»Siehst du, das ist auch nicht sehr orkisch.«

Gabel sprang auf den Tisch. Selbst auf einem Tisch stehend wirkte seine Größe von kaum mehr als einsfünfzig nicht sonderlich beeindruckend. Obwohl er gut in Form war, schien er eher drahtig. Orks hatten im Allgemeinen große, derbe Körper. Keiner war kleiner als einsachtzig.

Gabel legte die Hand an sein Schwert. »Der Nächste, der mich einen Kobold nennt, kriegt mittels meines Schwertes ein Loch in den Bauch.«

»Ist ›mittels‹ ein Partizip?«, fragte Regina. »Hat er eben ein Partizip mit falschem Bezug benutzt?«

»Ich weiß nicht«, gab Frank zu.

»›Mittels‹ ist eine Präposition.« Verstimmt sprang Gabel vom Tisch. »Nicht, dass ich erwarten würde, irgendwer außer mir hier im Pub wüsste das.«

»Es ist kein Rassismus«, sagte Regina. »Es ist Sexismus. Ich sollte die Verantwortung tragen, aber Männer fühlen sich von einer starken Frau zu schnell bedroht.« Sie ließ ihren gewölbten Bizeps spielen, dann zog sie ihr Messer und rammte es mit einem einzigen Hieb bis zum Griff in den dicken Holztisch. »Es hilft kein bisschen, dass ich makellos schön bin. Das schüchtert sie nur noch mehr ein.«

Frank und Gabel kicherten.

Sie schnaubte. »Seid ihr anderer Meinung?«

»Oh, du bist schön«, sagte Gabel, »aber ich denke, es ist etwas übertrieben zu sagen, du seist makellos.«

»Hier hat jemand eine hohe Meinung von sich selbst«, sagte Frank, als erkläre er es einem vorbeigehenden Soldaten, der nicht in das Gespräch eingeweiht war.

Reginas kalte Augen verdunkelten sich. »Was stimmt nicht mit mir?«

Der Ork und der Oger tauschten einen Blick. »Nichts«, sagten sie unisono.

»Es ist nur, na ja, du bist ein bisschen … wie soll ich sagen?«, zögerte Frank.

»Männlich«, sagte Gabel.

Regina warf ihren Becher nach ihm, aber er duckte sich darunter weg.

»Sehen die hier männlich aus?« Sie bog ihren Rücken durch, um ihre ausladenden Brüste zu betonen. »Oder das?« Sie löste den Knoten auf ihrem Kopf und ein goldener Wasserfall seidigen Haares fiel ihr über die Schultern. »Oder das hier?« Sie zog ihren Rock zurück, um ihre langen, vollendet proportionierten Beine zu zeigen. Einige der umsitzenden Soldaten grinsten anzüglich.

Sie griff den nächsten Ork in den Nacken und zog ihn nahe an ihre Lippen, die sich zu einem Zähnefletschen verzogen hatten. »Bin ich nicht ein Bild weiblicher Pracht?«

Er nickte und schluckte.

Ihr Lächeln wurde grimmiger. »Würdest du nicht beide Augen geben, für eine einzige Stunde allein mit mir?«

Er zögerte und sie verstärkte ihren Griff.

»Vielleicht *ein* Auge«, antwortete der Ork.

»Nur eins?«

Er zuckte entschuldigend. »Ich mag Brünette lieber.«

Regina schleuderte ihn durch den Pub. Sie rief in den Raum: »Wer findet hier, dass ich die schönste Frau bin, die er je gesehen hat?«

Im Pub wurde es still. Schließlich wagte ein Soldat, die Hand zu heben. Sie stolzierte zu ihm hinüber und schlug ihn mit einem brutalen Aufwärtshaken bewusstlos.

Frank gluckste. »Kein bisschen männlich.«

»Ich bin eine Amazonenkriegerin, nicht irgendeine Bardame zum Angaffen.«

»Erst regst du dich auf, weil wir nicht bemerken, wie schön du bist«, sagte Gabel. »Und dann regst du dich auf, wenn wir es tun.«

»Das klingt schon eher nach Frau.« Frank prustete. Er nahm sich eine Lammkeule, die am Tisch vorbeigetragen wurde, und weil er sehr groß war, selbst für einen Oger, protestierte niemand. »Du hast schon Recht, Gabel. Hier ist Rassismus am Werk.« Er biss die Hälfte der Keule ab und kaute laut knirschend. Er spuckte Stücke von Hammel und Knochen, während er sprach. »Wenn du glaubst, Orks hätten es schwer, dann versuch es mal als Oger.«

Gabel beäugte die Fleischbrocken, die auf seinem Bier schwammen. Schulterzuckend trank er es aus. Es war nicht schlecht, obwohl er auf die Ogerspucke hätte verzichten können.

Frank fuhr sich mit der dicken, schwarzen Zunge über seine dicken, grauen Zähne. »Weißt du, wie viele Oger Führungspositionen in der Legion haben? Keiner.«

»Du glaubst doch sicher nicht, dass du eine Beförderung verdienst?« Regina kämpfte mit ihrem schimmernden, flachsblonden Haar. Sie wollte es wieder hochstecken.

»Und warum nicht? Ich bin der ranghöchste Oger hier. Und wir sind hier in der Oger-Kompanie.«

»Nur Oger können Oger befehligen? Willst du das damit sagen?«, fragte Regina.

»Das klingt schon etwas rassistisch«, meinte Gabel.

»Das ist es aber nicht.« Frank rülpste, und etwas segelte aus seiner Kehle, landete am anderen Ende des Raums und schlitterte in die Dunkelheit davon. »Es geht um die Veranschaulichung von Aufstiegsmöglichkeiten.«

»Lasst uns uns doch einfach darauf einigen, dass wir alle verarscht werden.« Gabel seufzte.

Sie schlugen ihre Becher aneinander.

»Also, wer ist der Neue?«, fragte Frank.

»Never Dead Ned.«

»Ich dachte, den gäb's nur im Märchen.«

»Offenbar nicht.«

Frank murrte. »Wie sollen wir bitteschön einen Typen umlegen, der nicht sterben kann?«

Regina gab ihre Versuche auf und ließ ihr Haar wieder herabfallen. Ein narbenübersäter Soldat konnte sich nicht verkneifen, ihre wundervollen Locken anzustarren. Sie stand auf, ging hinüber, brach ihm die Nase und setzte sich wieder. »Er kann sterben.«

»Bist du sicher?«, fragte Frank. »Ich meine, sein Name sagt doch alles. Erinnere dich an die ersten beiden Worte: Never Dead.«

»Er ist ein Mensch.« Sie spuckte das Wort förmlich aus. »Alle Menschen sind sterblich. Folglich muss auch Ned sterblich sein.«

»Nichts gegen deinen Syllogismus«, sagte Gabel, »aber ich habe mir seine Akte angesehen.«

»Was ist ein Syllogismus?«, fragte Regina. Sie war in streitlustiger Stimmung und nicht bereit, eine Chance, sich beleidigt zu fühlen, auszulassen.

»Ein Syllogismus ist das deduktive Schema eines förmlichen Arguments, das aus einer größeren und einer kleineren Prämisse und einem Fazit besteht.«

Frank blinzelte Gabel skeptisch an. »Das hast du dir doch ausgedacht.«

»Nein, habe ich nicht«, widersprach Gabel. »Das ist Basisphilosophie. Ich habe es in einem Buch gelesen.«

»Lesen«, äffte Frank ihn nach. »Nicht sehr orkisch.«

Gabel überhörte es.

Reginas harte Augen glänzten. »Kein Mann, sterblich oder unsterblich, ist einer Amazone gewachsen. Er wird sterben. Wir werden einen Weg finden.«

Die Offiziere kicherten gemeinsam.

Gabel stand auf. »Ich geh mal besser. Der neue Kommandeur kommt in fünfzehn Minuten an. Sein zuverlässiger Erster Offizier sollte da sein, um ihn zu begrüßen.«

Darüber kicherten sie noch einmal gemeinsam. Als er gegangen war, bestellten die verbleibenden Offiziere noch eine Runde.

»Syllogismus, genau. Ich bleibe dabei, er ist ein Kobold«, begann Regina wieder.

Frank zuckte die Achseln. »Manche Leute kommen einfach nicht mit sich selbst klar.«

»Arme Irre.«

Dann schickte die Amazone einen Troll mit Schwung auf seinen Arsch, weil er es gewagt hatte, ihre Brüste mit seinem Blick zu streifen.

Einem Roch ein Geschirr anzulegen und ihn als Transportmittel zu benutzen, war ein Experiment mit uneinheitlichen Ergebnissen innerhalb der Unmenschlichen Legion. Gabel hätte Titanenlibellen benutzt. Sie waren leichter zu zähmen, leichter zu fliegen und sogar etwas schneller. Aber diese hohen Tiere, wer zur Hölle auch immer für solche Dinge zuständig war, bevorzugten die majestätischen, reptilhaften Vögel mit ihrem schwingenden, roten und goldenen Gefieder, ihrem Furcht erregenden Kreischen. Und so war eine eigentlich vollkommen ausreichende Idee zur Hölle gefahren.

Ein Roch war einfach nicht zähmbar. Das Beste, was man mit ihnen tun konnte, war, sie zu füttern und zu versuchen, sie nicht zu reizen. Wenn sie nicht hungrig oder verärgert waren, benahmen sie sich meistens. Außer in der Paarungszeit. Oder wenn sie ein lautes Geräusch hörten. Oder wenn etwas Glänzendes ihre Aufmerksamkeit auf sich zog. Oder wenn sie ein Huhn rochen. Oder wenn sie dachten, sie würden Huhn riechen. Oder wenn ihnen einfach danach war, etwas unter ihren gewaltigen Füßen zu zertrampeln. Für so riesenhafte Kreaturen waren sie furchtbar schreckhaft.

Gabel suchte den Himmel ab. Der Flug hatte zehn Minuten Verspätung. Das konnte eine übliche Verzögerung sein. Es konnte aber auch bedeuten, dass das Transportmittel zwischenzeitlich Hunger bekommen hatte. Es wäre nicht der erste Offizier, der gefressen wurde, bevor er die Festung erreichte.

Kobolde bildeten den Stab des Roch-Programms und auch beinahe den jedes anderen Projekts, das Personal erforderte, das gleichermaßen furchtlos und entbehrlich war. Ihre wagemutige Beschränktheit war dabei ein günstiger Umstand. Andernfalls hätten sie so, wie sie sich fortpflanzten, die Welt schon vor langer Zeit überrannt.

Gabel hielt einen vorbeikommenden Kobold an. Dieser trug einen Helm mit dem Wappen eines Pilotengeschwaders. Gabel kannte das Zeichen nicht. Entweder die *Fliegenden Brunchs* oder die *Störrischen Kaubaren.* Dieser spezielle Pilot hatte drei Kratzer an seinem Helm, was bedeutete, dass er dreimal ohne umzukommen einen Roch in die Luft und wieder zurück geflogen hatte. Dies qualifizierte ihn als einen bewährten Veteranen.

»Ja, Sir!« Der Pilot salutierte salopp, doch Gabel ignorierte das.

»Was vom Kommandeur gehört?«

»Nein, Sir!«, brüllte der Pilot. »Aber ich bin sicher, es geht ihm gut, Sir!«

Gabel sah zum Pferch hinüber. Vier Rochs schritten darin auf und ab. Ihre langen, schlangenartigen Schwänze wirbelten Staubwolken auf. Ihre unbarmherzigen Augen funkelten. Der größte Vogel, ungefähr zehn Meter hoch, hackte nach einem anderen. Der angegriffene Roch kreischte und hackte zurück. Sofort waren alle vier Monster damit beschäftigt, zu kreischen und aneinander zu zerren. Getrocknete Blutflecken und riesige Federn von früheren Zankereien bedeckten den Boden des Pferchs.

Drei Kobolde eilten mit ihren langen Stöcken, die mit Stacheln versehen waren, »Abreger« in der Rochführer-Terminologie genannt, in die Einzäunung. Ein Pfleger wurde unter dem plumpen Schritt eines Vogels zermalmt. Ein zweiter wurde geschnappt und verschluckt. Einige weitere Pfleger nahmen ihre Stelle ein, und nach ungefähr einer Minute wütenden Gekreisches und panischer Schreie beruhigten sich die Rochs. Die beiden Kobolde, die dabei nicht gefressen oder zerstampft worden waren, verließen den Pferch mit einem breiten, zufriedenen Grinsen.

Sie würden Gabel niemals in die Nähe eines dieser verdammten Dinger bekommen.

Der Pilot spürte seine Unruhe. »Eines Tages werden Rochflüge die sicherste Form des Reisens sein, Sir!«

In seinen Worten schwang nicht die leiseste Spur eines Zweifels mit. Gabel bewunderte den ewigen Optimismus der Kobolde, selbst wenn er es hasste, für einen von ihnen gehalten zu werden.

»Ich würde mir keine Sorgen um den Kommandeur machen, Sir! Ace ist unser bester Pilot, Sir!«

Gabel trat einen Schritt zurück. Das Gebrüll des Kobolds schmerzte ihn allmählich in den Ohren. »Wie viele Flüge hat er schon absolviert?«

»Sieben, Sir!«

Gabel war beeindruckt. »Er muss gut sein.«

»Ja, Sir! Er weiß, was er tut! Außerdem mögen Rochs seinen Geschmack nicht so recht, Sir! Haben ihn schon dreimal verschluckt, Sir! Haben ihn aber jedes Mal wieder ausgespuckt, Sir!«

»Was für ein Glück für ihn.« Gabel winkte den Kobold fort. »Sie können gehen.«

Der Pilot salutierte erneut. »Danke, Sir!«

Als das Klingeln in Gabels Ohren verhallt war, erschien endlich der Roch am Himmel. Sein Flug wirkte erstaunlich gleichmäßig, seine gewaltigen Flügel schlugen mit Kraft und Anmut. Aber die Landung war der schwierigste Teil. Die Eleganz der Rochs in der Luft stand im Gegensatz zu ihrer Schwerfälligkeit am Boden.

Der Pilot straffte die Zügel und trieb den Roch zu einem scharfen Sinkflug. Gerade als es so aussah, als würde der Vogel mit Sicherheit zu Boden stürzen, zog er an und setzte stolpernd auf. Rochführer warfen dem Piloten ein Seil hinauf, das er am Halsband des Rochs festmachte. Grinsend glitt er das Seil hinunter.

Ace war klein, selbst für einen Kobold – etwas über sechzig Zentimeter groß. Nichtsdestoweniger machte er eine schneidige, unbekümmerte Figur. Beinahe heldenhaft. Er schob seine Fliegerbrille hoch und warf den langen Schal zurück. Eines seiner Ohren fehlte, wahrscheinlich war es von einem Roch abgeknipst worden. Oder vielleicht war auch etwas anderes geschehen. Kobolde lebten eben gefährlich.

»Sir.« Er salutierte nicht, zog nur sein Messer und schnitt eine weitere Kerbe in seinen Helm. Die Pfeife, die zwischen seinen Zähnen klemmte, stank nach irgendeinem widerlichen Kraut, das Gabel nicht recht einordnen konnte. Was auch immer es war, es stank nach verfaultem Fleisch und verdorbenem Obst. Kaum verwunderlich, dass die Rochs ihn nicht fressen wollten.

Eine Stimme rief vom Rücken des Vogels herab: »Entschuldigung? Wie komme ich hier runter?«

»Tja, Sie könnten springen!«, rief Ace. »Oder Sie können die Leiter benutzen! Ihre Sache.«

Eine Strickleiter entrollte sich auf einer Seite und Ned begann mit dem Abstieg. Er war auf halbem Weg, als ein vorbeihuschendes Eichhörnchen den Roch erschreckte. Die Bestie drehte sich, verlor das Gleichgewicht und fiel um. Gabel und Ace befanden sich außerhalb der Quetschreichweite, Ned aber hatte nicht so viel Glück. Der Aufprall von drei Tonnen Vogelmasse schnitt seinen angstvollen Aufschrei ab. Der Roch ließ sich Zeit, bis er wieder auf die Füße taumelte.

Gabel näherte sich dem zerquetschten Kommandeur. »Verdammt, was für eine Sauerei.«

»So hat er vorher schon ausgesehen«, sagte Ace, »nur sein Hals war nicht so verbogen.«

»Sir?« Gabel stupste Ned an. »Sir?«

»Der ist ziemlich sicher tot.« Ace gab dem Leichnam einen Fußtritt.

»Aber das ist Never Dead Ned.«

»Schätze, sie werden seinen Namen in *Forever Dead* Ned abändern müssen.« Ace trat die Leiche ein zweites Mal, sprang mehrfach auf seiner Brust herum und wackelte mit dem gebrochenen Genick. »Jau, der ist hin.«

Gabel runzelte die Stirn.

Dann lächelte er. Es war praktisch, wenn sich Probleme von selbst lösten.

DREI

Die Kupferzitadelle besaß keinen richtigen Friedhof. Ihre Belegschaft bestand hauptsächlich aus Ogern, Orks und Kobolden, die eine Leiche im schlimmsten Fall für etwas hielten, über das man stolperte, und im besten als Munition für »Katapultiere den Kadaver« verwendeten, ein beliebtes orkisches Trinkspiel. Es waren jedoch auch ein paar Menschen in der Zitadelle stationiert, und weil es als offizieller Grundsatz der Unmenschlichen Legion galt, alle Kulturen zu respektieren, selbst die sentimentale Albernheit der Menschen, war ein rudimentärer Friedhof auf einem nutzlosen Flecken Dreck angelegt worden.

Zwei Oger, Ward und Ralph, waren die offiziellen Totengräber. Der Posten brachte ihnen ein paar zusätzliche Münzen ein. Sie hätten ihre Aufgabe mehr schlecht als recht erledigen können und keinen außer den Toten hätte es interessiert. Doch Ward erledigte den Job mit einem gewissen Stolz und das färbte auch ein wenig auf Ralph ab. Beide waren typische Oger: große, breite, rote, haarige Kreaturen mit breiten Mündern und winzigen, eng stehenden Augen. Ralph war ein wenig behaarter als Ward, und Ward war etwas größer. Das war der auffallendste Unterschied zwischen ihnen.

Ralph schippte eine weitere Schaufel Dreck und sah zur untergehenden Sonne hinüber. »Es wird dunkel. Das ist tief genug.«

Ward zuckte die Achseln. »Ich weiß nicht. Sieht nicht so tief aus wie beim letzten Kommandeur.«

»Das kommt, weil ich den Kerl mochte.«

»Den hier hättest du auch mögen können, Ralph.«

Sie studierten Neds Leiche mit ihrem wulstigen Auge und der violetten Zunge, die zwischen den blauen Lippen hing.

Ralph runzelte die Stirn. »Für mich sieht er nach einem Arschloch aus.«

»Die sehen alle so aus, wenn sie tot sind.«

Ralph hob Ned an einem Bein hoch und schlenkerte den Leichnam. »Ja, aber welcher Idiot nennt sich selbst Never Dead Ned und stirbt dann einfach?«

»Arschloch«, entschieden sie unisono.

Ralph warf die Leiche in das Loch. Die beiden stämmigen Totengräber brauchten nicht lange, um die Arbeit zu Ende zu bringen. Dunkle Wolken breiteten sich über ihnen aus. Erste schwere Regentropfen fielen. Ward rammte einen einfachen Grabstein in die Erde.

»Der ist nett«, lobte Ralph. »Wann hast du ihn gemacht?«

»Als ich hörte, dass der neue Kommandeur kommt. Dachte aber nicht, dass er ihn so früh braucht.«

Auf dem schmucklosen Friedhof erstreckten sich neben Neds Stelle zehn weitere Gräber. Jeder Stein trug den Namen eines toten menschlichen Kommandeurs der Oger-Kompanie. Es hatte auch andere Opfer des Jobs gegeben, aber nur die Menschen mussten begraben werden. Die Orks waren als Rochfutter benutzt worden. Einen Elf hatte man auf einem Scheiterhaufen verbrannt. Da war auch ein Zwerg gewesen, aber er war in so viele Stücke gerissen worden, dass sich keiner die Mühe machen wollte, sie alle aufzulesen. Also hatten Ralph und Ward nie gelernt, wie Zwerge ihre Leichname behandelt haben wollten.

»Kommt es mir nur so vor oder verschleißen wir diese Typen schneller als früher?«, fragte Ralph.

»Das kommt dir nur so vor. Obwohl der hier wirklich ein Rekord sein muss. Warte mal kurz. Ich habe hier was zu reparieren.« Ward zog Meißel und Hammer aus seinem Gürtel und meißelte ein X durch das »Never« in Never Dead Ned.

»Sollen wir ein paar feierliche Worte sprechen?«, fragte Ward.

»Müssen wir?«, fragte Ralph.

»Menschen scheinen so was zu mögen.«

Der nahende Sturm donnerte. »Na gut. Aber schnell.« Ralphs Nasenflügel blähten sich, als er in die Luft schnüffelte. »Ich rieche Regen. Und Magie. Schwarze Magie.«

Ab und zu kam es vor, dass ein Oger mit dem Talent geboren wurde, Magie zu riechen. Die Gabe wurde keiner der anderen Rassen je nachgewiesen, aber Oger nahmen sie als Tatsache hin.

»Wie riecht schwarze Magie?«, fragte Ward.

Ralph sog noch eine Lunge voll ein. »Nach Erdbeeren mit Sahne.« Er wischte sich den Regen aus den Augen. »Mach weiter.«

Ward wollte etwas sagen und zögerte. Er begann noch einmal und zögerte wieder.

»Und?«, fragte Ralph.

»Ich kannte den Kerl nicht.«

»Okay, ich mach's.« Ralph seufzte. »Hier liegt wieder ein Mensch. Ich kannte ihn nicht, aber er hat mir nichts getan, also schätze ich, er war in Ordnung. Allerdings war er trotz allem ein Mensch, und die meisten von ihnen sind Trottel. Bis auf den einen, dessen Namen ich aber gerade vergessen habe.«

»Ja genau«, sagte Ward, »dieser Fette.«

»Nicht der. Ich meine den Kleinen.«

»Die sind alle klein.«

»Stimmt, aber der war besonders klein.«

»Ach ja, der Kleine. Er war ein guter Kerl«, stimmte Ward zu. »Zu schade um ihn.«

»Wie auch immer«, fuhr Ralph fort, »ich bezweifle, dass dieser Kerl so gut war wie der andere, aber vielleicht war er es doch. Wahrscheinlich nicht. Wahrscheinlich war er ein Arschloch. Aber vielleicht auch nicht.«

Ein Donnerschlag beendete die feierliche Zeremonie.

»Das war wirklich schön, Ralph.«

Die beiden Oger trabten in Richtung Zitadelle, um dem drohenden Regen zu entgehen. Rumpelnde Wolken wirbelten über den schwarzen Himmel. Der Wind heulte, doch der Wolkenbruch kam nicht. Nur ein paar Tropfen, mehr nicht.

Die Frau stand an Neds Grab. Es war möglich, dass sie dort erschienen war. Genauso gut möglich war jedoch, dass sie unbemerkt herangetreten war. Es war eine kleine, drahtige Gestalt mit einem gebeugten Rücken, ganz in Rot gekleidet. Ihr Umhang war purpurrot, ihr Kleid leuchtend scharlachrot. Ihr langes Haar war blutrot und ihre Haut blass kirschrot. Ein zinnoberroter Rabe saß auf ihrer Schulter. Sie umklammerte einen knorrigen Kastanienholzstab mit einer ebenfalls knorrigen Hand. Sie hob ihn über ihren Kopf und sammelte die Magie, die nötig war, um die Toten zu wecken.

Ned war schon so oft wiedererweckt worden, dass es lächerlich einfach war. Eines Tages konnte er vielleicht sogar ohne ihre Hilfe auferstehen. Für den Augenblick brauchte er aber noch einen Stups.

»Steh auf, Faulpelz!«

Es war keine großartige Beschwörung, aber mehr war

nicht nötig. Die Rote Frau stampfte mit ihrem Stab auf Neds Grab. Die Wolken lösten sich auf und die Luft wurde still. Die Frau wartete.

Eine Stunde später wartete sie immer noch.

»Er kommt nicht herauf«, sagte der Rabe.

»Er ist nur stur. Ihm wird die Lust früh genug vergehen, in der Erde zu hocken.«

Eine weitere Stunde später war es so weit. Ned hatte einige Erfahrung darin, sich selbst aus Gräbern zu schaufeln, und er brauchte nicht lange, wenn er einmal beschlossen hatte, sich den Weg zur Oberfläche freizukratzen. Er wischte die feuchte Erde ab, die an seiner Kleidung hing.

»Hat ja lange gedauert«, bemerkte der Rabe.

Ned rieb sich den schmerzenden Hals. Er war verrenkt. Das würde wahrscheinlich nie wieder weggehen. Ihm blieb, nachdem er gestorben war, jedes Mal solch eine Erinnerung. Er hatte inzwischen so viele, dass eine mehr auch nichts mehr ausmachte.

Die Rote Frau lächelte und ging davon.

Er rief ihr hinterher: »Warum lässt du mich nicht einfach sterben?«

Sie wandte ihr runzliges Gesicht in seine Richtung. Ihre Wangen glühten in der verblassten Dämmerung. »Weil ich eine Vision hatte, Ned. Eines Tages, in einer fernen Zukunft, wird das Schicksal dieser Welt und jeder Kreatur, die an Land geht, in den Wassern schwimmt und durch die Lüfte schwebt, von dir abhängen und von der Entscheidung, die du treffen wirst.«

Diese Antwort hatte er nicht erwartet. Die Rote Frau hatte ihm vorher nie eine gegeben. Er fühlte sich etwas besser, als er hörte, dass es einen Grund für sein Leiden gab. Er blähte seine Brust mit einem stolzen Lächeln.

»Ich verarsche dich nur, Ned.«

Neds Brust und Ego fielen in sich zusammen und er ließ sich zurücksinken.

»Manche Leute stricken. Andere spielen Karten. Ich erwecke eben die Toten zum Leben«, antwortete sie. »Mädchen brauchen Hobbys. Sonst würde ich den ganzen Tag in meiner Höhle rumsitzen und mit Zombies reden. Hast du je versucht, ein Gespräch mit einem Zombie zu führen? Sie sind furchtbar langweilig. Und es ist völlig egal, wie oft du ihnen sagst, dass dir der Geruch nichts ausmacht. Sie entschuldigen sich trotzdem die ganze Zeit. Immer und immer wieder. Sie sind so verdammt gehemmt.«

»Entschuldigung.« Er wusste nicht so recht, warum er sich nun entschuldigte. »Aber ich hatte gehofft, du könntest einfach damit aufhören.«

»Sie mit Schweigen strafen, meinst du?« Sie kratzte sich mit einem langen, fuchsiaroten Fingernagel die Nase. »Kommt mir kaum fair vor, sie zu diskriminieren, nur weil sie tot sind.«

»Nein. Ich meinte aufhören, mich immer zum Leben zu erwecken.«

»Na, das ist ja ein schöner Dank«, sagte sie zu ihrem Raben. »Die meisten Menschen würden sich glücklich schätzen, wenn sie dem Tod so oft von der Schippe gesprungen wären wie der hier.«

»Es ist nur ...« Er rang nach den richtigen Worten. »Sieh es mal so. Für einen Mann ist es doch nicht gerade natürlich, ständig zu sterben.«

Sie stützte sich auf ihren Stab. »Was sagst du da? Willst du lieber tot sein? Ist das Grab so attraktiv?«

»Das ist es nicht. Aber ein Mann sollte nicht mehr als einmal sterben müssen.«

Sehr langsam schüttelte sie den Kopf. »Das ist dein Problem, Ned. Du redest immer vom Sterben. Als wäre es das

Wichtigste. Ist dir schon mal in den Sinn gekommen, dass du besser daran tätest, mehr über die Zeit nachzudenken, die du unter den Lebenden verbringst und weniger über diese kurzen Momente in Gesellschaft der Toten?«

»Sicher nicht«, stichelte der Rabe. »Ned ist kein besonders helles Bürschchen.«

Ned griff nach dem Dolch an seinem Gürtel. Er war verschwunden. Im Lauf der Jahre hatte er der Frau mit den verschiedensten Klingen an den verschiedensten Stellen Stichwunden zugefügt, aber es schien sie nie zu kümmern. Am Raben hatte er es bisher jedoch noch nie ausprobiert. Er nahm auch nicht an, dass es funktionieren würde. Selbst wenn er den verdammten Vogel umbrachte, würde sie ihn wahrscheinlich einfach wieder aufwecken.

»Alle Dinge sterben, Ned«, sagte die Rote Frau. »Alles muss früher oder später in der Erde vermodern. Du bist da keine Ausnahme … wahrscheinlich. Aber während wir leben, ob von Natur aus oder durch Magie, sollten wir es zu schätzen wissen.«

»Ich weiß nicht, warum du dir Mühe gibst«, quäkte der Rabe. »Er ist eindeutig ein Idiot.«

»Vielleicht.« Sie trat in die Nacht. Trotz ihrer leuchtenden Röte wurde sie von der Schwärze verschluckt. »Wir sehen uns, Ned.«

Dann war sie fort. Er konnte nicht sagen, ob sie davongegangen war oder sich in Nichts aufgelöst hatte. Einen Moment lang dachte er über ihren Rat nach, aber dann erinnerte ihn ein schwacher Geruch nach Erdbeeren mit Sahne daran, wie hungrig er war. Von den Toten zurückzukehren machte ihn immer hungrig.

Die Kupferzitadelle war ein trübes Leuchtsignal in der grauen Nacht, auf das er zusteuerte. Es war eine lästige Reise. Er konnte nicht gut sehen und stolperte auf dem unebenen, felsigen Boden fortwährend. Er hatte einen Leuchtstein in seinem Beutel gehabt, als er starb, doch der war mit seinem Messer und Geld verschwunden. Er war offenbar ausgeraubt worden. Tote Männer brauchten kein Geld. Aber jetzt war er nicht tot, sondern nur pleite und blind und stolperte durch die Dunkelheit. Beinahe erwartete er, in eine Sprengfalle zu geraten und schon wieder zu sterben. Bis er die Zitadelle erreichte, war er sogar noch verärgerter und seine Zähne knirschten hörbar.

Das Haupttor war offen und die Oger-Wachen schliefen auf ihren Posten. Das Licht war innerhalb der Mauern der Zitadelle nicht viel besser. Die einzige Beleuchtung kam von ein paar großen Leuchtsteinen, die noch nicht aus ihren Halterungen gestohlen worden waren. Soldaten schliefen auf dem Boden. Andere liefen in betrunkenen Rotten umher. Niemand bemerkte – oder kümmerte sich um – einen Fremden, der durch ihr Fort ging. Ned hatte zwar gehört, dass die Oger-Kompanie undiszipliniert war, aber dies hier schien eine Absurdität von einer Festung zu sein. Er war froh, dass er sich nicht mit der Sicherheit befassen musste.

Den Pub fand er problemlos. Er folgte einfach den Zechgeräuschen. Das raue Geplärr des Knochenhorns, eines abscheulichen orkischen Instruments, das nur drei Töne erzeugen konnte, griff seine Ohren an. Der Spieler hupte die drei Töne immer in derselben Reihenfolge. Ned erkannte das Stück: es war der »Schädelbrecher-Boogie«. Nicht sein Lieblingswerk der orkischen Kompositionen, aber es wies ihm den Weg.

Der Pub war dunkel, modrig und voll. Vor allem von Ogern, wie Ned erwartet hatte. Er behielt sein Auge bei sich und ging zielstrebig zur Bar.

Dort machte er den Wirt auf sich aufmerksam: »Schwarzes Verhängnis.«

Der Wirt, ein klein geratener Oger, der locker einen Kopf größer war als Ned, schürzte die Lippen. »Sind Sie sicher, dass Sie das wollen?«

Ned nickte und der Wirt ging, um einen Becher zu holen.

»Entschuldigen Sie, aber sind Sie Never Dead Ned?«, fragte ein Kobold auf dem Nachbarhocker.

»Nein.«

Ace beugte sich vor. »Sind Sie sicher? Sie sehen aus wie er.«

»Alle Menschen sehen gleich aus.«

Ace runzelte die Stirn. »Ja schon, aber dieser Kerl war unverwechselbar, selbst für einen Menschen. Er war voller Narben. Wie Sie. Und er hatte nur ein Auge. Wie Sie. Und sein linker Arm, der sah ein bisschen brandig aus. Wie Ihrer.« Er kniff die Augen zusammen. »Ja, Sie sind's, auf jeden Fall.«

Ned gab sich geschlagen. »Ich bin's.«

»Dachte ich's mir doch. Ich hab Sie eingeflogen. Erinnern Sie sich?«

»Wie könnte ich das vergessen?«

Der Wirt stellte einen Becher mit dicker, schwarzer Flüssigkeit vor Ned auf den Tresen. »Ich würde Ihnen raten, das nicht zu trinken, kleiner Mann. Könnte Sie geradewegs ins Grab bringen.«

»Wäre nicht das erste Mal«, murrte Ned.

Er schluckte etwas von dem Schwarzen Verhängnis. Er musste kauen, um es hinunterzubekommen, und Schlucken war eine Überwindung. Seine Innereien brannten. Seine Zunge brutzelte. Seine Kehle schnürte sich so eng zusammen, dass es ihm für eine Minute die Luftzufuhr abschnitt. Sein Auge tränte. Nach all dem füllte eine kühle Freundlichkeit seinen Kopf. In einer Stunde würde sie durch vernichtende Kopfschmerzen und Nasenbluten ersetzt werden, aber eine Stunde war noch weit entfernt.

»Hab nie einen Menschen gesehen, der Schwarzes Verhängnis vertragen konnte.« Der Wirt grinste. »Das geht aufs Haus.«

Das war gut, denn Ned hatte kein Geld. Aber er war hier der Kommandeur – und gerade erst von den Toten auferstanden. Ein Freigetränk sollte dafür schon das Allermindeste sein.

Ace zündete seine Pfeife an. Eine Fliege, die von der giftigen gelben Wolke erwischt wurde, würgte hörbar und fiel tot zu Boden. »Schätze, man nennt Sie aus gutem Grund Never Dead Ned, was, Sir?«

»Schätze ja.« Ned biss einen weiteren Schluck Verhängnis ab.

»Hey, Ward, Ralph!«, rief Ace. »Schaut mal, wer wieder hier ist! Ihr habt ihn wohl nicht tief genug vergraben!«

Ned schwenkte herum und suchte den Raum ab. Sein Blick traf die einzigen beiden Oger, die ihm nicht ins Auge schauten. Beide hielten einen Becher in der einen Hand und eine Schaufel in der anderen. Ned stand auf und stapfte auf wackligen Beinen durch den Raum. Ace folgte ihm grinsend. Stille breitete sich über den Pub aus.

»Habt ihr mich begraben?«

Ward nickte. »Ja, Sir.«

»Ihr sollt mich nicht begraben.« Die Muskeln von Neds bösem Arm spannten sich. Seine Hand ballte sich zur Faust.

Die Totengräber schluckten. Selbst im Sitzen waren sie größer als Ned, und es gab keinen lebenden Menschen, der es in einer Schlägerei mit blanken Fäusten mit einem Oger aufnehmen konnte. Aber jeder Mensch, der aus dem Grab zurückkehren und Schwarzes Verhängnis trinken konnte, verdiente einen gewissen Respekt. Da Oger weder daran gewöhnt waren, Menschen zu respektieren noch zu fürchten, wussten sie jetzt nicht genau, wie sie sich fühlen sollten. Schließlich entschieden sie sich für peinliches Unbehagen.

Das Schwarze Verhängnis stärkte Neds Mut und schwächte seine Vernunft. Er hatte keine Angst vor dem Tod, lediglich eine allgemeine Abneigung dagegen. In diesem Augenblick war er zu allem fähig, und er war nicht einmal selbst ganz sicher, was das war.

»Mein Geld.«

Ralpf ließ Neds Beutel auf den Tisch fallen. »Wir dachten nicht, dass Sie es noch brauchen würden, Sir.«

Ned rülpste so laut, dass es ihm beinahe selbst die gummiartigen Knie unter dem Körper weggezogen hätte. »Mein Messer. Mein Schwert.«

Das Messer wurde übergeben.

»Das Schwert hat jemand vor uns erwischt«, erklärte Ward.

Ned stützte sich auf den Tisch, um das Gleichgewicht nicht zu verlieren.

»Wir haben nur die Anweisungen befolgt«, meinte Ralph. »Sir.« Er grunzte das letzte Wort mit offensichtlichem Ekel.

Neds böser Arm schwang hart und schnell herum und kollidierte mit Ralphs dickem Kiefer. Ein furchtbares Knacken war zu hören. Ob es Neds Hand war, die brach oder die Zähne des Ogers, die zusammenschlugen, konnte Ned nicht sagen. Aber er warf Ralph von seinem Stuhl und auf den Boden. Durch den Schwung drehte sich Ned herum und wäre beinahe neben dem Oger zu Boden gegangen, wenn da nicht Aces Arm gewesen wäre, der ihn aufhielt.

Das Publikum johlte. Jeder einzelne dieser Soldaten wusste einen guten, soliden Schlag als eine Kunstform zu schätzen. Ned würde es am Morgen bereuen. Seine Knöchel waren zwar geschwollen und rot, doch er spürte den Schmerz nicht. Das Starkbier hielt ihn schön warm.

Ralph stand auf. Er rieb sich den Kiefer. Ein Rinnsal Blut erschien auf seiner Lippe. Nicht viel, aber mehr Schaden, als ein Mensch jemals angerichtet hatte. Genau genommen war er noch nie von einem Menschen geschlagen worden. Die Eigentümlichkeit der Situation wischte seinen Ärger weg und ließ nur tiefe Verwirrung zurück.

»Hier ist eine neue Anweisung.« Ned rammte seinen Finger in Wards Brust. »Begrabt mich nie wieder.«

Er drehte sich und stolperte zur Bar zurück. Als er sich wieder gesetzt hatte, füllte sich der Pub erneut mit Lärm. Der Knochenhornspieler stürzte sich auf eine stürmische Darbietung des »Knochenbruch-Blues«, ein Lied, das aus denselben Tönen – sogar in derselben Reihenfolge – bestand wie der »Schädelbrecher-Boogie«, nur ein bisschen langsamer gespielt wurde.

»Sie haben Mumm, Sir.« Ace klopfte Ned auf den Rücken.

Neds böser Arm griff den Kobold am Ohr und schleuderte ihn auf den Knochenhornspieler. Er hatte das nicht gewollt, aber sein Arm wurde immer besonders garstig, wenn der Körper trank. Die Stammgäste kicherten höchst amüsiert. Ace staubte sich ab und suchte sich einen Platz am Tisch der Totengräber.

Ned nahm noch einen Schluck und wischte sich den Schweiß von der Stirn. Je höher das Fieber, desto besser das Bier. Er bestellte ein Steak, blutig-roh. Nichts passte so gut zu einem großen Becher Schwarzen Verhängnisses.

Eine Frau glitt auf den Hocker neben Ned. »Sie sind also unser neuer Kommandeur.«

Er warf ihr einen Blick zu. Sie war hübsch, nicht schön, mit kurzem blondem Haar. Und sie kam ihm vage bekannt vor. Etwas an ihr rührte an seine animalischen Instinkte. Es war nicht normal, dass irgendetwas so kurz nach der Auferstehung von den Toten an seine animalischen Instinkte rührte. Und ein ordentliches Bier war auch nie besonders hilfreich.

»Kennen wir uns?«, fragte er.

»Nein, Sir.« Sie lächelte. Ein Grübchen erschien auf ihrer linken Wange. Er kannte sie. Er wusste nur nicht, woher.

»Ich heiße Miriam, Sir.« Mit den Fingern fuhr sie seinen bösen Arm auf und ab. Unter ihrer Berührung wurde er warm. »Darf Ihnen eine Lady einen Drink spendieren?«

Am anderen Ende des Raumes betupfte Ralph das Blut an seinem Kinn. »Hab dir doch gesagt, dass der ein Arschloch ist.«

»Jau.« Mit einem Grinsen blies Ace den Rauch seiner Pfeife aus. »Ich mag ihn.«

VIER

Die Rote Frau hatte mit den Jahren eine große Anzahl von Verpflichtungen angesammelt. Während Menschen sechs oder sieben erbärmliche Jahrzehnte existierten, lebte sie einfach weiter und sammelte Aufgaben, wie eine watschelnde Schlammbestie Fliegen sammelte, bis die arme Kreatur schließlich unter dem Gewicht einer Milliarde Insekten zusammenbrechen musste. Aber die Rote Frau brach nicht so leicht zusammen, und als Never Dead Ned vom Grabesfrieden sprach, verstand sie ihn besser, als sie es sich je anmerken ließe.

Eine ihrer Aufgaben war die Pflege eines kleinen Gottes. Dieser spezielle kleine Gott manifestierte sich als ein Phantomberg. Er war weder ein großartiger Berg noch ein großartiger Gott. Aber er war jung, und Götter alterten in ihrem eigenen Tempo, manche entstanden und verschieden innerhalb einer Stunde, andere brauchten Jahrtausende, um ihre Gestalt zu finden. Der Berg war wenig mehr als ein vertrauensvoller Welpe. Er folgte ihr überallhin und existierte in einer Art schattenhaftem Reich zwischen den Himmeln und der Erde. Wenige konnten ihn wahrnehmen. Noch weniger konnten ihn finden. Aber für die Rote Frau war er so real wie alles andere und niemals weit entfernt in der metaphysischen Illusion von Distanz. Sie hatte ihn zu ihrem Zuhause gemacht.

Sie hielt an, um zu verschnaufen. Sie war sehr, sehr alt und an Tagen wie diesem *fühlte* sie sich auch so alt.

Der Rabe flog voraus und rief ihr zu: »Komm schon. Nur noch ein kleines Stück.«

Sie nickte, als bräuchte sie den Zuspruch, als hätte sie diesen Aufstieg nicht schon unzählige Male hinter sich gebracht.

»Ich weiß nicht, warum du nicht einfach in eine der weiter unten liegenden Höhlen umziehst«, schlug der Vogel vor.

»Ich fühle mich in meiner Höhle wohl.«

»Kann sein, aber demnächst wirst du den Aufstieg nicht mehr schaffen.«

Sie stimmte ihm im Stillen zu. Obwohl sie nahezu altersIos war, bestand sie doch aus Fleisch und Blut. Und Fleisch, selbst verzaubertes Fleisch, verwelkte neben dem hohen Alter eines Steins. Sie hoffte, dass der Berg in einem oder zwei Jahrzehnten vielleicht genug begreifen würde, um sie mit einer Treppe zu versorgen. Fürs Erste hatte er ihr bereits eine Art Pfad geschenkt. Keinen besonders tollen Pfad zwar – es gab Abschnitte, über die sie verbissen hinwegklettern musste. Aber es war ein Zeichen, dass sich dieser aufkeimende kleine Gott Gedanken über ihre Bequemlichkeit machte.

Die Rote Frau erreichte ihre Höhle mit einiger Atemlosigkeit. Der Eingang war trügerisch klein und ein Knick im Tunnel erweckte den Eindruck von Untiefe. Aber die Höhle war in Wahrheit außergewöhnlich groß, und die Rote Frau brauchte den ganzen Platz für ihre verschiedenen Verpflichtungen. Es wäre alles zu viel für sie gewesen, wenn sie sich nicht darauf verlegt hätte, die Toten mit einzubeziehen. Dutzende von Zombies liefen umher und arbeiteten ihre festgelegten Aufgaben ab. Manche waren kaum von den Lebenden zu unterscheiden, aber die meisten waren doch offenkundig verstorben. Einer schlurfte an ihre Seite und nahm ihren Umhang. Ein anderer reichte ihr ein Glas Brandy. Zwar trieb eine ertrunkene Made in dem Getränk, aber sie hatte sich schon an den Anblick gewöhnt. Ohne einen starken Magen konnte man nicht tagaus, tagein mit wandelnden Leichen arbeiten, und mit der Zeit hatte sie aus Bequemlichkeit Geschmack an Maden, Würmern und Fliegen gefunden. Sie schlürfte den Brandy und verstaute die weiße Zugabe mit einem zufriedenen Lächeln unter ihrer Zunge.

Sie trat zu ihrem Kessel und kontrollierte den Leichnam, der das Gebräu darin umrührte. Dann überprüfte sie die Fortschritte des Juweliers beim Verlesen von wertvollen Steinen. Danach inspizierte sie das neueste Werk des Totenhemdwebers, bevor sie das neueste Bündel Schwerter des Schmieds kontrollierte, von denen kein einziges auch nur den kleinsten Zauber wert war. So viel zu tun, grübelte sie. Aber sie hinkte hinüber zu einem Schemel, setzte sich und lehnte den Stab an ihre Schulter. Ihr Rabe hatte ja Recht, was den Aufstieg betraf, aber keine der anderen Höhlen besaß die richtige Atmosphäre.

Eine Zombie-Magd hörte auf zu fegen. Während ihres Lebens war die Magd angenehm anzusehen gewesen, wenn nicht sogar besonders schön. Jetzt hing ihr die Haut von den Knochen, ein nicht-lebender Beweis dafür, dass man zwar vielleicht nie zu reich sein konnte, aber sicherlich zu dünn. »Haben Sie es getan?«

Die Hexe nickte.

»Er stirbt oft, nicht wahr?«

Die Hexe nickte wieder.

»Er muss sehr ungeschickt sein«, sagte die Magd.

Der Rabe gackerte. »Er ist ein Blödmann.«

»Tod zieht Idioten nicht vor«, sagte die Rote Frau. »Sie

bevorzugt einfach Ned. Die Vergessenheit gibt ihre Beute nicht leicht auf und vergisst diejenigen, die sie einmal, wenn auch noch so kurz, in ihrer liebevollen Umarmung gehalten hat, niemals.«

»Ihr scheint aber nicht viel daran zu liegen, mich zurückzufordern«, sagte die Magd, während ihre fahle Haut und die gelblichen Augen herabhingen.

»Das liegt daran, dass du nur halb am Leben bist. Tod ist viel zu beschäftigt, um sich Gedanken über Trivialitäten zu machen, wie zum Beispiel die Frage, ob dein Leichnam weiter rumläuft.«

»Hoffen wir, dass er diesmal etwas länger durchhält, bevor er wieder dran glaubt«, sagte der Rabe.

Sie lächelte. Obwohl Neds Versorgung ihre wichtigste Aufgabe war, verbrauchten diese Reisen trotzdem viel von ihrer wertvollen Zeit und sie hoffte, Ned würde sein nächstes Ableben mindestens um einen oder zwei Monate aufschieben.

Die Zombie-Magd schnüffelte. Wäre ihre Nase nicht schon vor langer Zeit abgefallen, ihre Nasenflügel hätten sich gebläht. »Riechen Sie das? Bin das ich?«

»Ich glaube, das bin ich«, sagte ein breiiger Leichnam, der Zaubertränke mischte.

Ein toter Ritter hob das Visier seines Helms: »Ich bin es jedenfalls nicht.« Er war ein Neuzugang in ihrer Belegschaft. Er war immer noch in der Verleugnungsphase, obwohl eindeutig ein Speer seine Brust durchbohrte.

Der beinlose Torso eines dahingeschiedenen Juweliers hielt beim Sortieren von Edelsteinen inne. »Ich bin es nicht. Das ist sicher. Mein Fleisch ist schon fast weg.«

Der Rest der Zombies murrte. Wenn alles Fleisch von den Knochen gefallen war, endete die Dienstpflicht eines Zombies. Ein kleiner Fetzen Haut hing am Ellbogen des

Juweliers und einige Fliegen arbeiteten eifrig daran. Seine Freiheit stand kurz bevor, und seine Zombie-Dienstkollegen konnten nicht anders, als es ihm zu verübeln. Die Rote Frau war ebenfalls nicht glücklich darüber. Sie würde bald einen neuen Juwelier finden müssen – noch so eine Aufgabe, für die sie keine Zeit hatte.

»Dann muss ich es sein«, sagte die Magd.

»Nein, ich bin es«, widersprach der Kesselrührer.

Der Rabe krächzte laut. »Ach, um der Himmel Willen, ihr alle seid es, ihr verrottenden Idioten!«

Die Zombies ließen die Köpfe hängen und murmelten vor sich hin.

»Ich nicht«, grunzte der Ritter. Fast unmerklich hob er seinen Arm und schnupperte an sich selbst, aber seine quietschende, rostende Rüstung zog die allgemeine Aufmerksamkeit auf das Manöver.

Die Rote Frau nippte an ihrem Brandy. Missbilligend warf sie den bösen Blick nach einigen summenden Fliegen. Sie verendeten und fielen in ihr Glas. Sie nahm einen weiteren Schluck und fand das mehr nach ihrem Geschmack.

Der Berg rumpelte, und sie spürte eine bevorstehende Ankunft.

Der Zauberer materialisierte gemächlich und mit einer Menge Pomp. Er hatte sich schon immer eher mit der Form der Magie als mit ihrer Funktion beschäftigt. Ein schwarzer Turm aus Rauch waberte in der Mitte der Höhle. Weibliche Phantome, absurd proportioniert mit unmöglich üppigen Brüsten, grotesk schmalen Taillen und einladenden Hüften sowie mit langen, geschmeidigen Gliedmaßen, wirbelten in der Luft herum, während sie einen dämonischen Sprechchor leierten.

»Belok, Belok, Belok, Belok, Belok ...«

Eines der Phantome schwebte vor der Roten Frau in der

Luft. Die äußere Erscheinung des Geistes löste sich ab und enthüllte einen glänzenden grünen Schädel. Ihr wehendes Haar verwandelte sich in Skorpione. Ihr Kleid fiel in Fetzen. »Belok ist gekommen, um dich für seine Zwecke zu verwenden. Mögen die Götter dir gnädig sein, denn er wird es sicherlich nicht tun.« Das Äußere des Phantoms kehrte wieder in seinen hübschen Zustand zurück.

Der Rauch sank in den Boden zurück und eine große, dünne Gestalt stand an seiner Stelle. Die Augen des Mannes waren zwei goldene Perlen, seine Tunika bestand aus schimmerndem Silber. Er glänzte buchstäblich vor Macht. Doch seine bemerkenswertesten Merkmale waren ein grauer Schnabel, eine Haube aus kurzem braunem Fell, das sich auf seinem Kopf bis knapp unterhalb seiner Augen erstreckte, und mit Schwimmhäuten und Krallen bewehrte Fingerspitzen.

Die Rote Frau war unangenehm überrascht, ihn zu sehen. Sie empfing selten Besucher, und dies war einer derjenigen, auf die sie am besten verzichten konnte.

»Hallo Belok. Willst du einen Brandy?«

Die singenden Phantome gruppierten sich um die Schultern des Zauberers. Sie wehklagten musikalisch.

Mit Augen, die immer noch so scharf waren wie in ihrer Jugend, erspähte sie ein neues Haar, das auf dem Kinn des Zauberers spross. Der kleine Berggott sprudelte vor Magie, und einfach nur die verzauberte Luft an diesem Ort zu atmen, löste bereits Beloks verfluchte Allergien aus.

Er griff in seine Tunika und hielt einen schimmernden Diamanten hoch. »Bei diesem Splitter der Herrlichen Kugel der Wahrheit zwinge ich dich, Hexe! Mögest du nur in äußerster Wahrhaftigkeit sprechen!«

»Wahrhaftigkeit, Wahrhaftigkeit!«, sangen seine Phantom-Liebhaberinnen mit melodiöser Fröhlichkeit.

Beloks goldene Augen leuchteten. Seine Aura zog alles Licht auf sich und schien dadurch heller, während sie gleichzeitig alles um sich herum verdunkelte. Das Juwel, das er in seiner Hand umklammert hielt, tauchte die Rote Frau in einen reinen, weißen Lichtstrahl.

»Sprich, Hexe!«, rief Belok. »Ich befehle dir, sprich!«

»Sprich, sprich, sprich«, intonierte der Chor.

Die Rote Frau nahm an, dass ein Zauberer, der allergisch auf Magie war, nicht gerade eine solche Schau daraus machen sollte. Aber trotz all seiner Macht war Belok nie besonders helle gewesen. Sie setzte sich wieder und wartete, bis er fertig war. Es ging noch etwa eine Minute so weiter, während der sie aufhörte, auf die Details zu achten. Am Ende hatte das Fell auf Beloks Gesicht seinen Vormarsch fortgesetzt und bedeckte einen weiteren Vierteldezimeter seines Gesichts.

»Wo ist er?«, fragte der Zauberer.

Es dauerte einen Moment, bis sie bemerkte, dass er mit seinem Zauberspruch fertig war. Sie war gerade dabei gewesen einzudämmern.

»Antwort unklar«, antwortete sie. »Neuer Versuch.«

Sie hatte den Eindruck, er fletschte die Zähne. Es war schwierig, solche Ausdrücke auf dem mit einem Fluch belegten Schnabel des Zauberers zu lesen. »Aber ich habe die Macht eines Splitters der Wahrheit. Du kannst kein Geheimnis vor mir bewahren.«

»Du überschätzt dich, Belok. Und deinen Stein.« Sie humpelte zu ihm hinüber und pflückte den Diamanten aus seiner Hand. »Darf ich?«

Er nickte knapp.

Sie warf ihrem Juwelier den Stein zu, der ihn einen Augenblick lang untersuchte. »Das hier ist kein Splitter der Wahrheit. Es ist ein einfacher Diamant. Und schlechte Qualität noch dazu.«

»Du musst dich irren«, sagte Belok. »Ich habe den Stein von einem Alchemisten in Minenstadt gekauft und er hat mir versichert ...«

»Er hat dich betrogen«, antwortete der Juwelier.

»Ich bin Belok. Ich bin der größte Zauberer der Welt. Man kann mich nicht betrügen.« Seine Phantome kreischten beim bloßen Gedanken daran entsetzt auf.

Die Rote Frau nahm dem Zombie den Stein aus der Hand und gab ihn dem Zauberer zurück. »Schön. Nimm einfach deinen wertlosen Splitter und lass mich in Frieden. Ich weiß nicht, warum wir das ständig durchexerzieren müssen. Kugel der Wahrheit oder nicht, du hast einfach nicht die Kraft, mich zu zwingen. Deine Hausbesuche ändern da gar nichts. Nichts außer dich selbst.«

»Verdammt seist du, Hexe. Ich sollte dir deine hohle Seele herausreißen und sie meinen Lakaien verfüttern.«

Die Phantome leckten sich die Lippen.

»Verschone mich mit deinen Drohungen. Ich habe kein bisschen weniger Macht als du. Sicher läge eine Niederlage meinerseits im Bereich des Möglichen, falls wir uns duellieren sollten. Aber ich würde nicht leicht nachgeben und der Sieg würde dich teuer zu stehen kommen, nicht wahr?«

Sie stützte sich auf ihren Stab. »Hast du dir jetzt noch einen Schwanz wachsen lassen?«

Er blickte finster. »Einen kleinen.«

»Ah, ich sehe, die Veränderung vollzieht sich wohl nahtlos. Weißt du, du müsstest dir nie wieder Gedanken darüber machen, wenn du aufhören würdest, Magie anzuwenden.«

»Ich bin Belok! Die Magie in Person! Die Rache ist mein!« Seine Phantome heulten schrecklich und lockerten damit ein paar der kleineren Stalaktiten. Sie krachten auf den Boden und zersprangen. Die Zombie-Magd seufzte und fegte die Stücke zu einem Haufen zusammen.

»Dann geh auf deinen Rachefeldzug, aber ich kann dir nicht helfen. Ich kann dir nur mein Mitgefühl für deine Misere anbieten.« In Wahrheit verspürte die Rote Frau nichts dergleichen. Er hatte sich diesen Fluch selbst zuzuschreiben und sie hielt ihn noch für gnädig gering, verglichen mit der Strafe, die er verdiente. Doch es lag eine gewisse Ironie darin. Denn Belok hätte ein vollkommen friedliches Leben haben können, wenn er die Weisheit besäße, sich seine Magie zu sparen. Etwas, das er niemals tun konnte. Die Strafe war nur der Ausdruck seines Verderbens, während seine wahnsinnige Besessenheit von der verborgenen Macht der wahre Grund dafür war. So gesehen war der Fluch ziemlich poetisch.

»Sollen wir diese Diskussion fortsetzen?«, fragte die Rote Frau. Ich habe keine Zeit zu vergeuden, und ich denke, du auch nicht.«

»Du kannst ihn nicht ewig verstecken.«

»Und genauso wenig kannst du deine Verwandlung ewig aufschieben. Nicht, solange du darauf bestehst, Zauber auszusprechen, die nicht gelingen, und verzauberte Berge zu besuchen.«

»Ich komme wieder.« Er ließ seinen Schnabel zuschnappen. »Und nächstes Mal wirst du mir sagen, was ich wissen will.«

Sein Abgang war keine so gute Darbietung wie sein Erscheinen. Das war es nach diesen erfolglosen Besuchen nie. Er und seine Phantome verschwanden einfach.

»Ich dachte schon, er würde nie wieder gehen«, sagte der Rabe.

Eine Fliege knabberte den letzten Partikel Fleisch vom Ellbogen des Juweliers. Das Skelett kicherte und fiel zu einem leblosen Haufen zusammen. Der Rest der Arbeiter starrte den Knochenhaufen neidvoll an.

»Du wirst noch früh genug tot sein.« Die Rote Frau gab der kehrenden Magd einen leichten Klaps aufs Hinterteil. »Und jetzt zurück an die Arbeit.«

Die Hexe betrachtete die Überreste des Juweliers und schüttelte seufzend den Kopf.

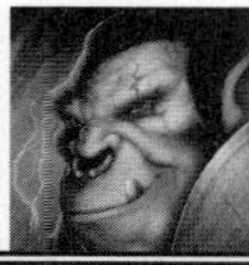

FÜNF

Das Bewusstsein fiel wie eine rasende Bestie über Ned her. Hätte er die Wahl gehabt, er hätte weitergeschlafen. Für immer. Das war beinahe so gut wie tot zu sein. Aber er hatte keine Wahl. Es gab einfach Dinge, die er zu tun hatte, und aufzuwachen war eines davon.

Sein Gehirn hämmerte und drückte gegen den Käfig seines Schädels. Er war sicher, dass es aus seinem Hohlraum herausgequollen war. Sein linker Arm war steif und unnachgiebig. Jeder Versuch, ihn zu bewegen, löste nur fürchterliche Schmerzen aus. Also ließ er ihn liegen. Unter seinen Nasenlöchern klebte verkrustetes Blut. Das alles hatte er erwartet, aber da war noch etwas Neues: Er schmeckte Fisch.

Er hasste Fisch. Selbst im Rausch konnte er sich nicht vorstellen, freiwillig Fisch in seinen Mund zu stecken. Mit der Zunge fuhr er über seine Lippen. Es war zweifellos Fisch. Ein salziger, nicht schrecklich fischiger Geschmack, aber unbestreitbar Fisch.

Er schmatzte hörbar und nahm das Kissen von seinem Kopf. Wütendes Licht strömte heran und er presste das Kissen mit einem Stöhnen wieder auf sein Gesicht zurück.

»Guten Morgen, Sir«, schnurrte Miriam, »oder sollte ich sagen: Guten Nachmittag?« Ihre samtige Stimme rührte an seine animalischen Instinkte, doch sein Kater und die Gefahren des Tageslichts hielten ihn von einer Reaktion ab.

Er hatte zu große Schmerzen, um zu lächeln, aber jetzt entsann er sich. Eine vage Erinnerung an eine Nacht in ihren Armen. Es war magisch gewesen. Zumindest war er der Meinung, es sei magisch gewesen. Das Bier vernebelte die Details. Immerhin war er flachgelegt worden. Das zählte schon einiges. Vielleicht würde die Oger-Kompanie doch nicht so schlecht werden.

Etwas Schuppiges glitt zwischen den Laken heran und berührte seine Schulter. Er wich zurück.

»Ich muss los, Sir«, sagte Miriam. »Ein Kuss, bevor ich weg bin?«

Mit geschlossenem Auge hob er das Kissen und spitzte die Lippen. Weiche, kühle Lippen berührten die seinen. Sie schmeckten nach Fisch. Sie schmeckte nach Fisch. Seine Reflexe schalteten sich ein und er purzelte aus dem Bett. Einen Augenblick lang kämpfte er mit den Laken, die ihn umschlangen, und dann mit der brennenden Hitze des Tageslichts. Als sich seine Sicht klärte, sah er eine Kreatur, eine Frau, bedeckt mit goldenen Schuppen, die über ihn gebeugt stand. Sie sprach mit Miriams Stimme.

»Ich schätze, das bedeutet, die rosa Brille ist ab, Sir.«

Ned bedeckte sein Auge. »Wie betrunken war ich?«

»Sehr betrunken, Sir. Aber das hat eigentlich nicht viel damit zu tun. Ich neige dazu, allen Männern als die Frau ihrer innigsten Wünsche zu erscheinen. Das Risiko, wenn man eine Sirene ist.«

Er rief sich in Erinnerung, wie sie letzte Nacht ausgesehen hatte. Hübsch, ja, aber nichts übernatürlich Attraktives.

»Denken Sie mal nach«, sagte sie. »Gibt es jemanden, den Sie immer begehrt haben, aber nie haben konnten?«

Ihm war gerade nicht danach, die Liste durchzugehen. Es war auch nicht wichtig. Es war nicht das erste Mal, dass er eine Taverne mit einem schönen Mädchen verlassen hatte und mit einer Frau mit Schwimmhäuten an den Zehen aufwachte. Er schwor sich, dieses Mal würde das letzte Mal sein. Obwohl er das beim letzten Mal auch schon geschworen hatte. Also konnte er nicht so tun, als hätte dieses Versprechen viel zu sagen.

Jetzt, nachdem der Schock verebbt war, bemerkte er, dass Miriams Gestalt eindeutig weiblich war. Sogar mehr, als er letzte Nacht gesehen hatte. Sie hatte lange, biegsame Beine, eine schmale Taille und bemerkenswerte Brüste. Ihr Gesicht, weiterhin irgendwo zwischen einem Dorsch und einer Frau, ließ einiges zu wünschen übrig. Aber ihre Schuppen glänzten sehr hübsch und die Finnen auf ihrem Kopf waren hoch und majestätisch.

»Warum siehst du nicht mehr aus wie gestern?«, fragte er.

»So ungefähr?« Sie pfiff ein paar angenehme Töne. Seine Sicht trübte sich, und sie verwandelte sich in eine großgewachsene, dunkelhäutige Frau. Nicht dieselbe Gestalt wie in der Nacht zuvor, aber trotzdem sehr vertraut. Noch eine Frau auf seiner Liste, die er nicht so recht zuordnen konnte.

Sie hörte auf zu pfeifen und die Illusion verpuffte. »Das Bett zu teilen hat Ihnen Toleranz verschafft, Sir. Jetzt funktioniert es nur noch, wenn ich singe. Deshalb habe ich Sie verführt. Besser für uns beide.«

Er zuckte und fühlte sich elend. Es war nicht wegen Miriam. Er hatte kein Problem damit, konnte zwar nicht glücklich darüber sein, aber es war in Ordnung. Überreste des Gesöffs, geronnen in seinem Magen, überzogen seine Kehle. Er hatte das Gefühl, sich übergeben zu müssen, aber das Verhängnis ließ ihn nicht so leicht entkommen.

Sie lächelte. Ein nettes Lächeln, wenn auch umrahmt von plumpen, violetten Lippen. »Geben Sie es zu. Sie hatten Spaß.«

Er konnte sich nicht so recht erinnern. Eine Nacht mit der Frau seiner Träume und alles, woran er sich erinnern konnte, war der Morgen danach.

»Kann ich gehen, Sir? Wenn ich nicht bald kurz untertauche, fange ich an abzublättern.«

Er genehmigte es. Sie schlüpfte in ihre Uniform, salutierte beiläufig und verließ sein Quartier. Er lag noch eine Weile auf seinem Bett und räusperte schwärzliche Stücke Schlamm aus seiner Kehle. In etwas mehr als fünfzehn Minuten hatte er seinen Nachttopf zur Hälfte mit einer abscheulichen, brackigen Pampe gefüllt.

Jemand klopfte an seine Tür. Er grunzte etwas, das einem »Herein« nahekam.

Gabel trat ein und salutierte. »Sir, Erster Offizier meldet sich zum Dienst.«

»Kann ich Ihnen helfen?«, fragte Ned und erinnerte sich dann, dass er hier die Verantwortung trug. »Um was geht es?«

Gabel verbeugte sich. »Entschuldigen Sie die Störung, Sir, aber ich habe mich gefragt, wann Sie Ihre erste Inspektion machen wollen.«

»Gar nicht«, sagte Ned ehrlich.

Gabels Stirn furchte sich. »Sir?«

»Später. Ich werde sie später machen.«

»Und die Ansprache, Sir?«, fragte Gabel.

»Was?«

»Die Einführungsansprache, Sir? Um sich den Truppen vorzustellen.«

»Später.« Ned gähnte. »Viel später.«

»Ja, Sir.« Gabel hüstelte, um die Stille zu überbrücken, während er seine Gedanken ordnete. »Dürfte ich Ihnen eine Frage stellen, Sir?«

Ned ächzte. »Ja, ich war tot letzte Nacht. Und ja, ich weiß, dass man mich *Never Dead* Ned nennt. Gelegentlich bin ich allerdings schon tot. Beantwortet das Ihre Frage?«

»Es ist also wahr. Sie können nicht sterben.«

»Eigentlich sterbe ich sogar sehr gut. Ich wage zu sagen, ich bin der unangefochtene Großmeister in der Kunst des Dahinscheidens. Ich kriege nur die Sache mit dem Tot*bleiben* nicht so hin.«

Gabel hustete noch einmal, um ein peinliches Schweigen zu überbrücken.

»Ich habe bisher noch nie einen Unsterblichen getroffen, Sir.«

»Und ich habe noch nie so einen großen Kobold gesehen.«

Gabels Miene fiel in sich zusammen. »Ich bin ein Ork, Sir.«

Ned runzelte die Stirn. »Sind Sie sich da sicher?«

Gabels Stimme klang gereizt. »Völlig sicher, Sir.«

Ned rieb sich das Gesicht und studierte Gabel ein paar Sekunden lang, bevor er beschloss, dass es ihm vollkommen schnuppe war. »Erlaubnis zu gehen.«

Verwirrt sah sich Gabel im Raum um. »Das ist Ihr Quartier, Sir.«

»Ich habe *Ihnen* die Erlaubnis gegeben.«

Der Erste Offizier salutierte. »Danke, Sir. Ich werde die Männer alarmieren, dass sie Ihre Ansprache später am Abend erwarten.«

Ned nuschelte etwas, das weder nach Zustimmung noch nach Widerspruch klang, und wälzte sich in seinem Bett herum. Er verschwand unter seiner Decke, aber bevor Gabel den Raum verlassen konnte, brummte Ned noch einmal aus den Laken hervor.

»Haben Sie eine Ahnung, was gegen Fischgeschmack hilft?«

»Ich glaube, der allgemeine Konsens ist, dass ein großes Glas warmer Grog am besten funktioniert, Sir.«

»Der allgemeine Konsens?«

»Miriam ist den meisten der anderen Männer hier bekannt, Sir. Im traditionellsten Sinn des Wortes.« Gabel grinste ironisch. »Soll ich Ihnen einen Grog bringen, Sir?«

Die Laken bewegten sich auf und ab, was Gabel als ein Nicken interpretierte. Er verließ den Raum und knallte die Tür zu. Ned stöhnte so laut, dass man es durch die Wand hören konnte. Gabels Grinsen verschwand.

»Und?«, fragte Frank.

»Ist er es?«, erkundigte sich Regina.

Gabel nickte.

»Ich dachte, du hättest gesagt, er sei tot«, sagte Frank.

»War er auch.«

»Bist du sicher, dass er es ist und nicht irgendein anderer Mensch?«, hakte Frank nach.

»Ich kann Menschen auseinanderhalten, vielen Dank.« Gabels lange, koboldhafte Ohren hingen schlaff herunter. »Und der hier ist unverwechselbar. Niemand würde ihn für jemand anderen halten.«

»Aber wie ist das möglich?«, fragte Frank.

»Offensichtlich eine Art Magie«, vermutete Regina. »Ist er ein Zauberer?«

»Er sieht nicht aus wie einer«, sagte Gabel.

Frank beugte sich herunter, wobei er aber immer noch sehr groß war, und flüsterte: »Vielleicht ist er ein Geheimzauberer.«

Gabels Stimme dröhnte im Vergleich dazu: »Ein Geheimwas?«

Frank hob den Ork mit einer derben Hand hoch und presste die andere auf Gabels Mund. Die fleischige Handfläche des Ogers bedeckte Gabels ganzes Gesicht. Er schlug um sich und wehrte sich, aber er konnte nicht viel ausrichten. Frank nickte in Richtung des anderen Endes der Halle und er und Regina schlichen auf Zehenspitzen von Neds Tür weg. Frank ließ Gabel los.

»Dafür könnte ich dich vors Militärgericht bringen«, sagte Gabel.

»Ich wollte nicht, dass er dich hört.« Frank klopfte auf seine Schulterklappe. »Und außerdem bin ich ranghöher als du.«

»Nein, ich bin ranghöher als du.« Gabel klopfte mit einem höhnischen Lächeln auf seine eigene Schulterklappe.

»Nein, du bist Erster Offizier. Ich bin Oberorganisationsleutnant. Damit stehe ich über dir.«

»Tust du nicht.«

»Könntet ihr zwei vielleicht aufhören, euch zu zanken?« Regina verschränkte die Arme vor der Brust und stand stocksteif.

»Du hast uns gar nichts zu sagen«, sagte Frank.

»Genau«, stimmte Gabel zu, »wir sind ranghöher als du.«

»Nein, das seid ihr nicht.« Sie deutete auf das Rangabzeichen, das genau oberhalb ihrer linken Brust auf ihr Gewand geheftet war. Frank und Gabel nahmen es zur Kenntnis, waren aber weise genug, nicht zu lange hinzustarren und einen brutalen rechten Haken zu riskieren. »Als Erzmajor zweites Stratum sechster Klasse bin ich hier der ranghöchste Offizier.« Sie tippte sich mit dem Finger an die Stirn. »Zumindest bin ich ziemlich sicher, dass ich das bin. Ich weiß, dass ich zumindest ranghöher als einer von euch beiden bin.«

»Verdammt, hat die Legion das kompliziert gemacht.« Frank kratzte sich den dicken roten Haarschopf auf seinem spitzen Kopf. »Manchmal wünschte ich, ich hätte bei einer kleineren Armee angeheuert.«

Gabel sagte: »Wir können in mein Büro gehen und auf dem Rangfolgediagramm nachschauen.«

»Ach, vergiss es. Ist doch egal.« Frank beugte sich noch einmal vor und flüsterte: »Was ich sagen wollte, war, dass unser neuer Kommandeur vielleicht in Wirklichkeit ein Geheimzauberer ist.«

»Was im Namen der großen Göttin ist ein Geheimzauberer?«, fragte Regina.

»Sie sind wie Zauberer. Nur geheim.« Frank beugte sich tiefer herab, bis sich sein Kopf auf einer Höhe mit dem von Gabel befand. »Sie sind sehr gefährlich.«

»Ich hab noch nie von so was gehört.«

Obwohl die Amazone und der Ork in normaler Lautstärke sprachen, flüsterte Frank weiter. »Sehr wenige wissen davon. Deshalb nennt man sie ja auch Geheimzauberer.«

»Und was soll es bringen, ein Zauberer zu sein, wenn man es geheim hält?«, fragte Gabel.

»Eben!«

Frank lächelte breit und nickte sehr langsam, lieferte aber keine weitere Erklärung. Gabel begnügte sich damit, das Thema fallen zu lassen, Regina konnte jedoch nicht anders.

»Was macht diese Geheimzauberer denn nun so gefährlich?«

Frank beugte sich vor, bis seine Kameraden glaubten, dass er auf sie fallen würde. Seine Stimme war kaum noch hörbar.

»Das weiß niemand.«

Gabel seufzte und Frank richtete sich wieder auf und runzelte die Stirn.

»Versteht ihr nicht? Sie sind wie Zauberer, nur geheim. Sie sind nicht wie richtige Zauberer, die in schwebenden Schlössern wohnen und mit Dämonen verkehren und Zaubertränke mischen. Diese Art ist lästig, aber man weiß wenigstens, was einen erwartet. Es gibt ein Protokoll. Wenn irgendein übler Mistkerl eine Armee der Toten zusammenstellt oder beschließt, einen verfluchten Ring zu schmieden oder sonst einen Quatsch, kannst du immer noch ein magisches Schwert auftreiben oder irgendeinen prophezeiten Helden finden oder einfach eine riesige Armee versammeln und dich darum kümmern.

Aber Geheimzauberer bewegen sich unter uns. Niemand weiß, wie viele es sind. Niemand weiß, was sie vorhaben. Und das macht sie so gefährlich.«

»Na gut. Nehmen wir mal an, es gäbe tatsächlich so etwas.« Gabel grunzte skeptisch. »Wenn Ned ein Geheimzauberer wäre, dann würde das Auferstehen von den Toten doch seine Tarnung auffliegen lassen.«

Frank nickte mit seinem typischen wissenden Grinsen. »Das ist genau das, was ein wahrer Geheimzauberer niemals täte. Und deshalb ist es gerade das, was ein sehr schlauer Geheimzauberer unbedingt täte.«

»Das ergibt einen gewissen Sinn«, gab Regina zu. »Es würde sicherlich jeden Verdacht ausräumen.«

»Damit ich das richtig verstehe.« Gabel ging in einem kleinen Kreis herum. »Never Dead Ned könnte tatsächlich ein Geheimzauberer sein, weil Geheimzauberer nicht rumlaufen und in aller Öffentlichkeit mit ihrer Macht angeben, außer, um die Leute davon zu überzeugen, dass sie gar keine Geheimzauberer sind, deren Existenz sehr wenige Leute überhaupt nur vermuten.«

»Das ist ein sehr schlauer Trick«, sagte Frank.

»Raffiniert«, stimmte Regina zu.

»Es ist lächerlich.« Gabels Stimme wurde lauter, obwohl er dem plötzlichen Bedürfnis zu schreien erfolgreich widerstand. »Es ist vollkommen absurd. Das ist wahrscheinlich das Dümmste, was ich je gehört habe.«

Er starrte den Oger an. Frank pickte etwas aus den Haaren auf seinem dicken Unterarm, schnüffelte daran und aß es. Als Gabel aufhörte, vor Ärger zu keuchen, murmelte Frank: »Oder es könnte auch einfach das Schlaueste sein, was du je gehört hast.«

Gabel knirschte mit den Zähnen. »Selbst wenn es das wäre, was es aber nicht ist, wäre dieser Ned doch nicht so schlau.«

Inzwischen hatte sich die Amazone in das Thema verbissen. Sie flüsterte ebenfalls. »Jeder könnte ein Geheimzauberer sein. Und je unwahrscheinlicher der Verdacht ist, desto wahrscheinlicher könnte der Betreffende einer sein. Was könnten sie wollen?«

»Das weiß niemand«, sagte Frank. »Und nur wenige sind bereit, darüber zu spekulieren.«

Gabel warf die Arme in die Luft. »Wenn ihr so weit seid, über wichtigere Dinge zu reden als imaginäre Geheimbünde von hypothetischen teuflischen Zauberern, findet ihr mich in meinem Büro. Oh – und Regina! Der Kommandeur hat nach Grog verlangt. Du solltest dich darum kümmern.«

»Warum ich?«

Gabel fiel ein Plan ein, der Ned ziemlich wahrscheinlich zurück ins Grab bringen würde. Oder zumindest Regina degradieren könnte. Da Gabel nicht ganz sicher war, dass er ranghöher war als sie, konnte er in keinem Fall verlieren. »Der Kommandeur hat nach einer langbeinigen Rothaarigen gefragt. Ich habe ihm gesagt, dass wir keine Rothaarigen haben, aber er sagte, eine Blonde würde es im Notfall auch tun.«

Regina blickte finster. »Schwein.«

»Und er sagte, du solltest deinen hübschen kleinen Hintern in Bewegung setzen.«

Mit einem gutturalen Knurren umklammerte sie das Schwert an ihrer Seite.

Gabel drehte ihr den Rücken zu und kicherte in sich hinein, bevor er sich auf den Weg zu seinem Büro machte, um das Rangfolgediagramm zu konsultieren.

Regina zog die Waffe einige Male ein paar Zentimeter aus der Scheide und rammte sie wieder hinein. Sie starrte Frank an. In ihren schwarzen Augen loderte es vor Abscheu allen männlichen Wesen und einem im Besonderen gegenüber. Selbst der sehr große Oger fühlte, wie ein Anflug von Furcht seinen Rücken hinunterrieselte.

»Ich würde dir nicht raten, ihn zu töten, bevor du nicht sicher sein kannst, dass er tot bleibt. Selbst wenn es ihn nicht aufregt, wird er dich wahrscheinlich melden.«

»Ja. Du hast natürlich Recht.« Aber ihr Blick wurde nicht weicher und der Griff um ihr Schwert wurde fester. »Wenn du mich entschuldigen würdest, ich habe einen Grog zu servieren.«

Frank trat beiseite und sie ging durch die Zitadelle zur Taverne. Jeder Soldat kannte ihren brennenden Blick, die geballten Fäuste und ihren harten Schritt gut genug, um ihr aus dem Weg zu gehen.

Reginas Temperament hatte ihr die Versetzung in die Oger-Kompanie eingebracht. Die Logik besagte, dass Oger groß und Furcht erregend waren und es deshalb unwahrscheinlicher schien, dass sie Streit mit ihnen anfangen würde. Bisher hatte es funktioniert, aber das lag hauptsächlich daran, dass es sich bisher noch kein Oger mit ihr verdorben hatte. »Eine Frau in Wut ist fürs Leben gut« lautete ein altes Oger-Sprichwort, und wäre Regina eine Ogerin, so wäre sie sehr beliebt gewesen. Doch sie war menschlich, und Ogern waren solche menschlichen Frauen lieber, die zart und anschmiegsam waren, weil man in ihnen eher Haustiere zum Herumhuren sah als Partner fürs Leben.

Regina hatte regelmäßig Raufereien mit den Menschen

und den Orks, die in der Kupferzitadelle stationiert waren, aber solange niemand ein Gliedmaß verlor, fanden solche Zwischenfälle selten ihren Weg in die Akte eines Soldaten.

Sie brachte den Grog zurück in Neds Quartier. Vor der Tür hielt sie kurz inne und zog ihr Schwert. Damit konnte sie ihn vielleicht nicht töten, aber sie konnte ihm doch möglicherweise eine Lektion in Respekt erteilen. Franks Warnung kam ihr wieder in den Sinn. Er hatte ein stichhaltiges Argument vorgebracht. Die Oger-Kompanie war der letzte Ort, der ihr geblieben war. Wenn sie es hier vermasselte, vermasselte sie ihre Karriere in der Legion. Sie hatte keine Lust, in einer anderen Armee wieder von vorn anzufangen.

»Er ist es nicht wert«, sagte sie zu sich selbst. »Er ist ein wertloser Mann – wie jeder andere.«

Sie hüllte sich selbst in die den Amazonen eigene Überlegenheit, steckte die Klinge weg und drückte die Tür auf, ohne anzuklopfen.

Ned, verdeckt von Laken, ächzte.

»Ihr Grog, Sir.«

Ein narbenbedeckter Arm tauchte unter den Decken auf. Er sah ein wenig brandig aus. Die Finger griffen in die Luft, bis sie den Becher in seine Hand legte. Der Arm zog sich zurück und schweres Schlucken erklang unter den Laken.

»Danke. Das ist besser.« Er rülpste und warf den leeren Becher auf den Boden.

»Noch etwas, Sir?«, fragte sie.

»Was?«

Sie schluckte hart. Ihre Hand spielte mit dem Dolch an ihrem Gürtel. »Gibt es noch etwas, das ich für Sie tun kann, Sir?«

Ned senkte die Decken und entblößte seinen Kopf und die Schultern, ein Netz aus hässlichen Verfärbungen. Sie hatte schon gesündere Leichen gesehen. Nun erwartete sie ein anzügliches Grinsen, vielleicht ein offenes Begaffen ihrer weiblichen Perfektion, aber Ned warf ihr kaum einen Blick zu, bevor er sich herumwälzte und ihr einen flüchtigen Eindruck der Schnitte und Krusten auf seinem Rücken erlaubte. Sie ertappte sich dabei, wie sie hypnotisiert auf die Geschichte starrte, die in seine Haut geschlitzt war.

Er drehte den Kopf, um mit seinem einen Auge zu ihr aufzusehen und sie lächelte ihn an, ohne es zu merken.

»Sind Sie immer noch da?«, fragte er.

Ihr Blick wurde finster. »Entschuldigung, Sir.«

Sie salutierte, drehte sich um und verließ den Raum. In der Halle hielt sie mit einem plötzlichen Gefühl der Atemlosigkeit an und lehnte sich an die Wand, während ihre Beine sich unerklärlich zittrig anfühlten. Sie schloss die Augen, und das Bild der Schnitte und Krusten auf seinem Rücken erschien in ihren Gedanken. Da war eine Schwertwunde gewesen und darunter die Spur eines Dolches. Außerdem eine violette Beule, die von einem vernichtenden Keulenschlag stammen musste. Klauen irgendeiner fürchterlichen Bestie hatten Striemen quer über seine Schulterblätter hinterlassen. Und da war noch mehr. So viel mehr. Es war wunderschön.

Er war wunderschön.

Regina hatte noch nie in ihrem Leben etwas Derartiges gefühlt, und sie mochte es nicht. Sie tastete nach ihrem Schwert, während sie daran dachte, den Gegenstand ihres Unbehagens zu beseitigen. Doch dies war Never Dead Ned. Sie konnte ihn nicht töten.

Und vielleicht, dachte sie mit einem Knurren, vielleicht wollte sie das auch gar nicht.

SECHS

Ned war die Buchhaltung immer egal gewesen, genauso wie Soldat zu sein und alles andere, was er davor schon getan hatte. Seine neue Kommandeursstelle war ihm ebenfalls egal. Wenn es so etwas wie eine Passion im Leben gab, suchte Ned immer noch danach. Er tat, was man von ihm erwartete und sonst sehr wenig. Und Inspektionen wurden erwartet. Nachdem er seinen Kater ausgeschlafen hatte, wurde ihm das klar. Er scheuchte sich selbst aus seinem warmen, kuscheligen Bett, zog sich an und machte sich an seine Pflicht.

Als er die Kupferzitadelle nun zum ersten Mal bei Tageslicht sah, entschied Ned, dass seine ursprüngliche Beurteilung der Festung zu freundlich gewesen war. Der ganze Ort befand sich in einem erbärmlichen Zustand. Die Wände zerbröckelten. Die Gebäude schienen sich im Einsturz zu befinden – in Zeitlupe. Seit sehr langer Zeit war nichts mehr geputzt oder poliert worden, und der Abfall hatte sich in abgelegenen Ecken angehäuft – und auch in weniger abgelegenen Ecken. Die Pflastersteine waren rissig und uneben. Die Wände wurden nur noch durch die stützende Wirkung der Abfallhaufen gehalten. Und das Haupttor war zu verrostet, um überhaupt noch zu schließen.

Die Soldaten der Oger-Kompanie versammelten sich vor ihrem neuen Kommandeur. Ned ließ den Blick über das Fußvolk schweifen. Die Sonne stand kurz vor dem Untergehen und es fiel schwer, Details zu sehen. Zudem liefen die Soldaten ungeordnet durcheinander, eher ein wirrer Pulk als eine disziplinierte Militäreinheit. Er schätzte etwa dreihundert Oger, einhundert Orks, fünfundsiebzig Menschen, ein paar Elfen und Trolle hier und da. Es gab auch Kobolde, aber zu viele, um sich die Mühe zu machen, sie zu zählen.

Ned ging von einem Ende des Hofs zum anderen und wieder zurück. Er entschied, dass das genug Show war.

»Entlassen«, grunzte er.

»Zurück an eure Aufgaben, ihr armseligen Verschwender!«, rief Gabel. »Euer Anblick macht mich krank, undisziplinierter Abschaum!«

Der Hof leerte sich allmählich, obwohl keiner einen bestimmten Ort zu haben schien, an den er gehen konnte. Eine Hand voll Soldaten blieb übrig.

»Sir.« Gabel salutierte. »Sie wollen sicher einen Blick auf unser wichtigeres Personal werfen.«

Ned wollte nichts dergleichen, aber es schien etwas zu sein, was von einem Kommandeur erwartet wurde. »In Ordnung.«

»Der Erzmajor hat die Akten, um es Ihnen zu erleichtern, Sir«, sagte Gabel.

Regina trat mit einem Arm voller Papierrollen vor.

Ned winkte sie weg. »Stellen Sie sie mir einfach vor.«

Regina und Gabel tauschten ein Schulterzucken.

»Sehr gut, Sir.« Gabel führte Ned zum Ersten in der Reihe.

Der kleine, drahtige Soldat hatte ein verhärmtes Gesicht und einen langen, roten Bart, der bis auf seinen Bauch hing. Auch im Licht der untergehenden Sonne konnte Ned sehen, dass die Augen des Soldaten weiß und glasig wie Perlen waren. Ned warf einen flüchtigen Blick auf das Bild einer untergehenden Sonne, die auf die Stirn des Soldaten tätowiert war.

»Sie sind also ...«, begann Ned.

»Ja, Sir, das bin ich.« Der Soldat salutierte. »Owens, Orakeldivision.«

»Ich wusste nicht, dass die Legion immer noch ...«

»Das Programm wurde eingestellt, Sir. Nicht rentabel.«

»Sind Sie ...«

»Vollkommen blind, Sir.«

»Haben Sie ...«

»Ja, Sir. Sehr lästig, ich bin mir dessen bewusst. Aber es ist schwer, diese Gewohnheit abzulegen.«

Ned rieb sich das Auge. »Sind Sie ...«

»Ich bin sehr gut. Der Beste meiner Art.«

»Das ist beeindruck...«

»Danke, aber ich finde, ich muss eine Einschränkung zugeben.«

Ned öffnete den Mund, doch das ungeduldige Orakel beantwortete auch diese Frage, bevor sie gestellt wurde.

»Seit ich des Gebrauchs meiner Augen verlustig ging, kann ich die Zukunft nur noch hören.« Das Orakel grinste stolz. »Aber ich höre sie mit einer Erfolgsrate von neunundachtzig Prozent.«

Die Information hatte Neds Gehirn kaum erreicht, als das Orakel auch schon weitersprach.

»Es juckt noch ein bisschen, Sir, aber etwas Salbe sollte helfen. Und danke für Ihre Anteilnahme.«

»Was?«

»Mein Ausschlag. Das wollten Sie doch fragen, oder?«

»Nein.«

»Sind Sie sicher? Wir denken oft, wir wollen etwas sagen, äußern letztendlich dann aber etwas ganz anderes.«

»Ich bin ganz sicher«, antwortete Ned.

»Mein Fehler, Sir. Wenn man in neunundachtzig Prozent der Fälle Recht hat, irrt man sich in den anderen elf Prozent.« Er deutete auf seine Nase. »Ich rieche die Zukunft mit einer Genauigkeit von achtundneunzig Prozent.«

Owens antwortete, bevor er gefragt wurde. »Nein, bisher hat es sich noch nicht als sehr nützlich herausgestellt. Gesundheit, Sir.«

»Ich habe nicht geniest.«

Das Orakel grub mit dem Finger in seinem Ohr. »Sie werden.«

Ned ging zum Nächsten in der Reihe weiter, einem hoch aufragenden, zweiköpfigen Oger. Solche Zwillinge wurden selten geboren und überlebten noch seltener die Phase des Heranwachsens, die empfindlichen Entwicklungsjahre, in denen Oger zu ihrem gefährlichsten und widerwärtigsten Verhalten neigten. Die Pubertät war für die Rasse der Oger ein schrecklicher Leidensweg, der ausströmende Eiterbeulen, ungezügelten, Fleisch fressenden Appetit und gefährlich psychotische Stimmungsschwankungen einschloss. Ogerjugendlichen ließ man in diesem Stadium viel Freiraum, aber zweiköpfige Exemplare hatten kaum eine andere Wahl als Seite an Seite zu bleiben. Es dauerte nicht lange, bis einer den anderen – und sich selbst – dabei tötete.

Die Zwillinge waren gut zwei Meter siebzig groß und beinahe genauso breit. Ihr Körper war röter und haariger als die von einköpfigen Ogern. Die Gesichter schienen ähnlich, aber nicht identisch. Der Rechte hatte einen fürchterlichen Überbiss und der Linke hatte hoch sitzende, hängende Ohren. Trotzdem wäre offensichtlich gewesen – selbst wenn sie sich nicht einen Körper geteilt hätten –, dass die Oger verwandt waren.

»Gefreiter Lewis und Korporal Martin«, meldete Gabel.

Sie salutierten mit schneller, militärischer Präzision und begannen dann gleichzeitig zu sprechen, unterbrachen sich aber. Fingen noch einmal an und stoppten.

Lewis nickte seinem Bruder zu. »Nach dir.«

»O nein, nach dir«, antwortete Martin.

»Bitte, lieber Bruder, ich bestehe darauf.«

»Ich möchte nicht kompliziert sein, aber *ich* bin es, der darauf bestehen muss.«

»Sei nicht albern.« Lewis neigte seinen Kopf. »Es ist ganz klar, dass du zuerst angefangen hast zu sprechen, bevor ich dich rüde unterbrochen habe. Und es wäre ungehörig, vor einem ranghöheren Offizier zu sprechen.«

»O nein, nein, nein.« Martin legte die Hand auf seine Seite ihrer Brust. »Für mich ist vollkommen offensichtlich, dass du derjenige bist, der unterbrochen wurde. Wofür ich, Rang hin oder her, keine Entschuldigung vorbringen kann. Mutter hat mich eigentlich besser erzogen.«

»Haltet den Mund«, befahl Ned. Die Worte klangen seltsam, was an seiner Stimme lag. Ihr barscher Klang kam ihm so eigentümlich vor. Aber er hatte hier die Verantwortung. Er schätzte, dass es nun an der Zeit war, sich auch so zu verhalten.

Weder Lewis noch Martin schienen beleidigt. Ned nahm an, ihre Mutter hatte sie ebenfalls dazu erzogen, ihre Vorgesetzten nicht zu hinterfragen. Die Zwillinge versuchten beide noch einmal, etwas zu sagen, aber keiner wagte es, vor dem anderen zu sprechen.

»Du.« Ned deutete auf Lewis. »Worum geht's?«

Lewis salutierte noch einmal knapp. »Ich wollte nur sagen, Sir, dass es eine Ehre ist, unter dem berühmten Never Dead Ned zu dienen.«

Ned nickte Martin zu. »Jetzt Sie.«

»Wie Sie wünschen, Sir, aber ich sehe keine Notwendigkeit zu wiederholen, was mein lieber Bruder so eloquent erklärt hat. Obwohl ich selbst das Wort ›Privileg‹ dem Wort ›Ehre‹ vorgezogen hätte.«

Lewis schlug sich an die Stirn. »Natürlich, wie anmaßend von mir! Wie immer, lieber Bruder, hast du deine überlegene Kenntnis der Sprache unter Beweis gestellt.«

»Schmälere dein eigenes Verständnis nicht«, antwortete Martin.

»Du bist zu freundlich. Dabei ist offensichtlich, dass ich mich mit meiner dürftigen Wortwahl selbst übertroffen habe.«

»Aber, aber, ich will nichts von alledem hören.«

Ned verstand jetzt, warum die Zwillinge nicht dazu gekommen waren, einander zu töten. Sie waren einfach zu beschäftigt damit, sich ständig zu entschuldigen. Er ließ sie mit ihrer Sühne allein und ging zum Nächsten in der Reihe weiter. Der Kobold war hell blattgrün, nicht das übliche Graugrün. Und er hatte einen zottigen roten Bart. Kobolden wuchs sonst kein Haar.

»Das ist Seamus«, sagte Gabel. »Feenblut in der Familie, stimmt's, Seamus?«

»Ja, Sir. Meine Ur-Ur-Ur-Urgroßmutter hatte ein kurzes Abenteuer mit einem Heinzelmännchen. Ziemlicher Skandal. Wir reden nicht gern darüber.«

»Seamus ist ein Gestaltwandler«, sagte Gabel. »Gib dem Kommandeur mal eine Vorführung.«

Der Kobold verschwand in einer blauen Wolke. Als die Wolke verblasste, stand ein großer, weißer Kakadu an ihrer Stelle. Ein grüner Nebel verschluckte den Vogel, und Seamus wurde zu einer fetten, braunen Ratte. Eine gelbe Wolke später verwandelte er sich in einen Stiefel. Dann in eine Bratpfanne. Dann in eine Trompete. Dann in einen Apfel. Und schließlich in einen Eimer.

Ned stand ein paar Sekunden vor dem Eimer, aber Seamus verwandelte sich nicht zurück.

»Ich glaube, er steckt fest, Sir. Passiert manchmal. Nichts, worüber man sich sorgen müsste.« Gabel nickte dem Eimer zu. »Weitermachen, Seamus.«

Als Viertes stand ein langes, weißes Reptil in der Reihe. Es hatte eine schlangenartige Gestalt, in ausgestrecktem Zustand vier Meter fünfzig lang, aber sein Körper war zu einer vernünftigeren Länge von einem Meter achtzig zusammengerollt. Die Gliedmaßen waren kurz, insgesamt vier Paar. Es stand auf zwei Paar, die anderen beiden waren verschränkt. Die Soldatin strahlte Wärme aus, und die Luft um sie herum schimmerte. Ihr Gesicht war mehr das einer Katze als das eines Reptils und ihre blauen Augen funkelten im Dämmerlicht. Bei jedem Atemzug stiegen kleine Feuerstöße von ihren Nasenlöchern auf.

Ned sagte: »Ich dachte, alle Salamander wären nach dem Schrecklichen Ansengen vernichtet worden.«

»Nein, Sir.« Flammen schlugen aus ihrem Mund, während sie sprach. Ned trat einen Schritt zurück, um zu vermeiden, dass sie seine Augenbrauen verkohlten. »Nicht alle.«

»Wie ist Ihr Name, Gefreite?« Nicht, dass es ihn interessiert hätte, aber er begann, sich wie ein Kommandeur zu fühlen, ob er wollte oder nicht. Und ein Kommandeur sollte seine Soldaten kennen.

»Sie könnten ihn mit Ihrer dicken, unbeweglichen Zunge nicht aussprechen, Sir. Man nennt mich einfach Sally.« Salamander wechselten je nach Stimmung die Farbe. Ned kannte die wichtigsten Farbcodes. Rot für Ärger. Violett für Eitelkeit. Grün für Neid. Sie verfärbte sich zu einem goldenen Orange, und er hatte keine Ahnung, was das bedeutete. Er nahm sich vor, später in ihrer Akte nachzusehen, ob es eine Liste der undurchsichtigeren Farbtönungen gab.

»Gut, Sie dabeizuhaben, Gefreite«, sagte Ned mit einem Enthusiasmus, der ihn selbst überraschte. Er schlug ihr beinahe auf die Schulter, bremste sich aber rechtzeitig, um eine böse Verbrennung zu vermeiden.

Sie glühte hellviolett. »Danke, Sir.«

Als Nächster in der Reihe wartete eine kleine, baumähnliche Kreatur mit einem vollen Schopf vergilbender Blätter. Die Rinde des Baumes war narbenbedeckt. Einige der Schnitzereien sahen aus wie alte Wunden, aber die meisten schienen beabsichtigt oder Schmuck zu sein. Nur eine fiel Ned auf. Da stand: »Äpfel nicht pflücken.« Ein paar Pfeilschäfte waren im Stamm des Baumes eingegraben. Er vergnügte sich damit, die Blütenblätter einer frischen, jungen Rose abzupflücken. Was Ned am meisten verblüffte, war die brennende Zigarette zwischen den Lippen des Stammes.

»Der Gefreite Elmer, Sir«, sagte Gabel.

Ned blickte an dem Gefreiten auf und ab. Er brauchte einen Moment, bis er die Augen des Baumes entdeckt hatte, zwei dunkle Punkte, die man auch für Astknoten halten konnte.

»Ich wusste nicht, dass wir En- …«

»Baumwesen, Sir«, unterbrach ihn Elmer.

»Baumwesen. Aber ich dachte, Sie nennen sich selbst En- …«

»Nein, Sir. Es ist uns nicht mehr erlaubt, das zu sagen.«

»Warum nicht?«, fragte Ned.

»Wir dürfen es einfach nicht. Ein Zauberer hat einen Bann auf das Wort gelegt, also verwenden wir es nicht mehr.«

»Einen Bann?«, sagte Ned. »Aber es ist doch nur ein Wort. Warum sollte jemand einen Bann auf ein Wort legen? Was passiert, wenn Sie es doch sagen?«

Elmer nahm einen Zug von seiner Zigarette. »Das wollen Sie nicht wissen. Nichts allzu Störendes, aber es ist schlicht einfacher, es zu vermeiden.«

»Aber *Baumwesen*?«

»Naja, wir sind Bäume und wir sind Wesen. Ist nicht besonders einfallsreich, aber es erfüllt seinen Zweck.«

Ned zuckte die Achseln. »Ich bin überrascht, dass wir Baumwesen in der Legion haben. Hätte nicht gedacht, dass sie den Soldatenberuf ergreifen.«

»Warum das, Sir? Weil ich aussehe wie ein Busch, muss ich kuschelig und lieb sein. Wollen Sie das damit sagen, Sir?«

»Nein, es ist nur ...«

»Mir wurde gesagt, dass die Legion nicht an Rassenabgrenzung glaubt, Sir. Man sagte mir, ich würde allein nach meiner Fähigkeit beurteilt werden, Feinde abzuschlachten, nicht nach der Struktur meiner Rinde.«

»Das meinte ich nicht ...«

»Was meinten Sie dann, Sir?« Elmer pflückte ein weiteres Blütenblatt von der Rose. »Was, wenn ich mir die Frage gestatten darf, könnten Sie wohl mit dieser schlecht informierten, beleidigenden Bemerkung gemeint haben?«

»Ich wollte Sie nicht beleidigen«, sagte Ned.

»Oh, dann ist ja alles in Ordnung. Sie hatten nicht vor, Ihre Ignoranz zu verbalisieren. Solange die Verunglimpfung unbeabsichtigt war, müssen wir uns wohl keine Sorgen darum machen. Ich schätze, dann muss ich wohl keine Beschwerde bei meiner Einheit ausformulieren.« Wütend warf Elmer die Blume auf den Boden und stampfte mit seinen Wurzeln darauf herum.

Er wandte sich an Sally. »Ekelhafte Säugetiervorurteile.« Seine Blätter streiften die Schuppen des Salamanders, und er pflückte die glimmenden Laubstücke ab, bevor sich die Flammen ausbreiten konnten.

Ned ging weiter, bevor er noch etwas sagte, was er bedauern würde. »Ich wusste nicht, dass es eine Baumwesen-Einheit gibt«, wisperte er Gabel zu.

»Ja, Sir. Nur vier von ihnen in der ganzen Legion, aber sie haben enge Verbindungen zur Bruderschaft der Troglodyten und den Vereinigten Belagerungsmaschinisten. Am besten, man beleidigt sie nicht.«

»Ich werde es mir merken.«

Die Nächste war eine Elfe. Weiße Stoppeln bedeckten ihren rasierten Kopf. Ihre Augen waren rosa, die Haut glatt und kreideweiß. Obwohl Ned Elfen nie besonders attraktiv gefunden hatte, hätte sie durchaus als schön gelten können, wenn sie nicht so pummelig gewesen wäre. Dass sie in der Nase bohrte, machte es nicht besser.

»Das ist Versorgungsunteroffizier Ulga, Sir«, sagte Gabel.

Sie wischte den Finger an ihrem Ärmel ab und nickte Ned zu. »Wie läuft's?«

»Könnte besser sein«, antwortete er ehrlich.

»Ulga ist Teil der Magierdivision, Sir«, sagte Gabel.

»Alles in Ordnung, Unteroffizier?«

»Ich komm zurecht, Sir. Wenn ich so sagen darf.« Sie griff in die Luft und materialisierte mit großer Geste ein Blech Brötchen, das sie ihm mit einem Lächeln reichte. »Bedienen Sie sich, Sir.«

Ned nahm einen Bissen und bereute es auf der Stelle. Es lag nicht daran, dass das Brötchen schlecht schmeckte. Es hatte eigentlich überhaupt keinen Geschmack. Aber es war so trocken, dass es alle Feuchtigkeit aus seinem Mund saugte. Er schluckte. Der Bissen kratzte seine Kehle entlang und landete hart in seinem Magen.

Ulga schloss ihre Hände vor sich, breitete sie langsam wieder aus und ließ einen Zinnbecher erkennen. Sie deutete mit ihrem Finger darauf, mit dem, der nur Sekunden zuvor in ihrem Nasenloch gesteckt hatte. Wein tröpfelte von ihrer Fingerspitze und füllte den Becher, den sie Ned anbot. »Ich nenne es Ulgas Spezialllese. Probieren Sie, Sir.«

Er nahm einen Schluck und würgte sofort. Die warme Flüssigkeit beseitigte die Trockenheit in seinem Mund, nur um sie durch eine schleimige Feuchtigkeit zu ersetzen. Es war weniger ein Getränk als ein Parasit, der an seiner Zunge haftete.

Ulga las den Abscheu in seinem Gesicht. »Verzeihen Sie, Sir, aber es ist nicht ganz einfach, den guten Stoff aus dem Nichts heraus zu schöpfen. Ich habe noch nie gehört, dass sich ein Mann beschwert hat, wenn es nichts anderes gab. Es schmeckt vielleicht nicht so gut, aber es macht Sie ziemlich schnell betrunken.«

»Tut es das?«

»Ja, Sir. Pure Magie in Bechern. Es gibt nichts Besseres. Außer vielleicht Schwarzes Verhängnis, aber es gibt hier nicht viele Verrückte, die das trinken.«

Ned zwang sich zu einem weiteren Schluck und leerte den Becher. Er fühlte sich ein wenig schwindlig. »Wie viel können Sie von dem Zeug herstellen?«

»Ungefähr drei Liter am Tag, Sir.«

»Machen Sie, soviel Sie können, und lassen Sie es in mein Quartier bringen.«

»Ja, Sir.« Sie grinste stolz. »Ich sehe, Sie sind ein Mann mit anspruchsvollem Geschmack.«

Er fuhr sich mit der Zunge über die Zähne und versuchte, den grauenhaften Nachgeschmack abzuschaben. Aber umsonst saufen war eben umsonst saufen.

»Und, Unteroffizier: Waschen Sie sich die Hände, bevor Sie den Wein herstellen«, fügte er hinzu, während er an der Reihe entlang weiterging.

Miriam, die Sirene, war die Nächste. Inzwischen lag die Dämmerung auf der Zitadelle und der Schatten ihres Körpers wirkte sehr anziehend. Obwohl hier wahrscheinlich der verzauberte Wein am Werk war.

»Und mit unserem Moraloffizier haben Sie sich natürlich schon bekannt gemacht«, sagte Gabel.

Der Rest der Reihe kicherte, außer Seamus, der sich inzwischen von einem Eimer in eine Topfpetunie verwandelt hatte. Sally, der Salamander, wurde hellblau.

Ned konnte Miriam nicht recht in die Augen schauen. Aber sie schien sich nicht im Mindesten unbehaglich zu fühlen und zwinkerte ihm mit einem leichten Lächeln zu. Vielleicht war es der Wein, vielleicht ihr angeborener Sirenencharme, vielleicht waren es auch einfach ganz gewöhnliche animalische Triebe, aber er lächelte zurück.

»Ist das alles, Nummer Eins?«, fragte er.

Gabel nickte. »Ja, Sir.«

Ned schaute an der Reihe entlang. Die Oger-Kompanie war die letzte Station einer misslungenen Karriere in der Legion. Nicht einmal Oger landeten hier, außer sie hatten es irgendwo anders vermasselt. Aber insgesamt schienen sie kein schlechter Haufen zu sein. Er sah keinen Grund, warum nicht etwas Nützliches daraus gemacht werden konnte.

Zu schade, dass er nicht der richtige Mann für den Job war. Er wollte nur seine Zeit absitzen und vermeiden, erneut getötet zu werden.

Ein riesiger, kreischender Schatten segelte über den Hof. Die Soldaten gingen in Deckung. Bis auf Seamus, der jetzt eine Streitaxt war, und Ned, dem mangels nötiger Reflexe nicht klar wurde, was geschah, bis er beinahe unter den Krallen eines Rochs zerquetscht wurde. Der große Vogel streckte seinen langen Hals bis kurz vor Neds Gesicht aus. Scharfe Zähne reihten sich an seinem gezackten Schnabel entlang. Die Zunge war lang und blau, sein Atem heiß und süß, wie reifender Honigtau. Bisher war er dem Schlund eines Rochs noch nicht nah genug gekommen, um das zu bemerken.

Der Roch schnaubte. Er war sich sicher, dass er gleich verschlungen werden würde.

Doch Ace glitt an seinem Hals herab und trat den Vogel an den Hinterkopf. Die Kreatur bemerkte es kaum, zischte aber und drehte sich weg.

»Tut mir leid, Sir. Es war ein langer Flug. Morena ist etwas hungrig.« Ace sprang auf den Boden. In einer Hand hielt er einen kleinen Beutel, in der anderen die Zügel des Rochs fest, offenbar nicht bedenkend, dass Morena ihn mit einem beiläufigen Schwung ihres Kopfes eine gute Meile weit – oder zwei – katapultieren konnte.

»Was zur Hölle tun Sie da?«, fragte Gabel. »Sie können diese Dinger doch nicht in der Zitadelle landen!«

»Bitte um Unterscheidung, Sir.« Ace paffte Pfeifenqualm durch grinsende Zähne. »Ich kann einen Roch so ziemlich überall landen. Sie dagegen wieder zurück in die Luft zu bekommen, kann wohlgemerkt knifflig sein. Vor allem Morena hier. Sie hat gern viel Platz.«

Der Roch schlug mit den Flügeln und Ned erwartete, dass er mit dem Kobold in die Zügel gewickelt davonfliegen würde.

»Beruhige dich, Mädchen.« Ace sprang in die Luft und zerrte mit seinem ganzen Gewicht am Seil, was ungefähr halb so viel war wie eine von Morenas Federn. »Man muss im Umgang mit ihnen eine starke Hand haben, Sir. Darf ihnen keinen Zentimeter nachgeben.«

Morenas gewundener Schwanz drosch wild hin und her. Einmal zerquetscht zu werden, war für Ned mehr als genug. Er trat sehr langsam zurück, um die Aufmerksamkeit des Rochs nicht auf sich zu lenken. Der Roch kreischte trillernd und ohrenbetäubend.

»Ach, halt den Mund, Morena.« Ace hob einen Stein auf und schleuderte ihn auf das Monster. Er prallte von seinem

Schnabel ab. Es wurde ruhig und richtete seinen hungrigen Blick auf den Kobold. Morena leckte sich den Schnabel und sabberte Lachen von Geifer.

»Schaffen Sie das Ding von hier weg«, befahl Gabel.

»In einer Sekunde, Sir. Aber mir wurde aufgetragen, dem Kommandeur unverzüglich dies hier zu geben.«

Ace warf Ned den Beutel zu. Die Leuchtsteine im Innenhof brannten inzwischen und Ned ließ einen Blick auf das Wachssiegel mit dem in Blut gezeichneten Symbol fallen: eine Tabelle, umkreist von einer geflügelten Schlange über einem einzelnen, dämonischen Auge. In der ganzen Unmenschlichen Legion gab es keine gefürchtetere Division, keine Abteilung, die kälter und rücksichtsloser, kein Bataillon, das so nachtragend und gnadenlos war.

Die Buchhaltung.

Ned fröstelte.

Der Roch ruckte mit dem Kopf und hob Ace in die Luft. Der Vogel schnappte den Kobold mit dem Schnabel. Ned, mit dem Beutel in der Hand, beneidete Ace schon fast.

Morena sträubte die Federn und schauderte. Sie würgte und spuckte ihren Bissen aus. Ace landete neben Ned. Der Kobold stand auf, wischte sich den Speichel von der Brille und wrang seinen Schal aus.

»Wo ist meine Pfeife?«

Morena rülpste sie heraus. Ace klemmte sie zwischen seine Zähne und paffte, obwohl die Flamme von den Speichelmengen des Rochs gelöscht worden war. »Mach nur weiter so. Mach ruhig weiter so, dann esse ich dein verdammtes Abendessen vielleicht selbst.«

Morena ließ den Boden mit zwei dumpfen Schlägen ihres Schwanzes erzittern.

»Ist ja schon gut. Schon gut.« Er zerrte an den Zügeln. Morena senkte den Kopf und er kletterte an Bord, ließ die

Zügel schnalzen. Der Roch hüpfte fünf Mal und fiel dabei jedes Mal fast hin. Einmal war er kurz davor, auf Ned zu taumeln, aber der machte sich nicht die Mühe, sich zu bewegen. Konnte den Sinn dahinter nicht recht erkennen. Schließlich schaffte es Morena, in der Luft zu bleiben.

»Darfst ihnen keinen Zentimeter nachgeben«, murmelte Ace.

Morena fauchte kehlig und flog davon.

Ned stand eine Weile bewegungslos da.

Regina, die Arme immer noch voller Papierrollen, gesellte sich zu ihm. »Sir? Geht es Ihnen gut?«

Er nickte. Dann drehte er sich um und ging davon, verschluckt von den Schatten.

»Du bringst diese Rollen besser zurück zu den Unterlagen.« Gabel hielt ein Schildpattkätzchen koch. »Und du wirst eine Weile auf Seamus aufpassen müssen.«

Seamus miaute entschuldigend. Oger betrachteten Katzen als Delikatesse, also war sein Leben nie in größerer Gefahr, als wenn er in Katzengestalt feststeckte. Gestaltwandlung schien eine komplizierte Angelegenheit zu sein, aber Regina fragte sich oft, ob das eigentlich ein Zufall war. Normalerweise kümmerte sie sich um ihn, wenn es passierte.

Gabel warf das Kätzchen auf die Rollen. Seamus rollte sich auf dem Stapel zusammen und legte seinen Kopf zwischen ihre Brüste. Ihrem Kodex nach hätte sie ihn zu Brei schlagen müssen. Aber er war so verdammt süß.

»Wenn ich je herausfinde, dass du nur so tust als ob ...«

Schnurrend schlug er mit dem Schwanz.

Sie küsste ihn auf den Kopf. »... werde ich dich zu haarigem Mus zerquetschen.«

Mit einem sanften, katzenhaften Lächeln klimperte Seamus mit seinen großen, grünen Augen.

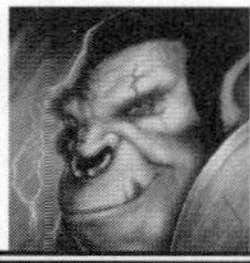

SIEBEN

Mit einiger Mühe fand Ned sein Büro. Er hielt sich nicht damit auf, nach dem Weg zu fragen. Er wanderte einfach durch die Zitadelle, bis er eine Tür entdeckte, auf der »Kommandeursbüro« stand. Es lag direkt neben seinem Wohnquartier, was durchaus Sinn ergab, wenn man darüber nachdachte.

In diesem Raum setzte er sich hinter einen kleinen Schreibtisch und starrte auf den Beutel. Starrte ihn an, als könne er explodieren oder anfangen zu tanzen oder etwas in der Art. Der Inhalt des Beutels war an sich harmlos. Aber er kannte seine Bedeutung zu gut.

Er war Buchhalter in der Buchhaltungsdivision der Legion gewesen. Hatte Bücher geführt. Spesenabrechnungen überprüft. Archiviert und alphabetisiert. Ab und zu eine Buchprüfung. Routinearbeit. Aber der wahre Schrecken des Buchhaltungsbüros lag in diesem kleinen Beutel.

Er fand eine halb volle Flasche Alkohol und nahm einen langen Zug, um festzustellen, dass sie entweder sehr guten Whiskey oder sehr schlechten enthielt. Er brach das Siegel des Beutels. Im Inneren fand er einen Klumpen grüner und schwarzer Kohle mit einem Schlitz und eine kleine Münze, die in Stoff gewickelt war. Die Münze war halb aus Gold, halb aus Platin.

Auf der goldenen Seite war eine grinsende, teuflische Visage eingeprägt. Auf der Platinseite balancierte ein fetter Dämon auf einer Waage die Welt gegen einen Münzstapel aus. Umrandet wurde es von dem simplen Motto des gefürchteten neunten Höllenkreises: »Besser Böse Durch Profit.«

Der neunte Kreis war der Ort, an dem die Hölle ihre Buchhaltung machte. Die Dämonen darin waren rücksichtslos effizient. Alles, was sie interessierte, waren Profit und Rentabilität. Für sie war alles eine Einnahme oder Ausgabe, ein Gewinn oder Verlust. Ihr höchstes Ziel bestand darin, das Universum auf eine Kalkulation zu reduzieren, eine endgültige, herzlose Gleichung, in der jede Seele, lebend oder tot, göttlich oder verdammt, der Glorreichen Letztgültigen Dividende diente. Sie waren das personifizierte Böse, aber sie waren bei dem, was sie taten, die Besten, weshalb die Legion sie mit einem Großteil ihrer Fehlerbehebungsaufgaben betraute.

Ned trank den Rest der Flasche aus, bevor er weitermachte.

Er ritzte sich mit der scharfen Kante der Münze in den Daumen, bis er blutete. Die Münze saugte das Opfer auf und leuchtete blutrot. Dann ließ Ned sie in den Schlitz fallen. Die Luft zischte. Der schreckliche Klumpen brach auseinander, und eine teuflische kleine Kreatur kroch heraus; zwanzig Zentimeter zäher, roter Dämon. Der Homunkulus sah einem Menschen ziemlich ähnlich, bis auf die Schuppen, Flügel, winzigen Hörner, Hufe und den langen, spitzen Schwanz. Die Kreatur litt unter Haarausfall, obwohl sie erfolglos versucht hatte, dies zu verstecken, indem sie ihr dünnes Haar quer über den glänzenden Skalp gekämmt hatte. Sie trug eine Uniform, die aus der verfluchten Haut der Verdammten zusammengenäht war, und sie stank nach modrigen Rechnungsbüchern und brennendem Dung.

Der Homunkulus rückte seine Brille mit den dicken Gläsern zurecht und zuckte mit seiner krummen Nase. »Never Dead Ned, nehme ich an.«

Ned nickte.

»Ausgezeichnet. Sollen wir anfangen?« Der Homunkulus blickte sich um. »Wo sind Ihre Rechnungsbücher?«

»Ich weiß es nicht.«

Der Homunkulus runzelte die Stirn. »Das ist vollkommen inakzeptabel. Zeit ist schließlich Geld. Jede verschwendete Sekunde ist ein weiterer Aufwand wider den Finalen Profit. Sie hätten vorbereitet sein sollen.«

»Entschuldigung.«

»Sterbliche.« Der Dämon seufzte. »Na, umso besser. Wir können die Rücksprachephase überspringen. Spart Zeit. Ehrlich gesagt, ich habe mir diesen Fall angesehen und meine Empfehlung bereits weitergegeben. Alles, was Sie gesagt hätten, wäre kurzgefasst nicht ernst genommen worden. Ich hätte es nicht einmal notiert. Ich hätte nur mit dem Kopf genickt, bis Sie fertig gewesen wären. Und ich hätte trotzdem gesagt, was ich auch jetzt sagen werde. Allerdings hatte ich von einem Buchhaltungskollegen mehr erwartet. Ich muss sagen, ich bin enttäuscht.«

»Entschuldigung.«

Der Homunkulus sprach weiter, als hätte er Ned nicht gehört. »Kein Geschäft ist besser als der Krieg. Die Oger-Kompanie hat der Legion allerdings nie Profit eingebracht. Das ist inakzeptabel. Es ist eine Blasphemie, eine unverzeihliche Häresie gegen das Schwarze Rechnungsbuch. Es wurden Gespräche geführt, es wurde sehr ernsthaft abgewogen, dieses spezielle Unternehmen aufzulösen und seine Ressourcen einem produktiveren Zweck zuzuführen.«

Ned hielt das für keine schlechte Sache. Wenn sich die Oger-Kompanie auflöste, würde er vielleicht in die Buchhaltung zurückbeordert werden.

»Es geht jedoch letztlich immer um Zahlen«, fuhr der Homunkulus fort. »Die Zahlen enthüllen alles. Profit existiert im ganzen Universum. Wenn wir ihn nicht finden können, haben wir die Zahlen im Stich gelassen, nicht umgekehrt. Deshalb sehe ich keinen Grund dafür, dieses Projekt gerade jetzt aufzugeben.«

Der Dämon schlug mit den Flügeln und erhob sich in die Luft. Er schnippte mit den Fingern und eine Schriftrolle materialisierte sich und schwebte vor ihm in der Luft. »Ich habe einen Finanzschlachtplan ausgearbeitet, der, das kann ich Ihnen versichern, mit so gründlicher Großartigkeit erklärt ist, dass jeder in der Lage sein sollte, ihm zu folgen.« Er schob die Brille auf seine Nasenspitze und blickte Ned mit hochgezogenen Augenbrauen an. »Und ich *meine*: jeder.«

Die Schriftrolle entrollte sich. Sie schlitterte über die Schreibtischplatte. Als Ned danach griff, schlug das Pergament hart genug nach seinen Fingern, um einen blassrosa Bluterguss zu hinterlassen. Der Finanzplan schüttelte sich, näherte sich Neds Gesicht und knurrte.

»Vorsicht«, sagte der Homunkulus, »er beißt. Es wäre vielleicht klüger, wenn ich einige der feineren Details erklären würde. Nur um sicherzugehen, dass Sie es auch verstehen.« Er schnippte mit den Fingern und die Schriftrolle fiel, auf obszöne Art zärtlich fauchend, folgsam in seine Hand. »Der Plan ist einfach. Er ist in siebenhundertsiebenundsiebzig Abschnitte unterteilt.« Er räusperte sich. »Welche ich nun im Detail besprechen werde.«

Ned sackte in seinem Stuhl zusammen. Er fragte sich, wo Ulga mit dem Wein blieb.

Der Homunkulus sprach stundenlang eintönig vor sich hin. Seine piepsige Stimme kratzte in Neds Ohren und sträubte ihm die Haare. Der dämonische Buchhalter leierte sein verkommenes Klagelied an die Mächte der höllischen Buchhaltungsabteilung und ein böser Zauber legte sich auf Neds Büro. Die Schriftrolle entrollte sich und füllte den

Boden Zeile um Zeile mit Kostensenkungen und Ausgabenkürzungen. Die Wände schmolzen. Grausame Teufelchen tollten in den Schatten umher. Das Stundenglas auf dem Tisch lief rückwärts. Und Ned konnte beinahe das entfernte Heulen der Verdammten hören.

Der Homunkulus wuchs. Der Dämon ernährte sich von Neds Leiden und seine qualvolle Langeweile ernährte den Homunkulus gut. Zum Schluss war er dreißig Zentimeter größer, seine Haut hatte sich zu einem helleren Rot verfärbt und seine winzigen Hörner hatten sich zu eindrucksvollen Ornamenten gekringelt. Ned krümmte sich sabbernd in seinem Stuhl, während Einnahmen und Ausgaben mit winzigen Mistgabeln nach seinem Hirn stocherten.

»Abschließend«, sagte der Homunkulus, »glaube ich, dass sich dieses Projekt amortisieren kann. Gesetzt den Fall, dass die Oger-Kompanie schließlich auf Vordermann gebracht und zu einer funktionstüchtigen militärischen Einheit gemacht werden kann. Aber das ist nicht meine Sache. Ich bin der Buchhalter, und ich kann Ihnen versichern, dass die Berechnungen lupenrein sind.«

Ned wischte sich mit zitternden Händen die Tränen aus dem Gesicht. Seine Haut fühlte sich feuchtkalt an. Der Vortrag des Dämons hatte ihm seinen ohnehin schon verminderten Lebenswillen ausgesaugt. Er hätte sich mit Freude in sein eigenes Schwert gestürzt, um das Ganze zu beenden. Aber diese Möglichkeit bestand für ihn nicht. Das war der Nachteil der Unsterblichkeit.

Der wild gewordene Finanzplan schlitterte in seinem Büro herum, unter den Schreibtisch, über den Boden, eng um seine Beine gewickelt, so dass es ihm die Blutzufuhr abschnitt. Er schnurrte abwechselnd seinen Schöpfer an und knurrte in Richtung Ned.

Der Homunkulus sagte: »Es war meine Empfehlung,

dass man Sie auf diesen Posten versetzte. Freilich gab es einigen Widerstand gegen diese Idee. Ihre militärische Akte ist nichts Besonderes. Aber ich habe dargelegt, dass alle bisherigen Kommandeure gute Offiziere waren und dass es trotzdem nicht einer von ihnen geschafft hat, etwas aus der Oger-Kompanie zu machen. Vom logischen Standpunkt aus betrachtet wäre es eine Verschwendung von Ressourcen, noch einen hervorragenden Soldaten in den geifernden Rachen des nahezu sicheren Todes zu werfen. Doch es gab einen Mann – womit ich Sie meine –, der die nötige buchhalterische Erfahrung besaß, um die Situation zu verstehen, was die meisten Soldaten nicht könnten. Ein Mann mit der seltsamen Eigenschaft, dem Tod immer und immer wieder einen Strich durch die Rechnung zu machen. Und, was am wichtigsten ist, ein Mann, der, sollte diese Eigenschaft versagen, letztlich entbehrlich war.«

Ned versuchte aufzustehen. Der Finanzplan wickelte sich um seinen Bauch und hielt ihn auf seinem Stuhl fest.

Ein zufriedenes Lächeln ging über das Gesicht des Homunkulus. »Es hat etwas Überzeugungsarbeit gekostet. Ich denke, sie haben einfach gehofft, ich würde ihnen empfehlen, das ganze Projekt einzustampfen. Aber ich habe sie überzeugt, es noch ein letztes Mal zu versuchen. Sie haben sechs Monate, um diese Kompanie zu retten. Mehr als genug Zeit, wenn Sie meinem Rat folgen.«

Ned konnte sich an keine einzige der Empfehlungen des Dämons erinnern. Er konnte sich an überhaupt nichts, was in den letzten Stunden passiert war, erinnern, bis auf den höllischen Klagegesang, ein Dröhnen ohne Worte, ein Lied der fiskalisch Verlassenen.

»Folgen Sie einfach dem Finanzplan und tun Sie, was Sie können, dann sollte es klappen, Kommandeur.«

Der Finanzplan richtete sich auf und drohte, Neds Gesicht einen bösen Papierschnitt zuzufügen. Er wollte ihn sich nicht zum Feind machen, aber sein böser linker Arm sah das anders. Er schnappte die leere Whiskeyflasche und schwang sie nach dem Pergament. Der Finanzplan zischte und spuckte, während er mit Neds Arm kämpfte.

»Was ist, wenn ich es nicht schaffe?«

Der Homunkulus kicherte. »Eine Überlegung, die ich bereits berücksichtigt habe. Der Profit weiß, dass Zahlen niemals irren, Menschen aber anfällig sind. In diesem Fall wird die Oger-Kompanie aufgelöst und ihre Angehörigen nach meinen Empfehlungen versetzt.«

»Wo würde ich hingehen? Zurück in die Buchhaltung?«

Der Homunkulus saugte Neds Sorge auf. In den Augen des Dämons siedeten rote Flammen. »Oh nein. Ihre Stelle in der Abteilung wurde bereits besetzt. Und es wäre auf jeden Fall eine Verschwendung Ihrer Talente. Ich denke, Sie wären im Berserker-Programm von größerem Nutzen.«

Neds Kiefermuskeln traten hervor.

Der Homunkulus wuchs noch ein paar Zentimeter. »Berserker haben im Allgemeinen so kurze Karrieren, dass ich es für naheliegend hielt, jemanden zu verpflichten, der den Tod weniger unbequem findet. Ich bin sicher, diese Logik erschließt sich Ihnen.«

Unsterblich oder nicht, Ned wusste, er würde einen abgrundtief schlechten Berserker abgeben. Von Berserkern wurde erwartet, sich kopfüber in den Kampf zu stürzen, es waren sinnlos tobende Krieger, begierig darauf, dem Tod zu begegnen und so viele Seelen wie möglich mitzunehmen. Ned war gut, was das Sterben betraf. Er hatte viel Erfahrung darin. Aber er war vollkommen unfähig, was das Töten anging. In seiner gesamten militärischen Karriere hatte er nur eine einzige Person getötet. Und das war ein Unfall gewesen. Und jemand von seinen eigenen Leuten. Jedes andere

Mal, wenn er ein Schlachtfeld betreten hatte, war er unter den Ersten gewesen, die abgeschlachtet wurden.

Der Homunkulus nickte Ned zu. »Meine Arbeit hier ist getan. Viel Glück, Kommandeur.« Der Dämon schrumpfte in sich zusammen und löste sich auf. Der Raum wurde heller. Die Wände hörten auf zu schmelzen. Der Sand im Stundenglas bewegte sich wieder in die richtige Richtung. Die Teufelchen verschwanden zurück in ihr Höllenfeuer. Aber der Finanzplan blieb.

Er hatte die Oberhand über Neds bösen Arm gewonnen und tat sein Bestes, ihn auszureißen. Ned wäre es egal gewesen, wenn er es geschafft hätte, aber er hatte keine Lust, sinnlos zu warten. Er zog seinen Dolch und rammte ihn durch den Finanzplan in den Tisch. Mit einem geisterhaften Heulen schauderte er und fiel schlaff in sich zusammen. Er war nicht tot. Ned konnte ihn immer noch atmen sehen, das sanfte Heben und Senken der Zahlen auf den Seiten. Vielleicht, wenn er einen Pfahl durch das Endresultat triebe.

Er hatte aber keinen Pfahl zur Hand. Also schnappte er sich ein Ende und rollte es auf. Der Finanzplan ließ es nicht ruhig über sich ergehen, doch der größte Teil seiner Kampflust schien ihn verlassen zu haben. Es klopfte an der Tür. Er stopfte das lose Ende des Finanzplans in eine Schublade, schlug sie zu und lehnte einen Stuhl dagegen. Einigermaßen in seiner Bewegungsfreiheit eingeschränkt, das eine Ende in der Schublade eingeklemmt und das andere durch ein Messer festgenagelt, knurrte das Pergament. Ned bewegte sich vorsichtig durch den Raum, indem er jegliche beißende Papierschlinge umging. Er öffnete die Tür.

Davor stand Regina und hielt zwei Krüge in den Händen und zwei weitere unter den Armen. »Ihr Wein, Sir. Soll ich ihn in Ihr Büro stellen?«

»Nein.« Ned schlüpfte hinaus in den Flur und knallte die Tür zu. Er hatte nicht vor, jemals wieder dort hineinzugehen. Und wenn die Umstände es unvermeidlich machten, würde er es höchstens in voller Rüstung tun, bewaffnet mit einem langen Speer und mit Sally, dem Salamander, und ihrem Feueratem an seiner Seite. Ein schreckliches Klappern drang aus dem Büro. Die Chancen standen gut, dass der Schreibtisch umgestoßen worden war und der Finanzplan sich nun damit beschäftigte, Spesenkonten zu jagen und zu fressen, und dass er gleichzeitig immer stärker und hungriger wurde.

Er nickte in Richtung Nebenraum. »Mein Quartier.«

Sie stellte die Krüge in einer Ecke des Kommandeursquartiers ab. Ned legte ein Ohr an die Tür, die zu seinem Büro führte. Er konnte den Finanzplan nicht hören, aber er war da drin. Er verkeilte einen Stuhl unter dem Türknauf.

»Sonst noch was, Sir?«, fragte Regina.

Er warf der großen, schönen Amazone und dem Kätzchen, das sich an ihren langen, langen Beinen rieb, einen Blick über die Schulter zu. Der Finanzplan rumste im Nebenraum. Ned setzte sich mit hängenden Schultern ans Fußende seines Bettes und kraulte das Kätzchen hinter den Ohren.

Regina blinzelte nach unten. »Sonst noch etwas, Sir? Irgendwas?«

»Nein.«

Sie stützte die Hände in die Taille und schob ihre beeindruckenden Brüste vor. »Sind Sie wirklich sicher, dass es nichts gibt, was ich noch für Sie tun könnte?«

Ein Schatten glitt hinter der Türritze hin und her. »Vielleicht etwas, um die Tür zuzunageln.« Er ließ sich auf das Bett zurückfallen und schloss sein Auge.

Regina stammelte. Sie schnappte sich Seamus und stapfte in den Flur hinaus. Die Amazone drehte sich herum. Ein gezwungenes Lächeln ersetzte ihren finsteren Blick.

»Ich habe noch nie heraufbeschworenen Wein getrunken, Sir. Dürfte ich Sie um ein Glas bitten?«

Er griff nach einem der Krüge und reichte ihn ihr. »Hier. Viel Spaß damit.« Er schloss die Tür.

Regina ließ Seamus fallen, der traurig miaute und sich an ihren Beinen rieb. Sie kickte ihn grob weg, und Seamus prallte gegen die Wand. In einer Rauchwolke verwandelte sich die Schildpattkatze zurück in ihr Koboldselbst.

»Autsch.« Er rieb sich den Kopf.

Reginas schwarze Augen wurden noch dunkler, während sie auf den Kobold niederstarrte.

»Ich schätze, der Schlag muss mich in meine eigentliche Gestalt zurückbefördert haben.« Er lächelte verlegen. »Was für ein Glücksfall, oder?«

Sie lächelte nicht zurück. »Vielleicht sollte ich dich das nächste Mal, wenn du feststeckst, so lange an die Wand werfen, bis du wieder funktionierst.«

Seamus kratzte sich den Bart. »Sei nicht sauer auf mich, nur weil du keine Ahnung vom Flirten hast.«

»Das stimmt doch nicht!«

Er drückte den Rücken durch und fuhr sich mit einer Hand am Schenkel auf und ab. »Kann ich noch etwas für Sie tun, Sir? Irgendwas?« Er klimperte mit den Wimpern, spitzte seine breiten, dünnen Lippe und machte laute Kussgeräusche. »Nicht sehr subtil. Obwohl manche Typen die direkte Annäherung mögen. Schätze aber, der Kommandeur ist anders.«

Regina schnappte ihn an der Kehle und quetschte, bis sein grünes Gesicht blau wurde. »Amazonen flirten nicht. Wir küssen nicht. Und wir werfen uns sicherlich auch nicht dem ersten gut aussehenden Mann an den Hals, den wir sehen.«

Obwohl kurz vor dem Ersticken, schaffte es Seamus zu keuchen: »Du findest ihn gut aussehend?«

Mit einem unfreundlichen Grunzen schleuderte sie ihn von sich. Seamus verwandelte sich in einen Seidenschal und glitt unbeschadet zu Boden. Er verwandelte sich wieder zurück und folgte ihr, als sie den Flur entlangstolzierte.

»Der Typ sieht aus, als hätte er einen kleinen Umweg durch die Innereien eines Drachen hinter sich«, sagte er.

Sie antwortete nicht.

»Hey, ich bewerte ja nicht. Ab und zu habe ich selbst auch nichts gegen eine kleine Ziege.« In einer violetten Rauchwolke verwandelte er sich in einen Ziegenbock. Er blökte einmal und verwandelte sich zurück in einen Kobold. »Urteile nicht darüber, bevor du es versucht hast. Wie auch immer, hier geht's nicht um mich. Es geht um dich. Du magst den Typ also wirklich?«

»Nein.«

»Ach, komm schon. Es ist offensichtlich.«

Sie stoppte und griff nach ihrem Schwert. »Ich mag keinen Mann.«

»Wem versuchst du, etwas vorzumachen?«, fragte er. »Du glaubst doch nicht tatsächlich an diese ganze Amazonen-Propaganda, oder?«

»Es ist mein Kodex.«

»Irgendein Kodex. Männer schlecht. Frauen gut. Bisschen einfach, findest du nicht?«

»Die Wahrheit ist einfach.«

»Sie haben dir dieses Zeug tatsächlich eingebläut, was? Schätze mal, ich kann dir nicht wirklich vorwerfen, dass du es nicht schaffst, das loszuwerden, obwohl ich es durchaus geschmacklos finde. Immer diese Bigotterie.« Er schüttelte den Kopf. »Nichts macht ein hübsches Mädchen hässlicher.«

Sie zog ihr Schwert.

»Los, mach schon. Töte mich.« Er hob die Hände. »Das würde eine Amazone tun. Oder ein Mann.«

Regina atmete durch knirschende Zähne aus. Widerstrebend steckte sie die Waffe weg. »Merk dir das, Gefreiter.« Sie hob ihn an seinen langen Ohren hoch. »Ich. Mag. Ned. Nicht.«

»Wie du willst.«

Sie schlenderten über den Hof in Richtung Pub.

»Wie pflanzt ihr Amazonen euch eigentlich fort?«, fragte er.

»Das ist eine private Angelegenheit.«

Ihre Stimme klang schneidend. Jeder andere hätte den Mund gehalten. Aber Seamus war ein Kobold und Kobolde gingen munter und zwanglos mit Gefahren um. Sie erwarteten jeden Augenblick zu sterben und sahen keinen Grund, sich darüber aufzuregen.

»Ich habe die Gerüchte gehört, aber ich habe mich das immer gefragt.«

Regina hatte die Gerüchte ebenfalls gehört. Und es gab viele davon. Dutzende über Dutzende. Je nachdem, wen man fragte, hielten sich Amazonen in ihren Schlafzimmern Sexsklaven in Käfigen. Oder sie beherrschten die geheimnisvolle Kunst des Entfernens und Konservierens von wichtigen Teilen der männlichen Anatomie zum späteren Gebrauch. Oder neue Amazonen wuchsen ganz einfach aus der Erde, wo sie gleich neben Maisfeldern gezüchtet wurden. Die Theorien reichten von praktisch bis absurd, wobei es mehr um Kreativität als um Wahrheit ging.

»Überfallt ihr wirklich Dörfer und entführt junge Frauen?«, fragte Seamus.

»Diese Praxis verursachte zu viele politische Spannungen unter unseren Nachbarn und wurde vor langer Zeit aufgegeben. Manchmal machen wir Kriegsgefangene. Oder kaufen Kriminelle und Flüchtlinge. Wenn ein männliches

Wesen aus außergewöhnlich gutem Material besteht, sind wir dafür bekannt, dass wir es für unsere Zwecke benutzen.«

»Klingt erotisch.« Seamus grinste anzüglich. »Gibt es eine geheime Verführungszeremonie? Ein prächtiges Fest, bei dem der verurteilte Mann eine Behandlung erfährt, die von tausend sinnlichen Wonnen begleitet wird, bevor man ihn zum Höhepunkt der Lust bringt, bis er, vollkommen zu Tode gesext, mit einem ewigen Lächeln im Gesicht sein Leben aushaucht?«

»Nicht ganz. Obwohl es eine Prozedur gibt.«

Das Wort »Prozedur« nahm Seamus' Fantasie einen großen Teil des Spaßes, aber er war schon zu weit vorgedrungen, um jetzt noch zurückzukönnen. »Was ist es?«

»Das willst du nicht wissen.«

»Ist es ein Geheimnis?«

»Nein, aber du wirst einfach enttäuscht sein.«

Er zupfte sie am Rock. Eine weitere lebensgefährliche Handlung, die er tat, ohne einen Gedanken daran zu verschwenden. »Ach, komm schon!«

Sie riss ihm den Rockzipfel aus der Hand und trat ihn zu Boden. »Wie fesseln sie ans Bett, haben Sex mit ihnen und dann werden wir sie los.«

Der Kobold blieb sitzen und seine Augen leuchteten beim Gedanken an obszöne Möglichkeiten. »Was für eine Art Bett?«

»Ein normales Bett.«

»Was für eine Art Sex?«

»Funktionaler, effizienter Sex.«

Er war nicht bereit, die Fantasie so schnell wieder aufzugeben. »Wie tötet ihr sie? Eine Art giftiger Kuss? Oder presst ihr zwischen euren kraftvollen Schenkeln das Leben aus ihnen heraus?«

»Normalerweise erstechen wir sie mit einem Dolch.« Sie grinste. »Manchmal köpfen wir sie auch.«

»Trägt die Henkerin eine schwarze Kapuze und sonst nichts? Ihr nackter Körper glänzt vom frischen Schweiß. Ihre Brüste heben sich und vibrieren, während sie den Todesstoß ausführt.«

»Eunuchen kümmern sich um die Exekutionen.«

»Oh.« Stirnrunzelnd stand er auf. »Ist nicht so sexy, wie ich gehofft hatte.«

»Ich habe dich gewarnt. Dieser Brauch ist nicht mehr üblich. Zu unpraktisch. Wir können so nicht garantieren, dass das Kind, das erzeugte Kind, weiblich wird. Und wenn es männlich ist, hast du neun Monate vergeudet.

Inzwischen kaufen wir hauptsächlich junge Mädchen zwischen fünf und sieben Jahren und führen sie in unser Volk ein. Viele unserer Nachbarländer züchten speziell für unsere Bedürfnisse Mädchen. Es ist die viertgrößte Industrie in der Region.«

»Klingt sehr ...« Seamus seufzte. »Wirtschaftlich.«

Sie gingen noch eine Weile nebeneinander her.

»Wenn ihr also nicht mit Männern lebt und keine Männer gefangen nehmt, was tut ihr dann, um Gesellschaft zu haben?«

»Alle Amazonen vereint ein starkes Band der Schwesternschaft.«

»Sehr gut, sehr gut. Schwesternschaft. Schöne Sache.« Er beugte sich vor und klatschte in die Hände. »Aber ich spreche über Gesellschaft. Klar?«

»Ich verstehe diese Frage nicht.«

»Du weißt schon. Zuneigung. Intimität. Von der körperlichen Sorte?« Er machte in einer schnellen Folge obszöne Gesten, von denen Regina die Hälfte nicht kannte. Aber sie verstand, worauf er hinauswollte.

»Wir Amazonen haben diese lächerliche Beschäftigung vor Jahrhunderten aufgegeben.«

»Du kannst so was nicht einfach aufgeben. Wir alle haben Bedürfnisse.« Seamus wackelte mit den Augenbrauen. »Du kannst mir nicht erzählen, du hättest nie daran gedacht. Vor allem wenn du einen harten Tag hinter dir hast, an dem du diese ach so bösen Männer abgeschlachtet hast und mit ein paar deiner Amazonenschwestern in einem Zelt auf einem Haufen sitzt. Ihre bebenden Körper kleben von Schweiß, während sie sich an dich drücken. Feuchte, heiße, gut entwickelte Körper. Eine deiner Zeltgenossinnen zieht dich an sich. Ihr warmer Atem fühlt sich an deinem Hals ganz sanft an. Ihr langes, rotes Haar streicht über deine kecke Brust. Ihre geschickten Finger bewegen sich über deine straffen Schenkel und suchen deine bebende …«

Er sah den Schlag nicht kommen, der es schaffte, ihn ein gutes Stück wegzuschleudern, aber nicht, ihm das Grinsen vom Gesicht zu wischen. Regina stand mit gezogenem Schwert über ihm.

Sie hatte all diese Gerüchte ebenfalls gehört, und es lag einiges an Wahrheit darin. Nicht alle ihre Schwestern waren so stark wie sie. Viele hatten den fleischlichen Freuden nachgegeben, aber Regina erkannte in der Fleischeslust, ob nun mit einem Mann oder mit einer Frau, vor allem die Ablenkung von wichtigeren Aufgaben.

»Du wirst nie wieder irgendwelche bebenden Teile meiner Anatomie erwähnen, wenn du weiterleben willst.«

»Okay, okay. Man kann einen Mann ja nicht für seine Fantasien töten. Tagträume sind gesund.«

Sie stellte einen Fuß auf ihn und drückte zu. Er keuchte, aber lächelte. »Weißt du, ich kann aus diesem Winkel unter deinen Rock schauen. Genau auf deine bebende …«

Er vermied gerade noch, das Gesicht aufgespießt zu bekommen, indem er sich in einen Amboss verwandelte. Ihr Schwert klirrte laut. Regina schlug mit der flachen Seite der Klinge gegen ihn.

»Komm raus, du wertloser kleiner Feigling. Stell dich wie ein Mann.«

Seamus nahm wieder seine normale Gestalt an. »Erstens bin ich kein Mann. Ich bin ein Kobold. Zweitens dachte ich, alle Männer seien Feiglinge.«

Sie versuchte, ihm den Kopf abzuschlagen, aber er war schneller. Das Schwert prallte von einer Granitnachbildung des Kobolds mit herausgestreckter Zunge ab. Regina umkreiste ihn, aber hartnäckigerweise blieb er unbeweglich. Entweder er steckte fest, wie es manchmal geschah, oder er hatte einfach Angst.

Sie hob ihn auf und flüsterte ihm in sein steinernes Ohr: »Hör mir gut zu, du kleines Biest. Wenn ich dich je erwische, wie du solche widerlichen Gedanken aussprichst, und wenn ich den Verdacht habe, dass du auch nur von solchen niederträchtigen Ketzereien tagträumst, hacke ich dir alle losen Enden von deinem kleinen Koboldkörper ab. Habe ich mich klar genug ausgedrückt?«

Die Seamus-Statue grinste nur anzüglich. Sie hatte den Verdacht, dass er sie in diesem Augenblick herausforderte, während sein steinernes Gehirn entwürdigende Bilder von dampfenden amazonischen Badehäusern und nackten Kissenschlachten abspulte. Sie dachte darüber nach, ihm eine Lektion zu erteilen, indem sie ihm die Zunge abschlug. Aber ihr Temperament kühlte sich genauso schnell ab, wie es aufbrauste. Und sie war nicht in der Stimmung, sich die Mühe zu machen. Stattdessen ließ sie ihn in den Brunnen der Zitadelle fallen. Dann wartete sie eine Zeit lang, um zu sehen, ob ihn das kalte Wasser dazu brachte, eine verletzlichere Gestalt anzunehmen.

In der Zwischenzeit entkorkte sie ihren Krug mit heraufbeschwörtem Wein und nahm einen herzhaften Schluck. Das grauenhafte Gebräu tröstete sie. Geschmacklich ähnelte es dem speziellen Sud, mit dem junge Amazonen gefüttert wurden, um groß und stark zu werden.

Sie dachte über Seamus' absurde Vorstellung von der Nützlichkeit von Sex nach. Sie konnte den Sinn darin nicht erkennen. Ihre Zeit war besser genutzt, wenn sie sie damit verbrachte, ihren Körper und Geist in der Kunst des Krieges zu trainieren. Und auch wenn sich eine Amazone unter äußerst speziellen Umständen vielleicht gelegentlich einen Liebhaber nahm, war dies keiner dieser Umstände. Ned war nur ein Mann. Ein schöner, unsterblicher Mann. Aber das reichte nicht.

Dennoch jagte ihr der bloße Gedanke an ihn, an seine vernarbte, entstellte Haut, einen Schauder durch und durch. Und gewisse Körperteile, an die sie besser nicht dachte, bebten tatsächlich.

»Verdammt.« Sie nahm noch einen Schluck Wein.

Nichts kam aus dem Brunnen. Nicht einmal eine Fliege. Obwohl sie nicht wusste, ob sich Seamus in eine Fliege verwandeln konnte. Regina warf den Krug über ihre Schulter und er zerschellte auf den Pflastersteinen. Missmutig setzte sie ihren Weg fort.

Etwas später krabbelte eine Tarantel vorsichtig aus dem Brunnen. Seamus sah sich einen Augenblick um, bevor er sich in eine Ziege verwandelte und in verliebten Sprüngen in Richtung Viehweide hüpfte.

ACHT

Ned, der sich nie mit Mut oder Ehre befasst hatte, konnte einer Fahnenflucht dennoch nichts abgewinnen. Er hatte aber daran gedacht. Er war nur ein Mensch. Sogar während der Rekrutenausbildung war er sich nicht sicher gewesen, ob das Soldatenleben etwas für ihn war. Trotzdem mochte er den Gedanken nicht. Er hatte geplant, darauf zu warten, dass sein Legionsvertrag auslief. Noch vier Jahre, und er würde seine militärische Karriere hinter sich lassen. Seine vielen Tode auf dem Weg dahin konnte er aushalten. Er konnte seinen Teil des Vertrags einhalten.

Die Abmachung hatte sich jedoch geändert. Das Berserker-Programm war einfach zu viel verlangt. Wenn das Training erfolgreich war, verwandelten sich Soldaten in hirnlose, mörderische Wilde. Misslang es dagegen, wurden sie einfach nur hirnlos. So oder so wurde einem Berserker beigebracht, den Tod zu begrüßen, aber den Tod zu begrüßen war Neds große Stärke nie gewesen. Ihm blieb nur eine Möglichkeit.

Genau genommen zwei Möglichkeiten. Er konnte all seine militärische und buchhalterische Erfahrung zum Einsatz bringen und die Oger-Kompanie mit etwas Glück retten. Das einzige Problem dabei war, dass Ned zwar ein verdammt guter Buchhalter, aber nie ein besonderer Soldat gewesen war. Und auch kein besonders guter Anführer. Seine eine und einzige bisherige Stelle mit Befehlsgewalt hatte vorgesehen, einen Zug in einem Scharmützel gegen ein paar lästige Wichtel anzuführen. Die Erinnerung daran suchte ihn heute noch heim.

Für die meisten waren Wichtel winzige Fellknäuel. Das lag am Namen. Er ließ sie knuddelig und harmlos wirken. Aber für jeden, der ihnen jemals im Kampf gegenübergetreten war, waren sie zehn Zentimeter blutrünstiger Terror. Ihre abscheulichen Kampfschreie verfolgten ihn noch immer. Die gotteslästerlichen Beleidigungen, wenn sie ihre kleinen Speere schleuderten. Die Waffen waren nicht scharf genug, um sich ins Fleisch zu bohren, aber sie stachen höllisch. Schlimmer noch als die Speere waren ihre scharfen Krallen und bösartigen Zähne. Wichtel spielten nicht herum. Sie zogen an Haaren, bissen in Ohren, krallten nach Augen, steckten ihre Speere in jede verfügbare Körperöffnung. Ein guter Hosenlatz war unentbehrlich, wenn man gegen Wichtel kämpfte.

In jener Nacht waren sie ohne Vorwarnung gekommen, ausgeschwärmt aus den wuchernden Sträuchern. Chaos herrschte. Soldaten schrien. Wichtel fluchten. All diese winzigen Stimmchen, die sie mit Obszönitäten überschütteten. Besonderen Spaß hatten sie daran, die Abstammung der Leute zu beleidigen. Er dachte mit neuem Grauen an den verschwommenen Feind, der sich an seine Nase klammerte. Ned hatte gekämpft, um die Kreatur von seinem Gesicht zu ziehen, als einer seiner eigenen Männer unvorsichtig um sich schlagend Ned von hinten erstochen hatte. Als Ned im Sterben lag, kreischte der Wichtel eine besonders schmerzhafte Bemerkung über Neds Mutter. Ned hatte seine Mutter nie gekannt. Noch konnte er sich an seine Kindheit erinnern. Aber die Bemerkung schien unnötig und einfach vollkommen falsch.

Ned war ins Leben zurückgekehrt, nur um seinen Zug

dezimiert vorzufinden, weil sie sich in ihrer Panik gegenseitig getötet hatten. Ein Sieg für den Feind und ein schwarzer Fleck in Neds Akte. Es war nicht leicht zu erklären gewesen, und er hatte sich auch nicht die Mühe gemacht, es zu versuchen. Die brutale Grausamkeit von Wichteln war etwas, das man selbst erlebt haben musste. Er hatte auf eine Entlassung gehofft. Es war nicht passiert, obwohl er kaum sagen konnte, warum. Seine einzige Vermutung war, dass es die Legion immer noch für lohnend hielt, einen unsterblichen Soldaten zu haben, und sei es nur für den Reiz des Besonderen.

Der Vorfall war vertuscht worden, um den Ruf der Legion zu wahren. Elementaristenteams waren hinzugezogen worden, um die Monster und ihre Waldgebiete bis auf die nackte Erde niederzubrennen und alle Spuren des Gemetzels zu beseitigen. Ned hatte nicht vergessen. Die meisten seiner Tode machten ihm wenig aus. Er hatte sich daran gewöhnt, ums Leben zu kommen. Aber dieses eine Mal belastete ihn immer noch. Es hatte ein Jahr gedauert, bis er den Anblick kleiner Nager ertragen konnte. Beim Anblick von Hasen mit ihrer Ähnlichkeit zu Wichtel-Kriegskaninchen brach ihm heute noch der kalte Schweiß aus, genauso bei Wüstenrennmäusen, die, wenn sie aufrecht standen, Wichteln erschreckend ähnlich sahen.

Die Oger-Kompanie war ohne ihn besser dran, und er war besser dran ohne die Oger-Kompanie. Es mochte feige sein, aber es war die Wahrheit. Es war an der Zeit zu rennen und sich gut zu verstecken. Er hoffte, sein Besonderheitswert brächte die Legion nicht dazu, Retter loszuschicken. Aber ein Problem nach dem anderen.

Er wartete bis Mitternacht und schlüpfte im Schutz der Dunkelheit davon. Er reiste mit leichtem Gepäck, nur die Kleidung, die er trug, und dann noch ein Paket mit einem Krug von Olgas Wein und etwas Brot. Je schneller er hier raus war, desto besser. Erwartungsgemäß waren die spärlichen, undisziplinierten Nachtwachen der Zitadelle mit Schlafen, Trinken oder Rauschausschlafen beschäftigt. Er schlich sich ohne die geringste Schwierigkeit davon, geradewegs durch das Haupttor der Kupferzitadelle.

Er kam auf seinem Weg am Friedhof vorbei und hielt an, um die Inschriften auf den Grabsteinen der vorherigen Kommandeure zu lesen, einschließlich der seines eigenen offenen Grabes. So schlecht fühlte er sich dabei gar nicht.

Ein purpurner Blitz wölbte sich aus den Schatten und traf Ned in die Brust. Er starb, bevor er es merkte, und fiel über sein eigenes Grab.

Die Rote Frau trat aus der Dunkelheit. Ihr Stab glühte.

»Warum hast du das getan?«, fragte ihr Rabe.

»Ich habe meine Gründe«, antwortete sie.

Die Rote Frau hatte Ned viele, viele Male aufgeweckt, aber sie hatte ihn niemals zuvor getötet. Sie schwang ihren Stab über ihm und Ned schnappte nach Luft. Er hatte seinen ersten Atemzug noch nicht eingesogen, als sie ihn mit einem weiteren Blitz abknallte. Er starb, bevor er sein Auge öffnen konnte.

Der Rabe hüpfte auf ihre andere Schulter. »Und was war diesmal der Grund?«

»Kein Grund. Einfach nur, um zu sehen, wie es auf der anderen Seite ist.«

»Und wie war es?«

»Auf seltsame Weise befriedigend.«

Sie drehte sich um und ging davon. Ned ließ sie auf seinem Grab verrotten.

NEUN

Erst am späten Vormittag wurde Neds Abwesenheit bemerkt und erst am späten Nachmittag wurde seine Leiche von den Totengräbern Ralph und Ward entdeckt. Außer dafür, Tote zu vergraben, waren sie auch noch für die Pflege des Friedhofs zuständig. Sie waren für das wöchentliche Jäten ausgerüstet und fanden stattdessen ihren neuen Kommandeur ausgestreckt über seiner eigenen Grabstelle. Keiner von beiden wusste, was zu tun war.

»Ist er tot?«, fragte Ward.

Ralph nickte. »Jau.«

»Was macht er hier draußen?«

»Keine Ahnung.«

»Sieht ein bisschen aufgeschwemmt aus, oder?«

»Jau.«

»Sollen wir den Geier verjagen?«

Der große Aasfresser saß auf Ned und pickte nach seinem Fleisch. Er hatte die Mahlzeit eben erst gefunden und noch nicht viel Schaden angerichtet.

»Mach, was du willst.« Ralph rieb sich den Kiefer. »Ich muss jäten.«

Er machte sich an die Arbeit. Ward sah dem Geier eine Weile zu, der an Neds Ohr kaute. Er hatte als Junge einen Geier aufgezogen und ihn lieben gelernt. Dann kam das Fest des heiligen Aases, ein verehrter Oger-Feiertag, und seine Mutter hatte Herrn Knabberer geschlachtet und zum Abendessen serviert. Dieser Geier sah Herrn Knabberer nur entfernt ähnlich. Es war eine dünne, unbeholfene Art Aasfresser. Nicht der gesunde, fette Vogel, den er gemocht hatte. Aber er hatte dasselbe Temperament, dieselbe Dreistigkeit, nicht wegzufliegen, als er sich näherte. Er tätschelte ihm den Kopf. Dann hob er seine Schaufel, um ihm den Schädel einzuschlagen. Er liebte Geier. Vor allem in Sahnesoße.

Ward zögerte, und der Vögel hätte leicht fliehen können. Stattdessen starrte er mit seinen kalten, schwarzen Augen zurück. Augen wie poliertes Glas. Gnadenlos, grausam und hungrig.

Er senkte die Schaufel. »Mach weiter, kleiner Freund. Nimm noch einen Bissen.«

Der Geier lächelte – oder zumindest kam es Ward so vor – und hackte etwas mehr an seinem Frühstück herum.

»Was glaubst du, wie er gestorben ist?«, fragte Ward.

Ralph schnüffelte. »Ich rieche Magie. Vielleicht hat ihn das erledigt.«

Ward verscheuchte den Aasfresser. Der hüpfte nur ein paar Schritte davon. Ward beugte sich vor und drehte Ned auf den Rücken. Auf seiner Brust konnte man ein kleines Brandmal sehen. Es sah nicht gerade nach viel aus, aber es musste genügt haben, um ihn zu töten. Das Gesicht war vom scharfen Schnabel des Vogels verschont geblieben, aber Ward erbleichte beim Anblick der verschwollenen Fratze des Leichnams. »Auf jeden Fall stirbt er für einen Typen namens Never Dead Ned ziemlich oft.«

»Jau.«

Ward drehte Ned mit dem Gesicht nach unten. Er ignorierte die Leiche eine Zeit lang und half Ralph bei der Arbeit. Der Geier hopste vorsichtig hinüber und riss Stücke aus

Neds Fleisch, die er mit schnappendem Schnabel hinunterschlang. Nachdem sie das letzte bisschen Unkraut ausgerissen hatten, fragte Ward: »Sollen wir ihn begraben?«

Mit einem höhnischen Schnauben rieb sich Ralph den Kiefer. »Wir sollen ihn nicht begraben. So lautet sein Befehl.«

»Vielleicht hat er es sich anders überlegt«, sagte Ward. »Vielleicht hat er beschlossen, dass er nun bereit ist, begraben zu werden, und deshalb ist er hier draußen. Vielleicht hat er es nur zeitlich nicht richtig hinbekommen und ist gestorben, bevor er wieder in seinem Grab war.«

»Hört sich ziemlich dumm an.«

»Warum sollte er sonst hier draußen sein?«

»Weiß ich nicht. Ist mir auch egal.« Ralph hob ein Bein, um die Leiche zu treten, überlegte es sich aber anders. »Befehl ist Befehl. Wenn er begraben werden wollte, hätte er es uns sagen müssen.«

»Wir können ihn nicht einfach hier draußen lassen«, sagte Ward.

»Warum nicht?«

»Er wird von Wölfen oder Geiern oder so was gefressen.«

»Na und?«

»Er ist unser Kommandeur, Ralph.«

»Er war unser Kommandeur.« Dieses Mal trat Ralph Ned, wenn auch nicht sehr fest, um den Leichnam nicht womöglich durch den Stoß ins Leben zurückzubefördern. »Jetzt ist er nur noch ein totes Arschloch. Ich sage: Lassen wir ihn verrotten.«

Ralph hatte sich den Kiefer gerieben, seit sie Ned gefunden hatten. Er hatte Neds Schlag nicht vergessen. Seinem Kiefer ging es gut, aber sein verletzter Stolz war noch nicht verheilt. Ward hingegen hatte eine neidvolle Bewunderung für diesen Menschen entwickelt. Ned war ihm nicht wie ein schlechter Kerl vorgekommen, und nach diesem Fausthieb hielt Ward den Menschen für entweder sehr tapfer oder sehr dumm. Beide Eigenschaften wurden von Ogern durchaus geschätzt. Tapferkeit aus naheliegenden Gründen. Dummheit, weil es ganz einfach amüsant war.

Missmutig rieb Ralph mit den Fingern an seinem Kinn, Ward lächelte.

»Was, bei den Göttern, ist so verdammt komisch?«, knurrte Ralph.

Ward ignorierte die Frage. »Tot oder nicht, ich mag den Kerl.« Er jagte den Geier weg und warf sich Ned über die Schulter. »Ich nehme ihn mit zurück und schaue mal, was Frank mit ihm anstellen will.«

Sie machten sich auf den Rückweg, der Geier folgte ihnen. Ward hielt an und lächelte dem Aasfresser zu.

»O nein«, sagte Ralph, »wir werden ihn nicht behalten.«

»Aber schau ihn dir doch an. Wie kannst du dieses Gesicht abweisen?«

Ralph blickte in diese schwarzen Augen, die in dem federlosen, faltigen rosa Kopf saßen. Der Geier breitete seine langen, schwarzen Flügel mit den schütteren Federn aus und kreischte. Ralph schüttelte langsam den Kopf. »Na gut, aber du machst seinen Dreck weg. *Ich* werde es nicht tun.«

Ward zog ein paar lose Stücke von Neds Haut ab. Er war sicher, der Kommandeur hätte nichts dagegen. Dann fütterte er damit den Vogel. Der sprang auf seine freie Schulter. Seine Krallen verursachten blutende Wunden, genauso wie Herr Knabberer es getan hatte, und Ward lächelte mit einer Träne im Auge.

Die Totengräber machten sich auf den Rückweg zur Zitadelle. Sie kamen an der Kommandozentrale vorbei, die vor langer Zeit von Koboldes übernommen und zu einem

Pausenraum umgestaltet worden war. Niemand wusste genau, was hinter diesen verschlossenen Türen vor sich ging, welche Art von Verdorbenheit Kobolde in ihrer Freizeit auslebten. Und niemand, der über einen Meter groß war, wollte es wissen. Einer der vorherigen Kommandeure, ein Mann wie ein Gewittersturm, hatte versucht, den Raum von den Kobolden zurückzufordern. Nach drei Minuten hinter den Türen war er blass und zitternd herausgekommen. Er verlor nie ein einziges Wort über das, was er gesehen hatte, aber danach hatte Wahnsinn in seinen Augen geschimmert. Und zwei Monate später, als er unter einer Lawine von Metfässern zerquetscht wurde, war er mit einem dankbaren Lächeln auf den Lippen gestorben.

»Apfelsoße«, hatte er mit seinem letzten, pfeifenden Atemzug hervorgebracht. »Liebe Götter, die Apfelsoße.«

Seitdem hatte man die Kobolde in Ruhe gelassen. Die Machtzentrale der Kupferzitadelle war an den nächsten logisch nahe liegenden Ort verlegt worden: in den Pub. Ralph und Ward fanden Frank bei einem Bier mit den Zwillingen vor. Sie saßen an einem der Tische gleich neben dem Pub im offenen Innenhof.

Ward ließ Neds Leichnam auf einen leeren Stuhl fallen. »Wir haben den Kommandeur gefunden, Sir. Er war auf dem Friedhof.«

Gefreiter Lewis hielt die Hand auf. »Du schuldest mir ein Silberstück, Bruder. Ich habe dir gesagt, dass er nicht desertiert ist.«

Korporal Martin, der das Kommando über die rechte Seite ihres Körpers hatte, griff in seine Gürteltasche und warf seinem Bruder eine Münze zu. Der fing sie und stopfte sie in dieselbe Tasche zurück.

»Geschieht mir recht, Lewis«, sagte Martin. »Denk stets das Beste über andere. Das hat Mutter immer gesagt.«

»Sie war auf jeden Fall eine weise Frau«, stimmte Lewis zu.

Ned fiel vornüber. Sein Kopf knallte laut auf den Tisch.

Frank ergriff die Leiche bei den Haaren und sah ihr ins Gesicht. Er ließ los und Ned sackte zusammen. Frank schwenkte den Met in seinem Trinkkrug. »Anfällige Gattung, was?«

»Muss die ganze Übung sein, die er im Sterben hat«, bemerkte Martin.

»Übung macht den Meister«, unterstützte Lewis. »Solch eine Hingabe ist eine Inspiration für uns alle.«

Totengräber Ralph sagte: »Er ist jetzt Ihr Problem, Sir. Ich hole mir ein Bier.« Brummelnd und immer noch seinen Kiefer reibend verschwand er im Pub.

»Das ist aber ein dürrer Geier«, sagte Frank. »Nicht gerade eine ordentliche Mahlzeit.«

Der Geier drehte seinen Kopf, um Frank anzustarren, dann kreischte er.

»Er ist nicht zum Essen da, Sir« Ward hielt seinen Arm hoch. Der Geier latschte daran entlang. Seine Krallen gruben oberflächliche Kratzer in die dicke Ogerhaut. Der Vogel breitete seine Flügel aus und hackte mit seinem spitzen Schnabel liebevoll nach den Fingern seines Herrn. »Wenn ich ihn erst aufgepäppelt habe, dachte ich, können wir den kleinen Kerl zu unserem Kompanie-Maskottchen machen. Mit Ihrer Erlaubnis, Sir.«

»Päppeln Sie ihn nur nicht zu sehr auf, Gefreiter. Das Fest des Heiligen Aases steht vor der Tür und die Legionsversorgung schickt womöglich nicht genug Geier für den Anlass runter.« Frank stieß Ned zur Seite, damit er seine Füße auf den Tisch legen konnte. »Hat er schon ’nen Namen?«

»Ja, Sir. Knabber-Ned. Zu Ehren unseres Kommandeurs.«

»Ich bin sicher, von der Hommage wird er gerührt sein.«

Ward und Knabber-Ned gingen in den Pub, um sich ein Bier zu holen. Einige in der Nähe sitzende Oger beäugten Knabber und leckten sich die Lippen.

»Ich wette, Knabber wird diesen Monat nicht überleben«, sagte Lewis.

»Zehn Tage«, sagte Martin. Die Zwillinge schüttelten sich die Hände, um die Wette zu besiegeln.

»Was, wenn ich fragen darf, Sir, haben Sie wegen des Kommandeurs vor?«, fragte Lewis.

Frank beäugte den Leichnam. »Ich weiß nicht. Normalerweise würden wir den Menschen einfach begraben. Aber das hier ist keine normale Situation.«

»Mutter hatte ein großartiges Rezept für Menschensuppe«, sagte Martin.

»Lieber Bruder«, entgegnete Lewis, »obwohl ich Mutters Kochkünste genauso geliebt habe wie du, muss ich wirklich darauf hinweisen, dass es unangebracht ist, einen vorgesetzten Offizier zu essen. Das tut man einfach nicht.«

»Natürlich, Martin. Es war lediglich eine Erinnerung, keine Anregung.«

»Ich habe bis jetzt noch nie einen Menschen gegessen«, sagte Frank.

»Man muss sie ganz genau zubereiten, und selbst dann ist es im Normalfall die Mühe nicht wert. Schmeckt wie Taschenratte.«

»Ich widerspreche dir wirklich ungern, Bruder, aber Menschen schmecken nicht wie Taschenratten. Taschenratten schmecken wie Menschen.«

»Vielleicht hast du Recht, Martin. Aber so oder so sind Taschenratten und Menschen nicht gerade eine gute Mahlzeit.«

Frank, der weder das eine noch das andere probiert hatte, hatte keine Meinung dazu und überließ die Zwillinge ihrer kulinarischen Diskussion. Er leerte seinen Becher, schnappte Ned an den Haaren und zog die Leiche über den Innenhof. Neds Stiefelabsätze rumsten gegen die Pflastersteine. Frank brauchte nicht lange, um Regina zu finden, die mit ihren Trainingsübungen beschäftigt war.

Das Training in der Oger-Kompanie war freiwillig. Tatsächlich war so ziemlich alles in der Oger-Kompanie freiwillig, in dem Sinne, dass es keine Konsequenzen nach sich zog, wenn man es schwänzte. Die Disziplin hatte die Anlage vor langer Zeit verlassen. Aber Regina hatte großen Spaß an Kampfkunst und trainierte täglich drei oder vier Stunden, wobei sie regelmäßig ein Publikum anzog. Die Soldaten taten so, als würden sie von ihr lernen, aber eigentlich waren sie nur da, um ihren athletischen Körper zu begaffen, während sie in ihrer zweiteiligen Trainingsausrüstung grunzte und schwitzte. Es waren die einzigen Momente, in denen Gaffen erlaubt war, weil sie das Kampftraining zu ernst nahm, um es zu bemerken. Manchmal übten ihre Schüler neben ihr. Manchmal lernten sie sogar etwas. Und gelegentlich forderten einer oder zwei sie offen zu einem Übungskampf heraus. Sie blieb ungeschlagen.

Im Augenblick war sie damit beschäftigt, mit einem Krummsäbel auf eine Strohpuppe einzuhacken. Die Klinge war ein wirbelnder Blitz. Sie fügte der Puppe Dutzende oberflächlicher Schnitte zu. Stroh flog eine volle Minute lang durch die Luft, bevor Regina ihre Demonstration beendete und die Klinge wegsteckte.

»Du wirst wohl langsam alt«, sagte Frank.

»Ich habe lediglich den Tod der tausend Bisse demonstriert. Man muss sich vorstellen, dass all dieses Stroh Blut ist, um die volle Schönheit dieser Technik zu verstehen.«

Frank hatte nie Geschmack an extravaganten Schwertspielen gefunden. Die Ogertaktik wurde selten ausgeklügelter, als Gegner zusammenzuschlagen, bis sie aufhörten zu zucken. Als sehr großer Oger war seine bevorzugte Waffe ein netter, solider Baumstamm. Diese Technik hatte nie versagt. Frank ging davon aus, dass er Regina in einem Zweikampf schlagen konnte, aber all das Blut, das den Boden bedeckte (selbst in Form von Stroh), gab ihm zu denken.

»Wir müssen mit Gabel reden.« Er hielt Ned hoch.

»Oh, Scheiße.« Sie zog ihr Schwert, wirbelte herum, köpfte die Trainingspuppe und steckte ihre Waffe wieder weg, das Ganze in einer einzigen flüssigen Bewegung.

Ihr Publikum applaudierte mit viel Anerkennung, sowohl für ihre Technik als auch für den verrutschenden Ausschnitt ihres Oberteils, der einen Moment lang einen verlockenden Blick auf ihre Brust freigab. Sie trocknete sich ihre glänzende Haut ab, so abgelenkt war sie von Neds Leiche, dass sie die anzüglich grinsenden Soldaten gar nicht bemerkte.

»Ende der Lehrstunde. Morgen behandeln wir die Pike mit dem besonderen Schwerpunkt *Bohren und Aufspießen*. Wenn wir Zeit haben, demonstriere ich die richtige Art und Weise, einen Kopf aufzuspießen.« Sie warf sich ein weniger enthüllendes Gewand um die Schultern und ihre Schüler zerstreuten sich.

Frank, der Ned am Hals hielt, schüttelte den Leichnam. Seine steifen Gliedmaßen wackelten wie die einer billigen Marionette. »Er ist tot.«

Regina legte die Hand unter Neds Kinn und starrte in sein einzelnes, glasiges Auge. »Wie?«

Frank senkte die Stimme. »Weißt du das nicht?«

»Was willst du damit unterstellen?«

»Ich unterstelle gar nichts.« Er ließ Ned los, der als Haufen in sich zusammmenfiel. »Ich frage dich ganz offen. Hast du ihn umgebracht?«

»Nein, das habe ich nicht«, antwortete sie. »Und du?«

»Sei nicht albern. Ich kenne die Abmachung.«

»Genau wie ich«, knurrte sie. »Keiner von uns wird den Kommandeur los, ohne es zuerst zu besprechen. Das ist die Abmachung, auf die ich geschworen habe, und eine Amazone bricht niemals ihr Wort.«

Sie verbrachten eine Weile mit dem Austausch von verstohlenen, misstrauischen Blicken.

»Es muss Gabel gewesen sein«, sagte Regina schließlich. »Traue niemals einem Ork, dass er sein Wort hält. Vor allem keinem Ork, der in Wirklichkeit ein Kobold ist.«

Frank nickte. »Ich schätze, wir sollten uns mit ihm unterhalten. Das könnte Ärger bedeuten.«

Bereitwillig stimmte sie zu. Die drei ranghöchsten Offiziere der Oger-Kompanie hatten eine etwas aktivere Rolle hinsichtlich ihrer Beförderungsmöglichkeiten eingenommen, doch alle ihre bisherigen *Unfälle* waren peinlich genau über jeden Verdacht erhaben gewesen. Ned allerdings war ohne klaren Grund tot, und das würde sicherlich Aufmerksamkeit auf sich ziehen. Die fatale Pechsträne der Oger-Kompanie konnte einer genaueren Prüfung eventuell nicht standhalten. Es sah Gabel nicht ähnlich, einen solchen Fehler zu machen, aber vielleicht war er einfach ungeduldig geworden, nahmen sie an.

Auf dem Weg zu Gabel zog Frank Ned am Bein hinter sich her. Regina, die unmittelbar dahinter marschierte, ertappte sich dabei, wie sie ihren Kommandeur anstarrte. Irgendein unverständliches, fremdes Gefühl regte sich in ihr. Es war nicht Mitleid. Sie hatte kein Mitleid mit den Toten. Noch war es Schuld. Töten war ihr Beruf, und sie kannte wenig Skrupel, jemanden abzuschlachten, der ihr im Weg war. All die bisherigen Kommandeure waren Schwachköpfe gewesen. Sie hatte nichts an Ned bemerkt, was sie auf den Gedanken brachte, er könnte auf irgendeine Art anders sein.

Aber als sein Kopf von den Pflastersteinen abprallte, stellte sie fest, dass noch immer ein unidentifizierbarer Reiz übrig geblieben war.

»Musst du ihn so tragen?«, fragte sie.

»Wie?«

»So. Er hat die halbe Kopfhaut verloren.«

Frank hielt an und sah Stücke von Haaren und Haut auf ihrem Weg liegen. »Ich höre ihn nicht protestieren.«

Sie wusste nicht, warum es ihr etwas ausmachte, aber trotzdem war es so. »Lass mich ihn einfach tragen.« Sie nahm Ned auf die Arme. Er stank ein bisschen nach Verwesung, aber sie bemerkte es kaum. Sie sah in sein aufgedunsenes Gesicht und musste aus irgendeinem unbegreiflichen Grund lächeln.

»Soll ich euch zwei allein lassen?«, fragte Frank.

Ihr einziger Kommentar war ein barsches Grunzen. Sie warf sich Ned über die Schulter und setzte ihren Weg zu Gabels Büro fort. Er war damit beschäftigt, Formulare auszufüllen, etwas, das er mit der Präzision eines Uhrwerks tat. Die Unmenschliche Legion stand in einem nie endenden Kampf gegen eine Flut von Papierkram, und in Verzug zu geraten bedeutete, die Katastrophe heraufzubeschwören. Gabel war über die Unterbrechung verärgert, aber noch mehr über den Grund dafür.

»Wer von euch hat es getan?«, fragte er beim Anblick Neds, der in der Ecke lehnte. »Welcher von euch Idioten konnte den richtigen Moment nicht abwarten?«

»Schau nicht mich an«, sagte Frank.

»Ich war's nicht«, antwortete Regina. »Wir haben angenommen, dass du es warst.«

»Ich hatte nichts damit zu tun«, widersprach Gabel.

»Wenn doch, hättest du es uns sagen müssen«, meinte Frank.

Gabel schlug heftig mit den Handflächen auf den Schreibtisch. Ein Stapel Anforderungen kippte auf den Boden, seufzend sammelte er sie auf. »Ich sage euch doch, ich habe ihn nicht getötet.«

Das Trio tauschte Blicke unausgesprochener Skepsis aus. Ihre Verbindung hatte bisher überlebt, weil niemand ohne die Zustimmung der anderen gehandelt hatte. Nun war das unbedingte Vertrauen nicht mehr so unbedingt und sie fanden sich in einem Raum voller Mörder wieder. Regina legte die Hand an ihren Krummsäbel. Frank ballte seine riesigen Fäuste. Gabel setzte sich wieder und griff nach einem kurzen Schwert, das er unter den Schreibtisch geschnallt hatte. Und Ned verweste weiter in der Ecke.

»Ich schwöre, ich hatte nichts damit zu tun«, sagte Gabel.

»Ich auch nicht«, sagte Regina.

»Genauso wenig wie ich«, sagte Frank.

»Ich schätze, damit ist es erledigt.« Aber Gabel behielt seine Finger am Schwert.

Frank ließ seine Fingerknöchel knacken. »Ich denke auch.«

»Einverstanden.« Regina senkte die Arme von ihrer Waffe, doch ihre Offizierskollegen wussten, dass sie es jederzeit blitzschnell ziehen konnte.

»Es muss ein Unfall gewesen sein«, sagte Frank. »Ein echter Unfall.«

»Mieses Timing, wenn es einer war«, fand Gabel, »und kaum glaubhaft. Wenn die Zentrale davon hört …«

»Warum sollte sie?«, fragte Regina. »Er ist Never Dead Ned. Sollte er nicht auferstehen?«

Frank atmete erleichtert aus. »Das hatte ich fast vergessen. Das ist wohl ein glücklicher Zufall.«

Gabel nickte zu dem Leichnam hinüber. »Selbst Katzen

haben nur neun Leben. Aber nehmen wir trotzdem mal an, dass er zurückkommen wird. Vielleicht sollten wir ihn bis dahin einfach zurück in sein Zimmer legen.«

»Ich mach das.« Regina hievte sich die Leiche auf den Rücken und bevor einer der Männer ihr widersprechen konnte (obwohl keiner von beiden es auch nur im Geringsten beabsichtigte), hatte sie den Raum schon verlassen.

»Kommt es mir nur so vor, oder benimmt sie sich seltsam?«, fragte Gabel.

Frank antwortete nicht. Er beobachtete den Ork mit zusammengekniffenen Augen.

Gabel erwiderte den Blick des Ogers. »Zum letzten Mal, ich habe ihn nicht umgebracht!«

Frank zuckte die Achseln. »Wenn du es sagst.«

Regina legte Ned in sein Bett. Sie steckte die geschwollene Zunge so weit es ging zurück in seinen Mund, schloss sein Auge und zog ihm die Decke bis ans Kinn. Dann blieb sie einen Moment an seinem Bett stehen und studierte seine aufgeschwemmte Gestalt. Sie grinste höhnisch, aber es war nur ein halbherziger Versuch, sich selbst daran zu erinnern, dass dieser tote Mann, der da vor ihr lag, im Grunde unter aller Kritik war.

Sie verstand das nicht. Abgesehen von einem seltsamen Talent zur Wiederauferstehung war Ned nichts Besonderes. Soweit sie es beurteilen konnte, war er nicht einmal ein besonderer Soldat. Ja, er war gut aussehend, wenn auch auf eine narbige, entstellte Art, die vielleicht nur eine Amazone schätzen konnte. Aber das schien ihr kaum genug zu sein, um ihre Reaktion zu rechtfertigen.

Sie hoffte, er würde diesmal einfach tot bleiben und sie von diesem Problem befreien.

Die Tür öffnete sich und Miriam trat herein. »Oh, entschuldigen Sie, Ma'am. Ich bin nur vorbeigekommen, um zu schauen, wie es dem Kommandeur geht.«

Regina trat zur Seite, damit Miriam den Leichnam sehen konnte.

»Immer noch tot?«, fragte die Sirene.

»Immer noch tot.«

Miriam trat an die Seite des Betts. Eine Weile sagte keine der Frauen etwas, versunken in ihre eigenen, persönlichen Gedanken.

»Was meinen Sie, wie lange er brauchen wird, um sich zu erholen?«, fragte Miriam.

»Letztes Mal hat es nur ein paar Stunden gedauert«, bemerkte Regina.

»Ich glaube, dann warte ich.« Miriam setzte sich auf die Bettkante.

»Sie warten?«

»Ich möchte gern hier sein, wenn er aufwacht.«

»Sie mögen ihn also?« Reginas bereits starre Körperhaltung versteifte sich noch. Ihre Stirn legte sich in Falten, als sie mit hartem Blick wiederholte: »Sie mögen ihn also?«

Die drei Finnen auf Miriams Kopf hoben und senkten sich. »Ja, Ma'am.«

»Warum?«

»Ich weiß nicht so recht.« Sie griff unter die Decke und nahm seine Hand. »Ich weiß, wie Soldaten sind, Ma'am. Sie machen ein großes Geschrei, versuchen ständig, sich gegenseitig damit zu beeindrucken, wie viel sie trinken oder wie lang sie einen Dachs in ihrer Hose aushalten können. Aber Ned veranstaltet keine Show. Er ist einfach er selbst. Es ist schwer, so einen Kerl zu finden. Vor allem hier in der Gegend.«

Regina arbeitete sich leise hinter die Sirene vor und zog lautlos ihren Dolch.

»Er sieht nicht nach viel aus, ich weiß«, fuhr Miriam ahnungslos fort. »Und er ist auch nicht toll im Bett. Obwohl er auch ziemlich betrunken war. Aber ich mag ihn. Ich erwarte nicht, dass Sie das verstehen, Ma'am.«

Regina, bereit, Miriams Kehle aufzuschlitzen, zögerte. Sie hatte kein Problem damit zu töten, wenn es ihren Zwecken diente, aber es gab nur einen Grund, Miriam umzubringen. Und dieser Grund, so absurd es schien, lag verwesend auf diesem Bett. Ihre Rivalin zu töten würde bedeuten, zuzugeben, dass sie eine Rivalin hatte. Dazu war sie noch nicht bereit.

Miriam warf einen Blick zurück auf Regina, die sich jetzt mit dem Dolch die Fingernägel säuberte.

»Manchmal wünschte ich, ich wäre eine Amazone«, sagte die Sirene. »Das muss das Leben so viel leichter machen.«

Regina lächelte gezwungen. Die Feindseligkeit in ihren Augen blieb Miriam nicht verborgen, aber da Reginas Augen immer voll kochender Wut waren, hatte die Sirene keinen Grund zu vermuten, dass sich ein Teil dieses Feuers gegen sie richtete.

»Ich werde mit Ihnen warten.« Regina plumpste in einen Sessel. »Einfach, um Ihnen für eine Weile Gesellschaft zu leisten.«

Miriam legte eine weiche Hand an Neds Wange und glättete sein Haar.

Regina, die ihren langen, scharfen Dolch liebkoste, heftete ihren Blick starr auf Miriams Kehle.

ZEHN

Kurz vor der Abenddämmerung betrat der Dämon die Zitadelle. Niemand machte sich die Mühe, ihn aufzuhalten. Es gab nur ein paar Wachen, und nur ein winziger Prozentsatz von ihnen war so wachsam, dass er den Dämon bemerkt hätte, hätte dieser nicht seinen Tarnumhang getragen. Und von diesen hätte es eine noch winzigere Gruppe überhaupt interessiert. Aber der Dämon war nicht von der Sorte, die Risiken einging. Er trug seinen magischen Umhang, obwohl er abgetragen und fleckig war. Nur die Näherinnen der Verdammten hätten die ausgefransten Säume des Umhangs reparieren können, und nur der Strom von Blut konnte die Flecken auswaschen. Es war Jahrhunderte her, seit der Dämon in der Unterwelt gewesen war, und wenn es nach ihm ging, würde es auch noch einige Jahrhunderte so bleiben. Selbst Dämonen hassten die Hölle. Vor allem Eisdämonen fanden die brütenden Temperaturen unangenehm. Also ertrug er die losen Fäden, den riesigen Weinfleck, mit dem die Vorderseite vollgekleckst war. Es schien albern, sich Gedanken über einen Fleck auf einem verzauberten, unsichtbaren Mantel zu machen.

Er schritt über die Pflastersteine. Am Brunnen blieb er stehen und zog ein Pendel aus seinem Ärmel. Er hielt es an seiner silbernen Kette und das Pendel zog ganz leicht in eine Richtung. Unter seiner schattenhaften Haube lächelte der

Dämon. Es war keine große Reaktion, aber eine stärkere als jemals zuvor. Er war ganz nahe.

»Hey, was ist das?«, fragte ein vorbeikommender Kobold.

»Sieht aus wie Fußspuren«, antwortete ein Oger.

»Als wären sie aus Eis.«

Die Magie des Umhangs war, wie seine Nähte, abgerissen und abgenutzt. Wenn ein Beobachter eine Spur seiner Anwesenheit wahrnahm und sich ausreichend dafür interessierte, um dem Hinweis nachzugehen, konnte er ihn bemerken.

»Hey, was hat das alles zu bedeuten?«, fragte der Kobold plötzlich. »Wer bist du?«

»Niemand.« Der Dämon wandte sich ihnen zu. »Ich bin niemand.« Seine langen, knochigen Finger spannten sich wie bei einer Spinne, die sich zum Sprung bereit machte. Schwarze Eiszapfen-Dolche, scharf genug, um Stahl zu schneiden, materialisierten in seinen Händen.

Der Kobold warf einen Blick zu dem Oger hinüber, der einen Schluck Wein nahm.

»Na dann«, sagte der betrunkene Oger, »wir sehen uns.«

Sie schlenderten weiter. Der Dämon kalkulierte so kühl, wie man es von einem Dämon erwarten würde und wog das Auftauchen von zwei Leichen gegen das Risiko ab, dass diese beiden sein Erscheinen jemandem melden würden, der es wichtig nehmen könnte. Er warf die Dolche in den Brunnen und setzte seinen Weg fort.

Elmer das Baumwesen starrte in Aces wachsame Koboldaugen. Es würde kein Pardon geben. In diesem Willenskampf würde keine Gnade gewährt werden.

»Irgendwelche Dreien?«, fragte Elmer.

»Sorry, Kumpel.« Ace grinste. »Du darfst ziehen.«

Murrend zog Elmer eine Karte und ordnete sein Blatt neu,

wobei er darauf achtete, Sallys heiße Schuppen nicht zu streifen. Owens, das Orakel, vervollständigte das Quartett.

»Ich verstehe nicht, warum wir dieses dumme Spiel spielen müssen«, beschwerte sich Elmer.

»Wir können immer noch Krieg spielen«, schlug Owens vor. »Das ist ein gutes Spiel.«

»Vergiss es«, sagte Ace. »Als wir das das letzte Mal getan haben, habe ich einen halben Monatslohn verloren.«

»Ich dachte an ein etwas anspruchsvolleres Spiel«, sagte Elmer und paffte an seiner Zigarette.

»Schwarzer Peter?«, fragte Ace.

»Uno?«, schlug Sally vor.

»Wie wär's mit Superkrieg?«, sagte Owens.

»Was ist ...«, fragte Elmer.

»Es ist wie Krieg«, unterbrach ihn Owens, »aber man knallt die Karten viel härter auf den Tisch.«

Elmer schaute böse, aber das blinde Orakel bemerkte es nicht. »Du bist dran, Sally.«

Der Salamander, in einem unverdächtigen Weißton, sortierte unbeholfen sein Blatt. Es war nicht leicht. Sallys Finger waren dick und ungeschickt und die feuerfesten Fäustlinge, die sie brauchte, um zu vermeiden, dass sie ihre Karten versengte, machten es nicht einfacher. Während sie ihren nächsten Zug überlegte, sagte sie gelangweilt: »Ich hab gehört, der Kommandeur sei schon wieder tot.«

Elmer blies den Rauch seiner Zigarette aus. »Der Typ ist ein Idiot, genauso wie der Rest dieser Schwachköpfe, die die Hauptverwaltung runterschickt.«

»Ach, ich weiß auch nicht«, sagte Ace. »Er schien mir kein so schlechter Kerl zu sein.«

Sally fragte fruchtlos nach Sechsen und musste schließlich eine Karte ziehen. »Trotzdem, wir sind ihn nicht ganz los. Er ist unsterblich.«

»Was glaubst du, wie er das macht?«, fragte Ace. Als Kobold konnte er nicht anders als neugierig sein. Seine Rasse fürchtete den Tod nicht, aber sie zogen es vor, ihn zu meiden, auch wenn sie selten ausreichend Verstand besaßen, es auch wirklich zu tun. Der Vorteil der Unsterblichkeit war, dem Tod ein Schnippchen zu schlagen, ohne sich Gedanken über diesen ganzen Verstandes-Quatsch machen zu müssen.

»Wen interessiert's?«, grunzte Elmer. »Es ist nur ein götterverdammter Taschenspielertrick, das ist alles. Hat nicht viel zu sagen.«

»Ich weiß nicht«, widersprach Owens. »Stell dir eine Armee von solchen Männern vor und was sie leisten könnten.«

Elmer lachte. Seine Blätter raschelten laut. »Meinst du das ernst? Er ist seit weniger als einer Woche hier und schon zweimal gestorben. In der Regel sind Menschen wertlos, und unsterblich oder nicht, daran wird sich nichts ändern. Je schneller wir ihn los sind, desto besser.«

»Ja, vielleicht hast du Recht«, sagte Sally. »Die Schicksale scheinen deiner Meinung zu sein.«

Sie kicherten alle. Jeder in der Zitadelle hatte seine Vermutungen über die »Unfalltode«, die ihre Kommandeure heimsuchten. Es interessierte niemanden besonders, aber man sprach lieber nicht allzu offen darüber.

»Die Schicksale scheinen mir allerdings ein kleines bisschen ungeduldig zu sein«, fügte Sally hinzu. »Diese Schlamperei sieht ihnen nicht ähnlich.«

»Ich denke, dieses Mal könnte es vielleicht nichts mit den Schicksalen zu tun haben«, sagte Ace. »Lewis und Martin sagten, der Leutnant schien über Neds Leiche überrascht zu sein. Hast du Fünfen, Elmer?«

Das Baumwesen reichte ein Paar Karten über den Tisch. »Willst du damit andeuten, dass dieser Typ durch Zufall zweimal gestorben ist? Echte Unfälle?«

»M-hm.« Ace nahm eine Hand voll ungeschälte Erdnüsse von der Mitte des Tisches und stopfte sie sich in den Mund. Seine Wangen wölbten sich, und als er sprach, spuckte er Schalen durch die Luft. »Wenn ihr mich fragt, waren das keine Unfälle. Ich glaube …«

»Das ist eine interessante Theorie«, unterbrach ihn Owens.

Ace fuhr fort: »Ich denke, er will sterben.«

»Aber warum …?«, fragte Sally.

»Welche zurechnungsfähige Person will unsterblich sein?«, antwortete Owens.

»Hör auf damit!«, sagte Elmer.

»Entschuldigung«, antwortete Owens.

»Ich glaube, Never Dead Ned ist einfach nur ein tollpatschiger Trottel«, sagte Elmer.

»Das glaube ich auch. Aber man sollte meinen, dass sogar ein Idiot herausbekommen kann, wie es geht, wenn er sterben will. Du bist dran, Owens.«

»Ich weiß.« Owens hielt seine Karten vor die blinden, weißen Augen und blätterte sie durch.

»Ich wette, wenn du ihn in tausend Stücke zerhacken würdest, würde er nicht zurückkommen«, sagte Elmer.

»Vielleicht. Aber was, wenn er es doch täte?« Ace hatte seine letzte Hand voll Erdnüsse noch nicht geschluckt, als er sich schon eine neue in den Mund schaufelte. Er wollte etwas sagen, aber heraus kam nichts als Schalen und Spucke.

Elmer lehnte sich auf seinem Stuhl zurück. Es war nicht leicht für ihn, es sich auf Menschenstühlen bequem zu machen. Sie berücksichtigten nie die Knoten auf seinem Rücken. »Oder Feuer. Feuer tötet so ziemlich alles.«

Sally schnaubte. Ein kleiner Feuerball kam aus ihrem linken Nasenloch. »Nicht alles.«

»Fast alles«, korrigierte sich Elmer, während er eines seiner glimmenden Blätter ausblies. »Du bist dran, Owens.«

»Ich weiß.«

»Jetzt frag schon was«, sagte Elmer.

»Einen Moment, in Ordnung?« Owens zog die Karten dicht vor seine Brust.

»Weißt du überhaupt, was du brauchst?« Elmer drückte seine Zigarette aus und ließ sich von Sally eine neue anzünden.

»Ich sehe die Zukunft. Natürlich weiß ich das.«

»Du hörst die Zukunft«, korrigierte ihn Elmer. »Sag mir, was du jetzt gerade auf der Hand hast.«

»Nein.«

»Nenn mir eine einzige Karte auf deiner Hand.«

»Dann weißt du aber, was ich habe.«

Die anderen Spieler kicherten. Owens hielt bereits einige Karten falsch herum, wenngleich keiner sich die Mühe machte, ihn darauf hinzuweisen.

»Zumindest wüsste es dann einer von uns«, sagte Elmer.

Inzwischen hatte Ace genug Erdnüsse geschluckt, um verständlich sprechen zu können. »Ich wette: Würde jemand Ned in Stein verwandeln, er würde tot bleiben. Oder wenn man ihn in Säure kochen würde, bis sich alles aufgelöst hat. Auch seine Knochen.«

»Wenn ich versuchen würde, ihn umzubringen«, sagte Owens, »würde ich ein paar schwere Steine an ihm festbinden und ihn in einen richtig tiefen See werfen. Ich glaube, selbst wenn er nicht tot bliebe, er würde doch unter Wasser zum Leben erwachen und wieder ertrinken, bevor er sich befreien kann. Immer und immer wieder, wenn es sein muss. Er wäre zwar nicht richtig tot, aber es wäre das Nächstbeste.«

Alle stimmten zu, dass das nach einem guten Plan klang, obwohl Elmer weiterhin darauf bestand, dass Ned einzuäschern immer noch am einfachsten wäre.

»Wisst ihr, wie schwer es ist, einen Menschen komplett zu verbrennen?«, fragte Sally. »Sie sind nicht so leicht brennbar wie Baumwesen. Glaubt mir, da bleibt immer Zeug übrig. Die Knochen und das Herz und ein paar andere ausgewählte Organe.«

Sie hob den Kopf und legte ihn schief. Salamander waren besonders empfänglich für feine Temperaturveränderungen, und ein kalter Fleck durchquerte den Flur vor dem Raum. Sie legte ihre Karten ab.

»Wo willst du hin?«, fragte Elmer.

»Ich steige aus.« Sie streckte sich und entrollte ihren langen, gewundenen Körper. »Ich muss was überprüfen.« Sie schlüpfte leise in den Flur.

»Was ist in sie gefahren?«, fragte Ace.

»Wen interessiert's?« Elmer blies Owens absichtlich einen Rauchring ins Gesicht. »Wenn du jetzt nicht spielst, überspringen wir dich.«

Owens gab sich geschlagen. Er beugte sich zu Ace hinüber und fragte ihn um Rat.

»Ich würde auf Siebener gehen«, antwortete Ace.

»Mist.« Owens zog eine Karte.

»Du hast nicht gefragt«, sagte Ace.

»Glaub mir«, antwortete das Orakel, »er hat keine.«

•

Jemand anders hätte nicht weiter auf den Reif an den Flurwänden geachtet, aber Sally erkannte Unterwelteis, wenn sie es roch. Salamander und Eisdämonen waren natürliche Feinde. Zusätzlich zum naturgegebenen Konflikt ihrer Beschaffenheit hatte es in der Vergangenheit viele böse Geschichten zwischen den beiden Rassen gegeben. Ihre warme Haut brannte heiß genug, um die Luft brodeln zu lassen.

Sie ging um die Ecke und ihr Gegner stand vor ihr. Er hatte ihre Anwesenheit sicherlich genauso mühelos gespürt wie sie die seine. Keiner von beiden machte den ersten Schritt, stattdessen taxierten sie sich gegenseitig.

Der Dämon zog seine Kapuze zurück. Sein Gesicht war lang und hager. Die Hörner, die ihm aus der Stirn wuchsen, waren zurückgebogen und berührten die Spitze seines kahlen Schädels. Während sie in abwartender Haltung wärmer wurde, wurde er kälter. Während Irrlichter über die Schuppen an ihrem Rücken tanzten, als wären es Flügel aus Feuer, kristallisierte Frost auf seiner blauen Haut. Ein Dampfwölkchen löste sich von seinen schmalen Lippen, als er sprach.

»Ich habe gehört, eure Art sei ausgelöscht worden.«

Sie verblasste zu einem humorlosen Grau. »Ich weiß nicht, was du hier tust, und es ist mir auch egal. Ein Eisdämon hat meinen Cousin umgebracht, und ich wollte mich immer dafür revanchieren.«

Sie schnaubte. Ihre Schuppen leuchteten in einem blutroten Ton. Ein Schwert und Schild aus schwärzestem Eis materialisierten in den Händen des Dämons.

Sally verdunkelte sich von einem mörderischen Dunkelrot zu einem gnadenlosen Ebenholzschwarz. Sie spuckte einen Feuerball. Der Dämon lenkte den Schlag mit seinem Schwert ab. Sowohl die Waffe als auch die Flamme lösten sich in einer blendenden Dampfwolke auf. Der Dämon schleuderte ziellos gezackte Eiszapfen. Sally bog ihren Schlangenkörper und schaffte es, allen auszuweichen, mit einer Ausnahme. Er traf sie genau in der Mitte, schmolz aber beinahe sofort, so dass der schlimmste Schaden nur ein Kratzer war. Sie brüllte, während sie Flammen spie. Die Flammenwalze traf den Eisschild des Dämons, und bald war der ganze Flur von Nebel und Kampfgeräuschen erfüllt.

Angezogen durch den Lärm, öffnete sich eine nahe Tür. Regina und Miriam traten aus Neds Quartier und in den schwülen, diesigen Flur. Die Sirene wurde beinahe von einem Eisdolch aufgespießt, der sich nur Zentimeter neben ihrem Gesicht in die Wand grub. Regina grinste, doch ihr Grinsen verblasste, als eine Flammenzunge nah genug an ihr vorbeischoss, um ihre Haarspitzen zu versengen. Sie konnten im Nebel nichts sehen, außer Schatten, die miteinander rangen.

Der Dämon versetzte Sally einen harten Schlag mit einem gefrorenen Knüppel, der sie ins Wanken brachte. Sie taumelte aus dem Nebel und landete Regina und Miriam zu Füßen. Bevor Regina eine Erklärung verlangen konnte, salutierte Sally hastig.

»Entschuldigen Sie, Ma'am. Es dauert nur noch eine Minute.« Sie sprang zurück in den Dunst.

In Wahrheit dauerte es sogar elf Sekunden weniger als eine Minute, während Sally zischte und kreischte und sogar dreimal heulte. Sie spuckte genug Feuer, um zwei Wälder niederzubrennen, und ihre Haut loderte heiß genug, um Bronze zu schmelzen. Es war ein Glück, dass die Kupferzitadelle hauptsächlich aus Stein und Mörtel bestand, sonst hätte sie lichterloh gebrannt. Schließlich wurde sie still. Der Dampf verzog sich langsam und enthüllte den Salamander, der sich um einen großen Eisblock ringelte.

»Ach, verdammt. Köder.« Sie wickelte sich von dem Block ab. Ihre Zunge schnalzte heraus, um die Luft zu prüfen, aber der Dämon war verschwunden. Wie ein zu heiß brennendes Feuer war Sallys Wut so gut wie verraucht. Sie ging zu einer erträglicheren Temperatur über und Regina war in der Lage zu sprechen.

»Was geht hier vor?«

»Eisdämon, Ma'am. Habe ihn beim Herumschnüffeln erwischt, aber ich fürchte, er ist entkommen.«

Regina gab Sally den Befehl, ein paar Soldaten zur Durchsuchung der Zitadelle anzuführen, aber sie glaubte nicht, dass sie Erfolg haben würden. Sally glitt davon und ließ

Regina und Miriam in einer Pfütze geschmolzenen Eises stehen.

»Ich frage mich, was er hier wollte?«, fragte Miriam.

Regina runzelte die Stirn. Sie mochte den Gedanken an unbefugte Besucher, die in der Zitadelle umherstreiften, gar nicht. Abgesehen von Mordkomplotten hielt sie sich uneingeschränkt an die Vorschriften.

Die Tarnkappe des Dämons hätte einer gründlichen Suche nicht standgehalten, aber die lockere Disziplin der Oger-Kompanie gab ihm eine Menge Zeit hinauszuschlüpfen. Er war längst draußen und auf dem Weg, als ordentlich Alarm geschlagen wurde.

Trotz des lästigen Salamanders war er höchst zufrieden. Sie hatte ihn nicht gestört, bevor er nah genug gekommen war, um das Pendel richtig lesen zu können. Es hatte sogar geglüht. Das konnte nur eines bedeuten, und sein gefrorenes Blut kühlte sich vor Vorfreude ab. Ganz in seine eisigen Gedanken versunken, übersah er die Rote Frau, bis er praktisch mit ihr zusammenstieß.

Sie hatte ihn natürlich bemerkt. Selbst wenn sein Mantel neu gewesen wäre, seine Magie hätte ihn nicht vor ihren Augen verbergen können. Sie nickte dem Dämon zu. »Hallo.«

»Hallo.«

»Nett, dich hier zu sehen.«

»Ebenfalls.«

Sie schwiegen übereinstimmend, während beide ihren eigenen Grübeleien nachhingen.

»Was führt dich aus den Bergen herunter?«, fragte der Dämon.

»Nichts besonders Wichtiges«, antwortete sie. »Und dich?«

»Nur eine unbedeutende Bagatelle. Nichts, was dich interessieren würde, da bin ich sicher.«

Sei wechselten ein leeres, höfliches Lächeln.

»Ich muss dann mal los«, sagte der Dämon.

»Oh bitte, ich will dich nicht aufhalten.« Die Rote Frau trat beiseite und der Dämon ging in die Nacht davon.

Der zinnoberrote Rabe flog von den Baumwipfeln herunter und setzte sich auf ihre Schulter. »Glaubst du, er weiß es?«

Die Hexe zuckte die Achseln. »Wenn nicht, wird er es bald wissen.«

»Was wirst du tun?«

»Nichts.«

»Du könntest ihn zerstören, oder nicht?«

»Mit einem einzigen Schwung meines Zauberstabs.« Sie führte die einfache Geste vor. »Aber sie würden es spüren, und es würden noch mehr kommen. Sie mussten Ned irgendwann finden. Es war nur eine Frage der Zeit.«

»Du könntest ihn wieder verstecken«, schlug der Rabe vor.

»Das könnte ich schon. Aber Ned gehört hierher. Es ist an der Zeit zu sehen, aus welchem Holz er geschnitzt ist, und zu hoffen, dass er bereit ist.«

Die Rote Frau setzte ihren Weg zur Zitadelle fort, die sich inzwischen komplett in Alarmbereitschaft befand. Sie hatte mächtigere Magie zur Verfügung als langweilige verzauberte Mäntel. Niemand entdeckte sie.

»Glaubst du, Ned ist bereit?«, fragte der Rabe, als sie, von den Wachen unbehelligt, durch das Haupttor gingen.

Ein kalter Wind fegte über die Festung.

»Nein, ich nehme an, er wird nicht bereit sein.«

Geisterhafte Dunkelheit fiel wie der Schatten eines unsichtbaren Kolosses über die Zitadelle und heftiger Regen strömte aus einem wolken- und sternenlosen Himmel.

ELF

Während die Oger-Kompanie wenig diszipliniert durcheinanderrannte, schlüpfte die Rote Frau in Neds Zimmer. Sie bewegte sich in diesen Momenten zwischen Momenten, auf diesen Brücken zwischen Gegenwart und Zukunft, und niemand bemerkte, wie sie vorüberging. Ned war zu dem Zeitpunkt allein in seinem Raum. Miriam und Regina waren draußen, um bei den Suchanstrengungen zu helfen. Die Hexe trat an den Fuß des Bettes und studierte den Leichnam.

»Worauf wartest du?«, fragte der Rabe. »Weck ihn einfach auf, damit wir abhauen können, bevor uns jemand entdeckt.«

Die Rote Frau kicherte leise. Sie würde schon in einem Augenblick wieder verschwunden sein. Außerdem hatte sie nichts zu befürchten, sollte sie es sich erlauben, gesehen zu werden. Sie schlich nur deshalb herum, weil es so lange ihre Gewohnheit gewesen war, dass sie die Geduld verloren hatte, sich mit den Lebenden abzugeben. Aber sie hatte lange genug gezögert. Sie ging zum Kopfende des Bettes und schwang ihre Hände über Ned. Die Schwellung des Leichnams schrumpfte. Die Verbrennung auf seiner Brust verblasste zu einem weniger auffälligen Farbton, den man nur noch im richtigen Licht erkennen konnte. Aber da er immer eine Erinnerung an seine Tode trug, würde das Mal bleiben. Nachdem sie seine Zunge liebevoll in seinen Mund zurückgesteckt hatte, schien es, als würde Ned lediglich schlummern. Er hatte so viele Verletzungen, dass man im Allgemeinen nur an seinem Atem sehen konnte, dass er lebte. Er atmete noch nicht.

Sie hielt inne. Es war wirklich eine Schande, dass er nicht tot bleiben konnte, für immer eingefroren in diesem friedlichen Schlummer. Aber der Tod war nicht für Ned vorgesehen.

Der Rabe ließ sich auf dem Kopfteil des Bettes nieder. »Nun tu's schon.«

Sie klatschte Ned auf die Stirn. Er erwachte mit einem kurzen Schrei zum Leben. Von den Toten zurückzukehren war so normal wie aufzuwachen und er hatte weder ein Gefühl der Verwunderung noch der Verwirrung. Nur Enttäuschung, und selbst diese Gefühlsregung deutete sich nur leicht an.

»Wie lange war ich weg?«, fragte er die Rote Frau. Ihre Wiedererweckungen kamen nicht immer prompt. Einmal war er drei Monate tot gewesen, bevor sie Zeit fand, ihn aufzuwecken.

Aber die Rote Frau war nicht mehr da. Sie war in einem weiteren dieser »Zwischenmomente« davongeschlichen. Das überraschte ihn. Sie war immer die erste Person gewesen, die er gesehen hatte. Nicht, dass sie ihm je etwas Nützliches gesagt, noch eine Erklärung abgegeben hätte. Aber sie war nie einfach davongerannt, ohne ein paar Worte mit ihm zu wechseln. Ned war es egal, aber er hatte das unbestimmte Gefühl, dass sie ihm aus dem Weg ging. Da er nicht der Typ war, der glückliche Zufälle für selbstverständlich hielt, ergriff er die Gunst des Augenblicks, um auf seinem Bett liegen zu bleiben und sich zu entspannen. In diesem Moment war die Rote Frau fort und niemand sonst in der Zitadelle wusste, dass er am Leben war. Zumindest für eine Weile konnte er die Ruhe genießen.

Es dauerte nicht lange. Das tat es nie.

Die Tür öffnete sich. Für den Bruchteil einer Sekunde erwog er, seine Zunge herauszustrecken, sein Auge zu schließen und so zu tun, als wäre er immer noch verschieden, bis wer auch immer da hereinkam wieder gegangen war. Doch er war nicht schnell genug.

Miriams große schwarze Augen öffneten sich noch weiter. »Oh. Sie sind zurück.«

Er starrte an die Decke. »Ich schätze, ja.«

»Geht es Ihnen besser, Sir?«

Er antwortete nicht. Das war eine komplizierte Frage.

Ein peinliches Schweigen entstand. Ned war zu sehr in seinen eigenen Gedanken versunken, um es zu bemerken, während Miriam ein wenig die Stirn runzelte, herumzappelte und mit ihrem linken Fuß kleine Kreise auf den Boden zeichnete, während sie, die Arme verschränkt, mit den schwimmhäutigen Fingern ihrer rechten Hand auf den linken Unterarm trommelte. Hätte er etwas Erfahrung im Lesen der Körpersprache von Sirenen gehabt, er hätte ebenfalls bemerkt, dass sich die Finnen auf ihrem Kopf verlegen glätteten und die kleinen, nervösen Kiemen genau unter ihren Ohren Luft schluckten. Sie versuchte, damit aufzuhören. Außerhalb des Wassers würde es ihr nur Blähungen verursachen.

»Es ist gut, Sie wiederzuhaben, Sir. Ich ... wir haben Sie vermisst.«

Er hob den Kopf und warf ihr einen spöttischen Blick zu. »Tatsächlich?«

»Ja, Sir.«

Er legte sich zurück und dachte darüber nach. Momentan war er zu sehr in sich selbst versunken, um die Andeutungen zu verstehen. Was Liebesdinge betraf, war Ned eher schwer von Begriff. Er hatte nie gut mit Frauen gekonnt. Seine vielen Narben und Entstellungen waren nicht gerade hilfreich gewesen. Es war keine Frage von Selbstbewusstsein. Es war einfach eine Frage der Erfahrung, der Erwartung, dass sich die Welt auf eine bestimmte Art und Weise benahm. Dass Miriam ihn begehrenswert finden könnte, war so wahrscheinlich wie dass der Couchtisch sein bester Freund sein wollte. Es ergab einfach keinen Sinn, und wie jeder, der mit dem Unglaublichen konfrontiert wird, hatte er zwei Wahlmöglichkeiten. Er konnte den Vertrauensschritt machen und es glauben. Oder er konnte es einfach ignorieren.

Er wählte das Letztere, obwohl »wählen« die kleinste bewusste Anstrengung seinerseits vorausgesetzt hätte.

Miriam kam näher, blieb aber immer noch ein paar Schritte vom Bett entfernt. »Kann ich Ihnen etwas bringen, Sir?«

»Nein, mir geht es gut.« Er blies die Wangen auf und atmete lange aus. »Trotzdem danke.«

Miriam ihrerseits war sich sehr genau über ihre Gefühle im Klaren. Sie mochte Ned und konnte es ihm offensichtlich nicht begreiflich machen. Alles, was sie tun musste, war ein kleines Lied zu singen – und er konnte ihr gehören. Ned war ihren Reizen bereits einmal verfallen. Er würde es genauso leicht noch einmal tun. Frauen hatten Männer seit Anbeginn der Zeit verführt, indem sie ihren Witz und natürlichen Charme einsetzten. Und verzauberte Melodien zu singen war für Sirenen so natürlich wie atmen. Wäre es so falsch, jetzt einen kleinen musikalischen Zauber zu benutzen?

Ja, entschied sie. Miriam hatte einen Mann nie gegen seinen Willen verführt und sie würde auch jetzt nicht damit anfangen. Aber wichtiger als die moralische Frage war der

Gedanke, dass das Singen Betrug wäre. Wenn sie etwas wirklich Wertvolles mit Ned haben wollte, konnte es nicht mit einer List, Manipulation oder gemeinem Mesmerismus beginnen.

Aber sie hatte keine Ahnung, wie sie es sonst anfangen sollte. Sich für den Augenblick geschlagen gebend, wenn sie auch noch nicht ganz aufgegeben hatte, salutierte sie steif und drehte sich auf dem Absatz zum Gehen.

»Eine Sekunde.« Er drückte sich auf den Ellbogen hoch. »Ich bin etwas hungrig. Könnten Sie mir was zu essen besorgen?«

Sie lächelte und nickte. »Natürlich, Sir.«

»Und etwas zu trinken würde auch nicht schaden.«

»Außerdem noch etwas?«

Er setzte sich auf. »Könnten Sie noch niemandem sagen, dass ich am Leben bin? Das wüsste ich wirklich zu schätzen.«

»Niemandem? Nicht einmal den Offizieren?«

»Vor allem nicht den Offizieren.«

»Wie Sie wünschen, Sir. Ich bin gleich zurück.« Sie verließ den Raum, aber auf der anderen Seite der Tür stellten sie einige Besucher. Mehrere Soldaten füllten den Flur. Der Korridor war kaum breit genug für zwei Oger nebeneinander, und alles, was sie sah, waren zwei von ihnen, obwohl sie dahinter noch weitere hörte. Ace schlüpfte mit seinen ganzen sechzig Zentimetern zwischen den Beinen der Oger hindurch.

»Sie sind hier, um den Kommandeur zu sehen.«

»Das geht nicht«, sagte sie. »Er ist tot.«

»Das habe ich ihnen auch gesagt«, sagte Ace, »aber sie wollen sichergehen, dass er nicht markiert.«

»Markiert?«, fragte Miriam.

Die Soldaten murmelten untereinander. Ogerstimmen

waren tief und nicht zum Murmeln gemacht, also entstand ein ziemlicher Lärm.

»Sie glauben, alles sei ein Scherz«, sagte Ace. »Sie denken, die Legion hat dieses ganze Never-Dead-Ned-Ding als Werbelüge ausgekocht.«

»Aber er ist schon einmal von den Toten auferstanden«, sagte Miriam.

»Das habe ich ihnen auch gesagt.« Dann schrie er den Soldaten zu: »Ich habe euch Idioten doch gesagt, dass er tot gewesen ist! Hab ihn mit meinen eigenen Augen gesehen! Es gab nie einen Mann, der so tot war! Fragt Frank oder Ralph oder Ward. Lewis und Martin. Sie würden es alle beschwören.«

Die Oger fuhren fort, skeptisch zu murmeln.

»Die meisten von euch haben ihn auch gesehen«, rief der Kobold.

»Nur von Weitem«, sagte einer der vorderen Oger. »Hätte eine Attrappe mit Strohfüllung sein können, soweit wir wissen.«

»Oder irgendein anderer Kerl!«, sagte ein Troll mit rauer Stimme irgendwo im Hintergrund. »Diese Menschen sehen doch alle gleich aus!«

»Wir sehen wirklich ziemlich gleich aus«, sagte ein menschlicher Soldat, der hinter dem Ellbogen eines Ogers hervorschaute.

»Fast genau gleich!«, stimmte ein anderer Mensch zu, der zufällig der Zwillingsbruder des Ersten war. »Manchmal können nicht mal unsere Mütter uns auseinanderhalten.«

Miriam blieb resolut. »Ich fürchte, der Kommandeur steht zur öffentlichen Betrachtung nicht zur Verfügung.«

Ace stand neben ihr. Genauer gesagt, er stand vor ihr, kaum höher als ihr Knie. »Ihr habt die Lady gehört. Haut ab.«

Die Soldaten murmelten nur noch lauter. Einer der führenden Oger legte Miriam eine gewaltige Hand auf die Schulter. »Wir fänden es wirklich gut, wenn Sie zur Seite treten würden, Ma'am.« Das war keine Bitte.

Sie summte beinahe unhörbar, und die versammelte Menge trat zurück.

»Also, das ist jetzt nicht fair.« Der Oger machte eine Bewegung, um ihr den Mund zuzuhalten, aber sie hatte bereits angefangen zu singen. Sirenengesänge waren nicht narrensicher, und ein Publikum entwickelte jedes Mal, wenn es ihnen ausgesetzt war, mehr Widerstandsfähigkeit. Doch Oger waren aus irgendeinem Grund besonders anfällig, und da sie sie nicht oft hörten, trat der Effekt beinahe augenblicklich ein.

Sirenen waren vor allem für ihre betörenden Melodien berühmt, aber ihr Repertoire verzauberter Lieder war auch von anderen nützlichen Melodien gestopft voll. Es gab Regengesänge, Weisen, die die Erde beben ließen, Lieder, die Mauern zerschmetterten, und solche, die einen Setzling innerhalb eines Tages zu einer mächtigen Eiche heranwachsen lassen konnten. Lieder, um geschlossene Türen zu öffnen, Geister zu beschwören oder sie auszutreiben. Miriam war nicht gerade geschickt. Nach Sirenenmaßstäben hatte sie ein eher schlechtes musikalisches Gehör. Sie war zwar nie besonders gut darin gewesen, Flüsse ihren Lauf verändern zu lassen oder Drachen zu verzaubern, aber sie hatte ein großes Talent für den gefürchtetsten aller Sirenengesänge, das Klagelied des Abscheus.

Der Klagegesang sprudelte von ihrem Zwerchfell herauf, kochte aus ihren Lungen hervor, dampfte durch ihre Kehle, um die Ohren ihrer Zuhörer zu verbrennen. Die Soldaten stürmten mit tränenden Augen in einem wilden Haufen davon. Manche widerstanden besser als andere, aber am Ende unterlagen die meisten, bevor ein Dutzend Töne ihre Lippen verlassen hatte. Nur die Kobolde, sonderbarerweise resistent gegen Mesmerismus jeglicher Sorte, blieben.

Miriam hörte auf zu singen und rieb sich die Kehle. Das Klagelied war schlecht für ihre Stimme gewesen, und nun sprach sie krächzend.

»Verschwindet von hier.«

Ohne ihren Ogerbeistand rückten die Kobolde widerstrebend ab.

Ace sagte: »Toller Trick.«

»Es funktioniert ganz gut.« Sie räusperte sich. »Kannst du mir einen Gefallen tun und die Tür hüten, bis ich wiederkomme?« Sie machte sich keine großen Sorgen, dass sich außer Kobolden jemand hereinschleichen könnte. Die Macht des Klagegesangs würde diesen Ort für ein paar Stunden überziehen und die meisten fernhalten.

»Sicher.« Ace setzte sich und zündete seine Pfeife an. »Aber machen Sie fix. Ich hab in zwanzig Minuten einen Flug.«

Miriam ging zum Pub, um Neds Essen zu holen, und kaum sechs Minuten später näherte sich Regina seinem Quartier.

»Was tust du da?«, fragte sie.

»Ich rauche.« Der Kobold bot ihr seine Pfeife an. »Wollen Sie einen Zug?«

»Geh zur Seite.«

»Sind Sie befugt?«

Sie sah ihn finster an. »Wovon sprichst du?«

»Ich darf niemanden reinlassen.«

»Du kleines Biest, ich bin ranghöher als du.«

»Es geht nicht um mich. Es geht um Befehle. Da ich nicht genau weiß, wessen Befehle ich befolge, kann ich Ihnen als guter Soldat nicht einfach erlauben vorbeizugehen.« Ace nahm einen langen Zug aus seiner Pfeife. Der faulig gelbe Rauch glitschte die Wand entlang und sammelte sich an der Decke. »Außer Sie kennen zufällig das Passwort.«

»Welches Passwort?«

»Ich kenne es nicht.«

»Woher willst du dann wissen, ob es richtig ist?«

Ace nahm seine Brille ab und untersuchte sie auf Flecken, hauptsächlich, um etwas zu tun zu haben. »So wie ich das sehe, würden Sie, wenn Sie befugt wären und das Passwort kennen würden, es mir offen sagen. Und wenn Sie befugt wären und es gäbe kein Passwort, würden Sie mir einfach sagen, ich solle abhauen.«

»Hau ab.«

Er lächelte. »Netter Versuch, aber Ihre erste Antwort zählt. Und die sagt mir, dass Sie nicht befugt sind.«

Sie lächelte zurück. »Sehr schlau. Dein Plan hat allerdings einen Fehler.«

»Und welchen?«

Die Amazone schnappte den winzigen Kobold an seinem Schal und schleuderte ihn den Flur hinunter. Er landete hart auf dem Boden, aber seine Rasse war von Natur aus federnd, deshalb entstand kein Schaden. Bis er wieder auf den Füßen stand, war sie schon hineingegangen. Die Magie des Sirenengesangs besaß keine Macht über eine Frau.

»Daran hatte ich nicht gedacht.« Mit einem Achselzucken sammelte Ace seine Pfeife auf und machte sich auf den Weg.

Auf der anderen Seite der Tür weiteten sich Reginas dunkle Augen. »Oh. Sie sind zurück.«

Nicht in der Stimmung, sich Gedanken über ein Déjà-vu zu machen, sagte Ned: »Ich bin zurück.«

»Geht es Ihnen besser, Sir?«

Er antwortete nicht. Das blieb eine komplizierte Frage.

Es entstand eine weitere peinliche Stille: das zweite Mal an diesem Abend, dass solch ein unbeholfenes Schweigen zwischen Ned und einer Frau entstand. Ned bemerkte es wie üblich nicht, aber für Regina waren es Qualen. Sie stritt nicht länger ab, dass sie etwas für ihn empfand. Sie wagte es nicht, dem einen Namen zu geben. Sie war noch nicht bereit dafür. Aber dieses unbenannte Gefühl, dieses lächerliche und unangebrachte Verlangen, war nichts weniger als Fäule auf ihrer stolzen Amazonenseele. Zumindest musste sie sich keine Sorgen über die Missbilligung ihrer Eltern machen. Amazonen hatten weder Väter noch Mütter. Sie kannten nur den Kodex ihrer Gesellschaft, der sie leitete, und dieser Kodex war sehr genau und ziemlich unversöhnlich.

In einer Situation wie dieser, wenn sich die Versuchung irgendwie den Weg in ihre eiserne Brust gebahnt hatte, konnte nur Blut ihren Geist reinwaschen. Neds Blut. Sie musste ihn töten, und ihr Kodex verlangte, dass sie es sofort tat. Leise zog sie ihren Dolch und schob sich in seine Richtung, als er sich mit dem Rücken zu ihr auf dem Bett aufsetzte. Ein Dutzend Enden blitzten in ihrem Kriegerinnengeist auf. Sie konnte ihm das Herz durchbohren, seine Kehle aufschlitzen, ihm das Rückenmark durchtrennen oder den Dolch vergessen und ihm mit bloßen Händen das Genick brechen. Und obwohl diese Gedanken ein grimmiges Lächeln auf ihre Lippen hätten zaubern sollen, ließen sie sie nur finster dreinblicken.

Die Göttinnen mochten sie verachten, sie konnte es nicht tun. Und selbst wenn sie gekonnt hätte, es hätte doch nicht funktioniert. Never Dead Ned war unsterblich. Ihr Dilemma würde sich nicht so leicht lösen lassen, aber sie würde einen Weg finden müssen.

Ned drehte langsam den Kopf, als hätte er ihre Anwesenheit vergessen und erinnerte sich gerade daran. Den Dolch in der Hand sah sie sich im Raum um und versuchte, nicht mörderisch auszusehen. Nicht mörderischer als sonst.

»Es tut gut, Sie wiederzuhaben, Sir.«

Er neigte den Kopf zur Seite, wie eine Ziege, die ihr Bestes tut, um zu verstehen, wie ein Katapult funktioniert, aber daran scheitert. »Tatsächlich?«

»Ja, Sir.« Sie versuchte mit ihrem gezogenen Dolch lässig auszusehen und wirbelte ihn herum, als würde sie lediglich ihre Hände beschäftigen wollen. »Kann ich Ihnen etwas bringen?«

»Danke, aber Miriam kümmert sich schon darum.«

Reginas dunkle Augen wurden rot. »Miriam.« Sie sprach den Namen wie einen Fluch aus, herabgerufen von den Himmeln. Nicht der leuchtende Himmel glorreicher Göttinnen, wo die großen weiblichen Gottheiten in gerechtem Ruhm weilten, sondern der niedrigere, verlassene Himmel der gefräßigen und nutzlosen Götter, wo die männlichen Gottheiten ihre Zeit damit verschwendeten, sich zu betrinken und Jungfrauen in irdischen Badehäusern verstohlen zu beobachten.

Die Tür öffnete sich und Miriam kam mit einem Tablett voller Essen und Getränken herein. Ned brachte nicht die Energie auf, vom Bett aufzustehen und ließ sich stattdessen zurücksinken. »Stellen Sie es auf den Tisch.«

»Ja, Sir«, sagte Miriam sehr liebenswürdig.

Aber die Sirene und die Amazone wandten den Blick nicht voneinander ab. Regina wirbelte ihren Dolch schneller herum. Das Tablett an ihrer Hüfte abstützend, legte Miriam ihre freie Hand an das Schwert an ihrer Seite. Ned blieb unerschütterlich ahnungslos.

Miriam wandte sich an ihn, doch ihre Augen ließen keinen Moment von Reginas Blick ab. »Ich habe genug für zwei mitgebracht, wenn Sie Gesellschaft wünschen, Sir.«

Regina kniff die Augen zusammen. Ihre Stirn runzelte sich. »Ein ausgezeichneter Vorschlag. Sie sind entlassen, Miriam.«

Miriams volle, fischige Lippen strafften sich zu einem gezwungenen Lächeln. »Ich denke, das ist Sache des Kommandeurs, oder, Ma'am?«

»Das ist es wohl.« Regina hörte auf, ihren Dolch herumzuwirbeln. Sie packte ihn mit steifen Fingern, jeden Augenblick bereit, Miriams Gesicht aufzuschlitzen.

Ned stand auf und ging zu dem Tablett hinüber. Er entkorkte eine Flasche Wein und nahm einen langen Schluck. »Danke, aber ich wäre lieber allein.«

Miriam runzelte wegen des Tadels die Stirn. Regina runzelte wegen des Tadels ebenfalls die Stirn und blickte bei der harten Erkenntnis, dass ihr seine Zurechtweisung nicht egal war, finster drein.

»Wie Sie wünschen, Sir«, brachte die Amazone zwischen zusammengebissenen Zähnen hervor. »Kommen Sie, Miriam.«

»Nach Ihnen, Ma'am.«

Die Frauen verließen den Raum und kamen sich dabei nahe genug, um sich angreifen zu können, aber Neds Anwesenheit hielt sie zurück. Auf der anderen Seite der geschlossenen Tür brachten sie schnell etwas Distanz zwischen sich. Keine sagte etwas, aber beide wurden von Zweifeln geplagt.

Für Miriam bedeutete ihre Amazonenrivalin ein irritierendes Hindernis. Gut, Regina war in der Kunst der Verführung unerfahren, aber sie war makellos schön, groß und gut gebaut, mit glatter, weicher Haut. Und da war ihr Haar, diese schimmernde, flachsblonde Mähne. Eine kahle, geschuppte Sirene konnte es mit nichts davon aufnehmen. Nicht ohne ihre Gesänge, die sie entschlossen war nicht zu nutzen.

Sie hatte keine Chance.

Regina betrachtete Miriam als eine Kreatur von exotischem Unterwasserliebreiz. Ihre Schuppen schimmerten sogar im schummerigen Flurlicht und ihre natürliche Anmut war nicht zu leugnen. Schlimmer noch, sie war eine Sirene. Männer zu locken war ihre zweite Natur. Und Regina wusste als Amazone absolut nichts darüber, wie man einen Liebhaber umwarb.

Sie hatte keine Chance.

Jede der beiden Frauen hätte sich auf die andere werfen können, um ihre Rivalität auf die einzige Art zu beenden, die ihnen im Augenblick einfiel. Aber das Schicksal warf eine Münze und der Moment ging vorbei.

Regina steckte ihren Dolch weg. »Wenn Sie mich entschuldigen würden, ich habe Pflichten, denen ich nachkommen muss.«

»Ja, ich auch.« Miriam nahm die Hand von ihrem Schwert. »Vielleicht sollten wir unseren Pflichten gemeinsam nachkommen.«

»Ich hatte denselben Gedanken«, stimmte Regina zu.

Beide warfen einen Blick auf Neds Tür. Dann lächelten sie einander süß zu, während sie den Tod der anderen planten, und machten sich auf den Weg.

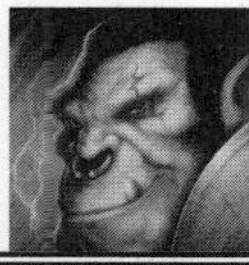

ZWÖLF

Ned konnte nicht für immer in seinem Quartier bleiben, aber er wagte auch nicht, es zu verlassen. Zum einen war er nie furchtbar motiviert gewesen. Es hätte ihm nichts ausgemacht, im Bett unter der Decke liegen zu bleiben, sich das Essen bringen zu lassen und nichts zu tun – außer der gelegentlichen Drehung, um sich nicht wund zu liegen. Er wusste, es war ein unausführbarer Traum. Er musste irgendwann aufstehen, um sich zu erleichtern, und ein Bad von Zeit zu Zeit schien mehr eine Notwendigkeit als ein Luxus zu sein. Aber wenn er ewig lebte, dann konnte er ebenso gut hier ewig leben wie anderswo.

Es war nur ein Traum und ein unrealistischer dazu. Nicht einmal Ned war so faul. Ein Jahrhundert oder zwei – gesetzt den Fall, dass er nicht doch noch an Altersschwäche sterben konnte, was er nicht wusste –, und ihm würde langweilig werden. Er senkte sein Ziel auf vernünftigere wenige Stunden des Friedens und der Ruhe, bevor ihn das Leben wieder überfiel.

Was ihn aber tatsächlich unter den Laken hielt, war die Angst. Nicht die Angst vor dem Tod, die er vor langer Zeit verloren hatte. Nicht die Angst vor der Auferstehung, die er widerwillig akzeptierte. Was ihn verfolgte, war das Unbekannte. Er konnte sich nicht daran erinnern, wie er gestorben war. Alles, woran er sich erinnerte, war, dass er seine

Sachen gepackt hatte und aus dem Raum gegangen war, um zu desertieren.

Und dann …

Das Erwachen. Wie er gestorben war, wer ihn getötet hatte, oder ob es lediglich wieder ein Unfall gewesen war. Alle diese Details fehlten ihm. Ohne die leiseste Ahnung, was ihm den Garaus gemacht hatte, wusste er nicht, wie er es beim nächsten Mal vermeiden konnte. Bisher war Ned nie zweimal denselben Tod gestorben, und er hatte auch nicht die Absicht, jetzt damit anzufangen.

Er hatte die blasse, beinahe unsichtbare Verbrennung auf seiner Brust bemerkt. Es musste etwas damit zu tun haben. Dieses Mal wünschte er, die Rote Frau wäre dageblieben, nachdem sie ihn aufgeweckt hatte. Sie hätte er fragen können, ohne in Verlegenheit zu geraten. Er weigerte sich, jemand anders zu fragen. Es wäre einfach zu peinlich gewesen, zu grotesk. Er wollte es lieber nicht wissen.

Aber das ließ die Frage nach der Tür offen und welches schreckliche Schicksal ihn auf der anderen Seite erwartete. Das Rätsel quälte ihn ein paar Stunden lang, aber Neds Geist war nicht von dem Entschluss besessen, lange an einer einzelnen Zwangsvorstellung festzuhalten. Schließlich ging ihm der Wein aus und der tröstliche Ruf des Alkohols war eines der wenigen Dinge, die in der Lage waren, ihn zum Handeln zu bringen. Er stand auf, zögerte jedoch an der Tür. Und dann, ohne Rücksicht darauf, welcher namenlose Tod auf ihn warten mochte, öffnete er sie.

Er starb nicht, und das überraschte ihn nicht. Das wäre zu einfach gewesen. Nein, die Sache war die, dass der Tod jedes Mal als Schock eingetreten war. Es war nur natürlich anzunehmen, dass ein Mann, der schon so oft gestorben war, ein Gefühl dafür entwickeln würde. Aber bisher hatte er es nie kommen sehen. Was ihn dazu veranlasste, sich zu fragen, warum er sich überhaupt die Mühe machte, sich zu sorgen. Da er es nicht vorhersagen konnte, zumal gefährliche Dinge ihn nicht immer umbrachten, harmlose aber manchmal doch und genauso oft andersherum, alles ohne erkennbares Muster – darum waren Sorgen zwecklos.

Er sorgte sich trotzdem genauso, wie er sich über alles sorgte: nicht besonders. Sorgen setzten Kontrolle voraus oder zumindest die Illusion von Kontrolle. Ned hatte diese Illusion vor langer Zeit aufgegeben. Er übersprang das Sorgenmachen oft ganz und ging lediglich mit einem kleinen Zwischenstopp bei der Verstimmung direkt zur Akzeptanz über. Wenn er während dieses Prozesses zum Stillstand kam (was manchmal vorkommen konnte), benutzte er Schnaps, um die Reise wieder anzuschieben.

Er trat in den Flur. Die Tür schloss sich hinter ihm, und einen Augenblick später wurde Ned klar, dass er diesen Drink eigentlich gar nicht brauchte – zumindest nicht, um unter Leute zu gehen oder sich mit anderen Betrunkenen zu befassen. Er drehte sich um, aber irgendetwas, ein überwältigendes Grauen, hielt ihn davon ab, die Türklinke zu berühren. Er wusste nichts von Miriams Gesang, aber er wusste, dass er es nicht wagte, zurück in den Raum zu gehen.

Gelächter und widerwärtiges Geschrei füllten den Flur. Soldaten kamen. Statt zu bleiben und sich ihnen zu stellen, stieg er in der Hoffnung zu entrinnen eine nahe Treppe hinauf. Er folgte der Spirale ganz nach oben, wo er eine Falltür öffnete und auf den Wachturm und in die kalte Nachtluft hinaustrat. Hier hätten Wachen postiert sein sollen, doch der Ort war verlassen. Erleichtert setzte sich Ned, damit ihn niemand von unten entdecken konnte (nicht, dass irgendjemand so wachsam gewesen wäre), und dachte an gar nichts.

Nicht viel später erklomm noch jemand anders diese Treppe. Ned sank in den Schatten zusammen, so gut er konnte. Er hoffte, nicht entdeckt zu werden, wusste aber, dass die Hoffnung vergebens war. Eine kleine Gestalt, zu groß für einen Kobold, aber zu klein für einen Oger, erschien in der Öffnung der Falltür. Es war zwar eine dunkle Nacht, aber sein langer Bart verriet Owens, das Orakel. Er ging zum anderen Ende des Turms, und obwohl er blind war, schien er auf die umgebende Landschaft hinabzusehen. Ned versuchte, nicht laut zu atmen, und eine Minute lang gelang es ihm auch bewundernswert. Dann arbeitete sich ein Kitzeln in seine Nase und Ned spürte, wie ein Niesen in ihm heraufkeimte. Er schauderte und versuchte, es zu ersticken. Er hielt den Atem an. Aber es war nur eine Frage der Zeit, bis er den Kampf mit seinen verräterischen Nasenlöchern verlor.

Owens starrte weiter an den Horizont. Ohne den Kopf in Neds Richtung zu drehen, bemerkte das Orakel: »Ich habe Ihnen gesagt, dass Sie niesen würden. Gesundheit, Sir.«

Ned wischte sich die Nase mit dem Handrücken ab. »Danke.«

Owens nickte nur.

Ned bemerkte einen kleinen Krug, der an Owens Gürtel hing. Er fragte sich, was darin war.

»Bier, Sir«, sagte Owens.

Ned wollte gerade um einen Schluck bitten, als Owens den Krug warf. Er zielte einen guten Meter daneben. Ned musste aufstehen, um ihn zu holen. Er entkorkte ihn und nahm einen Schluck. Bevor er Owens danken konnte, sagte das Orakel: »Gern geschehen, Sir.«

Ned nahm einen weiteren Schluck und runzelte die Stirn. »Das ist wirklich …«

»Ja, Sir. Ich weiß.«

Ned gab den Krug zurück und Owens nahm einen herzhaften Schluck.

»Ich liebe es, nachts hier heraufzukommen, Sir. Wundervolle Aussicht, finden Sie nicht?«

»Zu dunkel, um irgendwas zu sehen.«

Owens kicherte. »Das ist einer der Vorteile, blind zu sein. Die Aussicht ist immer gleich.«

Ned öffnete den Mund, um zu fragen, wie lange es her war, dass der Soldat sein Sehvermögen verloren hatte.

»Sieben Jahre«, antwortete das Orakel.

In diesem Augenblick bemerkte Ned etwas, und weil er selten etwas bemerkte, brachte es ihn aus der Fassung. Beobachtungen waren das sichere Zeichen eines nüchternen Geistes. Er hätte beinahe um einen weiteren Schluck gebeten, entschied jedoch, es diesmal zu überstehen. Er konnte sich später, wenn es zu unerfreulich wurde, immer noch betrinken.

»Sie hören die Zukunft, nicht wahr, Owens?«

»Ja, Sir.«

»Aber wie können Sie eine Frage hören, die allein durch die Tatsache, dass Sie sie hören, nie ausgesprochen wird?«

»Ich fürchte, ich verstehe diese Frage nicht, Sir.«

»Welcher Tag ist ...«

»Mittwoch, Sir.«

»Sehen Sie, was ich meine?«, fragte Ned. »Ich wollte Sie fragen, welcher Tag heute ist, aber Sie haben geantwortet, bevor ich die Frage beendet hatte, was bedeutet, dass ich nie gefragt habe, was wiederum bedeutet, dass Sie die Frage gar nicht gehört haben konnten, weil sie in Wirklichkeit nie gestellt wurde. Sie hören eine Zukunft, die nicht existiert.«

Owens dachte darüber nach. »Ziemlich paradox, was?«

»Ein bisschen schon«, sagte Ned.

Ein paar stille Minuten vergingen.

»Macht es Ihnen etwas aus, wenn ich eine Frage stelle, Sir?«

»Fragen Sie ruhig.« Ned kannte die Frage so sicher, als könne er die Zukunft hören. Wie sprang er dem Tod von der Schippe? Als ob Unsterblichkeit irgendein besonderer Gewinn war.

»Wie zum Geier haben Sie diesen Job bekommen?«, fragte Owens.

Das hatte Ned nicht erwartet, und es war eine angenehme Überraschung.

»Ohne Ihnen zu nahe treten zu wollen, Sir«, fügte Owens hinzu.

»Schon in Ordnung.« Ned kicherte. »Ich bin hier, weil es keinen anderen Ort gibt, wo ich hingehen könnte.«

»Genauso wie wir alle, hm?« Owens neigte seinen Kopf in Neds Richtung. »Willkommen in der Oger-Kompanie, der letzten Station Ihrer glänzenden Legionskarriere. Naja, ich schätze, es ist nett, einen Ort zu haben, wo man hingehört.«

Ned brachte es nicht übers Herz, Owens zu sagen, dass die Kompanie geradewegs auf die Auflösung zuraste.

»Sie wollen nicht hier sein, oder, Sir?«

»Nein. Ich will Bücher saldieren.«

»Scheint mir eine Verschwendung von Talent zu sein, wenn Sie mich fragen. Wegen Ihrer Unsterblichkeit und so, Sir.«

»Unsterblichkeit ist kein Talent«, antwortete Ned. »Es ist eine Spielerei.«

»Vielleicht«, stimmte Owens zu. »Vielleicht.«

Eine weitere Stille folgte.

»Darf ich Ihnen einen Rat geben, Sir?«

Ned antwortete nicht laut. Aber er dachte an seine Antwort und stellte sich vor, wie er sie formulierte. Owens hörte die unausgesprochenen Worte bis in jede Einzelheit formgetreu.

»Solange Sie hier sind, könnten Sie genauso gut das Beste daraus machen.«

»Sie verstehen nicht. Ich bin ein furchtbarer Soldat, und ich bin ein noch schlechterer Anführer. Das Einzige, worin ich je wirklich gut war, ist das Sterben, und selbst das bekomme ich nicht richtig hin.«

»Ich weiß, wie es ist, wenn man sich selbst leid tut.« Owens deutete auf seine nutzlosen Augen. »Aber das Leben läuft nicht immer so, wie man will. Sie können entweder darüber murren und jammern oder das Beste aus dem machen, was Ihnen gegeben wurde.«

Ned nahm einen weiteren Schluck. »Ich glaube, ich werde einfach beim Murren und Jammern bleiben.«

»Jeder so, wie er kann, schätze ich.«

Ned schaute auf die Zitadelle hinunter. In der Dunkelheit der Nacht befand sich der Innenhof voller dunkler Soldaten, verloren in ihren Zechereien. Seine Zitadelle. Sein Hof. Seine Soldaten.

Er hatte nicht um diesen Job gebeten. Das Ganze war das Werk des grausamen Schicksals, von Kräften jenseits seines geistigen Horizonts. Und diese Kräfte scherten sich nicht im Geringsten um sein Gejammere. Da es ihnen so viel Spaß machte, ihn zu quälen, war es sogar ziemlich wahrscheinlich, dass sie sein Leiden genossen. Aber zur Hölle, er hatte auch das Recht dazu, oder etwa nicht? Mit Trübsalblasen mochte man zwar nichts erreichen, aber Dinge zu erreichen wurde auch überbewertet. Am Ende ging sowieso immer alles in die Binsen. Warum sich also die Mühe machen?

Er hatte nicht vorgehabt, die Frage zu stellen, aber auf irgendeine Art hatte Owens sie gehört.

»Was haben Sie zu verlieren?«

Ned ließ die Frage sacken. Er dachte nicht wirklich darüber nach, aber er ignorierte sie auch nicht vollkommen.

»Als ich blind wurde, Sir, dachte ich, ich hätte alles verloren. Die Legion war mein Leben, verstehen Sie? Abgesehen davon, dass ich die Zukunft sehen konnte, war ich auch ein verdammt guter Soldat. Dann war alles vorbei. Ich ging zurück nach Hause, pflanzte Kartoffeln an und tat mir drei Jahre lang selbst leid. Eines Tages aber wurde mir etwas klar. Eigentlich zwei Dinge.«

»Was ...«

»Ich hasse Kartoffeln. Ich kann ihren Geschmack nicht leiden. Ich kann ihre Schale nicht leiden. Ich kann es nicht leiden, sie auszugraben. Ich kann Stampfkartoffeln nicht leiden. Ich kann Salzkartoffeln nicht leiden. Ich kann absolut alles an ihnen nicht leiden. Verdammte Kartoffeln. Die Pocken dem Gott, der sie geschaffen hat.« Er spuckte über die Brüstung des Wachturms und machte eine obszöne Geste zu den Himmeln hin.

»Das andere, was mir klar wurde, war, dass blind zu werden nicht das Schlimmste war, was mir passieren konnte. Es gibt immer Männer, die noch schlimmer dran sind. Und so wie ich es sehe, gibt es eine Menge furchtbarerer Tragödien auf dieser Welt als ein Orakel, das die Zukunft hört, und einen Mann, der nicht sterben kann.«

»Sie ...«

»Oh, ich verstehe. Keiner von uns will hier sein, Sir. Wir sind es aber. Und vielleicht sollten wir es einfach ausprobieren, wenn wir schon mal hier sind.« Owens ging in Richtung Falltür. »Sie können den Krug behalten, wenn Sie möchten.«

Ned entkorkte das Bier und setzte es an die Lippen. Aber etwas ließ ihn zögern. Er war kein guter Kommandeur. Er konnte die Oger-Kompanie nicht retten. Doch was hatte er zu verlieren? Er konnte sich später immer noch betrinken. Und es gab kein Gesetz, das besagte, dass er nicht seine Arbeit machen und sich trotzdem selber leid tun konnte. Und überhaupt: Wie schlimm konnte er es schon vermasseln?

Er hielt Owens auf, der bereits angefangen hatte, die Stufen hinunterzusteigen.

»Danke, aber das werde ich nicht brauchen.«

Ohne nachzudenken warf er den Krug. Er segelte durch die Luft und krachte in Owens Gesicht. Der stolperte und fiel mit Getöse die Treppen hinunter. Ned zuckte bei jedem Aufprall zusammen, bei jedem Fluch, den der stürzende Soldat schrie. Nach einer kurzen Pause echote eine schwache Stimme durch die Falltür.

»Ich bin in Ordnung. Ich glaube, ich habe mir den Arm gebrochen. Aber ich bin in Ordnung.«

Never Dead Ned warf einen Blick zu den Himmeln hinauf, behielt seine unanständige Geste aber für sich. Das würden sehr, sehr lange sechs Monate werden.

DREIZEHN

Spät in dieser Nacht wurde Regina in Neds Büro gerufen. Sie war äußerst zufrieden, denn sie war sich sicher, dass es zu so später Stunde nur einen Grund dafür geben konnte. Offensichtlich hatte Ned ihre unfassbare Schönheit bemerkt – natürlich konnte er gar nicht anders – und hatte seine wachsende Anziehung ihr gegenüber nur versteckt. Aber diese Anziehung war nun sicherlich zu stark geworden, um sie noch länger zu ignorieren. Sie bewunderte, dass er so lange widerstanden hatte, jetzt aber plante er, ihr bei einem ruhigen Treffen hinter geschlossenen Türen seine Zuneigung zu gestehen. Sie hatte noch nicht entschieden, wie sie damit umgehen wollte. Ihre Kultur hatte den Nutzen von Männern nie vollständig verneinen können – und es gab Vorschriften darüber, wie sich ein außergewöhnlicher Mann der Liebe einer Amazone würdig erweisen konnte. Sie bezweifelte zwar stark, dass Ned ein solcher Mann war, aber das war ihr im Augenblick egal.

Bevor sie antrat, zog sie ihr bestes Gewand an, einen Anzug mit Zeremonienharnisch, den sie Jahre nicht mehr getragen hatte. Er war nicht für den Kampf gedacht, eine Tatsache, die durch das tiefe Dekolleté des Kettenhemd-Mieders und die Kürze des Metallrocks offensichtlich gemacht wurde.

Sie hatte schreckliche Schwierigkeiten, die polierten Lederstiefel anzuziehen, die bis zu den Oberschenkeln reichten. Sie waren immer hauteng gewesen und ihre Schenkel, so ungern sie es auch zugab, waren nicht mehr so vollkommen geformt, wie sie es einmal gewesen waren. Sie studierte sich selbst fünf Minuten lang in einem mannshohen Spiegel, schob Schnallen zurecht, verstellte Riemen und schob abwechselnd ihre Brüste hoch und steckte sie wieder zurück, bis sie genau die richtige Menge Dekolleté erreicht hatte. Sie ging ihre vielen Umhänge durch, entschied sich für einen fließenden purpurroten, entschied dann aber, dass sie ihn doch nicht mochte und nahm einen kürzeren schwarzen, der ihre Schultern betonte, ohne ihren Hintern zu verstecken.

Als Nächstes sah sie ihre zahlreichen Waffen durch. Amazonen sammelten Waffen wie Drachen die Knochen von Helden, und Regina hatte eine besonders ausgeprägte Neigung, was das betraf. Sie suchte nach genau der richtigen für ihre Hüfte. Ein überdimensionales zweischneidiges Langschwert war ihre beste Waffe, aber es war zu unpraktisch und würde die Anmut ihres Gangs beeinträchtigen. Ein kurzes Schwert wäre bequem gewesen, allerdings zu bequem. Sie wollte nicht zu lässig erscheinen. Sie erwog und verwarf ein Paar Säbel. Zu protzig. Und sie dachte kurz an etwas Unkonventionelles wie ihren Dreizack oder ihren Schlägel, beschloss aber, dass es aussehen könnte, als würde sie sich große Mühe geben. Schließlich legte sie ihr gewöhnliches, von der Legion gestelltes Schwert um. Nicht ihre beste Waffe, für diesen Anlass aber die geeignetste.

Sich selbst im Spiegel prüfend entschied sie, es könne keinen Zweifel daran geben, dass sie das schönste und unwiderstehlichste aller Geschöpfe war. Miriam mit all ihrem jenseitigen Charme konnte niemals mit der makellosen Pracht einer Amazonenkriegerin in den besten Jahren mithalten. Regina lächelte mit nicht geringem Stolz.

Dann sah sie sie, und ihre Zuversicht schwand. Krähenfüße. Kaum wahrnehmbare Falten um ihre Augen. Sie blickte finster drein und die Falten vertieften sich.

Sie beugte sich dichter zum Spiegel hin und dieser winzige Makel wurde größer. Sie war nicht so alt. Sie sollte so etwas nicht haben. Sie beugte sich noch weiter vor und fuhr mit den Fingern an den hässlichen Klüften in ihrer Haut entlang. Als sie ihre Haut berührte, bemerkte sie die Trockenheit. Und ihre Augen standen zu dicht zusammen. Oder möglicherweise zu weit auseinander. So oder so, sie befanden sich jedenfalls in einem unvollkommenen Abstand. Und war ihre Nase eigentlich schon immer so spitz gewesen? Ihre blonden Augenbrauen hatten es dringend nötig, gezupft zu werden. Und war das ein Leberfleck da, gleich unter ihrem linken Ohrläppchen?

Sie war nicht makellos. Im Gegenteil, sie schien übersät mit Fehlern. Hunderte, die sie bemerkte. Vermutlich Tausende, die sie noch nicht bemerkt hatte. Aber Ned hatte es bemerkt. Er musste. Deshalb hatte er ihr seine Gefühle nicht gestanden. Er hatte keine. Er konnte sich unmöglich für eine so entsetzliche Kreatur interessieren, ein so unvollkommenes Ding wie sie. Warum hatte sie nicht besser auf sich geachtet? Warum war sie so nachlässig gewesen?

Weil sie eine Amazone war. Und Amazonen sollten sich über solche Dinge keine Gedanken machen. Aber jetzt tat sie es doch und starrte sich böse an. Diese fiesen Falten zogen ihre verdorbenen Spuren über ihr angriffslustiges Gesicht. Und sie starrte sich noch böser an, als ihr klar wurde, dass es ihr etwas ausmachte.

Miriam musste sich keine Sorgen über diese Dinge machen. Ihre verflixten goldenen Schuppen waren so glatt und faltenfrei wie eh und je und vermutlich würden sie das auch bleiben, solange sie lebte. Und obwohl Miriams fischartiges

Gesicht vielleicht nicht das hinreißendste war, durfte Regina sich selbst doch nicht mit Recht als ihr überlegen bezeichnen. Nicht, solange diese Mängel in ihrem eigenen Gesicht sie verhöhnten. Sie konnte ihren Anblick kaum länger ertragen, griff sich ihre Keule und zerschmetterte den Spiegel mit einem einzigen wütenden Schlag.

Danach fühlte sie sich nicht besser. Wenn dies das Ergebnis davon war, Männer anzulocken, wäre sie ohne sie besser dran.

Ihre Tür öffnete sich und ein Kobold streckte seinen Kopf herein. »Alles in Ordnung mit Ihnen, Ma'am? Ich habe Krach gehört.«

Reginas einzige Antwort war ein verstimmtes Schnauben.

»Der Kommandeur schickt mich, um nach Ihnen zu sehen«, sagte der Kobold. »Er wollte wissen, was Sie aufhält.«

Sie schnaubte noch einmal. »Sag ihm, ich bin unterwegs.«

Der Kobold schloss die Tür.

Regina nahm in letzter Minute ein paar Korrekturen vor. Ihre begrenzte Erfahrung sagte ihr, dass Männer Brüste mochten, und das war ein Gebiet, auf dem sie Miriam übertraf. Sie schob ihre Brüste vor, bis sie in Gefahr standen, aus ihrem Brustpanzer zu fallen. Haare waren ein weiteres Gebiet, auf dem das schuppige, aquatische weibliche Wesen keine Konkurrenz war. Regina löste ihren Haarknoten und ließ die schimmernde blonde Mähne wie einen Wasserfall über ihre linke Schulter fallen. Aber das wirkte vielleicht zu offensichtlich. Sie warf sie auf den Rücken. Mit ein wenig mehr Zeit hätte sie vielleicht etwas damit anfangen können, obwohl sie keine praktische Erfahrung mit Frisuren hatte.

Die Tür öffnete sich und der Kobold steckte noch einmal seinen Kopf durch den Spalt. »Ma'am?«

Knurrend drehte sie sich zu ihm herum. »Komm her.«

Er schluckte hart und trat knapp über die Türschwelle ihres Zimmers. »Ja, Ma'am?«

»Begehrst du mich?«

»Verzeihung, Ma'am?«

Sie stellte sich aufrecht hin, die Hände an der Taille, ihre Hüften zu einer Seite geneigt. »Findest du mich begehrenswert?«

Er legte eine Hand an sein fliehendes Kinn und kaute auf seinen dicken Lippen herum. Seine langen Ohren zuckten nachdenklich.

»Und?«, fragte sie ungeduldig. »Sei ehrlich.«

»Nein, Ma'am.«

»Nein? Schau mich an!« Sie trat vor und beugte sich herab, bis sich ihre Brüste praktisch in seinem Gesicht befanden.

Der Kobold starrte mit mildem Interesse in ihr Dekolleté. »Es mag Sie überraschen, Ma'am, festzustellen, dass nicht jede Spezies menschliche weibliche Formen verehrt.«

Sie richtete sich auf und starrte auf ihn hinunter. »Willst du damit sagen, du würdest keinen Sex mit mir haben wollen?«

»Oh, sicher, ich würde Sex mit Ihnen haben, Ma'am, aber wir müssten vorher das Licht ausmachen. Und ich würde die ganze Zeit an eine Ogerin denken.«

Wenn ihre Keule in Greifweite gewesen wäre, hätte Regina dem Kobold den Schädel eingeschlagen. Aber sie war schon spät dran und weigerte sich, sich länger über diesen Unsinn aufzuregen. Sie war schön, vielleicht nicht makellos, aber nah dran. Und wenn Ned es nicht sah, würde sie ihn schlagen, bis er es tat.

Sein Büro war nicht weit von ihrem Quartier entfernt. Sie

lief einigen Soldaten über den Weg, die nicht anders konnten, als sie zu begaffen. Normalerweise hätte sie derlei Aufmerksamkeit verachtet, aber diesmal fühlte sie sich durch den Affront bestätigt. Und da sie spät dran war, hatte sie keine Zeit für eine auch noch so kurze Tracht Prügel. An der Bürotür hielt sie inne, um ihre Riemen noch einmal zu überprüfen. Sie schob ihr Schwert zurecht, setzte ein leichtes Lächeln auf und trat ein.

»Entschuldigen Sie die Verspätung, Sir.«

Ned saß über seinen Schreibtisch gebeugt. Er schaute nicht hoch. »Es ist gut, Erzmajor. Wir haben ohne Sie angefangen. Das macht Ihnen hoffentlich nichts aus.«

Sie bemerkte plötzlich, dass auch noch andere im Raum waren. Der Erste Offizier Gabel und Oberorganisationsleutnant Frank saßen auf dem Sofa in der Ecke. Beim Anblick ihrer formellen Rüstung lächelten beide wissend.

»Ich bin sicher, es macht ihr überhaupt nichts aus«, sagte Frank.

»Ja, Erzmajor«, sagte Gabel. »Warum setzen Sie sich nicht?«

»Danke, aber ich denke, ich werde lieber stehen.« Sie versteifte sich.

Ned hatte immer noch nicht von seinem Papierkram aufgesehen. Er kritzelte in seinem höllischen Finanzplan herum. Das wütende Pergament schüttelte sich und zischte, während er Zahlen bewegte. Mehrere Dolche hielten es sicher auf dem Tisch fest.

»Es tut mir leid wegen der späten Stunde dieses Treffens«, sagte Ned, »aber ich konnte nicht schlafen und habe gehofft, ein wenig Arbeit vom Tisch zu bekommen.« Er strich etwas aus und der Finanzplan knurrte. »Ich kann gut mit Zahlen umgehen, aber hier gibt es nicht viel, womit man arbeiten könnte.«

»Darf ich fragen, um was es geht, Sir?«, erkundigte sich Regina.

»Der Kommandeur hat uns nur darüber informiert, dass die Oger-Kompanie sechs Monate Zeit hat, sich zu verbessern«, sagte Gabel, »und er hat uns um Vorschläge dazu gebeten.«

Reginas Überraschung schob ihren Ärger beiseite. »Sir, fragen Sie uns um Rat?«

Er sah schließlich doch noch hoch, und sie war ziemlich zufrieden, als sich seine Augen, wenn auch nur kurz, auf Höhe ihrer Brust aufhielten, bevor er sich wieder seinen Papieren zuwandte.

»Das ist richtig, Erzmajor. Ist das ein Problem?«, fragte Ned.

»Nein, Sir«, sagte Regina. »Es ist nur so, dass uns keiner der bisherigen Kommandeure je um Rat gefragt hat.«

»Sie sollen meine Berater sein, oder?«

»Ja, Sir.« Frank bewegte sich und das Sofa ächzte unter seiner Masse. »Aber alle anderen Kommandeure dachten, sie wüssten es besser.«

»Und jetzt sind sie alle tot«, sagte Ned. »Richtig?«

Gabel, Regina und Frank tauschten paranoide Blicke.

»Stimmt das nicht?«, fragte Ned noch einmal.

»Ja, Sir«, antwortete Gabel. »Natürlich alles Unfälle.«

»Furchtbare Unglücke«, fügte Frank hinzu.

»Sie waren großartige Männer und hätten Besseres verdient«, sagte Regina.

»Ohne Zweifel«, sagte Gabel, »aber lassen Sie uns nicht länger bei den launenhaften, wenn auch vollkommen erklärbaren Missgeschicken verweilen, die ihr Leben beendeten, sondern uns stattdessen an ihre ruhmreichen Taten erinnern.«

Die drei verschwörerischen Offiziere tauschten eine weitere Runde schuldbewusster Blicke aus. Ned war wie üblich vollkommen ahnungslos.

»Sie drei sind schon eine lange Zeit hier«, sagte er, »und wenn ich diese Kompanie retten soll, werde ich Ihre Unterstützung brauchen.« Er legte seine Schreibfeder nieder und lehnte sich auf seinem Stuhl zurück. »Um ehrlich zu sein, ich habe keine Ahnung, was ich tun soll. Es wäre um einiges sinnvoller, wenn einer von Ihnen meinen Posten hätte, aber uns hat keiner gefragt, richtig?«

Sie nickten.

»Sie müssen ein paar Ideen haben«, sagte er.

»Ja, Sir.« Regina lächelte, spürte die Falten um ihre Augen, und ihr Gesicht wurde vollkommen ausdruckslos.

»Gut. Dann lassen Sie uns anfangen.«

Sie verbrachten die folgenden zwei Stunden damit, Vorschläge zu machen. Anfangs konnte keiner von ihnen anders als skeptisch sein, in der Annahme, dass Ned bereits seine eigenen Ideen hatte, wie man vorgehen konnte, und nur eine Show veranstaltete und so tat, als schätzte er ihre Meinung. Aber innerhalb von ein paar Minuten wurde klar, dass er ihren Rat wirklich wollte. Als sie sich einmal von ihrem Schock erholt hatten, teilten sowohl Frank als auch Regina ihre Ideen freimütig mit. Gabel blieb still und brachte nichts Nützliches vor. Er saß auf dem Sofa, die Arme verschränkt, die langen Ohren zurückgelegt und mit zusammengekniffenen Augen.

Während sie arbeiteten, fuhr Ned fort, seine Verbesserungen in den Finanzplan der Kompanie zu kritzeln. Langsam veränderte sich das höllische Dokument nach seinem Geschmack. Als die Sitzung beendet war, war der Finanzplan gezähmt. Er schnurrte und rieb sich an den Beinen seines neuen Herrn. Ned befahl ihm mit einigem Stolz, sich aufzurollen. Er gehorchte.

»Ich glaube, das ist genug für heute Nacht.« Gähnend reichte er Regina den Finanzplan. »Sorgen Sie bitte dafür, dass dies hier zur Bewilligung zum Hauptquartier kommt, Erzmajor.«

»Ja, Sir.« Sie salutierte und zum ersten Mal meinte sie es auch wirklich ernst.

Ned erhob sich von seinem Schreibtisch, streckte sich und öffnete die Tür, die zwischen seinem Büro und seinem Quartier lag. »Bis morgen früh.« Er schloss die Tür und ließ sie in seinem Büro allein.

Keiner sagte ein Wort. Sie warteten, bis sie den Finanzplan als Eilzustellung bei der Rochanlage abgeliefert hatten und im Pub eine Runde bestellt hatten, bevor sie darüber sprachen, was gerade geschehen war.

»Damit ist es beschlossene Sache«, sagte Gabel.

»Allerdings«, stimmte Regina zu.

»Sind wir uns also alle einig?«, fragte Gabel. »Wir müssen ihn so schnell wie möglich loswerden.«

Regina schnaubte den Ork an. »Das können wir nicht.«

»Wir finden einen Weg. Unsterblich oder nicht.«

»Das habe ich nicht gemeint.«

»Was hast du dann gemeint?«, fragte Gabel.

»Ich bin mir nicht mehr so sicher, ob Ned sterben muss.«

Gabel bellte ein raues Lachen, das den Pub für einen Augenblick still werden ließ. Er beugte sich vor und flüsterte gedämpft: »Er plant offensichtlich etwas. Warum sonst hätte er dieses Affentheater veranstalten sollen?«

Regina beugte sich vor, was in ihrem engen Mieder nicht einfach war. Ein rein dekorativer Riemen schnalzte auf. »Vielleicht war es gar kein Theater.«

Gabel war so auf die Auseinandersetzung konzentriert, dass sein Blick nicht zu ihren Brüsten abschweifte, die noch einen weiteren Zentimeter in Richtung Freiheit glitten. »Sei nicht naiv, Amazone.« Er plumpste zurück auf seinen Stuhl. »Was denkst du, Frank?«

Frank zuckte die Achseln. »Ich weiß nicht.«

»Ich weiß aber«, entgegnete Gabel. »Ich weiß, dass Ned etwas vorhat. Und ich würde jede Münze, die ich besitze, verwetten, dass er etwas ahnt.«

»Wovon?«, fragte Frank.

»Von uns, du Trottel.«

Die derben Fäuste des Ogers ballten sich. Er war ein gutmütiger Kerl, aber Gabel stellte fest, dass Frank seine Grenzen hatte. Gabel setzte ein fröhliches Grinsen auf und zahlte die nächste Runde, um Franks Stimmung abzukühlen.

»Warum sollte er uns verdächtigen?«, fragte Regina. Wir haben bisher nicht einmal versucht, ihn zu töten. Oder?«

Inzwischen hatten die Offiziere viel Erfahrung mit verstohlenen Blicken, also tauschten sie noch eine Runde davon aus.

»Natürlich nicht«, sagte Gabel. »Aber er ist schon zweimal gestorben und das muss verdächtig aussehen. Selbst wenn es diesmal Unfälle waren. Was sie waren, da sind wir uns doch alle einig.«

»Ja.« Regina verengte ihre Augen. »Unfälle.«

»Bedauerliche Unglücksfälle«, stimmte Frank zu, aber er klang nicht recht überzeugt. »Vielleicht hat Regina Recht. Vielleicht sollten wir noch ein bisschen warten, bevor wir uns entscheiden.«

»Und ihm mehr Zeit geben, um die Teile des Puzzles zusammenzusetzen?« Gabel schüttelte heftig den Kopf. »Ich sage, je früher wir ihn töten, desto besser.«

»Und ich sage, wir sollten ihn gar nicht töten«, antwortete Regina.

»Aber sicher doch, Amazone.« Das letzte Wort murmelte er höhnisch.

»Was meinst du damit, Ork?«

»Nichts. Ich hätte nur nie gedacht, einmal zu sehen, dass sich eine Amazonenkriegerin einem Mann so schamlos an den Hals werfen würde«, brummelte er in seinen Krug. »Aber was kann man von einer Frau schon erwarten?«

Regina handelte explosionsartig. Sie kickte den Tisch zur Seite und drückte einen ihrer Lederstiefel gegen Gabels Wange. Er fiel von seinem Stuhl und kam rutschend zu einem schmerzhaften Halt.

Frank seufzte.

»Steh auf«, knurrte sie, während sie ihr Schwert zog. »Steh auf und stirb, du erbärmliches männliches Wesen!«

Gabel erhob sich und zog seinerseits das Schwert. »Ich wollte dir schon immer Respekt beibringen, du lesbische Schlampe!«

»Ich bin keine Lesbe!«

»Ach ja, stimmt ja. Wie konnte ich das vergessen?« Gabel grinste süffisant. »Lesben wedeln mit ihren Titten nicht vor Jungs herum.«

Regina gab einen Furcht erregenden Kampfschrei von sich, der abwechselnd Wellen von Furcht und Erregung durch den Pub schickte. Bevor sie sich auf ihren Gegner werfen konnte, schlug ihr Frank einen Weinkrug auf den Kopf. Stöhnend ging sie zu Boden.

»Warum hast du das getan?«, fragte Gabel. »Ich wäre mit ihr fertig geworden.«

Frank ließ seine riesige Faust auf Gabel niedersausen, der sich daraufhin zu der Amazone auf dem Boden gesellte.

»In Ordnung, Leute. Es gibt hier nichts zu sehen. Macht weiter.«

Er klemmte sich den benommenen Ork unter einen Arm, die betäubte Amazone unter den anderen und verließ den Pub, um nach einer abgeschiedenen, dunklen Ecke zu suchen. Das war nicht leicht. Die meisten der schattigen Plätze waren bereits von schlummernden Betrunkenen besetzt oder von Soldaten bei verbotenen Aktivitäten, die Frank nicht näher untersuchte. Als er den leeren Schattenfleck, den er gesucht hatte, schließlich fand, waren Gabel und Regina wieder bei Sinnen. Frank setzte sie ab.

Regina boxte ihn. Er spürte den Schlag kaum, aber dass er ihn überhaupt spürte, sprach für die Kraft der Amazone.

»Wie kannst du es wagen!« Sie holte wieder mit der Faust aus.

»Ich weiß, du denkst, ich hätte das verdient, also war der Erste gratis.« Der Oger atmete ein und blies seine breite Brust auf. »Der Zweite kostet.«

Ihre Hand fiel auf die leere Schwertscheide. Wenn ihr Schwert nicht noch im Pub gewesen wäre, hätte sie ihr Glück versucht. Stattdessen wandte sie ihre Wut wieder ihrer ursprünglichen Quelle zu und funkelte Gabel an. Er funkelte zurück.

Frank lehnte sich an eine Mauer. »Na los. Bringt euch gegenseitig um, wenn ihr euch dann besser fühlt. Ich wollte nur, dass ihr es irgendwo macht, wo ihr mehr unter euch seid. Mit euren Fäusten.«

Gabel nahm die gebückte Haltung des traditionellen orkischen Ringkampfes ein. »Ich habe deine amazonische Überheblichkeit satt. Es wird Zeit, dass du siehst, was ein Mann kann.«

Regina lachte. »Du schiebst den ganzen Tag Federkiele über Papierkram. Du bist kein Krieger. Du bist ein Registraturangestellter.«

»Pass auf ihre Linke auf«, empfahl Frank. »Sie führt mit der Linken.«

Brüllend ging Gabel zum Angriff über. Spucke und

Schaum sprühten von seinen Lippen, als er sich duckte und mit ausgestreckten Händen nach Reginas Hals griff. Sie warf sich zur Seite und traf ihn an der Kehle. Würgend ging er in die Knie.

»Mit der Rechten ist sie auch nicht schlecht«, fügte Frank hinzu.

Regina umkreiste ihren keuchenden Gegner, bis er wieder auf die Beine kam.

»Das war nur Glück«, brachte Gabel hervor.

Er ging erneut auf sie los. Regina drehte sich und stieß ihm den Absatz in den Bauch, was ihm die Luft abschnürte.

»Behalt die Beine im Auge«, sagte Frank.

Gabel benutzte eine Wand, um sich abzustützen. »Das sagst du mir jetzt!« Sein Atem ging stoßweise. Im Mondlicht wurde sein grünes Gesicht blass. Dieses Mal bewegte er sich vorsichtig vor. Trotzdem war er unvorbereitet, als sie ihn am Handgelenk packte, und mit einem Ruck und einer Drehung lag er am Boden.

»Okay.« Gabel setzte sich auf. »Diesmal habe ich eindeutig einen Fehler in ihrer Technik entdeckt.«

Frank schloss die Augen und horchte auf die Kampfgeräusche, die daraus bestanden, dass ein Ork herumgeschleudert wurde, auf den Steinboden knallte, von Ziegelwänden abprallte und in ein paar leere Metfässer krachte. Frank war sich sicher, dass er gehört hatte, wie sich Gabel etwas brach. Als der Lärm bis auf den keuchenden Atem des Orks verstummte, öffnete Frank seine Augen wieder.

»Fertig?«

Für Regina war Kampf in jeglicher Form eine beruhigende Übung, so dicht an Meditation, wie eine Amazone je kommen konnte. Gabel zu verprügeln hatte sie beruhigt. »Ich bin fertig, wenn er fertig ist.«

Gabel lag noch genau dort am Boden, wo er hingefallen war, und gab ein pfeifendes Keuchen von sich, das man als Kapitulation verstehen konnte. »Was machen wir mit Ned?«, fragte er zwischen zwei angestrengten Atemzügen.

»Was immer wir tun müssen«, sagte Frank. »Aber die Regel ist, dass keiner von uns aktiv wird, solange nicht alle einverstanden sind. Und da wir uns nicht einig sind ...«

»Wir warten.« Regina grub ihren Absatz in Gabels Bauch und ging davon.

Er wartete, bis er absolut sicher sein konnte, dass sie außer Hörweite war, dann drückte er sich auf einem Ellbogen hoch. »Ihr Urteilsvermögen ist beeinträchtigt.«

»Was sagst du da?«, fragte Frank.

»Ich sage, vielleicht wird sie zu einem Risiko.«

Frank ergriff Gabel mit einer riesigen Hand, zog den Ork auf die Füße und ließ ihn nicht los. »Ich will so etwas nicht hören.« Er verstärkte seinen Griff.

Gabel zuckte zusammen. Seine Beine gaben nach, doch Frank ließ ihn nicht fallen.

»Was ist dabei?«, fragte Gabel. »Wir haben uns auch früher schon um Probleme wie dieses gekümmert.«

»Wir halten zusammen. Wenn wir uns gegeneinander wenden, geht alles in die Binsen.«

Frank drückte fester.

»Okay, okay. Ich hab's verstanden.«

Frank ließ los.

Gabel schwankte ein wenig und fiel beinahe wieder vornüber. »Aber du musst zugeben, dass sie nicht klar denkt. Was glaubst du, was sie in ihm sieht?«

»Ich weiß es nicht. Sie verdient etwas viel Besseres.«

»Verdient? Was meinst du damit?«

»Sie könnte etwas viel Besseres haben.«

Gabel blickte zu Frank hinauf und Frank blickte hinunter.

»Das hast du nicht gesagt«, bemerkte Gabel. »Du hast ›verdient‹ gesagt.«

»Und?«

»Das ist ein komisches Wort«, sagte Gabel.

»Wie, komisch?«

»Einfach komisch.«

»Ich sehe nicht, was daran so komisch sein soll«, sagte Frank.

»Vergiss es.« Gabel versuchte davonzuhinken, doch Frank klemmte seine Hand wieder auf die Schulter des Orks.

»Wie, komisch?«

»Es ist wirklich gar nichts. Nur der Kontext. Nur die Art, wie du es gesagt hast.«

»Wie habe ich es denn gesagt?«

»Als würde es etwas bedeuten.«

Gabel hätte es gern dabei belassen, aber Frank übte ein wenig mehr Druck auf die verletzte, geschwollene Schulter des Orks aus.

»Es hörte sich nur so an, als würdest du sie vielleicht mögen«, sagte Gabel.

Frank ließ los. »Ich mag sie nicht. Ich meine, ich mag sie schon, aber ich mag sie nicht. Nicht so. Ich *mag sie* mag sie nicht, wenn du das meinst.«

»Natürlich tust du das nicht. Allein der Gedanke an einen Oger und eine Amazone ist vollkommen albern.«

Frank blickte finster. »Ja. Albern.«

»Absolut irrsinnig«, sagte Gabel. »Total lächerlich.«

»Ich würde nicht ganz so weit gehen«, sagte Frank.

»Ich gebe zu, dass sie hübsch anzuschauen ist, aber diese Persönlichkeit ist nicht gerade eine Hilfe.«

»Ich mag ihre Persönlichkeit«, murmelte Frank.

»Kannst du dir vorstellen, wie sie im Bett wäre? Vermutlich würde sie dir die ganze Zeit sagen, was du tun sollst.

›Beweg dich hier hin! Mach das da hin! Weiter links! Zu weit links! Oh, du machst es total falsch, du Idiot! Mach's mir richtig, Idiot, oder du kriegst tausend Sit-Ups!‹«

»Ich mag Frauen, die wissen, was sie wollen«, murmelte Frank, auch wenn Gabel es nicht hörte.

»Und überhaupt ist ihr Männergeschmack grotesk. Hunderte von starken, würdigen Soldaten in dieser Zitadelle, und sie sucht sich diesen einen Kerl aus, der keinen Tag übersteht, ohne zu sterben? Frauen … wer versteht die schon?«

»Ja«, stimmte Frank sanft zu. »Frauen.«

Sie machten sich auf den Rückweg zum Pub. Arg mitgenommen und unter Schmerzen hinkte Gabel vorwärts, während er seinen rechten Arm steif hielt.

»Vielleicht solltest du das untersuchen lassen«, sagte Frank.

Gabel schnaubte. »Bis ich ein paar Drinks intus habe, ist es wieder in Ordnung.«

Sie gingen noch ein Stück weiter.

»Es ist nicht total lächerlich«, sagte Frank, mehr zu sich selbst.

»Was?«

»Du hast gesagt, dass eine Amazone und ein Oger total lächerlich wären.«

»Ja?«

»Aber es ist nicht total lächerlich.«

Gabel hielt abrupt an. Frank stieß mit dem Ork zusammen und schickte ihn beinahe wieder zu Boden.

»Wovon redest du?«, fragte Gabel.

»Eigentlich von nichts«, sagte Frank. »Es ist nur, ich finde nicht, dass es richtig ist, dass es ein total lächerliches Paar wäre. Wir Oger haben viele Eigenschaften, die eine Amazone begehrenswert finden könnte. Wir sind groß. Wir sind stark. Wir kämpfen gut. Wir sind starke Trinker und leidenschaftliche Liebhaber. Und wir kuscheln gern.«

Gabel schüttelte den Kopf. »Na gut. Es ist nicht total lächerlich.« Er drehte sich um und ging weiter, hielt aber an, als Frank ihm nicht folgte. »Kommst du oder kommst du nicht?«

Frank verschränkte die Arme und nickte gedankenvoll vor sich hin. »Dann sind wir uns einig. Es ist nur lächerlich. Aber nicht total.«

Gabel lächelte gezwungen. »Nein, nicht total.«

»Sehr gut.«

»Also magst du sie?«

»Sei nicht dumm«, antwortete Frank. »Obwohl sie eine schöne Frau ist. Wenn sie eine Ogerin wäre, wäre sie eine gute Frau für einen glücklichen Oger.« Er lächelte wehmütig.

»Tust du doch! Du magst sie!«

»Nein, tu ich nicht.«

»Doch, tust du.«

»Nein, tu ich nicht.«

»Doch, tust du.«

Der Oger senkte seine Stimme zu einem Flüstern. »Na gut. Vielleicht mag ich sie ein bisschen. Aber nur ein kleines bisschen.«

Gabel kicherte. Das Lachen rüttelte an einer gebrochenen Rippe und trieb ihm die Tränen in die Augen. »Was ist so lustig?«, fragte Frank.

Gabel gluckste und ächzte weiter.

Frank fuhr ihn an: »Ich mag sie wirklich nicht so sehr. Eigentlich fast gar nicht.« Er legte einen Finger auf die schmerzende Stelle unter seinem Schlüsselbein, wo Regina ihn geboxt hatte. Im Mondlicht sah es andeutungsweise so aus, als könnte es ein kleiner Bluterguss werden. Er lächelte.

»Aber wenn du darüber nachdenkst, ist es eigentlich gar nicht so lächerlich.«

»Wie auch immer du meinst.« Gabel ging weiter, entschlossen, dass ihn weder gebrochene Knochen noch liebeskranke Oger von einem großen, dunklen Bier fernhalten würden.

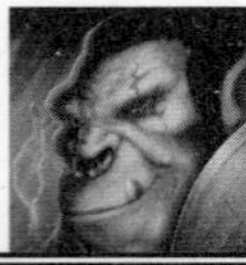

VIERZEHN

Ned schleppte sich zwanzig Minuten vor Sonnenaufgang aus dem Bett. Er war kein Morgenmensch und hätte sich am liebsten umgedreht und weitergeschlafen. Aber er schaffte es irgendwie, sich anzuziehen und sich in den Haupthof zu befördern. Gabel, Regina und Frank warteten bereits auf ihn. Gabel und Frank schienen genauso außer Gefecht gesetzt zu sein wie er, aber Regina, die trotz der trüben Disziplin der Oger-Kompanie ein strenges Regiment einhielt, war eifrig und aufmerksam. Ein Koboldhornist war ebenfalls anwesend. Der kleine Kerl schlief, ausgestreckt auf den harten Pflastersteinen. Ned wollte sich am liebsten neben ihn legen.

Er bemerkte Gabels ernsthaft verletzten Zustand. Sein linker Unterarm war eng bandagiert, außerdem benutzte er eine lange Keule als Gehstock.

»Was ist mit Ihnen passiert?«, fragte Ned.

»Ich bin gestolpert«, sagte Gabel.

»Muss ein ganz schöner Sturz gewesen sein«, sagte Ned.

»Habe schon Schlimmeres erlebt, Sir.«

»Sollen wir anfangen, Sir?«, fragte Regina.

Ned nickte.

Regina trat den schnarchenden Kobold wach. Der Hornist setzte sich auf, rieb sich die Augen, gähnte. Er blieb sitzen, setzte das Horn an die Lippen und blies den Ruf zum Morgenappell. Er spielte die Melodie innerhalb von drei Minuten zu Ende, dann legte er sich sofort wieder schlafen.

Der Hof war leer.

Regina stieß den schlummernden Hornisten noch einmal an. Er wandte sich ihr mit schweren Augenlidern zu.

»Spiel das Signal«, befahl sie.

»Noch mal?«

Sie zog ihn an seinen langen Ohren hoch.

»Schon gut, schon gut.« Er blies noch einmal in sein Horn. Und wieder blieb, als er das Signal beendet hatte, der Hof leer.

Ned verfügte, er solle den Ruf zum Appell wieder und wieder spielen. Zwanzig Minuten später tauchten Soldaten auf. Keiner schien im Geringsten glücklicher, hier zu sein als Ned. Von der Ankunft des ersten Soldaten bis zum letzten dauerte es fünfundvierzig Minuten, aber schließlich stand der Hof voller schlaftrunkener, mürrischer Soldaten. Die wenigsten hatten sich ordentlich angezogen – und auch wenn es stimmte, dass Oger Furcht erregende Wesen waren, schien es doch schwierig, sie in Unterwäsche ernst zu nehmen. Die Soldaten hatten es nicht geschafft, eine korrekte Mannschaftsaufstellung zu bilden und liefen in einem wuselnden Mob umher.

»Blasen Sie Achtung«, sagte Ned dem Hornisten.

Der Kobold hob das Instrument an die Lippen, aber nach kurzem Zögern senkte er es wieder. »Wie geht das? Ich hab's vergessen.«

Ned kramte in seiner Erinnerung. Es war auch bei ihm eine Weile her, seit er es zum letzten Mal gehört hatte. »Ich glaube, es geht da-da-da-dam, da-dam, da-dam, dam-dam-da-di.«

»Verzeihen Sie, Sir, aber das ist die Demissionsmelodie«,

sagte Frank. »Achtung hat mehr *Katsching*. Da-di-da-di, dam-dam-di-dam, di-di, glaube ich.«

»Ich dachte, es wäre mehr wie di-di-di-di, dam-dam-di, di-di-do«, sagte Gabel.

»Ihr habt beide Unrecht«, widersprach Regina. »Es geht dam-dam-di-di, dam-dam-di-dam.«

»Das ist eher der orkische Hochzeitsmarsch«, sagte Gabel. »Achtung hat mehr *Rumsda*.«

»Was ist *Rumsda*?«, fragte Frank.

»Es ist die Hälfte von *Katsching*. Und ungefähr drei Viertel mehr *Badatz*.«

»Der Achtung-Ruf hat kein *Badatz*«, sagte Regina, »und wenn ihr mich fragt, übertreibt er es schon etwas mit dem *Katsching*.«

Der beleidigte Hornist sagte störrisch: »Mein *Katsching* ist immer auf den Punkt, wie ich Ihnen mitteilen möchte. Mein *Badatz* ist nahezu perfekt. Ich gestehe Ihnen zu, dass mein *Rumsda* nicht immer auf Kurs ist, aber ich würde sagen, wir brauchen hier einen Hauch mehr *Tschibäng* und eine gute Portion *Zing*. Ich könnte auch noch ein bisschen *Wawawa* einfließen lassen. Das schadet nie.«

»*Wawawa* hat in seriöser Militärmusik nichts zu suchen«, sagte Regina.

»Ja«, stimmte Gabel zu. »Bleiben Sie einfach beim *Katsching*.«

»Auch kein *Tschibäng*?«, fragte der Hornist.

»Ich glaube, ein bisschen *Tschibäng* können Sie dazugeben«, sagte Gabel, »aber wenn ich auch nur einen Ton *Wawawa* höre, lasse ich Sie in den Bau werfen.«

Obwohl sie klein war, bestand die knochige Brust des Hornisten hauptsächlich aus Lungen, und so entfesselte er eine lange Druckwelle musikalischer Improvisation. Die misstönende Melodie füllte die ganze Zitadelle. Die Orks und Kobolde nickten anerkennend im Takt, während sich alle anderen die Ohren zuhielten. Der kraftvolle Schall schwebte bis hinüber zu den Rochumzäunungen, wo die riesigen Vögel in heller Panik aufeinander einhackten. Versunken in seine Darbietung spielte der Hornist weiter, bis Ned den Befehl gab aufzuhören und Regina ihm sein Instrument entriss.

Der schweißgebadete Hornist schnappte nach Luft. »Wie war das?«

»Zu viel *Zzuuup*«, sagte Frank.

»Nicht genug *Zing*«, fügte Gabel hinzu.

»Kein bisschen *Bop*«, sagte Regina.

Der Kobold schnappte sich sein Signalhorn. »Jeder glaubt immer, dass er es besser kann.«

Ned begutachtete seine Kompanie. Die Hälfte fletschte in ihren ausgezehrten Gesichtern die Zähne. Die andere Hälfte schnitt Grimassen. Der schlechteste Soldat hier konnte ihn töten, und er wusste es. Jeder dieser Oger konnte seinen Schädel in einer Hand zerquetschen. Und jeder Ork oder Mensch konnte ihm kaltes Stahl durchs Herz treiben. Selbst der geringste, tollpatschigste, betrunkenste Kobold, bewaffnet mit einem gefrorenen Stör und genug Motivation, konnte eine ernsthafte Gefahr darstellen. Er war schon einmal unter der verdorbenen Flunder eines stinksauren Gnoms gestorben, und noch einmal so abzutreten wäre einfach peinlich. Aber er hatte sich inzwischen an Peinlichkeiten gewöhnt, vor allem im Tod. Also ignorierte er das Meer mordlustiger Augen.

Er war kein guter Redner, und seinen Mund zu öffnen, würde ihm nur Ärger einbringen. Er war einigermaßen froh, dass er die Morgenansprache an jemand anders delegieren und einfach danebenstehen und sein Bestes tun konnte, um so auszusehen, als kommandiere er. Er starrte hauptsächlich auf seine Stiefel und vermied die wütenden Blicke seiner tödlichen Truppe.

Gabel trat vor und ließ seinen Blick eine volle Minute lang mit unverhohlener Verachtung über die Kompanie schweifen. Dann brüllte er los.

»Viel zu lang hat die Oger-Kompanie unter lockerer Disziplin gelitten! Das hört jetzt auf! Die Unmenschliche Legion ist die größte unabhängige Armee auf drei Kontinenten und ihr – jeder von euch – seid ein Mitglied dieser Armee! Es ist Zeit für jeden von uns, diese Verantwortung ernst zu nehmen! Euer Sold ist mit gewissen Erwartungen verbunden! Von heute an werdet ihr diesen Erwartungen gerecht werden! Nein, ihr werdet sie noch übertreffen! Ihr werdet bei Sonnenaufgang aufstehen! Ihr werdet trainieren! Ihr werdet schwitzen und schreien und euch selbst an eure körperlichen und geistigen Grenzen bringen, bis ihr nicht mehr könnt! Ihr werdet, wenn Ned mit euch fertig ist, Blasen auf den Augäpfeln haben und Narben unter den Fingernägeln!« Seine Stimme sank zu einem sanfteren Gebrüll herab. »Ihr werdet um Gnade winseln, aber er wird euch nichts als seinen Stiefelabsatz spüren lassen!«

Ned wünschte, er hätte Gabels Rede vorher überprüft. Jetzt war es zu spät, ihn zu unterbrechen, aber er versuchte, sich zu räuspern, um Gabel zu signalisieren, dass er sie abschwächen sollte. Gabel war allerdings allzu vertieft in sein eigenes Geschrei, um es zu bemerken.

»Ihr seid alle wertlos! Wertlos, fett und faul! Dumm und wertlos und fett und faul und außerdem erbärmlich! Kommandeur Ned wird das nicht länger dulden! Er wird sehen, wie ihr euch in die beste Kampfeinheit dieser Armee verwandelt! Viele von euch werden es nicht schaffen! Vermutlich werden einige von euch dabei sogar umkommen! Und die Überlebenden werden diese glücklichen toten Bastarde beneiden!«

Ned zuckte innerlich. Er fing selbst schon an, die Toten zu beneiden. Mehr als üblich. Er räusperte sich noch einmal, aber Gabel schenkte ihm keine Beachtung.

»Und am Schluss werdet ihr Kommandeur Ned hassen! Ihr werdet ihn verachten wie keinen anderen! Weil er euch verachtet! Er ist empört über eure Schwäche, eure Unfähigkeit, euren armseligen Charakter! Ihr macht ihn krank! Jeder Mann hier erfüllt ihn mit angewidertem Ekel! Bei eurem bloßen Anblick muss er fast kotzen!«

Gabel setzte dies mit einer langen Folge abwechslungsreicher und anschaulicher Erkenntnisse fort. Er stellte sicher, dass er die traditionellen Verunglimpfungen jeder anwesenden Rasse einbezog. Er setzte die Liebe der Oger zu ihren Müttern herab und die Fähigkeit der Orks, auf Entfernung zu urinieren. Er merkte den Mangel an effizienten Regierungen der Menschen an und das Talent der Kobolde, sinnlos zu sterben. Er warf sogar aus dem Stegreif ein paar Bemerkungen über geschrumpfte Genitalien ein, was die wenigen Elfen der Kompanie außerordentlich ärgerte. Nach ungefähr zwei Minuten rannte Ned zu ihm hinüber und brach Gabels Rede endlich ab. »Vielen Dank. Das genügt vollkommen.«

»Ja, Sir.« Gabel salutierte. »Habe nur versucht, diesen schändlichen Kretins, diesen vollkommen nutzlosen Tölpeln ein bisschen Respekt beizubringen!«

Ein einziges hörbares Knurren stieg von der gesamten Kompanie auf. Es echote durch den Hof und bohrte sich in Neds schlagende Brust. Die Rote Frau würde in den nächsten Tagen sehr beschäftigt sein. Er wich an Franks Seite zurück. Bei dem riesenhaften Oger fühlte er sich am sichersten, obwohl nicht einmal Frank die gesamte aufgebrachte Kompanie aufhalten konnte.

In der ersten Reihe des Mobs hob Totengräber Ralph die Hand. Gabel stolzierte vor und der kleine Ork brüllte in Ralphs Bauchnabel. Näher kam er nicht an das Gesicht des Ogers heran.

»Entschuldigen Sie, Gefreiter! Habe ich nach Ihrer Meinung gefragt? Hat Ihr knallharter, grausamer Kommandeur angedeutet, dass ihn tatsächlich interessiert, was Sie denken, dass er sich auch nur im Geringsten um die schäbigen, wertlosen Gedanken schert, die durch Ihren dummen Schädel schwirren? Denn ich kann Ihnen versichern: Das tut er nicht!«

Ned trat vor und schob Gabel höflich beiseite.

»Ja, Gefreiter?«, fragte Ned. »Um was geht es?«

»Ich denke, dieses Training wäre Zeitverschwendung, Sir.«

»Was fällt dir ein, du fauler Hund!«, brüllte Gabel.

Ned zog Gabel beiseite und flüsterte: »Danke, Offizier. Gute Arbeit. Ich kümmere mich um den Rest.«

Gabel salutierte und nahm seinen Platz in der Reihe der anderen ranghohen Offiziere ein.

»Sehr subtil«, murmelte Frank. »Warum stopfst du ihn nicht einfach mit Süßigkeiten voll, hängst ihn an den Knöcheln auf und gibst der Kompanie Axtgriffe?«

»Ich weiß nicht, wovon du redest.« Gabel gluckste. »Ich mache nur meine Arbeit.«

Ned lächelte so breit wie möglich. »Bitte fahren Sie fort, Gefreiter.«

»Ich sage nicht, dass die anderen nicht ein bisschen Drill nötig hätten. Aber Oger müssen eigentlich kaum trainieren. Wir sind schon von Natur aus besser als alle anderen.«

Die Oger grunzten zustimmend, während die Nicht-Oger missbilligend murrten.

Ein narbenübersäter Ork in der vorderen Reihe spuckte. »Warum glaubst du, dass du besser bist als ich?«

Ralph kicherte. »Ach, komm schon. Das ist doch offensichtlich, oder?«

Ein Kobold sagte: »Nur weil du größer bist als wir, macht dich das noch nicht zu einem besseren Soldaten.«

Ein Mensch in der Menge rief: »Was für ein Haufen Erpelscheiße! Ihr Oger haltet euch immer für wer weiß was! Das macht mich krank! Deine Haut ist nicht dick genug, um eine Speerspitze abzuwehren. Vor allem, wenn ich sie in deinen Arsch schiebe!«

»Große Töne von einem dünnknochigen Kümmerling!«, schrie ein Oger zurück.

Wolken von Feindseligkeit stiegen von dem Mob auf. Obwohl Ned zu schätzen wusste, dass sich die Wut nicht länger gegen ihn richtete, gefiel ihm nicht, wohin das Ganze steuerte.

»Jeder weiß, dass ein Oger auf dem Schlachtfeld fünfzehn Menschen wert ist!«, sagte ein Oger.

»Eher fünfundzwanzig!«, fügte ein anderer hinzu.

»Und zehn Orks!«, sagte Ralph. »Und fünfzig Kobolde!«

Ein Aufgebot an Kobolden näherte sich ihm. An ihrer Spitze erkannte Ned Seamus, den Gestaltwandler.

»Jetzt warte mal eine Minute«, sagte Seamus. »Da ist noch mehr, was einen guten Soldaten ausmacht. Nicht bloß die Größe.«

Ralph schnappte Seamus mit einer Hand. »Ich habe Flöhe am Arsch, die größer sind als du.«

Ned rief in seinem strengsten Kommandeurston: »Diese Art von Gerede ist nicht nötig, Gefreiter.«

Von irgendwo in der Mitte des Mobs rief Elmer das Baumwesen: »Oger, Orks, Kobolde, pah! Ihr seid alle nur Fleischis!«

»Zumindest können wir an einem Lagerfeuer sitzen«, rief jemand anders.

Ned schrie, was seine Lungen hergaben: »Haltet alle den Mund!«

Sehr zu seiner Überraschung wurde die Kompanie still.

Ein paar unbehagliche Augenblicke später ließ sich Ralph vernehmen: »Ich sage nur die Wahrheit.« Er grinste Seamus, den er immer noch in seiner Hand umklammert hielt, selbstgefällig an. »Ihr Pech, wenn sie nicht damit umgehen können.«

»Das Problem, wenn man der Größte ist«, sagte Seamus und atmete tief ein, »ist, dass es immer jemanden gibt, der noch größer ist.«

Ein roter Rauchblitz explodierte um ihn und Ralph herum. Die Wolke löste sich auf und enthüllte einen vier Meter großen Zyklopen mit wulstigen Muskeln und Fäusten von der Größe eines Ogerschenkels. Seamus hielt Ralph an einem Arm in die Luft.

Ralph schluckte. »Ich wusste nicht, dass du so etwas Großes werden kannst.«

Seamus sprach mit der dröhnenden Resonanz seiner neuen Gestalt. »Mir wird in fünfzehn Minuten alles höllisch weh tun.« Er holte mit einer massiven Faust aus. »Aber ich werde nicht der Einzige sein.«

Seamus führte einen kraftvollen Aufwärtshaken aus und Ralph segelte in den Mob. Noch bevor Ralph den Boden berührte, hatten mehrere Oger Seamus angegriffen. Er taumelte rückwärts in die Menge und kollidierte mit den Soldaten um ihn herum. Ein fetter Ork stolperte und stieß mit einem hochgewachsenen Elf an den Köpfen zusammen. Der Elf fiel zu Boden, aber nicht, ohne einem Kobold mit einem rudernden Arm einen Schlag zu versetzen. Der Kobold versenkte in fehlgeleiteter Vergeltung seine scharfen Zähne in den Schenkel eines Trolls. Einige andere Kobolde, getrieben von Rassenloyalität, stürzten sich auf den aufschreienden Troll, der sich brüllend und taumelnd umdrehte. Bei seinen Versuchen, die schnappenden Plagegeister loszuwerden, wand er sich durch die Menge und streckte jeden in der Nähe nieder. Bald schwappte eine Flutwelle von Raserei durch den Mob und innerhalb von Sekunden war die Prügelei in vollem Gang.

»Rührt euch, Männer!«, schrie Ned.

Das erboste Gebrüll verschluckte seinen Befehl, aber selbst wenn er gehört worden wäre, hätte man ihn ignoriert. Dieser spezielle Kampf hatte sich seit langer, langer Zeit zusammengebraut. Es hatte nichts mit Konflikten zwischen Spezies zu tun. Die Oger-Kompanie hatte viele Jahre lang keine Schlacht gesehen, so dass fünfhundert gereizte, ruhelose Soldaten auf einen Kampf warteten.

Zunächst verliefen die Kampflinien entlang der Rassenlinien. Orks kämpften gegen Menschen. Menschen kämpften gegen Kobolde. Kobolde kämpften gegen Oger. Alle verprügelten die Elfen. Doch das löste sich schnell auf und jeder schlug auf alles ein, was sich in Reichweite befand. Es war ein glücklicher Umstand, dass niemand ordentlich bewaffnet war, sonst wäre die Erde der Zitadelle blutgetränkt gewesen. Aber niemand kämpfte, um zu töten, und die einzigen Todesopfer waren ein paar Dutzend Kobolde, die zertrampelt wurden, worüber sich niemand groß Gedanken machte.

Nachdem ihm nicht nur einmal, sondern zweimal von einem fliegenden Kobold beinahe der Kopf abgerissen wurde, gab Ned das Befehlen auf und ließ sie einfach machen. Er zog sich in eine sichere Entfernung neben seine Offiziere zurück.

Dann beobachtete er den Tumult mit beiläufiger Faszination. »Das hätte besser laufen können.«

Regina legte ihm eine Hand auf die Schulter. »Sie müssen es so sehen, Sir. Zumindest trainieren sie.«

»Danke, Erzmajor. Das ist auch schon etwas, denke ich.«

»Bitte, Sir«, sagte sie, »ich heiße Regina. Ich bestehe darauf.«

Er lächelte sie an und sie lächelte zurück.

Mit finsterem Blick ballte Frank seine Fäuste. Ein Verlangen, Ned zu schnappen und ihm die Arme und Beine auszureißen, kam über ihn. Statt das zu tun, watete er jedoch in das Handgemenge hinein und fing an, eine Schneise der Zerstörung zu schlagen.

Ned blickte tief in Reginas dunkle Augen und sie in seine. Sie war schön, stellte er plötzlich fest. Bevor er irgendetwas anderes denken konnte, wurde er von einem durch die Luft fliegenden Kobold-Hornisten von den Beinen geholt.

»Tut mir leid, Sir«, entschuldigte sich der Hornist bei seinem benommenen Kommandeur. Er setzte sein Horn an die Lippen, blies zum Angriff und stürmte zurück in den Kampf.

Regina beugte sich auf ein Knie herab, um Ned aufzuhelfen. »Alles in Ordnung, Sir?«

»Mir geht es gut.« Er sah hinauf in ihre dunklen Augen. Als sich sein Blick klärte, stach ihm abermals ihre Schönheit ins Auge. Sie war ziemlich umwerfend. Er bevorzugte Rothaarige, aber man konnte ihre Attraktivität nicht verleugnen. Vor allem jetzt, da sie lächelte.

»Erlauben Sie, Sir.« Sie hievte ihn spielend auf die Füße und ihm fiel nicht zum ersten Mal auf, dass sie fast zehn Zentimeter größer war als er.

»Bitte, Regina, nennen Sie mich Ned.«

»Wenn Sie darauf bestehen, Sir.«

»Das tue ich.«

Immer noch hielt sie seinen Arm. Es bedeutete nicht viel für ihn, aber sie hatte noch nie so lange den Arm eines Mannes gehalten, ohne zu versuchen, ihn zu brechen. Frank, mitten in der Schlägerei, schleuderte noch einmal absichtlich einen Kobold nach Ned, doch ein Ork sprang auf Franks Rücken und lenkte seinen Wurf ab. Das kreischende grüne Wurfgeschoss flog in hohem Bogen über Neds Kopf hinweg und krachte gegen eine Wand. Der Ork folgte kurz darauf.

Owens näherte sich, den linken Arm in einer Schiene.

»Wie geht es Ihrem Arm?«, fragte Ned.

»Nicht schlecht, Sir. Nur eine Verstauchung. Bis zum Ende der Woche ist er wieder so gut wie neu.«

»Entschuldigen Sie bitte noch einmal.«

»Machen Sie sich keine Sorgen, Sir. Unfälle passieren.«

»Warum sind Sie zum Morgenappell so spät dran?«, fragte Regina.

»Ich wollte nicht hier sein, wenn der Kampf ausbricht.«

»Sie haben davon gewusst?«, fragte Ned.

»Ich hatte so eine Ahnung.« Owens deutete auf sein Ohr. »Hab's letzte Nacht gehört.«

»Sie hätten uns warnen können«, sagte Gabel.

»Das hatte ich vor. War aber nicht sicher, wann genau es passieren würde. Und dann hab ich's vergessen.«

Ned beschloss, dass das Einzige, was schlimmer war als ein Orakel, das die Zukunft nicht sehen konnte, ein zerstreuter Prophet war.

»Haben Sie eine Ahnung, wann es enden wird?«, fragte Ned.

»Mein Blick in die Zukunft ist selten so genau«, erklärte Owens. »Manchmal höre ich ein paar Sekunden in die Zukunft. In anderen Momenten können es Tage oder Monate oder sogar Jahre sein. Jahrhunderte von Zeit zu Zeit. Es ist nicht leicht, es genau zu bestimmen.«

Ned, der sich an Owens Talent, unausgesprochene Fragen zu beantworten, gewöhnt hatte, fragte im Geiste: Wie kommen Sie mit all diesen Informationen zurecht?

»Es ist kompliziert, Sir«, antwortete Owens. »Ist vermutlich der Grund, warum so viele vom Orakelprojekt verrückt geworden sind. Neun von zehn endeten vollkommen wahnsinnig. Der Rest tendierte zu Überspanntheit. Ich hatte das Glück, vermieden zu haben ...« Seine Stimme verlor sich und ein dämliches Grinsen breitete sich über sein Gesicht aus.

Ned wedelte mit den Händen vor Owens milchigen Augen herum, dann wurde ihm die Sinnlosigkeit des Tests bewusst. Er nahm Owens an der Schulter und schüttelte ihn. Owens fuhr fort, verträumt zu starren. Ned wandte seine Aufmerksamkeit wieder dem Tumult zu und ließ Owens sortieren, was auch immer er an außergewöhnlichen Eingebungen gerade empfing.

»Ich denke, wir sollten es beenden, bevor jemand ernsthaft verletzt wird«, sagte er.

»Ja, Sir«, stimmte Gabel zu. »Nur wie sollen wir das Ihrer Meinung nach anstellen?«

Ned studierte das Meer von eskalierender Gewalt, das sich vor ihm ausbreitete. Dreihundert wütende Oger bedeuteten definitiv Ärger. Er fragte sich, ob ihr Blutdurst abebben würde, wenn sie erst einmal mit den anderen Soldaten fertig waren. Er hielt Oger nicht für dumm. Nun ja, er hielt sie jedenfalls nicht für außergewöhnlich dumm. Nicht dümmer als die meisten anderen, obwohl Ned eine allgemein schlechte Meinung von der durchschnittlichen Intelligenz der Soldaten der Unmenschlichen Legion im Besonderen und der Zivilisten der Welt im Allgemeinen hatte.

Miriam schob sich sachte zwischen Ned und Regina. Regina bewegte sich so wenig wie unbedingt nötig war, um der Sirene Platz zu machen.

»Wenn Sie erlauben, Sir«, sagte Miriam.

»Können Sie mit so vielen Männern umgehen?«, fragte Gabel.

Mit halb geschlossenen Augen warf Miriam einen Blick zurück. Die großen, schwarzen Augen fielen Ned als überraschend schön auf. Sie fingen das Morgenlicht ein und hielten es in schimmernden Tiefen fest. Dasselbe Licht funkelte als himmlisches Glühen auf ihren Schuppen.

»Oh, ich bin sicher, unsere liebe Miriam hat noch viel mehr Männer als diese hier in einer Sitzung bewältigt.« Reginas Stimme brodelte vor gefrorener Säure. Alle bemerkten es, bis auf Ned, dem es ziemlich neu war, überhaupt irgendetwas zu bemerken.

»Wir können die Männer nicht alle mit solch bewundernswerter Unbeugsamkeit verachten«, sagte Miriam.

Gabel kicherte. Hinter ihrem Rücken zog Regina den Dolch. Ein Amazonen-Kleinkind konnte die Klinge in Miriams ungeschützte Kehle schleudern. Wesentlich kreativere Ziele gingen dagegen Regina durch den Kopf. Bevor sie die qualvollste Stelle wählen konnte, in die sie ihren Dolch versenken wollte, bewegte sich Ned einen Schritt nach links und in die Schusslinie. Sie dachte trotzdem daran, einen Wurf zu riskieren. Sie war eine exzellente Schützin, und Ned würde einfach wiederkommen, wenn sie ihn versehentlich tötete. Vermutlich wäre er trotzdem aufgebracht, und ihre Zeit in der Unmenschlichen Legion hatte sie die Vorzüge der Geduld gelehrt. Sie konnte Miriam immer noch später töten. Da war sie ganz zuversichtlich.

Die Sirene wandte sich der Prügelei zu, schloss die Augen und stellte ihre verzauberte Stimme ein. Ihre Lippen öffneten sich und sandten ein sanftes Summen über den Hof. Zu leise, um hörbar zu sein, vibrierte das Summen in der Luft und die Soldaten der Oger-Kompanie fuhren mit kaum weniger Enthusiasmus fort, sich gegenseitig zu Brei zu schlagen.

Sie war nicht so überzeugt, wie sie vorgegeben hatte. Vorher hatte sie bereits Dutzende bezaubert, aber nie eine so große Menge. Es war genug Feindseligkeit und Frustration vorhanden, um jeden schwächeren Zauber, der über dem Publikum vergossen wurde, zu verschlingen. Ein einziger falsch getroffener hoher Ton oder Konzentrationsfehler konnte die ganze Sache vermasseln. Sie war nicht sicher, ob sie in der Lage dazu war, doch es gab nur einen Weg, das herauszufinden.

Sie sang. Ihre Stimme tanzte eine zarte, kristalline Melodie. Sie wob ihren Zauber eine volle Minute lang ohne besonderen Effekt und war kurz davor aufzugeben, als der Wind, verlockt von ihrer übernatürlichen Arie, sie in seiner liebenden Umarmung vom Boden hob. Die Sonne liebkoste sie sanft mit ihren warmen, freundlichen Strahlen, während die nahen Blumen sich selbst entwurzelten und näher kamen, um sie besser hören zu können. Dadurch angespornt, sang Miriam lauter. Einer nach dem anderen hörten die Soldaten mit ihrer Schlägerei auf. Sie senkten die Fäuste und ein breites, dümmliches Grinsen breitete sich über ihre Gesichter aus. Dieselbe Art Grinsen, die Owens grinste.

Die Kobolde bekamen, weil sie immun waren, die Chance, ein paar billige Schläge auf ihre hilflosen Gegner zu landen. Aber sie verloren schnell das Interesse. Es machte keinen besonderen Spaß, die Zähne in Fersen von Feinden zu versenken, die einfach nur dastanden und grinsten. Selbst Tritte in die Genitalien, die die Soldaten auf die Knie sinken ließen, ohne das Lächeln von ihren Gesichtern zu tilgen, verloren viel von ihrer befriedigenden Wirkung.

Auch Ned spürte die Magie, aber Miriam hatte absichtlich vermieden, ihn zu verzaubern. Sie konnte ihn nicht von dem gesamten Zauber abschirmen, aber er blieb relativ unbetört. Er neigte nur leicht den Kopf, lächelte sanft und fühlte sich ziemlich angenehm. In diesem Augenblick war Miriam in seinen Augen eine zierliche Schönheit mit rabenschwarzen Haaren – eine Frau, die er nie getroffen hatte, die vielleicht nicht einmal existierte, höchstens als eine Brunnenstatue, die er einmal gesehen hatte. »Wie schön.«

Regina blickte finster drein. »Ich habe schon Besseres gehört.«

Den Gesang zu beenden würde der schwierigste Teil werden. Einfach mit dem Singen aufzuhören, würde die Feindseligkeit nur umso stärker ausbrechen lassen. Miriam musste diese Aggression zerstreuen. Sie ließ sich Zeit, sie zu demontieren, obwohl die anstrengende Melodie ihre Stimme belastete. Es dauerte noch einmal zwei Minuten. Langsam verhallte ihre Melodie, wurde weicher und weicher. Der Wind setzte sie wieder ab. Die Sonne widmete ihr keine besondere Aufmerksamkeit mehr. Und die Blumen verloren das Interesse weit genug, um zurück in ihre Ritzen zwischen den Pflastersteinen zu huschen. Sie erwartete beinahe, dass die Prügelei von Neuem losging, als ihre Stimme schließlich mit einem rauen Knacks ausfiel. Stattdessen standen die Soldaten in einem Rest von Betäubung herum.

Ned begutachtete seine Truppen. Er fühlte sich großartig, und ihnen ging es ebenso, wenn man nach ihren Gesichtsausdrücken urteilte. Er entließ sie, während die Glücksgefühle anhielten. Die Soldaten zerstreuten sich in milder, jedoch harmloser Stumpfheit.

Miriam, die nicht mehr sang, sah wieder aus wie sie selbst, war aber nicht weniger schön.

»Hervorragende Arbeit, Offizier.«

Die Belastung des magischen Gesangs hatte ihre Stimme auf ein Flüstern reduziert. »Danke, Sir.«

»Bitte, nennen Sie mich Ned«, sagte er. »Darf ich Sie zu einem Glas einladen?«

»Es wäre mir eine Ehre, Ned.«

»Die Ehre ist ganz meinerseits.«

Sie machten sich auf den Weg zum Pub und ließen Regina, Gabel und Frank zurück. Miriam warf einen Blick über die Schulter, um in Richtung der Amazone mit den Wimpern zu klimpern. Die Wimpern waren viel zu lang und zu dunkel, um in dieses schuppige Gesicht zu gehören, grübelte Regina.

»Ist sie nicht großartig?«, sagte Frank über die Sirene.

»Außerordentlich«, stimmte Gabel verträumt zu.

»Ihr Idioten«, sagte Regina, »ihr seid bezaubert worden.«

»Allerdings«, sagte Frank.

»Bezaubert von solch hinreißender Anmut und Grazie«, sagte Gabel.

Beide seufzten sehnsüchtig.

Zwei vorbeikommende Kobolde waren anderer Meinung: »Ach, so toll ist sie gar nicht«, sagte der Erste.

Es war nett, dass irgendwer noch alle Sinne beisammen hatte, dachte Regina.

»O ja«, stimmte der Zweite zu, »zieh die magische Stimme ab, und was bleibt dann übrig? Nichts als eine sexuell abenteuerlustige, exotische Verführerin.«

»Mit einem tollen Arsch«, sagte der Erste.

»Und geschmeidig ist sie auch«, sagte der Zweite, als sie außer Hörweite gingen.

Regina knurrte, rau und guttural, wie eine wütende Bergkatze. Sie hatte diesen Kampf zwar verloren, aber sie war entschlossen, nicht auch den Krieg zu verlieren. Weder ihr aufkeimendes sexuelles Verlangen noch das konkurrenzbetonte Amazonentraining ließen diese Möglichkeit zu.

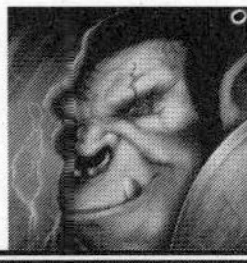

FÜNFZEHN

Die Eiserne Festung des Dämonenimperators Rucka war seltsamerweise aus Stein gebaut. In Ruckas Ohren klang »Eisen« jedoch unheilvoller als »Stein«. Und da er der mächtigste Dämon aller Zehntausend Höllen war, gab es niemanden, der die Exaktheit dieses Namens bestreiten wollte. Ungeachtet ihres irrigen Namens war Ruckas Festung in der Tat eine Furcht einflößende Residenz. Aus schwärzestem Obsidian gehauen, geschmückt mit glitzernden Jadezinnen und verziert mit Dutzenden von Furcht erregenden Wasserspeiern, die aufgereiht waren, um auf jede ängstliche Kreatur unter ihnen herabzugrinsen. Die Festung war für eine Festung nicht sehr groß, ihre Verteidigung aber war gewaltig, ihre Infamie Ehrfurcht gebietend und ihre Bewohner unvorstellbar. Sie war außerdem schneller als jede andere wandernde Zitadelle und umherstreifende Festung des Kontinents, auch wenn das zugegebenermaßen nur eine sehr kleine Gruppe darstellte.

Die Eiserne Festung hatte nur einmal verloren, als sie deutlich von einer galoppierenden Hütte abgehängt worden war. Die Niederlage kratzte an Ruckas Stolz, und wenn ihm diese Hütte jemals wieder unter die Vielzahl seiner Augen kommen sollte, beabsichtigte er, sie niederzubrennen und vom Erdboden zu tilgen. Doch die Hütte und ihre Hexe waren weise davongeflitzt, bevor er die Gelegenheit dazu bekam, und der Dämon hatte Wichtigeres zu tun als sich mit seinem angeschlagenen Stolz zu beschäftigen. Diese wichtigeren Angelegenheiten ließen Rucka rastlos werden, und weil er seine Mauern nicht verlassen konnte, ging die Eiserne Festung mitfühlend auf und ab.

Momentan stampfte sie mit langen, erderschütternden Schritten durch einen üppigen Wald und hinterließ tiefe Krater und Staubwolken in ihrem Kielwasser. Von Zeit zu Zeit zermalmte sie mit beiläufigem Desinteresse ein Dorf, was Rucka nicht im Geringsten störte, bis auf die Unannehmlichkeit, jede zweite Woche anhalten zu müssen, um die zermatschten Bauern zwischen den Zehen der Festung entfernen zu lassen.

In der Zwischenzeit wartete er auf Neuigkeiten von seinen Kundschaftern, damit er seine Horde auf die Erde loslassen konnte, um das Eine und Einzige zu beanspruchen, das er brauchte. An diesem Nachmittag trödelte er in seinem Harem-Zimmer herum, umrundet von einundfünfzig anbetenden Sukkubi. Und er blickte aus dem Fenster hinunter auf die Welt, die er eines Tages in Schutt und Asche sehen würde. Er musste sich auf einen Hocker stellen, um die Aussicht zu genießen, denn Rucka war genau achtundvierzig Zentimeter groß.

Er war auf den ersten Blick kein besonders Furcht einflößender Dämon. Untersetzt und violett, mit drei schwarzen Hörnern, vier grauen Flügeln, vier Armen und einem sehr, sehr langen Schwanz. Er war übersät mit Augen, jedes von unterschiedlicher Form und Farbe. Sie breiteten sich von seinem Gesicht hinunter aus, über seine Brust und den Rücken und seine Gliedmaßen entlang. Wenn Rucka zwinkerte, kratzten seine Lider hörbar über seine trockenen Augen, und diejenigen, die ihn kannten, zitterten bei diesem Geräusch.

»Was ist los, Schätzchen?«, fragte ein schwarzhaariger Dämon. Sie war einer seiner Lieblinge, obwohl er keine Lust hatte, sich ihren Namen zu merken. Oder überhaupt irgendeinen Namen. Er rief seine Lakaien einfach wahllos bei dem Namen, der ihm gerade einfiel, und sollten sie nicht antworten, vernichtete er sie normalerweise dieser Anmaßung wegen sofort.

»Nichts.«

»Komm her, Mama macht es wieder gut.«

Sie nahm ihn in den Arm und wiegte ihn wie ein verschwollenes, deformiertes Kind an ihrem üppigen, sich hebenden Busen. Dieser spezielle Sukkubus hatte ein besonderes Talent zum Busenheben, und er lächelte trotz seiner Missstimmung.

»Was ist los?« Sie stupste ihn spielerisch in den Bauch. Das rote Auge, das dort saß, wo sein Bauchnabel hätte sein sollen, blinzelte und tränte. Und Rucka kicherte.

»Was ist wohl immer los?«, antwortete er.

»Krieg«, gurrte ein blonder Dämon, der ein besonderes Talent dazu hatte, seine Gespräche zu gurren. »Immer der Krieg.«

»Aber du hast gewonnen. Oder nicht, Schatz?«, fragte seine dunkelhaarige Favoritin.

»Ich gewinne. Ich habe nicht gewonnen.«

»Es ist nur eine Frage der Zeit, mein Liebling«, tröstete ihn eine Konkubine mit orangefarbener Haut.

Rucka sprang auf die Füße. Seine vielen Augen strahlten Bosheit aus, also versuchte die Konkubine, sich zu entschuldigen. Bevor die Worte ihren Mund verlassen konnten, schnippte er mit den Fingern und sie löste sich in eine faulige Pfütze auf.

»Zeit habe ich genug. Es ist die Geduld, die mir fehlt.«

Seine restlichen Konkubinen zögerten. Dann sprach die

Favoritin: »Wie viele noch, mein lieber, lieber Herr? Wie viele brauchst du noch?«

Sein Blick schweifte über sie hinweg, er war nur eine Geste davon entfernt, sie auszulöschen, als er noch einmal darüber nachdachte. Rucka hatte eine besondere Vorliebe für sich hebende Brüste – und sie hob die ihren klugerweise so hoch wie nie zuvor.

Alle seine Augen brannten und glommen hungrig. Schwarze Wolken erstickten die Luft seines Harem-Zimmers, und seine dämonischen Geliebten, obwohl an rußige Luft gewöhnt, würgten.

»Einen.«

Rucka schlug mit den Flügeln und der Rauch sauste durch das Fenster und brauste schreiend in die Atmosphäre, wo er einen Entenschwarm verschlang – samt Federn, Knochen und allem, was dazugehörte.

Der Dämonenkönig seufzte. Sein Ärger war für den Augenblick verflogen, aber er würde schnell genug wiederkommen. Er ließ sich in einen Hügel von Kissen fallen, die aus der weichen Haut von adligen Elfen zusammengenäht waren. Seine Konkubinen scharten sich um ihn. Seine Favoritin streichelte seine Hörner und flüsterte ihm süße Blasphemien ins Ohr, um ihn ruhig zu halten. Niemand wollte einen übellaunigen Dämonenimperator, vor allem seine Lakaien nicht.

Die Zimmertüren öffneten sich weit und mehrere stachelige Teufelchen krochen auf Händen und Knien herein, die Köpfe gesenkt, die Nasen auf dem Boden schleifend. Rucka war gerade gut genug gelaunt, um sie nicht auf der Stelle für diese Störung zu vernichten.

»Wir erflehen eure Vergebung, oh verfluchte und erbarmungslose Majestät.«

Rucka schob seinen Harem beiseite. Seine Augen verdunkelten sich, die winzigen Klauen tropften Gift auf den blanken Boden. Die Eiserne Festung zitterte ärgerlich. »Ich hoffe für euch, dass es wichtig ist. Euer Tod soll qualvoll sein.«

Die Teufelchen krochen zur Seite und ein Eisdämon kam herein. Er kniete vor seinem Herrn nieder, und die Neuigkeiten, die er brachte, waren von solcher Wichtigkeit, dass Rucka, sehr zur allgemeinen Überraschung – inklusive seiner eigenen – niemanden vernichtete. Allerdings verstümmelte er ein paar Teufelchen, um in Übung zu bleiben.

Und die Eiserne Festung hörte auf, ziellos umherzuirren und schritt mit unerbittlicher Entschlossenheit in Richtung Kupferzitadelle.

Beloks Festung bewegte sich nicht. Sie blieb fest auf einer unzugänglichen Bergspitze stehen. Sie hatte bessere Tage gesehen. Einst war sie von magischen Artefakten und fantastischen Kreaturen übergequollen, sein Fluch aber erforderte nun deren Verlegung in den dunklen, feuchten Keller, weit von dem hohen Turm entfernt, auf dem Belok schmollte.

Der Zauberer verbrachte einen Großteil seiner Zeit mit Schmollen. Wenn er nicht gerade die Welt nach Objekten mit alten Mächten durchkämmte, sich vergeblich mühend, die Rote Frau dazu zu bringen, ihre Geheimnisse zu verraten, saß er normalerweise auf seinem Thron, trank Wein und blies Trübsal. Er betrachtete sich selbst gern als düster grübelnd, aber wenn man es genau nahm, schmollte er.

Darin war er sehr gut. Wie viele mächtige Zauberer hatte er ziemlich viel mit verzogenen Kindern gemeinsam. Er konnte seine überhöhten Ansprüche so sehr konzentrieren, dass seine üble Laune so schwer und undurchdringlich wurde, dass ihrer Oberfläche nicht einmal Licht entkommen und auch die Zeit kaum durchsickern konnte. Er war imstande, Wochen in solch einer Stimmung zu verbringen, obwohl es für die äußere Welt nur Minuten zu sein schienen. Aber selbst die schlechte Laune der Zauberer hatte ihre Grenzen und letztlich ging sie immer vorbei.

Die Dunkelheit hellte sich auf und Belok bemerkte einen zinnoberroten Raben, der auf seiner Fensterbank saß. Der Zauberer stand nicht auf, war aber überrascht. Die Rote Frau hatte ihn niemals zuvor besucht.

»Du bist gekommen, um mich zu verspotten, nicht?«, fragte er.

Er bekam keine Antwort. Er schaute sich im Zimmer um, sah aber keine Spur der Hexe. Auch wenn sie unsichtbar gewesen wäre, er hätte ihre Gegenwart in seinem Allerheiligsten gespürt. Dann wandte er seinen Kopf in Richtung des Raben.

»Wo ist sie?«

Der Vogel hob seine Flügel zu einem Achselzucken. »Das hier geht sie nichts an. Es ist eine Sache zwischen uns beiden. Ich bin hier, um mich für einen Job zu bewerben.«

»Hast du nicht schon einen?«

Der Rabe sträubte seine Federn. »Ehrlich gesagt langweilt er mich ein bisschen. Es macht keinen besonderen Spaß, ihr Vertrauter zu sein. Sie tut nichts anderes als Zaubertränke mischen und Idioten zum Leben erwecken – und wandern. Auch wenn ihre Magie alles zu einem zehnminütigen Fußmarsch macht, es ist trotzdem ein wenig ermüdend.«

Belok sah den Raben prüfend an, aber es war schwierig, den Gesichtsausdruck eines Vogels zu lesen. Selbst für einen Zauberer. »Und jetzt willst du mein Vertrauter werden?«

»Warum nicht? Sie haben zumindest Stil. Und Sie gehen nicht viel zu Fuß, oder?«

»Nein. Nicht viel. Aber ich habe schon Vertraute.«

Seine geisterhaften Jungfrauen wurden an seiner Seite sichtbar. Sie gossen Belok ein weiteres Glas Wein ein und gurrten ihm ins Ohr.

»Geister sind keine richtigen Vertrauten«, sagte der Rabe, »und auch wenn ich Sie nicht streicheln kann, ich bin doch unendlich viel nützlicher.«

Zwei der Geister schwebten vor und zischten.

»Wir Raben fürchten keine Geister. Wir zeigen ihnen den Weg von der Unterwelt hierher und wenn sie uns auf die Nerven gehen, schnappen wie sie mit unseren Krallen und schicken sie zurück.«

Der Vogel krächzte, und die Jungfrauen lösten sich in zwei Häufchen Geisterknochen, die auf dem Boden lagen. Der Rabe kicherte. »Ich habe Ihnen doch gesagt, dass Geister nicht viel taugen.«

Belok schob seine Buhlerinnen weg. »Warum sollte ich dir glauben?«

»Warum sollten Sie nicht? Aber ich kann Ihnen eine Geste des guten Willens anbieten. Ich kann Ihnen sagen, wo er ist.«

Belok suchte das Gesicht des Raben ab, fand aber nichts, was einen Verdacht bestätigen oder zerstreuen konnte. Er war von Natur aus misstrauisch, doch ihm wurde auch das letzte Stück Information angeboten, das er mehr als alles andere begehrte.

»Wenn das ein Trick sein soll …«

»Warum sollte ich mir die Mühe machen, Sie hinters Licht zu führen? Was hätte ich davon? Er befindet sich an einem Ort namens Kupferzitadelle. Das liegt in den Ostländern. Ich bin sicher, ein mächtiger Zauberer wie Sie braucht keine Wegbeschreibung. Gehen Sie und schauen Sie selbst. Was haben Sie zu verlieren?« Der Rabe kehrte zum Fenster zurück. »Ich lasse von mir hören.«

Er flog davon. Am Fuß von Beloks Berg setzte er sich auf den Stab der Roten Frau.

»Ich weiß nicht, ob er mir geglaubt hat.«

»Er muss dir nicht glauben«, meinte die Rote Frau. »Sein Rachedurst wird ihn dazu bringen, trotzdem Nachforschungen anzustellen.«

»Ich verstehe nicht, warum du es ihm nicht einfach selbst gesagt hast«, sagte der Rabe.

»Er hätte etwas geahnt.«

»Ich dachte, du hättest gerade gesagt, es sei egal, ob er etwas ahnt.«

»Ist es auch. Aber ich war einfach nicht in der Stimmung, mit ihm zu reden.«

»Und warum schickst du ihn jetzt überhaupt zu Ned?«, fragte der Rabe.

»Weil es Zeit ist.«

»Zeit wofür?«

»Ich bin mir nicht sicher.« Sie lächelte. »Aber es ist Zeit für etwas.«

Sie drehte sich um und machte sich auf den Weg zu ihrem Berg.

»Können wir nicht einfach teleportieren?«

»Ach, es ist doch eine so schöne Nacht für einen Spaziergang.«

Der Rabe seufzte.

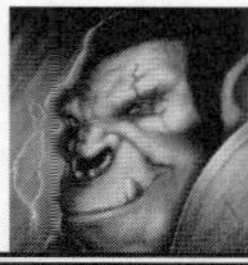

SECHZEHN

Regina saß in einer dunklen Ecke und beobachtete Miriam am anderen Ende des Pubs. Schamlos stand die Sirene neben Ned. Von Zeit zu Zeit sagte er etwas, das Regina in der Menge nicht hören konnte, und Miriam lachte, als hätte er eben eine großartige, wahnsinnig unterhaltsame Bemerkung von sich gegeben. Sie legte eine Hand auf seine Schulter und streifte manchmal »aus Versehen« mit ihren Brüsten an seinem Arm. Es war widerlich. Und Ned schien darauf hereinzufallen. Er war ein Idiot und ein Trottel. Wie alle Männer. Reginas Zuneigung nicht wert.

Je mehr sie ihn verachtete, desto weniger schien er sie zu beachten und desto mehr wollte sie ihn. Und sie würde ihn bekommen. Sie wusste es genau. Sie musste nur diese verdammte Sirene loswerden. Reginas Blick verirrte sich auf den Tisch. In den letzten zehn Minuten hatte sie ihren Dolch gedankenverloren in das Holz gebohrt. Hässliche Furchen zogen sich tief durch die Bohlen bis fast an die Unterseite.

Ulga, die pummelige Elfenzauberin, und Sally, der Salamander, kamen an ihrem Tisch vorbei. Regina schnappte die Elfe am Arm.

»Ja, Ma'am?«, fragte Ulga.

»Sie müssen Männer hassen«, sagte Regina.

Ulgas rosafarbene Augen verengten sich. »Wie bitte, Ma'am?«

»Naja, schauen Sie sich doch an.«

Ulga sah tatsächlich an sich hinunter. »Ja, Ma'am?«

»Sie sind fett.«

»Ich habe ein paar Pfunde zu viel, Ma'am.«

»Dann behandeln Männer Sie doch sicher sehr schlecht.«

»Manche«, gab Ulga zu. »Aber andere mögen gerade die Extraportion.« Sie machte viel Aufhebens davon, ihre großzügige Brust zurechtzurücken.

»Dann hassen Sie die Männer nicht?«, fragte Regina.

Ulga schüttelte den Kopf. Regina ließ sie los und nahm ihre Tischschnitzereien wieder auf.

»Beunruhigt Sie etwas, Ma'am?«, fragte Ulga.

Regina überhörte die Frage, besessen davon, Miriam zu beobachten, die unverhohlen Neds Schultern rieb.

»Ich würde mich davon nicht belasten lassen, Ma'am.« Ulga setzte sich an den Tisch. »Hab noch keinen Mann getroffen, der es wert gewesen wäre, für ihn zu sterben.«

Regina stimmte ihr ganz und gar zu. Kein Mann war es wert, für ihn zu sterben. Aber sie begann allmählich zu glauben, dass manche es wert sein könnten, für sie zu töten.

Sally glitt auf den Stuhl neben Ulga. Das Reptil stützte seine Ellbogen auf den Tisch – er schwelte schon. »Ich kann nicht sagen, dass ich diese menschlichen Paarungsrituale verstehe. Viel zu viel Konflikt. Wir Salamander haben dieses Problem vor langer Zeit gelöst.«

»Wie das?«, fragte Ulga.

»Es geht alles nach Länge. Das längste Weibchen im Dorf darf als Erstes das Männchen aussuchen, das es will. Dann das Zweitlängste. Dann das Dritte. Und so weiter und so weiter, bis alle paarweise geordnet sind. So gibt es keinen Streit.«

»Aber was ist, wenn das Männchen das Weibchen nicht mag, das ihn ausgesucht hat?«, fragte Ulga.

»Er wird nicht gefragt. Salamandermännchen sind Dronen. Sie haben keine anderen Triebe als essen, defäkieren und sich fortpflanzen. Sie können nicht einmal richtig sprechen oder selbst baden. Wie dumme Kinder. Oder schlaue Hunde.«

»Klingt wie jedes andere männliche Wesen, das ich je getroffen habe«, brummelte Regina.

»Sie müssen eine ziemlich langweilige Gesellschaft gewöhnt sein«, bemerkte Ulga.

»Ja, aber es ist am besten so«, sagte Sally. »Wenn sie geschickter wären, wäre es schließlich nur verwirrender, sie zu essen.«

Ein Teil von Reginas Aufmerksamkeit schweifte von Ned und Miriam ab, obwohl ihre Augen fest auf das Paar gerichtet blieben. »Ihr esst eure Partner?«

»Was sollte man sonst mit ihnen machen, wenn man fertig ist?« Sally schnaubte einen Feuerball. »Gute Götter! Andernfalls kacken sie dir nur überall hin und kauen an den Möbeln. Meine Schwester hat einen Partner ein paar Jahre lang behalten – es war höllisch schwer, ihn stubenrein zu kriegen. Und dann ließ sie ihm die Krallen stutzen, was ich immer unmenschlich fand.« Sie nippte an ihrem Bier, das brodelte und dampfte, als es ihre Lippen berührte. »Ist doch viel netter, ihnen einfach den Kopf abzubeißen, bevor man genug von ihnen hat.«

Regina und Ulga grinsten.

»Da könntest du Recht haben«, stimmte Ulga zu.

Seamus, der Kobold, näherte sich dem Tisch. »Darf ich mich dazusetzen?«

»Nur für Frauen«, sagte Ulga.

»Kein Problem.« In einer rosa Rauchwolke nahm er eine weibliche Gestalt an. Da weibliche Kobolde männlichen Kobolden aber beinahe exakt glichen, bis auf die größeren Augen, die volleren Lippen und die kleineren Ohren, sah

Seamus nahezu identisch aus wie zuvor in der ursprünglichen Gestalt. Die auffälligste Veränderung war der Verlust des Bartes.

»Ist das nicht unbequem?«, fragte Ulga.

Seamus zog sich einen Stuhl heran. Ihre Stimme erklang nun eine Oktave piepsiger. »Nö. Das hier ist nur eine Verwandlung vom Außenträger zur Innenträgerin. Wenn ihr wissen wollt, was wirklich schwierige Gestalten sind, dann versucht mal, ein Wörterbuch zu werden. Nach ›Aalräucherei‹ bin ich nur noch leere Seiten. Also, worüber sprechen wir Mädels gerade?«

»Männer«, sagte Sally.

»Wer braucht die schon?« Seamus hob ihr Glas. »Hab ich Recht oder hab ich Recht?«

Kichernd stießen sie ihre Becher zusammen.

»Natürlich hat die Koboldgesellschaft dieses ganze Durcheinander umgangen«, sagte Seamus.

»Mir war nicht klar, dass Kobolde eine Gesellschaft haben«, bemerkte Ulga.

»Haben wir auch nicht. So haben wir es vermieden.« Der Kobold hob ihr Glas erneut. »Hab ich Recht oder hab ich Recht?«

Diesmal hielt es niemand für nötig, mit ihr anzustoßen. Sie schwatzten ein paar Minuten lang Belanglosigkeiten, während Regina mit ihrer zielstrebigen Überwachung fortfuhr.

»Ich sage, wenn er Sie nicht will, ist er Ihre Zeit nicht wert«, sagte Ulga tröstend.

»Genau«, stimmte Seamus zu, »vor allem, weil Sie sowieso nicht mit Miriam konkurrieren können.«

Ulga versetzte dem Kobold einen Schlag auf den Hinterkopf, der hart genug war, um eine leichte Beule zu hinterlassen.

»Hey, wir haben es alle gedacht«, sagte Seamus. »Ich hatte nur den Mumm, es auszusprechen.«

Dieses Mal schlug Sally den Kobold auf den Kopf und hinterließ sowohl eine weitere Beule als auch eine leichte Verbrennung.

»Das ist Außenträger-Gerede«, sagte Sally.

»Es ist die Wahrheit, oder etwa nicht? Sie ist eine Sirene. Sirenen haben Macht über Männer. Was hat der Erzmajor?«

Sie dachten einen Moment darüber nach.

»Sie ist ein Säugetier«, sagte Sally. »Das sollte etwas zählen.«

»Sind Sirenen nicht auch Säugetiere?«, fragte Seamus. »Wie Delfine?«

»Ich bin ziemlich sicher, dass sie Amphibien sind.« Ulga deutete auf einen Punkt hinter ihrem eigenen Ohr. »Sie haben schließlich Kiemen.«

Seamus setzte ihr Bier ab. »Als meist männliches Wesen denke ich, dass ich das hier am besten beurteilen kann. Und ich sage euch: Wenn die Lichter ausgehen, ist es egal, ob sie Fisch oder Fleisch ist.«

Sally zischte und nahm einen angewiderten grünen Farbton an. »Vielleicht wäre es gar nicht so schwer, dir den Kopf abzubeißen.«

»Wir wissen alle, was Regina tun muss, wenn sie Ned gewinnen will. Sie muss einfach ihre Amazonenkräfte einsetzen.« Seamus blinzelte, nicht einmal, sondern zweimal. »Sollte nicht besonders schwer sein, die Sirene fertig zu machen. Ich habe sie nie ein Schwert halten sehen.«

Miriam und Ned brachen wieder einmal in schallendes Gelächter aus. Regina zog ihren Dolch aus dem Tisch und stand auf. Sie war zehn Sprünge davon entfernt, die Klinge in Miriams Gesicht zu versenken.

Ulga packte die Amazone am Ellbogen. »Nicht so hastig, Ma'am. Das wollen Sie doch nicht tun.«

»Will ich nicht?«

»Nein, Ma'am. Sie können keine Sirene töten. Ich habe gehört, wenn sie ihr Todesröcheln singen, stirbt ihr Mörder mit ihnen.«

»Das ist kein Problem«, sagte Sally. »Der Erzmajor ist eine Frau – und Sirenengesänge wirken nicht auf weibliche Wesen.«

»Willst du das Risiko eingehen?«, fragte Seamus.

Regina schnitt zwei Streifen von ihrem Rock ab und stopfte sie sich in die Ohren. Sie versuchte, noch einen Schritt zu machen, aber Ulga hielt sie fest. Die Elfe war stärker, als sie aussah.

»Ich bitte um Verzeihung, Ma'am, aber ich denke nicht, dass Sie das tun sollten.«

Regina zog sich die Pfropfen aus den Ohren. »Was?«

»Das ist gegen die Paarungsregeln«, sagte Ulga.

»Es gibt Regeln?«, fragte Sally.

»Ja, und anders als bei Salamandern ist es nicht so einfach wie die Frage, wer am längsten ist.«

»Klingt unnötig kompliziert«, sagte Sally.

»Es kann schon knifflig sein«, stimmte Ulga zu, »aber so wird es unter uns Säugetieren nun mal gemacht.«

Sallys lange Ohren legten sich an. »Und *meine* Spezies ist beinahe ausgestorben.«

»Verführung ist wie Krieg«, sagte Ulga. »Und der Krieg hat seine Regeln.«

Seamus lachte. »Der Krieg hat keine Regeln.«

»Alles hat Regeln. Der Trick ist zu wissen, welche Regeln man ignorieren kann und welche nicht.« Sie zog Regina zurück auf ihren Stuhl. »Lassen Sie sich von uns helfen, Ma'am.«

»Ihr würdet mir helfen?«, fragte sie mit großen Augen.

»Natürlich«, sagte Ulga. »Ich konnte diese verfluchte Sirene nie besonders leiden.«

»Ich auch nicht«, unterstützte sie Sally. »Abgesehen davon wird es interessant werden, genauer zu sehen, wie ihr Säugetiere das macht.«

»Ich bin dabei«, sagte Seamus.

Sally neigte den Kopf, um dem Kobold in die Augen starren zu können. »Niemand hat dich eingeladen.«

»Hey, das ist ein Mädchenprojekt. Und ihr dürft hier nicht wählerisch sein, wo ihr eure Mädchen herbekommt, sonst habt ihr nicht viele.«

Der Salamander und die Elfe tauschten skeptische Blicke. Schließlich sagte Ulga: »Na gut. Aber du bleibst die ganze Zeit über weiblich.«

»Alles klar.« Seamus runzelte die Stirn und wand sich auf ihrem Stuhl. »Ich glaube, ich muss mir neue Unterwäsche kaufen.«

Regina war verblüfft. Trotz der Bande weiblicher Schwesternschaft hatte sie sich keiner Frau der Kompanie je nahe gefühlt. Selbst in der Amazonenarmee war sie eher eine Einzelgängerin gewesen. Dieser Schock genügte mehr als alles andere, um ihre mörderische Wut abzukühlen.

Auf der anderen Seite des Pubs saß Frank in einer noch dunkleren Ecke. Er beobachtete Regina, die Ned beobachtete. Und Frank war darüber nicht glücklich.

Gabel besetzte einen Hocker neben dem Oger. »Ich frage mich, was sie an ihm findet«, sagte er.

Frank grunzte.

»Ich wette, sie würde dich beachten, wenn er weg wäre«, sagte Gabel.

»Ich weiß, was du da vorhast, Gabel, aber ich werde ihn nicht umbringen.«

Gabels Augen weiteten sich. »Gott bewahre! Ich würde niemals etwas Derartiges vorschlagen.«

Frank knirschte mit den Zähnen. Das Geräusch war laut genug, um die Gespräche in der näheren Umgebung zu übertönen. Alle Soldaten, die sich auf Armeslänge des sehr großen Ogers befanden – eingeschlossen einen Oger, der beinahe so groß war –, bewegten sich diskret aus der Reichweite seiner starken, Knochen zermalmenden Hände. Gabel wartete geduldig, bis Frank sich beruhigt hatte.

»Ich finde ohnehin nicht, dass du ihn töten solltest«, sagte Gabel, »selbst wenn du wolltest.«

Frank schaute den Ork finster und von oben herab an. »Ich will nicht.«

Gabel murmelte mit gespieltem Desinteresse: »Warum solltest du auch?«

Frank nahm einen langen Schluck. Als Junge hatte er Glas gekaut, wenn er nervös oder aufgebracht oder verärgert war. Er hatte diese Gewohnheit vor langer Zeit aufgegeben, aber heute Abend fuhr er mit der Zunge an seinem Krug entlang und kratzte mit den Zähnen an den Kanten.

»Sie denkt nicht klar«, sagte Gabel. »Vielleicht hat Ned sie mesmerisiert. Das würde es doch erklären, oder?«

Frank ballte die Faust. Er schloss seine Kiefer und ein Haarriss spaltete den Krug. Bier tropfte an seinem Kinn herab.

»Er kann niemanden mesmerisieren«, sagte Frank.

»Ich würde meinen, ein Geheimzauberer könnte alle möglichen abnormalen Sachen tun.«

Frank wischte sich das Kinn ab. »Ich dachte, du glaubst nicht an Geheimzauberer.«

»Tu ich auch nicht. Eigentlich nicht. Aber manchmal passieren eben Dinge. Seltsame Dinge ohne jede vernünftige Erklärung. Es macht mich einfach nachdenklich. Vielleicht gibt es wirklich Geheimzauberer. Und wenn das so ist, glaube ich nicht, dass solche heuchlerischen Zauberer darüber erhaben sind, ihre Kräfte für so abscheuliche und niederträchtige Zwecke einzusetzen.«

Frank atmete tief ein. »Das sagst du nur so. Du glaubst das eigentlich gar nicht.«

»Nein, eigentlich nicht«, gab Gabel zu. »Aber immerhin bin ich nicht allwissend. Ich könnte mich irren. Oder ich könnte Recht haben, auch wenn es eine lächerliche Theorie ist, die ich nicht mal selber glaube.« Er wedelte mit seinem Krug in Reginas Richtung, dann in Neds und wieder zurück. »Aber es ist ja von vornherein eine absurde Situation, wenn du mal darüber nachdenkst. Es kann also sein, wenn die Dinge keinen Sinn ergeben, dass der logische Verstand keine andere Wahl hat, als absurde Alternativen zu berücksichtigen.«

Frank knabberte an seinem Krug. »Aber es ergibt überhaupt keinen Sinn! Wenn er Magie benutzt, um sie zu bezaubern, warum ignoriert er sie dann?«

»Vielleicht tut er nur so, als sei er schwer zu kriegen«, sagte Gabel. »Oder vielleicht ist er einfach nur ein Arschloch.«

»Er sieht nicht aus wie ein Arschloch.«

»Er sieht auch nicht aus wie ein Geheimzauberer. Aber du kannst dich nicht immer auf den ersten Eindruck verlassen, wenn es um Geheimzauberer geht.« Gabel grinste. »Oder um Arschlöcher.«

Mit einem angewiderten Schnauben warf sich Frank seinen ganzen Krug in den Mund. Er zermalmte das Glas zwischen seinen kräftigen Kiefern.

Gabel sprang auf seinen Hocker und streckte den Arm

aus, um Franks Schulter zu tätscheln. »Oh, was macht das schon? Geheimzauberer, Arschloch, was auch immer er sein mag. Wir können Ned nicht töten, solange wir nicht alle einig sind, und auch wenn du und ich wissen, dass es das Beste wäre, wir können doch sicher sein: Regina sieht das nicht so. Vielleicht ist sie verzaubert. Vielleicht hat sie nur einen schlechten Geschmack. Ich glaube, das ist eben so.«

Frank schluckte hörbar. Er fuhr sich mit seiner scherbengespickten Zunge über die Lippen voller Blasen. »Ja. Glaub ich auch.«

»Wir sind schließlich alle ehrbare Soldaten. Was wären wir ohne das?« Gabel nickte zu Regina hinüber. »Trotzdem eine Schande. Andernfalls könntest du es mal bei ihr versuchen.«

»Meinst du wirklich?«

»Wer weiß? Ein großer, gut aussehender Oger wie du und eine mächtige Amazonenkriegerin. Ich habe schon Seltsameres gesehen.«

Auf der anderen Seite des Pubs kicherten Ned und Miriam gemeinsam. Regina schaute finster drein, während sie ihren Dolch in den Tisch drehte. Und Frank schob sich den Krug mit einem grüblerischen Stirnrunzeln in die linke Backe und kaute.

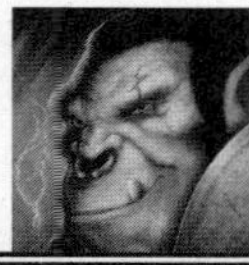

SIEBZEHN

Ned hatte gehofft, sofort mit dem Training anfangen zu können, aber sein besseres Wissen sagte ihm, es sei weiser, noch einen Tag zu warten. Die Kompanie brauchte Zeit, sich an ihren neuen Stundenplan zu gewöhnen. Am Morgen aber würden sie auf sein und bereit, sich selbst zu einer engagierten, organisierten Kampfeinheit zu formen, so kampfwürdig wie jede andere der Legion. Zumindest redete sich Ned das ein, und er beschloss, es trotz seiner zynischen Veranlagung auch zu glauben.

Er verbrachte den Rest des Vormittags mit Miriam im Pub. Er trank nicht viel. Nicht viel für seine Verhältnisse. Für den Moment hatte er auf die Freuden eines angenehmen Rausches verzichtet, den Genuss eines netten Krugs verwässerten Mets aber nicht aufgegeben.

Miriam zeigte ein nettes Lächeln und einen unbekümmerten Reiz, und als er sich einmal an ihre eher aquatischen Merkmale gewöhnt hatte, musste er zugeben, dass sie überraschend sinnlich war. Vermutlich waren es ihre natürlichen Sirenenkräfte in Kombination mit seiner angeschlagenen Wahrnehmung an diesem frühen Morgen, aber sie wirkte ziemlich charmant. Und obwohl er Rothaarige bevorzugte und den Geschmack von Fisch nicht mochte, erinnerte er sich ein- oder zweimal daran, wie sie nackt aussah – und der Gedanke, sie wieder so zu sehen, stieß ihn keineswegs ab.

Dass die Tatsache, dass der Pub so überfüllt war, sie ständig dazu zwang, ihre Brüste und Hüften an ihn zu pressen, schadete ebenfalls nicht. Die Tollpatschigkeit von Ogern in engen Räumen überraschte Ned. Es sah so aus, als könnten keine drei Minuten vergehen, ohne dass irgendein Trottel sie streifte und an ihn drückte.

Sie entschuldigte sich jedes Mal mit einem neckischen Lächeln auf den Lippen. Volle Lippen, feucht und vermutlich nicht annähernd so nach Fisch schmeckend, wie er sich dunkel erinnerte. Und selbst wenn es so war, war das so schlimm? Unter anderen Umständen hätte er auf jeden Fall darüber nachgedacht, noch einmal zu versuchen, sie ins Bett zu bekommen, aber er war hier der Kommandeur. Er hatte eine geistige Liste der Dinge aufgestellt, die er nicht mehr tun konnte. Obwohl er sich nicht die Mühe gemacht hatte, die Liste nach Prioritäten zu ordnen, musste Fraternisierung irgendwo in der Nähe der Spitze stehen.

Er war in Selbstdisziplin nie talentiert gewesen, was nur einer der Gründe war, weshalb er ein so schlechter Soldat gewesen war. Aber es fiel nicht schwer, enthaltsam zu leben, wenn weibliches Personal selten war und der größte Teil seines Kommandos aus haarigen Ogern, viehischen Orks, übel riechenden Trollen und rücksichtslosen Kobolden bestand. Ogerinnen waren sogar noch haariger als die männlichen Vertreter der Spezies, und selbst wenn er das anziehend gefunden hätte, sämtliche sexuellen Unternehmungen hätten sicher zu einem zersplitterten Becken geführt. Weibliche Orks waren in der Hitze der Leidenschaft notorische Beißer und er wollte seine Finger behalten. Er hatte gehört, Trollfrauen würden ganz schmalzig werden, wenn sie erregt waren. Er hatte nicht gefragt, was das bedeutete, doch er war ziemlich sicher, dass er die Details gar nicht hören wollte. Und obwohl er zierliche Frauen mochte, waren Kobolde einfach zu klein.

Es gab nur eine Hand voll Frauen in der Kompanie, die ihn gereizt hätten. Obwohl Ulga nett war, war sie doch sowohl pummelig als auch eine Elfe, was er beides nicht anziehend fand. Regina war zwar schön, aber eine Amazone, also hatte es keinen Sinn, darüber nachzudenken. Miriam war die einzige Versuchung. Sie hatte ein süßes Lächeln und ein reizendes Lachen und eine bezaubernde Figur und eine herrliche Anmut, aber sie war außerdem ein Fisch. Das war ein Argument.

Es war allerdings kein gewaltiges Hindernis. Er hatte früher den Geschmack von Brokkoli gehasst – und es überwunden. Und Miriam war unendlich verführerischer. Aber er war der Kommandeur. Er sagte es sich immer wieder, und für den Augenblick war das genug. Es war sowieso ein Dilemma. Er konnte sich nicht vorstellen, dass Miriam tatsächlich an ihm interessiert war. Sie war nur nett zu ihm. Das war ihre Aufgabe als Moraloffizier. Der Rest schien lediglich Sirenencharme und Wunschdenken zu sein. Trotzdem konnte er sich jedes Mal, wenn sie seinen Arm berührte oder über einen seiner lahmen Witze lachte oder mit den Wimpern dieser großen, schwarzen Augen schlug, nur wundern. Er hätte die Sache sogar weiterverfolgt, trotz seiner Entschlossenheit, es nicht zu tun, aber er hatte andere Dinge zu tun.

Er trank seinen Met aus und entschuldigte sich. »Kompaniegeschäfte«, erklärte er vage, und Miriam schien zufrieden, es dabei zu belassen. Er ging durch den Pub und hielt bei Frank und Gabel an.

»Kann ich einen Moment mit Ihnen sprechen, Leutnant?«, fragte Ned den Oger.

»Worüber, Sir?«, fragte Frank, während er etwas Besteck zwischen seinen Zähnen zermalmte. Die Bedienungen hatten aufgehört, Krüge zu bringen, nachdem er den fünften verschlungen hatte.

»Eine private Angelegenheit.« Ned ging davon und Frank, der Gabel einen argwöhnischen Blick zuwarf, folgte ihm. Ned führte Frank aus dem Pub in einen ruhigeren Abschnitt des Hofs, wo niemand zuhörte.

»Ich brauche Ihre Hilfe«, sagte Ned.

»Ja, Sir?«

Ned beugte sich vor. »Ich kann nicht kämpfen.«

»Sir?« Skeptisch kniff Frank die Augen zusammen. Vielleicht hatte Gabel Recht gehabt. Vielleicht spielte Ned eine Art psychologisches Spiel.

»Ich kann kämpfen«, fuhr Ned fort. »Aber nicht sehr gut.« Er zog eine Grimasse. Es hatte keinen Sinn, es zu leugnen. »Überhaupt nicht gut.« Er zuckte die Achseln. Es war eigentlich gar nicht so schwer, es auszusprechen. Fast fühlte es sich befreiend an, das laut zuzugeben.

»Ich verstehe nicht, Sir«, sagte Frank.

»Ich brauche einen Lehrer. Einen Kriegslehrer.«

Franks Skepsis verblasste zwar, klang aber noch nach. »Sie sind der Kommandeur, Sir. Sie brauchen nicht zu wissen, wie man kämpft.«

»Aber ich sollte dazu in der Lage sein«, sagte Ned. »Zumindest ein kleines bisschen. Ich will der Truppe ein gutes Beispiel geben.«

»Tatsächlich?«

»Ja. Sollte ich nicht?«

Natürlich solltest du, stimmte Frank in Gedanken zu. Aber ich habe nie einen Kommandeur getroffen, der diese Philosophie verfolgt hat.

»Ich dachte, ich könnte mit den anderen Soldaten trainieren«, sagte Ned. »Aber ich hatte gehofft, zuerst ein paar Hinweise bekommen zu können. Es macht mir nichts aus, wie ein Idiot auszusehen, aber ich möchte nicht komplett unfähig wirken.«

»Warum ich, Sir?«, fragte Frank.

»Entweder Sie, Regina oder Gabel. Ich wollte zuerst Regina fragen, aber sie war weg. Und Gabel ist im Moment nicht in bester Verfassung. Ich vertraue darauf, dass ich auf Ihre Diskretion zählen kann.«

Wenn das irgendein Trick war, konnte Frank sich nicht vorstellen, wohin er führen sollte. Und Frank stellte fest, dass er Ned gegen seinen Willen mochte. Es erforderte einen starken Charakter, seine Schwächen zuzugeben, und einen noch stärkeren Charakter, auch dann zu versuchen, sich zu verbessern, wenn man es nicht tun musste. Wenn er darüber nachdachte, hatte Frank keinen einzigen der früheren Kommandeure auch nur das geringste Maß an kriegerischem Können an den Tag legen sehen. Sie waren alle zu beschäftigt gewesen, Befehle zu brüllen und herumzustolzieren.

»Werden Sie mir helfen?«, fragte Ned.

Frank salutierte. »Wann wollen Sie anfangen, Sir?«

Ned entschied, dass er nicht auf morgen verschieben sollte, was er heute besorgen konnte. Aber es war ihm zu peinlich, im Freien zu trainieren. Die Kupferzitadelle hatte einen eigenen Garten, der für den Kommandeur vorgesehen war. Niemand hatte sich je um ihn gekümmert, er bot einen traurigen Anblick. Die Hälfte der Pflanzen wucherte wild und die andere Hälfte war abgestorben oder zumindest kurz davor. Ned hatte den Garten nicht aus ästhetischen Gründen ausgewählt, sondern wegen seiner hohen Mauern und weil er genug Platz für Trainingskämpfe bot.

»Womit sollen wir anfangen?«, fragte er.

»Man fängt immer mit den Grundlagen an«, sagte Frank. »Greifen Sie mich an. Mal sehen, was Sie schon können, Sir.«

Ned wusste bereits, was er konnte. Oder nicht konnte. Und er wusste, dass er keine Chance gegen einen kleinen Oger hatte, ganz zu schweigen von einem von Franks Größe.

»Soll ich mein Schwert benutzen?«, fragte Ned.

»Wenn Sie wollen.«

»Ich weiß nicht, ob ich das sollte. Ich will Sie nicht verletzen.«

Lächelnd schüttelte Frank den Kopf. »Das werden Sie nicht, Sir.«

»Es könnte aber sein.«

»Dann greifen Sie mich ohne Schwert an, wenn Sie denken, das sei sicherer«, sagte Frank.

Ned zögerte. Einerseits war er ohne Waffe keine Bedrohung für einen Oger. Andererseits wollte er Frank auf keinen Fall verletzen. Er erwartete es nicht. Nicht absichtlich. Aber Unfälle passierten.

»Wann immer Sie so weit sind, Sir.«

Ned zog sein Schwert, doch die scharfe Klinge schreckte ihn ab. Er war kein guter Kämpfer, aber er hatte immer Pech, auf fast übernatürliche Weise. Das eine Mal, da er jemanden nicht töten wollte, würde mit ziemlicher Wahrscheinlichkeit das eine Mal sein, da er es tat. Er steckte das Schwert weg und hob stattdessen einen schweren Ast auf, der von einem halbtoten Baum gefallen war. Er schien dick genug, um ihm Selbstvertrauen einzuflößen, ohne Frank zu sehr in Gefahr zu bringen. Oger waren von Natur aus dickhäutig. Spitze Gegenstände konnten sie töten, aber die meisten Keulen und Kriegshämmer prallten einfach ab.

Ned hob seinen Knüppel über den Kopf. Er tat einen Schritt vorwärts, aber Frank machte keine Bewegung, um sich zu verteidigen.

»Äh, ich fange an«, sagte Ned.

»Das habe ich bemerkt.« Frank blieb in vollkommen entspannter Haltung stehen.

Ned machte einen weiteren Schritt. »Ich komme.«

»Ja, Sir. Obwohl ich darauf hinweisen möchte, dass es in einem echten Kampf unklug ist, Ihren Angriff vorher anzukündigen.«

»Das weiß ich.« Ned senkte seinen Knüppel. Er war schwerer, als er aussah, also machte er einen Moment Pause, um seine Arme auszuruhen. »Okay. Jetzt bin ich bereit.«

Frank, die Hände hinter dem Rücken, sagte nichts. Ned holte mit einem Urschrei aus. Er schwang den Knüppel hoch in die Luft, zielte auf Franks Kopf, reichte aber nur bis an die Schulter des Ogers. Frank wehrte ihn mit dem Unterarm ab und der Knüppel brach entzwei. Die Kraft erschütterte Neds Hände. Er ließ den Knüppel fallen und schwankte aus dem Gleichgewicht. Frank streckte seinen Zeigefinger aus und stieß Ned um. Der landete mit einem peinlichen Plumps auf seinem Hintern.

»Nicht sehr gut«, sagte Frank. »Aber auch nicht ganz schlecht.«

Ned blieb sitzen. »Nicht?«

»Überhaupt nicht, Sir.« Frank rieb sich den Unterarm. »Ich habe den Schlag gespürt. Also verfügen Sie über eine gewisse Kraft. Natürlich ist Ihr Angriff schwach und Ihre Abwehr ist nichtexistent. Aber niemand wird mit dem Wissen geboren, wie man ordentlich kämpft.« Er zog Ned auf die Füße. »Lassen Sie es uns noch einmal versuchen, in Ordnung? Benutzen Sie diesmal Ihr Schwert.«

Ned stürmte auf Frank zu. Er zielte mit seinem Schwert in die Seite seines Gegners und hoffte um seines Stolzes willen auf einen kurzen Treffer. Frank schlug Ned einfach wieder beiseite. Es passierte so schnell, dass Ned nicht sagen konnte, wie.

Jemand lachte.

Ned schaute sich um. »Wer ist da?«

Elmer trat vor. Das kleine Baumwesen hatte sich unter die Bäume gemengt.

»Wie viel haben Sie gesehen?«, fragte Ned.

»Genug, um zu wissen, dass Sie viel Arbeit nötig haben« – Elmer zog ein Streichholz über seine Seite und zündete sich eine Zigarette an – »und dass Ihnen dieser Oger keine große Hilfe sein wird.«

»Was meinst du damit?«, fragte Frank.

»Es ist einfach eine Tatsache.« Elmer blies eine graue Wolke, die über Neds Kopf schwebte. »Oger kämpfen wie Oger. Was völlig in Ordnung ist, wenn du ein Oger bist. Aber für den Fall, dass du es noch nicht gemerkt hast: Ned ist ein Mensch. Und er muss lernen, auch wie ein solcher zu kämpfen.«

»Ich wollte eigentlich Regina fragen«, sagte Ned.

Elmer kicherte. »Sie würde auch nicht viel nützen. Amazonen sind keine Menschen.«

»Sind sie nicht?«

»Nein. Sie werden in Melonenbeeten gezüchtet. Oder vielleicht aus verzaubertem Stein gemeißelt. So oder so sind sie nicht menschlich. Könnten keinem Menschen beibringen, wie man kämpft.«

Leicht zu entmutigen wie Ned war, verstand er, was Elmer meinte.

»Ich habe genug Menschen kämpfen sehen, um die Grundbegriffe zu verstehen«, sagte Frank.

»Und die wären?«, fragte Elmer.

Frank dachte einen Moment darüber nach. »Naja, es wird viel geschrien. Und zermatscht. Sie sind sehr matschig.«

»Soweit deine Erfahrung reicht, besteht die Grundtechnik der menschlichen Kriegsführung also darin, zu schreien und zermatscht zu werden.«

Frank runzelte die Stirn. »Die Vermeidung des Zermatschtwerdens war das Erste, was ich Ned beibringen wollte.«

»Und was dann?«, fragte Elmer. »Die Feinheiten des Zerquetschens von Gegnern zwischen Baumstämmen? Wann hast du das letzte Mal ein Schwert auch nur in der Hand gehabt?«

»Erst letzte Woche. Ich habe es als Zahnstocher benutzt.«

Ace, der das ganze Gespräch über still auf der Gartenmauer gesessen hatte, mischte sich schließlich ein: »Die Vermeidung des Zermatschtwerdens ist viel schwerer, als es aussieht. Lasst euch das von einem Experten sagen.«

So viel zu meiner privaten Trainingseinheit, dachte Ned.

»Oh, bitte! Was kann ein Kobold schon übers Kämpfen lehren?«, fragte Elmer.

»Kämpfen? Nicht viel«, gab Ace zu. »Aber ich bin drei Jahre alt. Ich denke, ich verstehe das eine oder andere vom Überleben.«

Es war eine Tatsache, dass die durchschnittliche Lebenserwartung eines Kobolds in Monaten gemessen wurde, nicht in Jahren, und dass Aces hohes Alter eine hervorragende Empfehlung war.

»Wenn es um Kriegskunst geht, kann kein Fleischi mit dem Können der Pflanzenwelt mithalten. Schaut euch diesen Garten an.« Elmer machte eine ausladende Bewegung mit den Armen. »Alles hier befindet sich in einem ständigen Kampf. Die Rosenbüsche kämpfen gegen den Efeu. Der Efeu erdrosselt die Blumenbeete. Die Natur ist ein dauernder Konflikt, und nur die gerissenste, hartnäckigste Flora gewinnt.«

»Ned ist keine Pflanze«, sagte Frank.

»Er ist auch kein Oger«, antwortete Elmer. »Oder ein Kobold.«

Ace sprang von der Mauer und auf Franks Schulter. »Das bedeutet nicht, dass ihm ein Kobold nicht das eine oder andere beibringen könnte.«

»Oder ein Oger«, sagte Frank.

»Oder ein Baumwesen«, sagte Elmer.

»Wir sind uns also einig«, sagte Ace. »Wir wechseln uns bei seinem Unterricht ab.«

Sie gaben sich die Hände darauf. Ned war nicht ganz sicher, ob das eine gute Idee war, aber da ihn niemand um seine Meinung fragen wollte, beschloss er, sich zu fügen. Was war das Schlimmste, was passieren konnte?

Nicht ganz eine Stunde später betrachteten seine drei Lehrer Neds Leiche, die auf dem Boden ausgebreitet lag. Seine zerquetschten Gliedmaßen mit ihren zerschmetterten Knochen standen in befremdlichen Winkeln ab.

Ace zündete seine Pfeife an und blies eine faulige gelbe Wolke aus. »Ich habe euch doch gesagt, dass die Vermeidung des Zermatschtwerdens schwerer ist, als es aussieht.«

ACHTZEHN

Neds Lehrer beschlossen, es wäre besser, Ned im Garten zu lassen. Er hatte gewollt, dass sein Training geheim blieb, und der Versuch, seinen Leichnam zurück in sein Quartier zu schmuggeln sah nach mehr Ärger aus, als das Ganze wert war. Wenn sie geschnappt wurden (was vermutlich nicht passieren würde) und wenn es irgendwen genug interessierte, nach Details zu fragen (noch unwahrscheinlicher), musste man eine Geschichte erfinden, wie Ned schon wieder umgekommen war. Und keiner wollte sich die Mühe machen. Noch hatten sie den Wunsch, darauf zu warten, dass Ned von den Toten auferstand. Also warfen sie ihn in ein überwuchertes Blumenbeet und überließen ihn seiner neuesten Auferstehung. Und dort blieb er und genoss den angenehmen Zustand des Todes.

Am frühen Abend flogen Vögel auf die Kupferzitadelle herab. Flamingos und Ibisse, Rotkehlchen und Weber, Pfauen und Finken, Möwen und Drongos, Pirole und Ammern, Würger und Spechte sowie ein einzelner, dürrer Strauß. Sie bedeckten die Zitadelle wie ein Nebelschleier. Nicht ein einziger Soldat konnte sich erinnern, sie kommen gesehen zu haben. Aber sie waren da. Und jeder Vogel, egal welcher Spezies, war leuchtend rot wie frisch vergossenes Blut und totenstill.

Die Soldaten flüsterten von dunklen Mächten, die da im

Spiel waren, und Totengräber Ward musste seine Nasenlöcher zustopfen, um den überwältigenden Gestank der Magie zurückzuhalten. Abgesehen davon dachte niemand weiter darüber nach. In der Kupferzitadelle war alles immer das Problem von jemand anderem, und jeder überließ es jemand anderem, sich darum zu kümmern. »Lasst Ned damit fertig werden«, hörte man mehr als einmal, wozu die Umstehenden mit den Köpfen nickten und sich weiter um ihre Angelegenheiten kümmerten. Nur Gabel schenkte den Vögeln besondere Aufmerksamkeit, aber das nur so lang, um ein Verdacht-auf-thaumaturgisches-Vorkommnis-Formular auszufüllen, das er auf seinen Postausgangsstapel warf, bevor er sich auf den Weg zum Pub machte.

Die Magie der Roten Frau war im Allgemeinen subtiler Art. Sie hatte wenig Verwendung für Furcht erregende Explosionen oder heulende Winde. Solche Effekte befriedigten lediglich das Publikum, das Fachgebiet von vornehmen Hexenmeistern und Nebenvorstellungs-Zauberkünstlern. Spektakel war gegen ihre Natur und ihre Aufgaben. Die Magie ging ihr voraus und folgte ihr, und es gab immer Zeichen ihres Vorübergehens. Kleine Dinge, die nur das schärfste Auge entdecken und über die sich nur die abergläubischste Seele sorgen konnte. Aber heute war sie ärgerlich und heute zeigte sich ihre Magie. Obwohl es ihre Macht war, wenn auch unbewusst, die diese monströse Brut herbeirief, fand sie sie lästiger als alle anderen. Sie war dankbar, den Garten größtenteils ohne Vögel vorzufinden, bis auf einen dicklichen, scharlachroten Pinguin, der sich in vertrockneten Weinranken verheddert hatte.

Die Rote Frau umrundete Neds Leiche dreimal, wobei sie ihm nur beiläufige Blicke zuwarf. Für ihren Geschmack starb er in den letzten Tagen viel zu oft, aber das war nicht der einzige Grund für ihre Verärgerung. Wesentlich lästigere Zwangslagen plagten sie. Sie stupste ihn mit ihrem Stab in die Brust.

»Steh auf, steh auf.«

Stöhnend rührte er sich. Sie ging zu einer Bank und wartete.

Er stand auf. Er sah die Hexe mit mildem Interesse an, sagte aber nichts, sondern schleppte seine steifen Glieder zu der Bank und setzte sich. Er und die Rote Frau blieben einige Zeit still, keiner von beiden hatte viel zu sagen. Er war seiner ständigen Tode wegen genauso unmutig wie sie, aber noch ließ sich keiner von beiden zu einem Kommentar herab.

Ein paar Minuten später streckte er das letzte bisschen Steifheit aus seinem bösen linken Arm und sagte: »Danke.«

Das überraschte die Rote Frau, aber sie versteckte es gut. »Du hast also beschlossen, es sei besser, lebendig zu sein als tot?«

Er dachte darüber nach und fand die Antwort etwas leichter. »Ich weiß nicht.« Das war zwar unklar, aber ehrlich.

Die Rote Frau streckte ihre knorrige Hand aus und strich mit den Fingern über die Narben an Neds Hals. Zärtlichkeit lag in der Liebkosung mit den kratzigen, spitzen Nägeln. Er war verblüfft. Sie hatte ihn schon früher berührt, aber nur kurz und nie mit dem leisesten Anzeichen von Zuneigung.

»Ich mag dich nicht, Ned«, sagte sie ruhig, als sie ihre Hand sinken ließ und aufstand. »Ich mag nicht, wer du warst und mir ist ziemlich egal, wer du bist. Aber ich glaube, es ist möglich, dass ich eines Tages mögen könnte, wer du werden wirst.«

Er hatte keine Ahnung, was sie meinte, aber er nickte.

Die Rote Frau humpelte und glitt gleichzeitig durch den Garten, wo sie dem scharlachroten Pinguin den Kopf tätschelte. »Ich werde dir eine Geschichte erzählen. Es ist eine Geschichte über dich. Lass mich das gleich offen sagen.

Aber obwohl du nicht viel davon verstehen wirst, rate ich dir, gut zuzuhören. Und vielleicht wirst du es mir erklären können, denn nicht einmal ich verstehe alles.

Vor langer Zeit, in einem anderen Zeitalter und in einem anderen Universum, gab es eine außerordentlich mächtige Kraft von äußerstem Wahnsinn und mit einem grenzenlos zerstörerischen Geist. Diese Kreatur war einzigartig in allen Universen, doch es ist am einfachsten, wenn man sie schlicht als Dämon bezeichnet. Aber es hatte nie zuvor einen solchen Dämon gegeben, und das Schicksal möge verhüten, dass es jemals wieder einen geben wird. Seine unfassbare Macht war so groß, dass sich alle anderen Fürsten aller anderen Höllen vor ihm beugten. Es gab keinen ihm Ebenbürtigen in den Himmeln, auf der Erde und in den Höllen. Er war so mächtig, dass sogar das endlose Gezänk von Teufeln und Dämonen nachließ, und dieser oberste Dämon, der die größte, böseste Armee in der Geschichte der Ewigkeit um sich gesammelt hatte, hatte sich vorgenommen, sein Universum ins Chaos zu stürzen, seine Welt in Schutt und Asche zu legen, von den Gruben der Verdammten bis zu den Palästen der Götter.«

»Und das soll eine Geschichte über mich sein?«, fragte Ned.

»Lass mich zu Ende erzählen. Dieser Dämon, diese Irre Leere, hatte in all diesen Dingen Erfolg. Er tat es ohne jegliche Mühe. Es gab etwas symbolischen Widerstand, ein paar kleinere Kämpfe hier und da, eine Hand voll heldenhafter und aussichtsloser letzter Gefechte. Aber am Ende war es nie eine Frage. Die Irre Leere legte die Götter lahm, brachte allem und jedem um sie herum Not und Schmerzen. Sie verwandelte ihr Universum in eine erschreckende Farce von Unzufriedenheit und Leid. Aber obwohl dies immer ihr Ziel gewesen war, fand sie keine Befriedigung, als sie es erreicht hatte. Also löschte sie ihr Universum voller Abscheu aus. Allein in der grenzenlosen Dunkelheit ihrer eigenen Schöpfung, schmollte sie unermessliche Jahrtausende lang.«

»Kannst du nicht einfach den Mittelteil auslassen und zum Schluss springen?«, fragte der Rabe.

Sie bemerkte, dass er Recht hatte. Neds Blick wanderte mit einem Anflug von Langeweile im Garten herum, aber die Rote Frau weigerte sich, sich drängen zu lassen. Die Geschichte war viel zu wichtig. Ihr Stab schwebte durch den Garten und klopfte ihm gründlich auf die Finger.

»Pass auf«, befahl sie. »Wie lange die Leere vor sich hinbrütete, ist schwer zu sagen, weil ihr Zeit nichts bedeutete, aber schließlich entdeckte sie, entweder absichtlich oder durch Zufall, dass eine ganz andere Existenzebene auf ihre begnadete Berührung wartete. Sie verlor keine Zeit damit, in dieses neue Universum einzudringen. Mit noch weniger Schwierigkeiten als beim letzten korrumpierte sie es, und weil sie immer noch verstimmt war, zerstörte sie auch dieses.«

Ned rieb sich die verletzten Finger. »Ich verstehe immer noch nicht, was das mit mir zu tun hat.«

»Hast du es immer noch nicht herausgefunden?«, sagte der Rabe.

»Ich glaube nicht«, gab Ned zu.

»Du Idiot, du bist die Irre Leere.«

Die Rote Frau seufzte. »Ich wollte mir das für das Ende der Geschichte aufheben.«

»Ach, eine dramatische Präsentation ist an Ned völlig verschwendet«, sagte der Rabe. »Er ist zu dumm dafür.«

»Vielleicht«, stimmte sie zu.

Sie gaben Ned einen Augenblick Zeit, diesen Gedanken zu verkraften, aber er versagte schlichtweg. »Ich soll ein allmächtiger Dämon sein?«

»Nicht ganz«, antwortete sie. »Deshalb habe ich mir diesen Teil für den Schluss aufgespart. Es wäre weniger kompliziert gewesen.«

»Ich glaube, da ist irgendwo ein Fehler passiert«, sagte Ned.

»Offensichtlich«, stimmte der Rabe zu.

»Aber ich kann nicht die Irre Leere sein. Ich habe noch nicht einmal davon gehört.«

Die Rote Frau lachte. »Es gibt viele Dinge, von denen man nie hört. Aber das macht sie nicht weniger real.«

»Ich glaube, ich würde mich daran erinnern, wenn ich Universen zerstört hätte.«

Sie lachte erneut. »Natürlich, Ned, aber du bist ein Mensch. Oder wenigstens die halbwegs naturgetreue Nachbildung eines Menschen. Aber die Leere existierte nur, um zu zerstören. Für sie wäre es genauso sinnvoll, sich an alle Realitäten zu erinnern, die sie ausradiert hat, wie für dich, dich an jede Ameise zu erinnern, auf die du je getreten bist.«

Ihm war übel. »Ich will das nicht hören.«

»Du willst nicht«, bekräftigte sie, »aber du musst. Beurteile das, was du einmal warst, nicht zu hart. Die Irre Leere verschlang Universen, weil es ihre Natur war. Man kann einen Wolf nicht dafür verurteilen, dass er ein hilfloses Reh reißt, oder Flammen, dass sie einen Wald verzehren. Das sind die Widrigkeiten von Reißzähnen und Blut, die alle Dinge auf die eine oder andere Art erdulden müssen. Der Tod eines Universums ist in einem größeren Zusammenhang nicht weniger tragisch, aber auch nicht weniger notwendig.«

»Weniger metaphyisch«, sagte der Rabe. »Sonst schweift er wieder ab.«

Aber Ned hörte jedes Wort, und keines davon hörte er gern. Die Rote Frau fuhr fort.

»Zu gegebener Zeit stolperte die Leere über unseren Existenzbereich. Bis dahin war sie ihrer Rolle in dem großen Ganzen überdrüssig geworden. All ihre Zerstörungen, ihre Metzeleien und ihr Wahnsinn hatten ihr keinen Trost gespendet. Also tat sie das Einzige, was sie konnte.« Sie humpelte an Neds Seite und legte ihm eine Hand auf die Schulter.

»Sie beschloss, ihr Wesen zu ändern. Du musst verstehen, Ned, dass so etwas noch nie da gewesen ist. In der Geschichte unseres Universums – und ich nehme an in fast allen anderen genauso – hat niemals ein Dämon Erlösung gesucht. Ich glaube, dass sie sich alle auf eine Art danach sehnen, obwohl sie es nie zugeben würden. Das ist nur einer der Gründe, warum sie so unangenehm sind. Aber die Leere war nicht nur ein Dämon, sie war mehr. Und vielleicht erlaubten ihr ihr Erfolg und der damit zusammenhängende Überdruss einen kurzen Blick auf ihren fehlerhaften Charakter. Vielleicht könnte es sich auf alle Dämonen positiv auswirken, wenn sie ein oder zwei Universen verbrennen.«

Die Stimme der Roten Frau verlor sich und sie starrte in die Weite. Ned kam es so vor, als würde sie nicht nur durch die Gartenmauern schauen, sondern auch den Schleier durchbohren, der die Universen trennt. Wahrscheinlich war das nur seine Einbildungskraft, aber er konnte sich über nichts mehr sicher sein. Sie wandte ihm ihre ausdruckslosen, kirschroten Augen zu und schien gleichzeitig ihn anzusehen und durch ihn hindurch.

»Als diese Entscheidung einmal getroffen war, wurde der Irren Leere bewusst, dass sie bei aller Macht, die sie besaß, Hilfe bräuchte. Sie machte eine Gruppe von Göttern ausfindig, die die Vormundschaft über dieses Reich übernommen hatte, und obwohl ihre vereinte Magie im Vergleich zu ihrer nichts war, bat sie sie um Hilfe. Das ist der Punkt, an dem die Geschichte ziemlich vage wird, fürchte ich. Verbotene

Magie wurde beschworen. Viele Unsterbliche kamen bei diesen Experimenten um. Noch viel mehr opferten ihren Verstand. Denn es war sicher, dass, wenn die Leere nicht geändert werden konnte, ihr bösartiges Wesen sich unvermeidlich gegen diese Realität wenden würde, wie bei Tausenden zuvor, die dem Untergang geweiht waren.«

»Tausenden?«, unterbrach Ned.

»Niemand weiß es genau. Vielleicht waren es auch nur ein paar Dutzend.« Ihre Stimme bebte. »Vielleicht Zehntausende. Oder Millionen.«

Ned war nicht sehr fantasievoll, aber der Gedanke an auch nur ein zerstörtes Universum erfüllte ihn bereits mit genügend Furcht. Er konnte mit dem Gedanken an Millionen nicht umgehen. Wie viele Milliarden über Milliarden hatte die Irre Leere – hatte er – dem Erdboden gleichgemacht?

»Sie hätten mich zerstören sollen«, sagte er.

»Das haben sie versucht. Sie haben die Leere verwandelt. Frag mich nicht, wie. Ich glaube nicht, dass irgendwer den Prozess wirklich verstand. Es war hauptsächlich Glück, überwältigende Magie und ein glücklicher Zufall. Die Erinnerung der Leere wurde unterdrückt. Sie trennten sie von ihrer grausamen Macht, die an einen geheimen Ort gebracht wurde, den nicht einmal sie finden konnten. Und sie wurde zu einem Menschen gemacht. Zu einer Art von Mensch.

Dann hofften sie, sie töten zu können. Und das taten sie auch. Unglücklicherweise geht die Unsterblichkeit der Leere über die Gottheit hinaus. Sie zu töten bedeutet nur, ihr sterbliches Abbild umzubringen. Der Tod verwandelte sie nur wieder in ihre allmächtige Form zurück. Einmal mehr kamen große Götter um, bis sich der Zufall, durch schiere Unbesonnenheit, noch einmal einstellte.«

»Warte mal«, sagte Ned. »Ich bin schon Dutzende Male getötet worden. Ich komme aber immer als ich selbst zurück, nicht als tollwütiger Dämon.«

»Sie haben eine Formsache entdeckt«, erklärte sie. »Wenn die Leere von einer anderen Quelle als ihrer eigenen wiedererweckt wurde, blieb sie ein Mensch. Eine Wächterin wurde berufen, die auf die Leere aufpassen sollte. Das einzige Ziel ihrer Aufgabe war, die Leere mit ihrer eigenen Magie ins Leben zurückzurufen, wann immer es nötig war. Es war ihre Pflicht, die Käfigtür geschlossen zu halten, indem sie sicherstellte, dass sie niemals einen Grund fand, sie zu öffnen. Auf diese Weise wurde die Leere zumindest im Zaum gehalten, wenn auch nicht ganz gezähmt.«

Während Ned noch darüber nachdachte, studierte er seine Hände. Er ballte sie zu Fäusten und stellte sich vor, wie er Welten zerquetschte, dann Sonnensysteme, dann ganze Universen, als wären sie alte Pergamente voller Kritzeleien, für die er keine Verwendung mehr hatte.

»Ich nehme an, du fragst dich, warum sie dich nicht eingesperrt haben?«, fragte die Rote Frau. »Warum sie dich nicht in einen Schacht geworfen haben, wo du vor Unheil sicher verwahrt wärst, ordentlich gehütet bis ans Ende der Zeiten?«

Er neigte nicht dazu, sich Fragen zu stellen, und er hatte sich auch noch nicht auf das eingestellt, was er gerade gehört hatte.

»Das haben sie auch versucht. Die Leere wurde ärgerlich, und wenn du verstimmt bist, kannst du entsetzliche Dinge tun.«

»Was zum Beispiel?«

»Willst du es wirklich wissen?«

»Nein«, antwortete er sofort.

Sie lächelte mit einem Anflug von Zuneigung. »Wenn es

dich irgendwie tröstet: Es war ein sehr kleiner Kontinent und keiner vermisst ihn heute noch.«

Ned sank in sich zusammen: niedergeschlagen, bezwungen und plötzlich von einer Schuld belastet, die so schwer war, dass sie ihn beinahe in die Erde drückte.

»Ich bin nicht glücklich«, sagte er, als er die Situation begriff. »Wie kommt es, dass ich jetzt keine Dinge zerstöre?«

Sie setzte sich neben ihn. »Du hast tausend Leben gelebt, Ned, und nur in diesen letzten paar warst du du. In all den anderen, an die du dich nicht erinnerst, warst du jemand anders. Du warst Könige und Bauern, Krieger und Milchmädchen, Mörder und Priester. Ich bin die ganze Zeit an deiner Seite gewesen. Ich war am Anfang und am Ende jeder Inkarnation dabei. Und jede war bis auf eine Konstante einzigartig. Auch wenn sie von Reichtum und Macht umgeben waren oder von Frieden und Ruhe oder von allem und jedem, was ein Mann sich dazwischen wünschen kann, so waren sie doch alle ziemlich unglücklich.«

Ned stand auf. »Glaubst du, ich will mich schlecht fühlen? Ich weiß, dass ich es verdiene zu leiden.«

»Das habe ich nicht gesagt.«

»Aber du denkst es.« Er deutete anklagend auf sie, als wäre das alles irgendwie ihre Schuld. »Ich bestrafe mich selbst für den Schaden, den ich angerichtet habe. Es ist wie eine Art Buße. Unendliche, sinnlose, schmerzhafte Buße.«

»Wenn das der Fall ist«, sagte sie, »dann ist es mehr die Frage, was du denkst, als was ich denke, oder?«

»Warum musstest du mir das alles sagen?«

»Du wolltest es wissen.«

»Ich habe es mir anders überlegt.«

»Zu spät. Übrigens wusstest du es schon. Du hast es immer gewusst, ganz tief in dir drin. Ich habe dich nur gezwungen, es endlich zuzugeben.«

»Ich dachte, du hättest gesagt, es sei ein Witz gewesen, als du mir sagtest, das Schicksal der Welt würde von mir abhängen!«

»Es war auch einer. Es hängt nicht von dir ab. Es hängt von etwas in deinem Inneren ab.«

»Kannst du nicht meine Erinnerung auslöschen? Das kann doch nicht so schwer sein.«

Sie stand auf, stützte sich so schwer auf ihren Stab, als könnten ihre Beine sie kaum tragen, und legte ihre Finger an seine Stirn. »Das wäre möglich, aber es muss bekannt werden. Du musst es wissen.«

Ihr Gesicht wurde ausdruckslos. Sie humpelte davon und sprach mit dem Rücken zu ihm.

»Weil sie kommen.«

Wie auf ein geheimes Kommando stieg der Schwarm blutroter Vögel in die Luft und verdunkelte den Himmel über der Kupferzitadelle. Die Festung bestand aus nichts als schwarzen Schatten in einer alles verzehrenden Dunkelheit.

»Wer?«, fragte er.

In der Schwärze sprach die Rote Frau sanft: »Deine Feinde, Ned.«

»Ich habe Feinde?«

Sie kicherte und schwang ihren Stab in einem kleinen Kreis. Die Tausende von Vögeln zerstreuten sich in alle vier Winde, als wären sie nie da gewesen. Bis auf den Pinguin, der nicht fliegen konnte und keine andere Wahl hatte, als vom Garten in Richtung Zitadellentor zu watscheln.

»Du hattest viele, angesammelt in tausend Leben. Aber es gibt nur zwei, mit denen du dich jetzt beschäftigen musst. Der erste und wichtigste ist ein Dämonenimperator. Er will deine Macht, weil er hofft, sie für sich selbst nutzen zu können. Ob er irgendeine Aussicht auf Erfolg hat, kann ich dir nicht sagen. Trotzdem ist er eine starke Zerstörungsmacht.

Mich schaudert, wenn ich daran denke, was passieren würde, wenn er einen Weg fände.

Der zweite ist eine im großen Ganzen unbedeutende Angelegenheit. Sein Name ist Belok, ein alter Zauberer mit wenig Talent. In einer früheren Inkarnation warst du auch ein Zauberer und ihr zwei seid miteinander in irgendeine lächerliche Frage der Ehre geraten. Die Angelegenheit endete mit deinem Tod und einem Fluch auf Belok, den er vergeblich versucht zu brechen. Er begreift einen Teil dessen, was du bist, aber nicht genug. Das könnte ihn lästig machen.«

Ein kalter Wind fegte über die Festung. Die Rote Frau zog ihren Umhang enger um ihre Schultern.

»Und ich glaube, dass er nun endlich angekommen ist. Einen Tick später, als ich erwartet hatte.«

Der Wind legte sich, aber die Luft wurde kalt. Neds Atem kristallisierte, als er sprach: »Jetzt? Er kommt jetzt?«

Die Rote Frau machte sich nicht die Mühe zu antworten. Sie deutete mit ihrem Stab in Richtung Himmel und ein Trupp geisterhafter Jungfrauen ergoss sich aus den Wolken. Sie kreischten und heulten und skandierten den Namen ihres Herrn.

»Belok! Belok! Belok!«

Die Rote Frau stöhnte. Es war jedes Mal so ein Theater.

Die Geister formten eine Kolonne sich windender Leiber und verhedderter Haare. Ihre geisterhaften Gestalten verwandelten sich in Drachen, dann Tiger, dann Schlangen. Sie glitzerten hell strahlend und Ned bedeckte seine Augen. Als er schließlich wieder sehen konnte, sah er einen pelzgesichtigen, schnabeltierartigen Zauberer vor sich stehen. Seine Geisterbuhlen liebkosten ihn sanft, während andere ausbrachen und abwesend im Garten herumschwebten. Die Pflanzen verblühten und verdorrten bei ihrer Berührung.

Ned stand wie versteinert da. Er tat so, als glaubte er, dass es irgendein grausiger Zauber war, der ihn festhielt. Aber es war nichts dergleichen. Es war auch nicht Angst oder Ehrfurcht. Eher war es der Schock, allerdings nicht wegen des Zauberers, sondern wegen der Art, auf die alles in seinem Leben so unendlich viel unverständlicher geworden war.

»Hallo Belok«, sagte die Rote Frau.

Belok schnappte mit seinem Schnabel. »Was tust du hier?«

»Bin nur auf Besuch.«

Er schnappte als Zugabe noch einmal mit seinem Schnabel. »Welche Listen hast du ersonnen, Hexe?«

»Keine List. Nur einen Test.«

»Dann komm. Teste meine Macht und stirb.«

»Ich habe nicht gesagt, dass ich dich testen will«, antwortete sie und setzte sich auf die Bank.

Belok wandte seine wachsamen Augen Ned zu. Der Zauberer hob die Hände und brodelnde Lava tropfte von seinen Fingerspitzen. »Brich meinen Fluch. Brich ihn oder leide in Ewigkeit.«

Ned schluckte. »Ich weiß nichts über Flüche.«

»Lüg mich nicht an.« Die Geister packten Ned an Kragen und Ärmeln und trugen ihn zu ihrem Meister.

»Ich lüge nicht.« Ned schauderte in der kalten Umarmung der Geister. »Ich bin kein Zauberer. Und kein Dämon. Ich bin nur ein Mensch.«

Die Rote Frau lächelte.

»Dein Körper mag sich verändert haben«, sagte Belok, »aber deine wahre Natur kannst du nicht verändern.« Die Geister trugen Ned zu der Roten Frau und setzten ihn unsanft zu ihren Füßen ab. »Verwandle ihn zurück«, befahl Belok der Hexe. »Finde den Zauberer in ihm und verwandle ihn zurück!«

»Das kann ich nicht.«

»Erzähl mir nichts! Du bist seine Wächterin.«

»Nur weil ich ihn am Leben erhalte, heißt das nicht, dass ich ihn auch zwingen kann, irgendetwas zu tun. Die Magie, die hier am Werk ist, liegt außerhalb meiner Kenntnis. Und deiner. Du tätest gut daran, alles so zu lassen.«

Belok ignorierte den Rat, was sie nicht wunderte. Genauso wenig wie die Irre Leere ihre Natur ändern konnte, konnte es auch der Zauberer.

»Wenn du mir nicht helfen willst, dann geh zur Seite«, befahl er.

Die Rote Frau wedelte mit ihrer Hand in Richtung Ned. »Solange du ihn nicht umbringst, ist mir egal, was du mit ihm anstellst.«

Beloks Geister hoben Ned wieder in die Luft. Er zappelte vergeblich. Seine Hand erwischte den Stab der Roten Frau.

»Du sollst auf mich aufpassen«, sagte er. »Es ist deine Pflicht!«

»Um Himmels willen«, sagte der Rabe, »leg wenigstens ein bisschen Würde an den Tag, Mann!« Der Vogel pickte nach den klammernden Fingern und Ned wurde von den heimtückischen Geistern durch die Luft geworfen.

»Versuch bitte, vorsichtig zu sein, Ned«, sagte die Rote Frau.

Die Geister hielten Ned an den Knöcheln. Umgekehrt hängend, während ihm das Blut in den Kopf floss, es in seinen Ohren rauschte und sein Blick sich trübte, sah er die Rote Frau aus dem Garten humpeln und ihn seinem Schicksal überlassen.

»Ich kann nichts tun«, sagte er. »Ich verstehe nichts von Magie.«

Belok gestikulierte und seine Geister hoben Ned so hoch, dass er in die goldenen Augen des Zauberers schauen konnte. »Es ist in dir. Irgendwo ist alles in dir. Alles, was du je warst. Wenn ich tief genug grabe, wenn ich alle falschen Hüllen abziehe, finde ich bestimmt, was ich suche.« Er hob eine Hand mit geschwärzter Haut und Fingern mit Schwimmhäuten und fuhr mit seinen scharfen Nägeln über Neds Haut. »Ich hoffe, das tut weh.«

In diesem Moment hätte Ned schreien sollen. Er tat es nicht. Etwas hielt ihn zurück. Er hatte immer noch keine Angst.

Er war ja kein Mensch, grübelte er. Er war die Irre Leere. Er war die mächtigste Zerstörungskraft in diesem und allen anderen Universen. Er sollte leicht in der Lage sein, Belok zu zerstören, ohne es auch nur zu versuchen. Warum tat er es also nicht? Warum schwebte er hier nur hilflos in der Luft, während sich der Zauberer bereit machte, ihm sowohl physisch als auch metaphysisch bei lebendigem Leib die Haut abzuziehen?

Weil er es verdiente. Er verdiente jedes winzige bisschen davon und noch viel mehr.

Er konnte um Hilfe rufen. Er konnte um Gnade flehen. Auch das tat er nicht. Er wartete einfach auf seine Strafe. Egal, wie schlimm sie ausfiele, sie würde nie wieder gutmachen, was er getan hatte.

Belok kratzte mit seinen Krallen über Neds Stirn. Blut rann an seiner Kopfhaut herab und aus seinen Haaren. Er zuckte. Er weinte. Aber er schrie nicht.

Dann kam der nächste Gedanke. Was, wenn irgendwo ein Fehler passiert war? Was, wenn er doch nicht die Leere war, sondern nur Ned? Was, wenn er für die Sünden eines anderen büßte? So oder so erschien ihm alles äußerst sinnlos.

»Mir wehzutun ist keine Lösung«, sagte er, überrascht von seiner Ruhe.

»Im Gegenteil«, antwortete der Zauberer, »es wird mir zumindest helfen, mich besser zu fühlen.«

Die Geister drehten Ned, stellten ihn auf die Pflastersteine, hielten ihn aber weiterhin fest. Belok leckte das Blut mit einer winzigen, lilafarbenen Zunge von seinen Krallen. »Ich bin vielleicht nicht in der Lage, dich zu töten, aber ich kann viele andere widerwärtige Dinge tun. Vielleicht werde ich damit anfangen, dein Auge auszureißen. Vielleicht würde es mich aufmuntern zu wissen, dass du die Ewigkeit in immerwährender Dunkelheit verbringen wirst.« Er bewegte eine Kralle auf Neds Auge zu.

Ned erschauderte. Er biss sich in Vorbereitung auf den Schmerz auf die Lippen. Immer und immer wieder ging ihm der Gedanke durch den Kopf, dass er es verdient hatte. Zumindest hoffte er, dass es so war. Das war der einzige Trost, den er finden konnte, und es wäre wirklich eine Schande gewesen, wenn ein Fehler passiert wäre und die Irre Leere jetzt gerade tausend Meilen weit entfernt eine schöne Tasse Tee trank.

Ein Blitz stieß Belok weg und ließ sein Geistergefolge vor Wut aufheulen.

»Wer wagt es, Belok zu treffen?«, lamentierten die Geister in einem musikalischen Kreischen. »Welcher Narr wagt es, Magie gegen Belok zu gebrauchen?«

Die Rote Frau senkte ihren Stab. »Ehrlich, Belok. Immer so melodramatisch.« Sie schwang den rauchenden Stab in ein paar großen Kreisen. Grollende Wolken wirbelten über ihnen herum. »Du tust gut daran, dich hinter mich zu stellen, Ned.«

Das musste sie ihm nicht zweimal sagen.

»Bist du sicher, dass du weißt, worauf du dich da einlässt?«, fragte der Rabe die Rote Frau. »Es ist eine Weile her, dass du dich einem Zauberer im Kampf gestellt hast.«

Sie stampfte ihren Stab zweimal auf den Boden, so dass die Erde rumpelte. »Es ist wie Reiten. Man verlernt es nicht.«

»Bist du je geritten?«, fragte der Rabe.

»Ich erinnere mich nicht.«

Der Rabe flog von ihrer Schulter und setzte sich auf die Mauer. »Ich glaube, diesmal sitze ich lieber hier drüben.«

Beloks goldene Aura verdunkelte sich zu einem blutroten Kupfer. Eine kleine Feuerkugel erschien zwischen seinen ausgestreckten Händen.

»Feuerbälle?« Die Rote Frau hielt ihre eigene faltige Handfläche auf und materialisierte eine rotweiße Furie. »Nicht sehr originell, Belok.«

»Ich verschwende mein bestes Material nicht an herumspielende Hexen.« Beloks Flammen wurden größer und größer. Er warf eine seiner Geistergespielinnen hinein, und das Feuer wurde schwarz und zehrte von ihrer Qual, während ihre Schreie die Luft schwärzten. Die Macht rang in seinem Griff, wurde aber immer größer. So groß wie der Zauberer, der sie erschaffen hatte. Der Feuerball der Roten Frau blieb angenehm handflächengroß.

»Ist das alles, was du mir zu bieten hast?«, spottete Belok.

Kichernd balancierte sie ihren magischen Ball auf einem Finger. Lustig, wie die meisten Zauberer, sogar einer mit Beloks Erfahrung und Macht, wieder und wieder dieselben Fehler machten. Sie dachten immer, es käme darauf an, wer den größten hatte.

NEUNZEHN

Nachdem er Ned im Garten gelassen hatte, wurde Frank zu einem Spiel Koboldmatsch eingeladen. Unter denjenigen, die zu gleichen Teilen Geschick, Gewalt und Glück beim Sport schätzten, war es ein beliebtes Spiel. Koboldmannschaften wurden mit Miniaturterrains auf einem Spielfeld verteilt. Sie bekamen Ausrüstung, um verschiedene Militäreinheiten nachbilden zu können. Und dann bewegten die Spieler (oder Generäle, wie sie genannt wurden) ihre Kobolde abwechselnd, entweder, um ein höher gelegenes Gelände zu erreichen oder eine Flagge, oft auch einfach nur, um die andere Armee nach allen Regeln der Kunst zu verprügeln, bis alle Soldaten einer Seite beseitigt waren oder die Kobolde sich langweilten und abwanderten.

Im Allgemeinen genossen Kobolde das Spiel. Die Bewaffnung war größtenteils symbolisch, und Todesopfer waren selten echt. Gab es tödliche Unfälle, wie das manchmal geschah, waren die Kobolde selbst am beeindrucktsten. Es erforderte ziemlich viel Geschick, um einem dickschädligen Kobold mit einem papierdünnen Holzschwert den Schädel einzuschlagen.

Manche Königshäuser besaßen Koboldmatsch-Spielfelder, zu denen echte Miniaturfestungen und Flüsse und künstliche Städte gehörten, aber das der Kupferzitadelle war eine improvisierte Sache. Hier und da waren Fässer und

Pflanzen platziert. Und es gab einen großen Haufen Steine, die als Hügel dienten. Das genügte.

Frank war der Kompanie-Champion. Er verlor selten. Zum Teil war das seiner natürlichen taktischen Begabung zu verdanken, zum Teil auch dem üblicherweise dürftigen Können seiner Gegner. Der wichtigste Anteil aber war, dass Frank seiner Armee Getränke ausgab, wenn sie gewannen, was seinen Kobolden gerade genug Anreiz bot, um ein wenig besser, ein wenig länger zu kämpfen. Und es hielt ihre Aufmerksamkeit so weit aufrecht, dass die andere Mannschaft normalerweise die erste war, die abwanderte.

Im Augenblick griff er in einem hitzigen Gefecht Gabel an, obwohl man das Spiel gerade kurz unterbrochen hatte, als all diese Vögel erschienen waren. Gabel war kein Pfuscher. Franks Armee war hinter einigen Fässern eingekesselt, und es fiel ihm verdammt schwer, sie da wieder herauszubekommen. Er dachte über seinen nächsten Zug nach, als Gabel bemerkte – beinahe so, als wäre ihm dieser Gedanke eben erst gekommen, obwohl Frank es besser wusste –, dass Ned in den letzten paar Stunden seltsam abwesend gewesen war.

»Ich frage mich, was mit ihm geschehen sein kann?«, überlegte der Ork laut.

»Muss irgendwo unterwegs sein«, sagte Frank.

»Das letzte Mal, als ich ihn gesehen habe, ist er mit dir weggegangen, oder nicht?«

Frank grunzte.

»Ich hoffe, es geht ihm gut«, bemerkte Gabel.

Frank grunzte noch einmal. Er schickte eine Figur aufs freie Feld, zwei Schritt in Richtung mehr Deckung. Einer der feindlichen Bogenschützen zielte gut und ein gepolsterter Pfeil traf die Figur direkt ins Auge. Frank zuckte die Achseln. Er hatte nicht erwartet, dass es funktionierte. Er hatte immer noch Ace als Ass im Ärmel.

Ace war ein guter Spieler, aber nur, wenn er einen Giganten-Hund oder einen Giganten oder irgendeine andere gigantische Kreatur spielen durfte. Jetzt stellte er ein Paar Flügel und ein auf seine Stirn geschnalltes Horn zur Schau, um seine momentane Gestalt als Feuer speiender Drache zu symbolisieren. Reptiliengleich lauerte er hinter ein paar Bäumen und wartete auf den Befehl zum Zuschlagen.

Gabel setzte eine Runde aus und behielt seine Armee an Ort und Stelle. »Du hast nicht zufällig eine Vorstellung davon, was Ned passiert sein könnte, oder?«

Frank funkelte ihn finster an. »Ich habe ihn umgebracht, okay? Ich habe ihn umgebracht. Aber es war ein Unfall.«

»Sicher war es das«, sagte Gabel.

Frank wandte seine Aufmerksamkeit dem Spiel zu. Er hatte Gabel im Verdacht, dass er dieses Thema nur anschnitt, um ihn abzulenken. Und es funktionierte. »Er wollte, dass ich ihm helfe. Also habe ich ihm geholfen. Und dann habe ich ihn aus Versehen zerquetscht.«

»Ach ja?«, fragte Gabel mit unschuldigem Lächeln.

»Es war keine Absicht. Menschen sind so leicht zu zerquetschen.«

»Natürlich sind sie das.«

Frank blickte noch finsterer drein. »Willst du damit sagen, dass ich ihn absichtlich zerquetscht habe?«

»Ich glaube nicht, dass ich irgendwas sagen will«, antwortete Gabel. »Du bist dran. Die Armeen fangen an, sich zu langweilen.«

Ungeduldig schlich Ace hinter dem Baum herum. Er ließ die tiefe, murrende Imitation eines hungrigen Knurrens hören. Wenn er einen Drachen spielte, dann spielte er ihn sehr gut. Aber Frank behielt Ace sicher in Deckung und bewegte eine Kavallerie-Figur. Der Kobold wurde getroffen, was ihn den Regeln nach zur Infanterie degradierte. Mit theatralisch enttäuschter Geste warf er sein Steckenpferd beiseite.

Gabel machte diesmal eine große Sache daraus, das Spielfeld zu studieren. Er wandte seinen Blick, während er sprach, nicht davon ab. »Aber manche Leute könnten denken, es sei ein äußerst seltsamer Zufall, dass der Mann, den dein Mädchen mag, von dir zerquetscht wird. Es sieht aber auch verdächtig aus. Wenn man ein misstrauischer Typ ist.«

Frank brummelte: »Sie ist nicht mein Mädchen. Und es ist mir egal, ob sie ihn mag. Auch wenn es, selbst wenn sie es täte, sicher nur eine leichte Anziehung wäre, eine vorübergehende Laune. Und auch wenn es mir nicht egal wäre, würde ich Ned nicht nur aus diesem Grund zerquetschen. Wenn ich ihn denn hätte zerquetschen wollen. Was nicht der Fall war.«

»Natürlich.« Gabels Artilleriefiguren schleuderten ein paar Gummibälle in die Luft. Die Patronen prallten an einigen von Franks Figuren ab und entfernten sie aus dem Spiel. Bis auf die Berserker, die ihre blauen »ruhig«-Hüte abnahmen und ihre roten »wütend«-Hüte aufsetzten. Was genau das war, worauf Frank gewartet hatte.

Er hätte lächeln sollen, doch er war von anderen Gedanken zu abgelenkt. So sehr er es auch versuchte, er war nicht überzeugt, dass er Ned nicht absichtlich getötet hatte, auch wenn er es unbewusst getan haben mochte. Als junger Rekrut hatte er eine Hand voll Soldaten im Trainingslager umgebracht. Orks mit ihren dicken Knochen brachen nicht so leicht, und Trolle, von Natur aus matschig, ploppten meist einfach zurück in ihre Gestalt. Aber Menschen waren viel weniger zäh und Elfen zerbrachen sogar wie dünne Zweige. Frank hatte jedoch gelernt, wie man mit diesen empfindlichen Spezies umging, und so war es Jahre her, seit er versehentlich etwas zermatscht hatte – bis auf Kobolde, die wohl kaum zählten. Wenn Neds Tod ein Unfall war, war er unentschuldbar. Und wenn es Absicht gewesen sein sollte, war es das noch viel mehr, weil Frank Ned mochte, und Frank hatte einen strikten »Keine Freunde«-Matschgrundsatz.

»Du bist dran«, sagte Gabel mit Singsang-Stimme.

Frank war nicht sicher, ob Gabel noch ein Freund war oder nicht mehr, und setzte ihn vorläufig auf die unbestimmte Matschliste.

»Wo kommt dieser Sturm her?«, fragte Gabel, als sich wütende Wolken über der Zitadelle ausbreiteten.

»Hör auf, mich ablenken zu wollen!«

Der Oger wedelte mit einer Hand. Seine Armee wusste, was sie zu tun hatte. Die Berserker, Polster in Form von Streitäxten hoch über dem Kopf schwingend und mit echtem Schaum vor dem Mund, stürmten vor, während Ace mit den Armen rudernd und mit seinem künstlichen Schwanz schlagend aus einer anderen Richtung herbeisegelte. Gabels Katapulte waren leer. Seine Bogenschützen waren nutzlos, da Pfeile keine Wirkung auf Berserker mit roten Hüten oder auf brüllende Drachen hatten. Gabels Ritter traten vor, um sich dem Feind zu stellen. Und Ace schluckte mit einem furchtbaren Brüllen – furchtbar jedenfalls für die Kehle eines Kobolds – einen halben Krug Wein, setzte einen Trichter an die Lippen und machte sich bereit, Feuer zu spucken.

Dann explodierte die Kupferzitadelle. Nun, nicht die ganze Zitadelle, nur der Garten. Eine gewaltig brodelnde Detonation blies die Mauern zu Staub. Die Macht der Explosion warf alle außer Frank von den Füßen. Der riesige Oger fragte sich zuerst nur, was in Aces Wein gewesen sein mochte, danach staunte er über die Wolken von Asche und Hitze, wo vorher der Garten gewesen war, und bemerkte dann eine schreiende Gestalt, die auf die Erde, und zwar genau auf ihn zu stürzte. Alles, was Frank tun musste, war mit offenen Armen einen Schritt zur Seite treten, um sie zu fangen. Was er auch tat.

Ned, schwarz überzogen und an den Rändern versengt, brutzelte in den Armen des Ogers. »Danke.«

»Gern geschehen.« Frank lächelte und hatte das Gefühl, wieder gutgemacht zu haben, dass er Ned zuvor getötet hatte. Obwohl er sich fragte, ob er sich überhaupt die Mühe gemacht hätte, ihn zu fangen, wenn er gewusst hätte, dass es Ned war.

Ein Trommelfeuer von Feuerbällen brach aus dem rauchenden Garten hervor. Die meisten der Projektile gingen in die Luft, aber eine Mauer, ein Dach und eine kleine Ansammlung Soldaten wurden in Stücke gerissen. Das war alles, was nötig war, um die meisten der anderen Soldaten in Deckung hasten zu lassen. Nur Frank, Ned, Gabel und Ace blieben. Und Gabel duckte sich hinter dem großen Oger.

Über ihnen wallten Wolken. Mit einem ohrenbetäubenden Donnerschlag zischte eine Salve blauer Blitze über den Himmel und traf den Garten. Eine Welle violetter Flammen folgte. Sie schoss hoch und brannte die Wolke mit einem dämonischen Heulen weg.

Und dann: nur Stille.

»Was war das?«, fragte Ace.

Ned plumpste auf die Pflastersteine. »Zauberer.«

Der zinnoberrote Rabe flog herbei und setzte sich auf seine Schulter. »Wow! Hätte nicht gedacht, dass es die alte Krähe immer noch drauf hat!«

»Ist es vorbei?«, fragte Frank.

»Vermutlich nicht«, antwortete der Rabe. »Beide sind sehr mächtig. Ich könnte mir denken, dass sie sich gegenseitig mehrmals umbringen müssen, um es hinzubekommen.«

Belok schritt aus dem grauen Dunst. Er schien kleiner geworden. Und haariger. Er rieb sich die Schulter. Ein Ausdruck geringfügigen Unbehagens huschte über sein Gesicht. Seine Geister hatten eine gespenstischere Gestalt angenommen, eingefallen und leichenartig, mit hohlen Augen und knochigen Gliedmaßen. Er hob eine Hand in Neds Richtung, und die schnatternden Gespenster strömten vorwärts, um Ned zu schnappen. Frank und Ace schlugen wild nach den Geistern, doch ihre Schläge gingen harmlos durch sie hindurch. Sie zerrten Ned zu dem Zauberer.

Eine schwarze Kugel schoss aus dem Rauch und traf Belok am Kopf. Er taumelte vorwärts. Seine Geister ließen Ned los, der sich wieder bei Frank in Sicherheit brachte. Nicht, dass der Oger viel gegen diese Magie hätte tun können, aber er war immer noch das größte, robusteste Ding im Umkreis. Der bloße Instinkt zwang Ned an Franks Seite.

Die Rote Frau kam aus dem Rauch gehumpelt. Milchig weißes Blut rann aus einem Schnitt in ihrem Gesicht.

Belok rieb sich den Kopf. »Du bist zäher, als ich dachte.«

»Vielleicht bist du schwächer, als du denkst«, antwortete sie. Befremdliche Energien sammelten sich an der Spitze ihres Stabs. Die Magie pulsierte und pochte. Inzwischen war der wolkenlose Himmel zu einem dunklen, verzehrenden Grau geworden und die Magie warf ein strahlendes Leuchtfeuer in die Dunkelheit.

Ned dachte daran davonzurennen. Aber das hier war nichts, wovor er zurückweichen konnte. Diese beiden Zauberer entschieden sein Schicksal, und er konnte rein gar nichts tun.

Belok wuchs zu einer großen, reptilienartigen Bestie: ein Drache mit riesigen Schwingen und einem einzelnen gezackten Horn auf der Stirn. Selbst in seiner Drachengestalt verfügte Belok über seinen Schnabel und sein pelziges Gesicht. Und sein Schwanz war der runde, flache Anhang eines Bibers, groß genug, um drei gesunde Oger mit einem Schlag zu pulverisieren. Er atmete tief ein. Seine Wangen blähten sich. Und Ned bemerkte einen Streifen Fell, der sich über seine Schultern den Rücken hinab ausbreitete.

Der Drache blies seinen Feueratem aus, den die Rote Frau mit einem Schwung ihres Stabes teilte. Sie platzte aus ihrer Haut, wurde zu einer langen, zinnoberroten Schlange und schleuderte ihren Stab fort, als die beiden gewaltigen Reptilien losschnappten und miteinander rangen. Der Stab, immer noch strahlend, landete klappernd zu Neds Füßen.

»Ich weiß nicht, ob das ein guter Plan ist«, sagte der Rabe.

»Welcher Plan?«, fragte Ned.

»Ich habe nicht mit dir geredet«, antwortete der Rabe und wandte seine Aufmerksamkeit wieder der telepathischen Debatte zu. »Ich weiß nicht, ob ich mich auf Ned verlassen würde.« Der Vogel legte den Kopf schief. »Du bist die Chefin. Ned, heb den Stab auf.«

Ned zögerte. Der Stab glühte vor gefährlichen Hexereien. »Äh ... lieber nicht.«

»Er wird dir nichts tun.«

»Bist du sicher?«

»Ziemlich.« Der Rabe seufzte. »Ich habe dir doch gesagt, dass das ein schlechter Plan ist.«

Die Rote Frau kreischte.

»Schrei nicht mich an«, rief der Vogel zurück. »Schrei Ned an!«

Regina erschien an Neds Seite. Sie hielt einen sehr langen Speer mit einer meterlangen Klinge an der Spitze, eine Waffe aus ihrer privaten Sammlung, die dazu gedacht war, Drachen zu töten. Sie hatte nicht geglaubt, dass sie den Speer je benutzen würde. Aber da sie den Kampf mit allen

Arten von Menschen und Bestien studiert hatte, kannte sie seine Handhabung genau, und sie wurde bei der Möglichkeit, die Klinge mit echtem Drachenblut zu benetzen, ziemlich aufgeregt. Wäre es nur eine Bestie gewesen, hätte sie sich auf der Stelle in den Kampf gestürzt, aber so schien es sinnvoller, es die Monster unter sich ausfechten zu lassen und den geschwächten Sieger dann zu töten. Vielleicht weniger sportlich, aber die rasenden Giganten reichten aus, um selbst Reginas Tapferkeit zu bremsen.

Alle waren so vertieft in die Beobachtung des Kampfes, dass es einige Zeit dauerte, bis Ace einen Blick hinauf warf und eine Veränderung an der Amazone bemerkte.

»Was ist mit deinem Gesicht passiert?«, fragte er.

Sie starrte auf den Kobold hinab, tat aber so, als hätte sie die Frage über dem Gebrüll der Monster gar nicht gehört. Als das Detail jedoch erst einmal angesprochen war, bemerkte Frank es auch.

»Was ist das für ein Zeug?« Seine Neugier brachte ihn dazu, die Hand unter ihr Kinn zu legen und ihr Gesicht zu sich nach oben zu drehen.

»Es ist gar nichts.«

Sie drehte ihm den Rücken zu und studierte den Kampf. Der Biberschwanz des Drachen streifte die Mauer und hinterließ nur einen Schutthaufen. Die Schlange spuckte irgendeine Art Säure, die auf den Schuppen des Drachen brutzelte.

Ned wandte seine Augen von dem Spektakel ab und sah sie an. »Ist das Make-up?«

»Nein, Sir.« Regina beschattete ihr Gesicht, eine halbfertige Applikation von Pudern und Farben. »Es ist zeremonielle Kriegsbemalung.«

»Amazonen tragen keine Kriegsbemalung«, sagte Ace.

»Doch, das tun wir.«

»Ich habe dich nie welche benutzen sehen«, bemerkte Ace.

Regina umklammerte ihren langen Speer. So effektiv er gegen Drachen war, war er doch viel zu sperrig, um Kobolde abzuschlachten. »Wir tragen sie nur, wenn wir Drachen töten«, log sie.

Ace schien skeptisch zu sein, aber es interessierte ihn nicht genug, um das Thema weiter zu erforschen.

Der Drache Belok spie Flammen, die heiß genug waren, um ein Steingebäude in Flammen aufgehen zu lassen. Verbrannt und blutig brachte es die Schlange noch fertig, sich um ihn zu schlingen und ihre Giftzähne ins Hinterteil ihres Gegners zu graben. Belok brüllte und die ineinander verkeilten Bestien rollten von einem Ende der Zitadelle zum anderen, wobei sie eine Spur von Trümmern, Feuer und Blut hinterließen. Die Geister feuerten ihren Herrn an, während der Rabe die Rote Frau unterstützte.

Aces schnuppernde Nasenlöcher entdeckten einen seltsamen Geruch, der über dem Rauchgestank lag. »Trägt hier jemand Parfum?«

Bevor Regina ihren Speer in eine praktikable Kobold-Aufspießposition schwingen konnte, grub der Drache seine Reißzähne in den Hals der Schlange. Eine große Fontäne weißen Blutes schoss in die Luft. Die Rote Frau zischte. Ihr Würgegriff lockerte sich und erlaubte es Belok, sie noch weiter aufzuschlitzen.

Die Rote Frau wurde zu einem Schwarm Purpurkardinäle und befreite sich segelnd aus Beloks Fängen. Er verschluckte die Vögel, die seinen schnappenden Kiefern nicht schnell genug entkommen waren, mit einem befriedigten Schmatzen. Dann briet er eine weitere Portion mit seinem Flammenatem. Die Hand voll, die übrig blieb, sammelte sich auf der Erde und wurde wieder zur bekannten Gestalt der Roten Frau. Sie blutete stark; getränkt in ihr eigenes blasses Blut konnte sie mit Recht die Weiße Frau genannt werden.

Belok lachte. Seine Stimme polterte wie zwei Berge, die aneinander rieben. Er schaute auf ihre allmählich schwindende, verwundete Gestalt hinab. Sie zeigte weder Angst noch Trotz. Nur stille Akzeptanz, als er eine mit Krallen bewehrte Hand hob, um sie zu Staub zu zermahlen.

»Jetzt oder nie, Ned«, sagte der Rabe. »Bei allen Göttern, sie opfert sich für dich! Lass sie nicht umsonst sterben!«

Zur Tat gezwungen, um sich nicht noch lächerlicher zu machen, schnappte Ned den Stab ohne nachzudenken. Er spürte eine Kraft durch ihn fließen, die Schauder seinen Arm hinaufschickte.

»Jetzt benutz ihn«, sagte der Rabe.

»Wie?«

»Frag nicht mich. Ich bin nur ein sprechender Vogel.«

Beloks Hand fiel. Ned hörte jeden einzelnen Knochen der Roten Frau splittern, jedes Übelkeit erregende matschige Geräusch jedes zerquetschten Organs. Der Stab vibrierte immer noch vor brodelnder, entfesselter Magie. Belok drehte sich, senkte seinen Kopf, um Ned ins Auge zu schauen, und stapfte vorwärts. Gabel machte sich aus dem Staub, doch Frank und Ace blieben bei Ned. Er hielt den Stab auf Armeslänge von sich und wartete darauf, dass etwas geschah.

Regina zielte mit ihrem Speer auf das Herz des Drachen. Trotz ihrer mangelnden Erfahrung war es ein fehlerloses Manöver und hätte bei jedem normalen Drachen funktioniert. Aber Belok schnappte die Waffe am Schaft und schleuderte sie davon, ohne seinen Schritt zu bremsen. Regina weigerte sich, den Speer loszulassen und wurde mit ihm fortgeschleudert. Sie landete ein paar Meter entfernt, leicht zerschrammt, aber unverletzt. Belok hätte sie zwar mit einem einzigen Schritt zerquetschen können, doch der Zauberer hielt sie seiner Aufmerksamkeit nicht für wert.

Mit seinem erderschütternden Kichern lachte er Ned ins Gesicht und warf ihn fast um. »Ist das alles, was aus der Irren Leere geworden ist? Ist dieser schwache, kleine Unsterbliche das äußerste Ziel ihrer Suche nach Erlösung?«

Die Geisterjungfrauen, inzwischen wieder lächerlich hübsch, kicherten. Sie zausten Neds Haar und kniffen ihn in die Wangen.

»Benutz den Stab, Ned«, sagte der Rabe.

Belok stimmte zu. »Auf jeden Fall, Ned. Benutze ihn. Finde einen Zauberspruch. Lass deine Wut an mir aus.«

Der Stab vibrierte in Neds Griff. Er fühlte die Macht, hatte aber keinen Zugang zu ihr, um sie in Feuerbälle oder Blitze zu verwandeln. Er war kein Dämon. Oder ein Zauberer. Er war jetzt nur ein Soldat und ihm fiel nur eines ein.

Er bereitete sich darauf vor, lebendig gebraten zu werden, und schlug dem Drachen den Stab auf den Schnabel.

Es gab eine Explosion blendenden Lichts. Stücke von Magie sprangen aus dem Stab in Belok hinein. Der Zauberer brüllte und taumelte rückwärts. Mehr seidigbraunes Fell spross auf seiner schuppigen Haut.

»Noch einmal, du Trottel!«, schrie der Rabe.

Ned schlug auf den Drachen ein und entkam Beloks dreschendem Schwanz nur knapp. Noch mehr der Magie des Stabes infizierte den Zauberer und er schrumpfte. Mit jedem Schlag wurde das Glühen des Stabs schwächer, und Belok, vor Höllenqual knurrend, schrumpfte und schrumpfte. Und während sich das Risiko, zerquetscht zu werden, verkleinerte, schlug Ned weiterhin auf den sich windenden und zischenden Zauberer ein. Als Belok sehr klein und gar nicht mehr gefährlich war, hielt Ned den Stab in die Nähe des Zauberers, bis sich alle Magie daraus entleert hatte und er nur noch neben einem wütenden Schnabeltier stand.

»Ist es nicht süß?«, bemerkte Ace.

Das wütende kleine Tier ging auf Neds Schienbein los, Frank aber fing es am Schwanz. »Vorsicht, Sir. Die sind giftig.« Er deutete auf die Dornen an den Hinterbeinen. »Nicht tödlich, aber höllisch schmerzhaft.«

Das Schnabeltier Belok knurrte und zappelte in Franks Griff. Die Geisterjungfrauen schauten sich gegenseitig an, zuckten die Achseln, stiegen in den blauen Himmel auf und schwebten davon.

»Verdammich«, sagte der Rabe. »Es hat funktioniert.«

»Habe ich das gemacht?«, fragte Ned.

»Indirekt ja«, erklärte der Rabe. »Der Fluch auf Belok hat ihn, wenn er Magie jeglicher Form ausgesetzt war, langsam in ein Schnabeltier verwandelt. Die Herrin hat im Grunde all ihre Magie in ihren Stab geworfen und dir gegeben, weil sie wusste, dass es die einzige Art war, seine Deckung fallen zu lassen. Typischer Zaubererfehler, wirklich. Seine Arroganz hat ihm letztlich das Genick gebrochen.«

»Ich kapier's nicht.«

»Ich dachte, ich hätte es einfach genug erklärt, dass selbst ein Dummkopf wie du es verstehen kann«, sagte der Rabe.

»Nicht das.« Ned sah die weiße Pfütze an. Sie war alles, was von der Roten Frau übrig geblieben war – und verdunstete schnell. »Ist sie wirklich tot?«

»Relativ.«

»Was soll das denn heißen?«

»Das heißt, dass der Tod nicht so schwarz-weiß ist, wenn es um Zauberer geht. Sie ist sicherlich toter, als ich sie je gesehen habe. Ob das bedeutet, dass sie unumkehrbar tot ist oder nicht, ist ein anderes Thema.«

»Warum sollte sie das tun? Sie mochte mich nicht einmal.«

»Da müsstest du sie fragen. Ich persönlich hätte dich Belok überlassen.«

Ned fühlte sich verwirrter als je zuvor. Er starrte in den schrumpfenden weißen Tümpel, bis er vollständig verschwunden war und ihn mit einem nicht verzauberten Stab, einem sehr wütenden Schnabeltier und zu vielen Fragen zurückließ.

ZWANZIG

Ned trat hastig den Rückzug an, bevor zu viele Soldaten es wagten, sich nach Abschluss des Zaubererduells auf dem Schlachtfeld zu zeigen. Er schloss sich in seinem Büro ein, wo er sich hinter seinen Schreibtisch setzte und sich etwas Hartes zu trinken wünschte.

»Armer alter Ned, tut sich mal wieder selber leid«, sagte der zinnoberrote Rabe, der auf der Fensterbank saß. »Du bist wirklich ein ganz armer Kerl.«

Ned, den Stab der Roten Frau immer noch in der Hand, stand auf und schlug damit nach dem Vogel, um ihn zu verscheuchen. Der Rabe aber hopste beiseite und landete auf einem Bücherregal.

Ein Blick aus dem Fenster zeigte durcheinanderwuselnde Soldaten in hitzige Debatten vertieft. Einige in der Nähe stehende Oger deuteten auf Ned und flüsterten miteinander.

»Sie machen tatsächlich weiter«, sagte der Rabe. »Die Gerüchte haben schon angefangen.«

»Welche Gerüchte?«

»Oh, die üblichen Spekulationen. Manche sagen, du seiest eine Hexe. Andere, ein Hexenmeister. Und manche sagen, dass du von den Göttern selbst verflucht bist, verdammt, für immer über die Erde zu wandern und Plagen und Unglück zu bringen, wo immer du vorbeigehst.«

»Aber das war nicht meine Schuld«, sagte Ned.

»Darum geht es nicht«, antwortete der Rabe. »Jemand muss die Schuld bekommen. Und da du verantwortlich bist, wenn auch nur indirekt, nehmen sie eben dich.«

Die Soldaten warfen Ned missbilligende Blicke zu. Sein Blut gerann beim Gedanken an Hunderte von Ogern, die ihn sowieso nicht leiden konnten und jetzt einen Grund mehr fanden, ihn abzumurksen.

Als hätte er seine Gedanken gelesen, sagte der Rabe: »Genau in diesem Moment überlegen sie, ob sie dich steinigen und deine Leiche vierteilen, verbrennen und als Zugabe vielleicht noch einmal steinigen sollen. Es gibt noch andere Vorschläge, aber das ist meiner Meinung nach der interessanteste.«

Ned schloss das Fenster, verriegelte es (als ob das auch nur einen einzigen entschlossenen Oger abhalten konnte) und zog den Vorhang zu. Er setzte sich an seinen Schreibtisch, den Stab immer noch fest umklammert.

Der Rabe schritt von einem Ende des Bücherregals zum anderen. »Ich würde jedenfalls nicht du sein wollen, Ned. Wenn je ein Mann eine Pechsträhne hatte ... Zumindest sterben die anderen armen Kerle dieser Welt irgendwann einmal. Vielleicht ist an den Gerüchten ja was dran. Vielleicht bist du wirklich von den Göttern verflucht.«

Ja, er war verflucht, stimmte Ned zu. Aber die Götter hatten nichts damit zu tun. Er selbst war es, oder das Ding, das er einmal gewesen war. Ein Teil von ihm wollte leiden. Er wusste das. Nicht nur, weil es Sinn ergab, sondern wegen der vagen Schuld, die er spürte, immer gespürt hatte, ohne dass es ihm bewusst gewesen wäre, so sehr hatte er sich daran gewöhnt. Auch wenn er jetzt nicht mehr die Irre Leere war. Auch wenn er jetzt nur ein Mensch war. Es war nicht Strafe genug. Äonen langweiliger Existenz, reichlich garniert mit hunderttausend schrecklichen, qualvollen Toden, konnten nicht genug sein. Nichts konnte das Blut von einem einzigen ausgelöschten Universum wegwaschen, noch viel weniger von Hunderten.

Es war einfach nicht gerecht.

Der Rabe flog vom Bücherregal und setzte sich auf den Stab. »Tja, wer hat je behauptet, das Leben sei gerecht?«

Ned warf ihm einen finsteren Blick zu. »Hör auf, meine Gedanken zu lesen!«

Der Rabe kicherte. »Ich lese nicht deine Gedanken, ich lese dein Gesicht. Du trägst deine Gedanken vor dir her, Ned. Kannst sie kein bisschen verstecken.«

Ned zwang sein Gesicht zur Ausdruckslosigkeit, aber der Vogel fuhr fort.

»Wenn das Leben gerecht wäre, würdest du schon mal gar nicht existieren. Welches Recht hast du auf Erlösung? Welches grausame, verachtenswerte Schicksal gibt dir die Möglichkeit von Glück, während gleichzeitig gute Seelen, die niemandem etwas zuleide getan haben, unter der kalten Gleichgültigkeit des Schicksals leiden?«

»Halt den Mund!« Ned schüttelte den Stab und der Rabe hüpfte auf den Schreibtisch.

»Es ist sowieso nicht wichtig. Nicht jetzt. Innerhalb eines Jahres wird dieses unwirtliche, unausgewogene Universum nichts als Schutt und Asche sein. Und tschüß, sage ich da nur.«

»Wovon redest du?«

»So wie ich es sehe«, antwortete der Rabe, »wirst du dich innerhalb dieses oder des nächsten Tages umbringen lassen. Du wirst eine Weile tot bleiben und auf meine Herrin warten, damit sie dich ins Leben zurückholt. Aber sie wird nicht kommen, und schließlich wirst du ungeduldig genug sein, um dich selbst aufzuwecken, was dich wieder zu deinem alten Selbst machen wird. Die Irre Leere wird ihr Geschäft erneut aufnehmen, und das war's.«

»Aber es muss doch einen Ersatzplan geben! Sie konnte nicht die Einzige sein, die auf mich aufpasst.«

»Ich fürchte doch, Ned.«

»Aber das ist eine ... ganz schlechte Planung! Was, wenn ihr etwas passiert?«

Der Rabe pickte an seinem Flügel herum. »Wie könnte ihr etwas passieren? Sie war praktisch unsterblich. Sie konnte nur mit ihrer Zustimmung wirklich getötet werden.«

»Aber was ist mit den Göttern?«

»Was mit ihnen ist? Glaubst du, einer von diesen göttlichen Angebern würde es riskieren, sich in diese Geschichte einzumischen? Sie haben Angst vor dir, Ned. Götter unterscheiden sich nicht so sehr von Menschen. Sie fürchten Dinge, die sie nicht verstehen. Und natürlich sind die meisten von ihnen zu sehr damit beschäftigt, Abgaben und Anbetung einzufordern, um zu irgendetwas Wichtigem nütze zu sein.«

Ned legte den roten Stab quer auf seinen Schoß. »Aber warum sollte sie sich selbst opfern? Wenn sie tot ist, bringt das dann nicht das Universum in Gefahr?«

»Zweifellos. Vor allem, weil deine Überlebensfähigkeit ziemlich in Frage steht. Aber sieh es mal von der positiven Seite. Du hast immer noch ihren Stab. Vielleicht ist noch etwas Magie darin übrig. Jetzt musst du nur einen neuen Zauberer finden, der die Kräfte von Leben und Tod beherrscht, damit er dein Wächter wird.«

Ned fuhr mit den Fingern am Stab entlang und wartete auf das Prickeln, den Puls eines Raunens der kleinsten Partikel verbotener Zauberei. Er spürte aber gar nichts. Das Holz war nicht nur kalt, es schien unter seiner Berührung auch abzublättern.

»Macht es dir etwas aus, das Fenster zu öffnen?«, fragte der Vogel höflich. »Es ist ewig her, seit ich mal einen freien Tag hatte, und ich würde gern ein nettes Rabenweibchen finden, um mit ihr die Tage bis zum nahe bevorstehenden Tod des Universums zu vertrödeln.«

Ned erfüllte seine Bitte, nur zu froh, den Raben gehen zu sehen. Der Vogel wandte sich auf der Fensterbank noch einmal um. »Pass auf dich auf, Ned. Und versuch, so lang wie möglich am Leben zu bleiben.« Er breitete seine Flügel aus, zögerte aber. »Oh, und noch was. Ich hätte es beinahe vergessen, aber sie hat mir kurz vor ihrem Tod noch eine Nachricht für dich mitgegeben.«

»Was hat sie gesagt?« Es interessierte ihn zwar nicht, doch er hoffte vergeblich, dass es ihm etwas Einblick bieten möge, wie er mit seiner Zukunft umgehen sollte.

»Hüte dich vor Dämonen.«

Der Rabe flog davon. Ned sah ihm nach und dachte, wie verdammt nutzlos der Rat einer Hexe doch sein konnte. Er hatte immer noch keine Ahnung, was er tun oder erwarten sollte. Nur eines war sicher. Er musste es vermeiden zu sterben. Er würde nicht noch ein Universum zerstören, wenn er es verhindern konnte. Wie der Rabe bezweifelte Ned, dass er es länger als eine Woche schaffen würde. Es hatte zwar längere Zeiträume gegeben, in denen er nicht umgekommen war, aber seit er sich in der Kupferzitadelle befand, hatte sich sein Schicksal zum Schlechten gewendet. Er fand ein wenig Trost darin, dass die Oger-Kompanie zu kommandieren den Ruf hatte, ein gefährlicher Job zu sein. Mit Recht. Aber das musste sich jetzt ändern, und er sammelte das letzte bisschen Entschlossenheit, das er besaß, zu einem festen Knoten in seinen Eingeweiden zusammen. Es war unangenehm, aber er war sich sicher. Er hatte keine Zweifel – zumindest nicht viele –, dass er es schaffen konnte.

Ein fetter Geier landete mit einem Kreischen auf der Fensterbank. Sein plötzliches Erscheinen ließ Ned vor Schreck zurückweichen. Der Stab bahnte sich einen Weg zwischen seine Beine und ließ ihn stolpern. Er fiel rückwärts und schlug mit der Schulter gegen die scharfe Ecke seines Schreibtischs. Ein paar Zentimeter höher und weiter links, und der Schlag hätte ihm den Schädel zertrümmert. Es lief besser als erwartet, weil er nicht starb. Für die meisten Leute keine große Leistung, aber Ned klammerte sich an jeden kleinen Sieg, den er für sich verbuchen konnte.

Der schwarze Geier quetschte sich durch das Fenster, hüpfte auf einen Stuhl und starrte mit seinen gnadenlosen, ebenholzschwarzen Augen auf Ned hinunter. Sein Kopf legte sich schief. Er öffnete seinen krummen Schnabel und raspelte leise. Schwarze Schwingen breiteten sich aus und warfen einen Schatten des Todes über Ned.

Zum Glück glaubte er nicht an Omen.

Er stand auf, rieb sich die schmerzende Schulter und benutzte den Stab, um den grausamen Vogel zurück nach draußen zu bugsieren. Der Geier ließ sich jedoch nicht so leicht entmutigen. Er schnappte nach der Stabspitze. Ned gab nach einer Minute auf. Er starrte dem abstoßenden Vorboten in die Augen.

»Verzieh dich!«

Der Vogel sträubte die Federn und wiegte sich auf dem Stuhl hin und her. Er verschwand nirgendwo hin. Und Ned erwartete das eigentlich auch gar nicht, sondern zuckte bloß die Achseln, wobei er ein Stechen in der Schulter spürte.

»Na gut. Aber wenn du eine Mahlzeit suchst, ich werde es nicht sein.«

Der Geier kreischte einmal, dann machte er es sich bequem, als würde er ganz bereitwillig warten. Ned setzte sich wieder an seinen Schreibtisch, dieses Mal mit dem Beschluss, sich nicht zu bewegen, wenn es nicht absolut notwendig war. Es war schwer, sich umbringen zu lassen, wenn man nur herumsaß, schlussfolgerte er. So verbrachte er eine Minute mit dem Versuch, seinen ungebetenen Gast niederzustarren, gab aber auf, lehnte sich zurück und schloss sein Auge.

Jemand klopfte an die Tür.

»Herein.«

Frank trat herein. Er trug einen Leinensack in einer Hand. Der Inhalt zappelte. »Ach, hier bist du, Ned.«

»Wo sollte ich sonst sein?«, fragte Ned.

»Nicht Sie, Sir. Ich habe mit dem Geier geredet.«

»Sein Name ist Ned?«

Der Geier kreischte, schlug mit den Flügeln und kippte beinahe von seinem Stuhl.

»Knabber-Ned«, sagte Frank. »Wir nennen ihn im Allgemeinen einfach Knabber, um Verwechslungen zu vermeiden. So etwas wie das Kompanie-Maskottchen, Sir. Ward hat überall nach ihm gesucht. Krank vor Sorge. Dachte, der arme kleine Kerl könnte in dem Durcheinander getötet worden sein. Er wird sich freuen zu erfahren, dass es nicht so ist.«

»Was für ein Glück«, stimmte Ned zu.

»Du hast hier nichts zu suchen, Knabber. Na los, raus mit dir!«

Der Geier flog zurück auf die Fensterbank, warf einen letzten hungrigen Blick auf Ned und sprang aus dem Fenster. Ned war gleichzeitig froh und verärgert, das zu sehen. Froh, ihn los zu sein, aber verärgert, weil ihn nichts in dieser Zitadelle, nicht einmal das Maskottchen, ernst genug nahm, um seinen Befehlen zu folgen.

»Kann ich was für Sie tun, Leutnant?«, fragte er.

»Ja, Sir. Ich habe mich gefragt, was ich mit dem Schnabeltier da machen soll.« Frank stellte den zappelnden Leinensack auf den Schreibtisch.

»Es loswerden, denke ich.«

»Wollen Sie, dass es auf eine besondere Art gemacht wird?«, fragte Frank etwas vage.

»Von mir aus können Sie es essen.«

Das Schnabeltier gab ein ängstliches Geräusch von sich und zappelte noch mehr in dem Sack.

»Ist das ungefährlich, Sir?«, fragte Frank.

»Ich weiß nicht. Ich habe nie ein Schnabeltier gegessen.«

»Nicht das«, sagte Frank. »Ich meine, ist es ungefährlich, einen Zauberer zu essen? Selbst in Schnabeltiergestalt?«

»Daran hatte ich nicht gedacht«, sagte Ned. »Ich denke, es wird sicherer sein, ihn zu vernichten.«

»Ja, Sir. Eine Schande. Es ist schon Jahre her, seit ich das letzte Mal ein schönes gebratenes Schnabeltier bekommen habe.« Er warf sich den Sack über die Schulter und ging zur Tür. Mit der Hand auf der Klinke zögerte er. »Und machen Sie sich keine Sorgen, Sir. Ihr Geheimnis ist bei mir sicher.«

Ned hätte beinahe nicht gefragt, aber irgendeine kleine Stimme, ein erstickender Masochismus, zwang ihn dazu. »Welches Geheimnis?«

»Sie müssen mir nichts vormachen, Sir. Ich weiß schon alles über Geheimzauberer. Ich hätte nur nie gedacht, dass ich selbst mal einen treffen würde. Naja, eigentlich dachte ich schon, ich würde mal einen treffen. Ich hatte nur angenommen, dass ich es nie erfahren würde.«

Ned überlegte, ob er Frank verbessern sollte, er sah jedoch keinen Grund dazu.

»Aber Sie müssen sich keine Sorgen machen, Sir«, fügte Frank hinzu.

»Bin froh, das zu hören.«

»Und ich bin sicher, die anderen werden es auch niemandem sagen.«

Das erregte Neds Aufmerksamkeit. »Wie viele Leute wissen es?«

»Oh, nur ich, Regina und Gabel. Sie haben mir auch nicht geglaubt, als ich es ihnen erzählt habe. Aber ich wusste es die ganze Zeit über. Doch kein Wort darüber. Sie können uns vertrauen. Verlassen Sie sich auf unsere Geheimhaltung.«

Ned nickte. Seine ranghöchsten Offiziere dachten also, er sei ein Zauberer. Er konnte keinen Nachteil darin entdecken. Es würde ihm vielleicht sogar etwas Respekt einbringen.

»Obwohl ich mir bei Ace nicht ganz sicher bin«, sagte Frank. »Ich sag es nicht gern, weil ich den kleinen Kerl mag, aber er könnte es doch versehentlich ausplaudern.«

»Ace weiß es?«

Frank hob die Hände. »Ich habe ihm nichts gesagt, Sir. Aber es war kaum zu übersehen, da Sie doch mit Vögeln geredet und Drachen in Schnabeltiere verwandelt haben. Kobolde sind ein schwatzhafter Haufen, Sir. Ich würde Ihnen anbieten, ihn für Sie zu zermatschen, aber ich zermatsche keine Freunde. Vielleicht könnte einer der anderen Oger das für Sie erledigen.«

»Das wird nicht nötig sein.«

»Oh, ich verstehe. Sie wollen seine Erinnerung löschen, was, Sir?«

»Morgen früh als Allererstes, Leutnant.« Ned tippte den rotbraunen Stab zweimal auf seinen Schreibtisch.

Frank zwinkerte und Ned zwinkerte zurück. Wenn es auch mit nur einem Auge schwierig, wenn nicht gar unmöglich war, sein Zwinkern von einem gewöhnlichen Wimpernschlag zu unterscheiden. Aber Frank schien es zu verstehen und ging, um sich um das Schnabeltier zu kümmern.

Ned verbrachte die nächsten paar Minuten in seinem Büro still damit, nicht zu sterben, und war damit zufrieden, wie gut es lief. Er war sicher auch schon mal länger am Leben geblieben, aber jetzt, da er sich darauf konzentrierte, fühlte es sich eher wie eine Leistung an. Obwohl er immer noch nicht den geringsten Sinn in dem Opfer der Roten Frau sah, das ihm vollkommen sinnlos erschien. Ned konnte nicht sterben, aber das Universum konnte es. Warum sich also die Mühe machen, ihn zu retten?

»Warum?«, fragte er sich laut.

»Warum nicht?«, antwortete jemand.

Ned erschrak, kippte von seinem Stuhl und fiel auf den Boden. Der Stuhl rempelte eine Streitaxt an, die an der Wand lehnte. Die Waffe fiel um und grub sich direkt über seinem Kopf in den Boden. Ein paar Zentimeter weiter rechts – und sie hätte ihm das Gesicht gespalten. Er fragte sich, ob sein Büro letzten Endes ein so sicherer Ort war. Er sah die Welt jetzt mit einem neuen Auge. Alles war scharf und spitz und offenbar darauf aus, sich in sein Gehirn zu bohren. Er erwog, sich unter den Tisch zu kauern, aber noch war er nicht ganz so weit, seinen ganzen Stolz über Bord zu werfen.

Ein schneller Blick bestätigte ihm, dass das Büro leer war. »Ist hier jemand?«

»Jemand, nein«, sagte die neue Stimme. »*Etwas* wäre ein präziserer Ausdruck.«

»Wo bist du?«

»Hier.«

»Wo?«, fragte er.

»Warum fragst du nicht noch einmal? Denn wenn du dieselbe Frage dreimal stellst, kannst du sicher sein, eine genauere Antwort zu bekommen.«

»Wo?«, fragte Ned noch einmal.

»Das war ironisch gemeint. Wenn du willst, kannst du mich natürlich noch einmal fragen. Aber da ich weder sehen noch fühlen kann, kann ich dir auch nicht groß weiterhelfen. Statt dieselbe lächerliche Frage immer und immer wieder zu stellen, könntest du natürlich auch eine andere ausprobieren.«

Ned, der es langsam leid war, sich verspotten zu lassen, setzte sich wieder. »Bist du ein Geist?«

Die Stimme kicherte. »Nein. Wenn ich überhaupt etwas sein sollte, dann schätze ich mal, dass ich eine Erinnerung bin.«

»Was bedeutet das?«

»Ich weiß es nicht.«

»Du weißt es nicht?«

»Ich weiß es nicht.« Die Stimme seufzte. »Musst du unbedingt alles mehr als einmal fragen? Tu's noch mal und ich werde nicht antworten. Eigentlich glaube ich nicht, dass ich mich überhaupt noch mit einer deiner sinnlosen Fragen herumärgern werde.«

»Wirst du nicht?«, fragte Ned.

Keine Antwort. Die Stimme schien genau in seinen Ohren gewesen zu sein.

Er wedelte mit den Händen um seinen Kopf und spürte gar nichts. Keinen kalten Fleck oder einen unsichtbaren Sprecher und auch keine geschwätzige Stubenfliege.

»Bist du noch da?«

Keine Antwort.

»Hallo? Noch da?«

»Ja, ich bin noch da.« Die Stimme klang jetzt ziemlich genervt. »Wo sollte ich sonst sein? Ich kann mich schließlich nicht allein fortbewegen, oder?«

»Das kannst du nicht?«

Die Stimme grunzte, sagte aber nichts weiter.

»Ich glaube, ich werde langsam verrückt.« Es schien an der Zeit zu sein. Eine Kleinigkeit dem Zeitplan hinterher. Er dachte darüber nach, sein Büro zu durchsuchen, doch es war ihm einfach nicht wichtig genug, um geisterhafte Zwischenrufer zu jagen. Er beschloss, noch eine weitere Frage zu stellen, und wenn das nicht funktionierte, würde er aufgeben.

»Was bist du?«

Die Stimme atmete hörbar erleichtert aus. »Na endlich. War das so schwer? Ich bin der Stab.«

»Der Stab?«, fragte Ned.

Der Sprecher murrte. »Ja, der Stab. Du bist wirklich ziemlich begriffsstutzig, was?«

Ned schnappte den Stab. Jetzt musste er sich keine Sorgen mehr machen. Jetzt konnte er sich entspannen, sich vom Tod holen lassen. Das Wohlergehen des Universums war das Problem eines anderen.

Er umklammerte den Stab der Roten Frau so fest, wie sich ein verliebter, betrunkener Troll an eine verliebte, betrunkene Elfe mit Silberblick und ohne Vorurteile klammern mochte.

»Wie bist du da rein gekommen?«, fragte er.

»Ich bin nicht *hier drin*«, antwortete der Stab. »Ich bin.«

»Was bedeutet das?«

»Dir muss man alles ganz genau erklären, was? Ich nehme es zurück. Du bist nicht begriffsstutzig. Du hast offenkundig einen weitläufigen Schädel.«

»Häh?«

»Gut formuliert«, sagte der Stab. »Ich bin nicht, was du denkst, dass ich sei. Weder Geist noch konservierte Seele, ich bin alles, was von meiner früheren Besitzerin übrig ist. Eine Erinnerung, durchfärbt mit einem Hauch Magie. Ich besitze kein wirkliches Leben, lediglich die nuanciertere

Simulation eines solchen. Ich kann nicht einmal sprechen, ohne dass man mit mir spricht, und auch dann nur als Antwort auf eine Frage.«

»Kannst du nicht?«, fragte Ned.

Der Stab ignorierte ihn – und er fand das insgeheim ganz richtig. Er hatte tatsächlich die nervtötende Angewohnheit, Fragen immer wieder zu stellen.

»Warum?«, formulierte er.

Der Stab erachtete dies nun einer Antwort wert, aber die Gereiztheit in seiner Stimme war nicht zu überhören. »Ein Echo kann nicht ohne ein Wort existieren. Obwohl die Magie, die mich erschaffen hat, mir weit mehr Kreativität in meinen Antworten erlaubt, bin ich trotzdem ein Echo.«

»Warum bist du hier?«

»Ich weiß nicht.«

»Hat sie dich zurückgelassen, um mir zu helfen?«

»Ich weiß nicht.«

Ned starrte den Stab finster an. »Was weißt du?«

»Ich weiß nicht.«

»Du weißt nicht, was du weißt?«, fragte er.

»Jemand oder etwas muss ein Bewusstsein haben, um zu wissen, und ich habe kein Bewusstsein. Ich antworte nur. Wenn sich in meinen Antworten Informationen befinden, ist das nicht dasselbe, als wenn ich die Informationen selbst besäße.«

»Das verstehe ich nicht«, sagte Ned.

Er wartete. Der Stab antwortete jedoch nicht. Es dauerte einen Moment, bis ihm klar wurde, dass er keine Frage gestellt hatte.

»Warum verstehe ich es nicht?«

»Weil du ein blöder Esel bist. Selbst ich kann das sehen. Und ich bin mir meiner selbst nicht einmal bewusst, noch kann ich sehen.«

Ned hätte den Stab am liebsten angeschrien, aber er weigerte sich, Beleidigungen mit einem leblosen Objekt auszutauschen. Vor allem, weil es dann so aussah, als würde er den Kampf verlieren. Und er konnte mit keiner neuen Frage mehr aufwarten. Nur mit neuen Formulierungen für alte Fragen. Er legte den Stab auf den Tisch und wandte sich produktiveren Aufgaben zu. Wenn sein Büro sein Zufluchtsort werden sollte, musste er es sicherer machen. Seine erste Tat: das Entfernen aller scharfen Dinge. Dann würde er sich um die harten Dinge kümmern. Letztlich würde er alles im Raum loswerden. Sogar den Stuhl, um sicherzugehen. Und er konnte mindestens zwölf Stunden am Tag auf dem Boden sitzen. Es war kein besonders brillanter Plan, aber es war der beste, den er hatte.

Er hatte die Schwerter und Äxte aufgesammelt, die überall im Büro verteilt waren, vermutlich zurückgelassen von früheren Kommandeuren, als jemand an seine Tür klopfte. Der nächste Schritt würde das Anbringen eines »Bitte nicht stören«-Schildes an seinem Zufluchtsort sein müssen.

»Herein.«

Die Tür öffnete sich und herein kamen Miriam und Regina. Sie brauchten eine Weile, bis sie im Raum waren, weil sie darum kämpften, sich gleichzeitig durch den Türrahmen zu quetschen, während sie sich zugleich die Ellbogen in die Rippen gruben. Ned, mit dem Rücken zu ihnen, beugte sich über ein Bündel Klingen und bemerkte es nicht.

»Was ist jetzt?«, fragte er.

»Ich wollte nur mal vorbeischauen, Sir.« Regina salutierte zackig.

Mit einem bösen Seitenblick auf die Amazone salutierte Miriam genauso zackig. »Und sichergehen, dass es Ihnen gut geht, Sir.«

»Offensichtlich kann Ned auf sich selbst aufpassen«, sagte Regina.

»Besorgnis über das Wohlergehen des Kommandeurs auszudrücken bedeutet nicht, Schwäche zu unterstellen«, antwortete Miriam. »Vielleicht würden Sie das verstehen, wenn Sie mehr mit ihrer weiblichen Seite in Verbindung stünden.«

Regina ballte die Fäuste. Miriam schien es egal zu sein. Die Frauen fletschten die Zähne und Regina bemerkte, dass die Sirene Reißzähne hatte. Kleine, nicht zu schädliche (vor allem, wenn sie erst einmal aus Miriams Kiefer geschlagen waren). Bevor es zu Hieben kommen konnte, drehte sich Ned um, die Arme voller Schwerter, Äxte und einem Speer.

»Ich werde nur ein paar Dinge los«, erklärte er.

»Lassen Sie mich Ihnen helfen, Ned.« Miriam packte einige der Waffen.

»Erlauben Sie.« Regina schnappte sich den Rest. »Das ist eine schwere Ladung. Wir wollen ja nicht, dass Sie sich verletzen, Miriam.«

»Was wollen Sie damit sagen?« Miriams große, schwarze Augen wurden schmal.

»Lediglich Besorgnis ausdrücken.« Reginas nicht so große, schwarze Augen wurden ebenfalls schmal. »Was keine Schwäche unterstellt.« Sie grinste. »Soll ich den Stab für Sie tragen, Ned?«

»Nein, lassen Sie.« Er glaubte nicht, dass er zu viel nütze war, hoffte aber, dass ihn die Rote Frau absichtlich zurückgelassen hatte. Und auch wenn sie gründlich tot war, hatte er ihn trotzdem gern um sich. So fühlte er sich irgendwie sicherer.

»Können wir Ihnen sonst mit irgendetwas helfen, Ned?«, fragte Miriam. »Kann ich Ihnen bei etwas helfen?«

»Nein. Das war alles. Danke.«

»Nichts?« Die Sirene klemmte ihre Ladung Waffen unter einen Arm, damit sie ihren Hals aufreizend liebkosen und mit den Fingern zwischen ihren Brüsten entlang fahren konnte, während sie sich auf die Unterlippe biss. »Überhaupt nichts?«

»Sind Sie taub?« Regina rammte ihre Hüfte gegen Miriam, die beinahe vornüber kippte. »Er sagte, er bräuchte nichts von Ihnen.«

»Ich wollte nur sichergehen, dass er die Frage auch verstanden hat«, fauchte Miriam.

»Wollen Sie damit sagen, dass er dumm ist?«

»Ich habe nichts dergleichen behauptet.«

Auf seinen Schreibtisch gestützt, rieb sich Ned die Schläfe. »Sie sind entlassen«, murmelte er.

»Sie haben es gehört«, sagte Regina. »Verschwinden Sie.«

Ned hob den Kopf und schenkte den Frauen den ersten Blick, seit sie das Büro betreten hatten. Beide sahen verändert aus.

Reginas Veränderungen waren offensichtlicher. Sie trug noch immer ihre Kriegsbemalung. Dick aufgetragen, unvorteilhaft und sogar ein wenig clownsartig, erschien sie ihm sehr unamazonisch. Aber er wusste auch nicht viel über Amazonen. Ihre Haare, sonst zu einem festen Knoten geschlungen oder offen über ihre Schultern fließend, waren jetzt aufgeplustert mit dicken Zöpfen. Und sie stank nach Blumen und Zimt. Als er sich dessen bewusst wurde, verbrannte das übel riechende Parfum seine Nasenlöcher und trieb ihm die Tränen in die Augen.

Miriams Veränderungen waren zwar subtiler, aber doch nicht so subtil, dass es ganz an ihm vorbeiging. Zunächst einmal schien eine Art glitzerndes Gel auf den Schuppen ihres Gesichts und der Schultern aufgetragen zu sein. Wenn es dazu beitragen sollte, ihre auffällig goldene Haut anziehender zu machen, führte es jedenfalls nur dazu, sie schleimiger und fischartiger aussehen zu lassen. Und sie trug die Reste einer Uniform, von der das meiste einer Schere zum Opfer gefallen war. Übrig blieben nur ein sehr kurzer Rock und ein bauchfreies Top. Nicht sehr vorschriftsmäßig.

Beide Frauen besaßen eine natürliche sexuelle Anziehungskraft, obwohl diese bei Regina nicht immer leicht zu entdecken war, und sie doch zu entdecken war oft ein Weg, mit einem gebrochenen Kiefer und einem blauen Auge zu enden. Sie war jetzt unter einer Lawine von Anstrengung begraben. Der richtige Mann hätte das verstanden, hätte sich von den Mühen geschmeichelt gefühlt, auch wenn sie nicht erfolgreich waren. Aber Ned war nicht der richtige Mann. Es war nicht so, dass er sich an einen höheren Anspruch von natürlicher Schönheit hielt. Er bevorzugte die Dinge nur einfach und geradlinig, inklusive seiner Frauen. In seinem Leben gab es genug Rätsel.

Die Amazone und die Sirene lächelten ihn eifrig an. Sie wussten nicht, wie sie ihm ihre Gefühle nahe bringen sollten, und er wusste nicht genug, um in Betracht zu ziehen, dass sie überhaupt solche Gefühle hatten.

»Sie sind beide entlassen«, sagte Ned. »Und sagen Sie allen anderen, ich wünsche nicht noch einmal gestört zu werden.«

Die Frauen behielten ihr Lächeln bei, obwohl ihre klopfenden Herzen von ihren Hälsen hart zurück in ihre Brustkörbe fielen. Für Miriam zumindest war das weniger eine Metapher, da Sirenenherzen stimmungsabhängig immer ein wenig durch ihre Körper wanderten. Aber um ganz genau zu sein, war ihres nicht bis hinauf in ihren Hals gestiegen, sondern hatte auf der Höhe ihres Brustbeins angehalten, bevor es nach unten geglitten und auf der Blase liegen geblieben war und so ihrer Enttäuschung auch noch Harndrang hinzugefügt hatte.

»Ja, Sir«, sagte Miriam.

»Ja, Sir«, sagte Regina.

Beide salutierten, diesmal weniger zackig, und trotteten mit hängenden Schultern aus dem Büro. Ned hob den Stab auf und setzte sich hinter seinen Schreibtisch.

»Was ist denn mit denen los?«, fragte er sich laut.

Der Stab antwortete: »Sie mögen dich.«

EINUNDZWANZIG

Die Kupferzitadelle war immer heruntergekommen gewesen, ein Opfer der Vernachlässigung. Daher schien das schreckliche Durcheinander, das von einem Paar mächtiger Zauberer zurückgelassen worden war, nicht sonderlich bemerkenswert. Normalerweise lag mehr Schutt herum, und dieser Schutt war verkohlter und schwärzer als sonst. Der Garten war jetzt ein Krater, und ein zerbröckelnder Turm, der gefährlich nahe vor dem Zusammenfallen gestanden hatte, befand sich jetzt fünfzehn Grad näher am Kollaps. Die improvisierten Holzstützen knarrten und ächzten unter dem Druck, aber sie hielten. Ein Dutzend Oger war abkommandiert worden, sich gegen den Turm zu lehnen, bis die Wartungsarbeiter dazu kamen, ein paar weitere Stützen unterzuschieben. Oder der Turm fiel zusammen. So oder so würde sich das Problem schließlich von selbst lösen.

Es gab nur eine Hand voll Einrichtungen in der Kupferzitadelle, die nach Meinung des durchschnittlichen Soldaten wichtig waren: der Pub, das Kasino und die Kaserne, in dieser Reihenfolge, wobei die letzten beiden der ersten in weitem Abstand folgten. Die Drachen hatten ein Loch ins Dach des Kasinos geschlagen und eine Wand der Kaserne aufgerissen. Beides waren durchaus Verbesserungen, da sie dem Essenserlebnis auch noch Mond- und Sonnenlicht hinzufügten. Die Kasernentüren waren für breitschultrige

Oger immer ein wenig eng gewesen. Nun konnten sie ohne Schwierigkeiten zu dritt nebeneinander eintreten. Der Pub schien unberührt, und er war immer noch das Aktivitätszentrum der Zitadelle. Das war keine Überraschung für Frank. Er erinnerte sich noch lebhaft an die Zeit, nur wenige Monate zuvor, als er den Pub lichterloh brennend, aber trotzdem von durstigen Soldaten belebt, gesehen hatte.

Er machte dort selbst auch einen Zwischenstopp, da er bei seinem Schnabeltier-Beseitigungs-Befehl keinen Grund zur Eile sah. Ned hatte wegen des Ex-Drachens nicht besorgt gewirkt, und als Geheimzauberer musste Ned es schließlich wissen. Frank legte den Sack auf einen Tisch und bestellte ein Bier, um seinen Durst zu löschen. Er dachte darüber nach, wie er seinen Befehl ausführen sollte.

Es gab viele Wege, einen Zauberer zu töten, jeder einzelne davon mit seinen eigenen Nachteilen. Frank sammelte solche Überlieferungen als Hobby, und auch wenn er sie nicht ganz glaubte, konnte er sie doch nicht unbedenklich abtun, gleichgültig, wie absurd sie erschienen. Magie machte alles möglich. Vor allem die absurden Dinge.

Er konnte das Schnabeltier verbrennen, aber Zaubererasche einzuatmen verfluchte einen mit ewigem Heuschnupfen. Einen Zauberer zu hängen würde den dazu verwendeten Baum mit dem Bösen heimsuchen, das durch die Wurzeln in die Erde hinunterkriechen und den Boden selbst infizieren konnte, außer, wenn der Baum auf der Stelle gefällt wurde. Franks Meinung nach war das zu viel Aufwand und Mühe. Zauberer totzuschlagen führte zu dreizehn Jahren Pech für jeden gebrochenen Knochen, und es war unmöglich, einem Ding den Schädel einzuschlagen, ohne den Schädel letztlich auch zu zerquetschen. Aufspießen vergoss Blut, und Zaubererblut hatte die Tendenz, sich seltsam zu verhalten, sich in riesige Skorpione oder wütende Skelette oder in laute Harpyien zu verwandeln. Zumindest tendierte es dazu, einen Fleck zu hinterlassen, der niemals verschwand.

Es gab nur einen sicheren Weg, Zauberer loszuwerden. Sie mussten ertränkt werden. Jeder wusste, dass Zaubererseelen nicht schwimmen konnten. Sie konnten durch die Luft fliegen und durch die Erde dringen, aber im Wasser versanken sie wie Steine. Die Seele und all ihre böse Magie blieb für immer auf dem Boden eines Teichs gefangen. Es war sogar besser, wenn man einen Fluss benutzte, damit die Seele in den Ozean davongetragen werden konnte, wo das Salzwasser sie auflöste.

In der Nähe der Zitadelle gab es einen Fluss, aber er war etwas mehr als vier Meilen entfernt, ein längerer Fußmarsch, als Frank lieb war, jetzt, da er es sich gemütlich gemacht hatte. Aber er hatte einen Befehl auszuführen, deshalb tat er das Einzige, was ein Offizier in seiner Lage tun konnte. Er delegierte.

Ralph und Ward saßen am nächsten Tisch, waren also günstige Ziele. Ihnen warf er den Sack zu. »Werft das in den Fluss.« Er fügte hinzu: »Befehl von Kommandeur Ned«, dann wandte er ihnen den Rücken zu.

Ralph schnaubte. Er war ebenfalls nicht in der Stimmung für einen Spaziergang, aber noch weniger war er in der Stimmung, in einen Streit mit einem Oger von Franks Größe zu geraten.

Seufzend warf er sich den Sack über die Schulter und machte sich auf den Weg zum Fluss. Ward begleitete ihn. Knabber-Ned saß auf Wards Schulter. Der Geier neigte dazu, bei Ward zu bleiben, da er der einzige Oger in der Zitadelle war, der sich beim Anblick des Vogels nicht die Lippen leckte. Knabber war in den letzten zwei Tagen gut gefüttert worden, aber immer noch dürr genug, um es nicht wert zu sein, Ward niederzuringen. Doch es war nur eine Frage der Zeit.

»Seit Ned hier ist, ist nichts mehr so, wie es mal war«, bemerkte Ralph, als sie durchs Tor gingen. »Früher hatten wir hier lang nicht so viele Befehle.«

Ward zuckte die Achseln. Knabber schwankte und grub seine Krallen tiefer in die Haut des Ogers, um nicht von seiner Schulter zu fallen. »Ich weiß nicht. Ich glaube, ich mag es so. War früher ziemlich langweilig hier. Jetzt haben wir Dämonen gehabt und Schlägereien und kämpfende Zauberer. Ich kann kaum erwarten, was morgen passiert.«

Ralph murrte. »Ich bin nicht zur Legion gegangen, um mir dauernd Befehle geben zu lassen. Ich bin dabei, um Dinge zu zerquetschen.«

»Ja, Dinge zerquetschen macht Spaß«, stimmte Ward zu, »obwohl ich persönlich Zerschmettern besser finde.«

»Zerschmettern? Wie kann jemand gern zerschmettern, wenn er erst mal die Freude am Zerquetschen entdeckt hat?«

»Oh, ich gestehe dir zu, dass Zerquetschen ein großer Spaß ist« sagte Ward. »Vor allem Elfen, mit diesem ploppenden Geräusch, das sie machen. Oder Menschen in Rüstungen. Ein guter Knüppel gibt ein tolles Klingeln. Aber Zerschmettern ist eine ausgestorbene Kunst, wenn du mich fragst. Orks sind förmlich zum Zerschmettern gemacht. Und Trolle zerschmettern ist ein Riesenspaß. Stimmt's nicht, Knabber?«

Der Geier kreischte.

»Trotzdem«, sagte Ralph, »bin ich nicht zur Legion gekommen, um Gräber auszuheben und Säcke in Flüsse zu werfen.«

»Der Sold ist ordentlich.«

Nun war es an Ralph, die Achseln zu zucken, obwohl er sich dafür entschied, es nicht zu tun, und weiterhin schnaubte. Er war besonders schlecht gelaunt, weil er erst eine Stunde zuvor eine Vierstundenschicht Turmhalten beendet hatte. Seine Schultern und Beine taten weh. Der Fluss schien sehr weit entfernt.

Plötzlich blieb er stehen. »Ich hab 'ne Idee. Komm.«

Die Oger drehten zu den Rochgehegen gleich neben der Zitadelle ab. Es war kurz vor der Dämmerung, eine Zeit des Tages, zu der die Riesenvögel einen Anschein von Ruhe zur Schau stellten. Sie schritten in ihren Käfigen hin und her, gaben ein leises Knurren von sich und schnappten nacheinander. Das größte Tier legte den Kopf schief und studierte Ralph und Ward, als sie sich näherten. Es leckte sich den Schnabel und presste die Augen gegen die starken Maschen des Käfigs, die bereits einige Löcher hatten und eine Reparatur benötigten. Der Maschendraht war zwar nicht stark genug, um einen ausgewachsenen Roch zurückzuhalten, doch sie wurden schon als Küken daran gewöhnt, ihn zu respektieren. Ständig waren Kobolde mit langen Speeren im Dienst, um die Monster damit zu stoßen, falls sie versuchen sollten, den Zaun zu testen. Trotzdem gab es Ausbrüche, aber nur wenn ein schwerfälliges Tier stolperte, versehentlich in die Ketten kippte und sie niederriss. Die Rochs stürmten dann wie überdimensionale, kreischende Hühner umher, bis die Kobolde es durch schiere Beharrlichkeit schafften, sie wieder einzusperren. Das passierte normalerweise, wenn die Monster ausreichend Kobolde verschlungen hatten, um ihre Bäuche zu füllen, und sie von selbst zurück zu ihren Pferchen wanderten.

Weder Ward noch Ralph noch viele von den Ogern der Kompanie gingen gern in die Nähe der Rochgehege. Als Oger waren sie daran gewöhnt, die größten, gefährlichsten

Kreaturen im Umkreis zu sein. Der grüne Roch, der sie beäugte und wegen seiner Größe und seines übellaunigen Wesens in einem eigenen Pferch gehalten wurde, übertraf sie in diesen Eigenschaften deutlich. Ein Schild hing an seinem Pferch, das ihn als Kevin auswies. Darunter warnte ein weiteres Schild:

Immer hungrig.

Nicht direkt in die Augen schauen und keine plötzlichen Bewegungen machen.

Kein Niesen oder lautes Atmen.

Darunter stand auf einem dritten Schild:

Frisst alles. Damit bist du gemeint.

Und darunter, in roten Buchstaben:

Bitte den Schlund nicht betreten. Danke.

Eine letzte Warnung war zweifellos für diejenigen angebracht, die nicht lesen konnten. Es handelte sich um eine Reihe von Piktogrammen, die die Reise eines leichtsinnigen Kobolds durch Kevins Verdauungstrakt vom Schnabel bis zum Rektum zeigten. Der Künstler hatte seine Arbeit, die Unannehmlichkeit der Erfahrung zu zeigen, gründlich gemacht und sogar ein missmutiges Gesicht auf den Misthaufen ganz am Schluss gemalt.

Die Warnungen mochten übertrieben und unnötig erscheinen, aber für Kobolde (die Gefahr hartnäckig als Zeichen allgemeinen Stolzes ignorierten) illustrierte es, für wie gefährlich man diesen speziellen Roch halten musste.

Darauf erpicht, sich wieder auf den Rückweg zu machen, stieß Ralph ein Trio von Kobolden, die in der Nähe dösten, an. Sie sprangen mit den Speeren im Anschlag auf, bereit, sie in die Augen oder in die Leisten oder in sonst eine empfindliche Stelle eines Rochs zu stoßen.

»Sir, ja, Sir!«, brüllte der weibliche Kobold, der vorn stand.

»Rührt euch«, sagte Ralph.

Die Kobolde, die nichts sahen, was es wert gewesen wäre, ihre Speere hineinzurammen, standen bucklig da. Der weibliche gähnte. »Kann ich etwas für Sie tun, Sir?«

Ralph ließ den Sack vor ihre Füße fallen. »Kommandeur Ned hat befohlen, das hier in den Fluss zu werfen.«

»Den Fluss, Sir?«, sagte ein zweiter Kobold, ein großer männlicher, der kaum bis ans Knie des Ogers reichte. »Aber das ist ein Fußmarsch von vierzig Minuten. Dafür braucht man keinen Roch.«

»Stellst du Befehle in Frage?«, fragte Ralph.

»Nein, Sir. Es ist nur so, dass es schrecklich problematisch ist, einen Roch zu satteln. Alle sind für die Nacht weggesperrt.«

»Tut einfach, was man euch sagt«, sagte Ralph.

Der weibliche Kobold salutierte. »Ja, Sir.«

»Sehr gut, Soldat.«

Ralph, Ward und Knabber überließen den Sack dem Trio und gingen davon. Die Kobolde studierten ihn eine ganze Zeit lang.

»Ich hol doch nur dafür keinen Roch raus«, sagte der dritte Kobold, ein kleiner, fetter.

Der weibliche nickte. »Einverstanden, aber wir müssen etwas damit machen.«

»Wir könnten ihn immer noch zu Fuß zum Fluss bringen«, sagte der große Kobold.

Dieser Vorschlag wurde schnell verworfen. Der Fußmarsch erschien ihnen noch anstrengender und unattraktiver als den langbeinigen Ogern.

Kevin kreischte. Er kratzte mit seinen Krallen auf der Erde und wirbelte eine Staubwolke auf. Die Kobolde tauschten listige Blicke aus und der Sack wurde in Kevins Gehege geworfen. Der Roch schlang ihn augenblicklich hinunter. Dann drehte er sich grausig würgend herum und brach zusammen. Sein offener Schnabel gab den Blick auf den Sack frei, der in seinem Hals steckte. Er erstickte ihn nicht ganz, hatte aber genug Sauerstoff abgeschnitten, um das riesige Monster auf einen Mitleid erregenden, keuchenden Haufen zu reduzieren.

»Na prima«, lamentierte der fette Kobold. »Ich habe ihn vier Schweine gleichzeitig verschlucken sehen. Aber ein einziger Sack bringt ihn um.«

»Wir sollten etwas unternehmen«, sagte der weibliche Kobold.

Obwohl nicht besonders pflichtbewusst, hatte jeder von ihnen lang genug mit Rochs gearbeitet, um eine gewisse Zuneigung zu diesen Bestien zu entwickeln. Und Kevin war der älteste Roch und besaß deshalb einen so großen sentimentalen Wert. Er hatte im Lauf seines Lebens so viele Kobolde gefressen, dass seine normalerweise rotgoldenen Federn den grün gescheckten Farbton ihrer Spezies angenommen hatten. Das weckte noch mehr Zuneigung, da Kobolde über die Existenz von etwas, das so groß und Furcht einflößend war und zufällig ihre Farbe trug, einfach froh waren. Inoffiziell war er ein Kobold, wenn nicht von Geburt, so doch durch seine Ernährung. Die drei waren sich einig, dass etwas getan werden musste, um ihn zu retten.

Der große Kobold betrat das Gehege und versuchte, den Sack mit dem stumpfen Ende seines langen Speers Kevins Hals hinunterzuschieben. Es gelang aber nicht. Also legte er den Speer ab und krempelte sich die Ärmel hoch. »Denke, ich muss es auf die harte Tour machen.«

»Du sollst seinen Schlund nicht betreten«, bemerkte der weibliche Kobold und deutete auf das Schild.

»Hast du eine bessere Idee?«, fragte er.

Die anderen zuckten die Achseln.

Der große Kobold stieg zwischen Kevins Kiefer. Er

stemmte sich mit den Schultern gegen den Sack und stellte fest, dass er leicht nach unten glitt.

»Der steckt nicht fest«, bemerkte er. »Der steckt überhaupt nicht ...«

Kevin schlang den Kobold und den Sack mit einem befriedigten Kreischen hinunter. Dann stand er auf und schritt hungrig in seinem Käfig hin und her.

»Er hat nur so getan«, sagte der fette Kobold.

»Sieh einer an«, sagte der weibliche.

Beide lächelten, stolz, dass Kevin nicht nur der größte Kobold der Welt war, sondern sehr wahrscheinlich auch der schlaueste.

Der Roch brach noch einmal zusammen, schlug einmal mit den Flügeln und keuchte.

»Netter Versuch, Kevin«, sagte der fette Kobold. Sie kehrten beide zu ihren Posten zurück, wo sie wieder eindämmerten.

Stets gefräßig, stets reizbar, trottete Kevin ruhelos wie immer in seinem Käfig umher. In seinen erbarmungslosen Augen aber lag etwas Neues. Während er seinen letzten Kobold-Imbiss verdaute, nahm er auch etwas viel Unheilvolleres von dem verdauten Schnabeltier auf: den Beginn eines nagenden Hungers, angetrieben durch Hass und einen letzten Funken sterbender Magie. Er richtete seinen Blick auf die Zitadelle, an dem schiefen Turm vorbei und in Richtung des Büros, wo sich Never Dead Ned versteckte.

ZWEIUNDZWANZIG

Als Regina von der Erfolglosigkeit des Make-ups und Parfums, was das Anziehen von Neds Zuneigung betraf, berichtete, ließ sich Ulga nicht entmutigen. Sie versammelte Regina, Sally und Seamus in einer der kleinen Küchen der Kupferzitadelle. Da Ned nicht auf Glamour reagierte, war Ulgas nächster Plan, den häuslichen Typ auszuprobieren.

»Ich kann nicht kochen«, sagte Regina.

»Das müssen Sie auch nicht«, erklärte Ulga. »Sie müssen seinen Bauch nur mit etwas gutem Essen – ordentlich dargereicht – füllen, und er wird Ihnen gehören.«

»Sind Sie sicher?«

»Ziemlich sicher«, antwortete Ulga, während sie Kartoffeln, Steak und Paprika schnitt und sie auf Degen spießte. »Es gibt keine Garantie dafür, was genau dafür nötig ist.«

Regina wunderte sich über Ulgas Fachkenntnis. Sie selbst schien überhaupt nicht zu wissen, wie man die Aufmerksamkeit eines Mannes erregte.

»Ein großer Teil sind Vermutungen«, gab Ulga zu. »Aber es ist der einzige Weg.«

»Nicht der einzige Weg«, sagte Seamus.

»Ich nehme an, du hast einen besseren Vorschlag.« Ulga reichte Sally das Schaschlik. Sie briet es langsam mit einer gleichmäßigen Flamme aus ihrem linken Nasenloch.

»Das habe ich in der Tat«, meinte Seamus. »Sie könnten

ihm einfach sagen, dass Sie ihn mögen, sich die Kleider vom Leib reißen und Sex mit ihm haben.«

Ulga runzelte die Stirn. »So macht man das nicht.«

Seamus zuckte die Achseln. »Vielleicht sollte man es aber so machen.«

»Da stimme ich zu«, sagte Sally. »All diese Manöver und Strategien scheinen mir doch lächerlich erfolglos zu sein.«

»Hören Sie nicht auf sie, Ma'am«, warf Ulga ein. »Sie wissen nicht, wie das hier funktioniert.«

»Es scheint überhaupt nicht zu funktionieren«, bemerkte Sally, während sie das zweite Schaschlik briet.

»Es funktioniert wunderbar.« Ulga klopfte Regina auf die Schulter. »Alles, bei dem wir lernen, dass es nicht funktioniert, bringt uns einen Schritt näher an das, was funktionieren wird.«

Seamus legte die Ohren an. »Oder Sie könnten einfach die ganze harte Arbeit überspringen und sich auf einen Plan verlassen, der garantiert funktioniert. Als hauptsächlich männliches Wesen sage ich Ihnen jetzt, dass nichts die Aufmerksamkeit eines Mannes so sicher weckt wie eine nackte Frau, die sich an ihm reibt.«

»Nicht jede Spezies hat dieselben Paarungsrituale wie deine unterentwickelte Rasse«, sagte Ulga mit offensichtlichem Ekel.

»Und nicht jede Spezies macht aus Sex ein solches Theater wie deine«, gab Seamus zurück.

Regina stimmte dem Kobold zu. Dies alles hier war ein großer Aufwand für etwas, wovon sie nicht einmal sicher wusste, dass sie es wollte. Kein Wunder, dass Amazonen den Sex vor so langer Zeit aufgegeben hatten.

»Du kannst weiter diskutieren«, sagte Ulga zu Seamus, »oder du kannst dich nützlich machen und Blumen aus diesen Radieschen schnitzen.«

»Können wir zumindest das Aneinanderreiben als strategische Option behalten?«, fragte Seamus.

»In Ordnung. Wir nennen es Plan Z.«

Seamus griff sich ein Radieschen. »Willst du Rosen oder Tulpen? Ich kann beides.«

Ulga ließ Regina ihr Make-up abwaschen und etwas Bequemeres anziehen. Sie schaffte es allerdings nicht, Regina zu überzeugen, ihre Rüstung aufzugeben und etwas femininer Wirkendes anzuziehen. Die Amazone wollte nichts davon hören, aber schließlich zog sie doch nur Reiterhosen aus gehärtetem Leder und ein sehr leichtes Kettenpanzershirt an. Sie weigerte sich kategorisch, ihr Schwert aufzugeben und fügte stattdessen eine Schärpe mit Wurfmessern und eine kleine Axt an der Hüfte hinzu, um ihrem Gefühl der Verwundbarkeit entgegenzuwirken.

»Nicht sehr häuslich«, sagte Sally.

»Das muss reichen«, entschied Ulga.

»Es ist ein Anfang«, meinte Seamus. »Durch die Weste kann man beinahe ihre Brustwarzen sehen.«

Regina machte ein böses Gesicht. »Ich ziehe mich wieder um.«

»Wollen Sie, dass es funktioniert oder nicht?«, fragte Ulga, während sie die Schaschliks arrangierte.

Regina schnupperte an der Opfergabe. Es roch köstlich. Bis auf die dicke, grünliche Flüssigkeit, die auf dem Kartoffelpüree gerann. Sie stank nach alter Bettwäsche und abgestandenem Knoblauch.

»Ich musste die Soße herzaubern«, erklärte Ulga.

Regina steckte eine Fingerspitze in die Matsche, die bei der Berührung ebenso brannte wie das säurehaltige Erbrochene eines Stachelsumpfspeiers. »Ist sie ungefährlich?«

»Natürlich. Könnte allerdings Blähungen verursachen.

Oder explosive Diarrhöe. Vermutlich besser, sie nicht zu essen, wenn Sie eine romantische Atmosphäre bewahren wollen.« Ulga setzte einen Deckel auf die Platte und reichte sie Regina.

Die Amazone wusste nicht, warum sie sich mit all dem hier belastete. Je mehr sie über Ned nachdachte, desto weniger sicher war sie sich, ob sie überhaupt etwas für ihn übrig hatte. Er schien ein ganz guter Mann zu sein, aber kaum wert, ihre Moral über Bord zu werfen. Eine Moral, die ihr nützlich gewesen war und ihr Leben in einfachen Formen gehalten hatte.

»Sie beeilen sich besser«, sagte Sally. »Sie können darauf wetten, das Miriam nicht nur herumsitzt.«

Regina versteifte sich. Sie würde sich Gedanken darüber machen, ob Ned es überhaupt wert war, wenn sie ihn erst einmal hatte. Aber Amazonen gingen einem Kampf niemals aus dem Weg, und sie würde diesen nicht verlieren. Vor allem nicht an einen singenden Fisch.

»Viel Glück, Ma'am«, sagte Ulga.

»Und denken Sie daran«, rief Seamus, »wenn alles andere versagt, schadet es nie, sich an ihm zu reiben, bis er es kapiert hat.«

Regina stolzierte aus der Küche und über das Gelände. Sie bog um eine Ecke und kollidierte beinahe mit Miriam. Die Sirene trug ein gelbes Sommerkleid und einen abgedeckten Teller. Die Frauen versuchten, sich gegenseitig niederzustarren, aber keine gab auf.

»Was haben Sie da?«, fragte Regina.

»Räucherlachs«, antwortete Miriam.

Regina verzog das Gesicht. »Riecht, als wäre er schlecht geworden.«

»Er ist frisch.« Miriam rümpfte die Nase. »Was haben Sie da?«

»Schaschlik mit Kartoffelpüree und Soße. Garniert mit Radieschenblumen.«

»Rosen oder Tulpen?«

Regina grinste hämisch. »Beides.«

Miriam hielt eine Flasche hoch. »Ich habe Wein.«

Sie standen einen Augenblick lang wortlos voreinander.

»Ich denke, wir werden Ned entscheiden lassen, was er lieber mag«, sagte Regina.

»Ich glaube auch«, stimmte Miriam zu.

Sie lächelten sich süßlich an und setzten den Rest des Weges Seite an Seite in tödlicher Stille fort.

An ihrem Ziel liefen sie einem unerwarteten Hindernis in die Arme. Ein hagerer Oger und ein dicker Ork standen vor der Tür Wache.

»Tretet beiseite«, sagte Regina. »Wir bringen dem Kommandeur etwas zu essen. Und ein bisschen verdorbenen Fisch.«

»Hier kommt niemand rein«, sagte der Ork.

»Persönlicher Befehl des Kommandeurs«, fügte der Oger hinzu.

»Er muss etwas essen«, sagte Miriam.

»Er hat sich sehr deutlich ausgedrückt«, sagte der Ork. »Er sagte: keine Besucher. Solange er nicht nach ihnen fragt.«

»Keine Besucher aus keinem Anlass«, sagte der Oger.

Die Frauen tauschten verärgerte Blicke.

»Warum fragt ihr ihn nicht einfach, ob er etwas frischen Fisch möchte?«, sagte Miriam. »Oder ein paar verbrannte Schaschliks?«

»Tut mir leid, Ma'am«, sagte der Oger. »Aber wir haben vorhin einmal geklopft, als der Erste Offizier vorbeikam, da hat uns der Kommandeur angeschrien.«

»Er hat euch angeschrien?« Regina war überrascht. Ned

schien nicht der Typ zu sein, der schrie. Nicht, dass er immer ruhig oder rational wäre. Eher still und lethargisch.

»Nicht ganz, Ma'am«, antwortete der Ork, »obwohl er seine Stimme erhoben hat.«

»Und er hat gedroht, uns in Molche zu verwandeln, wenn es noch einmal passieren sollte«, sagte der Oger.

»Das hat er getan?«

»Ja, Ma'am«, sagte der Ork.

Der Oger räusperte sich. »Nicht ganz, Ma'am. Aber er hat angedeutet, dass er es tun könnte.«

»Wie das?«, fragte Miriam.

Die Wachen kramten in ihrem Gedächtnis, schafften es aber nicht, sich an seine genauen Worte zu erinnern.

»Es könnte sein, dass er es nicht ausgesprochen hat«, sagte der Ork, »aber Sie dürfen sicher sein, dass er es dachte.«

»Sie wissen, wie Zauberer sind, Ma'am«, sagte der Oger. »Und da wir es vorziehen, keinen Schwanz zu haben, fürchte ich, Sie müssen ihre verbrannten Schaschliks und den verdorbenen Fisch woanders hinbringen.«

»Das ist doch lächerlich.« Regina griff nach der Türklinke.

Der Oger umklammerte ihr Handgelenk, der Ork zog sein Schwert halb aus der Scheide. Regina hätte ihres ebenfalls gezogen, doch ihre andere Hand war damit beschäftigt, ihre Platte an der Hüfte zu balancieren.

Regina trat von der Tür zurück. Der Oger ließ sie los, die Wächter zogen ihre Waffen. Sie war mieser Stimmung, und sie mochte es nicht, von einem Paar Frontschweinen herumkommandiert zu werden. Miriam summte vor sich hin und wärmte ihre verzauberte Stimme auf. Aber Regina wollte verdammt sein, wenn sie die Sirene dieses Problem lösen ließ. Bevor Klinge oder Gesang entfesselt werden konnten, öffnete sich die Tür und Ned streckte seinen Kopf in den Flur.

»Gibt es hier ein Problem?«

»Nein, Sir«, sagte der Ork. »Wir wollten sie nur gerade loswerden.«

Ned warf den Frauen einen Blick zu, die beide lächelten und ihre Mahlzeiten hochhielten.

»Wir haben Ihnen etwas zu essen gebracht, Sir. Frischen Räucherfisch.« Miriam hob den Deckel.

»Und Steakschaschliks«, sagte Regina, »mit Kartoffeln und Soße.«

»Wir haben ihnen gesagt, dass Sie nicht hungrig sind, Sir«, sagte der Ork.

»Bitte verwandeln Sie uns jetzt nicht in Molche«, flüsterte der Oger.

Neds Blick schweifte über das Angebot und die eifrigen Gesichter der Frauen. Er machte ein eigenartiges, knallendes Geräusch mit dem Mund.

»Danke. Keinen Hunger.«

Dann zog er sich in sein Büro zurück und schloss die Tür.

»Sie haben den Mann ja gehört«, sagte der Ork. »Gehen Sie jetzt oder müssen wir grob werden?«

Regina reagierte nicht gut auf Drohungen. Ihr Gesicht färbte sich rot. Sie knirschte mit den Zähnen. Sie war drei Sekunden davon entfernt, den Wachen die Bäuche aufzuschlitzen, als Miriam ihr eine Hand auf die Schulter legte.

»Kommen Sie, Erzmajor. Gehen wir.«

Regina rang mit ihrem Zorn, am Ende aber legte sie die Erfahrung als einen weiteren der Misserfolge ab, die Ulga für sie vorbereitet hatte. Es hatte keinen Sinn, diese Wachen zu töten: Sie taten nur ihre Pflicht. Und wenn Miriam ebenfalls gehen musste, konnte Regina mit einem Unentschieden in dieser Runde leben.

Amazone und Sirene zogen sich geschlagen zurück.

»Ihre Schaschliks riechen köstlich«, sagte Miriam.

»Danke.« Regina nickte zu Miriams Teller hinüber. »Ich liebe Lachs. Und was für ein Wein ist das?«

»Hätten Sie Lust auf ein Essen, Erzmajor?«

Sie tauschten ein Lächeln aus, das, wenn nicht gerade freundlich, so doch einigermaßen zivil wirkte. Dann suchten sie sich einen leeren Raum mit einem Tisch.

Miriam stellte die Platte mit den vertilgten Schaschliks beiseite. »Haben Sie diese Rosen selbst geschnitten, Ma'am?«

»Ja.«

»Schön. Wie war der Lachs?«

»Wunderbar.« Regina nahm den letzten Bissen und schob den Teller von sich. »Sie haben die Kartoffeln nicht probiert.«

»Ich kann nicht mehr.« Miriam rieb sich den Magen.

»Nehmen Sie zumindest ein bisschen Soße«, sagte Regina.

»Vielleicht später.«

Schweigend saßen sie sich am Tisch gegenüber, jede in ihre eigenen Gedanken versunken, und genossen den Wein.

»Was tun wir jetzt?«, fragte Regina.

»Ned, meinen Sie?« Miriam beugte sich über den Tisch und fuhr mit dem Finger am Rand der Platte entlang. »Ich weiß nicht. Er scheint es nicht wert zu sein, oder?«

»Schauen Sie uns an.« Regina blickte finster. »Wir sind zwei geachtete, intelligente Frauen. Wir sind besser als er.«

»Eigentlich ist er ein ziemlicher Verlierer.«

»Sie sind eine Sirene, bei allen Göttern des Meeres und der Luft! Sie können doch jeden Mann haben, den Sie wollen.«

»Und Sie sind eine strahlende Amazonenkriegerin. Jeder Mann wäre dankbar, mit Ihnen das Bett zu teilen.«

Sie stießen miteinander an.

»Was tun wir also?«, fragte Regina noch einmal.

»Ich weiß nicht«, antwortete Miriam. »Vielleicht sollte ich einfach aufgeben und ihn Ihnen überlassen.«

»Oder vielleicht sollte ich einfach aufgeben und ihn Ihnen überlassen«, sagte Regina.

Miriam kicherte.

»Was ist so lustig?«, fragte Regina.

»Ach, nichts.« Miriam lehnte sich auf ihrem Stuhl zurück und legte die Füße auf den Tisch. »Es ist nur so amüsant, dass Sie immer noch glauben, eine Chance gegen mich zu haben.«

»Was?« Regina beugte sich vor und legte die Ellbogen auf den Tisch. »Wollen Sie damit andeuten, ich könnte Ned nicht von Ihnen weglocken?«

»Ich deute es nicht an, ich sage es.«

»Ich dachte, ich sei eine strahlende Amazonenkriegerin. Ich dachte, jeder Mann wäre dankbar, das Bett mit mir zu teilen.«

»Oh, sicher. Solange er nicht meines teilen kann.«

Reginas Stimme nahm einen tödlichen Tonfall an: »Sie sind ein götterverdammter Fisch.«

»Und Sie sind eine zornige, männerhassende Wölfin«, antwortete Miriam. Ihre Finnen stellten sich aggressiv auf.

»Sie können froh sein, dass Sie keine Amazone sind. Sonst würde ich Ihnen hier und jetzt eine Lektion erteilen.«

»Lassen Sie sich nicht aufhalten, Ma'am.«

Sie sprangen auf die Füße. Miriam stieß den Tisch beiseite und verstreute dabei Essen, Besteck und Wein auf dem Boden. Wütend knurrend traten sie aufeinander zu, bis nur noch wenige Zentimeter zwischen ihnen waren. Regina war gut fünfzehn Zentimeter größer, aber Miriam schien davon kaum eingeschüchtert zu sein.

»Sie haben kein Schwert«, sagte Regina.

Miriam grinste mit entblößten Zähnen. »Ich brauche keins.«

Die Körper angespannt, die Blicke fest aufeinander geheftet, standen sie stocksteif voreinander. Jeder Atemzug war ein wütendes und angeekeltes Schnauben.

»Was tun wir da?«, sagte Miriam. »Bringen wir uns wegen Ned wirklich gegenseitig um?«

»Ich weiß nicht.« Regina seufzte schwer. »Das ist alles so verwirrend.«

Miriam schüttelte den Kopf und lachte sanft. »Männer. Sie bringen Frauen dazu, dumme Dinge zu tun.«

Regina rückte ihren Stuhl zurecht und setzte sich wieder. »Tun sie das immer?«

»Fast immer.«

Sie kicherten gemeinsam.

»Ich sage, scheiß auf ihn«, murmelte Regina.

»Ja, genau! Scheiß auf ihn!«, rief Miriam.

»Scheiß auf ihn!«, schrien sie fröhlich unisono.

Sie stellten den Tisch wieder auf und begannen, das Durcheinander aufzuräumen.

»Ich meine, warum kämpfen wir gegeneinander?«, sagte Regina. »Wir sind Schwestern. Kein Mann sollte zwischen uns stehen.«

»Das stimmt.«

»Und übrigens wäre es ungerecht, gegen Sie zu kämpfen. Ich bin eine Amazone, für den Kampf ausgebildet. Sie sind nur eine Sirene.«

»Ach ja?«

Die gute Laune war aus Miriams Gesicht verschwunden, ersetzt durch kalte Wut.

»Oh ja«, sagte Regina. »Wenn wir die Sache allerdings durch einen Gesangswettbewerb klären würden, vielleicht mit einer Art mehrstimmigem Lied, bin ich sicher, dass Sie im Vorteil wären.«

»Da bin ich auch sicher«, stimmte Miriam zu, während sie eine Platte nahm, sie über ihren Kopf hob und sich leise von hinten an Regina anschlich.

Die Tür öffnete sich, und Ulga betrat den Raum.

»Da sind Sie, Ma'am. Ich nehme an, es ist nicht so gut gelaufen.«

»Nein, nicht sehr gut. Stimmt's nicht, Miriam?«

»Nein, Ma'am.« Miriam stellte die Platte mit einem unschuldigen Lächeln auf den Tisch. »Überhaupt nicht gut.«

DREIUNDZWANZIG

Am nächsten Morgen rollten dicke Wolken über die Kupferzitadelle und die Dämmerung war trübe und grau. Gabel, Frank und Regina standen im leeren Hof. Der Koboldhornist lag dösend auf etwas Schutt.

»Wo ist Ned?«, fragte Regina.

»Er kommt nicht«, antwortete Gabel. »Er sagte, er würde nicht mehr zum Morgenappell erscheinen.«

»Warum?«

»Ich weiß nicht. Er sagte nur, dass er nicht mehr kommt. Er machte sich nicht die Mühe, es zu erklären.«

»Das sieht Ned gar nicht ähnlich«, sagte Regina.

»Woher willst du das wissen?«, sagte Gabel. »Woher will irgendwer von uns das wissen? Er ist erst seit vier Tagen hier. Kann man wirklich behaupten, dass man jemanden in so kurzer Zeit so gut kennt? Die Menschen sind komplexe Geschöpfe. Man kann nicht nur vom ersten Eindruck ausgehen.«

Frank schnaubte.

»Ich nehme an, du hast eine Meinung dazu«, sagte Gabel.

Frank zuckte die Achseln. »Sieht ihm einfach nur nicht ähnlich.«

Gabel grinste süffisant. »Wir können ja nicht alle die erstaunlichen Einblicke eines Ogers haben.«

»Nur weil wir groß sind, heißt das noch lange nicht, dass wir dumm sind. Ich glaube, es war der große Ogerphilosoph Gary, der bemerkt hat, dass Komplexität – allgemein gesprochen – eine Illusion bewussten Verlangens ist. Alle Dinge existieren in so einfacher Form, wie es die Notwendigkeit diktiert. Wenn dann aber ein Ding die Aufschrift ›komplex‹ trägt, ist das nur ein umständlicher Weg, um auszudrücken, dass du nicht aufmerksam genug bist, es wirklich zu verstehen.«

»Oh, und daraus schließe ich dann, dass du alles verstehst.«

»Nein, aber ich weiß genug, um zu wissen, dass es, wenn ich etwas nicht weiß, normalerweise mein Fehler ist und nicht in dem begründet liegt, was ich beobachte. Was auch immer das ist. Aber was Ned betrifft, gibt es nicht viel zu beobachten. Er ist ziemlich unkompliziert.«

»Er scheint mir nicht der irreführende Typ zu sein«, stimmte Regina zu.

»Habt ihr beide den Verstand verloren?«, fragte Gabel. »Ich weiß nicht, was so besonders an ihm sein soll. Er ist nur jemand, der uns im Weg steht. Oder habt ihr vergessen, dass wir uns alle einig waren, diese Dummköpfe loszuwerden, bis einer von uns befördert wird?«

»Ich weiß nicht«, sagte Frank. »Ich hatte kein Problem damit, die anderen Typen umzubringen – das waren alles Trottel. Ned scheint mir ein echt anständiger Kerl zu sein.«

»Er ist ein Idiot.«

»Vielleicht«, stimmte Frank zu. »Das heißt aber nicht, dass ich ihn nicht mögen darf.«

Gabel wusste, dass jeder Aufruf zur Vernunft bei Regina vergeblich war. Statt Anstrengung daran zu verschwenden, ging er hinüber zu dem Hornisten und trat ihn. Der Kobold sprang auf, und nachdem er sich selbst halb wach geschüttelt hatte, blies er den Ruf zum Appell gerade, als es anfing zu regnen. In der Ferne grollte Donner. Der Regen wurde stärker, der Wind kälter. Gabel ärgerte sich darüber, dass er dem ausgesetzt sein musste, während Ned kuschelig und warm in seinem Büro saß.

Das war tatsächlich untypisch für ihren neuen Kommandeur, musste Gabel zugeben. Er rühmte sich, ein guter Menschenkenner zu sein. Er war zumindest genauso gut wie jeder Oger. Und er hatte eine ausreichende Vorstellung davon, was Ned für ein Typ war. Seine Meinung wich nicht sehr von Franks ab. Ned war anständig, auf eine bescheidene Art sogar sympathisch. Aber während sich Frank leicht täuschen ließ, war Gabel klugerweise wachsam. Ned war zu bescheiden, zu ehrlich. Aber Ned war außerdem mindestens unsterblich und möglicherweise ein Geheimzauberer. Es ergab keinen Sinn. Er war einfach zu unauffällig, zu offensichtlich mittelmäßig, um nicht irgendetwas im Schilde zu führen. Abgesehen davon war er Gabel immer noch im Weg. Er hatte zu hart gearbeitet und zu viele Leute ermordet, um jetzt aufzugeben.

Die Oger-Kompanie war noch immer nicht daran gewöhnt, so früh aufzustehen, aber sie waren an diesem Morgen immerhin dazu bereit und schafften es, sich fünf Minuten vor der gestrigen Appellzeit zu rasieren. Sie schienen nicht gerade glücklicher über den Aufwand. Der starke Regen tat auch nichts, um ihre Stimmung zu heben, bis auf Miriam und Elmer, die ein wenig zusätzliche Feuchtigkeit genossen. Sally sah vollkommen elend aus, sie hatte einen blassgrauen Farbton angenommen, während Regentropfen auf ihren Schuppen verdampften. Obwohl sie bei Berührung immer noch gefährlich heiß war, fröstelte sie merklich.

Gabel wandte sich kurz an die Kompanie. Zu seiner eigenen Belustigung warf er eine flapsige Bemerkung über Ned ein, der jeden Soldaten köpfen wollte, nur um seinen zuckenden Körper zu beobachten. Dann übergab er die Kompanie an Frank, der die Soldaten eine Runde nach der anderen um die Zitadelle laufen ließ, durch die durchnässte Erde rutschend und spritzend, während Gabel ging, um sich mit dem Kommandeur zu beraten.

Die Wachen, die momentan vor Neds Büro standen, waren nicht annähernd so ergeben wie die beiden vorherigen, und sie erlaubten dem Offizier, an die Tür zu klopfen. Diese öffnete sich und Ned streckte seinen Kopf heraus.

»Ja?«

»Entschuldigen Sie, Sir«, sagte Gabel, »aber ich habe mich gefragt, ob ich wohl kurz mit Ihnen sprechen könnte.«

Blinzelnd musterte Ned seinen Ersten Offizier. »Nur Sie?«

»Ja, Sir.«

»Fassen Sie sich kurz.«

Gabel trat in Neds Büro und fand es kahl bis auf die Wände vor. Nichts außer einem Kissenhügel war darin. Gabel wusste das bereits, da er den Befehl ausgeführt hatte, alles zu beseitigen, aber es war ein seltsamer Anblick. Der Kommandeur umklammerte einen roten Stab, denselben Stab, den er benutzt hatte, um den Drachenzauberer in ein Schnabeltier zu verwandeln.

Gabel hatte sich nicht die Zeit genommen, sich abzutrocknen, und stand nun in einer Pfütze, die sich um seine Füße ausbreitete.

»Warum rennen die Männer im Regen herum?«, fragte Ned.

»Nur, um die Kompanie in ordnungsgemäße Kampfform zu bringen, Sir. Gemäß Ihrer Anweisung.«

Ned trat zum Fenster und blickte in den aufgewühlten, grauen Himmel. »Aber es ist schrecklich nass draußen, oder nicht?«

»Es macht ihnen nichts aus, Sir.«

»Nicht?«

»Es wird etwas gemurrt, Sir. Aber das können Sie von einem solchen Haufen auch nicht anders erwarten. Sie hatten in letzter Zeit nicht viel Disziplin, aber sie werden sich daran gewöhnen. Ich wage zu sagen, dass sie sich bald fragen werden, wie sie je ohne zurechtgekommen sind.«

»Tatsächlich?«

»Auf jeden Fall, Sir.« Oder, dachte Gabel mit einem fröhlichen Grinsen, sie werden dein Büro stürmen und dich in Stücke reißen. Das würde Ned etwas bremsen, ob nun unsterblich oder nicht.

Ned setzte sich auf den Kissenstapel. Es wirkte ziemlich bequem, doch er fühlte sich sichtlich unwohl. Er umklammerte den Stab. Irgendetwas war anders an Never Dead Ned, aber Gabel konnte es nicht recht entschlüsseln.

»Worüber wollten Sie mit mir sprechen?«, fragte Ned.

»Einige von den anderen haben sich gefragt, wie lange Sie hier drin bleiben wollen, Sir.«

Ned umklammerte den Stab mit weißen Knöcheln noch fester. Seine Unterarme spannten sich. »Ich schätze, das kann nicht gut sein für die Moral der Truppe. Alle draußen bei diesem Wetter, während ich trocken und warm hier drin sitze.«

Gabel lachte spöttisch. Er tat es ziemlich offensichtlich, denn Ned schien nicht besonders helle zu sein. »Ich würde mir keine Sorgen machen, Sir. Die Männer kennen die Befehlskette. Sie verstehen, dass Sie sich um wichtige Dinge kümmern müssen.« Er sah sich in dem leeren Raum um.

»Ich kann das erklären«, sagte Ned. »Das kann ich. Ehrlich.«

»Natürlich können Sie das, Sir.« Die langen, koboldhaften Ohren des Orks neigten sich eifrig vor.

Ned zögerte. Er stand auf und ging ans andere Ende des Raums. »Es ist kompliziert, aber glauben Sie mir, ich habe meine Gründe.«

»Natürlich haben Sie die, Sir.« Gabel runzelte kurz die Stirn. Er hatte auf eine Erklärung gehofft, aber keine erwartet. Also fing er an zu vermuten, dass Ned verrückt geworden war. Wenn es keine ausgewachsene Geisteskrankheit war, dann eine leicht ausgeprägte Form der Unzurechnungsfähigkeit. Gabel wäre nicht überrascht gewesen. Geheimzauberer oder nicht, ein Mann konnte nicht immer und immer wieder sterben, ohne davon in Mitleidenschaft gezogen zu werden.

»Glauben Sie mir, Sir«, fügte Gabel hinzu, »ich würde niemals wagen, Ihre Befehle in Frage zu stellen. Ich vertraue Ihrem Urteilsvermögen bedingungslos. Aber es gibt da ein paar andere – ich möchte keine Namen nennen, Sir –, die nicht an die Stärke Ihrer Anweisungen glauben.«

Er machte eine Pause, wartete, dass Ned ihn nach Namen fragte. Gabel würde natürlich darauf bestehen, kein Vertrauen missbrauchen zu können, und erst wenn Ned ihm den Befehl gab, würde er widerstrebend nachgeben. Mit einem kleinen Anstoß wäre es nicht schwierig, Ned dazu zu bringen, sich gegen Frank und Regina zu wenden und sie so zu zwingen, zur Vernunft zu kommen.

Ned aber fragte nicht und bewies damit, wie schwer es sein konnte, mit Hilfe eines Mannes Zwietracht zu säen, dem auch das kleinste bisschen Neugier fehlte, von Misstrauen ganz zu schweigen. In Gabels gesamter militärischer Karriere hatte er niemanden von so bemerkenswerter Klasse wie Ned getroffen. Der Kommandeur war eine Ausnahmeerscheinung in der Unmenschlichen Legion, und wahrscheinlich sogar in jeder Armee der Welt.

Gabel vertraute Ausnahmeerscheinungen nicht. Ausnahmeerscheinungen kamen nicht vor. Das war es, was sie zu Ausnahmeerscheinungen machte. Er studierte Ned genauer, um dieses Rätsel zu lösen. Jeder hatte irgendetwas vor. Es gab keine Ausnahmen. Manche mochten sagen, dass diese Feststellung genauso viel über Gabel aussagte wie über alle anderen, aber er wusste es besser. Der einzige Unterschied zwischen ihm und dem Rest der Welt war der, dass er es nicht für nötig hielt, es vor sich selbst zu verbergen.

»Sonst noch was?«, fragte Ned.

»Nein, Sir. Ich denke nicht. Soll ich den Männern sagen, dass Sie noch ein paar Tage hier drin bleiben werden?«

Etwas huschte über Neds Gesicht. Ein fremdartiges Gefühl kräuselte seine Stirn und verdunkelte sein Auge. »Ja. Sagen Sie ihnen einfach ... sagen Sie ihnen, was immer Sie wollen.« Seine Hände schlossen sich noch fester um den Stab.

»Ja, Sir. Ich habe noch ein bisschen Papierkram, um den ich mich kümmern muss.« Gabel salutierte hastig und verschwand. Neds Bild wanderte immer und immer wieder durch Gabels Geist. Auf halbem Weg durch die Zitadelle stoppte er plötzlich im strömenden Regen. Und er lächelte.

Never Dead Ned hatte Angst.

Es war wirklich ziemlich offensichtlich. Gabel hatte nur Schwierigkeiten, die Emotion zuzuordnen, weil er Ned nie zuvor ängstlich gesehen hatte. Seine verlässlichsten Emotionen waren normalerweise gleichgültige Verärgerung, uninteressierte Gleichgültigkeit, verärgerte Verwirrung und verwirrtes Desinteresse. Selbst als ihn der Drache angegriffen hatte, schien Ned eher verwirrt also panisch gewesen zu sein. Und warum sollte er das sein? Welcher Schrecken konnte einen Unsterblichen dazu bringen, sich in einem leeren Büro einzuschließen?

Donner krachte aus dem Himmel, als Gabel ein unheilvolles Kichern unterdrückte. »Er ist nicht mehr unsterblich.«

Der Gedanke war es sicherlich wert, genauer untersucht zu werden, aber er war niemand, der allein handelte. Er sah sich selbst eher als Anstifter, das Gehirn hinter der Muskelkraft. Er konnte weder zu Frank noch zu Regina gehen. Man konnte ihnen nicht trauen. Er brauchte jemand anders, jemanden, der Ned nicht mochte. Die Oger-Kompanie war voller Soldaten, denen es nichts ausmachen würde, Ned tot zu sehen, aber Gabel konnte nicht einfach irgendwen herauspicken. Er brauchte jemanden, auf den er sich verlassen konnte. Jemanden, der Ned ohne zu zögern tötete. Jemanden, der den Sturz abfedern würde, wenn Gabel sich irrte und Ned immer noch unsterblich war.

Eine Reihe von Soldaten joggte flott neben ihm her. Sie sahen alle durchnässt, elend und schlecht gelaunt aus. Aber einer im Besonderen hatte diese Andeutung von Mordlust in seinen wachsamen Ogeraugen. Gabel zog diesen einen aus der Anordnung.

»Ja«, fragte Totengräber Ralph. »Was ist?«

»Was würdest du sagen, wenn ich dir sagen würde, dass ich einen Weg kenne, um sicherzustellen, dass du nie wieder im Regen rennen musst?«

Ralph wischte das Wasser weg, das seine schräge Stirn hinunterrann und in seine Augen tropfte. »Wen muss ich umbringen?«

VIERUNDZWANZIG

Am nächsten Tag regnete es ebenfalls. Und an dem danach auch. Und an dem danach. Ned wurde ruhelos – so allein in seinem Büro. Aber das trübe Wetter bestärkte ihn, an seinem Plan festzuhalten. Es war kein großartiger Plan, aber bisher hatte er funktioniert. Er hatte vier Tage überstanden, ohne zu sterben, ein neuer Rekord für ihn als Kommandeur der Oger-Kompanie. Er war nicht einmal in Gefahr gewesen umzukommen. Den schlimmsten Zwischenfall hatte ein möglicherweise nicht gares Hühnchen dargestellt, das man ihm am zweiten Tag zum Abendessen gebracht hatte. Er hatte es mit dem Gefühl, eine große Leistung vollbracht zu haben, zurückgeschickt. Nichts konnte ihm etwas anhaben, solange er sicher innerhalb dieser vier kahlen Wände blieb. Nichts als die Langeweile.

Er versuchte, sich mit dem sprechenden Stab zu unterhalten, aber keines der Gespräche verlief gut. Der Stab schien im Lauf der Zeit immer gelangweilter und genervter zu werden. Neds Fragen wurden mit höhnischen Beleidigungen beantwortet. Der Stab, noch nie besonders höflich, wurde geradezu unausstehlich.

»Was meinst du, wie lange es noch regnen wird?«, hatte er am dritten Tag gefragt.

»Woher soll ich das wissen? Ich bin ein sprechender Stab, du Idiot, und keine Wetterfahne!«

Danach hatte Ned aufgehört, mit ihm zu sprechen. Er stellte den Stab in eine Ecke, von wo aus er ihn anstarrte, da war er ganz sicher. Obwohl der Stab ja behauptete, kein Bewusstsein zu haben. Noch besaß er Augen. Ned drehte ihn jede Stunde um ein paar Grad in der Hoffnung, das Gefühl loszuwerden. Es funktionierte nicht.

Am Abend des dritten Tages trieb seine Langeweile Ned zu verzweifelten Maßnahmen, um sich abzulenken: Poesie. Er war nie künstlerisch begabt gewesen, nicht einmal ein kleines bisschen. Er konnte nicht zeichnen oder malen oder ein Instrument spielen. Und er konnte auch nicht sehr gut schreiben, aber das war das Gute an Poesie. Sie musste nicht sehr gut sein. Sie musste nur etwas ausdrücken. Zum Henker, es musste sich nicht einmal mehr reimen, was bedeutete, dass so ungefähr jeder Gedichte schreiben konnte. Nach anderthalb Stunden erschöpfender Inspiration setzte er seine Feder ab und las sein Meisterwerk.

Ein Haufen von Kissen,
Der sprechende Stab verhöhnt mich still,
Dieses Gedicht taugt nichts.

Ned warf sein erstes und letztes literarisches Werk beiseite. Er vertrödelte den Rest des Abends buchstäblich mit Däumchendrehen und entdeckte mit mildem Interesse, dass man tatsächlich Krämpfe in den Daumen bekommen konnte, wenn man sie zu lange drehte.

Am vierten Tag langweilte er sich derartig, dass er schon daran dachte, nach jemandem zu schicken, mit dem er sich unterhalten konnte. Aber er kannte eigentlich niemanden in der Kupferzitadelle. Zumindest nicht gut.

Er dachte an Frank. Der schien ein angenehmer, sympathischer Kerl zu sein. Aber er hatte Ned auch schon einmal getötet. Ned war allerdings ziemlich sicher, dass es ein Unfall gewesen war. Es gab keinen Grund, warum Frank es absichtlich hätte tun sollen, aber einen großen Oger einzuladen, der bereits bewiesen hatte, wie leicht man Ned zerquetschen konnte, schien ihm keine gute Idee zu sein. Er konnte sich genauso gut selbst den Schädel einschlagen und es hinter sich bringen.

Gabel kam Ned als Nächster in den Sinn, doch er ließ ihn schnell wieder fallen. Gabel war ein überzeugter Offizier, aber nicht der interessanteste Gesellschafter. Außerdem ging es Ned auf die Nerven, dass Gabel vorgab, ein Ork zu sein, wenn er doch offensichtlich ein Kobold war.

Regina und Miriam waren naheliegende Möglichkeiten. Beide waren einnehmende, attraktive Frauen. Und sie mochten ihn wirklich, wenn man dem sprechenden Stab vertrauen konnte. Das war das Problem. Er hatte nie gut mit Frauen gekonnt. Sein größtes Kapital in Bezug auf das andere Geschlecht war die Annahme kompletten und äußersten Desinteresses an ihm, was man als eine Art entspannten Zutrauens fehlinterpretieren konnte. Das hatte er nun verloren. Nun, da er wusste, dass sie ihn mochten. Nun würde er anfangen, sich zu bemühen. Er würde dumme Dinge sagen. Dümmere Dinge als sonst. Und er würde sich über diese dummen Dinge Sorgen machen, was zu noch dümmeren Dingen führen würde. Letztlich konnte er kein normales Gespräch mit einer Frau führen, wenn er glaubte, sie hätte Interesse an ihm. Da war einfach zu viel Druck.

Er warf einen Blick auf den sprechenden Stab. Er hatte ihm nicht einmal das kleinste bisschen guten Rat zu bieten, und die trivialen Beobachtungen, die er ihm mitgeteilt hatte, hatten sein Leben nur verkompliziert. Zu dumm, dass er niemanden kannte, der in der Lage war, vernünftige Ratschläge zu erteilen.

Jemand klopfte an die Tür. Er dachte daran, nicht zu antworten, doch ihm war zu langweilig. Er öffnete die Tür einen Spalt, nicht einmal weit genug, um seinen Kopf hinauszustrecken.

Owens salutierte. »Sie haben mich rufen lassen, Sir?«

»Nein, habe ich nicht.«

»Das werden Sie aber, Sir.« Das Orakel salutierte weiterhin. »Soll ich so lange hier warten?«

Ned dachte über das seltsame Wesen des Schicksals nach. Er hatte zwar nicht vorgehabt, Owens rufen zu lassen, aber jetzt, da der Soldat hier war, dachte er, es könnte ganz angenehm sein, Owens hereinzubitten. Ned hatte bei ihrem letzten Gespräch eine gewisse Orientierungshilfe gefunden. Gut, seine Versuche, dem Rat zu folgen, hatten damit geendet, dass er von einem Oger zerquetscht worden war. Aber das war genauso Neds Schuld wie die aller anderen gewesen. Wenn er Frank nicht die Schuld geben wollte, konnte er sicher auch Owens nichts vorwerfen. Das Orakel war auf jeden Fall zumindest höflicher als der sprechende Stab.

Ned bat Owens herein, und Owens war höflich genug, auf die ausgesprochene Einladung zu warten, bevor er eintrat.

»Wie kann ich Ihnen dienen, Sir?«, fragte er.

»Wissen Sie das nicht?«, fragte Ned zurück.

Er ging hinüber in die Ecke und nahm den Stab auf. Er fühlte sich immer noch sicherer, wenn er ihn hielt, obwohl er keinen Beweis hatte, dass er irgendwelche magischen Kräfte hatte, nur die Fähigkeit, zu betonen, wie dumm er war.

»Ich bin ein Orakel, Sir«, antwortete Owens, »kein Gedankenleser.«

Owens hatte Neds Gedanken ab und zu gelesen, auch wenn das nicht wirklich das war, was er getan hatte. Technisch gesehen hatte er Worte gehört, die gesprochen werden würden, während sie noch Gedanken waren, und sie so in Worte verwandelt, die nie ausgesprochen wurden, außer in einer theoretischen Zukunft, die nie eintrat. Es war ein Paradoxon. Dieselbe Art von Paradoxon, das ein Orakel zu Neds Tür rief, bevor er selbst auf den Gedanken gekommen war – was ihn aber darauf brachte, Owens zu rufen, was er nicht mehr tun musste, weil Owens ja bereits da war. Mit anderen Worten: Die Vergangenheit war ein Produkt der Zukunft, und die Zukunft wurde überflüssig gemacht, bevor sie je eintrat. Allein schon darüber nachzudenken verursachte Ned Kopfschmerzen.

Er hörte auf, darüber nachzudenken. Er musste Owens' Kräfte nicht verstehen. Er hatte den Verdacht, dass Owens selbst sie nicht einmal verstand. Die Kausalität war unter gewissen Umständen ein viel zu zerbrechliches Ding, um einer genaueren Betrachtung unterzogen zu werden.

Ned war auch egal, was immer Owens hören mochte. Owens' Fähigkeit, die Zukunft zu hören, war letztlich wenig mehr als ein Taschenspielertrick. Sein einziger verlässlicher Nutzen lag darin, Gespräche zu beschleunigen. Aber Owens hatte dennoch einen klaren Kopf und eine gute Einstellung, so wenig Ned auch über den Soldaten wusste, und Ned brauchte das Urteilsvermögen von jemandem, dem er vertrauen konnte. Von jemand anderem als ihm selbst, dem er am wenigsten von allen vertraute.

Er entwarf seine Gedanken, entschied, was er sagen und was er für sich behalten wollte. Er wartete darauf, dass Owens antworten würde, aber das Orakel stand nur lächelnd da.

Ned räusperte sich und dachte sehr bewusst an die Worte, die er diesmal aussprechen wollte. Owens antwortete immer noch nicht.

»Ist etwas nicht in Ordnung?«, fragte Ned.

»Nein, Sir. Warum fragen Sie?«

Ned ließ sich auf seine Kissen fallen. Seltsam, wie irritierend das Leben sein konnte. Owens, der normalerweise Fragen beantwortete, bevor sie gestellt wurden, und ständig unterbrach, war jetzt ahnungslos. Was für Ned nichts anderes als eine leichte Enttäuschung bedeutete, da er jetzt tatsächlich Dinge sagen musste, damit das Orakel sie hörte.

»Geht es Ihnen gut?«, fragte Ned.

»Sehr gut, Sir.« Owens' Lächeln wurde breiter. »Besser als sonst.«

»Sie scheinen nur nicht in Form zu sein.«

»Naja, Sir, ich höre nicht die ganze Zukunft. Nur kleine Stücke hier und da, und manchmal ist der Empfang besser als andere Male, abhängig von Wahrscheinlichkeitsmatrixen, räumlicher Nebeneinanderstellung und persönlicher Relevanz. Orakel-Basistheorien, Sir. Ich bin sicher, das interessiert Sie nicht.«

»Da haben Sie Recht«, antwortete Ned. »Ich habe Sie hergerufen« – obwohl ich Sie eigentlich gar nicht gerufen habe, fügte er in Gedanken hinzu – »um Sie um Rat zu bitten.«

»Darum bin ich hier, Sir.«

»Hervorragend. Sie haben sich wahrscheinlich schon gefragt, warum ich mich in den letzten Tagen in diesem Raum eingeschlossen habe.«

»Eigentlich nicht.«

»Aber es waren vier Tage. Vier Tage ganz allein, mit so wenig physischem Kontakt wie möglich. Hat Sie das nicht neugierig gemacht?«

»Nein, Sir. Es erschien mir etwas seltsam, aber ich nahm an, dass Sie Ihre Gründe hatten. Oder dass Sie einfach verrückt geworden sind. Das ist schon früher passiert. Mit anderen Kommandeuren, meine ich. Einer fing an, sich selbst Lord Drachenschlag zu nennen und überzeugte sich dann davon, dass er Blitze beschwören konnte. Reiner Unsinn.« Owens strich sich über den langen Bart. »Aber andererseits wurde er von einem Blitzschlag getötet, also war er vielleicht etwas auf der Spur.«

Ned versuchte, sich auf seinem Kissensitzplatz vorzubeugen, doch ihm fehlte die Hebelkraft. »Ein paar der anderen Soldaten müssen sich Fragen stellen.«

»Ein paar, Sir, aber für die meisten ist es kein Gesprächsthema, das oft aufkommt.«

Ned fühlte sich vage beleidigt. Und unwichtig. Es war eine Sache, sich vor der Welt zu verstecken. Aber es war eine ganz andere, feststellen zu müssen, dass die Welt einen nicht vermisste, wenn man weg war.

»Aber ich habe mit einem Drachen gekämpft.« Er hielt den Stab hoch, obwohl die Geste an Owens verschwendet war. »Ich habe ihn mit diesem Stab besiegt.«

»Ja, der Stab.« Owens nickte langsam. »Darüber gab es die eine oder andere Diskussion.«

»Aber das ist nur ein Stück Holz.«

»Es hat einen Drachen getötet, nicht wahr, Sir?«

»Ich habe den Drachen getötet.«

»Ja, Sir. Mit dem magischen Stab.«

Ned funkelte den sprechenden Stab böse an. Er konnte sich ausmalen, wie er selbstgefällig lächelte. Er mochte den Gedanken nicht, bei dem Drachenzwischenfall ein Anhängsel des Stabes gewesen zu sein, obwohl das nicht weit von der Wahrheit entfernt war. Er lehnte ihn mit einem resignierten Seufzen an seine Schulter.

»Folgendermaßen sieht es aus, Owens. Ich will nicht noch einmal sterben, aber ich habe genug davon, hier drin zu sein. Ich habe mich gefragt, ob Sie irgendwelche Vorschläge hätten.«

»Gehen Sie nach draußen.«

»Ist es ungefährlich da draußen?«

»Ist es ungefährlich hier drin?«, antwortete der sprechende Stab.

Owens legte den Kopf schief und lauschte in Richtung der neuen Stimme. »Ist das der Stab?«

»Ja, das ist er«, sagte der Stab.

Ned fragte: »Woher wussten Sie, dass er sprechen kann?«

»Das wusste ich nicht, aber es gab ein paar Debatten darüber, ob es möglich sein könnte. Ich glaube, Lewis schuldet Martin zwei Silberstücke deswegen.«

Ned sank in sich zusammen. Es hatte vermutlich mehr Diskussionen über dieses Stück verzaubertes Holz gegeben als über ihn, und er grollte ihm nicht nur, sondern war auch ein wenig eifersüchtig. »Der Stab hat Recht, Sir«, sagte Owens. »Es gibt viele und verschiedenartige Gefahren auf der Welt. Nur weil Sie sich hier drin verstecken, heißt das nicht, dass sie Sie nicht trotzdem finden werden.«

Ned rollte von den Kissen und ging zum Fenster. Es war ein warmer, sonniger Tag. Soldaten waren überall in der Zitadelle mit verschiedenen Trainingseinheiten beschäftigt. Regina zeigte einer Gruppe den richtigen Gebrauch der Streitaxt, während Frank einer anderen Gruppe die Feinheiten des Ringkampfes beibrachte. Alle schienen beschäftigt, und es war vermutlich ungefährlich hinauszugehen. Zumindest für ein paar Minuten.

»Glaubt ihr wirklich, dass es gutgehen wird?«, frage Ned Owens und den Stab. Es war ihm egal, wer antwortete.

»Ich würde mir keine Sorgen machen, Sir«, sagte Owens. »Das Leben ist zu kurz, um es nicht zu genießen, solange Sie können.«

Die Bemerkung passte nicht ganz auf Ned, einen Unsterblichen. Aber er konnte sich nicht länger in seinem Büro verstecken. Wenn er ganz, ganz vorsichtig war und sich beim ersten Anzeichen von Ärger an seinen Zufluchtsort zurückzog, wie gefährlich konnte es dann sein? Er dankte Owens für seinen Rat und trat behutsam – mit viel Umsicht – vor die Tür.

Das Orakel tastete sich den Boden entlang, bis es den Kissenstapel fand, und setzte sich. Es fragte sich kurz, warum Never Dead Ned sich Sorgen machte, dass er wieder sterben könnte. Es war wahrscheinlich furchtbar unbequem, nahm es an. Aber Ned musste sich nicht mehr lange Sorgen machen. Niemand musste das.

Owens hörte die Zukunft – und jetzt hörte er sehr wenig. Die Zukunft war totenstill. So ruhig und still wie ein Grab. Diese Stille, so laut in ihrer Unvermeidlichkeit, begrub das Flüstern der Möglichkeiten, das er normalerweise filtern musste. Deshalb war er so glücklich. Es war lange her, seit Owens einen Augenblick wahren Friedens genossen hatte. Es war nur eine Schande, dass die Welt enden musste, damit er das tun konnte.

FÜNFUNDZWANZIG

Eine düstere Vorahnung sagte Ned, dass es ein Fehler gewesen war, sein Büro zu verlassen. Er erwartete, dass das ganze Gebäude über seinem Kopf zusammenstürzen würde. Er erwartete, dass sich der Boden weit auftun und ihn am Stück verschlingen würde. Er erwartete, Tod persönlich dort stehen zu sehen, seinen Grabstein in ihren spitzen, roten Fingern wiegend. Aber da waren nur die beiden Wachen.

Eine der Wachen fragte: »Alles in Ordnung, Sir?«

Die Vorahnung verließ Ned. Er hatte keinen Grund, nervös zu sein. Das Universum war nicht unterwegs, um ihn zu schnappen, und warum sollte es auch? Neds Tod war auch sein Tod. Wenn überhaupt, dann mussten die Mächte des Schicksals sicherlich ihr Bestes tun, um ihn am Leben zu erhalten. Ned setzte kein besonderes Vertrauen in höhere Mächte. Götter waren unzuverlässig. Die Vorsehung war eine Hoffnung, die man in den Herzen verzweifelter Männer fand. Aber manchmal, wenn sie stark genug glaubten, konnten verzweifelte Männer Großes vollbringen. Ned war verzweifelt. Verzweifelt genug, um zu glauben, dass irgendwer irgendwo auf ihn aufpasste. Er hatte keine andere Hoffnung, an der er sich festhalten konnte.

»Ich werde einen kleinen Spaziergang machen«, sagte Ned.

»Sollen wir Sie begleiten, Sir?«, fragte die Wache.

Er verwarf es als unnötig. All seine Tode in der Kupferzitadelle waren Unfälle gewesen, mit etwas Vorsicht und gesundem Menschenverstand vermeidbar. Er sah keine Notwendigkeit für eine Leibwache.

»Nein, bleiben Sie hier. Ich werde bald zurück sein.«

Ned trottete vorsichtig den Flur hinunter. Unterwegs tippte er mit seinem Stab auf den Boden vor sich, wie ein Blinder, der seinen Weg ertastete. Bis er die Tür erreicht hatte, die nach draußen führte, wurde er selbstsicherer. Jeder Schritt fühlte sich wie ein Erfolg an; jede Sekunde, die er lebte, war ein glattes Wunder. Er griff nach der Klinke und zögerte. Vielleicht war es besser, es für heute genug sein zu lassen. Morgen konnte er immer noch versuchen, nach draußen zu gehen.

Er warf einen Blick zurück auf die Wachen. Beide wandten ihren Blick ab und schauten woanders hin, aber sie hatten ihn beobachtet. Er konnte nicht einfach umdrehen, ohne wie ein Idiot auszusehen.

»Ein paar Minuten können nicht schaden«, murmelte er, als er den Türknauf drehte und in den trüben, grauen Nachmittag hinaustrat. Er blickte direkt in die grausamen, schwarzen Augen von Knabber-Ned, der auf Wards Schulter saß. Der Geier gab ein kratziges Kreischen von sich und breitete die Flügel aus. Neds Gefühl des Grauens kehrte zurück.

Ward salutierte, aber Ned bemerkte es kaum, so fest war sein Blick auf Knabber gerichtet. »Hallo, Sir. Schön, Sie auf den Beinen zu sehen.«

Ned schluckte seine Angst hinunter und murmelte etwas, das nicht einmal er selbst verstand.

»Fühlen Sie sich gut, Sir?«, erkundigte sich Ward. »Sie sehen ein bisschen blass aus.«

»Gut. Mir geht's gut.«

Ned wandte den Blick ab, und Knabber faltete seine Flügel, schnappte mit dem Schnabel und wippte auf Wards Schulter. Nach den frischen, roten Narben zu urteilen, hatte der Vogel Schwierigkeiten, eine Position zu finden, die ihm lange gefiel.

»Schön zu hören, Sir. Ehrlich gesagt, ich hatte mir langsam ein bisschen Sorgen gemacht. Und Knabber hier auch. Hat in den letzten paar Tagen kaum was gegessen. Stimmt's, Knabber?« Er hob die Hand und streichelte den Geier, nur um ihn sich von Knabbers scharfem Schnabel einklemmen zu lassen. Der Oger kicherte gutmütig, während er darum rang, seine Finger zu befreien. »Sehen Sie? Er ist schon wieder ganz der Alte, verspielt wie immer.«

Während Knabber zerrte, wandten sich die Augen des Geiers keinen Moment von Neds Blick ab. Wards Finger waren nicht die bevorzugte Mahlzeit des Aasfressers, ging es Ned durch den Kopf.

Ward salutierte wieder. »Wenn Sie mich entschuldigen, Sir ...«

»Sie sind entschuldigt«, sagte Ned. Solange der Oger nur diesen verdammten Geier mitnahm. Aber als Ward davonging, hüpfte Knabber von seiner Schulter und flog auf ein hohes Hausdach. Er starrte unverwandt auf Ned herunter.

»Machen Sie sich keine Sorgen, Sir«, sagte Ward. »Dort, wo er alles sehen kann, sitzt er gern. Aber komisch ist es schon. Normalerweise sitzt er auf der Nordwestecke.«

Der geeignete Ort, grübelte Ned, um in sein Büro zu starren. Einige Male hatte er an seinem Zufluchtsort den kalten Schauder des Todes im Nacken gespürt, der ihn belauerte. Jetzt sah er ihn in diesem Vogel, dieser hässlichen Karikatur eines Omens, so offensichtlich, auch so einfallslos, dass er sich weigerte, es ernst zu nehmen. Aber wenn Knabber ihm je nahe genug kam, beschloss Ned, würde er dem götterverdammten Vogel mit seinem sprechenden Stab den Schädel einschlagen, und sei es nur aus dem einen Grund, damit der wertlose Stock zu irgendetwas nütze war.

Schnell umrundete Ned die Kupferzitadelle. Überall waren Soldaten mit den verschiedensten Trainingseinheiten beschäftigt. Der Haupthof war in kleinere Gruppen aufgeteilt. Überraschenderweise schien die Oger-Kompanie Spaß daran zu haben. Nicht alle natürlich. Ned fing eine anständige Anzahl wütender Blicke auf, doch der Mehrheit schien die Arbeit nichts auszumachen, und ein bemerkenswerter Prozentsatz absolvierte das Training mit Begeisterung. Er nahm an, dass die Soldaten, nachdem sie sich an den Gedanken gewöhnt hatten, froh waren, etwas anderes zu tun zu haben, als den ganzen Tag herumzusitzen und zu trinken.

Jetzt konnten sie Spiele machen, während sie tranken.

Die Soldaten hatten ihre Kreativität angewandt, um das Trinken und die Kriegskunst zu kombinieren. Im Ringkampfunterricht brachte es ein Freibier, wenn man den Gegner festnagelte. Festgenagelt zu werden offenbar auch – allerdings einen kleineren Krug. An einer Seite stand ein Tisch mit sechs ordentlichen Krügen Bier, und wer eine Runde um die Zitadelle am schnellsten schaffte, hatte die erste Wahl. Alle Soldaten, die als siebter oder später ankamen, mussten leer ausgehen, bis ihre schnelleren Kameraden, schwerfällig vom Trinken, ein bisschen langsamer wurden. Ein Seil hinaufklettern, während jemand ein Bier ausgoss – und man bekam das, was übrig war, wenn man oben ankam. Jemanden mit einer Trainingskeule schlagen: verschiedene Biere in verschiedenen Größen, abhängig davon, wo man den Gegner getroffen hatte. Eine Strohpuppe mit dem Wurfspieß treffen: trinken. Einen Pfeil ins Ziel schießen: trinken. Hundert Liegestütze: trinken. Die unorthodoxe Herangehensweise schien zu funktionieren, und auch wenn viele Soldaten ein wenig unsicher auf den Beinen waren, vor allem die Menschen und Elfen auf Grund von Größe und empfindlicher Leber, nahm Ned an, dass eine Armee, die imstande war, betrunken zu kämpfen, eine Größe sein konnte, mit der man rechnen musste.

Eine große Hand fiel auf Neds Schulter. »Da sind Sie ja, Sir. Endlich raus aus Ihrem Büro, wie ich sehe.«

Ned schaffte es, sich aus Ralphs festem Griff zu befreien. »Ja, Gefreiter.«

Der Oger schielte und schwankte auf der Stelle. Heute Morgen musste er etwas zu enthusiastisch trainiert haben. Sein Atem stank nach Dutzenden von verschiedenen Alkoholen, die sich zu einem entsetzlichen Gestank vermischten, der Neds sprechenden Stab beinahe schmolz.

»Ich habe Sie gesucht, Sir.« Grinsend, mit geblähten Nasenlöchern, piekte Ralph Ned mit einem Finger in die Brust. Ned kippte beinahe um und konnte sich gerade noch an seinem Stab festhalten. »Ich wollte mit Ihnen sprechen.«

Regina, die mit einem Arm voller Wurfspieße vorbeikam, hielt plötzlich an. »Ned, Sie sind draußen!«

Die Leute hatten seine Abwesenheit bemerkt. Er fühlte sich auf eine Art bestätigt. Und vielleicht hatte der sprechende Stab Recht gehabt. Regina schien tatsächlich froh zu sein, ihn zu sehen, aber das machte ihn nur nervös. Er konnte sich nicht vorstellen, was sie in ihm sehen mochte, aber er war auch nicht in der Lage, romantische Verwicklungen zu verfolgen. Er hatte schon genug Probleme damit, normale Frauen zu verstehen. Eine Amazone musste noch irritierender sein, vor allem, weil sie ihm leicht in den Hintern treten konnte, wenn es ihr in den Sinn kam. Er suchte nach einem Grund, ihre Gegenwart zu verlassen.

»Sie müssen mich entschuldigen, Erzmajor, aber der Gefreite Ralph hier wollte mich sprechen.«

Ralph rülpste. »Ist schon gut, Sir. Das kann warten.« Er stolperte leicht schwankend davon.

Ned und Regina standen sich in peinlichem Schweigen einen Moment lang gegenüber, der sich zu einer unbehaglichen halben Minute ausdehnte.

»Das Training läuft gut, wie ich sehe«, sagte Ned.

»Ja, Sir.«

Er schaukelte auf seinen Absätzen. »Also, äh, Wurfspieße, hm?«

»Ja, Sir. Ich bin gerade mit der Übungseinheit fertig. Bringe sie ins Arsenal zurück.«

»Oh.«

Ned war nie aufgefallen, wie attraktiv sie war. Er hatte bemerkt, dass sie hübsch war, aber sie war nicht ganz sein Typ. Sie war zu groß – aber in der Oger-Kompanie kleiner als zwei Meter zu sein, konnte schon fast als zierlich bezeichnet werden. Und sie war auffälliger, weniger niedlich, als er es mochte. Auch diese Eigenschaft wurde durch die Belegschaft um sie herum abgeschwächt. Jeder, der noch alle seine Zähne besaß und nicht mit struppigem Haar bedeckt war, hatte einiges für sich.

»Arsenal, hm?«

Regina nickte mit gerunzelter Stirn. »Ja, Sir.«

»Training läuft gut.«

»Das haben Sie schon gesagt.« Ihr Stirnrunzeln vertiefte sich zu einem finsteren Blick.

»Ja, äh … und wer hat sich die Trinkspiele ausgedacht?«

»Ich weiß nicht mehr.«

Tatsächlich war es Miriams Idee gewesen. So ungern Regina es auch zugab, Miriam war wirklich ein guter Moraloffizier, Regina würde so etwas jedoch nicht laut sagen.

»Ich will Sie nicht aufhalten, Erzmajor«, sagte Ned.

Regina seufzte. »Nein, Sir, wohl nicht.«

Er wandte sich ab.

»Habe ich etwas getan, das Sie gekränkt hat, Sir?«, fragte sie.

»Entschuldigung?«

»Ich habe mich nur gefragt, ob ich etwas getan habe, das Sie abstößt.«

»Nein, warum?«

Sie legte die Wurfspieße beiseite. All diese Regeln, die Ulga über die Kunst der Verführung festgesetzt hatte, gingen ihr kurz durch den Kopf und wurden genauso schnell verworfen. Sie hatte genug von diesem grotesken Spiel. Subtilität war nicht die Art einer Amazone, und es lag sicherlich auch nicht in ihrer Natur. Sie weigerte sich, es noch länger zu spielen.

»Finden Sie mich attraktiv?«

»Nein. Ich meine, ja. Ich meine, Sie sind sehr hübsch.«

»Dann mögen Sie mich also?«

Ned zuckte die Achseln. »Weiß nicht.«

Sie stolzierte vorwärts, die Hände zu Fäusten geballt, die Fäuste auf den Hüften. »Was meinen Sie damit, Sie wissen es nicht?«

»Naja …« Er zuckte wieder die Achseln. »Es ist einfach so, dass ich Sie nicht besonders gut kenne.«

Reginas Gesicht verzog sich zu einer Grimasse. »Was hat das damit zu tun?«

Er hatte genug vom Achselzucken, deshalb wippte Ned den Stab vor und zurück. »Weiß nicht.«

Obwohl sie nur ein paar Zentimeter größer war als er, ragte sie hoch über ihm empor. Er schrumpfte unter ihrem eisigen Blick in sich zusammen.

»Was ist los mit Ihnen?« Ihre Stimme hob sich, und einige umstehende Soldaten drehten die Köpfe. »Ihnen ist egal, ob Sie mich kennen! Sie wollen sich doch nur mit mir amüsieren! Ich bin nacktes Fleisch! Ich bin eine Dienstmagd, eine Köchin, ein Kindermädchen für Ihr schwaches Ego! Ich bin ein Brutkasten für Ihre wertlosen Samen! Aber ich bin kein Mensch!«

»Sind Sie nicht?« Er hätte sich fast entschuldigt, doch er wusste nicht, was er falsch gemacht haben könnte.

»Ich bin besser als ein Mensch! Ich bin eine Frau! Aber Sie sind ein Mann, und Sie sollen sich einen Dreck darum scheren.«

»Soll ich?«

»Also, was stimmt nicht mit mir?«

»Weiß nicht.«

Sie fauchte buchstäblich. Er erwartete, dass sie ihn mit einem einfachen rechten Haken k.o. schlagen würde, aber sie schnaubte bloß und starrte ihn nieder.

»Sie sind nur ein kleines bisschen ...« – er wollte den Satz nicht beenden, aber ihre einschüchternde Präsenz überwältigte seine Vernunft – »... männlich.«

Sie hob ihre Arme nicht, aber er zuckte trotzdem zusammen. Zu seiner Überraschung beruhigte sich die Amazone plötzlich. Ihr Gesicht wurde ausdruckslos.

»Ich nehme an, dann brauchen Sie wohl eine Frau, die schwächer ist als Sie.«

»Nein. Es ist nicht Ihre Kraft. Die ist bewundernswert, und ich bin ganz gut daran gewöhnt, dass alle stärker sind als ich. Es ist nur – ich glaube, ich habe nicht richtig darüber nachgedacht –, Sie sind ein wenig rau. Das kann beängstigend sein.«

Regina lächelte plötzlich. Der Ausdruck wirkte künstlich, und selbst jemand, der so vollkommen unaufmerksam war wie Ned, konnte die Wut knapp unter der Oberfläche kochen sehen. Aber in einer Amazone brodelte immer ein wenig stille Wut.

»Ned. Darf ich Ned sagen?«

Er nickte.

»Wollen Sie Sex mit mir haben?« Sie sprach den Satz langsam, als redete sie mit einem Kind. Und mit einem begriffsstutzigen Kind noch dazu.

Er erstarrte. Die Antwort war offensichtlich, aber er hatte das Gefühl, dass die falsche Antwort furchtbare Konsequenzen haben konnte.

Ihr gezwungenes Lächeln wurde breiter und sie nahm seine Hand in die ihre. Sie trat näher. Er konnte ihr nicht ins Gesicht sehen. Sein Blick schweifte über ihren schlanken Hals, ruhte einen Moment auf ihrer üppigen Brust, glitt zu ihrer Schulter. Ihre weiche, zum Küssen einladende Schulter.

Sie flüsterte ihm ins Ohr. »Ich weiß nicht, warum, Ned, aber ich begehre Sie. Ehrlich gesagt, ich glaube nicht, dass ich Sie überhaupt leiden kann. Sie sind kein schlechter Kerl, nur sind Sie das, was ich anzubieten habe, nicht wirklich wert. Aber das ist nicht wichtig. Was dagegen wichtig ist, Ned, ist, dass ich Ihnen meinen Körper anbiete, mein zartes, von keinem Mann je berührtes Amazonenfleisch. Wollen Sie es?«

Ned schluckte. Zwischen ihnen war kaum noch ein Zentimeter Platz. Ihre Hitze überspülte ihn. Schweißperlen formten sich auf seinem Gesicht und Hals.

»Wollen Sie?«, fragte sie.

»Ja?«, antwortete er.

»Na also. Das war doch nicht so schwer, oder?«

Sie legte ihm die Hände an die Brust, und für einen Augenblick dachte er, sie wolle es jetzt gleich, hier und jetzt, vor all diesen anzüglich grinsenden Soldaten tun. Sie schob ihn jedoch weg. Aus der Balance gekommen fiel er auf den Hintern. Reginas Schwert schoss aus der Scheide. Sie nahm Kampfstellung ein.

»Verteidigen Sie sich!«

Seine Augen weiteten sich. »Was?«

»Verteidigen Sie sich, Ned!«

Sie schwang die Klinge so schnell, dass sie vor seinen Augen verschwamm. Seine Wange stach. Ein Rinnsal Blut tropfte aus einem oberflächlichen Schnitt. Bevor er protestieren konnte, trat sie ihm ins Knie und zog ihm dann die Beine weg, so dass er wieder auf dem Boden lag. Sie hob ihr Schwert, um es durch sein Herz zu treiben.

»Moment! Moment! Moment!« Er rollte sich zu einer Kugel zusammen und hielt eine Hand kapitulierend hoch. »Was tun Sie da?«

Sie senkte ihre Waffe. »Ich bin eine Amazonenkriegerin, Ned. Ich muss gewissen Regeln folgen. Mein Kodex erlaubt es mir nur dann, einen Liebhaber zu nehmen, wenn er mich in einem Kampf besiegen kann. Nur so kann er sich als meiner würdig erweisen.«

»Aber ich kann es doch gar nicht mit Ihnen aufnehmen!«

»Natürlich nicht.« Sie half ihm auf die Beine. »Kein Mann ist mir ebenbürtig. Deshalb sind Sie ja perfekt für mich. Sie sind unsterblich. Egal, wie oft ich Sie töte, Sie können es immer wieder versuchen. Irgendwann gewinnen Sie dann vielleicht. Mit viel Glück.« Erneut hob sie ihr Schwert. »Also dann, verteidigen Sie sich!«

»Warten Sie, Sie wissen nicht …«

Sie trat ihm in die Eingeweide. Er fiel auf die Knie, schnappte nach Luft, nicht in der Lage, irgendetwas zu erklären.

»Vielleicht nächstes Mal, Ned.«

Enttäuschung stand in Reginas Gesicht geschrieben, als sie die Klinge schwang, um seinen Schädel zu spalten. Stahl klirrte auf Stahl. Neds Kopf blieb ganz.

Miriam stand zwischen Regina und Ned. Sie hatte den

tödlichen Schlag abgewehrt, und nun standen sich die beiden Frauen gegenüber, die Schwerter in den Fäusten.

Die Sirene nickte Ned zu. »Kommandeur.« Ihre großen, schwarzen Augen verengten sich zu winzigen Schlitzen und richteten sich auf Regina. »Erzmajor.«

Inzwischen hatte jeder einzelne der Soldaten im Hof sein Training und Trinken vergessen. Sie drängten sich anzüglich grinsend um sie. Nachgemachtes Miauen und Fauchen stieg vom Publikum auf.

»Was zur Hölle glauben Sie eigentlich, was Sie da tun, Erzmajor?«, fragte Miriam durch zusammengebissene Zähne.

»Halten Sie sich da raus, Miriam«, antwortete Regina kalt. »Das geht Sie nichts an.«

»Sie wollten gerade unseren kommandierenden Offizier töten. Ich denke, das geht uns alle an.«

Ned hatte das Gefühl, dass er etwas sagen sollte, aber er wusste nicht, was. Da er der Kommandeur war, versuchte er es trotzdem: »Ist schon in Ordnung. Das ist alles nur ein Missverständnis.«

Regina warf ihm einen Blick zu. »Entschuldigen Sie bitte, Ned, aber diese Situation war schlicht und einfach, bis Miriam sich eingemischt hat. Ich habe Ihnen meinen Körper angeboten und Sie waren einverstanden, mit mir darum zu kämpfen.«

Miriam senkte ihr Schwert und sah ihn stirnrunzelnd an. »Ist das wahr, Ned?«

Unerklärlicherweise ergriffen Schuldgefühle Besitz von ihm, obwohl er sicher war, dass er nichts falsch gemacht hatte. Aber die Enttäuschung in Miriams Augen hatte diese Wirkung auf ihn.

»Nein ... ich meine, irgendwie schon. Ich habe dem Sex zugestimmt, aber ich wusste nicht, dass ich mit ihr kämpfen muss.«

»Was haben Sie denn gedacht?«, sagte Regina. »Dass sich eine Amazone jedem Mann unterwerfen würde, der fragt?«

»Ich habe nicht gefragt. Sie haben mich gefragt.«

»Wortklaubereien.« Regina schnaubte. »Ist auch egal, Unwissenheit ist keine Entschuldigung. Jetzt, wo Sie Ihr Interesse an einer fleischlichen Beziehung mit mir ausgedrückt haben, müssen Sie mich besiegen. Das ist die einzige ehrenhafte Vorgehensweise.« Sie hob ihre Waffe und trat einen Schritt vor. »Gehen Sie zur Seite, Miriam.«

Ned hielt den sprechenden Stab ausgestreckt vor sich, in der Hoffnung, dass irgendein übrig gebliebener Funke von Magie die Furcht einflößende Amazone in ein Kaninchen oder ein Murmeltier, einen Bären oder einen Drachen verwandeln möge. Irgendetwas weniger Gefährliches, damit er möglicherweise eine Chance bekam – oder in etwas noch Gefährlicheres, damit es nicht so peinlich war, wenn er getötet wurde.

Er verstand nicht, warum ihm keiner half. Er war ihr Kommandeur. Jemand hätte ihn verteidigen müssen, aber die Soldaten johlten und lachten nur über seine Notlage. Bloß Frank, der vorne in der Menge stand, blieb still. Sämtliche Farbe war aus seinem roten Gesicht gewichen und hatte eine blasse, rosafarbene Schattierung hinterlassen. Der Oger sah gleichzeitig traurig und wütend aus, obwohl sich Ned nicht vorstellen konnte, was er Frank angetan haben könnte.

»Das ist Befehlsverweigerung!«, schrie Ned über das Tohuwabohu hinweg.

Regina hielt inne. »Eigentlich nicht. Solange eine Amazone den Sitten und Gebräuchen ihrer Kultur folgend einen Soldatenkollegen tötet, gleichgültig welchen Ranges, ist das laut dem Grundsatz Kultureller Akzeptanz der Legion erlaubt.

Und laut dem offiziellen Verhaltenskodex der Unmenschlichen Legion wird eine Gewalttat nur dann als ein Akt vorsätzlicher Befehlsverweigerung betrachtet, wenn dem Ziel irreparabler Schaden zugefügt wird. Es ist, wie einem Troll den Arm abzuschlagen. Unangenehm, ja, aber da er nachwächst, bekommt man normalerweise nicht mehr als einen schriftlichen Verweis. Und da Sie unsterblich sind, ist Sie zu töten nicht viel schlimmer.«

»Aber ich bin nicht unsterblich«, sagte Ned.

Stille senkte sich über die Menge. Sein Geheimnis war heraus – auch wenn es nur ein kleiner Teil des Geheimnisses war.

»Ist das wahr?«, fragte Miriam.

Er ließ den Blick über die Menge schweifen. Und sah nichts als Blutdurst in ihren Gesichtern. Bis auf Frank, bleich und steif und mit finsterem Blick.

»Warum glaubt ihr, habe ich mich die letzten Tage in meinem Büro versteckt? Weil ich jedes Mal, wenn ich es verlasse, sterbe. Und ich kann nicht noch einmal sterben.«

Die Zuschauer murrten untereinander, und nach den Gesprächsfetzen zu urteilen, die Ned aufschnappte, glaubten ihm nicht viele. Und denen, die es taten, war es trotzdem egal.

»Das ändert gar nichts«, sagte Regina. »Sie haben Ihre Absicht ausgesprochen. Jetzt müssen Sie ihr auch gerecht werden.«

Ned dachte daran davonzurennen, aber um ihn herum stand eine dicke Mauer aus Soldaten. Vielleicht würden sie ihn durchlassen. Oder auch nicht. So oder so würde er nicht weit kommen, bevor Regina ihn einholte und tötete.

»Wenn ich noch einmal sterbe«, sagte er, »werde ich das Universum zerstören.«

Schweigen breitete sich im Hof aus. Kurz darauf füllte

schallendes Gelächter die Luft. Die Kupferzitadelle bebte vor Lachen. Nur Ned, Regina, Miriam und Frank blieben ruhig.

»Ehrlich, Ned.« Regina rollte die Augen. »Jetzt verteidigen Sie sich schon und lassen Sie es uns hinter uns bringen.«

Das war eine dumme Art zu sterben. Er war oft gestorben, und mindestens die Hälfte davon waren dumme Tode gewesen. Aber das hier war außerdem eine dumme Art gewesen, das Ende des Universums einzuläuten. Und das störte ihn sehr.

Wenn er schon umkommen sollte (und er sah keinen Weg, das zu umgehen), konnte er zumindest kämpfen. Er hob den sprechenden Stab und hoffte auf einen Blitz. Der kam aber nicht.

Miriam stellte sich zwischen Regina und Ned. »Nein. Wenn Sie ihn wollen, werden Sie ihn sich holen müssen.« Mit ihrem Schwert ritzte sie eine Linie in die Pflastersteine. »Von mir.«

»Sie haben kein Recht dazu«, sagte Regina.

»Ich habe jedes Recht. Nach Amazonenrecht ist er nicht beansprucht, und wenn ich ihn auch will, bedeutet das, dass Sie mich schlagen müssen, um ihn nehmen zu können.«

»Woher wissen Sie das?«

»Es ist meine Aufgabe, Dinge zu wissen.«

»Sie können nur um ihn kämpfen, wenn er damit einverstanden ist, Ihnen zu gehören.«

Miriam fragte: »Ned, werden Sie ...«

»Ja!«, schrie Ned.

»Sehr schön. Ich zweifle daran, dass es weise ist, sich mir im Zweikampf zu stellen, Miriam, und ich bezweifle auch, dass Sie die Ehre verdient haben, durch meine Klinge zu sterben. Aber wenn Sie es so wollen ...« Regina schwang ihr Schwert ein paar Mal zur Übung.

Miriam lächelte kalt. »Wollen Sie kämpfen oder den ganzen Tag reden?«

Das Publikum johlte und brüllte, als sich die Damen vorsichtig umkreisten. Die muskulöse Amazone war einen Kopf größer als Miriam, wenn man die Finnen der Sirene außer Acht ließ. Regina war eine geschulte Kämpferin. Ned hatte genug gesehen, um das zu wissen, und er hatte Miriam bisher noch kein Schwert halten sehen. Doch sie war seine einzige Hoffnung. Seine und die des gesamten Universums.

Regina sprang vor. Miriam parierte den Schlag. Regina zielte auf Miriams Kehle. Miriam fälschte den Stoß ab und schwang ihr Schwert weiter in Richtung von Reginas Beinen. Die Amazone sprang gerade noch rechtzeitig zurück, ihre Gegnerin aber stürmte vor und stieß ihr Schwert in Bauchhöhe vor. Regina blockte das Schwert ab, war aber nicht auf den Fuß gefasst, der ihr auf die Zehen stampfte. Sie unterdrückte einen Aufschrei, nur um sofort einen Ellbogen ins Gesicht zu bekommen und rückwärts zu taumeln.

Blut rann aus Reginas Nase. Sie knurrte. Miriam zwinkerte, ein ironisches Grinsen auf den vollen Lippen. Das Publikum murmelte anerkennend und überrascht.

Regina wischte sich die Nase ab. »Das war ein billiger Trick.«

Miriam kicherte. »Oh, tut mir leid. Ich dachte, das hier wäre ein Kampf. Keine Fechtpartie.«

Die Soldaten heulten entzückt auf.

Wütend griff Regina an. Ein Wirbelwind aus Stahl raste auf Miriam zu. Die Sirene parierte jeden grimmigen Schlag. Eine Lücke in Reginas Angriff erlaubte es Miriam, die Offensive zu übernehmen. Ihre Schläge wurden mit Kraft und Gewandtheit beiseite geschlagen. Und so ging es weiter, vor und zurück, eine rasende Minute lang. Ned schaffte es nicht, den Schlagabtausch zu verfolgen. Zu viel Metall krachte auf Metall, dazu wütende Schreie von Regina und eine unheimliche, konzentrierte Stille, die von Miriam ausging. Sie umkreisten sich und drehten sich herum, rückten vor und zogen sich zurück. Schließlich schlitzte ein Aufwärtshieb Regina beinahe den Bauch auf. Sie sprang aus dem Weg, allerdings nicht ohne vorher mit ihrer Klinge die äußerste Spitze von Miriams Finne abzutrennen.

Die Frauen atmeten schnell, keine wollte schwach erscheinen.

»Wo haben Sie gelernt, so zu kämpfen?«, fragte Regina.

»Ich hatte einfach immer eine Begabung dafür.« Miriam warf ihr Schwert in die Luft. Es wirbelte dreimal herum, bevor sie es mit der anderen Hand fing. »Habe ich erwähnt, dass ich beidhändig kämpfen kann?

»Das kann ich auch.« Regina rupfte ein langes Messer aus einer Scheide an ihrem Gürtel. »Sollen wir weitermachen oder wollen Sie jetzt gleich aufgeben?«

Miriam knickste und zog ihr eigenes Messer. »Vorher werde ich Sie tot sehen, Ma'am.«

Die Kriegerinnen fielen abermals übereinander her. Diesmal gingen sie allerdings verhaltener an ihren Kampf heran, weil beide ihre Gegnerin sorgfältig einschätzten und auf eine günstige Gelegenheit warteten. Trotzdem war es ein schneller Schlagabtausch, anmutig in seiner Geschicklichkeit und hässlich in seiner Wut. Er führte die Kämpfenden über das Gelände, bis die beiden Frauen vor dem Pub standen.

Inzwischen bestand das Publikum aus so ziemlich jedem einzelnen Soldaten der Oger-Kompanie. Die in den hinteren Reihen konnten nicht viel von dem Kampf sehen, aber Ned hatte einen Platz in der ersten Reihe. Jedes Mal, wenn ein guter Schlag geführt wurde, ob von Regina oder von Miriam, jubelte die Menge.

Bisher hatte keine von beiden einen richtigen Treffer gelandet, obwohl beide mit Scharten, Kratzern und Prellungen übersät waren. Ned wurde allein vom Zusehen müde. Der Atem der Frauen ging stoßweise. Regina war schweißnass. Sirenen schwitzten nicht, aber die Segel auf Miriams Kopf, die sie dazu benutzte, sich abzukühlen, waren voll ausgefahren. Sie wurden müde, doch keine von beiden war bereit aufzugeben.

»Hundert Goldene auf Miriam«, sagte Martin.

»Die Wette halte ich, Bruder«, antwortete Lewis.

Ned sollte wirklich etwas tun. Er mochte Regina. Er mochte Miriam. Es musste einen Weg geben, dies zu beenden, bevor jemand starb, und als Kommandeur war es seine Aufgabe, einen Weg zu finden. Er war immer noch nicht daran gewöhnt, Befehle zu geben, aber einen Versuch war es wert.

Bevor er den Frauen befehlen konnte wegzutreten, fielen Miriam und Regina, kämpfend ineinander verschlungen, krachend durch das Fenster des Pubs. Soldaten eilten ihnen nach, so schnell es die schmale Tür erlaubte. Der Pub konnte nicht alle Soldaten aufnehmen, deshalb drängte sich der Rest begierig vor den Fenstern. Das Gerassel des Kampfes ging innen weiter.

Nur Ned und Frank blieben abseits, nicht daran interessiert, sich durch die Menge zu kämpfen, um besser zu sehen.

»Das Universum zerstören, was?«, fragte Frank.

»Ja. Es ist kompliziert.«

Zu Neds Überraschung schien der Oger gar nicht skeptisch zu sein. »Warum sind Sie dann aus Ihrem Büro gekommen?«

»Hab mich gelangweilt«, sagte Ned einfach. »Schätze, ich hätte mir einfach ein Schachbrett bringen lassen sollen.«

»Schätze ja«, stimmte Frank zu.

Die Menge der Soldaten, die am zweiten Fenster des Pubs stand, dem intakten, teilte sich plötzlich, als Regina und Miriam hindurchstürzten. Sie rollten durch Glasscherben auf dem Boden herum, die Hände an der Kehle der jeweils anderen.

»Jetzt wird es langsam hässlich«, sagte Frank. »Jemand sollte dem ein Ende machen.«

»Jemand, ja«, stimmte Ned zu, in der vollen Absicht, seiner Autoritätsstellung gerecht zu werden. Aber Frank fegte ihn beiseite und trat zu den fluchenden, blutverschmierten Damen hinüber. Er packte jede an einem Arm und zog sie auseinander.

»Genug jetzt.«

Unfähig, sich zu erreichen, wandten die Frauen ihre Aggression auf den Oger zwischen ihnen. Sie bissen und kratzten ihn, jedoch ohne große Auswirkungen, bis Frank sie in die Luft hob und schüttelte, bis ihre Schädel klingelten.

»Ich habe gesagt, genug jetzt!«

Die Frauen hörten auf zu zappeln und verlegten sich stattdessen aufs Murren und Knurren.

»Ich werde euch jetzt absetzen«, sagte Frank, »und ihr werdet euch beide wie zivilisierte Offiziere benehmen. Oder, so wahr mir die Götter helfen, ich werde jeder von euch ein paar Knochen brechen. Ich werde nicht präzisieren, welche, weil ich mich noch nicht entschieden habe.«

Er setzte sie ab. Miriam und Regina knurrten immer noch, aber keine griff ihre Rivalin an. Es war leicht zu erkennen, dass sie beide erschöpft waren, und Franks Drohung war das letzte bisschen Motivation gewesen, sie innehalten zu lassen. Ned wünschte, er wäre so durchsetzungsfähig, aber das schien einfach nicht in seiner Natur zu liegen. Er war nicht zu hart zu sich selbst, denn Frank hatte alle motivierenden Eigenschaften, die damit einhergingen, ein sehr großer Oger zu sein. Und selbst ein sehr großer Oger ging ein Risiko ein zwischen diesen beiden wutentbrannten Kriegerinnen.

»Sie hat angefangen«, sagte Regina beleidigt.

»Ach, halten Sie den Mund, Ma'am«, antwortete Miriam.

»Sie halten den Mund!«

»Warum haltet ihr nicht beide den Mund?«, fragte Frank. Es war keine Frage. »Und hört auf, euch wie Idiotinnen zu benehmen. Ich meine, schaut euch doch mal an. Ihr seid zwei unserer besten Offiziere, und das habt ihr aus euch gemacht.«

Die Menge murmelte, während sie sich zerstreute. Der Kampf schien vorbei zu sein und sie verloren das Interesse. Ned dagegen blieb sehr interessiert. Er hoffte, Frank konnte dieses Problem beheben. Er wollte nicht, dass jemand starb.

Ralph schlich sich verstohlen hinter Ned an. Für Oger war es schwierig, das Adjektiv »verstohlen« mit etwas in Verbindung zu bringen, das sie taten. Aber der Mob von desinteressierten Ogern rundherum bot ihm genau die richtige Tarnung. Ralph hatte eine Klinge in einer seiner Hände versteckt und glitt näher an Neds ungeschützten Rücken heran.

Frank setzte seinen Vortrag fort. »Ihr zwei solltet euch wirklich schämen. Was für ein Vorbild gibt das für die Kompanie ab?«

»Sie hat meine Ehre in Frage gestellt«, sagte Regina.

»Und sie ist einfach ein Miststück«, gab Miriam zurück.

Sie stürzten sich erneut aufeinander und landeten ein paar gute Treffer, bevor Frank es schaffte, sie wieder zu trennen. Er schüttelte den Kopf und seufzte.

»Ist es das alles wirklich wert? Mag eine von euch Ned wirklich genug, um für ihn zu sterben? Für ihn zu töten?«

Beide warfen Ned, der einfach nur da stand, einen Blick zu und zuckten die Achseln.

»Ich mag ihn«, sagte Miriam.

»Tja, und ich liebe ihn«, antwortete Regina.

»Ich liebe ihn mehr!«, schrie Miriam.

»Nein, das tun Sie nicht«, sagte Ned plötzlich. Er trat genau in dem Moment vor, als Ralph eine halbe Sekunde davor war, das Messer in seinen Rücken zu stoßen. Der verräterische Oger fluchte lautlos und versteckte die Waffe schnell hinter seinem Rücken.

»Sie lieben mich nicht«, sagte Ned. »Sie kennen mich nicht einmal.«

Miriam sagte: »Aber ich glaube, ich könnte Sie lieben.«

Regina sagte: »Und ich auch, glaube ich.«

»Vielleicht könnten Sie das«, stimmte Ned zu, obwohl er es nicht für sehr wahrscheinlich hielt. »Aber sollten Sie sich nicht ganz sicher sein, bevor Sie beschließen, sich gegenseitig umzubringen?«

Regina senkte den Kopf. Miriams goldene Schuppen verdunkelten sich, als sie errötete.

»Na gut«, sagte Frank. »Dann sind wir uns einig. Niemand stirbt gerade jetzt.«

Ein Schatten verdunkelte den Himmel, als ein gewaltiger grüner Roch mit einem Brausen auf dem Dach des Pubs landete. Das Dach trug das Gewicht des Rochs eine volle Sekunde lang, bevor es zusammenbrach, und die Soldaten der Oger-Kompanie stöhnten. Bei dem Versuch, sich zu befreien, strampelte und zappelte der Roch und zerschlug alles in seiner Umgebung.

Ace, der in dem Sattel auf seinem Hals saß, fluchte und

zerrte an den Zügeln. »Verdammt, Kevin! Was ist bloß los mit dir?«

»Schaffen Sie das Ding hier weg!«, schrie Frank.

»Ich versuch's, Sir! Ich versuch's!«

Kevin kreischte durchdringend. Er beruhigte sich jedoch plötzlich und überblickte die Menge, bis sein Blick auf Never Dead Ned fiel. Dann teilte sich sein Schnabel, aber statt eines schrillen Trillers kam eine Stimme hervor.

»Ned.«

»Ich wusste nicht, dass sie sprechen können«, bemerkte der Gefreite Elmer aus der Menge heraus.

»Das können sie auch nicht«, sagte Ace.

»Never Dead Ned«, sagte Kevin mit seiner neu gewonnenen menschlichen Stimme. Doch es war gar nicht seine Stimme. Es war die Stimme eines toten Zauberers, und Neds Blut gefror. Belok war zurück.

Kevin sträubte seine Federn und gackerte das tief empfundene, gedankenvolle Gackern eines verzauberten Rochs, der einen anderen Willen als seinen eigenen besaß.

»Töte Never Dead Ned.«

Ned hörte es nicht. Er war zu beschäftigt damit zu rennen.

SECHSUNDZWANZIG

Ned war nie schnell gewesen, und der Mob, der überall um ihn herum in Chaos ausgebrochen war, verringerte seine Geschwindigkeit noch weiter. Der einzige Grund, warum er nicht zu Boden geworfen und zu Tode getrampelt wurde, war, dass viele der Soldaten, als ihnen klar wurde, dass Ned das Ziel des großen Rochs war, vor ihm zurückwichen. Kevin hätte ihn leicht eingeholt, allerdings war er trotz des Zaubers, der im Magen des Vogels verdaut wurde, kein besonders helles Tier. Für einen Roch war er schrecklich intelligent, was ihn nur etwas gewiefter als einen sehr verständigen Felsbrocken machte. In der panischen Menge hatte er ziemliche Schwierigkeiten, Ned zwischen all den anderen herumsausenden Happen herauszupicken. Sein bösartiger, mit Widerhaken versehener Schnabel pflückte ab und zu einen voraussichtlichen Leckerbissen heraus, und wenn sich zufällig herausstellte, dass es ein leckerer Kobold war, schlang er ihn hinunter. Wenn es jedoch ein Oger, ein Elf oder ein anderer Happen war, der seinen eigenartigen diätetischen Vorlieben widersprach, schleuderte er ihn voller Abscheu beiseite.

Seine donnernden Schritte zermalmten fliehende Soldaten, und mehr als einmal verlor er das Gleichgewicht und kippte um, wobei er noch mehr zermalmte und langsam ärgerlich wurde.

Fluchend hieb Ace dem Roch mit einem Eisenschläger

auf den Kopf und zerrte an den Zügeln. Kevin ignorierte seinen Reiter und setzte die Suche fort, schaufelte drei Kobolde mit seinem Kiefer auf und verschluckte sie am Stück.

»Neeeeeeeeeeeed!«, heulte er.

Ein Blitz des Wiedererkennens zuckte durch das verzauberte Gehirn des Vogels. Ein Fleck, leichter zu erkennen, weil ihn die anderen Flecke mieden, hastete auf die Sicherheit eines Gebäudes zu. Kevin breitete die Flügel aus, hüpfte in die Luft und segelte über den Hof, um zwischen Ned und seiner Rettung krachend zu landen.

Das Monster stach mit einem spitzen Schnabel nach ihm. Ned stolperte gerade noch rechtzeitig rückwärts, aber Kevin hob im Bruchteil einer Sekunde den Kopf und stieß abermals zu. Ace schaffte es, einen empfindlichen Punkt genau über seinem Auge zu treffen. Kevins Kopf drehte sich. Sein Schnabel schlug knapp neben Ned eine Furche in den Boden.

Kevin hüpfte und schüttelte sich heftig, um seinen Passagier loszuwerden. Ace hielt sich fluchend fest, die Pfeife zwischen seine entschlossenen Kiefer geklemmt.

»Ist das alles, was du hast?«, stichelte er. »Komm schon, Kevin, mein Junge, ich hätte mehr von dir erwartet!«

Bei seinem wilden Herumwerfen drehte sich der Roch um und sein langer, gewundener Schwanz schlug wieder und wieder auf den Boden. Ned rollte auf eine Seite und vermied es knapp, plattgedrückt zu werden. Er rollte auf die andere Seite, und zwar keine Sekunde zu früh. Aber das dritte Klatschen fiel mit verhängnisvoller Genauigkeit.

Lewis und Martin fingen den Schlag ab. Die Zwillinge, die einen Körper mit der Kraft von zwei Ogern teilten, sanken auf die Knie, stoppten aber den Aufprall. Sie hielten den Schwanz fest und kämpften gegen seine zuckenden Bewegungen. Kevin wurde mit einem Kobold, der auf seinen

Kopf einhämmerte, und Ogern, die seinen Schwanz umklammerten, nur noch wütender.

Ned gaffte noch, obwohl er schon hätte rennen sollen. Der Tod war so lange nicht mehr als eine Belästigung für ihn gewesen. Seine Fluchtreflexe waren verkümmert.

Kevin peitschte schließlich hart genug mit dem Kopf, um Ace loszuwerden. Er segelte hoch in die Luft und ans andere Ende der Zitadelle, vermutlich um dort auf seinem gummiartigen Koboldhintern abzuprallen, ohne auch nur mehr als einen blauen Fleck davonzutragen.

Ned drehte sich und stürmte in die andere Richtung, auf das nächste Gebäude zu. Er stolperte über einen Kobold, der panisch im Kreis rannte und wurde von einem fliehenden Ork umgerannt. Das hielt ihn jedoch kaum auf, er war zu sehr darauf konzentriert zu entkommen, um ein paar Kratzer und Schrammen zu bemerken.

Ein neuer Schimmer von Klugheit blitzte in Kevins Auge auf. Er donnerte seinen Schwanz in Neds Richtung. Daraufhin entglitt er dem Griff der Zwillinge, sie wurden durch die Luft geschleudert, prallten zweimal von den Pflastersteinen ab und landeten auf Ned. Lewis war bewusstlos und Martin – benommen – konnte nur ächzen. Ned vermochte sich kein bisschen zu bewegen, während Kevin zu ihm herüberstampfte. Der Roch fegte die Zwillinge mit einem neuen, seltsam feinfühligen Schwung seiner Krallen beiseite. Ned, immer noch nicht ganz bereit, so einfach zu sterben, krabbelte, so schnell er konnte. Er wurde von einem zerschmetternden Rochfuß auf seinem Weg gestoppt.

Also rollte er sich zu einer Kugel zusammen und wartete auf den Tod. Er nahm an, dass die Wartezeit nicht lang werden würde.

Kevin lachte. Heißer Atem fegte über Ned hin. Er wagte es, sein Auge zu öffnen und dem Roch ins Gesicht zu sehen.

»Es wird kein leichter Tod für dich werden, Ned«, sagte Kevin. »Keine malmenden Kiefer, kein schnelles Ende.«

Ned starrte die Speiseröhre des Rochs entlang. »Das kannst du nicht tun, Belok. Mich zu töten, wird mir nichts ausmachen. Es wird nur das Universum zerstören.«

Kevin legte den Kopf zur einen Seite, dann zur anderen. »Wer ist Belok?«

Der Roch hatte dieselbe Farbe wie Kobolde, weil er so viele davon gefressen hatte, aber er war kein Kobold. Und er hatte durch eine Schrulle der Verdauung und etwas Magie Beloks Stimme, seinen Verstand und seinen Hass auf Ned erworben. Aber Kevin war nicht Belok, und wo der schwarze Zauberer vielleicht sogar gezögert hätte, das gesamte Universum für seine Rache zu opfern, wusste Kevin nur, dass Ned leiden musste, sogar sterben musste, aus einem sehr guten Grund, an den sich das Monster nur nicht so recht erinnern konnte. Kevin war immer noch mehr Roch als Zauberer, und deshalb ließ er sich wenig von Feinheiten wie Begründungen aus der Ruhe bringen.

Er packte Ned an einem Bein, ganz vorsichtig, um ihm nicht jetzt schon etwas zu brechen, denn Kevin wollte jeden Moment von Neds Leiden genießen. Der Roch breitete die Schwingen aus und flog zu einem Ort, der weniger ablenkte.

Ein Wurfspieß durchbohrte seine Schulter, schnell gefolgt von einem weiteren. Die Wunden waren nicht tief, aber der Schmerz schob sein logisches Denken in den Hintergrund. Er kreischte und ließ Ned los, der hart auf den Boden fiel, so dass ihm die Luft wegblieb. Durch irgendein Wunder fühlte sich nichts gebrochen an, aber er schaffte es dennoch kaum auf die Knie.

Regina schleuderte einen dritten Wurfspieß und streckte ihre leere Hand aus, damit ihr Miriam, die ein ganzes Bündel trug, einen neuen geben konnte.

Frank hob Ned hoch und übergab den arg mitgenommenen, zerschrammten Kommandeur an einen nahe stehenden Oger. »Schaff ihn hier weg.«

Ralph salutierte. »Ja, Sir.« Er warf sich Ned grob über die Schulter und rannte los. Jeder stampfende Schritt ließ Neds Gehirn rasseln.

Kevin breitete die Schwingen weit aus. Seine grünen Federn sträubten sich. Er senkte den Kopf und ging auf seine Angreifer los. Frank blieb stehen. Als der Roch dabei war, ihn mit seinem bösartig vorschnellenden Schnabel in Stücke zu reißen, versetzte ihm Frank einen Schlag auf die Nase. Das Monster taumelte, eher schockiert als verletzt. Nichts hatte seinem Angriff bisher widerstanden. Er schnappte noch einmal. Frank schwang einen soliden Aufwärtshaken, der Kevin schwanken, sogar seine Knie einknicken ließ und einen Zahn lockerte. Und Kevins eben noch ziellose Wut fand ein neues Ziel.

»Geh aus dem Weg!«, schrie Regina. »Ich kann ihn nicht richtig ins Visier nehmen!«

»Nicht richtig ins Visier nehmen?«, fragte Miriam. »Das Ding ist so groß wie ... na ja, so groß wie ein verdammt großer Roch.«

Miriam hatte Recht. Regina hatte genug Zielfläche, wenn sie Dutzende von Wurfspießen in das Biest stechen wollte. Aber alle vitalen Punkte lagen hinter dem sehr breiten Oger, der momentan seine Fäuste auf Kevins störrisches Kinn hageln ließ.

»Ich sehe Sie nichts tun«, sagte Regina. »Außer meine Speere zu halten.«

»Sie haben Recht.« Miriam ließ die Waffen fallen. Sie schloss die Augen und summte, und die Luft um die Sirene herum schimmerte dunkel. Regina hatte ein schlechtes Gefühl, was das betraf.

Frank tat sein Möglichstes, um Kevin abzulenken. Regina hatte ihn nie zuvor kämpfen gesehen. Seine einschüchternde Größe kühlte die meisten Temperamente ab. Sie wusste, dass Oger stark waren, und Frank, ein ungewöhnlich großes Exemplar seiner Spezies, war noch stärker. Aber sie hatte sich nie vorgestellt, dass er fähig sein konnte, einen Roch mit einer Hand abzuwehren. Dafür brauchte es mehr als Stärke. Dafür war Geschick nötig. Frank war bemerkenswert wendig. Es war nicht die Anmut eines Tänzers, die Eleganz eines Fechters. Oger waren dafür nicht gebaut. Es war die Kunst der Schlägerei, die selbstsichere Art eines außergewöhnlichen Boxers. Keine einzige überflüssige Bewegung. Jeder Schlag mit tödlicher Präzision ausgeführt. Jedes Mal, wenn sich Kevin auf ihn stürzte, erhielt er einen Schlag auf den Schnabel, immer und immer wieder.

Miriam öffnete die Augen. Die schwarzen Kugeln waren jetzt buchstäblich blutrot. Blutige Tränen rannen ihr über die Wangen. Die Adern ihrer Finne pochten. Ihr Körper zitterte. Die Pflastersteine barsten um ihre Füße herum. Was auch immer die Sirene vorhatte, Regina hoffte, es würde schnell gehen. Auch mit all seinem Geschick und seiner Stärke konnte Frank Kevin nicht ewig aufhalten.

Kevin hatte es satt, ständig auf seinen schmerzenden Schnabel geschlagen zu werden, und versuchte, Frank unter seinem Fuß zu zerquetschen. Der Versuch warf Frank auf den Rücken, wo er seine immensen Muskeln anspannte, um Kevin davon abzuhalten, ihn zu pulverisieren. Es war ein zum Scheitern verurteilter Versuch. Der Fuß fiel Zentimeter um Zentimeter, bis er auf seine Brust drückte.

Kevin kicherte. »Stirb, Ned.«

»Ich bin … nicht … Ned«, keuchte er.

Kevins Stirn legte sich in Falten. Es war das erste Mal, dass sich die Stirn eines Rochs runzelte – eigentlich waren

Rochs zu diesem Ausdruck gar nicht in der Lage. Nur die schwarze Magie, die durch seine Venen jagte, erlaubte es Kevin, dies zu tun. Er zuckte die Achseln. Auch das war eine Roch-Premiere.

»Du genügst.«

Ein Wurfspieß bohrte sich in seinen Hals. Grünes Blut schoss aus der Wunde. Franks gewaltige Muskeln fanden neue Kraft und schoben das benommene Biest von ihm herunter. Er schlang seine Hände zusammen und hieb Kevin ins Gesicht. Die Kraft ließ den Kopf des Rochs zurückschnellen und wirbelte seinen gesamten Körper herum. Sein gewundener Schwanz peitschte hervor, traf den Oger. Frank wurde quer über den Hof geschleudert und traf eine Wand hart genug, um sie zu durchschlagen.

»Frank!«, rief Regina, obwohl sie nicht genau wusste, warum.

Kevin, dem das Blut von den Wurfspießen tropfte, die seine Haut durchbohrten, wandte seine Aufmerksamkeit der Amazone zu. Regina machte sich bereit, einen weiteren Speer zu werfen, würde Kevin aber wohl nicht stoppen können.

»Was auch immer Sie tun, tun Sie es schnell«, sagte sie zu Miriam.

Es gab einen Ton hinter den Skalen der Melodien, den die verdrehten Götter der Harmonien versteckt hatten. Er war nicht von dieser Welt, aber er war der Sirenenrasse bekannt. Andere Rassen sprachen nur flüsternd von ihm. Sirenen sprachen gar nicht darüber, aus Angst, ein Ausrutscher in ihren verzauberten Stimmen könnte Kontinente in die Luft jagen. Er konnte nicht gelehrt werden. Er konnte nur von einer Sirene mit genügend Verzweiflung und Geschick gefunden werden. Miriams Stimme war nach Sirenenmaßstäben gerade mittelmäßig, aber sie war verzweifelt. Und sie fand ihn.

Ihre Lippen öffneten sich kaum. Der finale Ton war still, aber niemand hätte es gehört, wenn sie ein Geräusch gemacht hätte. Denn die Erde polterte und die Wolken kreischten. Miriams Lied strömte aus ihrer Kehle, wuchs aus ihrem Mund zu einer sechs Meter breiten Explosion von kochender Luft und schneidenden Winden. Die Pflastersteine hoben sich von selbst in die Luft. Der Ton ergoss sich über Regina und warf sie zu Boden. Er raste in den Roch, der sich mit Mühe gegen den Sturm stemmte. Die Bö raste weiter, zerbröckelte eine kleine Wachhütte, die nicht mehr genutzt wurde. Dann zerschmetterte sie einen Teil der Außenmauer der Kupferzitadelle. Immer weiter setzte sie ihren Weg fort, schabte das Gras von der Erde, entwurzelte Bäume und gefror den meilenweit entfernten Fluss. Bis dahin war ein Großteil ihrer Macht verbraucht und der Ton ergab sich dem Wind, der ihn in den Himmel riss, wo er eine flauschige weiße Wolke infizierte. Die Wolke verdunkelte sich und wurde wütend. Für die nächsten sechs Jahrhunderte würde sie die Himmel durchwandern, auf der Suche nach Hochzeiten, Erntedankfesten und anderen freudigen Anlässen, auf die sie Ziegel, flammenden Hundekot oder tote Käfer regnen lassen konnte.

Es war gut, dass Miriams Stimme nicht auch nur etwas geschulter war, sonst wäre die gesamte Kupferzitadelle zerstört worden, zu einem öden Feld ohne auch nur einem Stück Gummi oder einem einzigen männlichen Leichnam, die an sie erinnert hätten. So, wie es aussah, wurde jedes männliche Wesen in Reichweite ihrer Stimme (die von vornherein gar nicht zu hören war) mit Kopfschmerzen, Übelkeit und blutenden Ohren geschlagen.

Miriam brach zusammen, als Regina aufstand. Das Geschlecht der Amazone verschonte sie von dem Angriff.

Der Roch legte den Kopf schief. Kevin schien unverletzt

geblieben zu sein, trotz der unglaublichen Macht, die sich gegen ihn gerichtet hatte. Er hatte durch das Zittern der Luft ein paar Federn verloren und war durch die bebende Erde aus dem Gleichgewicht gekommen.

»Er hätte ihn zerstören sollen«, krächzte Miriam ungläubig, kaum hörbar. »Nichts kann dem finalen Ton standhalten.«

Und es war schwer vorstellbar, dass irgendetwas außer einem Gott nicht von dem Gesang der Sirene ausgelöscht wurde. Der Roch stellte sich jedoch wieder auf feste Beine und gackerte.

»Kevin ist ein Mädchen«, erkannte Regina. »Diese verdammten Kobolde haben ihr einen falschen Namen gegeben!«

Regina dachte daran, die Beine in die Hand zu nehmen, aber Miriam war nicht einmal in der Lage aufzustehen. Sie hätte die Sirene zum Sterben zurücklassen sollen, aber es war nicht ihre Art, eine Kampfgefährtin im Stich zu lassen. Sie hatten nicht die Chance bekommen, ihren Kampf zu beenden, und sie wollte verdammt sein, wenn irgendein randalierendes Biest sie um ihren rechtmäßigen Sieg brachte. Eher würde sie sterben.

Sie griff ihren Wurfspieß fester, aber Kevin donnerte an ihr vorbei. Der weibliche Roch hatte kein Interesse an Ablenkungen wie diesen beiden Nicht-Kobold-Happen vor sich. Sie hatte ihr Ziel wiedergefunden.

»Neeeeeeeeeed!«, kreischte sie.

Papierkram machte den Großteil von Gabels Tag aus, also war es nicht verwunderlich, ihn in seinem Büro zu finden, als Kevin mit der Raserei begann. Ein Blick auf das Chaos vor seinem Fenster bestärkte ihn in seinem Entschluss, drinnen zu bleiben. Es war nicht unüblich, dass sich ein oder zwei Rochs losrissen. Die Rochführer des Programms bekamen normalerweise alles ohne größere Schwierigkeiten unter Kontrolle. Eines der kleineren Gebäude mochte zermalmt werden, und es war vielleicht auch zu erwarten, dass etwas Personal gefressen oder plattgequetscht wurde. Da er nicht den Wunsch hatte, zu einer dieser beiden Gruppen zu gehören, kroch er klugerweise unter seinen Schreibtisch und wartete, bis sich der Lärm legte. Er wagte es nur, schnell zu seinem Aktenschrank zu kriechen, um ein Standardformular für den Bericht über geringfügiges Chaos und/oder kleinere tumultartige Katastrophen herauszupflücken, das er ausfüllen wollte. Kein Grund, bis zur letzten Minute zu warten.

Die Geräusche von Chaos und Durcheinander hielten länger an, als Gabel erwartet hatte. Normalerweise schlang sich der entkommene Roch voll, vor allem mit Kobolden, wofür Gabel ungeheuer dankbar war, denn die Legion hielt sich nicht mit Todesanzeigen für diese Spezies auf. Der gesättigte Vogel konnte dann in lethargischer Verträglichkeit zu den Pferchen zurückgeführt werden. Einige Male hörte er jemanden Neds Namen schreien. Mit etwas Glück war der Kommandeur bei dem Vorfall gestorben. Gabel streckte seinen Arm aus und öffnete die obere Schreibtischschublade, wo er die Formulare für Durch-Unfall-verursachtes-Ende-Meldungen aufbewahrte. Er hatte bereits eines für Ned ausgefüllt, vollständig bis auf Datum, Zeit und Todesart. Ein weiteres, das ihn selbst für eine Beförderung vorschlug, hatte Gabel darunter liegen. Die Empfehlung war wertlos, da niemand von Rang sie bestätigt hatte. Aber er sah sie gern an.

Etwas Grünes und Riesiges torkelte an Gabels Fenster vorbei und erschütterte das ganze Büro mit seinen fürchterlichen, stampfenden Schritten. »Neeeeeeed!«, schrie die unbekannte Stimme. Das Monster hielt an und senkte den Kopf, um mit einem Auge durch das Fenster zu spähen, aber es konnte Gabel unter seinem Schreibtisch nicht sehen.

»Komm raus, Ned!«, kreischte Kevin. »Du kannst dich nicht ewig verstecken!« Sie stapfte fauchend davon.

Gabel kroch unter das Fenster und schloss die Vorhänge. Er wusste nicht, woher der Roch seine Stimme hatte, aber es schien offensichtlich, dass Ned etwas damit zu tun hatte. Ungeachtet der Führungsqualitäten des Never Dead Ned, die im besten Fall zweifelhaft waren, war er zweifellos ein Mann, den das Unglück verfolgte. Dämonen und Zauberer und Drachen sowie randalierende, sprechende Rochs waren der Beweis dafür. Gabel hatte zwar keinen der vorherigen Kommandeure der Kompanie gemocht, beseitigt hatte er sie aber einzig aus Gründen des persönlichen Fortkommens. Wenn er Ned endlich los war, egal ob Gabel danach befördert wurde oder nicht, würde er auf jeden Fall etwas freier atmen.

Die Bürotür öffnete sich, bevor Gabel zurück unter seinen Schreibtisch kriechen konnte. Er sprang auf die Füße. »Hab meine Schreibfeder fallen lassen«, erklärte er, bevor er auch nur aufsah.

Es waren Ralph und Ned. Der Oger umklammerte Neds Hals. Ein Zudrücken dieser Finger würde Neds Rückgrat zerquetschen. Ned schien das zu wissen, wenn man danach urteilte, wie steif er sich in Ralphs Griff wand.

»Was tust du da?«, fragte Gabel.

»Wir müssen reden«, sagte Ralph. »Über ihn.« Er hob Ned wie ein Kätzchen hoch und schüttelte die zerbrechliche menschliche Gestalt. Ned zischte.

Gabel stützte sich auf seinen Schreibtisch. »Du Idiot! Du solltest mich doch aus der Sache heraushalten!«

»Darüber müssen wir ja reden.«

Ned lief blau an. Ralph warf Ned, der nach Luft schnappte und würgte, beiläufig auf einen Stuhl in der Ecke. »Bleiben Sie, wo Sie sind, Sir.«

»Was geht hier vor?«, fragte Ned atemlos.

»Ruhe, Sir«, sagte Gabel, »das geht Sie nichts an.«

Ralph imitierte die aufgestützte Haltung des kleinen Orks. Das Gewicht des Ogers drohte den Tisch zu zerquetschen. »Ich hab nachgedacht ...«

Gabel stöhnte. Er hasste es, wenn Lakaien anfingen zu denken. Wann würden sie endlich alle begreifen, wie viel leichter das Leben war, wenn sie ihm das Denken überließen?

»Was springt für mich dabei raus?«, fragte Ralph.

»Ich denke, das ist offensichtlich«, sagte Gabel. »Du kannst Ned nicht leiden.«

»Ja und? Ich kann viele Typen nicht leiden. Ein Arschloch umzubringen macht mein Leben nicht wirklich leichter.«

Ned erhob sich von dem Stuhl, als wollte er türmen.

»Zwingen Sie mich nicht, Ihnen die Beine zu brechen, Sir«, warnte ihn Ralph.

Ned setzte sich.

»Was ich sagen wollte: Ich habe das ganze Risiko und Sie kriegen all die Vergünstigungen. Sieht nicht nach einem guten Geschäft für mich aus. Ich glaube, es wird Zeit, dass wir neu verhandeln.«

Gabel kicherte. »Du Idiot. Es gibt nichts mehr neu zu verhandeln. Ned weiß, dass du vorhattest, ihn zu töten, und jetzt weiß er auch, dass ich mit drinstecke. Wenn er dieses Büro verlässt, hängen wir beide. Wir stecken jetzt gemeinsam drin und du hast ganz genauso viel zu verlieren wie ich. Die erste Verhandlungsregel ist, dass du etwas von Wert oder zumindest die Illusion von etwas von Wert haben musst. Und du hast gar nichts.« Er grinste selbstgefällig.

»Jetzt bring ihn um, wie du es tun solltest, damit wir uns überlegen können, was wir mit der Leiche machen.«

Ralph grinste zurück. »Oh, ich hab was.«

Er ergriff den Tisch mit beiden Händen und mit einer fließenden Bewegung zerbrach er ihn über seinem Knie. Die Splitter flogen durch den Raum, trieben ein paar erstklassige Keile in die Wände, warfen Bücher um, rissen die Vorhänge herunter und spalteten einen Zwergenschädel aus Gabels Sammlung. Eine Scherbe spießte sich beinahe in Neds Auge. Eine andere war gefährlich nahe daran, Gabels Fuß zu durchbohren. Weitere Scherben bohrten sich in Ralphs dicke Haut, durchbohrten seine Wange, den Hals und die Stirn. Blut tropfte, aber Ralph schien es nicht zu bemerken.

Gabel und Ned schluckten.

Ralph ließ die zersplitterten Möbelhälften fallen. »So wie ich das sehe, bekomme ich nicht mehr Ärger für zwei gebrochene Offiziershälse als für einen. Wir verhandeln also nicht über Neds Leben. Wir reden von Ihrem.«

»Das würdest du nicht wagen«, sagte Gabel.

»Hey, Sie haben es selbst gesagt: Ich mag Ned nicht. Und Sie mag ich auch nicht. Ehrlich gesagt habe ich den Verdacht, dass Sie ein genauso großes Arschloch sind wie er. Wahrscheinlich sogar ein größeres.«

Gabel knurrte. Er beugte sich vor und griff in dem Papierkram, der überall auf seinem Büroboden verteilt lag, nach einem Anforderungsformular für Möbel. Es war ein Glück, dass eines zufällig ganz oben lag. Kein Glück war Ralphs verschlagenes Wesen. Gabel würde in Zukunft bei der Wahl seiner Lakaien vorsichtiger sein müssen.

»Was willst du dann?«

»Ich will keine Gräber mehr ausheben, aber ich will weiterhin dafür bezahlt werden«, antwortete Ralph. »Und ich will Freibier. Vielleicht neue Stiefel.«

»Ist das alles?«

Ralph begriff, dass er vielleicht kein so gewitzter Verhandlungsführer war, wie er dachte. Er wusste, dass Ned für Gabel zu töten viel wert sein sollte, aber Ralph wollte verdammt sein, wenn er einen genauen Wert dafür festsetzen konnte. Und er war ein sehr einfacher Oger mit sehr einfachen Bedürfnissen. Mit den bereits genannten Punkten wäre er zufrieden gewesen, aber dass sich Gabel von der Forderung nicht aus der Ruhe bringen ließ, sagte Ralph, dass er nicht genug gefordert hatte. Der Oger lotete die Tiefen seines Geistes aus, doch es war nur ein sehr flacher metaphorischer Tümpel und er schlug sich den metaphorischen Kopf an den metaphorischen Felsen auf seinem Grund an und war vorübergehend benommen.

Was Ned anging, so fühlte er sich von dem Austausch leicht gekränkt. Er mochte den Gedanken, dass ein Leben mehr wert war als ein Paar neuer Stiefel. Die Demütigung ließ ihn erneut an Flucht denken. Er würde das Universum nicht wegen eines bodenlosen Bierkrugs sterben lassen. Doch er bewegte sich noch nicht. Ralph hielt sich zu dicht am einzigen Ausgang bereit. Ned hoffte, die Gelegenheit, wenn sie sich bot, auch rechtzeitig zu entdecken.

»Sonst noch was?«, fragte Gabel ungeduldig.

»Nein, ich glaube nicht.« Ralph schnippte mit den Fingern, obwohl die fleischigen Gliedmaßen eher ein lautes Klatschen als ein Schnippen produzierten. »Warten Sie. Ich hätte gerne eine Freundin. Können Sie eine beantragen?«

»Ich werde sehen, was ich tun kann. Bist du jetzt zufrieden?«

Ralph dachte darüber nach, mehr zu fordern, aber die einzige Forderung, die ihm noch einfiel, war irgendeine Art magisches Schwert. Er wusste nicht, ob Gabel eines besorgen konnte, und Ralph hatte ohnehin nicht das Gefühl, dass es richtig war, danach zu fragen. Ned zu töten würde viel zu einfach werden. Guten Gewissens konnte er nicht noch mehr dafür verlangen.

Ned stürmte in Richtung Tür. Er versuchte, unter Ralphs eisernem Griff wegzutauchen, aber das Büro war so klein und der Oger so groß, dass dafür nicht genug Platz war. Ralph erwischte Ned am Arm und warf ihn zurück auf den Stuhl.

»Was ist, wenn Sie sich irren?«, fragte Ralph. »Was, wenn Ned wiederkommt?«

Gabel wusste, dass er sich nicht irrte. Neds Angst war offensichtlich und ein Unsterblicher hatte doch keine Verwendung für Angst. Aber Gabel war nicht durch schlampige Morde so weit gekommen, und er konnte nicht ganz sicher sein, dass Ned tot blieb. Deshalb hatte er gewollt, dass Ralph den Kommandeur umbrachte. Wenn Ned wieder auferstand, hätte Gabel alles plausibel abstreiten können. Jetzt aber bestand diese Möglichkeit nicht mehr.

»Wir werden die Leiche fesseln und Knebeln und an irgendeinem abgeschiedenen Ort verstecken«, sagte Gabel. »Wir werden ihn den Rochs verfüttern, wenn es sein muss. Hinterher sollte nicht viel übrig sein, was auferstehen könnte.«

»Geht klar für mich«, stimmte Ralph zu.

»Warten Sie«, sagte Ned. »Das können Sie nicht tun. Wenn sie mich töten, werde ich das Universum zerstören.«

»Nicht das schon wieder«, seufzte Ralph. »Sie werden sich schon eine glaubhaftere Lüge ausdenken müssen.«

Als der Schatten des Ogers auf ihn fiel, schrie Ned um Hilfe. Es war nutzlos. Das Spektakel draußen war viel zu groß. Kevins dröhnende Schritte allein waren genug, um den meisten Lärm zu übertönen. Ned trat und boxte wirkungslos nach Ralph. Der Oger legte seine riesigen Hände um Neds Gesicht und erstickte jeglichen Schrei.

»Ich wette, wenn ich ihm den Kopf abreiße, bleibt er tot«, sagte Ralph.

»Tu das nicht«, antwortete Gabel. »Zu große Schweinerei. Brich ihm einfach das Genick und bring's hinter dich.«

»Das macht keinen besonderen Spaß.«

Ned wand und drehte sich. Seine Hände krallten nach Ralph. Seine Beine traten aus und prallten ohne Schaden anzurichten von den Rippen des Ogers ab.

»Du tust es nicht zum Spaß«, sagte Gabel. »Mach ihn einfach nur alle.«

Einen Ansatzpunkt fanden Neds Zähne in dem fleischigen Hügel in Ralphs Handfläche, einer der wenigen empfindlichen Stellen an seinem dickhäutigen Körper. Ralph schrie gellend auf und ließ Ned fallen. Der tauchte zwischen den Beinen des Ogers hindurch und krabbelte auf die Tür zu. Gabel sprang ihm in den Weg und trat Ned ins Gesicht. Ned knickte ein und Gabel zog sein Schwert.

»Herrgottnochmal, muss ich denn alles selbst machen?«

Ned warf einen Blick nach oben und sah ein Schwert, dazu erhoben, ihn zu köpfen. Er glaubte nicht, dass Miriam ihn dieses Mal retten würde.

»Äh, Gabel«, sagte Ralph.

Gabel weigerte sich, sich noch länger ablenken zu lassen. Er drehte sich nicht um, und so sah er auch nicht, was Ned und Ralph sahen. Ein einzelnes Rochauge starrte durch das Fenster.

»Neeeeeeeeeed!«, kreischte Kevin, als sie ihren Kopf durch die Wand stieß. Ralph hastete an den Rand des überfüllten Büros und entkam nur knapp dem zackigen Schnabel des Rochs. Ned rollte sich zu einer Kugel zusammen, dem effektivsten Mittel, das ihm zu seiner Verteidigung zur Verfügung stand.

Kevin schnappte Gabel mit ihrem Schnabel voller Zähne und zog den Kopf zurück, um ihren neuesten Leckerbissen im Sonnenlicht besser sehen zu können. Etwas enttäuscht stellte sie fest, dass es nicht Ned war. Aber es war der größte, saftigste Kobold, dem sie je begegnet war. Erst nachdem sie ihn hinuntergeschlungen hatte, bemerkte sie seinen unangenehm orkischen Geschmack. Ihr hässliches Gesicht verzog sich zu einem ungewöhnlich grauenvollen Feixen, sie kreischte und schleifte ihre Zunge über die Pflastersteine, um die letzten Reste von hartnäckigem Ork-Nachgeschmack loszuwerden.

Ned und Ralph hatten ihre Differenzen beigelegt und versuchten jetzt, die Ablenkung zur Flucht zu nutzen. Der Körper des Rochs blockierte das Loch in der Wand und ein Schuttberg verstellte die Tür.

Kevin schob ihren Kopf zurück ins Büro.

»Geh mir aus dem Weg!« Ralph schob Ned zur Seite und machte sich bereit, die Tür mit einem Stoß seiner Schulter aufzubrechen. Stattdessen wurde ihm der Kopf von Kevins unbeholfenem Schnabel abgezwickt. Ralphs Oger-Nervensystem arretierte seinen Leichnam zu sofortiger aufrechter Starre – und so war der Ausgang noch gründlicher blockiert als zuvor.

Kevin drückte und drängte stärker, die Wand krümmte sich und Stücke der Decke fielen herab, während sie sich Zentimeter um Zentimeter an Ned heranschob, der sich starr in eine Ecke drückte. Wenn Kevin nur etwas schlauer gewesen wäre, hätte sie sich auf den Bauch fallen lassen und ihn leicht herausfischen können. Aber es war nur eine Frage von Sekunden.

Ned lachte. Ein höhnisches Kichern über die Mächte des

Schicksals, die so verdammt entschlossen waren, ihn tot zu sehen. Wenn er jetzt nicht die Irre Leere war, dann war er zumindest irre. Aber er war ein Irrer mit einer Bestimmung. Er wollte verdammt sein, wenn er bereitwillig Kevins Kehle hinunterglitt. Er würde auf dem ganzen Weg nach unten kämpfen, und wenn möglich würde er ihr einen ordentlichen Arschtritt verpassen, wenn sie ihn ausschied.

Gabels Schwert klemmte zwischen zweien ihrer boshaften Zähne. Der Schwertgriff deutete in seine Richtung – und wackelte, als sie mit ihren Kiefern schnappte. Ned, alle Gefahren außer Acht lassend, griff danach. Die Waffe löste sich beinahe sofort, als er sie berührte und schien in seine Hand zu fallen. Durch irgendein Wunder schaffte er es, kein Gliedmaß an den zuschnappenden Schnabel zu verlieren.

Die Klinge war nicht lang genug, um die lebenswichtigen Stellen des Rochs zu erreichen. Zu seiner eigenen größten Überraschung stürzte sich Ned zwischen zwei Kieferschnappen auf Kevins Schnabel. Mit seiner freien Hand erwischte er eines der Nasenlöcher und sie zog ihren Kopf fauchend aus dem Büro.

Die Augen des Biestes lagen seitlich am Kopf. Sie drehte den Kopf von einer Seite zur anderen, um die Beute, die sich hartnäckig an ihrem Schnabel festhielt, besser sehen zu können. Ned hob das Schwert und hackte in Kevins Gesicht. Der Winkel war ungünstig, der größte Teil seiner Kraft wurde in angespannte, weiße Knöchel investiert. Die Hiebe durchdrangen die Haut nur, um von dem dicken Schädel des Monsters abzuprallen. Schließlich schaffte er es durch pures Glück und Hartnäckigkeit, das Schwert in ein Auge des Rochs zu versenken. Der Winkel war genau richtig und das Schwert gerade lang genug, um Kevins Achtzig-Gramm-Gehirn zu durchbohren.

Die Erkenntnis ihres Todes benötigte eine Weile, um den Rest ihres Körpers zu erreichen. Kevin schwankte. Sie hustete. Ihr Auge wurde glasig. Die Federn sträubten sich und ihre Beine wurden weich. Mit einem letzten fürchterlichen Keuchen fiel der Roch um und brach über den Ruinen von Gabels Büro zusammen.

Darunter begraben, kaum in der Lage, in der unermesslichen, staubigen Dunkelheit zu atmen, kicherte Ned dennoch. Er war am Leben. Er hatte dem Tod ein Schnippchen geschlagen. Dieses eine Mal war der eisige Atem der Vergessenheit aufgehalten worden. Dieses eine Mal hatte Ned gewonnen. Er mochte im nächsten Augenblick ersticken, aber das schien jetzt gerade das Problem eines anderen zu sein.

Er hörte, wie über ihm gegraben wurde. Ein Stein wurde beiseite geworfen und ließ das Sonnenlicht auf sein Gesicht scheinen.

»Ist er es?«, fragte einer der Schatten über ihm.

»Das Pendel«, sagte ein anderer. »Schau, wie es brennt.«

Heißer Stein drückte an Neds Stirn. Seine Haut kokelte und er roch zwar Rauch, spürte aber keinen Schmerz.

Sie hoben ihn unsanft aus dem Schutt. Sein Auge stellte sich scharf. Es waren keine Soldaten, sondern schmächtige, lilahäutige, geflügelte Kreaturen mit kleinen Hörnern, die aus ihrer Stirn herausragten.

Dämonen.

Ned war zu müde, sich zu wehren. Er hatte nichts mehr übrig. Was er an letzter Kraft besessen hatte, lag irgendwo unter Kevins Zehn-Tonnen-Leichnam vergraben. Einer der Dämonen warf sich Ned über die Schulter. Sie breiteten die Flügel aus und stiegen in die Luft.

Dämonen erfüllten den Himmel, Dutzende und Aberdutzende dieser fliegenden Monster. Er wand sich zwar, doch es konnte kein Entkommen geben. Und selbst wenn er es schaffte, sich zu befreien, und den Dutzenden von Händen entkam, die versuchten, ihn zu schnappen, würde er dem Tod anheimfallen. So oder so, das Schicksal hatte ihn geschlagen. Wie immer.

Die Oger-Kompanie wuselte unter ihm durcheinander. Regina rief zwar seinen Namen, doch er konnte sie in der Menge nicht ausmachen. Schnell hatten ihn die Dämonen über die Mauern der Kupferzitadelle getragen.

Das Letzte, was er bemerkte, war Knabber-Ned. Der Geier saß auf einem Turm und beobachtete mit kalten, schwarzen Augen und mit beinahe sachlicher Distanziertheit Neds Entführung. Und Ned lachte. Und er lachte weiter, obwohl er nicht einmal sagen konnte, warum.

SIEBENUNDZWANZIG

Weit trugen die Dämonen Ned nicht. Die Kupferzitadelle war gerade über den Horizont verschwunden, als ihr Ziel schon erschien. Es war eine Festung aus schwarzem Stein und glitzernder Jade. Er hätte geschworen, dass die Kupferzitadelle der einzige Vorposten im Umkreis von hundert Meilen war, aber dann sah er, dass diese neue Festung große Steinbeine hatte wie die eines Tausendfüßler-Elefanten. Scharen von Dämonen umkreisten die Eiserne Festung und Ned erwartete, von den hungrigen Monstern in Stücke gerissen zu werden.

Die Dämonenschar teilte sich. Ein Fallgitter wurde geöffnet und Ned in die abgedunkelte Festung gefegt. Er konnte zwar nicht viel sehen, roch aber eine widerliche Mischung aus Urin, Rauch und verfaultem Fleisch. Es stank ekelhaft nach Tod, ein Geruch, den er nur allzu gut kannte.

Seine Entführer warfen ihn unsanft auf den Boden. Andere Hände ergriffen ihn. Krallen bohrten sich in seine Schulter. Blut rann an seinem Arm entlang.

»Ist er es?« Die Stimme war tief und besaß eine Diktion, als habe der Sprecher den Satz tausend Mal vor einem Spiegel geübt, um sicherzugehen, dass jede Abstufung von Lippen und Zunge absolut makellos war. Die Leistung war umso beeindruckender, weil das Monster, das ihn festhielt, absolut nichts besaß, das Lippen auch nur entfernt ähnlich war.

Der Dämon war eine wulstige Abscheulichkeit. Muskeln

wanden sich auf seinen Muskeln, gleichzeitig war er aber grotesk fett. Er erinnerte Ned an einen Oger, wenn er auch unendlich viel abstoßender wirkte. Bis auf dickes Fell überall an seinem Körper, das ihm die Illusion von Kleidung gab, und eine schwarze Henkerskapuze, die über seinen relativ winzigen Kopf drapiert war, war er vollkommen nackt. Es war ein Loch hineingeschnitten worden, das seinen lippenlosen Mund mit vielen Zähnen sehen ließ, aber keine Öffnungen für die Augen. Wie er eigentlich sah, konnte Ned nicht ergründen.

»Dürres, kleines Ding, nicht?«, fragte der Henker.

»Wirf ihn einfach in die Zelle«, sagte einer der lilafarbenen Dämonen.

Der Henker zerrte Ned in einen dunkleren Teil des Kerkers. Unheilvolle, grüne Fackeln warfen ein trübes Licht, und die flackernden Schatten hatten qualvoll verzerrte Gesichter. Da waren Dinge in den anderen Zellen. Ned hörte sie weinen, schreien, knurren, atmen. Sanft an ihre Gefängnistüren kratzen. Er grübelte nicht darüber nach, was sie sein könnten. Sie erreichten seine Zelle, einen langen, schmalen Raum, der Boden war mit Knochen übersät, von denen keiner menschlich aussah. Hoch an der Mauer war eine weitere grüne Fackel angebracht. Ihr Licht war kalt und Ned konnte den Frost in seinem Atem sehen. Der Henker ließ Schellen um Neds Handgelenke zuschnappen. Ned ließ sich geschlagen zu Boden plumpsen. Die kurzen Ketten hielten ihn davon ab, ganz hinunterzufallen. Der Dämon hob Neds Kinn. »Siehst nicht nach viel aus, was?«

Wenn der Atem des Henkers auch faulig war, er war doch nicht fauliger als der Rest der unangenehm feuchten, übel riechenden Luft. Er schniefte und spuckte. Die Spucke gefror auf halber Flugbahn und zerschellte auf dem Boden. Er walzte ohne ein weiteres Wort davon.

Ned hing in der Dunkelheit. Ab und zu zuckte sein böser linker Arm. Manchmal riss er an seinen Fesseln. Die Ketten rasselten. Die anderen Gefangenen gackerten und flüsterten.

»Warum bist'n du hier drin, Kumpel?«, fragte der Insasse der Nachbarzelle. Seine Stimme klang trocken und drohend. In der Wand befand sich ein kleines Loch, das es ihm erlaubte, mit einem einzelnen, blutunterlaufenen Auge hindurchzuspähen.

»Universen zerstören«, antwortete Ned. »Du?«

»Verschmutzung.«

Ned hob skeptisch den Kopf.

»Die Erde mit den Leichen meiner Feinde verschmutzen«, verdeutlichte der Gefangene. Sein rotes Auge glühte unheimlich.

»Was bist du?«, fragte Ned.

»Ich weiß es nicht. Ich glaube, ich wusste es mal, aber ich bin hier schon so lange, dass ich es vergessen habe. Du wirst es auch vergessen. Letzten Endes.«

»So lange wird es nicht dauern«, sagte Ned.

Weiteres Gelächter.

»Hab ich doch gesagt.« Etwas, vielleicht ein Schwert oder Krallen oder Reißzähne, kratzte über die Mauer. Das Auge verschwand von dem Riss. »Zumindest glaube ich, dass ich das gesagt habe.«

Irgendwann schlief Ned ein. Oder vielleicht dachte er auch nur, dass er das tat. Etwas berührte seine verwundete Schulter. Er hatte nicht einmal die Kraft aufzuschreien.

»Sir, sind Sie in Ordnung?«

Ned hob den Kopf mit erheblicher Anstrengung und fand sich von Angesicht zu Angesicht einem Dämonen mit großer Nase und pockennarbiger Haut gegenüber.

»Geh weg«, murmelte Ned. »Oder töte mich. Was von beidem, ist mir egal.«

Der Dämon flüsterte: »Sir, ich bin's.«

Ned blinzelte.

»Ich bin's, Seamus.« Der Dämon kam näher. »Gefreiter Seamus.«

Ned konnte den Namen nicht einordnen.

Seamus schaute sich um, um sicherzugehen, dass die Luft rein war, bevor er sich in seine Koboldgestalt zurückverwandelte.

»Das ist ein hübscher Trick«, sagte der Gefangene in der Nachbarzelle.

In Neds wirrem Gedächtnis arbeitete es nur langsam. Er erinnerte sich nicht an Seamus' Namen, und alle Kobolde sahen gleich aus. Aber Gestaltwandlung war doch gerade genug Unterschied, um etwas Erinnerung zu verdienen.

»Ich habe gesehen, wie sie Sie mitgenommen haben, Sir«, sagte Seamus, »und ich habe beschlossen, ihnen zu folgen und zu sehen, was ich tun kann. Am Anfang habe ich mir ein bisschen Sorgen gemacht, dass ich sie nicht täuschen kann, aber niemand achtet besonders auf Frontschweine. Nicht einmal die Dämonenarmeen, glaube ich.«

Er untersuchte die Ketten an Neds Handgelenken. »Die sind ziemlich dick. Ich könnte sie vielleicht zerreißen, wenn ich mich in etwas Großes verwandle.«

»Machen Sie sich keine Umstände.«

»Entschuldigung, Sir?«

»Und was dann? Selbst wenn Sie mich befreien, Sie würden mich nie hier herausbekommen.« Ned gab sich Mühe, seinen Kopf tiefer hängen zu lassen. »Es ist alles zwecklos.«

»Er hat Recht«, sagte der Gefangene. »Niemand ist je aus diesen Kerkern entkommen. Niemand und nichts.«

»Ich könnte Hilfe holen«, sagte Seamus.

»Warum sich die Mühe machen?«

»Wollen Sie nicht gerettet werden, Sir?«

»Ich weiß nicht. Ich schätze schon.«

Ned war nicht dagegen, aber er konnte auch nicht erkennen, wie es möglich sein sollte. Und er war mit der Hoffnung auf Unmögliches oder selbst Unwahrscheinliches ein für alle Mal fertig.

Die Kerkertür ging rasselnd auf. Seamus verschwand in einer Rauchwolke und nahm seine hässliche Dämonengestalt gerade rechtzeitig an, bevor der Henker in Sicht schlingerte.

»He da, was machst du? Hier darf keiner sein.«

Obwohl er die gekrümmte Gestalt eines Dämons angenommen hatte, krümmte sich Seamus noch tiefer. »Entschuldigung. Ich hab mich verlaufen.«

Der Henker schniefte, was seine Lieblingsbeschäftigung zu sein schien. Er blickte finster drein und entblößte Reihen spitzer Zähne, die bisher hinter weiteren Reihen spitzer Zähne verborgen geblieben waren.

Seamus zuckte die Achseln. »Äh ... Ich bin neu.«

»Du kommst besser mit mir.«

In einer blauen Rauchwolke verwandelte sich der Kobold in eine riesige Säbelkatze. Seamus schnellte vor und grub seine Reißzähne in die Kehle des Henkers. Ein Schnappen der mächtigen Kiefer trennte den Kopf von den Schultern, und der Zwischenfall war vorüber, bevor der Henker einen Schrei ausstoßen konnte. Und wo eine normale Säbelkatze ihren Siegesschrei geheult hätte, war Seamus tödlich still. Er war Säbelkatze genug, um dem Leichnam des Dämons ein paar blutige Reißwunden zu schlagen.

Der Gefangene kicherte. »Das ist wirklich ein sehr hübscher Trick.«

Seamus kehrte in seine normale Koboldgestalt zurück, würgte und wischte sich das Blut von den Lippen. »Erinnern Sie mich daran, das nie wieder zu tun.«

Die Tür rasselte.

»Ich komme wieder, Sir«, sagte Seamus. »Mit Verstärkung.«

Ned hatte den Kopf nicht einmal gehoben, um den Tod des Henkers zu beobachten. »Wie auch immer.«

Seamus verschwand in einer gelben Wolke. Als sich der Rauch gelegt hatte, schien es, als wäre der Kobold vollkommen verschwunden. Nur der aufmerksamste Beobachter hätte den rabenschwarzen Skorpion bemerkt, der in die Dunkelheit huschte.

Ein neuer Henkerdämon, bis auf die Beulen auf seinem Bauch identisch mit dem letzten, trottete herein. »Komm schon, warum brauchst du so lange?« Er stolperte über die Leiche, über die er einen Moment lang rätselte. Er sah zu Ned hinüber, der sicher an der Mauer angekettet war. Dann auf den Leichnam, weit außerhalb von Neds Reichweite.

»Wie hast du das gemacht?«

Ned starrte weiter auf den Boden. »Böser Blick.«

Der Henker wandte sich an den anderen Gefangenen. »Nein, ehrlich. Wie hat er das gemacht?«

»Wie er gesagt hat.« Das Auge des Gefangenen zwinkerte und färbte sich zu einem amüsierten Rosaton. »Böser Blick. Ein einziger genügt.«

»So was gibt es nicht«, sagte der Henker.

»Ach nein?« Ned hob den Kopf um ein paar Grad. »Schau mir in die Augen und sag das noch mal.«

Der Dämon wich zurück und rutschte auf der Lache gefrorenen Bluts, das von seinem Kameraden stammte, aus. Der Henker, dessen Kapuze seine eigenen Augen komplett abdeckte, schirmte sie trotzdem mit den Händen ab.

»He, he, ich mache nur meine Arbeit. Kein Grund, gewalttätig zu werden.«

»Ich glaube, ich werde deine Knochen in deiner Haut

schmelzen«, sagte Ned. »Schmerzhafte Art zu sterben. Glaub mir. Ich weiß es.«

Der Henker, eine Handfläche fest um sein Gesicht geklammert, tastete an der Zellentür herum. Einmal auf der anderen Seite, öffnete er den Schlitz, um zu Ned hineinzuspähen. Doch als Ned den Kopf hob, schloss sich der Schlitz schnell wieder.

Ned lachte. Er hatte nicht gedacht, dass Dämonen abergläubisch waren. Sie waren ja schon selbst der Stoff, aus dem die Albträume sind. Aber er schätzte, dass es schwer sein musste, die Mächte der Finsternis zu verleugnen, wenn man ihren Rängen bereits angehörte.

Er hatte keine Ahnung, wie lang ein auf mysteriöse Weise hingerichteter Dämon die anderen auf Abstand hielt. Nicht lange, konnte er sich vorstellen. Und sicherlich nicht so lange, dass Seamus zurück zur Kupferzitadelle gelangen und die Oger-Kompanie eine seit Jahren fehlende Disziplin überwinden und einen Rettungsversuch auf die Beine stellen konnte. Nichts davon war für Ned von Bedeutung, der sich jenseits aller Hoffnung befand. Stattdessen tat er, was Männer ohne Hoffnung, die noch nicht ganz aufgegeben haben, seit Anbeginn der Zeiten immer taten.

Er wartete.

ACHTUNDZWANZIG

Die Kobolde mühten sich damit ab, die Rochs aus den Pferchen zu bekommen. Die Riesenvögel wirkten fast übernatürlich störrisch. Wenn sie in ihren Pferchen sein sollten, wollten sie immer raus. Und wenn sie draußen sein sollten, waren das die einzigen Momente, in denen sie unbedingt drin bleiben wollten. Ein Team von Koboldführern zog an einem Seil, das um den Hals des Rochs hing, während zwei weitere Teams mit langen Speeren in sein Hinterteil stießen.

Regina schnallte sich den letzten Teil ihrer Rüstung um. »Ich habe keine Zeit für so was.«

Ace paffte an seiner Pfeife. »Vertrauen Sie mir. Wenn wir das tun wollen, brauchen wir einen Vogel, der zugeritten ist.«

Der Roch nutzte seinen Schwanz, um die Anschieber wegzufegen. Sie flogen in verschiedene Richtungen, aber sofort sprang ein neues Team ein.

»Das nennst du zugeritten?«, fragte Regina.

»Er ist jetzt nur pingelig. Wenn wir ihn erst einmal gesattelt haben, wird er umgänglicher.«

Während die Pfleger den Roch Zentimeter um Zentimeter, Schritt um beschwerlichen Schritt aus seinem Pferch zerrten, ging Regina auf und ab. Ihre Rüstung rasselte laut, was nicht dazu beitrug, die Laune des Rochs zu besänftigen.

»Ich glaube immer noch, dass das eine blöde Idee ist«, sagte Ace.

»Warum gehst du dann?«

»Weil Sie den besten Piloten brauchen werden, wenn es funktionieren soll. Nicht, dass es das wird. Ich bezweifle, dass wir Ned überhaupt finden werden. Und wenn wir das doch schaffen sollten, werden wir es mit diesem ganzen Schwarm von Dämonen zu tun bekommen. So wie ich es sehe, verschwenden wir entweder unsere Zeit oder es ist ein Selbstmordkommando.«

»Wenn du Angst hast, musst du nicht mitkommen.«

»Ich habe gesagt, ich glaube, dass das eine blöde Idee ist.« Er kicherte. »Ich habe nicht gesagt, dass sie mir nicht gefällt.«

Kobolde kannten keine Furcht. Am nächsten kamen sie dem Begriff der Panik. Die Spezies lebte unter dem Schatten des Todes, mit einer Lebensspanne, die sich in Monaten maß. Ace war drei Jahre alt und einigermaßen verlegen über sein fortgeschrittenes Alter. Kobolde betrachteten die hohen Risiken in Bezug auf Tod und den Verlust von Körperteilen als Voraussetzung für jegliche lohnenswerte Unternehmung. Da Ace immer noch nicht den Tod gefunden hatte, wurde von vielen in seiner Sippe angenommen, dass er sich mehr darum bemühte, am Leben zu bleiben, als gut zu leben. Das wäre die einzige Sünde in der Koboldreligion gewesen, hätten sich Kobolde mit Religion aufgehalten.

»Wir werden Ned finden«, sagte Regina.

»Was macht Sie so sicher?«

»Weil wir es müssen.«

»Ich sehe nicht, warum«, sagte Ace. »Die Legion wird uns einfach einen neuen Kommandeur schicken.«

»Hier geht es nicht um Kommandeure«, antwortete Regina.

»Worum dann?«

Sie hörte auf, hin und her zu gehen. Und wünschte, sie hätte eine Antwort darauf.

»Es geht um Ned.« Obwohl die Stimmbänder von Sirenen unverwüstlich waren, hatte sich Miriams Stimme noch nicht ganz vom Finalen Ton erholt. Sie war rau und trocken. »Und um Dämonen.«

Regina drehte sich zu der frisch hinzugetretenen Sirene um. Miriam trug ihre eigene Rüstung, leichter und lautloser als die der Amazone.

»Was tun Sie hier?«, fragte Regina.

»Ich komme mit Ihnen.«

Regina höhnte: »Wir brauchen Ihre Hilfe nicht.«

»Das ist gut«, sagte Miriam, »denn ich komme nicht mit, um Ihnen zu helfen.«

Die Frauen starrten sich an, etwas, das sie in letzter Zeit so oft getan hatten, dass es dieses Mal hauptsächlich aus Gewohnheit geschah.

Miriam sagte: »Erzmajor, ich diskutiere nicht mit Ihnen. Sie denken dasselbe wie ich. Das waren Dämonen, die Ned entführt haben. Und dafür gibt es keinen guten Grund. Es sei denn, er hat die Wahrheit gesagt.«

Ace stand zwischen den Frauen. Er war viel zu klein, um ihr Starren zu blockieren, aber dafür ließ die giftige Wolke aus seiner Pfeife ihre Augen tränen. Der Rauch legte sich zwar auf ihre austrocknenden Augäpfel, doch beide weigerten sich zu zwinkern.

»Sie wollen mir doch nicht sagen, dass Sie ihm glauben? Das mit dem Zerstören des Universums?«, fragte Ace.

Miriam antwortete: »Ich weiß auch nicht. Aber wenn es stimmt, und sei es ein kleiner Teil davon, müssen wir es versuchen. Und auch wenn es nicht stimmt, was eigentlich nicht sein kann, kann ich hier nicht einfach rumstehen, während ihr beide in euren ruhmvollen Tod rennt. Ich schulde Ned mehr als das.«

»Sie schulden ihm gar nichts«, sagte Regina kalt.

»Ach nein? Wenn ich mich recht erinnere, gehört Ned mir.«

Regina starrte sie böse an. »Er gehört Ihnen nicht. Nicht, bis Sie ihn durch den Kampfritus gewonnen haben.«

»Ich dachte, das hätte ich bereits.«

»Wir konnten es nicht zu Ende bringen.« Reginas Hand legte sich an ihr Schwert.

»Oh, lassen Sie es noch in der Scheide, Ma'am«, sagte Miriam. »Wir werden die Sache klären, wenn wir Ned gerettet haben.«

»Kann nicht schaden, Unterstützung zu haben«, fügte Ace hinzu, »und Sie müssen zugeben, dass sie nicht schlecht mit dem Schwert umgeht.«

Regina musste nichts dergleichen zugeben. Zumindest nicht laut. Aber sie hatte ihrer Rivalin gegenüber einen widerwilligen Respekt entwickelt. Sie wollte nicht, dass Miriam mitkam, aber abgesehen davon, Miriam totzuschlagen – was die Amazone zu Not tun konnte, davon war sie überzeugt – hatte sie keine andere Wahl.

»Erwarten Sie nur nicht, dass ich Sie rette, wenn es haarig wird«, sagte Regina.

Inzwischen war der Roch aus dem Pferch heraus. Die Kobolde wuselten über den monströsen Vogel und erinnerten Regina stark an riesige, grüne Flöhe. Im Handumdrehen wurden Sättel für den Piloten und die Passagiere aufgeschnallt und, wie Ace versprochen hatte, beruhigte sich der Roch ein wenig. Der Pilot kletterte den Hals des Rochs hinauf und setzte sich auf den Sattel direkt hinter seinem Kopf. Er schob seine Fliegerbrille über die Augen. Der Schal flatterte im Wind. Weder Regina noch Miriam sagten etwas, aber das Licht der Abendsonne umgab den Kobold mit einem sanften Glorienschein und verlieh ihm etwas Heroisches. Zehn Kilo Kobold-Entschlossenheit auf acht Tonnen irritierter, unberechenbarer Vogelmasse hatten etwas Schneidiges.

Die Pfleger ließen eine Strickleiter herunter, damit die Passagiere aufsteigen konnten. Doch sie zögerten. Es war eine Sache, Aces Mumm zu bewundern, aber eine ganz andere, ihr Leben in seine Hände zu legen.

»Kommt ihr, Ladies?«, fragte Ace.

Beide griffen gleichzeitig nach der Leiter.

»Erlauben Sie, dass wir mitkommen, Ma'am?«, brüllte Korporal Martin aus heiterem Himmel.

Der Roch drehte sich, überrascht von dem plötzlichen Ausbruch, und wäre fast auf Miriam und Regina getreten. Ace verhinderte den Unfall mit einem Ruck an den Zügeln, was den Frauen etwas mehr Vertrauen gab.

Die Ogerzwillinge Lewis und Martin standen vor ihnen. Oger hielten sich selten mit Rüstungen auf. Die Kosten, um ihre riesenhaften Körper auszustaffieren, waren für die Unmenschliche Legion unter dem Strich unerschwinglich. Von Natur aus waren sie bereits dickhäutig, und Stichwunden bedeuteten eher eine Belästigung als eine lebensbedrohliche Angelegenheit. Aber die Zwillinge waren kampfbereit, jeder trug seine bevorzugte Waffe. Lewis zog eine derbe Steinkeule vor, während Martin einer etwas weniger massive Keule mit eingelassenen Eisenspitzen den Vorzug gab.

Martin salutierte eher salopp, da ein richtiger Salut damit geendet hätte, dass er seinen Bruder ins Gesicht schlug. »Verzeihung, Ma'am, aber ich habe gehört, was Sie planen und hatte gehofft, mich anschließen zu dürfen.«

Regina fragte Lewis: »Und Sie, Gefreiter?«

Lewis zuckte mit seiner Hälfte ihrer Schultern. »Ehrlich

gesagt, Ma'am, ich bin nicht so scharf darauf wie mein Bruder, aber wir sollten schon etwas tun. Man erlaubt Dämonen nicht, einen Offizier zu entführen.«

»Das macht man einfach nicht«, sagte Martin.

Regina warf einen Blick zu Miriam, die nickte. Die Kobolde warfen bereits einen weiteren Sattel auf, in diesem Fall einen, der groß genug für einen einköpfigen Oger und gerade noch breit genug für einen zweiköpfigen war.

»In Ordnung. Sie dürfen mitkommen.« Regina seufzte. »Können wir jetzt weitermachen?«

»Die hier haben vielleicht noch etwas dazu zu sagen, Ma'am«, sagte Lewis.

Hinter den Zwillingen kam ein Mob von Soldaten von der Kupferzitadelle herüber. Frank führte sie an. Nachdem er durch eine Mauer geworfen worden war, wirkte er ein wenig zerschrammt und mitgenommen, aber relativ unverletzt. Er hatte sich ein paar Knochen gebrochen, sich aber eigensinnig geweigert, ihnen auch nur die geringste Aufmerksamkeit zu schenken. Oger brachen sich so oft Knochen, vor allem während ihrer Schrecken erregenden und schwierigen Pubertät, dass sie es kaum bemerkten, solange keiner durch die Haut herausstand.

Regina legte die Hand ans Schwert. »Versucht nicht, mich aufzuhalten.«

Miriam trat vor. »Uns aufzuhalten.«

Frank sagte: »Wir sind nicht hier, um euch aufzuhalten. Wir sind hier, um zu helfen.«

»Ja, wir mögen Ned!«, rief Sally laut genug, um eine drei Meter hohe Stichflamme in die Luft schießen zu lassen.

Die Soldaten brummten zustimmend.

»Tatsächlich?«, fragte Regina. »Aber was ist mit dem Training?«

»Das ist eben Teil des Jobs!«, rief ein Ork.

»Und der Drache?«, fragte Regina. »Und die Dämonen? Und der sprechende Roch? Gebt ihr nicht Ned die Schuld dafür?«

»Natürlich!«

»Aber zumindest ist es hier nicht mehr so langweilig!«

Der Mob brüllte und hob die Waffen in die Luft.

Ward fügte hinzu: »Abgesehen davon, wenn wir ihn nicht zurückbekommen, schickt uns die Verwaltung ein neues Arschloch herunter. Und wir wollen kein anderes Arschloch!« Er stieß seine Fäuste hoch in die Luft. »Wir wollen Ned!«

»Never Dead Ned!«, brüllte ein Soldat.

»Never Dead Ned!«, wiederholte ein anderer.

Die Luft füllte sich mit dem Sprechchor. Einige der begeisterteren Soldaten schlugen ihre Waffen im Rhythmus gegen ihre Rüstungen.

Regina staunte über die Loyalität, die Ned geweckt hatte. Er hatte ja nicht viel getan. Aber das war die Stärke von Neds Kommando gewesen, nahm sie an. Er hatte nicht versucht, die Oger-Kompanie zu einer Super-Militäreinheit zu machen. Er hatte nur versucht, mit einer ungünstigen Situation umzugehen, wie alle anderen auch. Er war der erste Kommandeur, der wirklich zur Kompanie gehörte. Er war einer von ihnen.

Frank hinkte auf seinem gebrochenen Bein. »Schätze, wir satteln besser noch ein paar Rochs. Wir werden breit gestreut Suchtrupps ausschicken müssen, bis wir ein Zeichen von ihm finden«, sagte er. »Und hoffen wir, dass wir ihn finden, bevor es zu spät ist.«

Eine Taube landete auf seiner Schulter. Eine Rauchwolke später saß Seamus an ihrer Stelle. »Ich glaube, da kann ich Ihnen weiterhelfen, Sir.«

NEUNUNDZWANZIG

Rucka saß auf seinem Schädelthron, der eigentlich aus Zedernholz bestand. Aber der höllische Imperator liebte es, seiner Habe angemessen entsetzliche Namen zu geben. Der Stuhl hatte für seine schmalen Proportionen die geeignete Größe. Trotz seiner zierlichen Statur war sich Rucka seiner Macht höchst bewusst. Ein größerer Thron mochte vielleicht beeindruckender sein, aber nicht so beeindruckend, wie Fleisch mit einem ausdörrenden Blick zu rösten.

Sechs Dämonen zerrten Ned in den Thronsaal. »Hier ist er, Euer Majestät«, sagte ein Henker.

»Warum hat er einen Sack über dem Kopf?«, fragte Rucka mit seiner düsteren Piepsstimme.

»Um seinen bösen Blick in Schach zu halten, Majestät.«

Rucka kicherte. »Entfernt dieses Ding.«

Sie zogen den Sack von Neds Kopf und sämtliche Dämonen wandten den Blick ab. Bis auf Rucka. Alle seine Augen – bis auf die an seinem Rücken und Hintern – schauten zu Ned auf. Neds Blick fiel auf den winzigen Imperator der Zehntausend Höllen, doch er war nicht besonders beeindruckt. Aber er war auch nicht in der geistigen Verfassung, um überhaupt von irgendetwas beeindruckt zu sein. Und er war nicht dumm genug, Größe mit Macht gleichzusetzen.

Ruckas Thronsaal war ein großes Zimmer auf seinem höchsten Turm. Er war schmucklos, es sei denn, man zählte ein paar Knochen, die geistesabwesend zerschlagen worden waren, mit. Ein halber Schädel schielte von Neds Füßen herauf. Es gab ein bemaltes Glasfenster mit dem Bild eines riesigen Dämons mit vier Armen, der auf einem Berg von Gerippen stand. Der Dämon war mit Augen übersät, genau wie Rucka – es gab eine flüchtige Ähnlichkeit. Aber das Werk fiel Ned als einfallslos und unbeachtlich auf. Es war ganz die Art eines abscheulichen Massakerbildes, das er im Thronsaal eines Imperators erwartet hätte – und wurde dadurch furchtbar unbeeindruckend.

Rucka befahl den Henkern zu gehen – sie schienen nur zu bereit, ihm zu gehorchen. Kein Dämon wünschte sich, in Ruckas Gegenwart zu bleiben, wo der Tod nur einen Moment des Verdrusses entfernt war, oder Neds bösen Blick zu riskieren. Die massiven Eisentüren wurden geschlossen und Ned war mit dem Imperator allein.

Der Dämon lächelte. »Ich möchte mich dafür entschuldigen, dass ich nicht persönlich gekommen bin, um dich aus deiner kleinen Zitadelle abzuholen. Ich habe Probleme, in die Welt der Sterblichen zu wechseln. Zu viel Macht für mich, verstehst du. Ich könnte diese Festung zwar verlassen, aber es würde ein paar uralte Verträge brechen. Mehr Ärger, als es wert ist.

Und meine Eiserne Festung selbst kann kein fließendes Wasser überqueren, nicht einmal dieses kleine Rinnsal da unten. Frag mich nicht, warum. Konstruktionsfehler. Ich habe die Ingenieure dafür töten lassen, aber ich schätze, es wäre weiser gewesen, damit zu warten, bis sie das Problem behoben haben. Ach ja, wie sage ich immer: Töte und lerne daraus.«

Er ließ ein Pendel baumeln. »Weißt du, wie lange ich nach dir gesucht habe? Du hast keine Ahnung, wie schwierig es war, allein mit diesen Pendeln, um meine Kundschafter zu führen. Diese Steine sind das Einzige, was dein wahres Wesen aufdecken kann. Kommen vom heiligen Fels, der Teil des Transformationsritus war. Ich will dich nicht mit den Details langweilen. Es wurde eine sehr spezielle Magie benutzt, die Art, die nur alle drei Zeitalter angewandt wird, wenn überhaupt. Hat so gut funktioniert, dass ich selbst jetzt, da ich mit dir in diesem Raum stehe, nichts als einen sterblichen Mann sehe. Nicht der kleinste Hinweis auf die unglaubliche Macht, die nur in dir wartet.«

Das Pendel drehte sich so kaum merklich in Neds Richtung, dass es genauso gut der Wind hätte sein können. Aber der Stein glühte in einem sanften Rot.

Rucka sagte: »Ich werde dir nicht sagen, wie schwierig es war, überhaupt erst an die Pendel heranzukommen, wie viele lästige Götter ich töten musste, wie viele rivalisierende Dämonen-Lords ich abschlachten musste und wie viele Seelen ich bei dieser meiner Suche verschlungen habe. Mein einziger Trost ist der, dass ich das Töten, Abschlachten und Verschlingen genieße. Kommt mir eigentlich kaum anstrengend vor, wenn ich ehrlich bin.«

Ruckas vier kleine Flügel schwirrten wie die eines Kolibris und er schoss von seinem Thron hoch und schwebte vor Ned in der Luft. Das Pendel glühte heller und sein Ausschlag war unleugbar, als es in Richtung Ned zog.

»Hast du jemals versucht, die Welt mit einem Pendel abzusuchen?«, fragte Rucka. »Sie sind teuflisch schwer zu benutzen und nicht annähernd so empfindlich, wie es hilfreich wäre. Ganz zu schweigen davon, dass es nur neun von ihnen gibt. Deshalb hat es auch so lang gedauert, dich zu orten. Ich war über die Äonen hinweg ein paar Dutzend Mal nahe dran. Aber du warst jedes Mal fort, bevor ich dich in die Finger bekommen habe.«

»Entschuldigung«, sagte Ned.

»Mach dir nichts draus, alter Junge. Ich wusste immer, dass ich dich finden würde. Einer der Vorteile, unsterblich zu sein. Die Zeit ist immer auf meiner Seite. Ich bin allerdings überrascht, dass deine lästige Wächterin nicht eingegriffen hat.«

»Die Rote Frau?«, sagte Ned. »Sie ist tot.«

»Unmöglich.«

»Sie starb, um mich zu retten.«

Rucka starrte Ned ins Auge. »Tatsächlich? Wie seltsam. Warum sollte sie sich für eine Illusion opfern? Enttäuschend. Ich hatte gehofft, sie selbst töten zu können. Aber jetzt, wo ich höre, dass sie gestorben ist, um dich zu schützen, kann ich mich zumindest mit der Sinnlosigkeit ihres Opfers trösten.«

Rucka berührte Neds Wange mit dem Stein. Das Pendel flackerte, obwohl es immer noch nicht viel Licht abgab, und die Hitze versengte Neds Gesicht, ohne ihn tatsächlich zu schmerzen. Er roch Rauch, aber er sah keinen. Sein böser linker Arm versteifte sich, und er machte sich Sorgen, dass er einen Schwinger auf Rucka ausführen könnte. Aber er hörte auf, sich zu sorgen. Rucka zu schlagen würde nichts bringen, aber es konnte ihm auch nicht noch mehr Schwierigkeiten bereiten.

Etwas, ein Ding in Neds Innerem, regte sich. Die Leere. Vielleicht war es das konzentrierte Böse von Rucka und seiner Festung. Vielleicht war es die Nähe des heiligen Steins. Oder vielleicht war es einfach nur der Druck, das unerträgliche Gefühl von Sinnlosigkeit, die Ungeduld. Aber die Irre Leere war wach. Irgendwo tief in ihm erwachte sie. Sie erhob sich nicht. Stattdessen warf sie sich unruhig herum, wie jemand, der tief schlief, aber von einer sirrenden Mücke an seinem Ohr geplagt wurde.

Sie war immer da gewesen. Immer. So tief vergraben,

dass Ned sie nicht spüren konnte. Vergessen, eine Last, eine Bürde, getragen über tausend Leben von tausend verschiedenen Männern und Frauen, alle bloße Illusionen. Ein Gehäuse aus Fleisch und Blut, falscher Sterblichkeit und nicht erkennbarer Magie, mit offenen Augen geträumt. Sonst nichts.

Das war alles, was Ned war. Nichts. Warum zum Henker kümmerte es ihn dann? Ob Rucka Erfolg darin hatte, die Macht der Irren Leere an sich zu reißen oder nicht, ob die Illusion von Ned starb oder nicht, er sah keinen Grund, warum er sich auch nur im Geringsten darum scheren sollte.

Er tat es aber.

Rucka hatte weitergesprochen, während Ned in sich versunken, die Welt um sich herum vergessend, kein Wort davon gehört hatte.

»Entschuldige bitte«, sagte der allmächtige dämonische Imperator. »Langweile ich dich?«

»Ein wenig.«

Rucka schnaubte. Säurehaltiger Rotz triefte von seinen Nasenlöchern und brutzelte Löcher in den Boden. »Wie ist dein Name? Nicht dein wahrer Name, sondern der Name, den deine Hülle trägt?«

»Ned.«

Rucka hob den stacheligen Grat, der ihm als Augenbrauen diente. »Etwa Never Dead Ned?«

»Du hast von mir gehört?«

»Ich habe Geschichten gehört. Ab und zu, hier und da. Ich hatte mir sogar einmal überlegt, bei dir vorbeizuschauen. Aber die Irre Leere, versteckt im Körper eines Unsterblichen? Ganz ehrlich, das sah mir zu offensichtlich aus. Das ist wohl der Trick dabei, was? Zieh die Aufmerksamkeit auf dich, streue Zweifel, versteck dich für alle sichtbar. Sehr schlau.«

Rucka flatterte zurück zu seinem Thron. »Sag mir, Ned, wie viel weißt du von dieser ganzen Geschichte?«

Ned grunzte. »Genug.«

»Dann weißt du auch, dass ich vorhabe, diese Macht, die du verbirgst, für mich selbst zu übernehmen.«

Ned nickte.

»Und du weißt, dass du nichts tun kannst, um es zu verhindern.«

Ned nickte wieder.

Rucka beugte sich vor. »Aber weißt du, wie ich geplant habe, sie zu übernehmen? Weißt du, wo all diese Macht ruht?«

Ned zuckte die Achseln. »In mir. Irgendwo.«

»Nein. Nicht irgendwo. Deine Macht, diese Macht, liegt an dem Ort, wo alle großen Dämonen ihre Macht bergen.« Ruckas zahllose Augen brannten. »Weißt du, wo das ist?«

»Nein«, antwortete Ned abwesend, nur mit halbem Ohr zuhörend.

»Denk darüber nach.« Der Raum verdunkelte sich und jedes einzelne von Ruckas Augen leuchtete.

»Ihre Hörner?«, wagte sich Ned vor.

»Sei nicht albern. Zu offensichtlich. Du darfst noch mal raten.«

Der Imperator öffnete seine Kiefer und sog alles Licht aus dem Thronsaal. Alles, was in der pechschwarzen Dunkelheit leuchtete, waren seine hundert heimtückischen, schimmernden Augen.

»Bauch?«, sagte Ned.

Rucka rülpste das Licht zurück in die Luft. Er setzte sich auf seinen Thron, die kurzen Arme vor der winzigen Brust verschränkt. Sein kindliches Gesicht verzog sich schmollend und sein langer Schwanz peitschte. »Ach, komm schon! Du versuchst es ja nicht einmal!«

»Ja. Äh, Entschuldigung, aber mir wäre es lieber, wenn du es einfach hinter dich bringen und mich umbringen würdest.«

»Oh, ich werde dich doch nicht töten, Ned. Erstens bist du eigentlich nichts als eine Illusion, deshalb kannst du nicht wirklich sterben. Zweitens, wenn ich es tue ... diese Illusion töten, so wird das nur die Irre Leere wecken, und ich habe nicht das Verlangen danach, diese ganze Macht zu entfesseln, bevor ich sie fest im Griff habe.«

Rucka schoss durch den Thronsaal und schnappte Ned mit winzigen, schmerzhaft starken Händen an den Haaren. »Nein, Ned, ich werde dich nicht töten. Ich werde dir dein Auge herausreißen.« Er lachte. »Natürlich wird der Bann dann gebrochen, und ich nehme an, du wirst sterben. In dem Sinne, dass du nicht länger gebraucht wirst und verbleichen musst. Und dann werde ich das Auge, das Dunkle Auge der Irren Leere, hier einfügen.« Eine Fassung öffnete sich mitten auf seiner Stirn. »Und ich werde meinen rechtmäßigen Titel als mächtigster Dämon in diesem und jedem anderen Universum beanspruchen.«

Rucka schleuderte Ned weg. Er fiel auf den Rücken. Im Sturz knallte sein Kopf auf den Boden und er schlug sich den Ellbogen an. Der Dämon schwebte grinsend über ihm.

»Du darfst jetzt um dein Leben betteln. Es wird zwar nichts nützen, aber tu es ruhig.«

»Nein, danke.«

Neds böser Arm schoss nach oben und ergriff Rucka an der Kehle. Er quetschte jedoch ergebnislos. Rucka grub die Klauen seiner Hände und Füße in Neds Unterarm, hob ihn hoch in die Luft und drehte sich einmal, bevor er Ned durch den Raum schleuderte, wo er auf dem Schädelthron landete und ihn in Stücke schlug.

Ned schätzte, dass er sich wohl einen oder zwei Knochen

gebrochen hatte. Indem er sich nicht bewegte, ging er auf Nummer sicher. Er befand sich jetzt jenseits des Schmerzes. Nicht, dass es nicht weh tun würde. Es schmerzte höllisch, und eine Scherbe der Armstütze grub sich unangenehm in sein Rückgrat. Doch er hatte akzeptiert, was kommen würde, und kümmerte sich nicht länger um solche Trivialitäten wie Höllenqualen. Er war ja letztlich nur eine Illusion. Folglich mussten es seine Schmerzen auch sein. Und seine Sorgen. Und alles andere. Das erleichterte es, sie zu ignorieren.

Rucka stöhnte. »Das macht alles keinen Spaß. Wenn du nicht ordentlich ausweichst, können wir genauso gut weitermachen.«

»Schätze ja«, antwortete Ned so beiläufig, als kommentiere er die Ziegel an der Decke, auf die er starrte.

Die Türen des Thronsaals öffneten sich und sieben Dämonen traten ein. Sie trugen Umhänge mit Kapuzen, die ihre Körper bis auf ihre weiten, orangefarbenen Flügel verhüllten.

»Ich könnte dir das Auge jetzt gleich ausreißen«, erklärte Rucka. »Obwohl ich diese Gemeinheit genießen würde, könnte dabei allerdings etwas von der Macht der Leere entweichen. Und ich will sie ganz.« Er kicherte. »Jeden … einzelnen … Tropfen.«

Es dauerte länger, als es Regina lieb war, alle Rochs der Oger-Kompanie zu satteln, aber wenn sie einer Horde Dämonen gegenübertreten wollte, wusste sie, dass es nur sinnvoll war, so viele leistungsfähige Soldaten hinter sich zu haben wie möglich. Es gab dreiunddreißig Rochs in den Ställen. Im Durchschnitt konnte jeder drei ausgewachsene Oger tragen. Die fähigsten Krieger wurden für die Mission ausgewählt. Es gab nicht genug Sättel für alle. Die meisten Oger hielten sich mit einer Hand an den Federn fest, während sie ihre gewaltigen Keulen oder riesigen Schwerter – oder was auch immer sie an absurd riesenhaften Waffen bevorzugten – in der anderen hielten. Mindestens weitere dreihundert Kobolde, alle nur zu bereit, sich kopfüber ins Vergessen zu stürzen und nicht willens, zurückgelassen zu werden, hängten sich an die Unterseiten der Rochs, an ihre Beine, Hälse, Flügel und jeden anderen freien Fleck. Regina, Miriam, Sally und Ace (zusammen mit einem Dutzend Kobold-Anhalter) führten den Flug an.

Der Großteil der Kompanie war in der Zitadelle zurückgeblieben, um sich auf das Schlimmste vorzubereiten, was immer das sein mochte. Frank war einer von ihnen. Regina merkte, wie sie ihn sich an ihrer Seite wünschte. Sie konnte sich keinen anderen Soldaten der Oger-Kompanie vorstellen, den sie lieber dabeigehabt hätte. Aber er war verletzt. Selbst verletzt war er vermutlich das härteste Frontschwein in der ganzen Kompanie. Vielleicht genauso furchtlos und tödlich wie sie.

Sie ertappte sich dabei, dass sie lächelte, und wischte das Grinsen von ihrem Gesicht.

Rochs füllten den Himmel. Die Piloten hatten es geschafft, die ungeheuer schlecht gelaunten Vögel in eine straffe V-Formation zu bekommen. Vom Boden aus, dachte Regina, mussten sie einen beeindruckenden Anblick bieten. Mehr oder weniger einhundert in die Luft beförderte Oger, die kopfüber in den sicheren Untergang jagten, möglicherweise auf dem Weg, einen Kampf um das Schicksal des Universums zu beginnen.

»Da ist es!«, rief Ace.

Die Eiserne Festung kam in Sicht. Sie war kleiner, als Regina erwartet hatte, und ihre Obsidianziegel waren vor dem dunklen Horizont schwer auszumachen. Aber die glitzernde Jade und das sanfte Glühen ihres höchsten Turmes ließen sie sichtbar genug werden, als sich ihre Augen daran gewöhnt hatten.

Regina grinste. Und dieses Mal konnte sie nicht damit aufhören. Sie liebte Selbstmordkommandos.

In dem Augenblick, als die Eiserne Festung auftauchte, erwartete sie, dass eine Heerschar geflügelter Dämonen aus jeder Öffnung geströmt käme. Sie erwartete, in einem gewissen grimmigen Amazonentraum von Ruhm, von einer Flutwelle von Messern, knirschenden Zähnen und grausamen Krallen fortgespült zu werden. Das wäre ein schöner Tod, die Art, auf die eine Amazone stolz sein konnte.

Aber nichts dergleichen passierte. Nicht ein einziger Dämon, nicht einmal das kleinste Teufelchen, kam hervor. Die Eiserne Festung stand einfach nur da. Eines ihrer gewaltigen Beine scharrte abwesend in der Erde, doch sie ließ in keinster Weise erkennen, dass sie das Nahen der Oger-Kompanie bemerkte.

»Sollten sie nicht irgendetwas tun?«, fragte Miriam.

Regina stimmte ihr zu. Irgendeine Reaktion konnte man schon erwarten. Es hätte zum guten Ton gehört. Es konnte kein legendäres letztes Gefecht um das Schicksal des Universums geben, wenn sich die Mächte der Finsternis weigerten aufzutauchen. Es war ein äußerst schwaches Bild von Etikette. Schließlich mussten die Dämonen die gewaltige Streitmacht doch bemerken, die sich nur Augenblicke von ihrer Türschwelle entfernt befand. Oder hielt die Besatzung der riesigen, wandelnden Burg sie überhaupt nicht für eine Bedrohung? Waren die abscheulichen Kreaturen darin so mächtig, dass die Kompanie nicht einmal eine minimale Reaktion wert war? Sie fand das schwer zu glauben. Wahrscheinlicher war, beschloss sie, dass die Festung andere Verteidigungsarten kannte, schwarze Unterweltzauber, die sich jetzt sammelten, um jeden einzelnen Roch vom Himmel zu fegen, bevor der Kampf beginnen konnte. Grüne und orangefarbene Blitze flammten um den höchsten Turm herum auf, ein sicheres Zeichen, dass hier irgendeine dämonische Magie im Spiel war. Dennoch hielt sie furchtlos darauf zu.

»Vielleicht haben sie uns nicht bemerkt!«, schrie Ace gegen die peitschenden Winde an.

»Sei nicht albern!«, brüllte Regina zurück, deren Stolz einen kleinen Stich abbekommen hatte.

Es war lange her, seit es das letzte Mal jemand gewagt hatte, die Eiserne Festung zu belagern. Ihre langen Beine ließen es zu einem unmöglichen Unterfangen werden, über ihre Mauern zu klettern. Dieselben Beine erlaubten es ihr außerdem, jede Armee zu zerquetschen, die dumm genug war, das Unmögliche zu wagen, und sollte sich eine Streitmacht selbst gegen dieses Abwehrmittel als immun erweisen, konnte die Festung lästigeren Angreifern immer noch gemütlich davontrotten.

Im Inneren der Burg, zwischen ihren unheilvollen Mauern, wartete ein großer Schwarm Dämonen darauf, sich auf alles zu werfen, was dumm genug war, sie herauszufordern. Sie wären mit Freuden gegen die Oger-Kompanie in den Kampf gezogen, wenn jemand Wache gestanden hätte. Aber die Eiserne Festung besaß keine Wachen, weil es sehr, sehr lange her war, seit man sie gebraucht hatte. Und die Dämonen, generell faul und pflichtvergessen, hatten aufgehört, den Betrieb aufrechtzuerhalten.

Technisch gesehen gab es schon Wachen, aber sie waren entweder von Elfenblut betrunken, hurten herum oder waren mit einem anregenden Jonglierwettbewerb beschäftigt – mit Schädeln. Folglich waren die einzigen Insassen der Eisernen Festung, die einen Blick auf den Ärger erhaschten, der auf sie zukam, ein Paar Wasserspeier, die an eine Brüstung gekettet waren. Da sich keiner von beiden etwas aus

Ketten oder Dämonen machte (und auch Brüstungen nicht sonderlich mochte), sagten sie nichts, stattdessen kicherten sie kräftig und zwinkerten sich zu. Regina wusste nichts von alledem und nahm an, dass sie in einen Hinterhalt stürmten. Es schreckte sie nicht. Wenn überhaupt, machte es sie nur noch entschlossener. Es war zu lange her, seit sie das letzte Mal den Blutdurst genossen hatte. Sie hatte vergessen, wie süß er schmeckte.

»Was meint ihr, wo halten sie Ned fest?«, fragte Ace.

»Dort.« Miriam deutete auf den höchsten Turm, ummantelt von knisternden übernatürlichen Energien, der einen unheimlichen roten Schein in das Zwielicht warf und die Abenddämmerung so hell wie einen neuen Morgen strahlen ließ. »Das wäre meine Vermutung.«

Regina schüttelte den Kopf. »Zu offensichtlich. Abgesehen davon sprechen wir von Ned. Vermutlich ist er immer noch in irgendeiner Grube weggesperrt.«

»Ich habe doch gesagt, wir hätten Owens mitnehmen sollen.«

»Er ist aber immer so verdammt nutzlos«, sagte Regina. »Und was könnte er schon tun? Neds Standort hören?«

Ace peitschte die Zügel und der Roch ging in einen Vollgassturzflug auf die Festung über. Die Formation tat es ihm gleich.

Die vermummten Dämonen sangen monoton. In Ned regte sich erneut die Leere. Sie brodelte in seiner Kehle und schmeckte wie fauler Ahornsirup, dick und klumpig. Rucka wieselte heran und schnappte Ned am Hemd. Der Dämon warf ihn beiläufig in die Mitte des Thronsaals. Die Hexer fuhren mit ihrem Gesang fort, während sie einen Kreis um Ned bildeten. Ihre Pendel schimmerten und warfen zarte Lichtfäden, die sich gegenseitig reflektierten und sich wie

Stränge aus Silber in der Luft krümmten. Immer noch leiernd nahmen die Hexer ihre Kapuzen ab und entblößten Gesichter, die sie gar nicht hatten. Keine Münder. Keine Ohren. Keine Nasen. Nur drei Augen, im Dreieck angeordnet, auf der Stirn.

Rucka grinste spöttisch. »Es wird nicht lange dauern, Ned. Die Bande, die die Leere in dieser Hülle halten, sind zu mächtig, sie können von niemandem als der Leere selbst zerstört werden. Wir müssen sie nur ein bisschen lockern. Der Rest kommt aus dem Inneren. Und wenn sie sich erhebt, wenn sie nicht länger schlafen kann, in dem einen Moment, wenn sie auf der Höhe ihrer Macht ist, aber noch zu angeschlagen, um zu verstehen, was passiert, werde ich dir dein Auge herausnehmen.«

Der Imperator geiferte. Speichel tropfte von seinen Lippen und bildete eine Pfütze unter seinem schwebenden Körper.

Seltsamerweise hatte Ned, als die Magie ihre Arbeit verrichtete, nicht das Gefühl, dass sonst noch etwas nicht mit ihm stimmte. Seine Schmerzen ließen nach und die Leere rumpelte in ihm weiter. Aber trotz der hohen Magie, die entfesselt wurde (um ehrlich zu sein, war das aber nur eine Vermutung, denn Ned verstand nichts von niederer Magie und noch weniger von der hohen Sorte), fühlte er keinen Unterschied. Dafür gab es nur eine Erklärung. Ned starb, und weil er nicht real war, konnte er es nicht einmal spüren.

Er wollte aber nicht sterben. Und nicht nur deshalb, weil sein Tod das Ende des Universums bedeutete. Es stand noch mehr auf dem Spiel. Eigentlich weniger. Aber zum ersten Mal, seit er sich erinnern konnte, wollte Ned leben. Er wusste nicht, warum. Sein Leben war bis jetzt eine bemerkenswert triste Angelegenheit gewesen, die letzten Tage mit Drachenzauberern und Dämonenimperatoren ausgenommen. Aber vielleicht war das seine Schuld. Oder vielleicht war er einfach dazu bestimmt, eine langweilige unendliche Existenz zu führen. Und vielleicht hatte er eines Tages mal genug davon. Aber nicht heute.

Zum Donnerwetter, er war Never Dead Ned, und wenn es eines gab, worin Never Dead Ned gut war (und soweit er es beurteilen konnte, gab es nur eine Sache), dann war das, nicht zu sterben. Tatsächlich war er sogar ziemlich geschickt darin, aber tot zu bleiben, war eine andere Sache. Und nach all der Zeit, in der er sich nach dem eisigen Wispern der wahren und bleibenden Vergessenheit gesehnt hatte, beschloss Ned, dass er im Grunde gar nicht so scharf darauf war, seine Tage zu beenden. Er musste etwas tun. Zumindest musste er es versuchen.

Die Stimmen der Hexer mischten sich zu einem tiefen Rumpeln, das den Thronsaal vibrieren ließ und tatsächlich auch die ganze Festung. Die Irre Leere murrte, obwohl nur Ned es spürte, und selbst er war sich dessen gar nicht mehr so sicher. Es schien durchaus die Möglichkeit zu bestehen, dass das, was er für ein erwachendes unaussprechliches Übel hielt, nichts weiter war als ein ordentlicher Fall von Verdauungsstörungen.

Ned fragte sich, ob ein Fehler passiert sein konnte. Er fühlte sich nicht allmächtig. Noch hatte er im Grunde das Gefühl zu sterben. Er fühlte ... na ja, er fühlte sich wie Ned. Aber es schien ihm nicht wahrscheinlich, dass sich die Rote Frau, die heiligen Steine und die Dämonen alle geirrt hatten.

Der Gesang schwoll an. Die Lichter der Pendel sammelten sich zu einem wirbelnden Kubus über seinem Kopf, der sich auf seinem Körper niederließ. Und einen Moment lang dachte Ned, er müsse sich übergeben.

Rucka stieß herab. Er zwang Ned auf den Boden und presste winzige, scharfe Klauen auf Neds Gesicht.

Ned rülpste.

Das Licht verblasste.

Ruckas Lächeln verschwand. Er zog seine leere Hand zurück und blinzelte Ned an. »Was ist das? Wo ist sie?« Er hüpfte auf Neds Brust und starrte seine Hexer an. »Wo ist die Macht?«

Die Hexer senkten ihre Pendel, wagten es aber nicht zu sprechen. Mit einem Grunzen blies Rucka einen Feuerball aus seinem Nasenloch, der einen seiner Lakaien langsam und schmerzvoll einäscherte. Der Hexer krümmte sich in Todesqual, schrie und bettelte um Gnade.

Rucka ergriff einen anderen bei seinem Gewand. »Bitte, sprich.«

Die Stimme des Hexers klang gedämpft und weit entfernt – logisch –, angesichts seines fehlenden Mundes. »Vergib uns, o gefürchteter Herrscher, aber wir wissen es nicht. Es hätte funktionieren müssen.«

Rucka löste diesen Hexer innerhalb eines Augenblicks auf, indem er das Geschenk der Todesqualen strich, das denen, die ihn enttäuschten, normalerweise gewährt wurde. Er hatte wichtigere Sorgen, als sich um infernalische Höflichkeiten zu kümmern.

Die restlichen Hexer duckten sich, als Rucka auf Ned zustolzierte. »Ich habe es gespürt. Einen ganz kurzen Augenblick lang habe ich ... etwas gefühlt. Etwas Unvorstellbares, selbst für meinen Verstand. Aber es bleibt verborgen.«

Er verschränkte die Hände hinter dem Rücken und wanderte zweimal um Ned herum. »Ich sehe jetzt, dass ich diese Angelegenheit persönlich erledigen muss.« Er wandte sich an seine Hexer. »Ihr seid entlassen.«

»Danke, o du gnädiger dunkler Herrscher«, sagte einer.

»Keine Ursache.« Rucka wedelte mit einer Hand. Der Boden öffnete sich unter ihnen und sie stürzten in die Tiefe, buchstäblich in die Eingeweide der Eisernen Festung.

Ruckas viele Augen erglühten in blauen Flammen. Er machte keine Bewegung auf Ned zu, starrte ihn nur an. Der Dämon hob ein Pendel auf und leitete seine dunklen Kräfte hindurch. Der Stein glühte mörderisch rot und badete Ned in einem purpurnen Lichtstrahl, während Ruckas Magie nach der Illusion von Fleisch griff und sich bemühte, es in Fetzen zu reißen, die Chimäre von sterblichen Knochen und Blut abzulösen. Ned wurde einen Moment lang an den Rändern etwas unscharf. Dass er nicht reagierte, überraschte den Imperator, aber das behielt er für sich. Ein grausames Grinsen blieb auf seinem Gesicht, als er noch mehr von seiner Ehrfurcht gebietenden Macht gegen den uralten Bann einsetzte, der Never Dead Ned war.

Es gab ein paar äußere Anzeichen der unsichtbaren Magie. Schreckliche Feuerspeere regneten aus Ruckas Augen. Ein einzelner Schweißtropfen bildete sich auf Neds Stirn und es juckte ihn ziemlich. Aber er kratzte sich nicht. Diese Genugtuung wollte er Rucka nicht geben.

Missmutig zischte Rucka einen ranzigen, orangefarbenen Nebel, der sich um Ned wickelte. Sein Jucken wurde stärker, und diese stechende Verdauungsstörung regte sich von Neuem, dem Gefühl ziemlich ähnlich, das die Hexer ausgelöst hatten, nur etwas stärker. Ned unterdrückte ein Würgen. Er kratzte sich an der Nase und wischte sich die Tränen aus dem Auge. Aber das war auch schon das Schlimmste, was geschah.

Rucka murrte. Er hatte erwartet, Ned würde zerschmelzen. Die Magie, die hier am Werk war, schien komplexer, als er es sich vorgestellt hatte. Solche Zauber aufzuheben verlangte Geschicklichkeit und Geduld, aber in beidem war er nie besonders gut gewesen. Stattdessen goss er noch mehr von seiner schwarzen Magie durch den heiligen Stein und in Neds falsche sterbliche Hülle.

Neds Verdauungsstörung toste. Bis sie aus seinem Bauch und seine Kehle hinaufgekrochen war und sich ihren Weg durch seinen geschlossenen Mund erzwungen hatte, war sie jedoch gerade noch ein dumpfes Knurren. Irgendeine fremde Präsenz stieg in seinen Eingeweiden auf und schlug auf das lästige Ärgernis des Ersten und Größten Imperators der Hölle ein.

Rucka explodierte.

Für einen so kleinen Dämon blieb eine furchtbare Schweinerei zurück. Schleimige Pampe bedeckte die Wände. Ned wurde mit dem stinkenden Zeug bespritzt. Er hätte sich übergeben, aber er hatte nicht mal die Energie dazu. Ruckas viele Augen lagen auf dem Boden verstreut. Jedes einzelne starrte Ned an. Es war ein gutes Zeichen dafür, dass der Dämon nicht tot war, obwohl er eindeutig ziemlich verärgert sein musste. Ned konnte es ihm nicht verübeln. Ruckas Macht war unbegreiflich, aber die Irre Leere hatte ihn so beiläufig weggefegt, als wäre der Furcht erregende dämonische Imperator etwas, das man einfach wegfegte. Ned hatte im Augenblick auch nicht die Energie für Metaphern.

Die Leere zog sich wieder in ihren gemütlichen Schlummer zurück. Wenngleich sie wohl nicht einmal ganz aufgewacht war. Wenn sie das getan hätte, hätte das Universum jetzt wohl aus Asche bestanden. Bis auf das Zeug, das bereits Asche war. Das wäre vermutlich zu irgendeiner niedrigeren Klasse von Asche geworden. Staub, dachte Ned. Oder Ruß. Er war sich nicht sicher, welches von beiden, aber es schien auch höchst irrelevant. Was allerdings relevant war, war die Tatsache, dass die Irre Leere ein tiefer Schläfer war und wenig Interesse daran hatte aufzuwachen. Das war gut.

Dennoch hatte sie Rucka außerdem mit der kleinsten Bewegung ihrer metaphysischen Macht zerquetscht. Was bedeutete, dass, wenn sie jemals aufwachte, selbst gegen ihren Willen, keine Macht in der Lage sein würde, sie zurück ins Bett zu bringen. Rucka verstand das nicht, und er würde die Irre Leere immer weiter mit einem Stock piksen. Das Ergebnis konnte für das ganze Universum, inklusive Rucka, nur verheerend sein. Die Pampe namens Rucka zog sich langsam, aber sicher wieder zusammen. Und das musste schlecht sein, denn Ned bezweifelte, dass der explodierte Imperator seine Lektion gelernt hatte.

Die Türen des Thronsaals flogen auf, und herein stürmte ein Trupp Dämonensoldaten. Ned konnte sie an ihrer schimmernden schwarzen Rüstung und ihren gemeinen Krummsäbeln als Soldaten identifizieren. Er konnte sie als Dämonen identifizieren, obwohl ihre Rüstungen sie fast komplett bedeckten, da man davon ausgehen durfte, dass nahezu jeder Bewohner der Eisernen Festung ein Dämon war. Sogar er, wenn er darüber nachdachte.

»Vergib uns, großer und erbarmungsloser Herrscher«, sagte der führende Soldat, »aber die Festung wird …«

Die schleimigen Überreste seines Herrn unterbrachen den Bericht. Er glitt auf einem Stück Eingeweide aus und fiel mit einem nachhallenden Geklirr flach auf den Rücken. Zwei weitere folgten seinem Beispiel und schlitterten über den Boden. Die übrigen drei lernten aus ihrem Beispiel und traten nicht über die Schwelle.

Die Soldaten, diejenigen, die nicht versuchten, wieder auf die Beine zu kommen, erfassten die Szene. Ned konnte ihre Gesichter hinter den geschlossenen Helmen nicht sehen, doch nahm er an, dass ihr Ausdruck ehrfürchtig war. Es sah so aus, als habe er ihren Furcht erregenden Anführer zerstört. Er sah keinen Grund, die Annahme richtigzustellen.

»Ich glaube, ich geh dann mal«, sagte er, »wenn das für euch in Ordnung ist.«

Ruckas Lakaien waren so daran gewöhnt, sich vor allmächtigen Herren zu verbeugen, dass sie ohne Zögern ihre Krummsäbel senkten und zur Seite traten, um Ned vorbeizulassen. Er wusste nicht, wie lange Rucka brauchen würde, um seine Form wiederzufinden, aber je größer die Distanz zwischen dem Imperator und Ned war, desto besser. Der schwierigste Teil würde jener werden, den Thronsaal zu durchqueren, ohne hilflos auf dem Boden ausgestreckt zu enden. Bevor er diese heikle Reise antreten konnte, fiel ein Schatten über das Fenster.

Ned drehte sich gerade rechtzeitig, um zu sehen, wie das bemalte Glas durch einen kreischenden Roch zerschmettert wurde. Der Vogel pflanzte seine Füße in den Schleim und glitt vorwärts, angetrieben durch seinen Schwung. Ned schaffte es gerade noch, sich auf die Seite zu werfen, als er an ihm vorbeischlitterte und gegen die Wand krachte. Der plötzliche Stillstand genügte ihm, seine Klauen in den Boden zu graben und etwas Stabilität zu gewinnen, obwohl er nur eine steife Brise davon entfernt war vornüberzufallen. Ein Dutzend Kobolde fiel von den Federn des Rochs und griff die Dämonensoldaten an. Unter anderen Umständen hätten die erfahrenen Dämonenkrieger ihre Gegner abgeschlachtet, aber nur wenige Kontrahenten waren so verschlagen und unvorhersehbar wie eine Truppe geölter Kobolde.

Die Kampfgeräusche um ihn herum erreichten Neds Ohren, als er sich behutsam auf die Knie hob. Er spuckte etwas Pampe aus. Es war wenig überraschend, dass Rucka fürchterlich schmeckte.

»Ich habe Ihnen doch gesagt, dass er sich in diesem Turm befindet«, sagte Miriam.

»Ja, ja.« Regina warf eine Strickleiter aus. »Ned, wir sind gekommen, um Sie zu retten.«

»Danke.« Ned lächelte, während er auf den Roch zukrabbelte. Eine Rettung kam in diesem Moment zwar ein klein wenig spät, aber der Gedanke zählte.

Ace mühte sich damit ab, sein Reittier stabil zu halten. Nicht leicht bei dem glitschigen Boden und der natürlichen Neigung der Rochs, hin und her zu laufen. Doch es wäre extrem ungünstig gewesen, wenn der Riesenvogel mitten in der Rettung auf Ned gefallen wäre.

»Was zur Hölle ist hier passiert?«, fragte Ace.

Ned schnappte die Leiter und stieg schon hinauf. »Nicht viel. Ich habe nur einen Dämonenimperator in die Luft gejagt.«

»Sie?«, fragte Regina, während sie ihm auf seinen Sitz zwischen sich und Miriam half.

»Irgendwie ja.« Er lächelte verlegen.

Der Misthaufen, der Rucka war, hatte es inzwischen geschafft, sich weit genug zusammenzuziehen, um einen missgestalteten Kopf zu formen, einen Klumpen mit Augen und einem schiefen Mund. »Wir sind noch nicht fertig, Ned!«, brüllte Rucka. »Ich werde dich zerstören! Ich werde deine Macht besitzen! Ich werde ...«

Der Roch, der in Richtung Fenster rutschte und schlitterte, zermatschte Rucka mitsamt der Drohungen unter seinen Füßen. Zweimal verlor der Vogel den Halt, aber Aces überlegenen Fertigkeiten war es zu verdanken, dass er sich nicht überschlug und seine Reiter zerquetschte.

Ned machte Oger, Kobolde und Dämonen aus, die durch die Eiserne Festung wimmelten. Das Glühen der Festung selbst badete den Kampf in ein grünes und rotes Leuchten. Es war weniger ein gewaltiger Kampf als vielmehr ein Zusammenstoß zum Aufwärmen. Im Augenblick führte die

Oger-Kompanie durch ihren Angriffsvorteil, aber in jedem Moment erschienen mehr und mehr Dämonen.

»Sir?«, fragte Miriam.

»Was?«, antwortete Ned.

»Ihre Befehle?«

Schon wieder hatte er vergessen, dass er hier die Verantwortung zu tragen hatte. Jetzt, da er sich daran erinnerte, hatte er immer noch nicht genug Erfahrung, um es gut zu können.

»Was würden Sie tun?«, fragte er Regina.

»Ich würde den Rückzug zur Zitadelle befehlen, Sir. Könnte uns einen Vorteil verschaffen.«

»Richtig, richtig. Tun Sie das, Erzmajor.«

Regina nickte dem Koboldhornisten zu, der am Schwanz des Rochs hing. »Blasen Sie zum Rückzug!«

Der Hornist blies den Ruf. Die Oger-Kompanie bestieg ihre Vögel mit überraschender Disziplin. Es gab ein paar Nachzügler, die begierig waren, noch ein paar Schläge anzubringen, aber die Kompanie befand sich doch bald in der Luft und segelte zurück in Richtung Kupferzitadelle.

Die schleimbedeckten Kobolde, die die Dämonensoldaten bekämpften, glitten mühelos durch den glitschigen Thronsaal, um auf den Roch zu klettern, während Ace seinem Vogel die Sporen gab und aus dem Fenster steuerte. Dieser stürzte nach unten, bis Ace fest genug an seinen Zügeln riss, um ihn daran zu erinnern, losfliegen zu müssen. Voller Verärgerung kreischend, als wäre er lieber auf den Steinen unter sich aufgeschlagen, flatterte der Roch mit seinen majestätischen Schwingen und schwebte davon. Der Schleim, der Ned bedeckte, löste sich ab und blieb in der Festung zurück.

Der Hornist blies weiter zum Rückzug, während der Rest der reptilischen Vögel startete. Inzwischen hatten die Dämonen es geschafft, ihre Schwefelkanonen herauszuholen. Sie feuerten ein paar Salven schwefeliger Flammen, die alle weit an ihren Zielen vorbeigingen, bis auf eine, die einen Roch in die Seite traf. Der Vogel taumelte kurz, störte sich aber nicht weiter daran.

Die Eiserne Festung verschwand langsam am Horizont. Ihre großen Füße stampften in einem erderschütternden Wutanfall.

»Sie haben mich zurückgeholt«, sagte Ned.

»Sie sind unser Kommandeur«, sagte Regina.

»Und vielleicht haben wir uns Sorgen um das Schicksal des Universums gemacht«, fügte Miriam hinzu.

»Oh ja«, stimmte Ned zu. »Ich nehme an, das ist wichtig.«

Ned warf noch einen Blick zurück auf die Festung. Ein paar Salven stinkenden Feuers segelten durch die Luft, verfehlten ihr Ziel aber um einiges. Kein Dämon verfolgte sie. Vermutlich waren sie ohne ihren Imperator verwirrt, dachte Ned. Aber wenn Rucka seine Form erst einmal wiedergefunden hatte, würde mit Sicherheit eine Armee der Verdammten kommen.

Ned wog seine Alternativen ab. Er konnte Ace befehlen, weiterzufliegen und hoffen, mögliche Verfolger abzuhängen. Es war nicht ehrenrührig zu fliehen. Doch er bezweifelte, dass es funktionieren würde. Er war vielleicht in der Lage, sie eine Weile hinzuhalten, aber sich zu verstecken würde jetzt um einiges schwieriger werden. Die Dämonen wussten, wer er war. Genau wie er selbst. Und ein paar hundert Soldaten. Gut, sie wussten nicht genau, *was* er war, aber doch so viel, dass es auf lange Sicht schwierig wurde, sich zurückzuziehen.

Zumindest war er in der Zitadelle von einigen hundert Soldaten umgeben. Sie waren vielleicht nicht die Besten der

Besten, die beste Ansammlung von Kriegern, aber sie waren auf jeden Fall besser als ... sich allein durchzuschlagen. Er wusste nicht, wie viele Dämonen kommen würden, aber ein paar hundert Oger an seiner Seite bedeuteten immerhin, dass er eine gewisse Chance hatte. Die Umstände ließen ihm keine andere Wahl.

Ned schauderte. Er hatte nicht viel Vertrauen in die Oger-Kompanie. Und noch weniger in ihren Kommandeur.

Ein Kobold zupfte an Neds Bein. »Haben Sie wirklich einen Dämon in die Luft gejagt, Sir?«

Ned war nicht danach, Erklärungen zu etwas abzugeben, das er selbst nicht ganz verstand.

»Ja. Ja, das habe ich.«

DREISSIG

Die Zitadelle kam für Neds Geschmack viel zu früh in Sicht. Er hätte eine größere Distanz zur Eisernen Festung vorgezogen. Er konnte nicht anders, als jeden Zentimeter jeder Meile zwischen sich und der Dämonenarmee zu zählen. Es hätte nicht viel geändert, trotzdem hätte er sich besser gefühlt. Der Hauptteil der Rochs kam in den Pferchen am anderen Ende der Zitadelle herunter, aber Ace landete Neds Flugtier im Hof. Dort herrschte hektischer Betrieb, aber Ace schaffte es – beeindruckenderweise –, bei der Landung nichts zu zermatschen.

Die Reiter stiegen ab und Ace trieb den Roch zurück in den Pferch. Frank hinkte herbei, um Ned und die anderen zu begrüßen. Der Oger hielt einen Baumstumpf über der Schulter. Er salutierte ohne eine Spur von Sarkasmus.

»Probleme, Sir?«

»Nichts, womit wir nicht fertig geworden wären.«

»Gut, Sie wieder hier zu haben, Sir.«

»Gut, wieder hier zu sein, Leutnant. Und ich heiße Ned. Einfach nur Ned.«

Frank lächelte. »Wenn Sie darauf bestehen, Ned.«

»Das tue ich. Ich denke, wir wissen beide, dass ich nicht der richtige Mann dafür bin, hier die Verantwortung zu tragen.«

Regina räusperte sich hinter Ned, der zusammenzuckte.

»Die richtige *Person*«, korrigierte er hastig.

»Kann Ihnen da nicht widersprechen, Ned«, sagte Frank, »aber Sie tragen die Verantwortung. Um ehrlich zu sein, ich habe schon schlechtere Kommandeure gesehen.«

»Das kann ich kaum glauben.«

»Sehen Sie es mal so, Ned. Die meisten schrecklichen Kommandeure wissen nicht, wie schrecklich sie sind. Das haben Sie ihnen voraus.«

Frank legte Ned die Hände auf die Schultern. Die Geste sollte tröstlich sein, aber sie erinnerte ihn daran, wie leicht Frank den empfindlichen menschlichen Schädel mit einem beiläufigen Quetschen zerdrücken konnte.

»Das ist ja alles sehr schön«, sagte Regina, »aber wir können jetzt vermutlich jeden Augenblick mit einer Horde Dämonen rechnen.«

Frank wedelte seinen Baumstumpf in Richtung der Soldaten, die um sie herumrannten. »Wir sind fast fertig mit den Vorbereitungen. So gut wir können. Die Zitadelle ist nicht darauf ausgelegt, einem Angriff im größeren Maßstab standzuhalten. Das Tor ist gut und stark, aber es wird mit diesen bröckelnden Außenmauern keine große Abwehr darstellen. Eine Lücke ist so breit, dass eine ganze Phalanx hindurchmarschieren könnte.«

»Das wird nicht viel ausmachen. Die meisten, wenn nicht sogar alle Dämonen können fliegen. Wir müssen uns auf einen Durchbruch gefasst machen.«

»Gut.« Frank, wie die meisten Oger, hatte seine Kriege gern direkt und ohne Umschweife. Eine sich hinziehende Belagerung wäre ihm viel zu stumpfsinnig gewesen.

»Wie sieht es mit der Bewaffnung aus?«, fragte Regina.

»Nicht annähernd gut genug«, antwortete Frank. »Wir haben keineswegs die volle Stärke. Es reicht gerade zu Trainingszwecken.«

»Wir werden damit auskommen«, sagte Regina, »aber die Dunkelheit wird ein Nachteil für uns.«

»Ulga sagte, sie könnte da vielleicht was machen.«

Während Regina und Frank Strategien besprachen, stand Ned etwas entfernt. Sie hatten alles gut in der Hand und er hatte nichts Konstruktives beizutragen, weder die Erfahrung noch die Qualifikation, um auf dem Schlachtfeld von großem Nutzen zu sein. Es war besser, ganz einfach klüger, diesen Krieg anderen zu überlassen. Wenn das Zeichen eines guten Anführers die Fähigkeit war, Befugnisse zu delegieren, dann war Ned nicht nur gut. Er war ganz großartig.

Er fühlte sich aber nicht großartig. Er fühlte sich hilflos. Er mochte vielleicht die stärkste Macht im Universum enthalten, aber das änderte nicht die Tatsache, dass er selbst praktisch nutzlos war.

Miriam tippte Ned auf die Schulter. »Alles in Ordnung, Ned?«

»Ich glaube, ja.«

Sie hielt ihm den sprechenden Stab hin. »Ein paar der Soldaten haben das hier gefunden. Ich dachte, Sie könnten ihn vielleicht gebrauchen.«

Das tat er nicht. Der Stab besaß keine Magie, und selbst wenn er es tat, wusste er nicht, wie man sie benutzte. Er nahm ihn trotzdem. Es war beruhigend, sich an etwas festhalten zu können.

»Alles wird gut gehen, Ned«, sagte Miriam.

»Ich weiß.«

Das stimmte zwar nicht, aber er war der Kommandeur. Er konnte es sich nicht leisten, Furcht oder Schwäche oder Unsicherheit zu zeigen. Das war Teil des Jobs, verdammt noch mal. Er konnte, wenn es sein musste, so tun als ob.

Miriam legte ihre Hand auf seine Schulter. Im Gegensatz

zu Franks fleischiger Pfote erschien ihm ihre ein wenig beruhigend. »Machen Sie sich keine Sorgen. Wir sind Profis. Wir werden fürs Kämpfen bezahlt.«

Ned wurde klar, dass er Zuversicht nicht so gut vortäuschen konnte, wie er gehofft hatte. Noch eine grundlegende Führungskompetenz, die ihm fehlte.

»Wir sollten Sie wirklich in Sicherheit bringen«, sagte Frank, plötzlich neben Ned stehend.

Ned seufzte. Der Krieg des Universums stand kurz bevor, und er würde in irgendeinem feuchten Loch festsitzen. Alles ergab Sinn. Bei allem hier ging es nur um sein Leben. Es wäre schlicht dumm, ihn bei dem Tumult mitmachen zu lassen. Fest stand, dass er innerhalb von Minuten (wenn nicht Sekunden) getötet würde. Er wusste das alles, aber es änderte nichts an seinem Widerwillen. Wenn er heute sterben sollte, wollte er der Vergessenheit von Angesicht zu Angesicht gegenübertreten, nicht in irgendeinem Keller kauern und warten, dass Tod zu ihm kam. Vor allem, weil sie ihn letztlich immer fand.

»Gefreiter Lewis und Korporal Martin haben sich als Ihre persönliche Leibwache zur Verfügung gestellt«, sagte Frank.

Die massiven Ogerzwillinge salutierten.

»Es ist uns eine Ehre, Sir«, sagte Lewis.

»Und ein Privileg, Sir«, fügte Martin hinzu.

»Richtig.« Ned schaute an den hoch aufragenden Brüdern hinauf. Sie ließen ihn sich nur noch unbedeutender fühlen. Paradox, wenn man darüber nachdachte, wie das Schicksal des Universums so untrennbar mit seinem eigenen verbunden war.

Ein Ork-Wächter blies auf einer Aussichtsplattform Alarm auf seinem Horn. Es war inzwischen verflucht dunkel, aber Orks konnten im Dunkeln ausgezeichnet sehen.

»Sie kommen.« Frank schloss die Hände um den Baumstumpf und schwang ihn probeweise ein paar Mal. »Schafft ihn hier weg.«

»Hier entlang, Kommandeur«, sagte Lewis, als sie Ned zum Keller des Pubs führten.

»Viel Glück, Frank«, sagte Ned.

Der Oger-Leutnant hörte ihn nicht; er war zu sehr damit beschäftigt, den dunklen Himmel nach den ersten Zeichen des Feindes abzusuchen. Auf dem Weg zu seinem Versteck kam Ned an Ulga vorbei, als sie begann, brennende Lichtkugeln zu beschwören und in schneller Folge in die Luft zu schießen. Sie badeten die Zitadelle in einen sanften Schein und erleuchteten die Nacht wie kleine, sehr nahe Sterne. Künstliches Morgenlicht fiel in den Pub. Ned blieb stehen und starrte aus dem Fenster. Er umklammerte seinen sprechenden Stab fester.

Ein unsichtbares Monster kreischte in der Ferne. Dann ein weiteres. Und noch eines. Zehn Millionen Dämonenstimmen erfüllten mit ihrem schrillen, Furcht erregenden Kriegsgeschrei die Luft.

»Wie viele sind da draußen?«, fragte sich Ned.

»Zu viele«, antwortete der Stab.

Irgendwo hatte irgendwer aus der Oger-Kompanie ein Knochenhorn gefunden und blies die Kampfballade von Grothers Todesbrigade, einer Kompanie von Ogern, die dafür berühmt war, einen Drachentyrannen getötet zu haben, indem sie sich selbst in die Speiseröhre des Tyrannen stopften, bis er daran erstickte. Die Soldaten hoben ihre Waffen und brüllten wie ein Mann. Die Oger dominierten mit ihren tiefen, grölenden Stimmen den Gesang. Der Kriegsschrei der Dämonen und der Gesang der Kompanie vermischten sich zu einem schrägen Miasma glorreicher Entschlossenheit.

In Neds Ohren schmerzte es. Außerdem ließ es sein Blut kochen. Zum ersten Mal im Leben erfasste Ned auf eine unbestimmte Art den seltsamen Edelmut, der darin lag, mit einem Schwert in der Hand und einem Lächeln auf den Lippen die Kehle eines Drachen hinunterzustürmen. Zum ersten Mal in seinem Leben wollte er aufs Schlachtfeld treten und seinen Teil beitragen.

Die Zwillinge öffneten eine Falltür hinter dem Tresen. »Wir sollten sehen, dass Sie nach unten kommen, Sir«, sagte Martin.

»Hier entlang«, sagte Lewis.

Ned seufzte. Unglücklicherweise war es sein Teil dieses Kampfes, sich zu verstecken. Er ging die Kellertreppe mit einem seltsam fremden Widerwillen hinunter. Die Zwillinge schlossen die Tür und dämpften den furchtbaren, verlockenden Grabgesang des Krieges.

Owens saß auf einem Fass. Er wandte den Kopf, als sie eintraten. »Hallo, Sir.«

»Was tun Sie ...«

»Blind, Sir«, antwortete das Orakel. »Die Zukunft zu hören, hilft in einem Kampf nicht viel.«

Ned stand in der Mitte des Kellers, umgeben von Metfässern, die von einer einzelnen Kerze schwach beleuchtet wurden. Es war nur keine Kerze.

»Glüht Ihr Stab, Sir?«, fragte Martin.

Der Stab warf ein sanftes Licht. Er fühlte sich außerdem ganz leicht – fast unmerklich – warm an.

»Warum glühst du?«, fragte Ned.

»Ich glühe?«, antwortete der Stab.

Bevor Ned eine weitere Frage stellen konnte, bemerkte er, dass das Heulen der Dämonen und das Grölen der Kompanie aufgehört hatten. An ihre Stelle war eine tödliche, alles verschluckende Stille getreten, so allumfassend, dass selbst der Keller von ihr ergriffen wurde.

Dämonen ließen sich auf den Mauern der Kupferzitadelle nieder, aber keiner betrat ihr Gelände. Wie grinsende Geier saßen sie auf den Mauern, wisperten und kicherten untereinander. Und die Oger-Kompanie wartete auf das Zeichen zum Angriff. Beide Seiten blieben still, als wagte es das Schicksal selbst nicht, seinen finalen Kampf auszufechten.

Der Erste, der sich in die Zitadelle vorwagte, war ein furchtbares Vieh aus Schleim und Reißzähnen, mit dem Körper einer Katze, den Schwingen eines Raubvogels und dem Kopf eines zyklopischen Gnoms. Sein Reiter war ein muskulöser Dämonenkrieger in einer schwarzen, stacheligen Rüstung mit einem langen, blutroten Umhang. Der Reiter trug eine bösartige, mit Spitzen besetzte Peitsche. Der Dämon breitete eiserne Schwingen aus und gackerte. Er zog seine Haube zurück und enthüllte ein Gesicht, das, wenn auch nicht weich und zierlich, so doch vage feminin anmutete.

»Wer hat hier das Kommando?«, fragte der weibliche Dämon mit einer zarten, hauchdünnen Stimme.

Frank trat vor. Er nahm eine angemessene Schlaghaltung ein. »Ich schätze, das bin dann wohl ich.«

Den Speer in der Hand, stellte sich Regina neben ihn. »Das sind wohl wir beide.«

Die Dämonin verengte ihre glitzernden Augen. »Mein Herr, der glorreiche und gefürchtete Rucka, Erster Imperator der Zehntausend Höllen, hat mich geschickt, um zu verhandeln. Hört gut zu. Gebt uns Ned heraus oder kommt auf grausame Art unter unserem unversöhnlichen Zorn um.«

Frank verstärkte den Griff um den Baumstumpf. »Und wenn wir das tun?«

Die Dämonin fletschte die Zähne und lächelte gleichzeitig. »Dann kommt ihr etwas weniger grausam unter unserem halbwegs versöhnlichen Zorn um.«

Die Dämonen schnatterten, bis die Dämonin sie mit einem donnernden Knall ihrer Peitsche zur Ruhe brachte.

»Heute Abend werdet ihr sterben, und ich werde eure Intelligenz nicht dadurch beleidigen, dass ich euch anlüge. Aber auch nur den geringsten Grad an Gnade von Ruckas Lakaien zu erlangen ist eine Wohltätigkeit, für die jeder dankbar wäre.«

Die Dämonen schnatterten wieder.

Frank kicherte. Regina stimmte ein. Dann Miriam. Und bald schüttelten sich sämtliche Soldaten der Oger-Kompanie vor Lachen. Die matt gesetzten Dämonen wurden still und starrten finster. Sie waren nicht an solch ein Verhalten von Seiten ihrer Opfer gewöhnt.

»Was ist das für eine Torheit?«, rief die Dämonin.

Frank wischte sich die Lachtränen aus den Augen. »Entschuldige, aber ich dachte, das soll ein Kampf werden und keine Debatte.«

»Du wagst es, Ruckas Legionen zu verspotten?«

»Oh, nein. Ihr seid eine ausgezeichnete Legion«, erklärte Regina. »Es ist nur so, dass Oger für Imponiergehabe vor dem Kampf nicht viel übrig haben.«

»Das stimmt«, sagte Frank. »Wir reden weniger, wir zerquetschen eher.« Er ließ seine Keule auf den Boden donnern. »Und wir hatten schon sehr lange keinen ordentlichen Kampf mehr. Deshalb wirst du uns verzeihen, wenn wir ein bisschen ungeduldig sind.«

Die Dämonin nickte. »Sehr gut. Wenn das dein Wunsch ist, dann soll dein Blut meine Peitsche tränken!«

Ihre Waffe schoss auf Franks Kehle zu. Er wehrte sie mit dem Arm ab und die Peitsche wickelte sich um seinen Unterarm. Einen Moment lang waren sie in ein kurzes Tauziehen verwickelt. Die Stacheln durchbohrten seine dicke Haut und Blut tropfte aus den Wunden. Die Peitsche trank das Blut und wurde dunkler, während die Dämonin lachte.

Frank verlagerte sein Gewicht und riss sie von ihrer Bestie herab. Ihr Reittier brüllte und ging zum Angriff über. Seine Kiefer waren jedoch nicht groß genug, um Frank mit einem Bissen zu verschlingen, aber es war gewillt, es zu versuchen. Frank drosch ihm mit seiner Keule auf die Nase. Das Monster taumelte. Er schlug noch einmal zu. Blut und Schleim spritzten umher. Frank wickelte seine Arme um den Hals der benommenen Bestie. Er brachte jedes Gramm seiner Oger-Muskelkraft auf und das Rückgrat des Untiers krachte laut. Es brach keuchend zusammen, zwar noch am Leben, aber schlaff und gebrochen.

Die Dämonin zog eine Axt und warf sich auf Regina. Die wich einem Schwinger aus, der dazu gedacht war, sie in zwei Hälften zu zerteilen, und stieß mit ihrem Speer zu. Die Dämonin machte im absoluten Vertrauen auf ihre Rüstung gar keinen Versuch, zu entkommen. Aber diese Rüstung hatte ein kleines Loch genau unter ihrer Achselhöhle, das bisher noch niemand bemerkt hatte, ganz zu schweigen vom nötigen Geschick, es zu treffen. Doch Reginas Speer fand es. Die Dämonin heulte, als Blut aus der tödlichen Wunde strömte. Sie drehte sich und machte drei trotzige Schritte, bevor sie neben ihrer Bestie tot zu Boden fiel.

Die Zitadelle wurde ein weiteres Mal totenstill.

»Das war nicht so schwer«, sagte Frank.

»Zwei haben wir.« Regina überblickte die Hunderte von entsetzlichen Augenpaaren auf den Mauern. »Wie geht's deinem Arm?«

Die Spitzen waren tief in den Muskel eingedrungen, und selbst ein dickhäutiger Oger musste die Schmerzen spüren. »Das ist gar nichts.«

»Sei einfach vorsichtig, Frank.«

Er lächelte auf sie herab. »Eines wüsste ich gern, Erzmajor. Keine Ahnung, ob du Interesse hast oder nicht, aber würdest du, wenn das alles hier vorbei ist, ein Bier mit mir trinken gehen?«

Der Angriff des Schwarms übertönte ihre Antwort. Innerhalb eines Augenblicks war die Luft von Dämonen erfüllt, ein fürchterlicher Dunst von Schreien, Klauen und Klingen. Die Horde kam in vielerlei Gestalt. Kleine Teufelchen, eher lästig als gefährlich. Große Krieger auf monströsen Reittieren. Einige waren mit Schwertern, Peitschen oder Speeren bewaffnet. Andere nur mit ihren knirschenden Zähnen und schlitzenden Krallen. Aber jeder einzelne der Dämonen, in ihrer unendlichen Vielfalt, hatte eines mit der Oger-Kompanie gemeinsam.

Sie suchten Streit.

Frank und Regina kämpften Seite an Seite. Der Oger schwang seine Keule in weiten, sausenden Bögen, die die Dämonen im Flug zerquetschten. Reginas Speer schlitzte mit brutaler Effizienz auf und zerfetzte große Mengen von Gegnern. Innerhalb von Augenblicken stand das eindrucksvolle Paar auf einem kleinen Hügel toter Dämonen. Ein fetter Unterweltkrieger sprang auf Franks Schulter und biss ihn ins Fleisch. Die gezackten Reißzähne verursachten blutende Wunden, und Frank kam nicht an ihn heran, um das Biest zu entfernen. Regina spießte es auf. Der Dämon fiel herunter und riss den Speer mit sich.

Es war viel zu laut, um irgendetwas außer dem Kampfgetöse zu hören. Frank nickte Regina dankbar zu. Sie zog ihr Schwert und nickte zurück. Und bevor sie sich umdrehte, um sich einer neuen Welle von Angreifern zu stellen, tat sie etwas, was er sie noch nie hatte tun sehen: Sie lächelte.

Er hatte sie zwar schon lächeln sehen. Aber nicht so. Nicht ihm gegenüber. Als könnte es etwas bedeuten.

Regina köpfte drei Dämonen sauber mit einem Schlag. Sie setzte die Bewegung mühelos fort, um einen vierten zu erstechen, der sich von hinten an sie heranstahl. Schreiend warf sie sich furchtlos auf eine weitere Gruppe. Die Dämonen hätten sie in Stücke reißen können, allerdings war ihr Angriff das Letzte, was sie erwartet hatten. Bevor sie wussten, wie ihnen geschah, hatte sie sie bereits getötet. Das Blut von Dämonen, eine pulsierende Tünche aus Tiefrot, dickem Gelb, schwerem Grün und schimmerndem Purpur, befleckte ihre schöne Rüstung und ihr noch schöneres Gesicht.

In diesem Augenblick wusste Frank, dass er sie liebte.

Ein paar Dämonen, törichterweise der Meinung, der verliebte Oger hätte seine Deckung fallen lassen, fanden sich zerquetscht unter seiner Keule wieder. Ein geflügelter Feind schoss heran, um Regina von hinten zu treffen. Frank griff seine Flügel, pflückte ihn aus der Luft und quetschte seinen Schädel, bis drei seiner vier Augen zerplatzten. Regina nickte ihm zu. Und jetzt war es an ihm zu lächeln.

Ein riesiges Monster, eine Art Affe, der zu gleichen Teilen aus Schlamm und ausrangierten Fischeingeweiden bestand, walzte vorwärts, während sein Reiter ihn mit einem Dreizack antrieb. Regina und Frank hoben ihre Waffen und gingen, brüllend wie ein Mann, zum Angriff über.

Das Scharmützel wütete in der gesamten Kupferzitadelle. Elmer kämpfte in selbstmörderischer Selbstvergessenheit gegen eine Rotte von Flammen werfenden Geistern. Er wäre zu Asche verbrannt worden, wäre Ulga nicht so geistesgegenwärtig gewesen. Sie beschwor seine persönliche Sturmwolke über seinen Kopf. Diese schüttete wolkenbruchartige Regengüsse aus, aber selbst ein nasses Baumwesen war nicht vollständig feuerfest. Die meisten seiner Blätter schwelten, und er qualmte zum Teil.

Ulga schleuderte Blitz um Blitz und verwandelte Dämonen in verkohlte Leichname. Ein oder zwei Blitze wurden fehlgeleitet und töteten ein paar ihrer Kameraden. Der versehentliche Beschuss durch eigene Truppen musste bei einem Kampf von dieser chaotischen Art jedoch erwartet werden, und die meisten der Soldaten waren entweder Elfen oder Kobolde, die generell als entbehrlich betrachtet wurden.

Sallys feurige Veranlagung war gegen den größten Teil des feindlichen Heeres nutzlos, stattdessen verließ sie sich auf Krallen, Zähne und Schwert. Aber wann immer ein Eisdämon auftauchte, zerschmolz sie ihn mit einem Feuerball. Dampfende Pfützen bedeckten den Boden um sie herum, bevor die frostigen Kreaturen lernten, ihr aus dem Weg zu gehen.

Ein halbes Dutzend der stärksten Oger der Kompanie umzingelte Miriam, gezwungen, sie zu schützen. Sie konnte den Effekt nicht kontrollieren, vermochte ihre natürliche Sirenenaura nicht abzuschalten. Sie wollte ihr Schwert in Dämonenblut tränken, aber nur wenige Dämonen schafften es, in ihre Reichweite zu gelangen. Sie musste ihren verzauberten Gesang in eng gebündelten Tönen schleudern, die Feinde aus kleinen Pulks lösten.

Seamus hatte seine Gestaltwandlerfähigkeiten auf die Spitze getrieben. Er war zu einem riesenhaften, schwerfälligen Minotaurus geworden, dreimal so groß wie ein Oger. Er schwang seine Fäuste hin und her und fegte seine Gegner beiseite. Andere zerquetschte er unter seinen Hufen und spießte sie mit seinen Hörnern auf. Schwerter und Speere durchbohrten seine Haut und grünes Koboldblut tropfte aus den Wunden. Doch er griff weiter an.

Ace und seine Rochschwadron segelten über den dunkler gewordenen Himmel. Die Krallen der Vögel zerschnitzelten

Dämonen, während sie andere verschlangen. Bald zermalmten die gesättigten und wackligen Rochs die Gegner in ihren Schnäbeln nur noch, bevor sie sie ausspuckten. Hunderte von Kobolden hielten sich an ihnen fest und bildeten eine krabbelnde, lebendige Rüstung für die Rochs, so dass die Dämonen alle Mühe hatten, an das verletzliche reptilische Fleisch darunter zu kommen. Und wenn sie es versuchten, sprangen drei oder vier Kobolde von dem Roch herüber. Die Untermieter jubelten schadenfroh, während sie und ihr unfreiwilliges Reittier in einen tödlichen Sturz auf die Erde übergingen. Einige der Rochs verloren ihre Piloten, fuhren aber fort, alles abzuschlachten, was sie verärgerte, vor allem Dämonen. Zwei Rochs fingen jedoch inmitten des Durcheinanders an, sich gegenseitig zu beharken. Riesige geflügelte Hirsche segelten heran, Feuer spuckend und wie Löwen brüllend. Grinsend ließ Ace die Zügel schnalzen und führte seine Schwadron an.

Soldat um Soldat hatte die Armee der Verdammten wenig Chancen gegen die Oger-Kompanie. Nur wenige Dämonen waren groß genug, um mit einem Oger fertig zu werden, und noch weniger hielten die Prügel aus, denen ein Oger standhielt. Oger kämpften mit gebrochenen Knochen und zersplitterten Kiefern, während sich die Hälfte ihres Blutes aus schrecklich klaffenden Wunden ergoss. Manche würden bald sterben. Viele waren tödlich verletzt, aber ganz einfach zu stur, um zu sterben, bevor der Kampf vorbei war.

Die anderen Spezies hielten sich fast ebenso gut aufrecht. Für die Orks war es eine Frage der Ehre, nicht vor dem letzten Oger zu fallen – und die Menschen waren auf eine störrische Art kompliziert genug, sich nicht ausrotten zu lassen, obwohl sie sonst nicht gerade über eine besondere Stärke oder Talent verfügten. Die Trolle waren nicht sehr gefährlich, doch alles bis aufs Köpfen bremste sie kaum. Mehr als ein Dämon stürmte über das Schlachtfeld, und zwar mit einem Troll ohne Gliedmaßen an seiner Kehle, an seinem Hintern oder an einer anderen günstig baumelnden Stelle. Die Kobolde kamen scharenweise ums Leben, bei einer Rate von zwanzig Kobolden auf einen Dämon war das jedoch eine verlustbringende Angelegenheit für die Unterweltslakaien. Sogar die Elfen schlugen sich ganz ordentlich. Sie starben schnell, aber Dämonen liebten den Geschmack von Elfenfleisch. Wenige Dämonen besaßen die Willensstärke, sich ganz auf den Kampf zu konzentrieren, wenn eine schmackhafte Leiche in der Nähe lag, und mancher Dämon starb mit einem Mund voll Elfe, nachdem er einem Gegner den Rücken zugewandt hatte.

Aber die Horde kam in immer neuen Wellen, strömte aus jedem Fenster und Tor der Eisernen Festung. Ein grenzenloser Nachschub an Soldaten stand unter Ruckas Befehl. Die Festung selbst stellte ein Tor zur Unterwelt dar – und wo immer ein Dämon starb, löste sich sein Körper bald auf und er erschien frisch und erneuert, bereit, aus den Eingeweiden der Eisernen Festung aufzusteigen, um den unerbittlichen Angriff auf die Kupferzitadelle fortzusetzen.

Ruckas Sieg schien unausweichlich. Der Imperator der Zehntausend Höllen stand in seinem Thronsaal und starrte hinunter auf den endlosen Strom von Dämonen, der in der Ferne über die belagerte Zitadelle hinwegspülte.

Und er wartete.

Ned hasste es zu warten. Während der Kampf über ihm geräuschvoll tobte, saß er hier im Keller, mit Martin und Lewis, Owens und dem schwach glühenden sprechenden Stab.

Es schien ihm, als habe er sein ganzes Leben lang gewartet. Darauf gewartet zu sterben. Darauf gewartet, nicht zu sterben. Darauf gewartet, dass seine Zeit in der Unmenschlichen Legion enden möge. Darauf gewartet, dass sein Schicksal von jemand anders entschieden wurde. Aber schlimmer als das Warten war das Wissen.

Er wusste, dass es alles sinnlos war. Die Oger-Kompanie war eindrucksvoll. Auch ohne vernünftige Disziplin und angemessene Bewaffnung waren dies gefährliche Soldaten. Deshalb hatte die Legion sie nicht entlassen wollen. Und Ned konnte sich vorstellen, dass sie eine der stärksten Armeen der Legion waren. Mit dem richtigen Anführer. Zu schade, dass *er* nicht dieser Anführer war. Zu schade, dass sie momentan alle sinnlos abgeschlachtet wurden. Zu schade, dass Rucka die Irre Leere aufwecken würde. Zu schade, dass bald alles endete.

Einfach zu schade.

Ned warf einen Blick auf die Falltür, in der Erwartung, dass sie auffliegen und eine Welle von Dämonen hereinfegen und den Keller füllen würde. Sie taten es nicht, aber sie würden es tun. In zehn Minuten. Oder zwanzig. Oder in einer halben Stunde. Vielleicht länger. Aber früher oder später.

Er wünschte, er könnte etwas tun.

Sein böser linker Arm verstärkte den Griff um den sprechenden Stab. Der Stab glühte heller. Martin und Lewis sagten nichts, traten aber einen Schritt zurück. Selbst Owens schien etwas zu spüren und stand ein Stück weiter entfernt als zuvor.

»Warum glühst du?«, fragte Ned.

»Ich glühe nicht«, antwortete der Stab.

»Doch, das tust du.« Ned schüttelte ihn. »Weißt du nicht, warum?«

»Ich glühe nicht. Wenn Licht von mir ausgeht, dann bin ich nicht seine Quelle.«

»Aber du glühst trotzdem«, sagte Ned. »Was bedeutet das?«

»Muss bedeuten, dass Magie durch mich fließt.«

»Die Rote Frau«, hoffte Ned laut. Sie war nicht tot. Sie war nur fortgegangen, um ihre Macht zu sammeln. Sie kam mit einer Armee von Göttern oder Engeln oder so was Ähnlichem zurück, das dazu da war, die Unterwelthorde zu vernichten.

Ned ließ die Schultern hängen. Er musste aufhören, auf Wunder zu hoffen. Sie traten nicht ein.

All diese Macht lag in ihm, aber er war hilflos.

Die Venen an Neds bösem Arm pochten. Die Haut rötete sich und barst. Der Stab selbst veränderte sich und wechselte passend dazu Farbton und Beschaffenheit, bis er nicht mehr von seiner Hand zu unterscheiden war. Er glühte noch heller. Und irgendwo in seinem Inneren rumpelte die Irre Leere. Das Geräusch füllte den Keller aus.

»Sir, ist alles in Ordnung?«, fragte Lewis.

Ned nickte zwar, aber er fühlte es kommen. Ruckas Magie musste die Leere schließlich doch geweckt haben. Es war nur ein langsamer Anstieg. Er schluckte sie hinunter, selbst als ihm eine innere Stimme sagte, er solle sie herauslassen. Es war der einzige Weg, die Dämonen zu stoppen, der einzige Weg, sich selbst und die Kompanie zu retten. Wenn er sie nur ein wenig herausließ, wenn er diesen inneren Käfig nur einen winzigen Spalt weit öffnete. Viel war nicht nötig. Die Irre Leere konnte Rucka und seine Lakaien ohne nachzudenken ausradieren.

Ned würde es allerdings nie schaffen, sie wieder hereinzubekommen. Sie würde das Universum zerstören.

Und wenn er es nicht tat, würde Rucka sie herauslassen und das Universum würde trotzdem zerstört werden.

Etwas hämmerte an die Falltür. Die Ogerzwillinge nahmen am Fuß der Treppe Aufstellung.

»Sie verstecken sich besser, meine Herren«, sagte Martin.

»Wir übernehmen das«, sagte Lewis.

Owens zog sein Schwert und benutzte es, um am Boden entlangzutasten, bis er neben den Zwillingen stand. »Wenn es euch nichts ausmacht, möchte ich lieber nicht versteckt sterben.«

»Schön, Sie an unserer Seite zu haben, Sir«, sagte Martin.

Die Falltür splitterte und leuchtende Augen blickten herein.

So oder so würde Ned sterben. So oder so starb das Universum mit ihm. Ned hatte genug davon zu warten. Er hatte genug davon, sich zu verstecken. Er hatte genug davon, Ned zu sein.

Die Tür zersprang. Dämonen stürmten herein. Martin, Lewis und Owens hoben ihre Waffen zu einem letzten Kampf. Die Zwillinge schlugen zwei Dämonen mit ihren Keulen nieder und der blinde Mann schaffte es durch pures Glück, einem dritten die Kehle zu durchbohren. Der Rest aber überwältigte sie und war kurz davor, sie in Stücke zu reißen.

Ned hielt seinen Stab vor sich. Rote Blitze explodierten an seiner Spitze und trafen jeden einzelnen Dämon im Keller. Sie lösten sich im Bruchteil einer Sekunde auf, waren nicht nur erschlagen, sondern ausgelöscht. Aus der Realität in eine völlige, unumkehrbare Nichtigkeit gewischt, ausgeschlossen von der ewigen Wiederkehr aus der Unterwelt.

»Was ist passiert?«, fragte Owens. »Was ist eigentlich los?«

Die Zwillinge antworteten nicht. Sie sahen in Never Dead Ned etwas, das sie nie zuvor gesehen hatten. Etwas, das keine Kreatur in tausend anderen zerstörten Universen je gesehen hatte oder lange genug gelebt hatte, um noch davon erzählen zu können. Es war keine sichtbare Verwandlung. Abgesehen davon, dass sich sein böser Arm von brandig nach blutrot verfärbt hatte und ebenso abgesehen von dem leuchtenden Stab in seiner Hand sah er immer noch wie Ned aus.

Aber er war nicht Ned.

Still ging das Ding, das zuvor Never Dead Ned gewesen war, an Owens und den Zwillingen vorbei, ohne Notiz von ihrer Anwesenheit zu nehmen. Es stieg die Treppe hinauf. Dämonen schrien.

EINUNDDREISSIG

Dämonen überzogen die Zitadelle – und Frank wusste, dies war ein Kampf, den die Oger-Kompanie nicht gewinnen konnte. Er war ohnehin nie der Typ für heroische letzte Gefechte gewesen. Wenn die Chancen gleich Null standen und ein Sieg unerreichbar schien, war nichts Falsches an einem strategischen Rückzug. Da gab es nichts zu entscheiden.

Je unwahrscheinlicher ihr Überleben wurde, desto entschlossener wurde jedoch Regina. Sie bewegte sich wie ein metzelnder Wirbelwind, mit einem zerbrochenen Schwert in der einen und dem Kieferknochen eines Dämons in der anderen Hand. Frank konnte sich leicht ausmalen, wie sie als die letzte Soldatin der Oger-Kompanie auf einem Berg von Dämonenleichen stand. Die Kampflust hatte sie fest im Griff, sie wirkte entsetzlich und schillernd zugleich. Und lächelte und lachte, während sie tötete und tötete und tötete, bis es nur noch die stärksten, furchteinflößendsten Dämonen wagten, sich ihr zu stellen. Der Rest ging ihr aus dem Weg.

Die Zeichen einer unmittelbar bevorstehenden Niederlage waren überall zu sehen. Haufen von Dämonen bedeckten die Soldaten so dicht, dass auch der dickköpfigste Krieger erdrückt werden musste. Rochschreie erfüllten den Himmel über ihnen, als absonderliche Unterweltmonster die Vögel langsam, aber sicher genug verwundeten, um sie vom Himmel zu holen. Vier der großen Vögel lagen in der Zitadelle zerstreut, zerquetschte Krieger unter ihren steif werdenden Leichnamen. Jetzt schien es so viele Dämonen wie Kobolde zu geben. Vielleicht mehr.

Die Kompanie hatte noch nicht aufgegeben. Sally und Elmer kämpften Seite an Seite. Das nasse Baumwesen schwelte neben dem Salamander. Miriam, die sämtlichen Zauber aus ihrer Stimme gesaugt hatte, verließ sich jetzt allein auf ihr Schwert und auf ihre Fähigkeit zu inspirieren. Die Soldaten, die unter ihrem Befehl kämpften, fällten Dämonen – übernatürlich furios. Ward kämpfte mit einem unglaublichen Eifer, und der Geier auf seiner Schulter quäkte, weigerte sich aber, seinen Herrn zu verlassen.

Die widerstehenden Grüppchen wurden immer kleiner.

Nicht mehr in der Lage, eine größere Form aufrechtzuerhalten, trug Seamus nun die Gestalt eines Ogers, und sie stand ihm gut, als er die Keule mit bewundernswertem Talent schwang. Ulga waren offenbar die Blitze ausgegangen, inzwischen beschwor sie Stöcke und Steine, die sie nach den Dämonen warf. Aces Roch war zu verwundet, um noch fliegen zu können, aber er trieb ihn stampfend zu Fuß über das Schlachtfeld.

Frank, neben Regina, war nie stolzer gewesen. Und wenn er einen sinnlosen Tod sterben sollte, konnte er sich keine bessere Gesellschaft als die Oger-Kompanie vorstellen.

Frank hatte sein Bestes getan, um den Pub zu schützen, doch Dämonen schwärmten wie auch überall sonst darüber aus. Die Dämonen schnatterten voller Vergnügen. Ned war vermutlich tot, erkannte Frank, und diesmal sehr wahrscheinlich sogar dauerhaft.

Ein roter Blitz durchschlug die Decke des Pubs. Dämonen lösten sich so schnell auf, dass sie nicht einmal die Zeit hatten, einen Schrei auszustoßen. Rote Strähnen explodierten, schlugen Löcher in den Pub, zerstörten mehr Feinde. Frank war dermaßen in den Anblick vertieft, dass er von einem Dämon beinahe von hinten erstochen worden wäre, wenn Reginas Wachsamkeit und zerbrochenes Schwert nicht gewesen wären.

Regina kickte den Leichnam weg. Sie schrie ihm eine Warnung zu, wachsamer zu sein, aber er konnte sie in dem Chaos nicht hören und war auch zu abgelenkt von diesen neuen Ereignissen, um es überhaupt zu bemerken. Sie war konzentrierter, deshalb brauchte sie eine Weile, bis sie das tiefrote Glühen bemerkte, das aus dem Pub strömte. Seine einstürzenden Wände verbogen sich in Zeitlupe nach außen. Die Erde bebte.

Frank schnappte Regina, zog sie eng an sich und stellte sich selbst zwischen sie und die schwarze Magie, die dabei war, sich dort zu entladen.

Mit einem purpurroten Blitz und einem erstickten Bumm explodierte der Pub. Das Gebäude wurde zu gefrierender Asche reduziert, die vom Himmel regnete. Ein paar kleinere Dämonenstücke – eine Hand, ein Auge, ein halbes Horn – trafen Frank.

Er sah die Amazone an, die in seinen Armen lag, und ließ sie hastig los. »Entschuldigung, Erzmajor. Ich wollte nicht unterstellen, dass du schwach bist oder empfindlich oder dass du meinen Schutz oder so etwas brauchst. Es ist nur so, dass ich ein bisschen größer bin als du, nichts für ungut, und es schien mir lediglich sinnvoll zu sein.« Frank dämmerte, dass aller Lärm das Schlachtfeld verlassen haben musste, sonst wäre er nicht in der Lage gewesen, seine ungeschickte Entschuldigung zu hören.

Regina hörte nicht zu. Sie war zu sehr auf die verbrannte Erde konzentriert, dort, wo der Pub einmal gestanden hatte.

Ned stand in der Mitte davon. Der Stab in seiner linken

Hand knisterte und schimmerte. Energiestränge schossen heraus und radierten alle Dämonen aus, die dumm genug waren, sich in einen Umkreis von einem Dutzend Metern um ihn herum zu verirren. Die meisten kauerten genau außerhalb dieser Reichweite.

Er hatte sich verändert. Und es war nicht nur sein linker Arm mit dem angegrauten Fleisch und den seltsamen Spitzen, die aus seiner Schulter und dem Ellbogen wuchsen. Man konnte es nicht beschreiben oder genau bestimmen, was anders war, bis auf ein gewisses kaltes Desinteresse in seinem Auge, einer verwirrenden Ruhe in seinem Ausdruck.

Ned hob seinen Stab. Magische Blitze schossen in alle Richtungen heraus, sprangen von Dämon zu Dämon und verbrannten sie zur gleichen eisigen Asche, zu der der Pub geworden war. Einer kam direkt auf Frank zu, nur um im letzten Moment abzudrehen und einen fetten Inkubus zu zerstören. Die Blitze schossen durch die Kupferzitadelle, löschten Dämonen aus, mieden aber die Soldaten der Oger-Kompanie. Die Magie tötete ein paar Dutzend der Horde, bevor sie zur Spitze von Neds Stab zurückkehrte. Er senkte ihn – und die blutige Aura um ihn herum wurde schwächer.

Einen Augenblick lang tat niemand etwas. Die Oger-Kompanie und die Dämonenhorde gafften gemeinsam.

Ein großer grüner Dämonenkrieger, tapferer als seine Brüder, trat vor. Er hielt ein Schild, das vor entsetzlicher Magie glühte, zwischen sich und Ned und griff dann an, darauf bedacht, Ned mit einem einzigen schmetternden Schlag des ebenholzschwarzen Morgensterns den Schädel einzuschlagen. Ned stieß seinen Stab durch das undurchdringliche Schild und in das Herz des Dämons. Fleisch und Blut des Kriegers lösten sich in Nichts auf. Seine Knochen klapperten auf den Boden und zersprangen wie Kristalle zu Pulver. Ned sah aus, als langweile ihn die ganze Angelegenheit.

Dämonen flohen voller Entsetzen. Diejenigen, die nicht augenblicklich von Neds Magie zerstört wurden. Der Stab glühte heller und heller, und bald lösten sich Dämonen auf, ohne von dem roten Blitz getroffen zu werden. Es genügte, seinen fürchterlichen Strahlen zu nahe zu kommen.

Die Oger-Kompanie stand still. Der Sieg war ihrer. Never Dead Ned war zu einem lebenden Gott der Zerstörung geworden, und jedermann konnte Neds kalte, unaufhaltsame Macht spüren. Und jeder Soldat wusste, dass es dafür einen Preis zu bezahlen geben würde.

Miriam kam näher. Sie näherte sich ihm bis auf fünf Meter, wagte sich aber nicht weiter heran. Das war alles, was sie tun konnte, um sich nicht umzudrehen und zu rennen.

»Sir?« Ihre Stimme, die im Kampf gelitten hatte, war kaum mehr als ein Flüstern.

Ned sah sie nicht einmal an. »Einen Moment.«

Er hielt seinen Stab fest und sandte eine einzelne, blendende Lichtsalve aus. Die in der Ferne zurückweichenden Überlebenden der Dämonenrotte verschwanden. Einfach so. Diesmal blieb kein Feuer oder auch Asche zurück. Nur eine Leere, die selbst die Bäume zittern ließ.

»Sir?«, fragte Miriam.

»Fast fertig«, antwortete er.

Er stampfte seinen Stab auf den Boden, und der schickte punktgenau Magie los, die über den Nachthimmel schoss. Sie erreichte die Eiserne Festung und öffnete einen saugenden Strudel. Die Festung versuchte davonzurennen, doch der Sog war unentrinnbar. Ziegel um Ziegel kämpfte die Festung, aber schnell genug wurden sie und alle ihre Bewohner verzehrt. Alle bis auf einen. Ein einzelner winziger Unterweltimperator war stark genug davonzuschlüpfen. Aber niemand bemerkte es.

Der Glanz von Neds Stab wurde langsam schwächer, bis er nur noch sehr schwach leuchtete.

»Sir?«, sagte Miriam.

Diesmal wandte er den Kopf in ihre Richtung, wenn auch nicht ganz. Er neigte lediglich ein Ohr, als versuchte er ein entferntes Geräusch zu hören. Die Ruhe auf seinem Gesicht hätte beruhigend wirken sollen, aber es war etwas Fremdes daran: weniger eine Ruhe als losgelöste Kühle. Die Gelassenheit eines Verrückten. Ein Verrückter mit der Macht, eine Horde Dämonen zu vernichten.

»Sind sie weg?«, fragte Miriam. »Ist es vorbei, Sir?«

»Sind sie. Ist es.«

»Dann haben Sie uns gerettet. Oder, Sir?«

»Euch gerettet?« Er lächelte ganz leicht. »Für den Augenblick.«

Irgendwo, hoch in den heiligen Himmeln, kauerten Unsterbliche unter ihren Betten und entdeckten den hohlen Trost zweckloser Gebete. Jeder einzelne Soldat der Oger-Kompanie wich vor Ned zurück. Bis auf Miriam, die näher trat, bis sie sich in seiner Reichweite befand. Das Licht des Stabs schimmerte auf ihren goldenen Schuppen und verwandelten sie in ein Kupferrot: die Farbe alten Blutes.

»Es ist okay. Es ist vorbei. Es ist alles vorbei.« Sie griff nach Neds Hand.

Er schnappte plötzlich nach ihrem Arm. Seine brennende Berührung überwältigte sie. Die Sirene schrie, und jedem einzelnen Soldaten der Oger-Kompanie wurden die Beine unter dem Körper weggezogen. Ned ließ Miriam los. Sie fiel auf die Knie und umklammerte eine frische, rote Wunde, die auf ihrem Arm brutzelte. Er betrachtete ihre Qualen mit einer Prise Neugier. Er verstand Schmerzen nicht länger, bis auf eine entfernte Erinnerung. Er erinnerte sich daran, dass er sie nicht mochte, und daran erinnert zu werden, erfüllte ihn mit Verachtung für dieses schwache Ding, das da vor ihm kauerte. Er würde es zerstören und er würde wieder vergessen. Und dann würde er alles zerstören. Es war der einzige Weg, um alles zu vergessen, die einzige Garantie, nie wieder an irgendetwas davon erinnert zu werden.

»Sir?« Miriam bedeckte ihre Augen, als sein Stab aufflackerte. »Ned?«

Er hörte auf. Etwas an diesem Wort ließ ihn innehalten. Es weckte Erinnerungen, von denen er nicht sicher war, dass er sie überhaupt besaß. Ein Teil von ihm wollte sie für ihre Schwäche zerstören, aber ein anderer Teil erinnerte sich an die Unsicherheit, die damit einherging, ein kleines Ding in einem großen Kosmos zu sein.

Er bewegte sich auf sie zu, aber sie prallte zurück.

»Es ist gut.« Er hielt ihr seine Hand hin. »Hier. Lass mich dir aufhelfen.«

Sie zögerte. Er unterdrückte seine Macht. Es forderte mehr Konzentration als nötig war, um eine komplette Dämonenhorde zu zerstören, aber er schaffte es. Er nahm ihre Hand in seine, und obwohl seine Berührung heiß war, verbrannte sie sie nicht. Er half ihr auf die Füße.

»Es wird gut.« Er lächelte. »Alles wird gut.«

Rucka krachte in den Hof, schickte Schauder durch den Boden und zog damit allen außer Ned noch einmal den Boden unter den Füßen weg.

»Oh nein, Ned! Das wird es nicht!«

Der winzige Imperator wuchs zu fünf Metern kochender dämonischer Wut heran. Er spreizte seine schrecklichen schwarzen Schwingen und knurrte. Rucka hatte seine volle Macht nie freigesetzt, aus Angst, die Verträge mit alten Mächten zu brechen. Aber seine Armee war fort, seine Festung zerstört. Und es gab nichts, was so gefährlich war wie ein Dämon, der in den Wahnsinn getrieben wurde, kochend vor verfluchter Wut und einer Raserei der Zehntausend Höllen. Selbst die grenzenlose Macht der Irren Leere konnte bei diesem Anblick zögern.

Rucka stieß herab, doch ein Blitz aus Neds Stab raste durch die Brust des Dämons und riss ein Loch in ihn hinein. Er fiel auf ein Knie und schnappte nach Luft, aber es war nicht genug, um ihn zu zerstören.

Ned schob Miriam von sich. Der Stab flackerte, als Ned wuchs, um Ruckas Größe anzunehmen. Das Grau von Neds linkem Arm wurde heller und heller, bis es ein durchscheinendes Weiß war, das von seiner Schulter ausging und seinen ganzen Körper bedeckte. Seine vielen Narben wurden zu einem grausigen schwarzen Gitter quer über sein Fleisch, und unter dieser Haut lauerten nicht Muskeln und Knochen, sondern ein Ozean von Lichtern, Farben und Gebilden, die nicht von diesem Universum waren, zurückgehalten von einer schwachen Illusion sterblichen Gewebes.

Der Stab in seiner Hand wuchs und veränderte sich mit ihm. Er bog sich zu einem mit Spitzen versehenen, knorrigem Stock und wand sich, als wäre er lebendig.

»Du kannst mich nicht besiegen, Rucka«, sagte Ned. »Selbst die grenzenlose Überheblichkeit eines Dämonenimperators muss die Sinnlosigkeit des Ganzen erkennen.«

Ruckas Wunden schlossen sich. Er stand auf und schnaubte. »Oh, aber ich kenne deine Schwäche.«

Er warf sich auf Ned. Die Kraft seines Angriffs trug beide quer durch die Zitadelle und ließ sie in die Kaserne krachen. Das Gebäude stürzte ein und begrub sie unter einem Schuttberg. Eine Explosion der Macht löste den größten Teil des Schutts auf, aber einige Stücke schossen mit gefährlicher Geschwindigkeit heraus. Von den Ogern prallten sie ab, aber ein paar Elfen und Menschen wurden zu Boden geworfen, wo sie benommen und blutend liegen blieben. Ein besonders großes Stück raste auf Frank zu. Der Oger lenkte es mit seinen Fäusten ab. Seine Finger brachen hörbar, und er grunzte.

»Frank, ist alles in Ordnung?«, fragte Regina.

»Kein Problem.«

Ned und Rucka standen auf, in eine tödliche Umarmung verschlungen. Sie rangen um den Stab, der vor Energie knisterte, wobei es schien, als ziehe er aus beiden von ihnen Macht. Rucka grub zwei seiner Krallenhände in Neds Kehle, und Ned fiel auf ein Knie.

Miriam zog ein Schwert aus einer günstig gelegenen Leiche. »Los«, grunzte sie mit ihrer angegriffenen Stimme. »Wir müssen ihm helfen.«

Frank und Regina machten ihre eigenen Waffen bereit.

Eine Säule karminroten Nebels stieg direkt vor ihnen auf. Sie sprach: »Nein. Ihr könnt ihm nicht mehr helfen, als ihr es bereits getan habt.« Der Nebel verfestigte sich zu der Roten Göttin. Sie war nicht mehr die alte, gekrümmte Kreatur, die sie gewesen war. Sie wirkte jetzt groß, jugendlich und auffallend lang und hager. »Es ist Zeit herauszufinden, ob Ned bereit ist.«

»Wozu bereit?«, fragte Regina.

Die Rote Göttin lächelte. »Bereit, sein eigener Wächter zu sein.«

Die Leere brüllte. Der Stab brannte heller und Rucka wurde schreiend und lodernd durch die Luft geschleudert. Der Dämonenimperator heulte die ganze Zeit, bis er in den Wäldern eine Meile oder zwei außerhalb der Zitadelle auf den Boden schlug.

Die Irre Leere schaute auf die Rote Göttin hinunter. »Ich sehe, du hast dich an das erinnert, was du bist.« Es lag eine Abwesenheit in seiner Stimme, ein gewisses Fehlen von Nedheit, das schwer zu bestimmen war, aber trotzdem fehlte.

»Das kosmische Gegengewicht, das uns beide mit dem Schlummer verknüpft hat, wurde gebrochen. Du erinnerst dich an das, was du bist, also erinnere ich mich daran, was ich war. Du erwachst. Ich erwache. Das ist der Lauf der Welt, die Natur dieser alten Magie.«

»Ich erinnere mich«, sagte die Leere. »Genauso wie ich mich daran erinnere, dass selbst deine Macht es nicht mit meiner aufnehmen kann.«

Sie nickte. »Du bist der höchste Zerstörer. Es gibt nichts, was dir gleichkäme.«

Die Leere runzelte die Stirn. Ohne ein weiteres Wort stieg sie in den Himmel hinauf und folgte Rucka.

»Er wird gewinnen, nicht?«, fragte Miriam.

Die Göttin nickte. »Daran kann kein Zweifel bestehen.«

»Warum mache ich mir dann Sorgen?«, fragte Regina.

Der Kontinent erbebte, als Ned mit der Erde kollidierte, und das Getöse aufeinanderprallender Götter drohte die Kupferzitadelle in Ruinen zu legen. Das Wenige, das nicht schon in Ruinen lag. Viele Soldaten der Oger-Kompanie wurden abermals von ihren Füßen gerissen, und die meisten waren vernünftig genug, sich nicht die Mühe zu machen, wieder aufzustehen.

»Weil Ned, um das zu tun, zu einem noch größeren Monster werden müsste, als Rucka es je sein könnte.«

»Kannst du ihm nicht helfen?«, fragte Frank.

»Niemand außer Ned kann Ned jetzt helfen. Selbst die Götter müssen das hier aussitzen.« Und so setzte sich die Rote Göttin tatsächlich und sah ziemlich gleichgültig aus, als sich der Himmel verdunkelte und sich Risse in der Erde auftaten.

»Wir müssen etwas tun«, sagte Miriam.

»Dann eile auf jeden Fall an seine Seite, wenn es sein muss.« Die Rote Göttin wedelte mit der Hand. Miriam verschwand in einem scharlachroten Blitz.

Regina trat vor. »Entschuldige, aber könntest du ...« Sie verschwand mit einem weiteren Wedeln.

Frank, seine gebrochenen Hände schlaff an den Seiten hängend, näherte sich. Er musste nicht einmal fragen, und sie teleportierte ihn davon.

Ace, Elmer und eine kleine Gruppe Kobolde waren die Nächsten, aber die Göttin senkte ihre Hand.

»Na schön, wenn das so ist, schätze ich, dass es einfacher sein wird, euch alle auf einmal abzufertigen«, bemerkte sie. »Alle, die einen guten Blick auf das Ende aller Dinge haben wollen, heben bitte die Hand.«

Die zerstörerischen Kräfte der Irren Leere und Ruckas waren beinahe grenzenlos. Jeder versuchte zwar, den anderen auszulöschen, aber sie erholten sich von jeder Wunde. Sie lösten sich gegenseitig immer und immer wieder auf, nur, um sich sofort neu zu formen. Jede Wiedergeburt verbrannte etwas von ihrer uneingeschränkten Macht, und der Verlierer würde das gottähnliche Wesen sein, das zuerst erschöpft war. Aber gottähnliche Wesen hatten viel Energie zu verbrennen, und es konnte ein oder zwei Jahrhunderte dauern, einen Gewinner zu ermitteln – vorausgesetzt, das Universum wurde dabei nicht zerstört.

Die Realität selbst war um einiges zerbrechlicher als jeder dieser beiden Titanen. Sie begann, um sie herum zu bröckeln. Der sprechende Stab – zwischen ihnen – wurde zum Ziel ihres Kampfes. Er strahlte verdrehte Energien aus. Um sie herum verwelkte der Wald. Kleine Vögel und Tiere wurden von unsichtbaren Flammen verzehrt. Ein Blizzard schwarzen Schnees fiel aus einem roten Himmel, sogar als die Luft heiß und stickig wurde.

Rucka rülpste eine giftige Wolke. Sie löste die Leere auf, das Gras und in der Nähe liegende Steine. Der Dreck kochte und schäumte auf. Die Leere bildete sich neu und schoss einen Strahl der Macht aus ihrem Auge, das Ruckas Kopf in zwei Hälften schnitt und sich in die Erde grub. Eine Sturzflut von Magma ergoss sich aus der Wunde in der Erde, während sich der Schädel des Dämonenimperators selbst wieder zusammenfügte.

Grinsend riss Rucka mit seinen beiden freien Händen an der Seite der Leere. Der Dämon versenkte seine Reißzähne in ihren Hals. Ruckas langer, stachelbewehrter Schwanz durchbohrte die Brust seines Gegners und riss das missgebildete Herz der Leere heraus. Das Organ schlug weiter, selbst als Rucka es lachend auffraß.

Das verschlungene Herz brach in eine dornenhaltige Masse aus. Es füllte Ruckas Kehle, den Magen und die Eingeweide. Dornen rissen von innen heraus an seinem Fleisch. Schmerz plagte seinen Körper. Das Herz der Leere brannte mit so fremdartiger Dunkelheit, dass selbst der Imperator der Zehntausend Höllen bei seiner Berührung zurückschrecken musste.

Rucka brach zu einem verkrampften Haufen zusammen. Er schrie, Schaum vor dem Mund, und an seinen eigenen Eingeweiden zerrend. Das war aber nur vorübergehend. Wenn nötig, konnte Rucka sich selbst auseinanderreißen, um das Herz herauszuholen, und sich trotzdem regenerieren.

Die Leere stand über dem Dämon und dachte darüber nach, wie sie diesen Quälgeist ein für alle Mal loswerden konnte. Die Antwort lag nahe. Sie musste genug von ihrer Macht versammeln, um das hier zu beenden. Ein Schlag – mit ausreichend Kraft der Irren Leere hinter sich – konnte alles zerstören. Er würde alles zerstören.

Der Stab in der linken Hand der Leere bebte vor Macht; wie eine Miniatursonne vertrieb er die Nacht mit seinem blendenden Licht. Die Welt unter ihren Füßen bebte und wimmerte, als sich die Irre Leere bereit machte, den Schlag auszuführen, der den Dämonenimperator und diese kleine Ecke des Universums endgültig zerstören würde.

Und dann sah er sie. Überall um sich herum. Kleine Dinge. Unbedeutend, unwichtig. Nicht einmal wert, dass man sie bemerkte. Aber er bemerkte sie, wie sie in dem stinkenden, schwarzen Schnee standen, der so hoch lag, dass er einem Oger bis an die Hüfte reichte. Die Soldaten der Kompanie schauten zu, Verwirrung und stiller Schrecken hatte sich in ihre Gesichter eingegraben.

Sein Blick fiel auf Regina und Miriam. Er konnte sich kaum noch an sie erinnern. Es gab nichts zu erinnern. Beide waren Staubpartikel. Sie waren vollkommen unwichtig.

»Warum erinnerst du dich dann an ihre Namen?«, fragte die Rote Göttin, die plötzlich neben ihm stand.

Er wandte sich ihr zu. »Es ist nichts, die leere Erinnerung eines Mannes, der ich nie war.« Er sah zu Rucka hin, der sich immer noch in stiller Qual unter der Leere wand, nach wie vor bemüht, das Herz zu entfernen, das er so töricht verschluckt hatte. Alles Licht des Stabes verblasste zu einer Schwärze, die die Nacht in einem tintenschwarzen Nebel verzehrte, so dick, dass nur die Leere, Rucka und die Rote Göttin noch sehen konnten.

»Bist du ein Gott, der träumte, er sei ein Mann?«, fragte die Göttin. »Oder bist du ein Mann, der träumt, er sei ein Gott?«

Die Leere lächelte grimmig. »Ich bin. Und ich werde immer sein. Aber diese Dinge unter mir werden dahinscheiden. Wie eines Tages auch ihre Welt. Heute oder morgen oder übermorgen, wann wird es eine Bedeutung für mich haben? Alles ist nur ein Moment in der Ewigkeit.«

Rucka hatte es beinahe geschafft, das Herz herauszuziehen. Die Leere hatte nur noch ein paar Sekunden, um von der Schwäche des Dämons zu profitieren. Andernfalls würde der Kampf der Giganten von vorn losgehen.

Die Irre Leere hob ihren Stab, um ihn in Rucka hineinzujagen.

Die Göttin beugte sich herüber und flüsterte der Leere ins Ohr.

»Es hat eine Bedeutung. Wenn nicht für dich, Ned, dann für sie.«

Die Leere zögerte. Vor nicht allzu langer Zeit, nach ihrer Zeitrechnung, hätte sie Rucka, diese Welt, diese Schmutzflecken sowie zahllose andere und außerdem noch das gesamte Universum zerstört, ohne darüber nachzudenken. Doch die Dinge hatten sich geändert. Sie hatte als Mensch gelebt, als viele Menschen. Die genauen Erinnerungen entzogen sich ihr und sie konnte sich nur an Neds Leben erinnern.

Selbst gemessen an der Bedeutungslosigkeit sterblicher Leben war es eine Übung in absurder Sinnlosigkeit gewesen, komplette Zeitverschwendung, ein Kampf gegen das Schicksal, um einen Platz in einer Welt zu finden, der ein Stäubchen mehr, das über ihre Oberfläche krabbelte, vollkommen egal war. Doch es lag eine sonderbare Würde darin, wie auch in all diesen kleinen Dingen. Und obwohl sie nichts bedeuteten und ihr Leben oder Tod noch viel weniger, betrachtete die Leere sie als seltsam schön, und zwar auf eine Art, die sie sich bis dahin nie vorgestellt hatte und auch nicht ganz verstand.

Sie senkte den Stab. Die Dunkelheit verblasste und die Nacht kehrte zurück.

Sie lächelte ihnen zu. Miriam. Regina. Und Frank. Und der ganzen Oger-Kompanie. Der Schneesturm endete. Der Schnee wurde weiß, dann schmolz er weg.

Die Rote Göttin streckte ihre Hand aus. »Gib mir den Stab, Ned. Du brauchst ihn nicht. Die Macht liegt in dir. Das war immer so. Vorher hast du die Wahl getroffen, sie nicht zu benutzen. Du kannst diese Wahl erneut treffen.«

Rucka sprang. Er warf ihr eigenes Herz nach der Leere – und das geschwärzte Organ wickelte sich um seinen früheren Besitzer. Rucka schlug der Leere den Stab aus der Hand, ergriff sie an der Kehle und, bevor sich die Leere von ihrer Überraschung erholen konnte, griff der Dämon in den Kopf der Leere und pflückte ihr Auge heraus. Die Leere sank zu Boden. Ihr Körper schrumpfte zu Neds Proportionen.

Die Rote Göttin machte eine Bewegung, um Rucka davon abzuhalten, das Auge in seine leere Fassung einzufügen. Aber sein dorniger Schwanz schnitt sie in vier Teile. Rucka setzte das Auge ein und gackerte.

»Es ist mein!«, schrie er triumphierend. »Die Macht ist mein!«

»Nein«, sagte Ned.

Der Dämon drehte sich zu der kleinen, sterblichen Kreatur unter ihm um. Ned sah ganz wie immer aus, bis auf die Tatsache, dass sein Auge nachgewachsen war und sein linker Arm rot blieb, mit einem Flickwerk aus schwarzen Narben.

Rucka hob seine Hacke, um den Schmutzfleck zu zerquetschen. Er ließ den Fuß niedersausen, aber eine Berührung von Neds roter Fingerspitze warf den Dämon aus dem Gleichgewicht. Er krachte auf die Erde.

»Aber ich habe dein Auge!«, rief Rucka.

»Doch meine Macht befindet sich an einer anderen Stelle.« Neds linker Arm funkelte einen Moment lang. »Du hast an der falschen Stelle gesucht.« Er schloss seine Faust, als Rucka sich erheben wollte und der Dämon fiel, als wäre er mit dem Boden verbunden.

»Du kannst mich nicht ewig festhalten!«, sagte Rucka. »Ich werde mich befreien. Selbst wenn ich dafür die Welt auseinanderreißen muss!«

»Ich weiß.«

»Und ich werde wiederkommen! Immer und immer wieder! So oft es sein muss!«

»Ich weiß.«

Und das würde er. Und jedes Mal würde er scheitern. Und jedes Mal würde Ned die Macht der Leere in Anspruch nehmen müssen, um sich zu verteidigen. Und jedes Mal würde ein kleines Stück seiner Menschlichkeit verschwinden, bis alles verschwunden war und er wieder zur Irren Leere werden würde.

»Es gibt nur einen Weg, mich aufzuhalten! Aber du hast nicht die Kraft dazu. Weil dir all diese wertlosen Sterblichen etwas bedeuten. Und um mich zu zerstören, musst du sie alle zerstören. Sie sind deine Schwäche. Es wäre zum Lachen, wenn es nicht so erbärmlich wäre.« Rucka lachte trotzdem.

Ned machte eine Geste mit seinem linken Arm, und immer noch lachend wurde Rucka angehoben und schnellte hoch in die Luft und außer Sicht.

Ned schwebte ein Stück über dem Boden. Er wandte sich an Miriam, Regina und Frank. »Ich bin gleich zurück.« Er schoss hinter dem Dämon her.

Die beiden rasten aus der Atmosphäre hinaus, in die Dunkelheit des Weltraums, an der Sonne und den Planeten des Sonnensystems vorbei und noch weiter. Die Gesetze der Physik verbogen sich unter Neds Willen, und Milliarden um Milliarden von Meilen zogen in Sekunden vorbei. Sie setzten ihren Weg fort, aus der Galaxie hinaus, am nächsten Sternhaufen und der übernächsten Milchstraße vorbei, bis sie einen Teil des Universums erreichten, der Neds Vorstellungen entsprach, eine Ecke voller lebloser Planeten und sterbender Sterne.

Rucka wimmerte, sein dampfender Atem wurde im luftleeren Raum sichtbar. »Nein, nein! Ich hab's nicht so gemeint! Ich gebe auf! Ich unterwerfe mich!«

Ned sagte nichts. Ob Rucka seine Worte ernst meinte oder nicht, das war nicht wichtig. Er war ein zu ehrgeiziger Dämon, um es nicht wieder zu versuchen.

»Das kannst du mir nicht antun«, flehte Rucka. »Ich erfülle in diesem Universum einen Zweck! Ich gehöre hierher! Nicht wie du. Welches Recht hast du, mich zu zerstören?«

»Ich habe jedes Recht«, sagte Ned traurig. »Ich bin die Irre Leere. Und deinetwegen erinnere ich mich, also glaube ich nicht, dass du dich beschweren kannst.«

Rucka, der sah, dass seine Ausreden fehlschlugen, griff zu seinem letzten Mittel. »Aber um mich zu zerstören, musst du dich selbst zerstören. Bist du bereit, das zu tun?«

»Wenn ich mich selbst zerstören könnte, hätte ich es schon vor langer Zeit getan.« Ned lachte bitter. Es gab nur ein Ding, das die Leere nicht vernichten konnte, und das war die Leere selbst.

Ned legte seine Hand auf Ruckas Brust, und eine Galaxie verschwand in einem Blitz. Es gab kein Todesröcheln, keinen letzten, keuchenden Krampf für dieses leere Stück des Universums. Es war einfach weg, im Bruchteil einer Sekunde nicht mehr existent, aufgelöst ins Nichts und dann über das Nichts hinaus.

Ein einsames Stück verkohlten, geschwärzten Schutts fiel aus dem Nichts. Es war ein Mensch, aber doch kein Mensch.

Tot, aber doch nicht tot. Übernatürliche Führung ergriff es und steuerte es durch den Kosmos hin zu einer unbedeutenden, zerstörten Zitadelle auf einem unbedeutenden Planeten. Der Komet flitzte nach unten, um die Welt mit verheerender Kraft zu treffen, aber die Rote Göttin fing seine Landung ab, so dass er den Boden zwar berührte, aber ohne Staub aufzuwirbeln.

Die Oger-Kompanie umkreiste das Ding, das gerade noch als Ned zu erkennen war.

»Er wird zurückkommen«, sagte Miriam. »Oder nicht?«

Die Göttin lächelte. »Er kommt immer zurück.«

ZWEIUNDDREISSIG

Ned erwachte in einem Zelt. Es war ein schönes Zelt, gerade groß genug, um ein Feldbett, einen Tisch, einen Stuhl und einen glühenden Heizstein aufzunehmen. Es war allerdings die falsche Jahreszeit für Heizsteine, so dass sich Ned fragte, wie lange er wohl dieses Mal tot gewesen war.

»Etwas mehr als fünf Monate«, sagte die Rote Göttin, die auf dem Stuhl saß. Ihr Rabe saß auf ihrer Schulter.

Ned zog sich die schweren Decken bis unters Kinn. »Hast aber lange gebraucht.«

»Gib nicht mir die Schuld«, antwortete sie. »Du warst im Zentrum einer ausgelöschten Galaxie. Es braucht eine Weile, um sich davon zu erholen, und selbst ich habe dafür nicht genug Macht. Aber ich bin nicht diejenige, die dich diesmal zurückgebracht hat. Ich tue das nicht mehr.«

»Ach wirklich? Wer ist jetzt dafür verantwortlich?«

»Du, Ned.«

»Aber ich dachte, wenn ich mich selbst zurückbrächte, käme ich als …«

»Ich denke, das hast du hinter dir gelassen.«

»Aber was ist mit der Leere?«

»Was ist damit?« Sie stand auf. »Das weißt du doch besser als alle anderen. Warum fragst du also mich?«

Ned konzentrierte sich. Tief, tief in sich spürte er das uralte, unaufhaltsame Böse, das da schlummerte. Es war nicht das gezwungene, unruhige Dösen alter Zeiten, sondern ein zufriedenes, entspanntes Nickerchen. Die Leere konnte ihre Natur nicht ändern, noch konnte sie je zerstört werden, aber sie konnte schlafen. Und vielleicht schlief sie für immer, oder zumindest bis zum natürlichen Ende dieses Universums.

»Einst wurde sie durch einen Bann zurückgehalten«, sagte die Göttin, »aber das war nie eine dauerhafte Lösung. Die einzige Macht, die die Irre Leere je in Schach halten konnte, war die Leere selbst. Und das tut sie jetzt.

Das war die ursprüngliche Absicht des Ganzen, weißt du. Der Bann war lediglich Teil des Prozesses. Sie lebte wie jedes andere Lebewesen. Ein Schnellkurs hinsichtlich dessen, was es bedeutet, sterblich zu sein, die Welt zu sehen, wie es Götter und Dämonen niemals könnten. Und du bist das endgültige Resultat dieses Banns, Ned.«

»Ich?« Ned setzte sich auf. »Aber ich bin in nichts richtig gut.«

»Genau. Du hast keine speziellen Talente, keine Größe, keine außergewöhnlichen Fähigkeiten und Begabungen. Du kannst dich nicht einmal selbst am Leben erhalten. Du bist inkompetent und inkonsequent, und mir fällt kein anderes Wesen in diesem ganzen Universum ein, das weiter von Göttlichkeit entfernt wäre.«

»Warte mal.« Ned grübelte. »Willst du damit sagen, ich sei ein Idiot?«

»Wenn du dich besser fühlst, wenn du es so siehst«, sagte der Rabe.

»Du bist kein Idiot«, sagte die Rote Göttin. »Du bist nur sterblich. Sehr, sehr sterblich. Vielleicht zu sehr.« Sie legte ihre Hand an seine Wange und lächelte. »Aber das ist nun mal deine Bürde, Ned. Trage sie weise. Das Universum hängt davon ab.«

Sie ging zur Zeltklappe. »Wenn du mich entschuldigst, ich muss zu meinem Berg zurückkehren. Es gibt noch mehr Gefahren für diese Welt als nur dich, und ich habe immer noch meine Aufgaben. Mach's gut, Ned.«

Sie verschwand aus dem Zelt und Miriam trat einen Moment später ein. Ned fragte nicht, ob sie die Rote Göttin noch gesehen hatte.

Miriams Finnen stellten sich auf. »Ned, Sie sind zurück!«

»Ich bin zurück.«

Er streckte sich und bemerkte das Fehlen so vieler Schmerzen, die er so sehr gewohnt war. Er warf die Decken beiseite, um seinen nackten Körper zu enthüllen. Seine Narben waren verschwunden. Sein linker Arm blieb ein bisschen grünlich, und sein rechtes Auge fehlte noch immer, aber alles andere schien in gebrauchsfähigem Zustand zu sein.

Miriam wandte den Blick ab. »Sir?«

Er sprang auf die Füße, schnappte sie an den Schultern und gab ihr einen langen, langen Kuss. Diese Geste überraschte sie, doch sie schlang ihre Arme um ihn und küsste ihn wieder.

Plötzlich zog er sich zurück und begann sich anzuziehen.

»Ned, ist alles in Ordnung?«, fragte sie.

»Großartig. Ich bin ein Dussel. Ein kompletter, völliger Chaot. Aber ich soll so sein, also ist es gut.«

»Ich verstehe nicht.«

»Mach dir keine Sorgen.« Er zog eine Reiterhose an und griff nach seinem Hemd. »Aber soll ich dir noch etwas sagen?« Er gab ihr einen flüchtigen Kuss und fuhr sich mit der Zunge über die Lippen. »Ich glaube, ich fange an, den Geschmack von Fisch zu mögen.«

Er verließ das Zelt und sie folgte ihm lächelnd.

Draußen war es kalt, doch er schien es nicht zu bemerken. Munter schlenderte er durch die Zitadelle und winkte allen grinsend zu. Viele der Soldaten erkannten ihn ohne seine Narben nicht, aber sie winkten trotzdem zurück. Der größte Teil der Oger-Kompanie arbeitete daran, die beschädigte Zitadelle zu reparieren, die nach ihrer letzten Belagerung von Grund auf neu gebaut werden musste.

Ein wolliger Ochse, der einen Wagen mit Steinen zog, hielt an und nickte Ned zu.

»Schön, Sie zu sehen, Seamus«, antwortete Ned.

Der Ochse schnaubte und setzte seinen Weg fort.

Ned stoppte unvermittelt. »Oh nein. Die Frist. Hab ich die Frist versäumt?«

»Machen Sie sich keine Sorgen, Sir. Die Legion hat beschlossen, dass wir im Grunde gar keine so große Verschwendung von Ressourcen betreiben, nachdem wir einen Bericht über den Kampf des Jüngsten Gerichts gegen die Dämonenarmee geschrieben hatten. Sie haben uns zuerst nicht geglaubt. Bis eine Göttin für uns ausgesagt hat. Nicht einmal das obere Management konnte etwas dagegen sagen.«

Sie kamen an Elmer vorbei, der unbändige Freude daran zu haben schien, Nägel in Bretter zu treiben. So sehr, dass er Ned nicht bemerkte. Aber Ulga hörte auf, Nägel heraufzubeschwören und winkte ihm zu. Lewis und Martin stapelten geschäftig Steine auf einen hohen Stoß, doch die Zwillinge nahmen sich trotzdem die Zeit zu salutieren, und Ned salutierte zurück.

Miriam hielt ihm seinen Umhang hin. »Ist Ihnen nicht kalt?«

Er schlüpfte hinein. »Danke.«

»Kein Problem, Ned.«

Er beugte sich vor, um sie noch einmal zu küssen.

»Entschuldigen Sie, Sir«, sagte Regina.

Ned erstarrte mitten in der Bewegung. »Erzmajor, wie geht es Ihnen?«

»Sehr gut, Sir«, antwortete die Amazone, »und Ihnen?«

»Ziemlich gut.«

Frank erschien. Seine Hände waren bandagiert. Ogerknochen heilten langsam, aber sie waren bereits so gut verheilt, dass er seine Finger benutzen konnte. Er hatte ein blaues Auge und eine frische, violette Prellung an seiner Schulter. Er trug eine Keule in der einen Hand und einen Speer in der anderen. »Hey, Ned.«

Ned nickte ihm zu. »Hey, Frank.«

»Gut, Sie wiederzuhaben, Sir.« Er warf Regina den Speer zu. »Bist du bereit?«

»Klar.« Sie nickte Ned zu. »Machen Sie's gut, Sir.«

Der Oger und die Amazone gingen davon. Frank legte ihr eine Hand auf den Rücken. Es schien ihr nichts auszumachen.

»Gehen sie jetzt miteinander aus?«, fragte Ned.

»Ungefähr seit vier Monaten«, sagte Miriam, »wenn man es *ausgehen* nennen will. Sie verprügeln sich hauptsächlich gegenseitig, und zwar fürchterlich, und gehen danach einen trinken. Aber es kann nicht mehr lange dauern, bis Frank sie besiegt. Dann können sie den nächsten Schritt tun.«

Ned war sich Franks Siegs gar nicht so sicher. Er war ein eindrucksvoller Krieger, aber niemand konnte es mit Regina aufnehmen, wenn es um pure Sturheit ging. Doch eines Tages, wenn ihr grimmiger Amazonenstolz befriedigt war, würde sie ihn gewinnen lassen.

»Vielleicht, wenn er seine Beförderung zum Kommandeur hat«, dachte Ned laut.

»Aber Sie sind der Kommandeur, Sir«, sagte Miriam.

»Nicht mehr. Damit bin ich fertig mit dem ganzen Soldatendasein. Ich kann nicht alles wieder gutmachen, was die

Leere getan hat, aber ich kann zumindest mein Schwert niederlegen. Abgesehen davon war ich immer ein furchtbar schlechter Soldat. Frank ist der Beste für diese Aufgabe. Er kann gut mit den Männern umgehen und ist groß genug, dass sie ihn respektieren.«

»Das wird Regina nicht gefallen.«

»Sie wird drüber wegkommen.«

Die Zitadelle war jetzt ein Durcheinander von Zelten, aber ein Gebäude war wieder aufgebaut worden. Der neue Pub entsprach nicht ganz den Vorschriften. Die Decke war für Oger etwas niedrig und das Gebäude neigte sich ein wenig nach links. Es mochte vielleicht in einem oder zwei Monaten zusammenbrechen, aber für den Moment machte es einen sicheren Eindruck. Und Ned war durstig.

Als er das verdunkelte Gebäude betrat, wurde er augenblicklich mit einer Runde Beifall empfangen. Ward schlug Ned auf die Schulter, was dazu führte, dass sich dieser lang auf den Boden streckte.

»Hoppla«, sagte Ward. »Tut mir leid, Sir.« Er half ihm auf. »Was hat Sie aufgehalten?«

»Galaxien in die Luft zu jagen kann einem Mann viel abverlangen«, antwortete Ned.

»In dem Fall, Sir«, sagte Ward, »lassen Sie mich der Erste sein, der Ihnen ein Bier spendiert.«

Knabber-Ned verlagerte sein Gewicht auf Wards Schulter. Der Geier starrte Ned direkt ins Auge. Ned starrte zurück und Knabber blinzelte als Erster. Der Vogel versteckte seinen Kopf unter einem Flügel.

Sie gingen zur Bar hinüber, die, obwohl in der Höhe genau richtig für Oger, ein wenig zu hoch für Menschen war. Owens und Sally arbeiteten hinter dem Tresen. Der Salamander briet verschiedene Fleischstücke, während sich Owens um die Bar kümmerte. Lächelnd reichte er Ned einen Krug.

»Was ist das?«, fragte Ned.

»Das, was Sie wollen«, antwortete das Orakel. »Vertrauen Sie mir, Sir. Und das Steak, das Sie bestellen wollten, ist unterwegs. Wie weit bist du, Sally?«

»Fast fertig.« Sie beäugte das Fleischstück, auf das sie blies. »Sie wollten es blutig, nicht?«

»Medium«, antwortete Owens. »Stimmt's, Sir?«

Ned wollte es eigentlich gut durch, aber ihm war nicht danach, dem Orakel zu widersprechen. Abgesehen davon: Wer sagte, dass er es nicht medium wollte? Das Orakel wusste vielleicht etwas, das er nicht wusste.

»Und was hören Sie für morgen?«, fragte Ned.

»Oh, nicht viel, Sir. Tod, Zerstörung, Chaos, Zank und Streit. Alles wie gewohnt.« Owens legte den Kopf schief und lauschte. »Und ein bisschen Regen.«

Kobolde mussten sich abwechselnd zu dritt aufeinanderstellen, um ihre Bestellungen abzugeben. Ace balancierte auf einem schwankenden Stapel betrunkener Kobolde.

»Auf Never Dead Ned«, sprach er einen Toast aus. »Keiner stirbt besser.«

Die Soldaten rammten ihre Krüge zusammen, wobei die meisten zu Bruch gingen. Aces Turm kippte zwar, doch er schaffte es auf beeindruckende Weise, auf dem Rücken zu landen, ohne einen Tropfen zu verschütten. Dann trank er schnell aus, bevor eine Welle von Kobolden auf seinen Rücken sprang und ihre Bestellungen brüllte.

Miriam stieß ihr Glas behutsam gegen Neds. »Aber wenn du kein Soldat mehr sein wirst, was wirst du dann tun?«

Ned zuckte die Achseln. »Mir wird schon was einfallen.«

Sie kam näher und nahm seine Hand.

Er blickte finster auf die Brandnarbe an ihrem Handgelenk, wo die Irre Leere sie berührt hatte. »Das tut mir leid.«

»Mach dir deswegen keine Gedanken.« Sie strich ihm durchs Haar. »Weißt du, Ned, du musst kein Soldat sein, um hier bleiben zu können. Ich habe gehört, es gibt eine freie Gärtnerstelle.«

»Tatsächlich?«

»Und wie bist du so als Gärtner, Ned?«

Er nahm einen langen Schluck Bier und knallte den Krug auf die Theke.

»Absolut grauenhaft.«

PIPER
SEI UNSER
HELD!
PIPER FANTASY
Gleich mitmachen und die magische
Welt der Piper Fantasy erleben! Neugierig?
Dann auf zu www.piper-fantasy.de!
Piper-Fantasy.de

A. Lee Martinez

Eine Hexe mit Geschmack

Mit doppelter Portion Menschenfleisch! Aus dem Amerikanischen von Karen Gerwig. 400 Seiten. Piper Taschenbuch

Sie ist untot. Sie ist eine Hexe. Sie hat keinen Namen, aber eine nervtötende Ente als Schutzgeist. Und unbändigen Appetit auf Menschenfleisch … Doch als die Grundfesten der Welt durch einen wahnsinnigen Zauberer erschüttert werden, ändert sich alles. Denn gemeinsam mit dem Weißen Ritter muss die Hexe alles daransetzen, das Zauberreich zu retten. Sie hat allerdings nicht bedacht, wie appetitanregend der Ritter ist, und zwar im wahrsten Sinne des Wortes …
Nach »Die Kompanie der Oger« legt A. Lee Martinez einen neuen rasanten Spaß vor.

»Wenn es Gerechtigkeit in dieser Welt gibt, wird A. Lee Martinez ein Superstar!«
Analog

05/2234/02/L

Thomas Plischke

Die Zombies

Roman. 480 Seiten. Piper Taschenbuch

Endlich das große Epos um die geheimnisvollsten Geschöpfe der Nacht – die Zombies! Die lebenden Toten gelten als unheimlich, feindselig und dumm. Doch die junge Lily ist davon überzeugt, dass dies nicht die ganze Wahrheit ist. Seit jeher fasziniert sie der Zombie-Mythos, und sie ist geradezu besessen davon, mehr über die Geschöpfe zu erfahren. Als Lily den attraktiven Victor kennenlernt, kommt sie einem erschreckenden Geheimnis auf die Spur: Zombies existieren wirklich, die unheimlichen Geschöpfe sind mitten unter uns – und Lily erfährt am eigenen Leib, was es bedeutet, lebendig und tot zugleich zu sein …

05/2453/01/R

PIPER

Dan Wells

Mr. Monster

Thriller. Aus dem Amerikanischen von Jürgen Langowski.
400 Seiten. Piper Taschenbuch

Mein Name ist John Cleaver. Ich bin 16 Jahre alt und lebe in Clayton County. Ich habe eine Mutter, eine Schwester und eine Tante. Ich mag Lesen, Kochen und ein Mädchen namens Brooke. Ich möchte das Richtige tun, um jeden Preis.
Ich möchte ein guter Mensch sein.
Doch das ist nur die eine Hälfte von mir.
Mein Name ist Mr. Monster. Ich weise alle Anzeichen eines Serienkillers auf. Ich fantasiere über Feuer, Gewalt und Tod. Im Beisein von Toten fühle ich mich wohler als in der Nähe der Lebenden. Ich habe einen Dämon besiegt.
Doch es gibt viele Dämonen da draußen. Und jeden Tag verspüre ich den Drang, erneut zu töten.

01/1878/01/R